OSCAR
FANTASTICA

LIBRO PRIMO DEL
CICLO DEL DEMONE

PETER V. BRETT

L'UOMO DELLE RUNE

I edizione Oscar Fantastica novembre 2018

ISBN 978-88-04-70337-2

Questo volume è stato stampato
presso ELCOGRAF S.p.A.
Stabilimento - Cles (TN)
Stampato in Italia. Printed in Italy

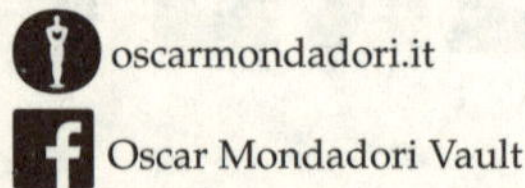

oscarmondadori.it

Oscar Mondadori Vault

Traduzione di Marcello Jatosti

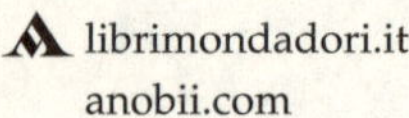

librimondadori.it
anobii.com

L'Uomo delle Rune

A Ötzi, l'originario Uomo delle Rune

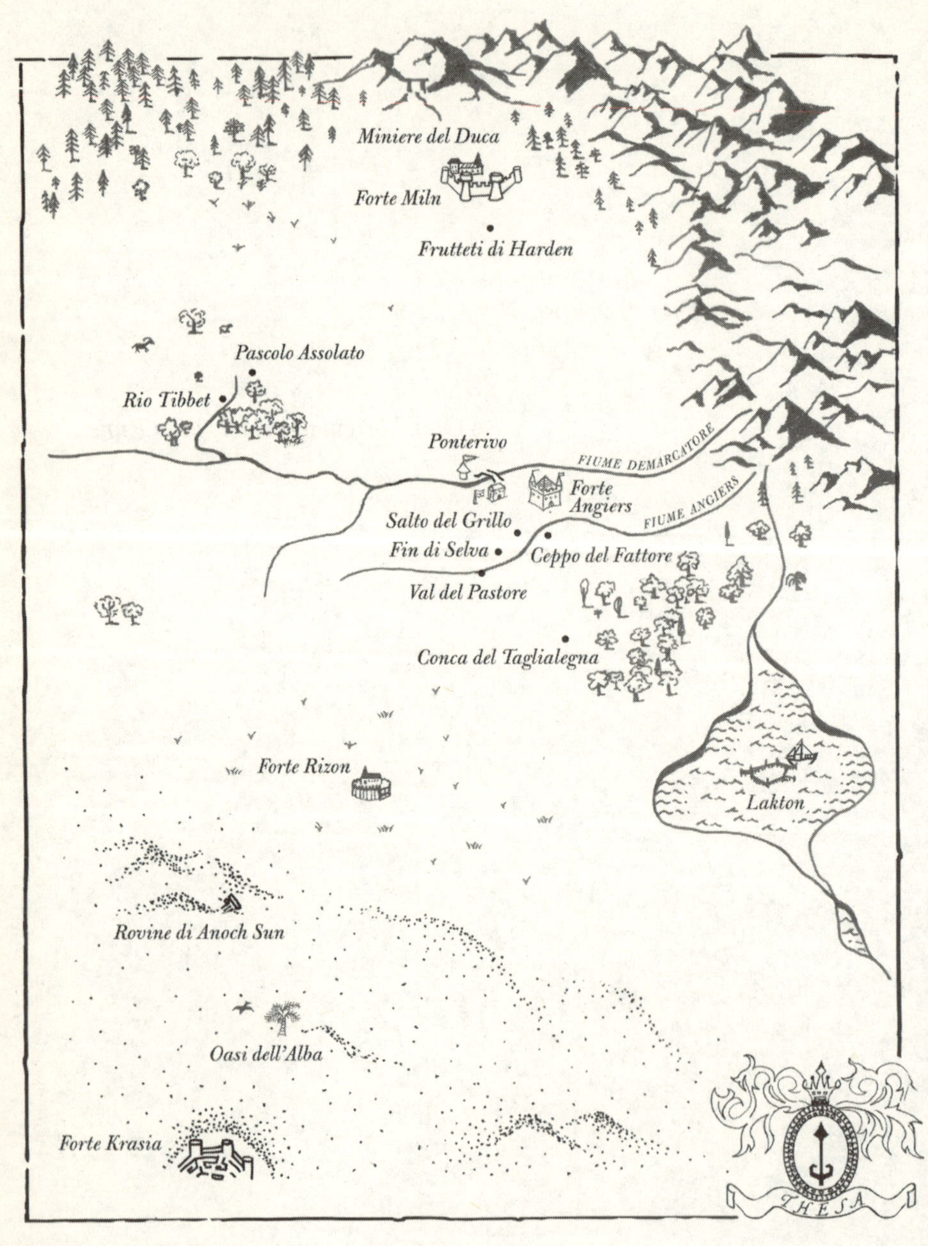
Miniere del Duca
Forte Miln
Frutteti di Harden
Pascolo Assolato
Rio Tibbet
Ponterivo
FIUME DEMARCATORE
Forte Angiers
FIUME ANGIERS
Salto del Grillo
Fin di Selva
Ceppo del Fattore
Val del Pastore
Conca del Taglialegna
Forte Rizon
Lakton
Rovine di Anoch Sun
Oasi dell'Alba
Forte Krasia
THESA

Parte prima

RIO TIBBET

Anni 318-319 dopo il Ritorno

1
Dopo lo scempio

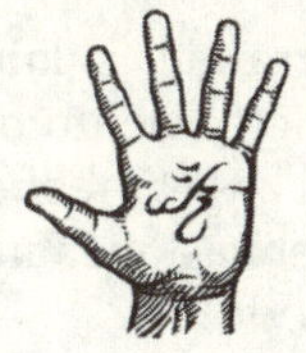

Anno 319 dR

Il grande corno suonò.

Arlen interruppe il lavoro e alzò gli occhi al cielo che l'alba tingeva di lavanda. La nebbia aleggiava ancora nell'aria, portando con sé un sentore umido e acre fin troppo familiare. Un muto orrore gli serrò lo stomaco, mentre aspettava nel silenzio del mattino, sperando che fosse stata soltanto la sua immaginazione. Aveva undici anni.

Ci fu una pausa, poi il corno echeggiò altre due volte in rapida successione. Un suono lungo e due brevi, a significare sud ed est, la Contrada dei Boschi. Suo padre aveva amici tra i taglialegna. Alle sue spalle, la porta si aprì: Arlen sapeva che sua madre era lì, a coprirsi la bocca con le mani.

Arlen riprese il lavoro senza bisogno di sollecitazioni. Certe faccende potevano anche aspettare un giorno, ma c'era da nutrire le bestie, mungere le vacche. Lasciò gli animali nelle stalle, aprì le mangiatoie con il fieno, riempì il trogolo ai maiali, poi corse a cercare un secchio per il latte. Sua madre era già accovacciata sotto la prima mucca. Lui agguantò lo sgabello libero e prese il ritmo del lavoro; il rumore del latte che colpiva il fondo di legno dei secchi aveva la cadenza di una marcia funebre.

Quando si spostarono alla coppia successiva della fila, Arlen vide che il padre stava attaccando il carro al cavallo più forte, una giumenta di cinque anni color nocciola chiamata Missy. Si dava da fare con un'espressione tetra sul volto.

Che cosa avrebbero trovato questa volta?

Di lì a poco erano sul carretto, diretti al grappolo di case sul limitare del bosco. Era un posto pericoloso, a più di un'ora di viaggio dalla prima struttura protetta, ma il legname era un bene necessario. La madre, avvolta nel suo scialle liso, lo teneva stretto a sé mentre il carro correva.

«Mamma, ormai sono grande» si lamentò Arlen. «Non c'è bisogno di tenermi in braccio come un bambino. Non ho paura.» Non era del tutto vero, ma cosa avrebbero detto gli altri ragazzini, che già lo prendevano abbastanza in giro, vedendolo aggrappato alla madre in quel modo?

«Sono *io* che ho paura» disse la madre. «E se fossi io ad avere bisogno di essere abbracciata?»

Subito inorgoglito, Arlen si strinse ancor più alla madre mentre proseguivano il viaggio. Lei non poteva certo ingannarlo, ma trovava sempre le parole giuste per convincerlo.

Già molto prima di giungere a destinazione, una colonna di fumo denso rivelò loro più di quanto non volessero sapere. Stavano bruciando i morti. E se avevano cominciato così presto, senza aspettare che arrivassero altri a unirsi alle preghiere, voleva dire che ce n'erano tanti. Troppi per poter pregare per ciascuno di loro, se si voleva terminare il lavoro prima del tramonto.

C'erano più di cinque miglia dalla fattoria paterna alla Contrada dei Boschi. Al loro arrivo, gli ultimi incendi ai capanni erano stati spenti, benché in realtà restasse ben poco da bruciare. Una quindicina di case ridotte in cenere e macerie.

«Anche le cataste di legna» disse il padre sputando oltre la fiancata del carro. Indicò con un cenno del mento i resti anneriti di un'intera stagione di taglio. Arlen fece una smorfia pensando allo steccato traballante che avrebbe dovuto aspettare un altro anno per essere riparato. Ma poi si vergognò di quel pensiero: dopotutto era soltanto del legname.

Il carro si era appena fermato, quando arrivò la Portavoce del villaggio. Selia, che la madre di Arlen chiamava a volte l'Arida, era una donna dura, alta e magra, dalla pelle coriacea come il cuoio. Portava i lunghi capelli grigi annodati in uno stretto chignon e lo scialle come simbolo delle sue funzioni. Arlen aveva imparato a sue spese quanto fosse rigida e severa, ma quel giorno si sentì confortato dalla sua presenza. Come in suo padre, c'era qualcosa in Selia che lo faceva sentire sicuro. Pur non avendo mai avuto figli, Selia trattava tutti a Rio Tibbet come una madre. Pochi potevano eguagliarne la saggezza e ancor meno la cocciutaggine. Ma se entravi nelle sue grazie, ti sentivi nel posto più sicuro del mondo.

«È bene che tu sia venuto, Jeph» disse Selia al padre di Arlen. «Anche tu, Silvy, e il piccolo Arlen» aggiunse accennando ai due. «Abbiamo bisogno di tutte le braccia disponibili. Il ragazzo può aiutare.»

Il padre di Arlen grugnì, saltando dal carro. «Ho con me gli attrezzi. Dimmi solo dove c'è più bisogno.»

Raccolse dal retro i preziosi arnesi. Il metallo scarseggiava a Rio Tibbet e suo padre andava orgoglioso dei suoi due badili, della sega e del piccone. Quel giorno sarebbero stati destinati a un buon uso.

«Quante perdite?» chiese Jeph, anche se in realtà non sembrava tenerci troppo a saperlo.

«Ventisette» disse Selia. Silvy soffocò un gemito, coprendosi la bocca, mentre gli occhi le si riempivano di lacrime. Jeph sputò di nuovo.

«Superstiti?» chiese.

«Pochi» rispose Selia. «Manie,» indicò con il bastone un ragazzo che guardava la pira funebre «ha fatto tutta la strada di corsa, al buio, fino a casa mia.»

Silvy trasalì. Nessuno era mai uscito vivo da un tragitto così lungo.

«Le protezioni attorno alla casa di Brine il taglialegna hanno resistito gran parte della notte» continuò Selia. «Lui e la sua famiglia hanno assistito a tutto. Pochi altri sono sfuggiti ai coreling e hanno trovato rifugio lì, fino a quando sono scoppiati gli incendi e il tetto ha preso fuoco. Sono rimasti dentro alla casa in fiamme finché le travi non hanno iniziato a cedere, e allora si sono arrischiati a uscire all'aperto nei pochi minuti prima dell'alba. I coreling hanno ucciso Meena, la moglie di Brine e il figlio Poul, ma gli altri ce l'hanno fatta. Col tempo, le ustioni guariranno e i bambini si rimetteranno, ma gli altri...»

Non ebbe bisogno di completare la frase. Gli scampati a un attacco dei demoni finivano presto per trovare la morte, in un modo o nell'altro. Non tutti, e neanche la maggior parte, ma comunque troppi. Alcuni si toglievano la vita, altri rimanevano inebetiti, rifiutandosi di mangiare e di bere fino a esaurirsi. Si diceva che non ci si poteva considerare veramente sopravvissuti finché non era trascorso un anno e un giorno dall'attacco.

«C'è ancora una dozzina di dispersi» disse Selia, senza troppa speranza nella voce.

«Li tireremo fuori» promise Jeph, guardando cupamente le macerie delle case, alcune delle quali ancora fumanti. I taglialegna costruivano le loro abitazioni quasi sempre in pietra per proteggersi dal fuoco, ma persino la pietra poteva bruciare se le protezioni cedevano e c'erano abbastanza demoni del fuoco concentrati in un posto.

Jeph si unì agli uomini e ad alcune delle donne più forti che stavano sgombrando le macerie e caricando i cadaveri sulla pira. Le salme dovevano necessariamente essere bruciate. Nessuno avrebbe voluto essere sepolto nello stesso terreno da cui i demoni potevano sorgere ogni notte. Harral il Predicatore, le maniche rimboccate sulle grosse braccia nude, issava da solo i corpi sul rogo, mormorando preghiere e disegnando rune nell'aria mentre le fiamme li avvolgevano.

Silvy raggiunse le donne che stavano radunando i bambini più piccoli e curando i feriti sotto lo sguardo vigile di Coline Trigg, l'erborista del villaggio. Ma nessun'erba poteva alleviare la sofferenza dei superstiti. Brine il taglialegna, detto Brine Spallelarghe, era un gigante dalla risata fragorosa che faceva volare per aria Arlen ogni volta che andavano a comprare il legname. Adesso era seduto sulle ceneri della casa distrutta e batteva lentamente il capo contro il muro annerito, borbottando tra sé e stringendosi le braccia al petto come se avesse freddo.

Arlen e gli altri bambini furono messi al lavoro: c'era da portare l'acqua e cercare di recuperare il salvabile dalle cataste di tronchi di legno. C'erano ancora alcuni mesi di caldo prima dell'inverno, ma non ci sarebbe stato tempo per fare abbastanza legna da ardere. Avrebbero dovuto di nuovo bruciare letame e riempire di fetore la casa. Arlen si sentì in colpa per quel pensiero. Lui non era in cima alla pira, non batteva la testa al muro perché aveva perduto tutto... C'era ben di peggio che una casa puzzolente di letame.

Nel corso della mattinata arrivò sempre più gente dal villaggio. Portando con sé i familiari e quelle poche provviste che potevano condividere, venivano dalla Peschiera e dalla Piazza del Villaggio, da Colle Pantano e dalla Palude Fangosa. Alcuni addirittura dalla lontana Vedetta Sud. Selia li accoglieva uno per uno, riferendo le tristi notizie e mettendoli subito al lavoro.

Con oltre un centinaio di braccia disponibili, gli uomini raddoppiarono gli sforzi, metà di loro continuando a scavare tra le macerie e gli altri attorno all'unica struttura che poteva essere recuperata, la casa di Brine il taglialegna. Selia allontanò Brine, sorreggendo in qualche modo l'omone vacillante mentre gli uomini sgombravano le macerie e cominciavano a caricare nuove pietre. Alcuni di loro sfoderarono gli attrezzi e si misero a dipingere nuove rune di protezione, mentre i ragazzini raccoglievano paglia per il tetto. Prima di buio la casa sarebbe tornata a posto.

Arlen fu mandato a recuperare legna in coppia con Cobie il pescatore. I ragazzi avevano già messo insieme una discreta catasta, anche se era solo una minima parte di quella andata perduta. Cobie era alto, robusto, con capelli ricci e scuri e braccia villose. Era popolare tra i coetanei, ma la sua era una popolarità conquistata a spese degli altri. Pochi scampavano alle sue ingiurie e ancora meno alle sue percosse.

Cobie aveva tormentato Arlen per anni, e agli altri bambini andava bene così. La fattoria di Jeph si trovava all'estremità settentrionale di Rio Tibbet, lontano dalla Piazza del Villaggio dove si radunavano di solito i fanciulli, e Arlen passava la maggior parte del tempo vagando solitario per il territorio del Rio. Sacrificarlo all'ira di Cobie sembrava un buon affare per molti dei ragazzini.

Ogni volta che Arlen andava a pesca o passava dalle parti della Peschiera per raggiungere la Piazza, sembrava che Cobie e i suoi amici fossero sempre sull'avviso ad aspettarlo. A volte si limitavano a lanciargli improperi o a rifilargli spintoni, ma altre tornava a casa ammaccato e insanguinato e sua madre lo sgridava per aver fatto a botte.

Ma un giorno Arlen ne ebbe abbastanza. Nascose un grosso bastone lungo la strada e quando Cobie e compagni lo aggredirono, lui finse di scappare ma all'improvviso ripescò il randello e tornò indietro, mulinandolo in aria.

Cobie fu il primo a beccarsi una legnata. Una gran botta alla testa che lo lasciò a frignare nella polvere con il sangue che gli colava da un orecchio. Willum ne uscì con un dito rotto e Gart restò azzoppato per più di una settimana. L'impresa non giovò alla popolarità di Arlen tra i coetanei, e oltretutto lui si buscò le bacchettate del padre, ma da allora i ragazzi non lo molestarono più. Ancora adesso, pur essendo di gran lunga più grosso di lui,

Cobie si teneva alla larga e batteva in ritirata se Arlen accennava appena a una mossa brusca.

«Dei superstiti!» urlò a un tratto Bill il fornaio, da una casa crollata ai limiti della Contrada. «Li sento! Sono intrappolati nello scantinato!»

Tutti lasciarono all'istante ciò che stavano facendo per accorrere sul posto. Sgombrare le macerie avrebbe richiesto troppo tempo, perciò gli uomini si misero direttamente a scavare, chinando la schiena con silenzioso fervore. Ben presto aprirono una breccia su un lato della cantina e cominciarono a tirare fuori i superstiti. Erano tutti sudici e spaventati a morte, ma vivi: tre donne, sei bambini e un uomo.

«Zio Cholie!» esclamò Arlen, mentre Silvy si precipitava a sorreggere il fratello che barcollava come un ubriaco. Arlen accorse, prendendolo sotto l'altro braccio, per tenerlo in piedi.

«Cholie, che ci facevi quaggiù?» chiese Silvy. Cholie lasciava raramente la sua bottega in Piazza. La mamma aveva raccontato mille volte ad Arlen di come lei e suo fratello avevano gestito insieme la bottega di maniscalco prima che Jeph cominciasse a danneggiare di proposito i ferri dei suoi cavalli per poterla corteggiare.

«Ero venuto a fare la corte ad Ana dei taglialegna» mormorò Cholie, strappandosi i capelli a ciocche intere. «Avevamo appena aperto la botola, quando hanno varcato le protezioni...» Le gambe non gli ressero e si accasciò, tirandosi dietro Arlen e Silvy. Inginocchiato a terra, scoppiò a piangere.

Arlen guardò gli altri superstiti. Ana dei taglialegna non era tra loro. Un nodo gli serrò la gola quando vide sfilare i bambini. Li conosceva tutti quanti, le loro famiglie, sapeva com'erano fatte le loro case, dentro e fuori, sapeva i nomi dei loro animali... Ne incontrò gli sguardi mentre passavano, e in quell'attimo visse l'attacco attraverso i loro occhi. Vide se stesso sospinto nell'angusto rifugio sottoterra mentre quelli che non riuscivano a entrarci restavano fuori a fronteggiare i coreling e le fiamme. A un tratto cominciò a boccheggiare, incapace di riprendere fiato fino a che Jeph non lo fece tornare in sé dandogli dei colpi sulla schiena.

Stavano finendo di consumare un pasto freddo di metà giornata, quando dall'altro capo del villaggio giunse il suono del corno.

«Oh, due volte in un giorno no!» gemette Silvy, coprendosi la bocca.

«Andiamo» sbuffò Selia. «A mezzogiorno? Usa il cervello, ragazza!»

«Allora che cosa...?»

Senza badarle, Selia si alzò per trovare un suonatore che rispondesse al segnale. Da buon abitante della Palude Fangosa, Keven Pantano aveva sempre il suo corno a portata di mano. Era facile finire dispersi tra gli acquitrini, e nessuno voleva ritrovarsi solo quando sbucavano i demoni. Keven suonò una serie di note, gonfiando le guance come un rospo.

«Era il corno di un messaggero» spiegò a Silvy Coran Pantano. Con la sua barba grigia, era il Portavoce della Palude Fangosa e il padre di Keven. «Probabilmente hanno visto il fumo. Keven li sta informando di quello che è successo e di dove ci troviamo.»

«Un messaggero in primavera?» chiese Arlen. «Credevo che venissero in autunno, dopo il raccolto. Abbiamo finito di trapiantare solo la scorsa luna!»

«L'autunno passato non è venuto nessuno» disse Coran, sputando un umore scuro e schiumoso da una radice che stava biascicando nella bocca sdentata. «Eravamo preoccupati. Pensavamo che fino al prossimo autunno non arrivasse nessuno a portarci il sale. O che magari i coreling avessero invaso le Città Libere e fossimo rimasti tagliati fuori.»

«I coreling non attaccherebbero mai le Città Libere» intervenne Arlen.

«Chiudi la bocca, Arlen» lo rimproverò Silvy. «Lui è più anziano di te!»

«No, lascia parlare il ragazzo» disse Coran. «Sei mai stato in una Città Libera, figliolo?»

«No» ammise Arlen.

«Mai conosciuto qualcuno che c'è stato?»

«No» ripeté Arlen.

«Allora, come fai a essere tanto esperto? Nessuno c'è mai stato, a parte i messaggeri. Loro sono gli unici che osano sfidare la notte e spingersi così lontano. Chi può dire che le Città Libere non siano posti come Rio Tibbet? Se possono attaccare noi, i coreling possono attaccare anche loro.»

«Il vecchio Verro viene dalle Città Libere» disse Arlen. Rusco il Verro era l'uomo più ricco del Borgo. Gestiva l'emporio generale, che era il centro di ogni commercio a Rio Tibbet.

«Già» assentì Coran. «Ed è stato proprio lui a dirmi, anni fa, che un viaggio gli era bastato. Aveva intenzione di tornarci dopo qualche anno, ma ha deciso che il gioco non valeva la candela. Dunque, chiedilo a lui se le Città Libere sono più sicure degli altri posti.»

Arlen non voleva crederci. Dovevano pur esserci dei luoghi sicuri nel mondo. Gli balenò di nuovo l'immagine di sé sbattuto in una cantina e si rese conto che di notte nessun posto era veramente sicuro.

Il messaggero arrivò un'ora dopo. Era un uomo alto, sulla trentina, con capelli castani tagliati corti e una barba folta e ben curata. Le ampie spalle erano coperte da una cotta di maglia su cui indossava un lungo mantello scuro, con brache e stivali di cuoio a completare l'abbigliamento. Montava una snella giumenta corsiera dal manto bruno. Vari tipi di lance erano assicurate alla sella con delle cinghie. Si avvicinò con un'espressione tetra sul volto, ma tenendo le spalle dritte con fierezza. Scrutò la folla e individuò facilmente la Portavoce, che stava impartendo ordini. Diresse il cavallo verso di lei.

A qualche distanza da lui, su un carro sovraccarico tirato da una coppia di mule marrone scuro, veniva il giullare. Indossava uno sgargiante costume multicolore e aveva un liuto posato accanto a sé, sulla panca del carro. Aveva capelli di un colore che Arlen non aveva mai visto, un arancione pallido, e una pelle così chiara che sembrava che il sole non l'avesse mai sfiorata. Teneva le spalle accasciate e sembrava completamente sfinito.

C'era sempre un giullare al seguito del messaggero annuale. Per i bambini, e anche per qualche adulto, era lui il più importante tra i due. Dacché se ne ricordava Arlen, era sempre stato lo stesso, grigio di capelli, ma brioso e pieno di allegria. Questo nuovo era più giovane e sembrava depresso. I bambini gli corsero subito attorno e il giullare si rianimò. L'aria triste scomparve così in fretta dal suo volto che Arlen dubitò vi fosse mai stata. In un istante, saltò giù dal carro e cominciò a far volteggiare in aria le sue sfere colorate, per l'esultanza dei piccoli.

Altri, tra cui Arlen, abbandonarono il lavoro, attratti dai nuovi venuti. Selia li sgridò subito, senza concedere tregua. «La giornata non si allungherà perché è arrivato il messaggero!» tuonò. «Tornate al lavoro!»

Ci fu qualche borbottio, ma ognuno riprese le sue incombenze. «Tu no, Arlen» disse Selia. «Vieni qui.» Arlen distolse lo sguardo dal giullare e obbedì, nel momento stesso in cui sopraggiungeva il messaggero.

«Selia l'Arida?» chiese.

«Selia può bastare» rispose la donna, piccata. Il messaggero sgranò gli occhi e arrossì. Le gote pallide sopra la barba grigia s'imporporarono. Balzò giù da cavallo e si inchinò.

«Le mie scuse» mormorò. «L'ho detto senza pensarci. È stato Graig, il vostro messaggero abituale, a dirmi che qui vi chiamano così.»

«È un piacere scoprire dopo tutti questi anni che cosa pensa Graig di me» disse Selia, niente affatto compiaciuta.

«Pensava, signora» corresse il messaggero. «Graig è morto.»

«Morto!» esclamò Selia, subito rattristata. «Sono stati i...?».

Il messaggero scosse il capo. «I coreling non c'entrano. È stata una brutta influenza. Io mi chiamo Ragen e sarò il vostro messaggero per quest'anno, solo per fare un favore alla vedova. Per l'inizio del prossimo autunno la gilda ne nominerà uno nuovo.»

«Un anno e mezzo ancora prima del prossimo messaggero?» protestò Selia, quasi sul punto di scatenare una scenata. «Quest'inverno ce l'abbiamo fatta a malapena senza il rifornimento autunnale di sale. Lo so che per voi a Miln la cosa è scontata, ma se non la si conserva bene, metà della carne e del pesce si guasta. E come facciamo per le lettere?»

«Spiacente, signora» disse Ragen. «I vostri villaggi sono molto distanti dalle vie più battute, e pagare ogni anno un messaggero per un viaggio di oltre un mese è dispendioso. La Gilda dei Messaggeri è a corto di uomini, e per giunta Graig è andato a buscarsi quel malanno...» Scosse il capo ridacchiando, ma appena vide la faccia scura di Selia, aggiunse: «Mi dispiace, signora. Graig era anche mio amico. Solo che... non molti di noi possono permettersi il lusso di andarsene con un tetto sulla testa, un letto comodo e una giovane moglie accanto. Di solito, la notte ci porta via prima. Mi capite?»

«Capisco. Voi avete moglie, Ragen?»

«Sì, anche se, per sua fortuna e mia sventura, passo molto più tempo con la mia giumenta che con lei.» Ragen rise, mandando in confusione Arlen, cui non sembrava così divertente avere una moglie che non sentisse la tua mancanza.

Selia non parve badarci. «E se non poteste vederla affatto? Se tutto ciò che poteste spartire con lei fosse solo qualche lettera all'anno? Come vi sentireste sapendo che le lettere ci impiegano sei mesi ad arrivare? Qui da noi c'è gente che ha parenti nelle Città Libere. Partiti insieme a un messaggero o l'altro, alcuni già da due generazioni. Queste persone non torneranno a casa. Tutto quello che abbiamo di loro, e loro di noi, sono le lettere.

«Sono perfettamente d'accordo, signora,» rispose Ragen «ma queste decisioni non spettano a me. Il duca...».

«Però, tornando gliene parlerete, vero?»

«Lo farò.»

«Volete che vi scriva il messaggio per lui?»

Ragen sorrise. «Credo di potermelo ricordare, signora.»

«Badate di farlo.»

Ragen si inchinò di nuovo, anche più profondamente. «Mi dispiace di essere giunto qui in un giorno così triste» disse lanciando un'occhiata alla pira.

«Non possiamo chiedere alla pioggia, o al vento, o al freddo quando venire... E neanche ai coreling. La vita continua, nonostante tutto.»

«Già, la vita continua» convenne Ragen. «Ma se c'è qualcosa che io e il mio giullare possiamo fare per aiutarvi... Ho le spalle larghe, io, e mi è già capitato molte volte di riparare i danni dei coreling.»

«Il giullare sta già dando il suo contributo» disse Selia, accennando al ragazzo che cantava e sfoggiava i suoi trucchi. «Distrae i ragazzi mentre i grandi fanno il loro lavoro. Quanto a voi, nei prossimi giorni avrò troppo da fare, se vogliamo riprenderci da questo disastro. Dunque non avrò tempo di recapitare le lettere e di leggerle a quelli che non hanno mai imparato.»

«Posso farlo io, signora» si offrì Ragen. «Solo che non conosco abbastanza bene la zona per consegnare la posta a domicilio.»

«Non sarà necessario» disse Selia, presentando Arlen. «Arlen vi accompagnerà all'emporio generale, nella Piazza. Date le lettere e i pacchi a Rusco il Verro, quando consegnerete il sale. Rusco è uno dei pochi in città che sa leggere e far di conto. La gente si precipiterà da lui, appena saprà che è arrivato il sale. Il vecchio imbroglione si lamenterà, vorrà essere pagato, ma voi ditegli che in tempi di crisi tutta la comunità deve impegnarsi. Ditegli di consegnare le lettere e di leggerle a quelli che non sanno farlo da soli, altrimenti non alzerò un dito la prossima volta che la gente vorrà appenderlo con una corda al collo.»

Ragen scrutò la donna, forse cercando di capire se stesse scherzando, ma dal suo volto di pietra non traspariva nulla. Allora le fece un nuovo inchino.

«Sbrigatevi» disse Selia. «Mettete le ali ai piedi ed entrambi sarete di ritorno quando tutti saranno pronti ad andarsene da qui per la notte. Se voi e il giullare non avete voglia di pagare una stanza a Rusco, sappiate che chiunque sarà felice di mettervi a disposizione la propria casa.» Allontanandosi dai due, la donna tornò a spronare quelli che battevano la fiacca per stare a guardare i nuovi arrivati.

«È sempre così… persuasiva?» chiese Ragen ad Arlen mentre raggiungevano il giullare intento a dare spettacolo per i più piccini. Tutti gli altri erano tornati al lavoro.

«Dovreste sentirla quando parla agli anziani» sbuffò Arlen. «Siete stato fortunato a non rimetterci la pelle quando l'avete chiamata "l'Arida".»

«Graig diceva che è così che la chiamano tutti.»

«Infatti,» confermò il ragazzo «ma non glielo dicono in faccia. Sarebbe come prendere un coreling per le corna. La gente scatta, a una sua parola.»

Ragen ridacchiò. «E non è che una vecchia Figlia. Da dove vengo io, soltanto le Madri si aspettano che tutti scattino ai loro ordini.»

«Che differenza fa?» chiese Arlen.

Ragen scrollò le spalle. «Non lo so, ma è così che vanno le cose a Miln. Le persone fanno andare il mondo, ma sono le Madri che fanno le persone, dunque spetta a loro condurre le danze.»

«Qui da noi non va così» disse Arlen.

«Nei piccoli centri, mai» convenne Ragen. «C'è troppo poca gente. Ma nelle Città Libere è diverso. A parte Miln, nessuna città concede tanta voce alle donne.»

«Mi sembra una sciocchezza anche quella» mormorò Arlen.

«Lo è.»

Il messaggero si fermò e porse ad Arlen le briglie della cavalla. «Aspettami qui un momento» disse, raggiungendo il giullare. I due si appartarono a parlare e Arlen vide mutare di nuovo l'espressione del giullare: dapprima parve stizzito, poi petulante e infine rassegnato mentre discuteva con Ragen, che non si scompose minimamente.

Senza mai distogliere gli occhi dal giullare, fece un cenno con la mano ad Arlen, che si avvicinò con la giumenta.

«… non m'interessa quanto sei stanco» stava dicendo Ragen, con voce aspra e sibilante. «Questa gente ha un lavoro terribile da fare e se dovrai fare il pagliaccio per tutto il pomeriggio per tenere occupati i loro bambini, allora fallo, maledizione! Rimetti su la faccia giusta e muoviti!» Strappò di mano le redini ad Arlen e le affidò al ragazzo.

Arlen scrutò a lungo il giullare, prima che questi si accorgesse di lui. Sembrava indignato e impaurito, ma non appena si avvide di essere osservato, il suo volto cambiò, si distese, e in un attimo tornò il ragazzo allegro e vivace che danzava per i bambini.

Ragen condusse Arlen al carro e ci salirono su. Ragen schioccò le redini, fece dietrofront e prese il sentiero sterrato che portava alla strada principale.

«Perché stavate litigando?» chiese Arlen mentre il carro procedeva sobbalzando.

Il messaggero lo guardò un momento, poi scrollò le spalle e disse: «È la prima volta che Keerin si allontana tanto dalla città. Quando viaggiavamo in gruppo e avevamo un posto al coperto dove dormire, si mostrava coraggioso, ma da quando ci siamo separati dal resto della carovana, ad Angiers, non è più lo stesso. Ha terrore dei coreling e questo non lo rende molto socievole».

«Non sembrerebbe» disse Arlen girandosi a guardare le piroette del giocoliere.

«I giullari hanno i loro trucchi, i loro travestimenti. Possono fingere a tal punto di essere ciò che non sono da convincere persino se stessi. Keerin ha finto di essere coraggioso. La gilda lo ha sottoposto a un esame prima di spedirlo in viaggio e lui l'ha superato. Ma non si può mai sapere davvero come reagisce una persona a due settimane di strada allo scoperto, finché non ci si trova realmente.»

«Come fate a dormire fuori di notte?» chiese Arlen. «Mio padre dice che disegnare protezioni per terra vuol dire andare in cerca di guai.»

«Tuo padre ha ragione» disse Ragen. «Guarda in quel vano, sotto i tuoi piedi.»

Arlen obbedì e ne estrasse una grossa borsa di cuoio morbido. Dentro c'era una corda annodata con appese delle tavolette di legno laccate più larghe della sua mano. Sgranò gli occhi vedendo le rune incise e dipinte sul legno.

Capì subito che si trattava di un cerchio di protezione portatile, ampio abbastanza per cingere tutto il carro e anche oltre. «Non avevo mai visto niente di simile» commentò.

«Non sono facili da costruire» disse Ragen. «Molti messaggeri dedicano tutto il loro apprendistato a imparare quest'arte. Non c'è vento né pioggia che possano rovinarli. D'altro canto, non è come avere una porta e dei muri protetti.

«Ti sei mai trovato faccia a faccia con un coreling, ragazzo?» chiese, voltandosi a fissarlo. «L'hai mai visto vibrarti un fendente senza avere una via di scampo o un mezzo per proteggerti se non questa magia invisibile?» Scosse il capo. «Forse sono troppo severo con Keerin. Lui la prova l'ha superata bene. Ha gridato un po', ma questo c'era da aspettarselo. Restare fuori, notte dopo notte, è un'altra cosa. Per certi uomini è dura combattere con la paura costante che una foglia errabonda vada a posarsi su una protezione, e allora...» Tutt'a un tratto, soffiò forte e sferrò una manata ad Arlen con le dita contratte ad artiglio. Vedendo sobbalzare il ragazzo, scoppiò a ridere.

Arlen fece scorrere il pollice su ognuna delle tavolette levigate e laccate, avvertendone la forza. Ce n'era una ogni trenta centimetri di corda, più di quante ce ne sarebbero state in qualsiasi rete di protezione. Ne contò una quarantina e passa. «I demoni del vento non possono volare dentro un cerchio così grande?» chiese. «Mio padre mette dei pali per impedire che atterrino nei campi.»

Ragen lo guardò con una certa sorpresa. «Probabilmente perde il suo tempo. I demoni del vento sono forti volatori, ma hanno bisogno di spazi liberi per prendere la rincorsa o di posatoi su cui arrampicarsi per spiccare il volo. Cose che difficilmente trovano in un campo di mais, perciò esiterebbero a posarcisi, a meno che non ci sia qualcosa di irresistibile a tentarli, come la vista di un bambino temerario addormentato lì in mezzo.» Guardò Arlen nello stesso modo in cui lo guardava Jeph quando predicava che i coreling erano un pericolo serio. Come se lui non lo avesse saputo.

«I demoni del vento» continuò Ragen «hanno bisogno di molto spazio per girare e per la maggior parte hanno un'apertura alare superiore a quel cerchio. È possibile che qualcuno riesca a entrarci, ma io non l'ho mai visto. Comunque, se dovesse accadere...» Accennò alla lunga, pesante lancia che teneva al fianco.

«Potreste uccidere un coreling con una lancia?» chiese Arlen.

«Probabilmente no, ma ho sentito che si possono tramortire

infilzandoli contro le protezioni.» Ridacchiò. «Spero di non doverlo mai scoprire.»

Arlen lo guardò sbalordito.

Ragen gli rispose con uno sguardo improvvisamente grave. «Ragazzo mio, quello del messaggero è un mestiere pericoloso.»

Arlen continuava a fissarlo. «Ma deve valerne la pena, per poter vedere le Città Libere» disse infine. «Ditemi la verità, com'è Forte Miln?»

«È la città più ricca e più bella del mondo» rispose Ragen tirandosi su la manica per scoprire un tatuaggio sull'avambraccio che raffigurava una città incastonata tra due montagne. «Le Miniere del Duca abbondano di sale, metallo e carbone. I tetti e le mura sono così ben difesi che raramente vengono messe alla prova le protezioni di una casa. Quando il sole splende sulle sue mura, perfino le montagne impallidiscono al confronto.»

«Non ho mai visto una montagna» ammise Arlen, toccando con aria trasognata il tatuaggio sul braccio del messaggero. «Mio padre dice che sono delle grosse colline.»

«Vedi quella collina?» disse Ragen indicando a nord della strada.

Arlen annuì. «Sì, è Colle Pantano. Da lassù si può vedere tutto il villaggio.»

«Lo sai quant'è cento, Arlen?» chiese Ragen.

«Sì, dieci paia di mani.»

«Bene anche una piccola montagna è più grande di cento di quei tuoi colli messi uno sopra all'altro. E le montagne di Miln non sono piccole.»

Sbalordito, Arlen cercò di figurarsi un'altezza simile. «Ma allora toccano il cielo» commentò.

«Alcune arrivano anche più su» si vantò Ragen. «Dalla cima, puoi contemplare le nuvole.»

«Voglio vederle, un giorno» mormorò Arlen.

«Potresti entrare nella Gilda dei Messaggeri, quando sarai abbastanza grande» disse Ragen.

Arlen scosse il capo. «Solo i disertori se ne vanno, dice mio padre; e quando lo dice, sputa.»

«Tuo padre non sa di cosa parla. Sputare non serve. Se non ci fossero i messaggeri, anche le Città Libere crollerebbero.»

«Ma non erano sicure?» chiese Arlen.

«Nessun luogo è veramente sicuro, Arlen. Miln è più popolosa e può assorbire le perdite più facilmente di un posto come Rio Tibbet, ma i coreling si prendono la loro parte ogni anno.»

«Noi di Rio Tibbet siamo novecento, e Pascolo Assolato, qui accanto, quasi lo stesso. E Miln, quanti abitanti fa?»

«Trentamila» rispose Ragen, orgoglioso.

Arlen lo guardò, confuso.

«Mille è dieci volte cento» spiegò il messaggero.

Arlen rifletté un attimo, poi scosse il capo. «Non c'è così tanta gente in tutto il mondo» disse.

«Ce n'è eccome, e anche di più. C'è un mondo sterminato là fuori, per chi ha il coraggio di sfidare le tenebre.»

Arlen non disse nulla e per un tratto proseguirono in silenzio.

Il carro traballante impiegò quasi un'ora e mezza per raggiungere la Piazza nel cuore del villaggio, dove sorgevano alcune dozzine di case di legno protette da rune e occupate da chi per mestiere non doveva andare nei campi, in risaia, a pesca o a tagliare legna nel bosco. Era qui che si potevano trovare il sarto, il fornaio, il bottaio, il maniscalco, e tutto il resto.

Al centro c'era lo slargo dove la gente si incontrava, e l'edificio più grosso del villaggio, l'emporio generale. Nell'ampia sala anteriore c'era la mescita con i tavoli, sul retro un magazzino ancora più vasto, e sotto lo scantinato dove erano stipate le cose di valore del villaggio.

La cucina era gestita dalle figlie del Verro, Dasy e Catrin. Con due crediti potevi mangiare a sazietà, ma secondo Silvy il vecchio Verro era un truffatore, visto che con due crediti potevi comprarti cereali a sufficienza per una settimana intera. Nondimeno, molti scapoli erano disposti a pagare quel prezzo, e non solo per il pasto… Dasy era volgarotta e Catrin troppo grassa, ma lo zio Cholie sentenziava che l'uomo che le avesse prese in moglie si sarebbe sistemato a vita.

Tutta la gente del Rio portava al Verro le proprie merci: granturco, carne, pelli, vasellame o anche vestiti, mobili o attrezzi. Lui contava, calcolava e arraffava in cambio di crediti con cui i clienti potevano comprarsi altri prodotti nel suo negozio.

Le cose però sembravano costare sempre molto di più di quanto il Verro le avesse pagate. Arlen era abbastanza bravo a far di conto per capirlo. Quando qualcuno veniva a vendere, scoppiavano tremende discussioni, ma era il Verro a fissare il prezzo, e l'aveva sempre vinta lui. Tutti lo odiavano, ma avevano bisogno di lui ed erano pronti a lisciargli il pelo e a spalancargli le porte invece di sputare quando passava.

Mentre tutti gli altri a Rio Tibbet lavoravano dall'alba al tramonto e riuscivano a stento a far fronte ai loro bisogni, il Verro e le sue figlie avevano le pance piene, le guance rubizze e abiti nuovi e puliti. Quando sua madre gli toglieva i vestiti per lavarli, Arlen era costretto ad avvolgersi in una gualdrappa.

Ragen e Arlen attaccarono le mule davanti al negozio ed entrarono. Lo spaccio era vuoto. Di solito l'aria era densa di grasso fritto, ma quel giorno dalla cucina non arrivava nessun odore.

Arlen si affrettò a precedere il messaggero al bancone. Rusco vi teneva un campanello di bronzo che si era portato dietro dalle Città Libere. Arlen adorava quel campanello. Gli diede una manata e sorrise al suono squillante.

Si udì un tonfo dal retrobottega, poi dalle tende dietro il bancone apparve Rusco. Era un omaccione, ancora dritto e forte per i suoi sessant'anni, ma un rotolo molle di grasso gli cingeva la vita e la capigliatura grigio ferro cominciava a scoprirgli la fronte rugosa. Indossava delle brache leggere, scarpe di cuoio e una camicia bianca con le maniche rimboccate sugli avambracci possenti. Il grembiule era immacolato come sempre.

«Arlen Bales» disse con un sorriso indulgente, vedendo il ragazzo. «Sei venuto per giocare col campanello, o hai un affare da propormi?»

«L'affare ce l'ho io» disse Ragen facendo un passo avanti. «Siete Rusco il Verro?»

«Rusco e basta. Il Verro è un soprannome che usano i paesani, alle mie spalle. Non sopportano la vista di un uomo ricco.»

«E questa è la seconda volta» borbottò Ragen tra sé.

«Come dite?»

«È la seconda volta che il diario di viaggio di Graig mi mette sulla strada sbagliata» disse Ragen. «Stamattina mi sono rivolto a Selia chiamandola l'Arida.»

«Ah!» rise Rusco. «L'avete fatta bella! Be', questa merita una bevuta; offre la casa. Come avete detto di chiamarvi?»

«Ragen» disse il messaggero, posando la pesante sacca per sedersi al bancone. Rusco spillò un barilotto e staccò un boccale di legno dalla rastrelliera.

La birra densa color miele spumeggiò bianca sull'orlo del boccale. Rusco ne riempì uno per Ragen e uno per sé, poi sbirciò Arlen e gliene versò un bicchiere più piccolo. «Portatela al tavolo e lascia parlare in pace i grandi. E se non vuoi metterti nei pasticci, non dire a tua madre che te l'ho data.»

Arlen corse via raggiante col suo bottino prima che Rusco potesse ripensarci. Aveva assaggiato qualche volta, alle feste, un sorso di birra dal boccale di suo padre, ma non ne aveva mai avuta una tutta per sé.

«Cominciavo a preoccuparmi che non venisse più nessuno» sentì Rusco dire a Ragen.

«L'autunno scorso, proprio prima di partire, Graig s'è ammalato» disse Ragen, mandando giù una gran sorsata. «L'erborista gli sconsigliò di mettersi in viaggio finché non stava meglio, ma con l'inverno cominciò a peggiorare sempre di più. Alla fine, mi ha chiesto di fare il tragitto al suo posto finché la gilda non avrà trovato un sostituto. Dovendo comunque portare una carovana di sale ad Angiers, ho aggiunto un altro carro e ho fatto una deviazione fin qui, prima di riprendere la strada verso nord.»

Rusco gli riempì di nuovo il boccale. «A Graig,» brindò «ottimo messaggero e micidiale nel trattare.» Ragen annuì e i due fecero cozzare i boccali e bevvero.

«Un altro?» chiese Rusco quando Ragen posò il boccale vuoto sul bancone.

«Graig ha lasciato scritto nel suo diario di viaggio che anche voi siete temibile nelle trattative, e che per prima cosa avreste cercato di farmi ubriacare» disse Ragen.

Rusco ridacchiò e riempì il boccale. «Dopo che ci saremo accordati, non avrò più motivo di offrirvene altri» rispose sfacciatamente.

«Invece sì, se volete che la vostra posta arrivi a Miln» ribatté Ragen sogghignando mentre prendeva il boccale.

«Vedo che siete un osso duro quanto lo era Graig» brontolò Rusco, riempiendo il proprio boccale. «Ecco,» aggiunse, quando la schiuma traboccò «possiamo mercanteggiare tutti e due ubriachi.» Entrambi scoppiarono a ridere e brindarono di nuovo.

«Che novità dalle Città Libere?» chiese Rusco. «I krasiani sono sempre decisi ad autodistruggersi?»

Ragen scrollò le spalle. «A detta di tutti, pare di sì. Io ho smesso di andare a Krasia da diversi anni, quando mi sono sposato. Troppo lontana e troppo pericolosa.»

«Dunque non c'entra col fatto che tengono le loro donne tutte coperte?» chiese Rusco.

Ragen scoppiò a ridere. «Quello non aiuta. Ma soprattutto è l'opinione che hanno dei nordici, compresi i messaggeri. Secondo loro saremmo dei vigliacchi, perché non siamo disposti a passare le notti a farci massacrare dai coreling.»

«Forse sarebbero meno inclini a combattere se guardassero di più le loro donne» ghignò Rusco. «E che mi dite di Angiers e Miln? I duchi continuano a litigare?»

«Come sempre» rispose Ragen. «Euchor ha bisogno del legname di Angiers per alimentare le sue raffinerie, e di grano per sfamare il suo popolo. Rhinebeck ha bisogno del metallo e del sale di Miln. Devono trattare per sopravvivere, ma invece di rendere le cose più semplici, passano tutto il tempo a imbrogliarsi a vicenda, specie quando una spedizione va perduta lungo la strada a causa dei coreling. L'estate scorsa i demoni hanno attaccato una carovana di acciaio e sale. Hanno ucciso le guide ma lasciato quasi intatto il carico. Rhinebeck lo ha salvato ma si è rifiutato di pagarlo, invocando i diritti di recupero.»

«Il duca Euchor sarà stato furibondo» commentò Rusco.

«Livido» confermò Ragen. «Gli ho portato io stesso la notizia. È diventato tutto rosso, e ha giurato che Angiers non avrebbe visto un'oncia di sale finché Rhinebeck non avesse pagato.»

«E Rhinebeck l'ha fatto?» chiese Rusco sporgendosi in avanti, ansioso di sapere.

Ragen scosse il capo. «Per diversi mesi ce l'hanno messa tutta per ridursi reciprocamente alla fame, poi è stata la Gilda dei Mercanti a pagare, pur di mettere in viaggio le merci prima che arrivasse l'inverno a farle marcire nei magazzini. Ora Rhinebeck ce l'ha con loro per avere aiutato Euchor, ma almeno ha salvato la faccia e le consegne sono ripartite, com'era nell'interesse di tutti, se non di quei due cani rognosi.»

«Attento a come parlate dei duchi» ammonì Rusco «anche da così lontano.»

«E chi potrebbe riferirglielo?» chiese Ragen. «Voi? Il ragazzo?» Accennò ad Arlen, ed entrambi scoppiarono a ridere.

«E ora mi tocca portare notizie di Ponterivo a Euchor, il che non farà che peggiorare le cose» disse Ragen.

«Ah, il paese ai confini con Miln, sì e no una giornata da Angiers» disse Rusco. «Ho delle conoscenze, laggiù.»

«Non più, purtroppo» affermò Ragen, esplicito. I due uomini ammutolirono per un po'.

«Basta cattive notizie» disse Ragen, posando la sacca sul bancone. Rusco la guardò, dubbioso.

«Non sembra sale, e non credo di avere tanta posta.»

«Sei lettere e anche una dozzina di pacchi» disse Ragen allungandogli un mazzetto di fogli piegati. «È tutto annotato qui, oltre alla sacca postale e ai pacchi da distribuire che sono sul carro. Ho dato una copia della lista a Selia» lo avvertì.

«Cosa dovrei farmene di quella lista o della vostra sacca postale?»

«La Portavoce è occupata e non può distribuire le lettere o leggerle a chi non ne è capace. È stata lei a suggerire il vostro nome.»

«E chi mi ripaga delle ore di lavoro spese a leggere per la gente?» chiese Rusco.

«La soddisfazione di fare un'opera buona per i vostri concittadini, forse?» suggerì Ragen.

Rusco sbuffò. «Non sono venuto a Rio Tibbet per fare il filantropo. Sono un uomo d'affari e quello che faccio per questa città è già molto.»

«Davvero?» chiese Ragen.

«Sì, maledizione! Prima che arrivassi io, qui erano ancora fermi al *baratto*». Pronunciò la parola come una bestemmia, sputando per terra. «Ogni Settimodì prendevano i prodotti del loro lavoro e si riunivano in Piazza a discutere di quanti fagioli valesse una pannocchia di granturco o di quanto riso dare al bottaio per fabbricare il barile dove stiparlo. E se non ottenevano ciò di cui avevano bisogno quel Settimo Giorno, dovevano aspettare una settimana, o andare a bussare di porta in porta. Adesso, chiunque può venire qui in qualsiasi giorno a qualsiasi ora, dall'alba al tramonto, e chiedere a credito tutto quello che gli serve.»

«Il salvatore del villaggio» ironizzò Ragen. «E senza pretendere nulla in cambio.»

Rusco sogghignò. «Niente più di un legittimo profitto.»

«E quanto spesso i concittadini cercano di impiccarvi per qualche imbroglio?» chiese Ragen.

«Troppo spesso, considerato che metà di loro non sa contare oltre le dita di una mano e l'altra metà riesce ad aggiungerci sì e no quelle dei piedi» rispose Rusco, gli occhi stretti a fessura.

«Selia dice che la prossima volta che succede dovrete vedervela da solo, se non collaborate.» Da amichevole, il tono di Ragen si era fatto improvvisamente ostile. «C'è un sacco di gente all'altro capo del villaggio che sta patendo pene ben più gravi che dover leggere qualche lettera.»

Rusco aggrottò le ciglia, prese la lista e portò la grossa sacca in magazzino.

«Quanto è grave, veramente?» chiese tornando.

«Una tragedia. Ventisette morti finora, e ancora parecchi dispersi.»

«Per il Creatore!» bestemmiò Rusco disegnando una runa nell'aria di fronte. «Pensavo si trattasse al massimo di una famiglia.»

«Magari!»

Rimasero per un tratto in doveroso silenzio, poi alzarono gli occhi simultaneamente e si guardarono.

«Avete il sale di quest'anno?» chiese Rusco.

«Voi avete il riso del duca?» ribatté Ragen.

«È rimasto qui tutto l'inverno. Non arrivavate mai...» disse Rusco.

Ragen si accigliò.

«Oh, è ancora buono!» esclamò Rusco, alzando le mani come a difendersi. «L'ho tenuto ben chiuso e all'asciutto, e nella mia cantina parassiti non ce ne sono!»

«Dovrò sincerarmene, voi capite» disse Ragen.

«Certo, certo. Arlen, prendi quella lampada!» ordinò al ragazzo, indicandogli l'angolo del bancone.

Arlen prese la lanterna e l'acciarino. Accese lo stoppino e abbassò il vetro con riverente cautela. Nessuno gli aveva mai affidato un oggetto di vetro prima di allora. Era più freddo di quanto non pensasse; ma ben presto, lambito dalla fiamma, si scaldò.

«Portala tu per noi giù in cantina» ordinò Rusco. Arlen cercò di contenere l'eccitazione. Era sempre stato curioso di vedere cosa c'era dietro al bancone. Al Rio si diceva che se tutti avessero impilato uno su l'altro i loro averi, la pila non avrebbe mai retto il paragone con le meraviglie del magazzino di Rusco.

Osservò il vecchio tirare un anello e aprire una larga botola nel pavimento. Temendo che l'uomo potesse cambiare idea, si affrettò a precederlo. Scese i gradini scricchiolanti tenendo alta la lanterna per illuminare il cammino. Nel procedere, la luce sfiorava cataste di casse e barili, dal pavimento al soffitto, che si allungavano in file regolari oltre la portata del lume. Il pavimento era di legno per impedire ai coreling di emergere direttamente nella cantina dal Fulcro, ma c'erano anche rune di protezione intagliate negli scaffali lungo i muri. Il vecchio Verro era molto scrupoloso con i suoi tesori.

Il commerciante fece strada fino ai barili sigillati custoditi nel retro. «Sembrano intatti» disse Ragen, esaminando il legno. Rifletté un momento, poi ne scelse uno a caso. «Quello» concluse, indicandolo.

Rusco grugnì e tirò fuori il barile in questione. Qualcuno riteneva comodo il suo lavoro, ma anche lui doveva avere braccia forti e robuste quanto chi usava la falce o la scure. Ruppe il sigillo, scoperchiò il barile, e raccolse del riso in una coppa affinché Ragen potesse controllarlo.

«Ottimo riso della Palude,» disse al messaggero «integro e senza ombra di tarme. Questo frutterà un bel po' di soldi a Miln, specie dopo tanta attesa.» Ragen assentì con un borbottio. Il barile fu richiuso e i tre tornarono di sopra.

Discussero per un po' per stabilire quanti barili di riso valessero i pesanti sacchi di sale sul carro. Alla fine, nessuno dei due sembrava soddisfatto, ma chiusero l'affare con una stretta di mano.

Rusco chiamò le figlie, e uscirono tutti insieme per cominciare a scaricare il sale dal carro. Arlen provò a sollevare un sacco, ma vacillò sotto il peso e cadde facendo spargere il contenuto.

«Stai attento!» lo rimproverò Dasy, mollandogli uno scappellotto alla nuca.

«Se non ce la fai ad alzarli, almeno reggi la porta!» gridò Catrin, che portava un sacco sulle spalle e un altro sotto il braccione carnoso. Arlen balzò in piedi e corse a tenerle aperti i battenti.

«Vai a chiamare Ferd il mugnaio e digli che gli pagheremo cinque… facciamo quattro crediti per ogni sacco che macinerà» gli disse Rusco. Al Rio quasi tutti lavoravano per il Verro, in un modo o nell'altro, ma soprattutto quelli che abitavano in centro. «Cinque, se lo stiperà nei barili col riso per mantenerlo asciutto.»

«Ferd è alla Contrada» disse Arlen. «Sono quasi tutti laggiù.»

Rusco grugnì, ma non fece commenti. Svuotato rapidamente il carro, rimase solo qualche sacca e qualche scatola che non contenevano sale. Le figlie di Rusco le guardarono ingolosite, ma non dissero nulla.

«Stasera porteremo su dalla cantina il vostro riso e lo metteremo nel retrobottega, finché non sarete pronto a ripartire per Miln» disse Rusco quando l'ultimo sacco di sale fu scaricato all'interno.

«Grazie» disse Ragen.

«Allora, l'affare del duca è concluso?» chiese Rusco con un ghigno malizioso, accennando a ciò che rimaneva nel carro.

«L'affare del duca, sì» rispose Ragen, sogghignando a sua volta. Arlen sperava di rimediare un'altra bevuta mentre contrattavano. La birra lo aveva fatto sentire leggero, come quando aveva l'influenza, ma senza mal di testa e tosse e starnuti. Quella sensazione gli era piaciuta, e voleva provarla ancora.

Diede una mano a portare in sala le ultime mercanzie e Catrin venne con un vassoio di grossi panini alla carne. Arlen ricevette un'altra tazza di birra per mandarli giù e il vecchio Verro gli annunciò che per il suo lavoro avrebbe avuto due crediti sul registro. «Non dirò niente ai tuoi genitori, ma se te li spendi in birra e loro ti scoprono, dovrai scontare sgobbando la lagna che mi farà tua madre.» Arlen annuì con entusiasmo. Non aveva mai avuto un credito personale da spendere all'emporio.

Dopo mangiato, Rusco e Ragen aprirono gli altri pacchi portati dal messaggero. Arlen sgranava gli occhi a ogni tesoro che veniva presentato. C'erano pezze della stoffa più fine che avesse mai visto, attrezzi e spille di metallo, ceramiche, spezie esotiche… e perfino delle coppe di cristallo luminoso e splendente.

Rusco sembrava meno impressionato. «L'anno scorso Graig aveva roba migliore» disse. «Vi darò… cento crediti per tutto.» Cento crediti! Arlen restò a bocca aperta. Ragen avrebbe potuto comprarsi mezzo paese, con quella cifra.

Ma Ragen non parve apprezzare l'offerta. Il suo sguardo si fece di nuovo duro, e sferrò una manata sul tavolo. A quel baccano Dasy e Catrin, intente a fare pulizie, alzarono gli occhi.

«Al Fulcro voi e i vostri crediti!» ringhiò. «Io non sono uno dei vostri bifolchi, e se non volete che la gilda sappia che razza di imbroglione siete, non riprovate a trattarmi come uno di loro!»

«Su, non prendetevela a male!» Rusco rise e alzò le mani nel suo gesto usuale per placare gli animi. «Dovevo provarci… Mi capite. Giù a Miln apprezzano ancora l'oro?» chiese con un sorriso sornione.

«Come dappertutto» rispose Ragen. Era ancora accigliato, ma nella sua voce non c'era più traccia di rabbia.

«Non certo quaggiù» disse Rusco. Sparì dietro la tenda e lo sentirono rovistare, alzando la voce affinché lo udissero. «Qui se una cosa non ti serve a mangiare, a vestirti, a dipingere una runa o a zappare la terra, non vale un bel niente.» Un momento dopo tornò con una sacca di tela che sbatté sul bancone con un tintinnio.

«La gente di qui ha dimenticato che è l'oro che muove il mondo» continuò, infilando la mano nel sacco per estrarne due monete gialle che sventolò in faccia a Ragen. «I figli del mugnaio le usavano come gettoni per giocarci! Gli ho proposto di scambiare l'oro con un gioco di legno intagliato che avevo in magazzino, e quelli hanno pensato che gli stessi facendo un favore! Il padre, Ferd, è venuto addirittura a ringraziarmi, il giorno dopo!» Scoppiò in una risata. Arlen pensò che avrebbe dovuto sentirsi offeso, ma non sapeva dire bene perché. Aveva giocato tante volte a quel gioco con i figli del mugnaio e gli sembrava che valesse molto di più di quei due dischetti, per quanto potessero luccicare.

«Quello che ho portato vale molto più di due soli» disse Ragen, con un cenno alle due monete e poi alla sacca.

Rusco sorrise. «Non preoccupatevi» disse, aprendola completamente. La sacca di tela si afflosciò e sul bancone si sparsero altre monete, insieme ad anelli, catene e monili di pietre scintillanti. Ad Arlen parve tutto molto bello, ma lo sorprese il lampo di cupidigia che vide balenare negli occhi sgranati di Ragen.

I due si rimisero a mercanteggiare. Ragen controllava alla luce le pietre preziose e mordeva le monete, mentre Rusco palpava le stoffe e assaggiava le spezie. Arlen seguiva confusamente la scena, con la testa che gli girava per la birra. Dal bancone, Catrin continuava a servire un boccale dopo l'altro, ma i due uomini non davano segno di subirne gli effetti come Arlen.

«Duecentoventi soli d'oro, due lune d'argento, la collana e i tre anelli d'argento» concluse Rusco. «Non una luce di rame in più.»

«Non mi meraviglia che siate finito a lavorare in un posto così sperduto» commentò Ragen. «Devono avervi cacciato dalla città per i vostri modi da furfante.»

«Gli insulti non vi faranno arricchire» disse il Verro, sicuro di avere l'affare in tasca.

«Nessun profitto per me, questa volta» replicò Ragen. «Tolte le spese di viaggio, andrà tutto alla vedova di Graig, fino all'ultimo centesimo.»

«Ah, Jenya» disse Rusco, rattristato. «A Miln era lei che scriveva per quelli che non ne sono capaci, compreso quell'idiota di mio nipote. Che ne sarà di lei?»

Ragen scosse il capo. «Dato che Graig è morto in casa, la gilda non le ha versato nessun sussidio per la perdita del marito. E dal momento che non è una Madre, molti lavori le saranno negati.»

«Mi dispiace» disse Rusco.

«Anche se non guadagnava molto, Graig le ha lasciato qualche soldo» continuò Ragen. «E la gilda continuerà a pagarle il lavoro di scrivana. Con il ricavato di questa spedizione, potrà tirare avanti per un po'. È ancora giovane, però, e alla fine i soldi si esauriranno, a meno che non si risposi o trovi un lavoro migliore.»

«E dunque?»

Ragen scrollò le spalle. «Sarà difficile per lei trovare un nuovo marito, essendo già stata sposata e non avendo avuto figli, ma non diventerà mai una mendicante. I miei fratelli della gilda e io lo abbiamo giurato. Prima che questo accada, uno di noi la prenderà in casa come servitrice.»

Rusco scosse la testa. «Però, decadere dalla classe di mercante a quella di serva...» Frugò nella sacca alleggerita e tirò fuori un anello con una pietra limpida e sfavillante. «Fatele avere questo» disse, tendendolo a Ragen.

Ma come Ragen fece per prenderlo, Rusco ritrasse bruscamente la mano. «Mi aspetto un messaggio di ricevuta da lei» disse. «Voi mi capite. Conosco bene la sua calligrafia.» Ragen lo guardò male, e lui si affrettò ad aggiungere: «Non intendevo offendervi».

Ragen sorrise. «La vostra generosità pesa più dell'offesa» disse, prendendo l'anello. «Con questo si riempirà la pancia per mesi.»

«Bene» disse Rusco, burbero, raccogliendo il contenuto residuo della sacca. «Ma badate che in città non si sappia, o perderò la mia reputazione di furfante.»

«Il vostro segreto è al sicuro con me» rise Ragen.

«Forse potreste procurarle anche qualcosa di più» disse Rusco.

«E come?»

«Le lettere che abbiamo per Miln ormai sono vecchie di sei mesi. Ora, se vi fermate qualche altro giorno possiamo raccoglierne o scriverne altre, magari con il vostro aiuto. Vi compenserei. Non con altro oro,» precisò «ma sicuramente a Jenya farebbe comodo un barile di riso, o un po' di carne e di pesce essiccati.»

«Senza dubbio» approvò Ragen.

«Posso trovare lavoro anche al vostro giullare» aggiunse Rusco. «Avrà molti più spettatori qui in Piazza che facendo il giro delle fattorie.»

«Giusto» disse Ragen. «Keerin avrà bisogno di oro, però.»

Rusco lo guardò storto e Ragen scoppiò a ridere. «Dovevo provarci... Voi mi capite. Diciamo argento» concluse.

Rusco annuì. «Chiederò una luna per ogni esibizione, e per ogni luna faremo una stella per me e le altre tre per lui.»

«Non avevate detto che qui la gente non ha soldi?» chiese Ragen.

«La maggioranza no» rispose Rusco. «Le lune gliele venderò io, diciamo al prezzo di cinque crediti l'una.»

«E così Rusco il Verro intasca da tutte e due le parti?»

Rusco sorrise.

Durante il viaggio di ritorno, Arlen era tutto eccitato. Il vecchio Verro gli aveva promesso di farlo assistere gratis allo spettacolo del giullare, a patto che andasse in giro a spargere la notizia che l'indomani, col sole alto, Keerin si sarebbe esibito in Piazza per cinque crediti, o una luna milnese d'argento. Non avrebbe avuto molto tempo a disposizione. Al suo ritorno con Ragen, avrebbe trovato i genitori già pronti ad andarsene, ma era sicuro di poter far circolare la notizia prima che lo caricassero sul carro.

«Mi parlate delle Città Libere?» chiese mentre trottavano. «Quante ne avete viste?»

«Cinque» rispose Ragen. «Miln, Angiers, Lakton, Rizon e Krasia. Oltre le montagne o il deserto possono essercene altre, ma non conosco nessuno che le abbia mai viste.»

«Come sono?» chiese Arlen.

«Forte Angiers, il baluardo della foresta, si trova a sud di Miln, di là dal Fiume Demarcatore» rispose Ragen. «Angiers fornisce il legname a tutte le altre città. Ancora più a sud c'è il grande lago, sulla cui superficie sorge Lakton.»

«Il lago è come uno stagno?» chiese Arlen.

«Il lago sta a uno stagno come la montagna sta a un colle» spiegò Ragen, lasciando ad Arlen il tempo di elaborare il concetto. «Abitando sull'acqua, i laktoniani sono al sicuro dai demoni del fuoco, della roccia e del legno. La loro rete di protezione è a prova di demoni del vento, e nessuno meglio di loro sa difendersi dai demoni dell'acqua. Sono pescatori, e l'alimentazione di migliaia di abitanti delle città del Sud dipende dalla loro attività.

«A ovest di Lakton c'è Forte Rizon, che non è propriamente una fortezza, visto che si può facilmente scavalcarne le mura, ma queste cingono i poderi più estesi che tu abbia mai visto. Senza Rizon, le altre Città Libere sarebbero alla fame.»

«E Krasia?» chiese Arlen.

«Ho visitato Forte Krasia una sola volta» rispose Ragen. «I

krasiani non sono molto ospitali con i forestieri, e per arrivarci bisogna viaggiare per settimane attraverso il deserto.»

«Il deserto?»

«Sabbia» spiegò Ragen. «Nient'altro che sabbia per miglia e miglia, in ogni direzione. Niente acqua, niente cibo, a parte quello che porti con te, e nulla per ripararti dal sole rovente.»

«E c'è gente che ci vive?» chiese Arlen.

«Oh, sì. I krasiani erano anche più numerosi dei milnesi, ma a poco a poco si stanno estinguendo.»

«Perché?»

«Perché combattono i coreling, Arlen» rispose Ragen.

Arlen sgranò gli occhi. «I coreling si possono combattere?»

«Si può combattere contro qualsiasi cosa, Arlen. Il problema con i coreling è che il più delle volte vieni sconfitto. I krasiani riescono a farne fuori un po', ma i coreling hanno sempre la meglio. Ogni anno ci sono meno krasiani.»

«Mio padre dice che quando ti prendono, i coreling ti divorano l'anima» disse Arlen.

«Bah!» Ragen sputò fuori del carro. «Sciocchezze. Superstizioni.»

Avevano appena superato una svolta nei pressi della Contrada, quando Arlen notò qualcosa che penzolava da un albero di fronte a loro. «Che cos'è quello?» chiese indicandolo.

«Per la Notte!» imprecò Ragen facendo schioccare le redini per lanciare le mule al galoppo. Arlen fu sballottato e ci mise un po' a riacquistare l'equilibrio. Quando ci riuscì, guardò l'albero che si stava rapidamente avvicinando.

«Zio Cholie!» esclamò, vedendo l'uomo scalciare, aggrappato alla corda che gli stringeva il collo.

«Aiuto! Aiuto!» gridò Arlen. Saltò giù dal carro in corsa, atterrando malamente, ma si risollevò subito per precipitarsi verso Cholie. Si drizzò sotto di lui, ma l'uomo, scalciando, lo colpì alla bocca e lo fece cadere di nuovo. Arlen sentì il sapore del sangue, ma stranamente non avvertì dolore. Si rialzò, afferrò Cholie per le gambe, tirandolo su per allentare la corda, ma era troppo piccolo e Cholie troppo pesante e in più continuava ad annaspare e strattonare.

«Aiutatelo!» gridò Arlen a Ragen. «Si sta strozzando. Qualcuno ci aiuti!»

Alzò lo sguardo e vide Ragen afferrare una lancia dal retro del carro. Il messaggero si inarcò all'indietro, prese rapidamente la mira e scagliò l'arma. Il suo tiro preciso tranciò la fune, facendo crollare il povero Cholie addosso ad Arlen. Entrambi finirono a terra.

Ragen si precipitò a rimuovere la corda dal collo di Cholie, ma il suo gesto sembrò inutile: l'uomo continuava ad annaspare e a stringersi la gola. Aveva gli occhi così in fuori che sembravano sul punto di schizzare dal cranio e la sua faccia era rossa, quasi paonazza. Arlen lanciò un grido quando l'uomo ebbe un sussulto spaventoso e poi restò immobile.

Ragen gli premette forte il petto e gli soffiò dalle labbra grandi boccate d'aria, ma fu tutto inutile. Alla fine si arrese, accasciandosi a terra e bestemmiando.

Arlen non era estraneo alla morte. Quello spettro visitava di frequente Rio Tibbet. Ma un conto era morire uccisi dai coreling o da una malattia. Questo era diverso.

«Perché?» chiese a Ragen. «Perché lottare come un disperato per sopravvivere ieri notte, e poi ammazzarsi così?»

«Ma ha lottato davvero?» chiese a sua volta Ragen. «C'è qualcuno di loro che ha lottato veramente, o piuttosto sono scappati a nascondersi?»

«Io non…» balbettò Arlen.

«Nascondersi non sempre basta, Arlen» disse Ragen. «A volte nascondersi uccide qualcosa dentro di te, così anche se riesci a scampare ai demoni, non sei veramente sopravvissuto.»

«Che altro avrebbe potuto fare?» chiese Arlen. «Non puoi combattere un demone.»

«Preferirei affrontare un orso nella sua tana, piuttosto» disse Ragen. «Ma si può fare.»

«Ma prima avete detto che i krasiani stanno morendo proprio per questo» obiettò Arlen.

«È così» disse Ragen. «Ma seguono il loro cuore. Lo so che sembra folle, Arlen, ma nel profondo gli uomini *vogliono* combattere, come facevano nelle storie antiche. Da veri uomini, vogliono proteggere le loro donne, i bambini… Ma non possono farlo perché le grandi protezioni magiche sono andate perdute, e così si ammassano come conigli in gabbia e si nascondono terrorizzati nella notte. Ma qualche volta, soprattutto quando vedi morire qualcuno che amavi, la tensione ti spezza e allora scoppi.»

Posò una mano sulla spalla di Arlen. «Mi dispiace che tu abbia dovuto assistere a questo, ragazzo» disse. «So che non ha molto senso per te, ora.»

«Invece ne ha» replicò Arlen.

Ed era vero, si rese conto Arlen. Comprendeva il bisogno di combattere. Non si era aspettato di vincere quando aveva lottato con Cobie e i suoi amici, quel giorno. Anzi, si aspettava di prenderle più che mai. Ma nell'istante in cui aveva afferrato il bastone, non se ne era curato. Sapeva soltanto che era stufo di subire i loro soprusi e voleva farla finita, una volta per tutte.

Era consolante sapere di non essere solo.

Guardò lo zio steso a terra con gli occhi strabuzzati dal terrore. Si inginocchiò accanto a lui e allungò la mano per chiuderglieli. Ora Cholie non aveva più nulla da temere.

«Avete mai ucciso un coreling?» chiese al messaggero.

«No» rispose Ragen scuotendo il capo. «Ma ne ho affrontati diversi. Ho delle cicatrici che lo provano. Più che ucciderli ho sempre cercato di starne alla larga e tenerli lontani da qualcun altro.»

Arlen rifletté su quelle parole mentre avvolgevano il corpo di Cholie in una coperta e lo issavano sul retro del carro per raggiungere velocemente la Contrada. Jeph e Silvy avevano già caricato il carro ed erano impazienti di ripartire, ma quando videro il cadavere, tutta l'indignazione per il ritardo di Arlen svanì.

Silvy si gettò piangendo sul corpo del fratello, ma non c'era tempo da perdere se volevano essere a casa prima di sera. Jeph la portò via mentre il Predicatore Harral dipingeva una runa magica sulla coperta e pronunciava una preghiera depositando Cholie sulla pira.

I superstiti che non sarebbero rimasti nella casa di Brine il taglialegna, si separarono e tornarono a casa con gli altri. Jeph e Silvy avevano offerto ricovero a due donne. Norine dei taglialegna aveva passato le cinquanta primavere. Il marito era morto qualche anno prima, e ora aveva perso la figlia e il nipotino nell'attacco. Anche Marea Bales era vecchia, prossima ai quaranta. Suo marito era stato lasciato fuori quando gli altri si erano affollati nel rifugio. Come Silvy, le due donne si accasciarono nel retro del carro di Jeph, gli occhi bassi a fissarsi le ginocchia. Quando il padre fece schioccare la frusta, Arlen salutò Ragen agitando la mano.

La Contrada dei Boschi stava scomparendo alla vista quando Arlen si rese conto di non aver avvertito nessuno dello spettacolo del giullare.

2

Se ci fossi tu

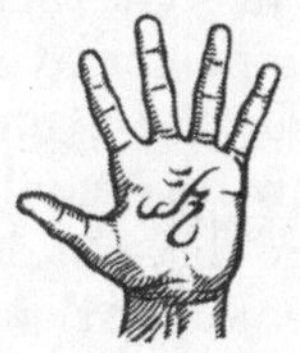

Anno 319 dR

Ebbero giusto il tempo per sistemare il carro e controllare le protezioni prima che spuntassero i coreling. Silvy era troppo stanca per mettersi a cucinare, così si adattarono con scarso entusiasmo a un pasto freddo a base di pane, formaggio e salsiccia. Subito dopo il tramonto, i demoni vennero a saggiare le protezioni e ogni volta che queste li ricacciavano indietro fiammeggiando, Norine si metteva a gridare. Marea, che non aveva toccato cibo, se ne stava accovacciata sul suo pagliericcio, stringendosi le ginocchia, dondolandosi avanti indietro e frignando a ogni vampata. Silvy sparecchiò la tavola, ma non riemerse più dalla cucina. Arlen la sentì piangere.

Fece per andare da lei, ma il padre lo trattenne per un braccio. «Vieni a parlare con me, Arlen» gli disse.

Andarono nello stanzino che conteneva il pagliericcio di Arlen e la sua collezione di sassi levigati raccolti dal ruscello, di ossi e di piume. Jeph ne scelse una dai colori sgargianti, lunga una trentina di centimetri e ci giocherellò mentre parlava col figlio, senza guardarlo negli occhi.

Arlen conosceva quei segnali. Quando il padre non lo guardava voleva dire che era in imbarazzo per quanto aveva da dirgli.

«Quello che hai visto sulla strada insieme al messaggero… cominciò Jeph.

«Ragen me l'ha spiegato» intervenne Arlen. «Zio Cholie era già morto, solo che non se ne era ancora reso conto. A volte qualcuno sopravvive a un attacco, ma muore lo stesso.»

Jeph si accigliò. «Io non la metterei così, ma credo sia abbastanza vero» disse. «Cholie...»

«Era un codardo» concluse Arlen.

Jeph lo guardò, stupito. «Perché dici questo?» chiese.

«Si è nascosto in cantina perché aveva paura di morire e si è suicidato perché aveva paura di vivere» rispose Arlen. «Avrebbe fatto meglio a impugnare una scure e morire combattendo.»

«Non voglio sentirti fare discorsi del genere» protestò Jeph. «Non puoi combattere i demoni, Arlen. Nessuno può farlo. Non ci guadagni niente a farti ammazzare.»

Arlen scosse il capo. «Sono come i ragazzini prepotenti; ci attaccano perché siamo troppo spaventati per reagire. Da quando li ho bastonati, Cobie e i suoi compagni hanno smesso di darmi noia.»

«Cobie non è un demone della roccia» disse Jeph. «Ci vuole altro che un bastone per spaventare quei mostri.»

«Eppure dev'esserci un modo» insisté Arlen. «Un tempo la gente lo faceva. Tutte le leggende lo raccontano.»

«Le leggende parlano di rune magiche per combattere» disse Jeph. «Ma le rune d'attacco sono andate perdute.»

«Ragen dice che in certi posti c'è chi combatte ancora. Lui sostiene che si può.»

«Dovrò fare un discorsetto a quel messaggero» brontolò Jeph. «Non dovrebbe riempirti la testa di queste idee.»

«Perché? Se tutti gli uomini si fossero armati di asce e di lance, forse molta gente si sarebbe salvata.».

«Sarebbero morti lo stesso» concluse Jeph. «Ci sono altri modi per proteggere te e la tua famiglia, Arlen. Saggezza. Prudenza. Umiltà. Non c'è niente di valoroso nel combattere una battaglia che non puoi vincere.

«Chi si prenderebbe cura delle donne e dei bambini, se tutti gli uomini finissero massacrati nel tentativo di uccidere ciò che non può essere ucciso?» continuò. «Chi spaccherebbe la legna, chi costruirebbe le case? Chi penserebbe alla caccia, alla semina, a portare le greggi al pascolo, a macellare? Chi ingraviderebbe le donne? Se muoiono tutti gli uomini, i coreling hanno vinto.»

«I coreling stanno già vincendo» mormorò Arlen. «Dici sempre che il paese si spopola di anno in anno. Se non li combatti, i prepotenti continuano a tormentarti.»

Guardò suo padre. «Non lo pensi anche tu? Non hai voglia anche tu di combattere, qualche volta?»

«Certo, Arlen» disse Jeph. «Ma non senza una ragione. Quando è necessario, quando è *veramente* necessario, tutti gli uomini sono pronti a lottare. Gli animali fuggono quando possono e combattono quando devono, e l'uomo non è diverso. Ma questo spirito deve venir fuori soltanto quando è necessario.

«Se là fuori con i coreling ci fossi tu o tua madre» continuò «giuro che mi batterei come un pazzo per non lasciarli avvicinare. Capisci la differenza?»

Arlen annuì. «Credo di sì.»

«Bravo!» disse Jeph stringendogli la spalla.

Quella notte, i sogni di Arlen si popolarono di immagini di montagne che toccavano il cielo e laghi così grandi che ci poteva stare sopra un'intera città. Vide distese di sabbia dorata a perdita d'occhio e fortezze cinte da mura nascoste tra gli alberi.

Ma tutto questo gli apparve in mezzo a un paio di gambe che penzolavano mollemente dinanzi ai suoi occhi. Alzò lo sguardo e vide la sua stessa faccia diventare paonazza, stretta nel cappio.

Si svegliò di soprassalto nel pagliericcio umido di sudore. Faceva ancora buio, ma un pallido chiarore sorgeva all'orizzonte dove l'azzurro cupo del cielo si striava di rosso. Accese un mozzicone di candela, infilò la tuta e andò incespicando nella sala comune. Trovò una crosta da masticare mentre tirava fuori la cesta delle uova e le brocche per il latte e li preparava accanto alla porta.

«Ti sei alzato presto» disse una voce alle sue spalle. Lui si volse, trasalendo, e si trovò davanti Norine che lo osservava. Marea era ancora sul suo pagliericcio, benché si agitasse nel sonno.

«Le giornate non si allungano se dormi» disse Arlen.

Norine annuì. «Lo diceva anche mio marito. "Contadini e taglialegna non possono lavorare a lume di candela, come quelli della Piazza."»

«Ho un sacco di cose da fare» disse Arlen sbirciando dalle imposte per capire quanto bisognava aspettare prima di poter attraversare le protezioni. «Il giullare dovrebbe esibirsi a metà mattina.»

«Naturalmente» convenne Norine. «Quando avevo la tua età, il giullare era la cosa più importante del mondo anche per me. Ti aiuterò io nelle tue faccende.»

«Non c'è bisogno» disse Arlen. «Papà ha detto che dovete riposarvi.»

Norine scosse la testa. «Il riposo mi fa solo pensare a cose cui è meglio non pensare» disse. «Se devo stare qui con voi, voglio guadagnarmi l'ospitalità. Dopo tutta la legna che ho spaccato alla Contrada, cosa vuoi che mi costi governare i maiali o piantare granturco?»

Arlen alzò le spalle e le porse il cesto delle uova.

Con l'aiuto di Norine, le faccende furono sbrigate in fretta. Era una che imparava alla svelta, abituata a lavorare sodo e a sollevare pesi. Quando dalla casa si diffuse la fragranza delle uova con la pancetta, gli animali erano stati accuditi, le uova raccolte e le mucche munte.

«Smettila di agitarti sulla panca» disse Silvy ad Arlen mentre facevano colazione.

«Il ragazzo è impaziente di andare a vedere il giullare» spiegò Norine.

«Magari domani» intervenne Jeph, e Arlen si rabbuiò.

«Come!» insorse. «Ma...»

«Niente "ma". Ieri abbiamo lasciato indietro un sacco di lavoro, e ho promesso a Selia che andrò alla Contrada nel pomeriggio a dare una mano.»

Arlen allontanò da sé il piatto e corse in camera sua.

«Lascialo andare» disse Norine. «Ti aiuteremo Marea e io.» Sentendosi chiamare in causa, Marea alzò lo sguardo, ma poi riprese subito a spiluccare il cibo.

«Ieri è stata una giornata dura per Arlen» intervenne Silvy, mordendosi le labbra. «Come per tutti noi. Lascia che il giullare gli faccia tornare il sorriso. Tanto, non c'è niente che non possa aspettare.»

Jeph rifletté un momento, poi annuì. «Arlen!» chiamò e non appena apparve il ragazzo, tutto imbronciato, gli chiese: «Quanto ti fa pagare il vecchio Verro per assistere allo spettacolo?».

«Niente» rispose subito Arlen, non volendo offrire al padre una ragione per rifiutare. «È una ricompensa per aver aiutato a scaricare la merce dal carro del messaggero.» Non era esattamente così, e c'era la probabilità che il Verro si arrabbiasse perché aveva dimenticato di avvisare la gente, ma se strada facendo spargeva la voce, forse poteva ancora portare abbastanza spettatori per guadagnarsi i due crediti da spendere al magazzino.

«Il Vecchio Verro diventa sempre generoso dopo una visita del messaggero» commentò Norine.

«Mi sembra il minimo, dopo aver passato tutto l'inverno a pelarci» replicò Silvy.

«D'accordo, Arlen, puoi andare» concesse Jeph. «Ci vediamo più tardi, alla Contrada.»

Per arrivare alla Piazza del Villaggio seguendo la strada occorrevano circa due ore. Poco più che una carrettiera di terra battuta che Jeph e pochi altri mantenevano pulita, la strada descriveva un'ampia curva fino al ponte che solcava il ruscello dove l'acqua era più bassa. Ma saltando agile e veloce sulle rocce levigate che emergevano dall'acqua, Arlen poteva dimezzare il cammino.

Quel giorno aveva più che mai bisogno di risparmiare tempo per poter fare delle soste strada facendo. Correva a scapicollo lungo la sponda fangosa, schivando insidiose radici e sterpaglie con la sicurezza di chi aveva percorso quel tragitto innumerevoli volte.

Quando passava vicino alle fattorie, si affacciava fuori del bosco, ma non vedeva nessuno in giro. La gente era tutta o nei campi o alla Contrada a dare una mano.

Il sole era già alto quando raggiunse la Peschiera. Alcuni pescatori erano usciti in barca sul piccolo stagno, ma Arlen non vide il motivo di mettersi a urlare per avvisarli. Per il resto, anche la Peschiera era deserta.

Quando infine raggiunse la Piazza, era piuttosto avvilito. Se il giorno prima il Verro era parso più gentile del solito, Arlen sapeva come reagiva quando qualcuno gli faceva perdere i profitti. Non c'era speranza che gli lasciasse vedere il giullare per soli due crediti. Arlen avrebbe già potuto ritenersi fortunato se il commerciante non gli avesse rifilato una bacchettata.

Ma giunto sul posto trovò più di trecento persone venute da ogni parte del Rio. C'erano pescatori, gente della Palude e del Colle, contadini. Per non parlare dei residenti del centro, sarti, mugnai, fornai e così via. Naturalmente, non era venuto nessuno dalla Vedetta Sud. La gente di quelle parti snobbava i giullari.

«Ehi, Arlen, ragazzo mio!» esclamò il Verro vedendolo arrivare. «Ti ho tenuto un posto in prima fila, e stasera te ne torni a casa con un bel sacco di sale! Ottimo lavoro!»

Arlen lo guardò stupito fino a che non vide Ragen accanto a lui. Il messaggero gli strizzò l'occhio.

«Grazie» gli disse Arlen, mentre il Verro si allontanava per annotare un nuovo arrivato sul suo registro. Dasy e Catrin stavano vendendo birra e cibarie per l'occasione.

«La gente si merita uno spettacolo» disse Ragen con un'alzata di spalle. «Ma evidentemente non senza il benestare del vostro Predicatore.» Indicò Keerin che discuteva animatamente con il Predicatore Harral.

«Guarda di non avvelenare il mio gregge con quelle scempiaggini sul Flagello!» intimò il Predicatore a Keerin, puntandogli il dito al petto. Pesava almeno il doppio del giullare, e non aveva un filo di grasso.

«Scempiaggini?» esclamò Keerin, impallidendo. «A Miln, i Predicatori farebbero impiccare un giullare, se non parlasse del Flagello!»

«Me ne infischio di quello che fanno nelle Città Libere» ribatté Harral. «Questa è brava gente e fa una vita già abbastanza dura senza che tu gli racconti che soffrono solo perché non sono abbastanza devoti.»

«Che cosa...?» cominciò Arlen, ma il giullare aveva troncato la discussione per dirigersi verso il centro della Piazza.

«Meglio trovarsi alla svelta un posto a sedere» consigliò Ragen.

Come promesso dal Verro, Arlen ebbe un posto in prima fila, dove di solito stavano i più piccoli. Sotto gli sguardi invidiosi degli altri, si sentì speciale. Era raro che qualcuno lo invidiasse.

Il giullare era alto, come tutti i milnesi, e aveva un vestito fatto di tanti scampoli dai colori sgargianti che sembravano rubati dagli scarti di un tintore. Aveva uno sparuto pizzetto dello stesso color carota dei capelli, ma barba e baffi non si congiungevano e il tutto dava l'impressione di poter essere spazzato via da una buona strofinata. Tutti, in particolare le donne, parlavano con ammirazione dello splendore dei suoi capelli e dei suoi occhi verdi.

Mentre la gente continuava ad affluire, Keerin scaldava il pubblico muovendosi avanti e indietro, raccontando storielle e destreggiandosi con le palline variopinte. A un segnale del Verro, prese il liuto e cominciò a suonare e a cantare con voce forte e acuta. Il pubblico applaudiva le canzoni che non conosceva, ma quando ne intonava una popolare al Rio, cantavano tutti senza preoccuparsi di coprire la voce del giullare. Ad Arlen non dava fastidio, anzi cantava anche lui a squarciagola con gli altri.

Dopo la musica fu la volta delle acrobazie e dei giochi di prestigio. Tra una cosa e l'altra, il giocoliere lanciava frizzi e motteggi sui mariti che suscitavano sghignazzi da parte delle donne e facevano immusonire gli uomini, ma anche battute sulle mogli che inviperivano le donne e destavano l'ilarità degli uomini.

Infine fece una pausa e alzò le mani come a chiedere silenzio. Ci fu un mormorio tra la folla e i genitori spinsero avanti i bambini, perché ascoltassero. La piccola Jessi Boggin, di cinque anni appena, saltò sulle ginocchia di Arlen per vedere meglio. Qualche settimana prima, Arlen aveva regalato alla sua famiglia dei cuccioli di una delle cagne di suo padre e ora, ogni volta che le capitava a tiro, la piccola gli si attaccava addosso. Arlen la tenne con sé mentre Keerin iniziava il Racconto del Ritorno; la sua voce acuta assunse un tono profondo e rombante che raggiungeva anche le file più lontane.

«Il mondo non era come lo vedete oggi» disse, rivolto ai bambini. «Oh, no! Ci fu un tempo in cui l'umanità viveva in equilibrio con i demoni. Quell'epoca remota è chiamata "Era dell'Ignoranza". Qualcuno di voi sa dirmi perché?» chiese ai bimbi che gli stavano di fronte. Molti di loro alzarono la mano.

«Perché non esistevano le protezioni magiche?» chiese una fanciulla quando Keerin la indicò.

«Giusto!» approvò il giullare, producendosi in una capriola che scatenò l'entusiasmo dei bambini. «L'Era dell'Ignoranza fu un periodo spaventoso per noi, ma allora i demoni non erano così tanti, e non potevano uccidere *tutti*. Proprio come oggi, gli uomini costruivano durante il giorno quello che potevano e i demoni lo buttavano giù ogni notte.

«Lottando per sopravvivere,» continuò Keerin «ci siamo adattati, abbiamo imparato come nascondere il cibo e gli animali ai demoni, come evitarli.» Si guardò attorno come terrorizzato, poi andò a rannicchiarsi dietro un bambino. «Affinché non ci trovassero, vivevamo sotto terra, nelle tane…»

«Come i conigli?» chiese Jessi, ridendo.

«Proprio così!» urlò Keerin facendo sporgere le dita dietro le orecchie, saltellando e arricciando il naso.

«Campavamo alla meglio» riprese «finché non scoprimmo la scrittura. Da allora, non ci volle molto perché capissimo che certe scritte potevano tener lontani i coreling. Di che scritte sto parlando?» chiese portandosi la mano a coppa sull'orecchio.

«Delle rune!» urlarono tutti all'unisono.

«Esatto!» si compiacque il giullare con un saltello. «Con le rune potevamo proteggerci dai coreling, e a furia di esercitarci diventammo sempre più bravi. Vennero scoperte sempre più rune, finché qualcuno ne trovò una che non solo teneva lontani i demoni, ma li feriva.» I bambini rimasero a bocca aperta e perfino Arlen, che da tempo immemorabile ascoltava quello stesso racconto ogni anno, trattenne il fiato. Che cosa non avrebbe dato per conoscere una runa simile!

«I demoni non accolsero bene i nostri progressi» continuò Keerin con un grande sorriso. «Erano abituati a vederci fuggire e nasconderci, e quando cominciammo a combattere, combatterono anche loro. Spietatamente. Fu così che iniziò la Prima Guerra dei Demoni e la seconda era, l'"Era del Liberatore".

«Il Liberatore era un uomo chiamato dal Creatore a guidare i nostri eserciti, e sotto il suo comando stavamo vincendo!» alzò il pugno verso il cielo e i ragazzini applaudirono. L'euforia era contagiosa, e Arlen solleticò allegramente la piccola Jessi.

«Con il progredire delle magie e delle tattiche,» riprese Keerin «la gente cominciò a vivere più a lungo e a crescere di numero. Le nostre armate si ingrossarono mentre le schiere dei demoni si assottigliavano. Sorse la speranza di poter sconfiggere i coreling una volta per tutte.»

Il giullare fece una pausa e assunse un'espressione seria. «Allora, inaspettatamente, i demoni smisero di venire. Non era mai successo nella storia del mondo che trascorresse una notte senza coreling. Ora le notti passavano, una dopo l'altra, senza traccia di loro. Eravamo sconcertati.» Si grattò comicamente la testa, simulando perplessità. «Molti pensarono che le perdite erano state così ingenti che i demoni avevano rinunciato a combattere e, tutti impauriti, erano tornati a rintanarsi nel Fulcro.» Andò ad accucciarsi lontano dai bambini, soffiando e tremando come un gatto spaventato. Alcuni di loro entrarono nella parte e gli ringhiarono contro minacciosamente.

«Il Liberatore,» riprese Keerin «che aveva visto i demoni battersi fieramente ogni notte, era molto dubbioso, ma mentre i mesi passavano senza alcun segno delle creature, le sue armate cominciarono a disgregarsi.

«Per anni, l'umanità si crogiolò nella vittoria sui coreling» continuò Keerin prendendo il liuto e danzando al ritmo di un motivetto brioso. «Ma passando gli anni senza un nemico comune, la fratellanza fra gli uomini cominciò a indebolirsi fino a svanire. Per la prima volta, combattemmo l'uno contro l'altro.» La voce del giullare si fece sinistra. «Al divampare della guerra, il Liberatore fu invocato da una parte e dall'altra, ma lui tuonò: "Non combatterò contro gli uomini finché rimarrà un solo demone nel Fulcro!". Così voltò loro le spalle e lasciò quei territori, mentre le armate si scontravano e tutto il paese precipitava nel caos.

«Da quelle grandi guerre nacquero potenti nazioni» continuò, infondendo al canto una nota più ottimista «e il genere umano si estese in lungo e in largo, popolando il mondo intero. L'Era del Liberatore si concluse per dar luogo all'Era della Scienza.

«Quello fu il periodo più grandioso per noi, ma in quella grandezza si annidava l'errore più grave. C'è qualcuno che sa dirmi quale fu?» I ragazzi più grandi lo sapevano, ma Keerin intimò loro di lasciare la risposta ai piccoli.

«Dimenticammo la magia» disse Gim dei taglialegna, pulendosi il naso col dorso della mano.

«Hai ragione!» disse Keerin schioccando le dita. «Imparammo un sacco di cose su come funzionava il mondo, sulla medicina e le macchine, ma dimenticammo la magia e, quel che è peggio, dimenticammo i coreling. Dopo tremila anni nessuno credeva che fossero mai esistiti.

«Ecco perché il loro ritorno ci colse impreparati. Secolo dopo secolo, mentre il mondo si dimenticava di loro, i demoni si erano moltiplicati. Poi, una notte di trecento anni fa, emersero in gran numero dal Fulcro, per riprenderselo.

«Intere città furono annientate quella prima notte in cui i coreling celebrarono il loro ritorno. Gli uomini si batterono, ma le formidabili armi della scienza valsero ben poco a difenderli dai demoni. Così tramontò l'Era della Scienza ed ebbe inizio l'Era della Distruzione.

«La Seconda Guerra dei Demoni era cominciata.»

Arlen si figurò mentalmente quella notte: vide le città che bruciavano, la gente che fuggiva terrorizzata solo per finire trucidata dai coreling in agguato. Vide gli uomini sacrificarsi per dare ai familiari il tempo di scappare, vide donne dilaniate per difendere i figli. Ma soprattutto vide i coreling danzare in preda a una selvaggia esaltazione, con il sangue che colava dalle zanne e dagli artigli.

I bambini si ritraevano impauriti, ma Keerin andò avanti. «La guerra durò anni e anni, seminando morti a ogni attacco. Privati della guida del Liberatore, gli uomini non ebbero scampo contro i coreling. Le grandi nazioni cadevano nel volgere di una notte. Il sapere accumulato durante l'Era della Scienza incenerì nelle fiamme scatenate dei demoni.

«Gli studiosi frugarono disperatamente nelle macerie delle biblioteche in cerca di risposte. La scienza antica non era d'aiuto, ma alla fine trovarono la salvezza nelle storie un tempo considerate fantasie o superstizioni. Gli uomini cominciarono a disegnare rozzi simboli nel fango, per impedire ai demoni di avvicinarsi. Le vecchie rune magiche funzionavano ancora, ma spesso le mani tremanti che le tracciavano incorrevano in errori pagati a caro prezzo.

«Chi sopravviveva radunava attorno a sé gli altri, aiutandoli nelle lunghe notti. Costoro divennero i primi runieri, che ancora oggi continuano a proteggerci.» Il giullare puntò il dito sulla folla. «Perciò, la prossima volta che incontrate un runiere, ringraziatelo, poiché gli dovete la vita.»

Questa era una variante nella storia che Arlen non aveva mai sentito. Runieri? A Rio Tibbet chiunque fosse abbastanza grande da saper disegnare con un bastoncino, imparava a tracciare delle protezioni. Molti avevano scarse attitudini, ma per Arlen era impossibile immaginare che qualcuno non dedicasse del tempo ad apprendere le rune più semplici per difendersi dai demoni del fuoco, della roccia, delle paludi, dell'acqua, del vento, del legno.

«E così ora ce ne stiamo al sicuro dentro le nostre protezioni,» disse Keerin «lasciando che i demoni facciano i loro comodi al di fuori. I messaggeri,» aggiunse accennando a Ragen «i più coraggiosi tra tutti gli uomini, si spostano di città in città per noi, per portarci notizie, per scortare persone e beni.»

Si mosse un po' in giro, incrociando con occhi severi gli sguardi impauriti dei bambini. «Ma noi siamo forti» disse. «Non è vero?»

I bambini assentirono, ma avevano ancora gli occhi sgranati per la paura.

«Allora?» chiese, portandosi una mano all'orecchio.

«Sì!» strillò la folla.

«Quando il Liberatore tornerà, saremo pronti?» chiese il giullare. «I demoni impareranno di nuovo a temerci?»

«Sì!» ruggì la massa.

«Non vi sento!»

«*Sì!*» vociarono tutti insieme, alzando i pugni al cielo, Arlen più forte degli altri. Jessi lo imitò, sferzando l'aria e strillando come fosse lei stessa un demone. Il giullare si inchinò e quando gli animi si calmarono prese il liuto e intonò per loro una nuova canzone.

Come promesso, Arlen lasciò la Piazza con un sacco di sale. Sarebbe bastato per settimane, anche con Norine e Marea in più da sfamare. Andava ancora macinato, ma Arlen sapeva che i suoi genitori avrebbero preferito pestarselo da soli piuttosto che pagare il Verro per il servizio aggiuntivo. Era quanto avrebbero fatto in molti, in realtà, ma il Verro non gliene dava la possibilità, affrettandosi a macinare il sale appena arrivato per aumentarne il prezzo.

Camminando per la via che conduceva alla Contrada, Arlen aveva le ali ai piedi. Si perse d'animo soltanto quando giunse all'albero da cui aveva visto pendere Cholie. Ripensò a quello che aveva detto Ragen sul combattere i coreling e alle parole di suo padre sulla prudenza.

Si disse che probabilmente suo padre aveva ragione: nascondersi quando è possibile e combattere quando è necessario. Anche Ragen sembrava condividere questa filosofia, ma Arlen non riusciva a scacciare la sensazione che, in qualche modo incomprensibile, anche nascondersi facesse male alla gente.

Incontrò suo padre alla Contrada e si guadagnò una bella pacca sulle spalle quando gli mostrò il premio. Per il resto del pomeriggio non fece che correre da una parte all'altra, aiutando a ricostruire. Un'altra casa era già riparata e prima del calar della notte avrebbe avuto le sue protezioni. Nel giro di qualche settimana, la Contrada sarebbe stata riedificata completamente. Era nell'interesse di tutti, se volevano abbastanza legname per superare l'inverno.

«Ho promesso a Selia che verrò qui a lavorare anche i prossimi giorni» disse Jeph mentre stipavano il carro, quel pomeriggio. «Farai tu l'uomo di casa mentre sarò via. Dovrai controllare i pali con le protezioni e sarchiare i campi. Ti ho visto stamattina che mostravi a Norine le tue mansioni. Può badare lei al cortile, mentre Marea aiuterà tua madre in casa.»

«D'accordo» rispose Arlen. Sarchiare e controllare le protezioni era un lavoro pesante, ma la fiducia del padre lo rendeva orgoglioso.

«Conto su di te, Arlen» disse Jeph.

«Non ti deluderò» promise Arlen.

Per qualche giorno non accadde nulla di rilevante. Silvy piangeva ancora, di tanto in tanto, ma c'era molto lavoro da fare e lei non si lamentava mai delle due bocche in più da sfamare. Norine assunse spontaneamente la cura degli animali e Marea cominciò a uscire un po' dal suo guscio, dando una mano nelle pulizie e in cucina. Dopo cena lavorava al telaio. Presto cominciò a occuparsi anche degli animali, avvicendandosi a Norine. Entrambe sembravano decise a fare la loro parte, anche se nelle pause tra un'incombenza e l'altra un velo di sofferenza e di malinconia scendeva sul loro volto.

Alla fine della giornata, Arlen aveva le vesciche alle mani a forza di estirpare erbacce, le spalle e la schiena indolenzite, ma non si lagnava. Delle sue nuove responsabilità, l'unica di cui si rallegrava era lavorare ai pali di protezione. Gli era sempre piaciuto dipingere rune, e prima ancora che molti altri bambini cominciassero a impararli, conosceva alla perfezione i simboli basilari di difesa, e ben presto anche le reti di guardia più complesse. Jeph non aveva più bisogno di controllare il suo lavoro. Arlen aveva la mano più ferma di suo padre. Disegnare rune non era la stessa cosa che attaccare un demone con una lancia, ma era pur sempre un modo di combattere.

Jeph tornava ogni giorno all'imbrunire e Silvy gli faceva trovare l'acqua attinta dal pozzo per lavarsi. Arlen aiutava Norine e Marea a chiudere gli animali nei recinti, e poi si cenava.

Nel tardo pomeriggio del quinto giorno si levò un vento che fece volteggiare nugoli di polvere in cortile e sbatacchiava la porta della stalla. Arlen annusò odore di pioggia in arrivo e l'oscurarsi del cielo la confermò. Sperò che anche suo padre cogliesse quei segnali e rincasasse più presto o che almeno restasse alla Contrada. Nuvolaglia nera significava buio anzitempo, il che a volte comportava l'arrivo dei coreling prima del tramonto.

Arlen abbandonò i campi, aiutò le donne a far rientrare gli animali impauriti nella stalla. Silvy era fuori anche lei a rinforzare con barre di legno le porte della cantina e ad assicurarsi che i pali di protezione dei recinti diurni fossero ben fissati. Quando apparve in lontananza il carro di Jeph, il tempo a disposizione era quasi esaurito. Il cielo si era andato rapidamente oscurando e già non c'era più traccia di sole. I coreling potevano emergere in qualsiasi momento.

«Non c'è tempo di staccare il carro» urlò Jeph, schioccando la frusta per spingere più in fretta Missy nella stalla. «Lo faremo domattina. Ora tutti in casa!» Silvy e gli altri obbedirono e corsero dentro.

«Se ci sbrighiamo possiamo farcela» gridò Arlen sopra il ruggito del vento, correndo dietro al padre. Missy avrebbe fatto le bizze per giorni se la lasciavano tutta la notte imbrigliata.

Jeph scosse il capo. «È già troppo buio! Una notte legata non la ucciderà.»

«Allora chiudimi nella stalla» disse Arlen. «La slegherò e aspetterò insieme agli animali che passi il temporale.»

«Fai come ho detto, Arlen!» urlò Jeph. Saltò giù dal carro, afferrò il ragazzo per un braccio e lo trascinò fuori.

I due sprangarono le porte tirando giù la sbarra. Un lampo attraversò il cielo illuminando per un attimo le protezioni dipinte sulle porte della stalla, un memento di ciò che stava per accadere. L'aria era gravida di pioggia.

Corsero verso casa cercando nel terreno davanti a loro le avvisaglie della nebbia che preannunciava il sorgere dei coreling. Per il momento, la via era libera. Marea stava tenendo la porta aperta, e loro si precipitarono dentro proprio mentre i primi goccioloni increspavano la polvere del cortile.

Marea stava richiudendo l'uscio, quando dal cortile giunse un ululato. Tutti rabbrividirono.

«Il cane!» esclamò Marea, portandosi una mano alla bocca. «L'ho lasciato legato alla staccionata!»

«Lascialo dov'è» disse Jeph. «Chiudi quella porta!»

«Cosa?» gridò Arlen, incredulo, girandosi a fronteggiare suo padre.

«La via è ancora libera!» disse Marea precipitandosi fuori.

«Marea, no!» urlò Silvy correndole dietro.

Anche Arlen fece per uscire, ma Jeph lo afferrò per la spallina della tuta e lo tirò indietro con uno strattone. «Stai dentro, tu!» ordinò, andando alla porta.

Arlen barcollò un momento, poi corse di nuovo fuori. Jeph e Norine erano sul portico, ma ancora dentro la linea di protezione esterna. Arlen era appena uscito, quando il cane lo superò di corsa entrando in casa con la corda che ancora gli pendeva dal collo.

Fuori il vento ululava, trasformando le gocce di pioggia in insetti pungenti. Arlen vide sua madre e Marea correre verso casa nello stesso istante in cui i demoni cominciarono a emergere.

Come sempre, le prime a spuntare dal suolo furono le sagome nebulose dei demoni del fuoco. I più piccoli tra i coreling, sorgevano acquattati a quattro zampe, e non raggiungevano il mezzo metro di altezza. Occhi, narici e bocche si accendevano di un bagliore fosco.

«Corri, Silvy!» urlò Jeph. «Corri!»

Sembrava che ce l'avrebbero fatta, ma a un tratto Marea inciampò e cadde. Silvy si volse per aiutarla e in quel momento il primo coreling prese forma. Arlen fece per correre da sua madre, ma Norine lo afferrò saldamente per un braccio tenendolo bloccato.

«Non fare l'idiota» sibilò.

«Alzati!» ordinò Silvy, tirando Marea per il braccio.

«La caviglia...» gemette Marea. «Non ce la faccio! Vai senza di me!»

«Non ci penso nemmeno!» grugnì Silvy. «Jeph, aiutaci!»

Nel frattempo, i coreling stavano prendendo forma per tutto il cortile. Jeph rimase immobile, impietrito, quando i demoni si accorsero delle due donne e scattarono verso di loro lanciando grida di giubilo.

«Lasciami!» ringhiò Arlen, pestando con forza il piede di Norine. La donna gemette e Arlen riuscì a divincolarsi. Afferrò la prima arma a portata di mano, un secchio di legno per il latte, e corse fuori nel cortile.

«Arlen, *no*!» gridò Jeph, ma lui aveva smesso di dargli ascolto.

Un demone del fuoco, non più grande di un grosso gatto, saltò sulle spalle di Silvy, che urlò quando gli artigli le affondarono nella carne, riducendo il dorso del vestito a un brandello sanguinolento. Dal suo trespolo umano il demone sputò fiamme sul volto di Marea. La donna strillò di dolore, mentre la sua pelle si scioglieva e i capelli prendevano fuoco.

Arlen le raggiunse in un baleno e mulinò il secchio con tutte le sue forze. Il recipiente si spaccò nell'urto, ma il demone fu sbalzato via dalla schiena della madre. Silvy vacillò, ma Arlen fu pronto a sorreggerla. Altri demoni del fuoco si avvicinarono mentre quelli del vento già iniziavano ad aprire le ali e un demone della roccia prendeva forma a un centinaio di metri da loro.

Silvy gemeva, ma si teneva in piedi. Arlen la trascinò lontano da Marea e dai suoi lamenti strazianti, ma la via verso casa era bloccata dai demoni del fuoco. Anche il demone della roccia si avvide di loro e partì alla carica. Alcuni demoni del vento, pronti a decollare, si ritrovarono sulla strada della belva possente, e furono spazzati via dai suoi artigli con la stessa facilità con cui la falce miete il grano. Sbalzati lontano e mutilati, furono subito assaliti dai demoni del fuoco, che li ridussero in pezzi.

Arlen approfittò di quel momento di distrazione per allontanare la madre dalla casa. Anche la via della stalla era bloccata, ma il sentiero per il recinto diurno era libero, purché riuscissero a precedere i coreling. Silvy strillava, Arlen non sapeva se per il dolore o per la paura, ma riusciva a tenere il passo nonostante l'impaccio delle ampie gonne.

Non appena si mise a correre, i demoni fecero altrettanto, quasi circondandoli. La pioggia cominciò a cadere con più violenza; il vento ululava, i lampi fendevano il cielo illuminando gli inseguitori e il recinto, così vicino eppure ancora troppo lontano.

L'acqua aveva reso viscido il terreno, ma la paura li rendeva agili e riuscivano a non scivolare. I passi del demone della roccia che caricava rimbombavano come tuoni, facendosi sempre più vicini, e la terra tremava sotto le sue falcate.

Con una slittata, Arlen si fermò ai recinti e prese ad armeggiare col chiavistello. In quell'istante, i demoni del fuoco li raggiunsero, e Arlen e sua madre si trovarono alla portata della loro arma più micidiale. Furono investiti dai loro sputi di fuoco. La raffica fu attenuata dalla distanza, ma Arlen sentì i suoi abiti che si infiammavano e l'odore dei capelli che bruciavano. Fu percosso da un'ondata di dolore, ma la ignorò. Finalmente era riuscito ad aprire il cancello del recinto e stava portando dentro sua madre, quando un altro demone del fuoco le balzò addosso, affondandole gli artigli nel petto. Con uno strappo Arlen riuscì a farla entrare. Silvy passò senza difficoltà attraverso le protezioni, ma una vampata di magia scagliò indietro il demone. Gli artigli, profondamente conficcati in lei, si staccarono, sprizzando sangue e carne.

I loro abiti continuavano a bruciare. Tenendo abbracciata la madre, Arlen si buttò a terra, assorbendo l'urto con il suo corpo, poi si rotolò insieme a lei nel fango per spegnere le fiamme.

Non c'era modo di chiudere il cancello. I demoni ormai avevano accerchiato il recinto e attaccavano la rete di protezione che sprizzava fiammate di magia. Ma in realtà il cancello non era fondamentale, e neppure la staccionata. Finché i pali di protezione con le rune avessero retto, loro erano al riparo.

Dai coreling, ma non dal maltempo. La pioggia era diventata un gelido nubifragio e li sferzava come lamine taglienti. Silvy non riusciva a rialzarsi. Sangue e fango le si impastavano addosso e Arlen non sapeva se sarebbe sopravvissuta alle ferite e al diluvio.

Avanzò vacillando fino al trogolo e lo rovesciò con un calcio, mandando i resti del pastone per i maiali a marcire nel fango. Arlen poteva vedere il demone della roccia colpire la rete, ma la protezione magica teneva e il demone non poteva passare. Attraverso il bagliore dei lampi e lo sprizzare delle fiamme dei demoni, scorse Marea, sepolta sotto un'orda di demoni del fuoco: ciascuno strappava un brandello di carne e se ne andava a banchettare danzando.

Un momento dopo, il demone della roccia rinunciò al suo assalto per dirigersi a passi pesanti verso Marea. La afferrò per la gamba con un artiglio enorme, come un uomo malvagio avrebbe agguantato un gatto. I demoni del fuoco si dispersero mentre il demone della roccia roteava in aria la donna. Marea emise un rantolo e Arlen inorridì, rendendosi conto che era ancora viva. Il ragazzo lanciò un urlo e valutò l'idea di uscire dalla rete di protezione per andare a soccorrerla. Ma il demone la sbatté a terra con uno schianto raccapricciante. Arlen volse lo sguardo altrove prima che il demone incominciasse il suo pasto, mentre la pioggia torrenziale gli lavava via le lacrime dal viso. Trascinò il trogolo fino a Silvy, le strappò via la fodera dalla gonna e la fece inzuppare dalla pioggia. Con quella rimosse meglio che poté il fango dalle ferite e le tamponò con altri brandelli della fodera. Non era molto pulita, ma sempre meglio che il fango dei maiali.

Vedendo come tremava Silvy, Arlen si distese al suo fianco per scaldarla e tirò sopra di loro il trogolo maleodorante come riparo al diluvio e alla vista dei demoni malefici.

Mentre abbassava il trogolo su di loro, ci fu ancora il lampo di un fulmine. L'ultima cosa che vide fu suo padre, sempre immobile, paralizzato, sul portico.

Arlen ricordò le sue parole: "Se là fuori ci fossi tu… o tua madre…". Ma nonostante tutte le sue promesse, sembrava che nulla potesse indurre Jeph Bales a combattere.

La notte trascorse con interminabile lentezza; non c'era speranza di dormire. La pioggia batteva con ritmo sostenuto sul trogolo schizzando loro addosso i resti del pastone rimasti attaccati al fondo. La melma in cui giacevano era gelida e puzzava di sterco di maiale. Silvy rabbrividiva nel delirio e Arlen la teneva stretta per infonderle un po' del suo calore. Anche lui aveva mani e piedi intirizziti.

Preso dalla disperazione, pianse sulla spalla della madre. Ma lei gemette e gli accarezzò la mano: quel semplice gesto istintivo lo liberò dal terrore, dalla disillusione e dalla sofferenza.

Aveva combattuto un demone, ed era vivo. Si era trovato in un cortile pieno di quei mostri, ed era sopravvissuto. I coreling potevano anche essere immortali, ma con l'astuzia e la velocità si potevano battere.

E come aveva dimostrato il demone della roccia scaraventando via quelli che lo intralciavano, potevano essere feriti.

Ma che differenza poteva fare, in un mondo in cui uomini come Jeph non avrebbero mai opposto resistenza ai coreling, neanche per difendere i propri familiari? Che speranza potevano avere?

Fissò per ore il buio in cui era immerso, ma nella sua mente vedeva sempre l'immagine del padre che li guardava standosene al sicuro dietro alle protezioni.

Prima dell'alba la pioggia diminuì. Arlen approfittò di quella tregua per alzare il trogolo. Ma se ne pentì immediatamente: tutto il calore accumulatosi sotto si disperse in un attimo. Allora lo riabbassò, ma non smise di sbirciare fuori fin quando il cielo cominciò a schiarirsi.

Quando ci fu abbastanza luce per vederci, la maggior parte dei coreling era svanita; restavano solo pochi sbandati, mentre il cielo svariava dall'indaco all'azzurro violaceo. Arlen scostò il trogolo e si alzò, cercando inutilmente di scrollarsi di dosso la fanghiglia e il letame.

Aveva il braccio irrigidito, e a piegarlo gli faceva male. Lo esaminò e vide che nel punto in cui lo avevano raggiunto le fiamme la pelle era arrossata. "La notte nel fango è servita a qualcosa" pensò. Senza il contatto del fango gelato, le ustioni sue e di sua madre sarebbero molto peggiorate.

Quando gli ultimi demoni del fuoco nel cortile cominciarono a dissolversi, Arlen uscì dal recinto e si diresse alla stalla.

«Arlen, no!» giunse un grido dal portico. Arlen vide suo padre che stava lì di guardia, avvolto in una coperta, al sicuro dietro alle rune del portico. «Aspetta! Non è ancora giorno fatto!»

Arlen lo ignorò, proseguì fino alla stalla e spalancò le porte. Missy sembrava decisamente infelice, ancora attaccata al carro, ma fino alla Piazza ce l'avrebbe fatta. Mentre la portava fuori, una mano lo afferrò per il braccio.

«Stai cercando di farti ammazzare?» chiese Jeph. «Devi darmi retta, ragazzo!»

Arlen si divincolò. «La mamma deve andare da Coline Trigg» disse, evitando di guardare il padre negli occhi.

«È viva?» esclamò Jeph incredulo, volgendosi bruscamente a guardare la donna che giaceva nel fango.

«Non certo grazie a te» rispose Arlen. «La porto al villaggio in città.»

«Ce la portiamo *insieme*» lo corresse Jeph precipitandosi a prendere la moglie per trasportarla fino al carro. Lasciando Norine ad accudire gli animali e a raccogliere i miseri resti di Marea, Jeph e Arlen presero la strada del paese.

Silvy era un bagno di sudore e mentre le sue ustioni non sembravano peggiori di quelle di Arlen, le ferite profonde inferte dai demoni del fuoco continuavano a sanguinare e la carne, arrossata e gonfia, aveva un brutto aspetto.

«Arlen, io...» prese a dire Jeph, allungando una mano tremante verso il figlio. Arlen si ritrasse, guardando altrove, e Jeph scattò indietro come se si fosse scottato.

Arlen sapeva che suo padre si vergognava, proprio come aveva detto Ragen. E che forse odiava se stesso, come Cholie. Tuttavia non riusciva a provare compassione per lui. Sua madre aveva pagato per la sua vigliaccheria.

Fecero il resto del viaggio in silenzio.

La casa a due piani di Coline Trigg, sulla Piazza, era una delle più grandi del Rio, ed era piena di letti. Oltre alla famiglia, che occupava il piano superiore, Coline ospitava sempre almeno una persona nelle brande per i malati al pianterreno.

Coline era una donna bassa con un grande naso e il mento sfuggente. Non ancora trentenne, sei gravidanze l'avevano ingrossata alla vita. Le sue vesti odoravano sempre di erbe bruciate e le sue cure consistevano di solito in una sorta di tisana dal sapore disgustoso. La gente di Rio Tibbet si faceva beffe di quella bevanda, ma al primo raffreddore la mandava giù volentieri.

L'erborista diede un'occhiata a Silvy e disse ad Arlen e suo padre di portarla subito in casa. Non fece domande, e questo fu un bene perché né Arlen né Jeph avrebbero saputo che cosa risponderle. Man mano che incideva le ferite, spremendone fuori un pus scuro e nauseabondo, l'aria si impregnava di un fetore rivoltante. Una volta drenate, lavò le ferite con infusi di erbe triturate, poi le richiuse cucendole. Jeph impallidì e si portò una mano alla bocca.

«Fuori di qui!» intimò Coline, indicandogli la porta. Appena fu uscito, guardò Arlen.

«Anche tu?» chiese. Arlen scosse il capo. Coline lo fissò un momento poi annuì in segno di approvazione. «Sei più coraggioso di tuo padre» disse. «Prendimi mortaio e pestello. Ti insegno a preparare un balsamo per le ustioni.» Senza mai distogliere gli occhi dal lavoro, guidò Arlen tra gli innumerevoli vasi e sacchetti della sua farmacia, indicandogli ogni ingrediente e spiegandogli come miscelarli. Mentre Arlen applicava il linimento sulle bruciature della madre, lei continuò il suo macabro lavoro.

Finalmente, quando tutte le ferite di Silvy furono medicate, Coline si occupò di lui. In principio Arlen protestò, ma poi il balsamo fece effetto e soltanto quando il fresco gli si diffuse nelle braccia si rese conto di quanto quelle ustioni lo avessero tormentato.

«Si rimetterà?» chiese Arlen guardando sua madre. Sembrava respirare regolarmente, ma i margini delle ferite avevano un brutto colore e il fetore di putredine persisteva nell'aria.

«Non lo so» rispose Coline. Non era di quelle che indorano la pillola. «Non ho mai visto nessuno con ferite così gravi. Di solito, se i coreling arrivano così vicino...»

«Ti uccidono» concluse Jeph dalla soglia. «Avrebbero ucciso anche lei, se non fosse stato per Arlen.» Si fece avanti, a occhi bassi. «Stanotte Arlen mi ha insegnato qualcosa, Coline» aggiunse. «Mi ha insegnato che la paura è il nostro nemico, molto più di quanto non lo siano i demoni.»

Posò le mani sulle spalle del figlio e lo guardò negli occhi. «Non ti deluderò più» promise. Arlen annuì e distolse lo sguardo. Avrebbe voluto credergli, ma la sua mente tornava sempre all'immagine del padre sul portico, paralizzato dal terrore.

Jeph si avvicinò a Silvy e le prese la mano molle tra le sue. Lei continuava a sudare e ogni tanto, nel torpore del sonno indotto dai calmanti, si agitava.

«Morirà?» chiese Jeph.

L'erborista trasse un lungo respiro. «Io sono brava a conciare ossa, a far nascere bambini. Sono capace di scacciare la febbre e guarire un'influenza. Posso anche nettare una ferita inferta da un coreling, se è ancora fresca...» Scosse il capo. «Ma questa è una febbre da demone. Le ho dato delle erbe per lenirle il dolore e aiutarla a dormire, ma avrà bisogno di rimedi preparati da un'erborista più esperta di me.»

«E chi altra c'è?» chiese Jeph. «Tu sei l'unica al Rio.»

«A due giorni da qui, nei dintorni del Pascolo Assolato, vive la vecchia Mey Friman, la donna che mi ha insegnato tutto. Se c'è qualcuno che può curarla, è lei, ma fareste bene ad affrettarvi. Presto la febbre si alzerà e se ci impiegate troppo, anche la vecchia Mey non potrà fare nulla per aiutarvi.»

«Come facciamo a trovarla?» domandò Jeph.

«Non potete sbagliarvi» rispose Coline. «C'è solo una strada. Al bivio dovete però stare attenti a non svoltare verso i boschi, se non volete perdere settimane sulla via che porta a Miln. Quel messaggero è partito per il Pascolo qualche ora fa, ma prima doveva fare qualche sosta al Rio. Se vi sbrigate, potete ancora raggiungerlo. I messaggeri portano con sé le loro protezioni. Se lo trovate, potrete fare tutta una tirata fino al tramonto, senza dovervi fermare per cercare riparo. Il messaggero vi può far risparmiare metà del viaggio.»

«Lo troveremo,» disse Jeph «a qualunque costo.» Ora la sua voce aveva un tono deciso, e Arlen cominciò a sperare.

Uno strano senso di nostalgia colse Arlen mentre dal retro del carro vedeva allontanarsi Rio Tibbet. Per la prima volta sarebbe stato via da casa più di un giorno. Stava per vedere un altro paese! Solo una settimana prima, un'avventura del genere era il suo sogno più grande. Ora, invece, tutto ciò che desiderava era che le cose tornassero come prima.

Quando la fattoria era un luogo sicuro.

Quando sua madre stava bene.

Quando non sapeva che suo padre era un codardo.

Coline aveva promesso di mandare uno dei suoi ragazzi alla fattoria per avvertire Norine che probabilmente loro sarebbero stati via per una settimana o più e per dirle di badare agli animali e alle protezioni fino al loro ritorno. I vicini l'avrebbero aiutata, ma il lutto di Norine era troppo recente perché potesse affrontare le notti da sola.

L'erborista aveva anche fornito loro una rozza mappa arrotolata con cura e riposta in un tubo di cuoio. Al Rio la carta era una rarità e non si dava via con leggerezza. Arlen ne era affascinato e la studiò per ore, anche se non sapeva decifrare le poche parole che contrassegnavano i luoghi. Né lui né suo padre sapevano leggere.

Sulla mappa era indicata la strada per il Pascolo Assolato e tutto quello che si trovava lungo il tragitto, ma le distanze erano imprecise. Le fattorie dove potevano chiedere rifugio erano evidenziate, ma non c'era modo di sapere quanto fossero distanti.

Sua madre dormiva un sonno irrequieto, sempre madida di sudore. A volte parlava o gridava parole senza senso. Seguendo le istruzioni dell'erborista, Arlen la rinfrescava con un panno bagnato e le faceva bere il tè aspro, ma non sembrava servire a molto.

Nel tardo pomeriggio giunsero nelle vicinanze della casa di Harl Conciapelli, un allevatore che viveva ai margini del Rio. La sua fattoria era solo un paio d'ore oltre la Contrada dei Boschi, ma prima che Arlen e suo padre si mettessero in viaggio, era già pomeriggio inoltrato.

Arlen ricordava di aver visto ogni anno Harl e le sue tre figlie alla festa del solstizio d'estate, ma da quando i coreling avevano ucciso la moglie di Harl, due anni prima, non si erano più presentati. Harl era diventato un eremita, e le sue figlie con lui. Neanche la tragedia della Contrada li aveva stanati.

Tre quarti dei campi dei Conciapelli erano bruciati e anneriti; soltanto quelli più vicini alla casa erano protetti e seminati. Una magra mucca da latte ruminava nel cortile fangoso. La capra, legata al pollaio, mostrava le costole sotto la pelle.

La casa dei Conciapelli era una costruzione di un solo piano in pietre tenute insieme da un impasto di fango e argilla. Sulle pietre più larghe erano dipinte rune sbiadite. Ad Arlen parvero malfatte, ma a quanto sembrava avevano resistito fino ad allora. Il tetto era dissestato, con pali coperti di protezioni che spuntavano fuori dalla paglia marcita. Un lato della casa dava su una piccola stalla, le cui finestre erano sbarrate da assi e la porta mezza scardinata. Oltre il cortile c'era la stalla più grande, messa persino peggio. Le protezioni potevano anche reggere, ma l'intero edificio sembrava sul punto di crollare.

«Non avevo mai visto prima la casa di Harl» disse Jeph.

«Neanch'io» mentì Arlen. A parte i messaggeri, pochi avevano motivo di prendere la strada oltre la Contrada dei Boschi, e coloro che vivevano da quelle parti erano oggetto di grande curiosità al Rio. Arlen era sgattaiolato via più d'una volta per vedere la fattoria di Conciapelli il Matto. Era il posto più lontano da casa fin dove si fosse spinto e aveva dovuto correre a perdifiato per essere di ritorno prima del buio.

Una volta, qualche mese prima, quasi non ce l'aveva fatta. Era andato per dare una sbirciata a Ilain, la figlia maggiore di Harl. I ragazzi dicevano che aveva le tette più grosse di tutto il Rio, e lui voleva verificare di persona. Aveva atteso tutto il giorno, prima di vederla scappar fuori di casa in lacrime. Anche così triste, era bellissima, e Arlen avrebbe voluto consolarla, anche se aveva otto anni meno di lei. Non era stato così audace, ma si era fermato a guardarla più a lungo di quanto sarebbe stato ragionevole, rischiando di pagarla a caro prezzo, quando il sole aveva iniziato a calare.

Quando si avvicinarono alla fattoria, un cagnaccio rognoso si mise a latrare e una ragazza uscì sul portico guardandoli con occhi tristi.

«Potremmo chiedere riparo qui» disse Jeph.

«Mancano ore prima che faccia buio» disse Arlen, scuotendo il capo. «Se non raggiungiamo prima Ragen, la mappa indica un'altra fattoria, al bivio per le Città Libere.»

Jeph sbirciò la mappa da sopra alla spalla del figlio. «C'è parecchia strada» obiettò.

«La mamma non può aspettare» disse Arlen. «Non potremo fare tutto il tragitto oggi, ma ogni ora di strada fatta è un'ora che l'avvicina alla cura.»

Jeph guardò Silvy, grondante di sudore, poi osservò il sole e annuì. Salutarono con un gesto la ragazza sul portico, ma non si fermarono.

Nelle poche ore che seguirono, coprirono una grande distanza, ma non trovarono traccia del messaggero o di altre fattorie. Jeph scrutò il cielo color arancio.

«Tra meno di un paio d'ore sarà buio pesto» disse. «Meglio tornare indietro. Se ci sbrighiamo possiamo arrivare in tempo da Harl.»

«La fattoria potrebbe essere oltre quella curva» insisté Arlen. «La troveremo.»

«Non lo sappiamo» disse Jeph sputando oltre la fiancata del carro. «La mappa è imprecisa. Torniamo indietro finché possiamo, e niente discussioni.»

Arlen sgranò gli occhi, incredulo. «In questo modo perderemo mezza giornata, senza contare la notte. Nel frattempo mamma potrebbe morire!» esclamò.

Jeph si volse a guardare la moglie che sudava avvolta nelle coperte e respirava affannosamente. Osservò cupamente le ombre che si allungavano e represse un brivido.

«Se saremo fuori dopo il buio, moriremo tutti.»

Arlen scuoteva la testa già prima che il padre finisse di parlare, rifiutandosi di accettare il suo discorso. «Potremmo...» s'impappinò, poi riprese: «Potremmo tracciare delle protezioni nella polvere, tutt'attorno al carro».

«E se il vento le cancella?» chiese il padre. «Che si fa allora?»

«La fattoria potrebbe essere proprio dietro la prossima collina!» insisté Arlen.

«Oppure potrebbe stare a venti miglia di strada» ribatté il padre. «O essere bruciata da un anno. Chissà cosa è successo da quando quella mappa è stata disegnata.»

«Stai dicendo che mamma non merita il rischio?» lo accusò Arlen.

«Non venirmi a dire quello che merita!» urlò Jeph, quasi buttando il ragazzo giù dal carro. «Io l'ho amata tutta la vita! Lo so meglio di te! Ma non metterò a repentaglio la vita di tutti e tre! Può superare la notte. *Deve*!»

Detto questo, tirò con forza le redini, fermò il carro e fece dietrofront. Fece schioccare energicamente la frusta sui fianchi di Missy, che con un balzo si rimise in carreggiata. Temendo l'arrivo della notte, la cavalla prese a trottare freneticamente.

Arlen si volse verso Silvy, inghiottendo rabbia amara. Guardò sua madre sobbalzare all'urto delle ruote tra pietre e buche, senza minimamente reagire alle scosse. Comunque la pensasse suo padre, sapeva che le sue probabilità di sopravvivenza erano state dimezzate.

Il sole era quasi tramontato quando raggiunsero la fattoria isolata. Jeph e Missy sembravano condividere lo stesso terrore, divorati dalla stessa urgenza. Arlen era saltato sul retro del carro per cercare di preservare la madre dagli sballottamenti di quella corsa sfrenata. La teneva stretta, prendendosi i colpi e le ammaccature al posto suo.

Ma non poteva attutire ogni urto. Le accurate suture di Coline cominciavano a cedere e le ferite riaperte colavano. Se non se la prendeva la febbre di demone, c'erano buone probabilità che ci pensasse quella corsa.

Jeph irruppe con il carro fin nel cortile, gridando. «Harl! Ci occorre riparo!»

La porta si aprì quasi immediatamente, prima ancora che potessero scendere dal carro. Un uomo in una tuta logora venne fuori con un forcone in mano. Era rinsecchito e legnoso come carne secca. Lo seguiva Ilain, la ragazza gagliarda, brandendo una pala di metallo. L'ultima volta che Arlen l'aveva vista, piangeva spaventata, ma adesso non c'era ombra di paura nei suoi occhi. Ignorando le ombre striscianti, si avvicinò al carro.

Harl annuì mentre Jeph sollevava Silvy. «Portala dentro» ordinò, e Jeph si affrettò a ubbidire, esalando un profondo sospiro mentre varcava le protezioni.

«Apri la stalla grande!» disse a Ilain. «Nella piccola, il carro non ci va.» Ilain raccolse le vesti e partì di corsa. L'uomo si rivolse ad Arlen. «Tu porta dentro il carro, ragazzo! Sbrigati!»

Arlen fece come gli era stato detto. «Non c'è tempo di sbrigliarla» disse il fattore. «Dovrà sopportare.» Era la seconda notte che Missy restava attaccata al carro, e Arlen si chiese se l'avrebbero mai sciolta.

Arlen e Ilain richiusero in fretta la stalla e si soffermarono a controllare le protezioni sulla porta. «Che aspettate!» urlò Harl. «Correte in casa! Saranno qui a momenti!»

Aveva appena finito di dirlo che i demoni cominciarono a sorgere. L'uomo e il ragazzo si precipitarono verso la casa mentre dal suolo spuntavano crani cornuti e arti filiformi.

Scartavano a destra e sinistra per aggirare le creature mortali, resi leggeri e veloci dall'adrenalina e dalla paura. I primi coreling a materializzarsi, un gruppo di flessuosi demoni del fuoco, li inseguirono, guadagnando inesorabilmente terreno. Mentre Arlen e Ilain continuavano a correre, Harl si volse e scagliò il forcone nel mucchio.

L'arma colpì in pieno petto il primo del gruppo, facendolo crollare sugli altri. Ma anche la pelle di un minuscolo demone del fuoco era troppo dura e coriacea perché un forcone potesse trapassarla. La creatura artigliò l'attrezzo, vi sputò una vampata di fuoco, facendo incendiare il manico, poi lo gettò da parte.

Sebbene il coreling non fosse rimasto ferito, il colpo lo rallentò. I demoni scattarono avanti, ma mentre Harl balzava sul portico, dovettero arrestarsi bruscamente andando a sbattere contro una fila di protezioni che li bloccò come se avessero cozzato contro un muro di mattoni. Mentre le magie fiammeggiavano ricacciandoli indietro nel cortile, Harl si precipitò in casa. Sbatté e sprangò la porta, spingendola con la schiena.

«Sia lodato il Creatore» sussurrò, pallido e ansimante.

L'aria nel casale di Harl era densa e soffocante, fetida di muffe e di marcio. I cannicci pulciosi che ricoprivano il pavimento assorbivano in parte l'acqua filtrata dal tetto di paglia, ma erano tutt'altro che freschi. Due cani e diversi gatti condividevano lo spazio, obbligando ognuno a muoversi con cautela. Un paiolo di pietra ribolliva sul focolare, aggiungendo alla miscela l'odore acre di uno stufato in perenne cottura, continuamente allungato man mano che si restringeva. Una tenda rattoppata in un angolo dava una parvenza di riservatezza al gabinetto.

Arlen fece del suo meglio per sistemare le bende di Silvy, poi Ilain e sua sorella Beni la portarono nella loro stanza, mentre Renna, la più giovane, aggiungeva a tavola altre due ciotole di legno scheggiate per Arlen e suo padre.

C'erano solo tre camere: una per le ragazze, una per Harl e una comune per cucinare, mangiare e lavorare. Una tenda cenciosa divideva la sala, isolando la zona dove si cucinava e si mangiava. Un uscio protetto portava dalla stanza comune alla stalla più piccola.

«Renna, va' con Arlen a controllare le protezioni, mentre gli uomini parlano e Beni e io prepariamo la cena» disse Ilain.

Renna annuì, prese Arlen per mano e se lo tirò dietro. Aveva una decina d'anni, quasi la stessa età di Arlen che ne aveva undici ed era graziosa, nonostante gli sbaffi di sporco sul viso. Indossava una semplice veste, lisa e rammendata con cura, e portava i capelli castani legati alla nuca da una striscia di stoffa, ma delle ciocche ribelli le incorniciavano il volto rotondo.

«Questa qui è consumata» osservò la ragazza, indicando una runa su uno dei davanzali. «Deve averci camminato sopra qualche gatto.» Prendendo un carboncino dalla scatola degli attrezzi, ripassò accuratamente la linea dove si era interrotta.

«Così non va» disse Arlen. «Le linee non sono più lisce. Questo indebolisce la protezione. Devi ridisegnarla da capo.»

«Non mi è permesso di disegnarne una nuova» bisbigliò Renna. «Devo dirlo a mio padre o a Ilain, se ce n'è una che non riesco a sistemare.»

«Posso farlo io» disse Arlen, prendendo il carboncino. Cancellò con cura la vecchia runa e, con mano spedita e sicura, ne tracciò una nuova.

Quando ebbe finito, fece un passo indietro per controllare la finestra, e poi mise rapidamente a posto diverse altre rune.

Harl notò il lavoro che stava facendo e si alzò con un certo nervosismo, ma un gesto e qualche parola rassicurante di Jeph lo fecero tornare a sedere.

Arlen indugiò un momento ad ammirare la sua opera. «Di qui non passa neanche un demone della roccia» disse con orgoglio. Si volse e scoprì che Renna lo stava osservando. «Che c'è?» chiese.

«Sei più alto di come ti ricordavo» disse la ragazzina, con gli occhi bassi e un sorriso timido.

«Be', sono passati un paio d'anni» rispose Arlen, non sapendo cos'altro dire. Quando finirono il giro d'ispezione, Harl chiamò la figlia e parlottarono tra loro. Un paio di volte Arlen notò che Renna lo sbirciava, ma non riuscì a sentire che cosa si dicevano.

La cena consisté in uno stufato stopposo di erbe e cereali, con una carne che Arlen non riuscì a identificare, ma fu abbastanza sostanziosa. Mentre mangiavano, Arlen e il padre raccontarono le loro vicende.

«Facevate meglio a venire prima da noi» disse Harl alla fine. «Siamo stati un sacco di volte dalla vecchia Mey Friman. Si fa prima che ad andare fino da Trigg, alla Piazza del Villaggio. Se vi ci sono volute due ore a furia di frustate per tornare indietro fin qui da noi, proseguendo di buona lena potevate raggiungere presto la fattoria di Mack Pascolo. La vecchia Mey è solo a un'oretta da lì. Alla vecchia non è mai andato a genio di vivere in paese. Sferzando a dovere la cavalla, forse potevate arrivarci stanotte.»

Arlen sbatté giù il cucchiaio. Tutti si volsero a guardarlo, ma lui non se ne accorse nemmeno: tutta la sua attenzione era puntata sul padre.

Jeph non sopportò a lungo la durezza di quello sguardo e chinò il capo. «Non potevamo saperlo» disse, affranto.

Ilain gli toccò la spalla. «Non biasimatevi per essere stato prudente» lo consolò. Guardò Arlen con occhi severi. «Quando sarai più grande, capirai» gli disse.

Arlen si alzò bruscamente e si allontanò dalla tavola. Passò la tenda e, rannicchiato accanto a una finestra, si mise a guardare i demoni attraverso una fessura delle imposte. Provavano e riprovavano inutilmente ad aprirsi un varco nelle protezioni, ma Arlen non si sentiva protetto dalla magia. Si sentiva imprigionato.

«Andate a giocare con Arlen nella stalla» ordinò Harl alle figlie minori quando tutti ebbero finito di mangiare. «Penserà Ilain a sparecchiare. Lasciate parlare in pace i grandi.»

Beni e Renna si alzarono all'unisono e corsero al di là della tenda. Arlen non aveva nessuna voglia di giocare, ma le ragazze non sentirono ragioni: lo tirarono su e lo trascinarono nella stalla.

Beni accese una lanterna incrinata, illuminando l'ambiente di un bagliore fosco. Harl possedeva due vecchie mucche, quattro capre, una scrofa con otto lattonzoli e sei polli. Tutti erano smunti e ossuti, denutriti. Perfino il maiale mostrava le costole. Il bestiame sembrava a malapena sufficiente per il sostentamento di Harl e le ragazze.

La stalla stessa non era in condizioni migliori. Metà delle imposte era rotta e il fieno sul pavimento era marcio. Le capre avevano roso la parete del loro recinto e strappavano il fieno delle mucche. Melma, sbobba, escrementi avevano formato un unico letamaio nel porcile.

Renna mostrò ad Arlen ogni comparto della stalla. «A papà non piace che diamo dei nomi agli animali» disse «perciò lo facciamo in segreto. Questa è Hoofy» spiegò, indicando una mucca. «Il suo latte è amaro, ma papà dice che va bene. Quella accanto è Grouchy. Scalcia, ma solo se la mungi con troppa forza, o in ritardo. Le capre sono...»

«Ad Arlen non interessano gli animali» Beni rimbrottò la sorella. Prese Arlen per un braccio e lo trascinò via. Beni era più alta e più grande di Renna, ma per Arlen Renna era più carina. Si arrampicarono insieme sul soppalco del fienile e si lasciarono cadere sul fieno pulito.

«Giochiamo a salvezza» propose Beni. Trasse di tasca un sacchetto di cuoio e fece rotolare quattro dadi di legno sul pavimento. Sui dadi erano dipinti dei simboli: fuoco, roccia, acqua, vento, legno e runa di protezione. Si poteva giocare in diversi modi, ma la maggior parte dei regolamenti conviene sulla necessità di lanciare tre dadi col segno della protezione prima di farne rotolare quattro di ogni altro tipo.

Giocarono per un po'. Renna e Beni avevano delle regole tutte loro, alcune delle quali, sospettò Arlen, create apposta per vincere.

«Due rune tre volte di fila valgono come tre» annunciò Beni, dopo aver lanciato proprio quella serie. «Abbiamo vinto noi.» Arlen non era d'accordo, ma non vedeva nessun vantaggio nel mettersi a discutere.

«E siccome abbiamo vinto, ora devi fare penitenza» dichiarò Beni.

«Non ci sto» disse Arlen.

«Devi» insisté Beni, e ancora una volta Arlen capì che non era il caso di stare a discutere.

«Cosa dovrei fare?» chiese, sospettoso.

«Fagli fare il gioco del bacio» disse Renna battendo le mani.

Beni le diede un buffetto sulla testa. «Lo so già da sola, stupida!»

«Che cos'è il gioco del bacio?» chiese Arlen, temendo di conoscere già la risposta.

«Oh, lo vedrai» disse Beni, e tutte e due le ragazze scoppiarono a ridere. «È un gioco da grandi. Papà lo fa qualche volta con Ilain. Serve a esercitarsi per quando si è sposati.»

«Come scambiarsi la promessa?» chiese Arlen, diffidente.

«No, stupido, così» disse Beni, buttandogli le braccia al collo e premendogli le labbra sulle sue.

Arlen non aveva mai baciato una ragazza. Beni schiuse la bocca e lui fece altrettanto. I denti si scontrarono ed entrambi si ritrassero. «Ahi!» fece Arlen.

«Ci metti troppa forza, Beni» disapprovò Renna. «Adesso tocca a me.»

Effettivamente, il bacio di Renna fu molto più dolce. Arlen lo trovò piuttosto piacevole. Quasi come stare davanti al fuoco quando fa freddo.

«Ecco» disse Renna, quando le loro labbra si separarono. «È così che si fa.»

«Stanotte dovremo dividere il letto» disse Beni. «Possiamo fare pratica più tardi.»

«Mi dispiace che abbiate dovuto rinunciare al vostro letto a causa di mia madre» si rammaricò Arlen.

«Non preoccuparti» disse Renna. «Eravamo abituate a dividere il letto, fino a quando non è morta nostra madre. Ma ora Ilain dorme con papà.»

«Come mai?» chiese Arlen.

«Non dovremmo parlare di questa cosa» bisbigliò Beni alla sorella.

Renna la ignorò, ma abbassò la voce. «Ora che mamma non c'è più, papà le ha detto che tocca a lei renderlo felice come ci si aspetta da una moglie. Così dice Ilain.»

«Come cucinare e rammendare e cose del genere?» chiese Arlen.

«No, è un gioco come quello del bacio» rispose Beni. «Ma per fare questo gioco ci vuole un ragazzo.» Gli strattonò i pantaloni. «Se ci fai vedere il tuo affarino, te lo insegniamo.»

«Non ho nessuna intenzione di farvelo vedere!» disse Arlen ritraendosi.

«Perché no?» intervenne Renna. «Beni l'ha fatto con Lucik Boggin e adesso lui vuole giocarci ogni volta.»

«Papà e il padre di Lucik dicono che siamo promessi, quindi non c'è problema» si vantò Beni. «Visto che tu sarai promesso a Renna, puoi fargliel vedere.» Renna si morse un dito e distolse lo sguardo, ma continuava a sbirciare Arlen con la coda dell'occhio.

«Non è vero!» protestò Arlen. «Io non sono promesso a nessuno!»

«Stupido! Di che cosa credi stiano parlando i vecchi, di là?» chiese Beni.

«Non di questo!» disse Arlen.

«Va' a vedere!» lo sfidò Beni.

Arlen guardò le due sorelle, poi scese giù dalla scaletta e penetrò in casa, attento a fare meno rumore possibile. Poteva sentire le voci da dietro la tenda, e si avvicinò di più.

«Mi serviva Lucik da subito,» stava dicendo Harl «ma Fernan vuole che prepari il malto ancora per una stagione. Senza un paio di braccia qui alla fattoria è dura riempirci la pancia, specie da quando le galline hanno smesso di fare le uova e la mucca non dà più latte.»

«Di ritorno da Mey, prenderemo con noi Renna» disse Jeph.

«Gli dirai che sono promessi?» chiese Harl. Arlen trattenne il fiato.

«Non c'è ragione di non farlo» rispose Jeph.

Harl bofonchiò. «Per me, dovresti aspettare fino a domani» disse. «Quando sarete soli, sulla strada. A volte i ragazzi fanno una scenata, quando glielo annunci. E la ragazza potrebbe restarci male.»

«Probabilmente hai ragione» ammise Jeph. Arlen aveva voglia di mettersi a urlare.

«So quello che dico. Fidati di uno che ha delle figlie femmine. Se la prendono per ogni stupidaggine, non è vero Lainie?» Si sentì uno schiocco e un gridolino di Ilain. «A ogni modo,» proseguì Harl «non c'è male che non si risolva con qualche ora di pianto.»

Seguì un lungo silenzio e Arlen cominciò ad arretrare furtivamente verso la porta della stalla.

«Me ne vado a letto» grugnì Harl. Arlen si sentì gelare. «Lainie, visto che stanotte nel tuo letto c'è Silvy» continuò «tu puoi dormire con me, dopo che avrai scrostato le ciotole e sistemato le ragazze.»

Arlen sgattaiolò dietro un banco e vi rimase finché, dopo essersi liberato nella latrina, Harl entrò in camera sua e chiuse la porta. Stava per tornare alla stalla quando sentì la voce di Ilain.

«Voglio venire anch'io» disse d'un fiato, appena la porta si fu richiusa.

«Cosa?» chiese Jeph.

Da dove era rannicchiato, Arlen poteva vedere i loro piedi da sotto alla tenda. Ilain girò attorno alla tavola per andarsi a sedere accanto a Jeph.

«Portatemi con voi» insisté. «Per piacere. Beni sarà a posto, una volta che verrà Lucik. Io devo andarmene.»

«Ma perché?» chiese Jeph. «Sicuramente qui avete da mangiare a sufficienza per tre.»

«Non è questo» disse Ilain. «Il perché non importa. Io posso dire a mio padre che sarò nei campi, quando verrete a prendere Renna. Farò una corsa fino alla strada e vi incontrerò lì. Prima che lui si accorga che me ne sono andata sarà trascorsa una notte. Lui non ci seguirà mai.»

«Non ne sarei così sicuro» obiettò Jeph.

«La vostra fattoria è la più lontana di tutte» disse Ilain. Arlen la vide posare la mano sul ginocchio di Jeph. «Lavorerò» promise «mi guadagnerò l'ospitalità.»

«Non posso portarti via così ad Harl» replicò Jeph. «Non ho mai avuto questioni con lui, e non voglio crearne una.»

Ilain sputò. «Il vecchio sciagurato vuol farvi credere che mi corico con lui a causa di Silvy» disse a voce bassa. «La verità è che mi picchia se non lo raggiungo nel suo letto ogni notte, dopo che Beni e Renna sono andate a dormire.»

Jeph si chiuse in un lungo silenzio. «Capisco» disse infine. Strinse i pugni e fece per alzarsi.

«No, vi prego!» gemette Ilain. «Voi non lo conoscete. Vi ucciderebbe!»

«Dovrei stare a guardare?» chiese Jeph. Arlen non capiva tutto quello scalpore. Che c'era di strano se Ilain dormiva nella camera di Harl?

Vide la ragazza accostarsi di più a suo padre. «Avrete bisogno di qualcuno che si prenda cura di Silvy» gli mormorò. «E se dovesse morire...» Si chinò su di lui e risalì con la mano sui pantaloni di Jeph, come Beni aveva cercato di fare con Arlen. «... potrei diventare vostra moglie. Vi riempirei la casa di bambini» promise. Jeph si lasciò sfuggire un gemito.

Arlen aveva la nausea e il volto in fiamme. Deglutì il fiele che aveva in bocca. Avrebbe voluto urlare il loro piano ad Harl. L'uomo aveva affrontato un coreling per sua figlia, una cosa che Jeph non avrebbe mai fatto. S'immaginò Harl che prendeva a pugni suo padre, e la scena non gli dispiacque.

Jeph esitò, poi spinse via Ilain. «No,» disse «domani porteremo Silvy dall'erborista, e si ristabilirà.»

«Prendetemi con voi lo stesso» lo implorò Ilain, cadendo in ginocchio.

«Io... ci penserò» rispose Jeph. In quel preciso istante, Beni e Renna irruppero dalla stalla. Arlen si drizzò fingendo di essere appena entrato insieme a loro, mentre Ilain si alzava in fretta. Sentì che il momento di affrontarli era passato.

Dopo aver messo a letto le sorelle e tirato fuori un paio di coperte lerce per Arlen e Jeph nella sala comune, Ilain inspirò profondamente ed entrò in camera di suo padre. Poco dopo, ad Arlen giunsero il grugnire soddisfatto di Harl e gli occasionali, soffocati gemiti di Ilain. Fingendo di non sentirli guardò Jeph e lo vide mordersi il pugno.

La mattina seguente Arlen si levò prima del sole, mentre tutti gli altri in casa dormivano ancora. Qualche minuto prima dell'aurora, aprì la porta per guardare i coreling rimasti che sibilavano e gli mostravano gli artigli dal lato opposto delle protezioni. Quando l'ultimo demone del cortile si fu dissolto in nebbia, Arlen uscì di casa e andò nella stalla grande per abbeverare Missy e gli altri cavalli di Harl. La giumenta era di pessimo umore e lo morsicò. «Un altro giorno soltanto» le promise Arlen, legandole al muso il sacco con la biada.

Quando rientrò in casa, suo padre ancora russava e lui andò a bussare alla cornice della porta della stanza di Renna e Beni. Beni scostò la tenda e Arlen notò immediatamente le espressioni ansiose delle due sorelle.

Renna stava inginocchiata accanto a Silvy. «Non riesce a svegliarsi» disse con voce strozzata. «Sapevo che volevate partire all'alba, ma quando l'ho scossa...» Accennò al letto, con le lacrime agli occhi. «È così pallida.»

Arlen corse al capezzale della madre e le prese la mano. Le dita erano gelide e sudate, ma la fronte scottava. Il respiro era corto e affannoso e attorno a lei stagnava il fetore mortale della malattia dei demoni. Le ferite suppuravano un pus giallo brunastro.

«Papà!» gridò Arlen. Un momento dopo apparve Jeph, seguito da Harl e Ilain.

«Non c'è tempo da perdere» disse Jeph.

«Prendi anche uno dei miei cavalli» offrì Harl. «Per darsi il cambio quando si stancano. Spingili al massimo, e nel pomeriggio sarai da Mey.»

«Ti siamo debitori» disse Jeph, ma Harl si schermì con un gesto.

«Su, sbrigatevi» disse. «Ilain vi preparerà qualcosa da mangiare lungo la strada.»

Renna afferrò Arlen per un braccio mentre lui si voltava per andare. «Noi siamo promessi, ora» gli sussurrò. «Ti aspetterò sul portico a ogni calar del sole, finché non tornerai.» Lo baciò sulla guancia. Le sue labbra erano morbide e la sensazione persisté a lungo anche dopo che lei si fu allontanata.

Il carro correva tra sobbalzi e strattoni sulla strada sconnessa di terra battuta. S'erano fermati una sola volta per scambiare i cavalli. Arlen guardò il cibo preparato da Ilain come fosse veleno. Jeph lo divorò.

Mentre spizzicava il pane grezzo col formaggio duro e piccante, Arlen cominciò a pensare che forse era stato tutto un malinteso. Forse non aveva sentito davvero quello che credeva. Forse suo padre non aveva esitato nel respingere Ilain.

Era un'illusione allettante, ma un attimo dopo Jeph la distrusse.

«Che ne pensi della figlia minore di Harl?» gli chiese. «Sei rimasto un bel pezzo con lei.» Per Arlen fu come se il padre gli avesse dato un pugno nello stomaco.

«Renna?» chiese con finta innocenza. «Sembra a posto, direi. Perché?»

«Ho parlato con Harl» rispose Jeph. «Quando torniamo alla fattoria, lei verrà a vivere con noi.»

«Perché?» chiese ancora Arlen.

«Per occuparsi della mamma, per darci una mano... e per altre ragioni.»

«Quali altre ragioni?» insisté Arlen.

«Harl e io vogliamo vedere se voi due andate d'accordo» disse Jeph.

«E in caso contrario?» domandò Arlen. «Se io non volessi tra i piedi una ragazza che mi chiede tutto il tempo di giocare a baciarci?»

«Un giorno, quel gioco potrebbe non dispiacerti troppo.»

«Allora aspettiamo a farla venire» disse Arlen con una scrollata di spalle, fingendo di non sapere a che cosa mirasse suo padre. «Perché Harl ha tanta fretta di liberarsi di lei?»

«Hai visto in che stato è ridotta la fattoria. Hanno sì e no di che sfamarsi. Harl vuole molto bene alle figlie e desidera il meglio per loro. E cosa c'è di meglio che farle maritare giovani, così che prima di morire possa avere dei figli ad aiutarlo e dei nipoti. Ilain è già più vecchia di molte ragazze che si sposano. In autunno, Lucik Boggin verrà a dare una mano a Harl nei campi. Sperano che lui e Beni si prendano.»

«Immagino che neanche Lucik abbia scelta» borbottò Arlen.

«Lui è ben felice di andarci, ed è anche fortunato!» sbottò Jeph, spazientito. «Dovrai imparare parecchie cose scomode della vita, Arlen. In paese ci sono più ragazzi che ragazze, e non possiamo permetterci di sprecare vite umane. Ogni anno, tra la vecchiaia, le malattie e i coreling, ne perdiamo sempre di più. Se non provvediamo a fare figli, Rio Tibbet scomparirà come altre centinaia di villaggi! Non *possiamo* permettere che questo accada!»

Vedendo suo padre, di solito così flemmatico, infervorarsi tanto, Arlen evitò saggiamente di rispondere.

Un'ora più tardi, Silvy cominciò a urlare. Voltandosi, la videro che cercava di alzarsi in piedi in mezzo al carro, le mani strette al petto scosso da violenti, spaventosi rantoli. Arlen saltò sul retro e lei gli si aggrappò con una forza sorprendente nelle mani, tossendo e scatarrandogli sulla camicia. Gli occhi sporgenti, iniettati di sangue lo fissavano furiosamente, ma non davano segno di riconoscerlo. Mentre lei si dibatteva, Arlen gridò, sforzandosi di tenerla ferma.

Jeph fermò il carro e insieme la costrinsero a rimettersi giù, mentre lei continuava ad agitarsi, a gridare, a rantolare rocamente. Poi, com'era successo a Cholie, ebbe un ultimo sussulto e giacque immobile.

Jeph guardò la moglie, poi gettò indietro la testa e urlò. Arlen si mordeva le labbra per trattenere le lacrime, ma alla fine crollò. I due piansero insieme, chini sulla donna.

Placati i singhiozzi, Arlen si guardò attorno con occhi spenti. Cercò di mettere a fuoco le immagini, ma il mondo sembrava confuso, come se non fosse reale.

«E adesso che facciamo?» chiese infine.

«Torniamo indietro» rispose il padre. Quelle parole colpirono Arlen come una pugnalata. «La portiamo a casa e le prepariamo la pira. Cerchiamo di andare avanti. C'è ancora la fattoria, ci sono le bestie da accudire, e anche se ci saranno Renna e Norine a darci una mano, ci aspettano tempi duri.»

«Renna?» chiese Arlen sbalordito. «La prendiamo lo stesso con noi? Anche adesso?»

«La vita continua» disse il padre. «Sei quasi un uomo, ormai, e un uomo ha bisogno di una moglie.»

«E tu ne hai già trovata una per tutti e due, vero?» sbottò Arlen.

«Di che parli?» chiese Jeph.

«Vi ho sentito, te e Ilain, stanotte!» gridò Arlen. «Hai già pronta un'altra moglie. Non te ne importa niente della mamma? Hai già trovato un'altra che si occuperà del tuo coso! Almeno finché non sarà uccisa anche lei, perché sei troppo codardo per difenderla!»

Il padre lo colpì; un sonoro ceffone in faccia che incrinò l'aria del mattino. Ma la sua rabbia sbollì immediatamente. Si protese sul figlio. «Arlen, mi dispiace...» disse con voice strozzata, ma il ragazzo lo respinse e saltò giù dal carro.

«Arlen!» gridò Jeph, ma il figlio lo ignorò e fuggì correndo come il vento dentro il bosco, lontano dalla strada.

3
Una notte da solo

Anno 319 dR

Arlen corse attraverso il bosco più veloce che poteva, facendo brusche, improvvise deviazioni, scegliendo a caso la direzione. Voleva essere certo che il padre non lo raggiungesse, ma con l'affievolirsi dei suoi richiami, si rese conto che non lo stava inseguendo affatto.

"Perché dovrebbe darsi la pena?" pensò. "Tanto lo sa che prima di sera sarò tornato. Dove altro potrei andare?"

"Dovunque." La risposta gli venne involontaria, ma in cuor suo sapeva che era vero.

Non poteva tornare alla fattoria e fare finta che fosse tutto normale. Non avrebbe sopportato di vedere Ilain pretendere il letto di sua madre. Perfino la bella Renna, che baciava così dolcemente, gli avrebbe solo ricordato che cosa aveva perduto, e perché.

Ma dove poteva andare? Su una cosa, suo padre aveva ragione: non poteva correre per sempre. Prima che facesse buio doveva trovare asilo, o quella sarebbe stata la sua ultima notte.

Tornare indietro, a Rio Tibbet, non era il caso. Chiunque lo avesse ospitato, il giorno dopo lo avrebbe riportato a casa trascinandolo per un orecchio e lui le avrebbe prese di santa ragione per la bravata.

Allora, al Pascolo Assolato. Quasi nessuno di Rio Tibbet si spingeva fin laggiù, a meno che il Verro non pagasse per il trasporto di qualcosa. O a meno che non fossero dei messaggeri.

Coline aveva detto che Ragen si sarebbe fermato al Pascolo Assolato prima di fare ritorno alle Città Libere. Ad Arlen piaceva Ragen, l'unico adulto che avesse mai conosciuto che non gli parlasse con sufficienza. Il messaggero e Keerin avevano un giorno di vantaggio su di lui ed erano a cavallo, ma se si sbrigava forse poteva raggiungerli in tempo e chiedere il favore di un passaggio per le Città Libere.

Aveva ancora la mappa di Coline attaccata al collo. Vi erano indicate la strada per il Pascolo Assolato e le fattorie lungo il tragitto. Pur trovandosi nel fitto del bosco, era abbastanza sicuro da che parte fosse il nord.

A mezzogiorno trovò la strada, o meglio, fu la strada a trovarlo tagliando dritto dentro il bosco davanti a lui. Doveva aver perso il senso dell'orientamento fra gli alberi.

Camminò per ore senza incontrare l'ombra di una fattoria, né della casa della vecchia erborista. Guardando il sole, la sua inquietudine aumentò. Se stava procedendo in direzione nord, il sole sarebbe dovuto essere alla sua sinistra, ma così non era. Ce lo aveva dritto di fronte.

Si fermò a consultare la mappa, e i suoi timori trovarono conferma. Non era sulla strada per il Pascolo Assolato, ma su quella per le Città Libere. Peggio: dopo il bivio con il sentiero per il Pascolo Assolato, la strada sconfinava dal margine della mappa.

L'idea di fare dietrofront era sconfortante, specialmente perché non c'era modo di sapere se avrebbe trovato in tempo un posto dove ripararsi. Fece un passo indietro nella direzione da cui era venuto.

"No" decise. "Indietreggiare è nello stile di mio padre. Accada quel che accada, io vado avanti."

Si rimise in marcia, lasciandosi alle spalle sia Rio Tibbet che il Pascolo Assolato. Ogni passo avanti era più agevole e più leggero del precedente.

Camminò ancora per ore e alla fine, uscendo dalla boscaglia, si trovò nella prateria: una distesa sconfinata di rigogliosi campi né arati né pascolati. Salì in cima a una collina a respirare a pieni polmoni l'aria fresca e pura. Un grosso macigno sporgeva dal terreno e Arlen vi si arrampicò per far spaziare lo sguardo su un vasto mondo che era sempre stato al di là della sua portata. Non c'era traccia di abitazioni o di luoghi dove cercare riparo. La paura della notte che si avvicinava era una sensazione remota, come la consapevolezza che si cresce e che un giorno si morirà.

Mentre il pomeriggio volgeva alla sera, Arlen cominciò a cercare un posto dove fermarsi. Una boscaglia prometteva bene, sotto gli alberi e gli arbusti non c'era erba ed era possibile disegnare delle rune nella terra, ma un demone del legno poteva sempre saltare su un albero e piombare dall'alto dentro il suo cerchio di protezione.

C'era un piccolo dosso pietroso e nudo, ma quando Arlen vi salì il vento soffiava forte e lui temé che potesse danneggiare le protezioni rendendole inefficaci.

Alla fine, giunse in un luogo che recava i segni di un recente attacco dei demoni del fuoco. Dalle ceneri non era ancora germogliato nulla, e stropicciando con i piedi, Arlen sentì che sotto il terreno era compatto. Spazzò via la cenere da un'ampia zona e iniziò a tracciare il suo cerchio magico. Aveva poco tempo, così ne fece uno piccolo per non commettere errori nella fretta.

Usando un legnetto appuntito, disegnò le rune, soffiando via delicatamente i residui della raschiatura. Lavorò per più di un'ora, runa dopo runa, allontanandosi di frequente per controllare che fossero perfettamente allineate. Come sempre, le sue mani si mossero con sicurezza e alacrità.

Quando ebbe terminato, aveva un cerchio di circa due metri di diametro. Ricontrollò tre volte le protezioni senza riscontrare errori. Si mise in tasca il bastoncino e sedette al centro a guardare le ombre che si allungavano, il sole che scendeva inondando il cielo di colore.

Forse quella notte sarebbe morto. Forse no. Arlen si disse che non aveva importanza. Ma con il calare della luce, anche il suo coraggio veniva meno. Il cuore gli batteva forte e l'istinto lo spingeva ad alzarsi e fuggire. Ma verso dove? Era lontano chilometri dal posto più vicino dove trovare rifugio. Rabbrividì, sebbene non facesse freddo.

"È stata una cattiva idea" gli suggerì una vocina interiore. Lui la mise a tacere, ma la sua spavalderia forzosa non valse ad allentare la tensione dei muscoli, quando gli ultimi raggi del sole si spensero e si ritrovò immerso nelle tenebre.

"Eccoli che arrivano" sussurrò atterrita la vocina nella sua testa, mentre dalla terra cominciavano a levarsi volute brumose.

La nebbia s'addensava lentamente e i corpi dei demoni assumevano forma emergendo dalla terra. Arlen si erse insieme a loro, stringendo gli esili pugni. Come sempre furono i demoni del fuoco a venire fuori per primi scorrazzando qua e là con giubilo, lasciando dietro di sé una scia di fiamme guizzanti. Seguivano i demoni del vento che subito presero la rincorsa e, allargando le ali coriacee, spiccarono il volo. Per ultimi, arrivarono i demoni della roccia, traendo a fatica la loro pesante stazza dal Fulcro.

E poi i coreling videro Arlen e, urlando di giubilo, puntarono il ragazzo indifeso.

Il primo ad attaccare fu un demone del vento. Gli piombò addosso con gli artigli uncinati delle ali, pronti a squarciargli la gola. Arlen lanciò un grido, ma delle scintille sprizzarono non appena gli artigli sfiorarono le protezioni, e l'assalto fu deviato.

Lo slancio proiettò in avanti il demone, mandandolo a sbattere con tutto il corpo contro la barriera per esserne respinto in una sfavillante esplosione di energia. La creatura gemette nell'urto, ma si rialzò subito contorcendosi, mentre l'energia gli sfrigolava sulle squame.

Poi vennero gli agili demoni del fuoco, il più grande dei quali non superava la statura di un cane. Si slanciarono stridendo e cominciarono ad artigliare lo scudo. Arlen trasaliva ogni volta che le protezioni sfolgoravano, ma la magia tenne. Quando le creature si resero conto che la rete di Arlen resisteva, sputarono il fuoco direttamente su di lui.

Arlen conosceva bene quel trucco, ovviamente. Aveva cominciato a disegnare simboli magici da quando era stato in grado di maneggiare un carboncino e conosceva le rune per difendersi dalle lingue di fuoco. Come gli artigli, anche le fiamme furono respinte. Arlen non ne avvertì neppure il calore.

I coreling si radunarono, attratti dallo spettacolo, e ogni vampata che si sprigionava dalle protezioni ne rivelava ad Arlen un numero sempre maggiore. Un'orda inferocita, ansiosa di scarnificarlo.

Altri demoni del vento piombarono giù in picchiata, e furono respinti dalle rune. Intanto anche i demoni del fuoco, in preda alla frustrazione, cominciarono a scagliarsi contro di lui, sfidando le bruciature delle protezioni magiche, nella speranza di aprire una breccia. Ma furono rigettati indietro ancora, e ancora. Arlen smise di tremare, scacciò il terrore e prese a urlare ingiurie e maledizioni.

La sua sfida esasperò la rabbia dei demoni. Non avvezzi a essere beffati da una preda, raddoppiarono gli sforzi per penetrare la protezione. Arlen continuava ad agitare i pugni e a fare gesti volgari come a volte aveva visto fare dai grandi, a Rio Tibbet, alle spalle del Verro.

Era di questo che aveva avuto tanta paura? Era per questo che l'umanità viveva nel terrore? Di queste bestie patetiche, frustrate? Ridicolo. Sputò, e lo sputo sfrigolò sulle scaglie di un demone del fuoco, triplicando la sua furia.

A un tratto, le creature urlanti ammutolirono. Nella luce tremolante dei demoni del fuoco, Arlen vide il mucchio separarsi e aprire il passaggio a un demone della roccia, che avanzava verso di lui a passi pesanti che scuotevano il suolo come un terremoto.

Per tutta la vita, Arlen aveva visto i coreling da lontano, da dietro una finestra o una porta. Prima dei terribili eventi degli ultimi giorni, non si era mai trovato all'aperto con un demone interamente formato, e di sicuro non aveva mai tenuto testa a un loro attacco. Sapeva che le loro dimensioni potevano variare, ma non immaginava fino a che punto.

Il demone della roccia era alto cinque metri.

Il demone della roccia era gigantesco.

Arlen piegò la testa in su mentre il mostro si avvicinava. Anche a distanza era una massa torreggiante e poderosa di muscoli e scaglie spigolose. La sua corazza massiccia e nera era piena di protuberanze ossee e la coda acuminata oscillava su e giù, bilanciando il peso delle spalle imponenti. Avanzava ingobbito sui piedi artigliati che a ogni passo tonante scavavano profondi solchi nel terreno. Le braccia lunghe e nodose terminavano in grinfie grosse come coltelli da macellaio, e le fauci spalancate e schiumanti rivelavano file e file di denti taglienti come lame. Una lingua nera penzolava fuori, assaporando la paura di Arlen.

Un demone del fuoco non si allontanò abbastanza alla svelta e il gigante se ne liberò in modo sbrigativo. Con una grinfiata che gli procurò profondi squarci, lo scagliò in aria.

Il gigante continuava ad avvicinarsi. In preda al terrore, Arlen fece un passo indietro, poi un altro. Solo all'ultimo momento tornò in sé e si fermò prima di ritrovarsi fuori dal cerchio di protezione.

Ricordarsi del cerchio gli diede un conforto effimero. Dubitava che le sue protezioni fossero abbastanza solide per reggere alla prova. Dubitava che qualsiasi protezione lo fosse.

Il demone lo fissò per un lungo momento, gustandosi il suo terrore. I demoni della roccia si affrettavano raramente, ma quando decidevano di farlo potevano raggiungere una velocità stupefacente.

Quando il mostro attaccò, tutto il sangue freddo di Arlen franò.

Cadde a terra con un grido e si raggomitolò, proteggendosi la testa con le braccia.

L'esplosione che seguì fu assordante. Pur avendo gli occhi coperti, Arlen vide la vampata luminosa della magia trasformare in giorno la notte. Sentì il ringhiare frustrato del demone, lo intravide roteare, e sbattere la pesante coda uncinata contro la protezione. La magia fiammeggiò di nuovo, e di nuovo l'attacco fu sventato.

Arlen esalò il respiro che aveva trattenuto. Vide il demone colpire ripetutamente la protezione, urlando di rabbia. Una calda umidità gli colava lungo le cosce.

Vergognandosi della propria codardia, si alzò e guardò il demone dritto negli occhi. Lanciò un urlo. Un urlo primitivo che nasceva dal profondo e che negava l'essenza stessa del nemico e di tutto ciò che rappresentava.

Raccolse una pietra e gliela scagliò contro. «Tornatene al tuo Fulcro!» gridò. «Tornaci e crepa!»

Il demone non parve neppure avvertire l'impatto della pietra contro la corazza, ma la sua furia era alle stelle mentre colpiva le protezioni senza riuscire a oltrepassarle. Attingendo al suo limitato vocabolario, Arlen apostrofava il demone con i nomi più strani e ripugnanti, cercando in terra qualsiasi cosa da tirargli addosso. Quando non ebbe più pietre, cominciò a saltare su e giù, ad agitare le braccia, urlando la sua sfida.

Poi scivolò e pestò una runa con il piede.

Il tempo sembrò fermarsi nel lungo, silenzioso momento condiviso da Arlen e dal gigante. Entrambi presero lentamente coscienza dell'enormità di quanto era appena successo. Quando si mossero, lo fecero in sincrono: Arlen tirò fuori il suo legnetto appuntito e si tuffò sulla protezione, mentre il demone sferrava un fendente con la zampa massiccia irta di artigli.

Con il cervello che correva a mille, Arlen valutò il danno in un istante: si era rovinata una sola linea del simbolo. Ma anche se fosse riuscito ad aggiustarla con un tocco del suo attrezzo, sapeva che ormai era troppo tardi. Gli artigli gli stavano già cominciando a penetrare nella carne.

Ma poi la magia rinnovò il suo effetto, scaraventando indietro il demone urlante di dolore. Anche Arlen urlava straziato. Si rigirò su se stesso e si strappò dalla schiena gli artigli, scagliandoli via prima ancora di rendersi conto di ciò che era accaduto.

Poi lo vide, dentro al cerchio, dibattersi e fumare.

Era il braccio del demone.

Guardò incredulo l'arto mozzato, poi si volse e vide il mostro che si dibatteva e ruggiva e attaccava ferocemente ogni demone abbastanza sciocco da capitargli a tiro, colpendolo selvaggiamente con l'unico braccio.

Lo sguardo di Arlen tornò al moncone: l'estremità bruciata sprigionava un fumo nauseabondo. Con una forza che non immaginava di possedere, lo prese e cercò di lanciarlo al di fuori del cerchio, ma le rune formavano una barriera in entrambe le direzioni. Ciò che apparteneva ai demoni non poteva né entrare né uscire. Il moncone rimbalzò contro le protezioni e ricadde ai piedi di Arlen.

Poi il dolore lo vinse. Si tastò le ferite sulla schiena e ritrasse la mano intrisa di sangue. Disgustato, con le forze che lo abbandonavano, cadde sulle ginocchia piangendo per il dolore e per la paura di muoversi e danneggiare le difese, ma soprattutto piangendo per sua madre. Ora capiva che cosa aveva sofferto quella notte.

Passò il resto della notte tutto raggomitolato nel suo spavento. Sentiva i coreling che zampettavano tutt'attorno, e aspettavano, sperando in un suo errore che permettesse loro di entrare. Ammesso che dormire fosse stato possibile, Arlen non osava neppure provarci: uno spostamento nel sonno poteva soddisfare le brame dei demoni.

L'alba sembrava non arrivare mai. Arlen guardava continuamente il cielo, ma ogni volta vedeva solo il gigantesco demone della roccia mutilato, che si teneva stretta la ferita incrostata e purulenta, e lo guatava con l'odio negli occhi.

Dopo un'eternità un accenno di rossore tinse l'orizzonte, cui fece seguito l'arancio, poi il giallo e infine una splendida luminosità. Prima che il giallo colorasse il cielo, gli altri coreling ridiscesero nel Fulcro, ma il gigante attese fino all'ultimo, sibilando contro di lui a denti snudati.

Ma tutto l'odio del gigante monco non poteva prevalere sul suo terrore del sole. Come le ultime ombre svanirono, il suo testone cornuto scomparve, inghiottito dalla terra. Arlen si fece forza e uscì dal cerchio, con una smorfia di dolore. Aveva la schiena in fiamme. Durante la notte, le ferite avevano smesso di sanguinare, ma nel movimento le sentì riaprirsi.

Il pensiero gli riportò lo sguardo sul braccio unghiato che giaceva accanto a lui. Sembrava un tronco ricoperto di scaglie fredde e dure. Arlen raccolse quell'oggetto macabro e greve e lo tenne dritto davanti a sé.

"Almeno ti sei conquistato un trofeo" pensò, sforzandosi di sentirsi valoroso, sebbene la vista del proprio sangue sugli artigli neri lo facesse rabbrividire.

Proprio in quel momento, un raggio luminoso lo investì: il sole era emerso finalmente sopra l'orizzonte. Il moncone cominciò a sfrigolare e a fumare, scoppiettando come un ciocco bagnato su un fuoco acceso. Dopo un attimo, si incendiò. Arlen lo lascio cadere, impaurito. Lo guardò affascinato ardere e avvampare sempre di più sotto la luce del sole, finché non rimase che un tizzone carbonizzato. Allora si avvicinò e, smuovendolo col piede, lo ridusse un mucchietto di polvere.

Rimettendosi faticosamente in cammino, Arlen trovò un ramo da usare come bastone. Si rendeva conto di quanto era fortunato, e di quanto era stato stupido. Le protezioni disegnate nella polvere non erano affidabili. Ragen l'aveva detto. Cos'avrebbe fatto se il vento le avesse spazzate via, come lo aveva avvertito suo padre?

"Per il Creatore, e se avesse piovuto?"

Quante altre notti poteva sopravvivere? Non aveva idea di cosa ci fosse oltre la prossima collina. Non c'era motivo di presumere che ci fosse qualcuno tra lì e le Città Libere, che comunque distavano settimane.

Sentì gli occhi riempirsi di lacrime. Le scacciò con un ringhio di rabbiosa risolutezza. Arrendersi alla paura era il modo di suo padre di risolvere i problemi, e Arlen sapeva che non serviva a nulla.

«Io non ho paura» si disse. «Io no.»

Affrettò il passo, conscio che stava mentendo a se stesso.

Verso mezzogiorno, giunse a un torrente roccioso. L'acqua era fresca e chiara, e lui si chinò per bere. Il movimento gli provocò dolori lancinanti alla schiena.

Non aveva fatto nulla per le sue ferite. Non poteva certo suturarle come avrebbe fatto Coline. Pensò a sua madre. La prima cosa che faceva quando lui tornava a casa pieno di tagli e sbucciature era lavarli.

Si tolse la camicia; sul dorso era tutta trinciata e intrisa di sangue, ora indurito e incrostato. La immerse nell'acqua e osservò la terra e il sangue lavati via dalla corrente. Stese i vestiti ad asciugare sulle rocce, poi si calò nell'acqua gelata.

Il freddo lo fece trasalire, ma ben presto lenì il dolore alla schiena. Si strofinò meglio che poté, pulendo delicatamente le ferite dolenti fino a quando non ce la fece più. Allora uscì tremando dal torrente e si distese sulle rocce accanto ai vestiti.

Qualche tempo dopo, si svegliò di soprassalto. Imprecò, quando vide che il sole stava calando e il giorno era quasi finito. Poteva proseguire ancora un po', ma sapeva che era insensato correre il rischio. Meglio impiegare il tempo che gli restava per predisporre le difese.

Non lontano dal torrente, c'era una vasta zona di terreno umido dove le zolle erbose venivano via facilmente, lasciando uno spazio pulito. Appiattì la terra smossa, la lisciò e si mise a tracciare le protezioni. Questa volta fece un cerchio più ampio; poi, dopo averlo controllato per tre volte, disegnò un anello concentrico all'interno del primo, per maggior sicurezza. La terra bagnata avrebbe resistito al vento e il cielo non minacciava pioggia.

Soddisfatto, scavò una buca, raccolse dei rametti secchi e accese un focherello. Mentre il sole tramontava, si sedette al centro dell'anello interno, cercando di non pensare alla fame. Mentre da rosso il cielo si faceva color lavanda e poi porpora, spense il fuoco e respirò profondamente per placare il batticuore. Alla fine, la luce svanì e i coreling cominciarono a sorgere.

Arlen trattenne il fiato e attese. Infine, un demone del fuoco captò il suo odore e corse verso di lui strillando. In quell'attimo, gli tornò addosso tutto il terrore della notte passata e gli si gelò il sangue.

I demoni non si avvidero delle protezioni finché non ci piombarono contro. Con il primo avvampare della magia, Arlen tirò un sospiro di sollievo. I demoni artigliavano la barriera, ma non riuscivano a passare.

Un demone del vento, volando alto dove le protezioni erano più deboli, oltrepassò il primo cerchio; poi si lanciò in picchiata e andò a schiantarsi contro il secondo, atterrando pesantemente nello spazio in mezzo. Arlen lottò per mantenere il sangue freddo mentre il demone si rimetteva in piedi barcollando.

Era un bipede dal corpo allungato e sottile, con arti affusolati che terminavano con degli unghioni uncinati lunghi una ventina di centimetri. La parte interna delle braccia e quella esterna delle gambe erano rivestite da una membrana sottile e coriacea, sostenuta da ossa flessibili sporgenti dai fianchi. Alto poco più di un uomo adulto, aveva un'apertura alare pari al doppio della sua statura, che lo faceva apparire immenso in cielo. Sulla testa gli cresceva un corno ricurvo all'indietro, innervato come gli arti, a formare una sorta di cresta lungo il dorso. Il muso allungato mostrava file di denti lunghi e gialli nella luce lunare.

Contrariamente alla sua elegante padronanza dell'aria, a terra il coreling si muoveva goffamente. Da vicino, i demoni del vento non erano impressionanti come i loro consimili. I demoni del legno e della roccia erano protetti da una corazza impenetrabile e una forza soprannaturale animava i loro grossi artigli. Quelli del fuoco erano dotati di una velocità superiore a qualsiasi essere umano, e le fiamme che sputavano erano in grado di incendiare qualsiasi cosa. Quanto ai demoni del vento, Arlen pensò che Ragen avrebbe potuto paralizzarli trafiggendone le ali con un colpo preciso della sua lancia.

"Per la Notte!" pensò. "Sono quasi sicuro di potercela fare anch'io."

Ma non possedeva una lancia e, impressionante o no, il coreling poteva benissimo ucciderlo, se il cerchio interno non avesse tenuto. Si irrigidì, vedendolo avvicinarsi.

Il demone sferrò un colpo con il rostro di cui era armata l'estremità dell'ala. Arlen tremò, ma la magia esplose lungo la rete di protezione e lo respinse.

Dopo qualche altro attacco inefficace, il demone tentò di riprendere il volo. Prese la rincorsa, spalancando le ali per cercare di sfruttare il vento, ma prima di aver guadagnato abbastanza slancio, incappò nella protezione esterna e la magia lo rigettò nel fango.

Arlen scoppiò a ridere suo malgrado, vedendo il demone che tentava di rialzarsi. In cielo le sue potenti ali potevano suscitare terrore, ma a terra lo impacciavano e gli facevano perdere l'equilibrio. Non aveva mani per issarsi, le braccia esili si incurvavano sotto il peso del corpo. Prima di riuscire ad alzarsi, si dibatté disperatamente.

Intrappolato, provò ripetutamente a decollare, ma lo spazio tra i due cerchi non era sufficiente e i suoi tentativi venivano frustrati ogni volta. Accorgendosi della difficoltà del loro simile, i demoni del fuoco cominciarono a strillare giulivi, saltando attorno al cerchio per seguire la creatura e farsi beffe della sua malasorte.

Arlen provò un moto di orgoglio. La notte prima aveva fatto degli errori, ma non avrebbe più sbagliato. Cominciò a sperare che, dopotutto, sarebbe riuscito a sopravvivere per vedere le Città Libere.

I demoni del fuoco, presto stanchi di dileggiare il demone del vento, si mossero in cerca di una preda più facile, scovando piccoli animali dalle tane con spruzzi di fuoco. Un leprotto terrorizzato saltò nel cerchio esterno di Arlen, mentre il demone che lo inseguiva fu bloccato dalla protezione. Il demone del vento tentò goffamente di agguantarlo, ma la bestiola fu agile a schivarlo; fuggì lungo il cerchio fino al lato opposto, dove però si trovò davanti altri coreling. Allora fece dietrofront e ricominciò a correre, spingendosi di nuovo troppo in là.

Arlen avrebbe voluto che ci fosse un modo per poter comunicare con la povera creatura, per farle sapere che all'interno del cerchio era al sicuro, ma non poté fare altro che starla a guardare mentre saltellava dentro e fuori le protezioni.

Poi accadde l'imprevedibile. Nel fuggire all'interno del cerchio, il leprotto cancellò una runa. Lanciando un grido, i demoni del fuoco si riversarono nella falla, dietro all'animale. Il demone del vento, rimasto isolato, scampò balzando in aria e volando via.

Arlen maledisse il leprotto, e ancor più quando lo vide sfrecciare dritto verso di lui. Se avesse danneggiato il cerchio interno, sarebbe stata la fine per entrambi.

Con tutta la lestezza di un ragazzo di campagna, si slanciò fuori del cerchio e acciuffò la bestiola per le orecchie. Questa si dimenò furiosamente, smaniosa di scappare a costo di squartarsi, ma Arlen aveva avuto a che fare con le lepri piuttosto spesso, nei campi di suo padre. Se la tirò in braccio, la coricò sul dorso, il posteriore sopra la testa. L'animale lo fissò, assente, e smise di divincolarsi.

Arlen fu tentato di gettarlo ai demoni. Sarebbe stato più sicuro che lasciarlo libero, col rischio che andasse a danneggiare un'altra protezione. "Perché no?" si disse. "Se l'avessi trovato di giorno, me lo sarei mangiato."

Ma si rese conto che non aveva cuore di farlo. I demoni avevano sottratto già troppo al mondo, a lui. Allora giurò a se stesso che non avrebbe dato loro mai nulla di sua volontà, né ora né mai.

Neppure quella lepre.

Mentre la notte passava lentamente, Arlen teneva stretta la creatura spaurita, consolandola e accarezzandole la morbida pelliccia. Tutt'attorno i demoni urlavano, ma Arlen li cancellò dai suoi pensieri, concentrandosi sulla bestiola.

Il suo raccoglimento funzionò per un po', fin quando un ruggito non lo riportò alla realtà. Alzò gli occhi e vide davanti a sé l'imponente demone monco. Torreggiava su di lui, con la bava che sfrigolava andando a urtare le protezioni. La ferita s'era cicatrizzata formando un troncone nodoso all'estremità del gomito. Sembrava animato da una furia ancor più terribile della notte prima.

Il gigante martellava la barriera, incurante delle pungenti vampate della protezione. Con colpi assordanti, il demone della roccia picchiava e picchiava cercando di aprirsi una breccia e prendersi la sua vendetta. Arlen strinse forte il leprotto osservando la scena con occhi spalancati. Sapeva che le protezioni non avrebbero ceduto ai colpi reiterati, ma questo non bastava a fugare la paura che il demone fosse abbastanza determinato da riuscirci in qualche modo.

Quando le luci del mattino bandirono i demoni per un altro giorno, Arlen lasciò finalmente andare il leprotto, che saltellò via all'istante. Il suo stomaco protestò vedendolo scomparire, ma dopo quello che avevano condiviso non riusciva più a considerare come cibo quella povera bestiola.

Nell'alzarsi, Arlen inciampò e quasi cadde, invaso da un'ondata di nausea. Gli squarci nella schiena erano come lame di fuoco. Tese la mano sulla pelle fragile e gonfia e la ritrasse impregnata di quel muco brunastro e fetido che Coline aveva drenato dalle ferite di Silvy. Le piaghe gli bruciavano e si sentiva avvampare. Si bagnò di nuovo nel torrente ghiacciato, ma l'acqua gelida non bastò a lenire il bruciore interno.

Allora capì che stava per morire. La vecchia Mey Friman, ammesso che esistesse davvero, era lontana ancora due giorni. Poco importava che avesse o no la febbre dei demoni, pensò. Non sarebbe sopravvissuto altri due giorni.

E tuttavia, non riusciva a rassegnarsi. Barcollando, si rimise in cammino, seguendo i solchi lasciati dai carri, da qualunque parte venissero.

Se doveva morire, meglio più vicino alle Città Libere che alla prigione che si era lasciato alle spalle.

4
Leesha

Anno 319 dR

Leesha passò la notte in lacrime.

La cosa in sé non era affatto straordinaria, ma quella notte non era stata sua madre a farla piangere. Erano state le urla. Le protezioni di qualcuno avevano ceduto; impossibile dire di chi, ma le grida di terrore e di angoscia echeggiavano nel buio e ondate di fumo si levavano in cielo. Il fuoco dei coreling diffondeva una fosca luce arancione su tutto il villaggio.

Gli abitanti della Conca del Taglialegna non potevano uscire in cerca dei superstiti. Non osavano neppure contrastare l'incendio. Tutto quello che potevano fare era pregare il Creatore che il vento non spargesse i tizzoni propagando il fuoco. Le case della Conca erano costruite a una buona distanza l'una dall'altra proprio per questa ragione, ma un vento forte era in grado di trasportare una scintilla molto lontano.

Anche se il fuoco restava circoscritto, la patina untuosa di cenere e fumo poteva offuscare altre protezioni e permettere ai coreling l'accesso che desideravano disperatamente.

Nessun coreling aveva sfidato le protezioni che cingevano la casa di Leesha. Un brutto segno; implicava che i demoni avevano trovato prede più facili, nelle tenebre.

Impotente e atterrita, Leesha fece l'unica cosa che poteva: pianse. Pianse per i morti, pianse per i feriti e pianse per se stessa. In un villaggio di meno di quattrocento anime, la morte di chiunque le avrebbe dato un dolore profondo.

Con le sue quasi tredici primavere, Leesha era una fanciulla eccezionalmente graziosa, con lunghi capelli neri ondulati e occhi acuti di un azzurro chiaro. Non era ancora donna e quindi non poteva sposarsi, ma era promessa a Gared il taglialegna, il ragazzo più bello del villaggio. Alto e gagliardo, Gared era più grande di lei di due anni. Le ragazze cicalavano quando passava, ma sapevano che apparteneva a Leesha. Le avrebbe dato dei figli forti.

Se fosse sopravvissuto alla notte.

La porta della sua stanza si aprì. Sua madre non si degnava mai di bussare.

Nel viso e nelle forme, Elona somigliava molto alla figlia. Ancora bella a trent'anni, coi lunghi capelli sontuosi e neri sciolti sulle spalle erette. Il suo corpo formoso, femminile, era l'invidia di tutte; l'unica cosa che Leesha sperava di ereditare da lei. Il suo seno aveva appena cominciato a sbocciare e la strada per uguagliare quello della madre era ancora molto lunga.

«Basta frignare, buona a nulla!» sbottò Elona, gettando alla figlia un cencio per asciugarsi gli occhi. «Piangere da sola non serve a niente. Piangi di fronte a un uomo, se vuoi ottenere qualcosa, ma bagnare il cuscino non fa resuscitare i morti.» Sbatté la porta, lasciando Leesha di nuovo sola nel tetro bagliore arancione che filtrava dalle stecche delle imposte.

"Ma sei capace di qualche sentimento?" si chiese Leesha di lei.

Sua madre aveva ragione nel dire che le lacrime non ridanno la vita ai morti, ma sbagliava sul fatto che non servissero a niente. Le lacrime erano sempre state il rifugio di Leesha, quando le cose si mettevano male. Le altre ragazze potevano anche pensare che la sua vita fosse perfetta, ma solo perché nessuna aveva mai visto la faccia di Elona quando era a tu per tu con l'unica figlia. Non era un segreto che Elona avrebbe preferito un maschio. Leesha e suo padre scontavano il suo disprezzo per non aver soddisfatto il suo desiderio.

Ma si asciugò lo stesso gli occhi con rabbia. Non vedeva l'ora di diventare donna e andarsene via con Gared. La gente del villaggio avrebbe costruito per loro una casa come dono di nozze e Gared l'avrebbe portata in braccio oltre le protezioni e avrebbe fatto di lei una donna, mentre fuori tutti esultavano. Avrebbe avuto dei figli suoi e non li avrebbe trattati come sua madre trattava lei.

Quando la madre bussò alla porta, Leesha era già vestita. Non aveva chiuso occhio.

«Appena suona la campana dell'alba, devi essere fuori» disse

Elona. «E non voglio sentirti lamentare che sei stanca! Che non si pensi che la nostra famiglia se la prende comoda, quando c'è da dare una mano.»

Leesha conosceva abbastanza bene sua madre per sapere che il punto stava in quel "si pensi". A Elona non interessava aiutare nessuno, oltre a se stessa.

Il padre di Leesha, Erny, era fuori dall'uscio ad aspettare sotto lo sguardo arcigno di Elona. Non era corpulento, e definirlo vigoroso avrebbe implicato un'energia che non possedeva. Quanto a carattere, non era più forte che nel fisico; un uomo timido, che non alzava mai la voce. Più anziano di Elona di una dozzina d'anni, con fini capelli castani più radi in cima alla testa, portava degli occhialetti dalla montatura sottile, acquistati anni prima da un messaggero; era il solo al villaggio ad averne di simili. In breve, non era il tipo d'uomo che Elona avrebbe voluto, ma nelle Città Libere c'era una forte richiesta della sua carta eccellente, e lei apprezzava non poco i suoi soldi.

Al contrario di sua madre, Leesha voleva davvero aiutare i vicini. Ancor prima che la campana suonasse, appena i coreling furono svaniti, era già fuori che correva verso il fuoco.

«Leesha! Stai insieme a noi!» gridò Elona, ma Leesha la ignorò. Il fumo era spesso e soffocante, ma lei si tirò il grembiule sulla bocca e non rallentò la corsa.

Alcuni dei paesani erano già radunati quando lei giunse all'origine dell'incendio. Tre case erano incenerite, due ardevano ancora, minacciando di propagare le fiamme a quelle vicine. Leesha mandò un grido quando vide che delle case una era quella di Gared.

Smitt, il proprietario della locanda e del magazzino generale del villaggio, era sulla scena e urlava ordini. Dacché se ne ricordava Leesha, Smitt era sempre stato il Portavoce. Dare ordini non lo entusiasmava, preferendo che la gente risolvesse da sé i suoi problemi, ma tutti convenivano che lo sapeva fare.

«... non riusciremo mai ad attingere acqua dal pozzo abbastanza in fretta» stava dicendo quando Leesha si avvicinò. «Dobbiamo formare una catena con i secchi fino al torrente e bagnare le altre case, o l'intero villaggio sarà in cenere prima che faccia notte!»

Proprio in quel momento arrivarono di corsa Gared e Steave, sconvolti e neri di fuliggine, ma comunque illesi. Appena quindicenne, Gared era più grosso della maggior parte degli adulti del villaggio. Suo padre, Steave, era un gigante che torreggiava su tutti. Nel vederli, Leesha sentì sciogliersi il nodo che le attanagliava lo stomaco.

Ma prima che potesse correre da lui, Smitt si rivolse al ragazzo. «Gared! Porta al torrente il carro con i secchi!» Si guardò attorno e aggiunse: «Leesha, va' con lui e comincia a riempirli!».

Leesha corse a perdifiato, ma Gared, pur tirandosi dietro il pesante carro, raggiunse prima di lei il piccolo affluente del fiume Angiers, qualche miglio a nord. Non appena lui si fermò, Leesha gli si gettò tra le braccia. Aveva pensato che vederlo vivo avrebbe fugato le immagini orribili che aveva nella mente, ma invece le rafforzò. Non aveva idea di cosa avrebbe fatto, se lo avesse perduto.

«Temevo che fossi morto» mormorò, singhiozzando sul suo petto.

«Sono sano e salvo» sussurrò lui, tenendola stretta. «Sano e salvo.»

Cominciarono rapidamente a scaricare il carro e a riempire i secchi per avviare la catena, a mano a mano che arrivavano gli altri. Ben presto più di un centinaio di persone formò una fila ordinata che si allungava dal torrente fino all'incendio, passando i secchi pieni e rimandando indietro quelli vuoti. Gared col suo carro fu richiamato sul disastro: c'era bisogno delle sue forti braccia per gettare l'acqua sul fuoco.

Non passò molto prima che il carro tornasse indietro, stavolta trainato dal Predicatore Michel, e carico di feriti. Quella vista destò in Leesha sentimenti contrastanti. Vedere ustionati, sfigurati, quei poveretti, tutti amici, la colpì profondamente, ma era raro che un'incursione dei demoni lasciasse dei sopravvissuti e ognuno era un dono di cui doveva ringraziare il Creatore.

Il Sant'Uomo e il suo chierico, il Bimbo Jona, deposero i feriti lungo il torrente. Michel lasciò Jona a confortarli e ripartì con il carro a prenderne altri.

Leesha distolse lo sguardo e si rimise a riempire secchi. L'acqua gelata le intorpidiva i piedi e si sentiva le braccia di piombo, ma si immerse completamente nel lavoro, fino a che un mormorio non attrasse la sua attenzione.

«Arriva Bruna la Strega» disse qualcuno, e Leesha alzò la testa di scatto. In effetti, la vecchia erborista stava sopraggiungendo per il sentiero, guidata dalla sua apprendista Darsy.

Nessuno sapeva con certezza quanti anni avesse Bruna. Si diceva che fosse già vecchia quando i più anziani del villaggio erano giovani. Lei stessa aveva fatto nascere molti di loro. Era sopravvissuta al marito, ai figli e ai nipoti e non aveva più nessun parente al mondo.

Ormai, era poco più di una increspatura di pelle diafana stirata sulle ossa aguzze. Mezza cieca, camminava a passi lenti e strascicati, ma quando strillava riusciva ancora a farsi sentire fino in fondo al villaggio, e quando era furibonda usava il suo nodoso bastone da passeggio con una forza e una precisione sorprendenti.

Come un po' tutti al villaggio, Leesha ne era terrorizzata.

L'apprendista di Bruna era una donna alla buona di vent'anni, con una faccia larga e braccia e gambe forti. Dopo che Bruna era sopravvissuta alla sua ultima apprendista, molte ragazzine erano state mandate da lei a imparare il mestiere, ma solo Darsy aveva resistito alle continue angherie della vecchia.

"Darsy è brutta come un bufalo, ma altrettanto forte" aveva detto una volta Elona, ridacchiando. "Che cos'ha da temere da quella vecchiaccia bisbetica? Bruna non dovrà di sicuro tener fuori i pretendenti dalla sua porta."

Bruna si inginocchiò accanto ai feriti e li esaminò con mano ferma, mentre Darsy srotolava un pesante telo ricoperto di tasche, ognuna delle quali era contrassegnata da un simbolo e conteneva uno strumento, una fiala o un sacchetto. I feriti si lamentavano e gemevano, ma Bruna lavorava impassibile; strizzava le piaghe annusandosi le dita, ricorrendo sia al tatto che all'odorato e alla vista. Senza guardare, trafficava nelle tasche del telo, mescolando erbe che poi pestava in un mortaio.

Darsy preparò un piccolo fuoco. Alzando lo sguardo, notò Leesha che le osservava dal fiume. «Leesha, porta dell'acqua, e sbrigati!» le urlò.

Mentre Leesha si affrettava a obbedire, Bruna si fermò ad annusare le erbe che stava triturando.

«Razza di idiota!» strillò Bruna. Pensando che ce l'avesse con lei, Leesha sussultò, ma Bruna scagliò mortaio e pestello contro Darsy colpendola con forza a una spalla e ricoprendola di erbe macinate. Poi frugò nel telo, arraffando il contenuto di ogni tasca e fiutandolo come un animale.

«Hai messo lo stramonio al posto del levistico e mescolato il verbasco con la tamponella!» La vecchiaccia brandì il bastone nodoso e lo abbatté sulle spalle dell'apprendista. «Hai intenzione di ammazzare questa gente o sei ancora troppo cretina per leggere?»

Leesha aveva già visto sua madre in quello stato, e se Elona faceva paura come un coreling, Bruna era la madre di tutti i demoni. Temendo di attrarre l'attenzione su di sé, cominciò ad allontanarsi dalle due donne.

«Non sopporterò queste sevizie per sempre, vecchia strega malefica!» strillò Darsy.

«E allora levati di torno! Tanto varrebbe distruggere ogni protezione in questo paese, piuttosto che lasciare nelle tue mani la mia provvista di erbe, quando non ci sarò più! Per la gente non ci sarebbe di peggio!»

Darsy le rise in faccia. «Levarmi di torno, vecchia? E chi le porterà le tue bottiglie e i tuoi trespoli?» domandò. «Chi ti accenderà il fuoco, chi ti farà da mangiare e ti asciugherà la bava dalla faccia quando ti prendono gli attacchi di tosse? Chi scarrozzerà in giro le tue ossa quando il freddo e l'umidità ti fiaccheranno le forze? Hai bisogno di me molto più di quanto ne abbia io di te!»

Bruna alzò il bastone, ma Darsy scappò prudentemente fuori tiro, andando a scontrarsi con Leesha che aveva fatto del suo meglio per rendersi invisibile. Entrambe caddero a terra.

Bruna ne approfittò per vibrare di nuovo il bastone. Leesha evitò il colpo rotolando, ma la mira di Bruna era precisa. Darsy gridò di dolore coprendosi la testa con le braccia.

«Sparisci!» urlò la vecchia. «Ho dei feriti da curare!»

Darsy si alzò con un grugnito. Leesha temé che volesse colpire la vecchia, invece se ne andò via di corsa, inseguita da una sfilza di improperi.

Leesha trattenne il fiato e, rimanendo sulle ginocchia, si spostò pian piano. Proprio mentre pensava di poterla scampare, Bruna si accorse di lei.

«Ehi, tu, mocciosa di Elona!» urlò puntandole il bastone nodoso. «Bada a quel fuoco, e mettici sopra il mio treppiedi!» Così dicendo, tornò a occuparsi dei suoi feriti e Leesha non poté fare altro che obbedirle.

Per le ore successive, la vecchia sbraitò una sequela infinita di ordini, imprecando contro la lentezza di Leesha, mentre lei si affrettava a eseguire i suoi comandi. Andò a prendere l'acqua, la fece bollire, triturò le erbe, preparò le tinture, mescolò balsami. Le sembrava di non essere mai neanche a metà di un compito che già la vecchia gliene impartiva uno diverso, costringendola a muoversi sempre più in fretta. Nuovi feriti affluivano dai roghi con ustioni profonde, ossa fratturate dalle cadute. Leesha temeva che metà del villaggio fosse in fiamme.

Bruna preparava infusi per lenire le sofferenze di alcuni e droghe per indurre in altri un sonno senza sogni, mentre li operava con strumenti acuminati. Lavorava senza tregua, suturando, applicando cataplasmi e bende.

Era tardo pomeriggio quando Leesha si rese conto che non solo non c'erano più lesioni da curare, ma che anche la catena per l'acqua era finita. Era rimasta sola con Bruna e i feriti, il più sveglio dei quali, grazie alle pozioni della vecchia, fissava stupefatto il vuoto.

Un'ondata di stanchezza repressa la investì. Cadde sulle ginocchia e inspirò a fondo. Le doleva ogni parte del corpo, ma insieme alla sofferenza sopravvenne un forte senso di soddisfazione. Non pochi di quei feriti sarebbero scampati alla morte, anche per merito dei suoi sforzi.

Ma la vera eroina, dovette riconoscere, era Bruna. Si accorse che da qualche minuto aveva smesso di darle ordini. Si volse e la vide crollata al suolo, boccheggiante.

«Aiuto! Aiuto!» si mise a gridare. «Bruna sta male!» Ritrovò le forze e si precipitò dalla donna. La tirò su a sedere. La vecchia era incredibilmente leggera, e sotto il fagotto di scialli e di vesti di lana, Leesha non sentiva che ossa.

Bruna si torceva spasmodicamente e un filo di bava le colava dalla bocca perdendosi negli infiniti solchi della pelle grinzosa. Con gli occhi scuri velati da una patina lattiginosa, si fissava inorridita le mani, che non smettevano di tremare.

Leesha si guardò freneticamente attorno, ma nelle vicinanze non c'era nessuno che potesse aiutarla. Sempre tenendo Bruna sollevata, le afferrò una mano fremente, massaggiandone i muscoli contratti. «Oh, Bruna,» gemette «cosa posso fare? Non so come aiutarvi! Ditemelo voi!» Sopraffatta dal senso di impotenza, scoppiò a piangere.

La mano di Bruna si sottrasse di scatto alla presa e Leesha gridò, temendo un nuovo attacco di spasmi. Ma grazie al suo intervento, la vecchia erborista aveva riacquistato sufficiente controllo per infilare la mano sotto lo scialle e tirarne fuori un sacchetto che le lanciò. Una serie di colpi di tosse squassò il fragile corpo, e Bruna sfuggì dalle braccia della ragazza per ricadere a terra, sussultando come un pesce a ogni attacco. Leesha rimase con il sacchetto in mano, inorridita.

Lo guardò, e provando a strizzarlo sentì lo scricchiolio delle erbe. L'annusò e sentì una fragranza di erbe miste.

Ringraziò il Creatore. Se si fosse trattato di un solo tipo di erba, non sarebbe mai stata in grado di indovinare la dose, ma quel giorno aveva preparato abbastanza infusi e pozioni per Bruna per capire che cosa le aveva dato.

Si precipitò al bollitore che fumava sul treppiede, mise una pezzuola sottile sopra una tazza, vi sparse uno strato compatto delle erbe contenute nel sacchetto, vi versò sopra adagio l'acqua bollente per filtrarne l'essenza, poi con destrezza legò a sacchetto la pezzuola e la immerse nell'acqua.

Tornò di corsa da Bruna, soffiando sulla bevanda. Scottava, ma non c'era tempo per farla raffreddare. Sollevò Bruna con un braccio e le accostò la tazza alle labbra bavose.

L'erborista si agitò facendo spillare un po' della pozione, ma Leesha la costrinse a bere il liquido giallo che le colava agli angoli della bocca. La vecchia continuava ad agitarsi, tossire, ma i sintomi cominciavano a placarsi. Quando i conati cessarono del tutto, Leesha scoppiò in singhiozzi per il sollievo.

«Leesha!» si sentì chiamare. Si distolse da Bruna e vide sua madre che correva verso di lei, alla testa di un gruppo di persone.

«Che hai fatto, razza di buona a nulla!» chiese Elona raggiungendo Leesha prima che gli altri si avvicinassero. «Non bastava una figlia inutile invece di un figlio capace di combattere il fuoco, ma adesso sei riuscita addirittura a uccidere la strega del villaggio!» Fece per schiaffeggiare la figlia, ma Bruna le afferrò il polso in una presa scheletrica.

«La strega è viva per merito suo, idiota!» gracchiò Bruna. Elona impallidì e indietreggiò come se Bruna si fosse trasformata in un coreling. La scena suscitò un'ondata di piacere in Leesha.

Nel frattempo la gente si era radunata attorno a loro e chiedeva che cosa fosse successo.

«Mia figlia ha salvato la vita di Bruna!» gridò Elona, prima che Leesha o la vecchia potessero aprire bocca.

Il Predicatore Michel teneva alto il suo Canone protetto da rune, in modo che tutti potessero vedere il libro sacro, mentre le spoglie dei morti venivano gettate sulle macerie dell'ultima casa ancora in fiamme. Gli uomini se ne stavano immobili, a testa bassa, il cappello in mano. Jona spargeva incenso sulla pira, mitigando l'afrore che stagnava nell'aria.

«Finché il Liberatore non verrà a estinguere il Flagello della stirpe dei demoni, ricordatevi che sono stati i peccati dell'uomo a generarlo!» tuonò Michel. «Gli adulteri e i fornicatori! Gli impostori, i ladri e gli usurai!»

«Quelli che stringono troppo le chiappe» mormorò Elona. Qualcuno ridacchiò.

«Coloro che lasciano questo mondo saranno giudicati» continuò Michel. «Coloro che hanno fatto la volontà del Creatore lo raggiungeranno in paradiso, mentre coloro che hanno tradito la sua fede indulgendo nel vizio e nei peccati della carne, bruceranno nel Fulcro per l'eternità!» Richiuse il libro sacro e i paesani radunati si inchinarono in silenzio.

«Ma se osservare il lutto è cosa buona e giusta» riprese Michel «non dobbiamo dimenticare quelli di noi che il Creatore ha scelto che vivano. Apriamo i barili e beviamo ai morti. Raccontiamo le storie di coloro che abbiamo amato di più, e ridiamo, perché la vita è preziosa e non bisogna sprecarla. Risparmiamo le nostre lacrime per questa notte, quando veglieremo dietro le nostre protezioni.»

«Eccolo qui il nostro Predicatore!» borbottò Elona. «Tutte le scuse sono buone per mettere mano al barile.»

«Suvvia, cara,» intervenne Erny, dandole dei buffetti sulla mano «lo dice per il nostro bene.»

«E naturalmente, il codardo difende l'ubriacone» ribatté Elona, ritraendo la mano. «Steave si getta nel fuoco e intanto mio marito si nasconde tra le donne.»

«Ero alla catena dell'acqua!» protestò Erny. Lui e Steave si erano contesi la mano di Elona e tutti sapevano che la sua vittoria aveva a che fare più con la borsa che con il cuore.

«Come una femmina» convenne Elona, adocchiando il nerboruto Steave tra la folla.

Sempre la solita storia. Leesha avrebbe voluto chiudere le orecchie per non sentirli. Desiderò che i coreling si fossero presi sua madre, invece di sette brave persone. Desiderò che suo padre le tenesse testa per una volta, per se stesso, se non per sua figlia. Desiderò di essere già donna per andarsene con Gared e lasciarseli entrambi alle spalle.

Quelli troppo vecchi o troppo giovani per affrontare gli incendi avevano preparato un grande pranzo per tutto il villaggio e lo misero in tavola, mentre gli altri si sedevano, troppo esausti per muoversi, e fissavano le ceneri fumanti.

Ma i fuochi erano spenti, i feriti curati, bendati, e ancora mancavano ore al tramonto. Le parole del Predicatore avevano alleggerito il senso di colpa di quelli contenti di essere vivi, e la birra forte di Smitt fece il resto. Si diceva che la sua birra sanasse tutti i mali, e c'era tanto da sanare. Ben presto le storie di coloro che avevano lasciato il mondo fecero risuonare di risa le lunghe tavolate.

Gared sedeva qualche tavola più in là, insieme ai suoi amici Ren e Flinn con le loro mogli, e un altro amico di nome Evin. I ragazzi, tutti boscaioli, erano più grandi di Gared di qualche anno, ma Gared era il più grosso di tutti tranne Ren, che prometteva comunque di poter superare prima che lo sviluppo fosse compiuto. Dell'intero gruppo, soltanto Evin non era ancora fidanzato, e nonostante il suo caratteraccio molte ragazze gli tenevano gli occhi addosso.

I compagni più grandi stuzzicavano Gared di continuo, specialmente a proposito di Leesha. Lei non era felice di essere costretta a sedere a tavola insieme ai genitori, ma stare vicino a Gared mentre Red e Flinn facevano allusioni sconce ed Evin attaccava briga con qualcuno, poteva essere anche peggio.

Finito di consumare le loro porzioni, il Predicatore Michel e il Bimbo Jona si alzarono da tavola, portandosi via un vassoio pieno di cibo per Darsy, che era alla Casa Santa a occuparsi di Bruna e dei feriti. Leesha si alzò a sua volta per aiutarli. Gared notò il movimento e si mosse per andare da lei, ma Leesha non aveva fatto in tempo a spostarsi che fu circondata e presa a parte dalle sue migliori amiche, Brianne, Saira e Mairy.

«È vero quello che è successo?» chiese Saira, tirandola per il braccio sinistro.

«Dicono che hai picchiato Darsy e salvato Bruna la Strega!» intervenne Mairy, afferrandola per il destro. Leesha guardò Gared, rassegnata, e si lasciò portare via.

«L'orso bruno può aspettare il suo turno» disse Brianne.

«Tu verrai sempre dopo di loro, Gared, anche quando sarete sposati!» gridò Ren, provocando scoppi di risa e gran pugni sul tavolo da parte degli amici. Le ragazze li ignorarono.

«Gared dovrà sopportarne per un bel po'» rise Brianne. «Ren

ha scommesso cinque klat che non riuscirà a darti un bacio prima di sera, e tanto meno una bella palpata.» A sedici anni, Brianne era già vedova da due, ma non le mancavano i corteggiatori. Secondo lei, era perché conosceva i trucchi di una moglie. Viveva con il padre e due fratelli maggiori, dei taglialegna, e faceva da madre a tutti e tre.

«A differenza di certe persone, io non invito qualunque ragazzo che passa a mettermi le mani addosso» disse Leesha, prendendosi da Brianne un'occhiataccia di finta indignazione.

«Se fossi fidanzata con Gared, io mi farei toccare» disse Saira. Aveva quindici anni, una zazzera castana e un musetto lentigginoso da scoiattolo. L'anno prima era stata promessa a un ragazzo, ma i coreling si erano portati via lui e suo padre in una sola notte.

«Io vorrei tanto essere promessa» si lamentò Mairy. Era una quattordicenne magra, con una faccia scarna e un naso prominente. Era già sviluppata, ma nonostante gli sforzi dei genitori, non aveva ancora un fidanzato. Elona la chiamava "spaventapasseri". "Chi vorrebbe seminare un figlio fra quelle cosce ossute?" aveva ironizzato una volta. "Quando il bambino viene fuori, lo spaventapasseri potrebbe spaccarsi in due!"

«Succederà presto» la consolò Leesha. A tredici anni, era la più piccola del gruppo, ma le altre sembravano gravitarle attorno. Elona diceva che era perché era la più carina e la più ricca, ma Leesha si rifiutava di credere che le sue amiche fossero tanto meschine.

«Davvero hai picchiato Darsy con un bastone?» chiese Mairy.

«Non è andata così» rispose Leesha. «Darsy aveva sbagliato qualcosa e Bruna ha cominciato a bastonarla. Darsy ha cercato di scappare e m'è venuta addosso. Siamo cadute entrambe e Bruna ha continuato, finché lei non è fuggita.»

«Se ci provasse con me, io gliele renderei» disse Brianne. «Mio padre dice che Bruna è una strega e che di notte, giù alla sua capanna, se la fa con i demoni.»

«È una sciocchezza disgustosa!» scattò Leesha.

«Allora perché vive così lontano dalla città?» domandò Saira. «E come mai lei è ancora viva mentre i suoi nipoti sono già morti di vecchiaia?»

«Perché è un'erborista,» disse Leesha «e le erbe non crescono in mezzo ai paesi. Oggi l'ho aiutata, ed è stato incredibile. Metà di quelli che le hanno portato pensavo che fossero troppo gravi per farcela, ma lei li ha salvati tutti.»

«L'hai vista fare degli incantesimi su di loro?» chiese Mairy, eccitata.

«Non è una strega!» ribatté Leesha. «Ha fatto tutto con le erbe, il coltello e il filo per cucire.»

«Tagliava la gente?» insorse Mairy, disgustata.

«È una strega» insisté Brianne. Saira assentì.

Leesha le mise a tacere con un'occhiata severa. «Non ha tagliato proprio nessuno» replicò. «Li ha curati. È stato… come posso spiegarlo? Vecchia com'è, non si è fermata un momento fino a quando non ha assistito tutti. Era come se andasse avanti per pura forza di volontà. Solo dopo aver medicato l'ultimo è crollata.»

«Ed è allora che l'hai salvata?» chiese Mairy.

Leesha annuì. «Ma il rimedio me l'ha dato lei, prima di cominciare a tossire. In realtà, io mi sono limitata a preparare l'infusione. L'ho sorretta fino a che la tosse non si è calmata, ed è allora che gli altri ci hanno trovato.»

«Vuoi dire che l'hai toccata?» Brianne una smorfia. «Scommetto che puzza di latte acido e di erbacce.»

«Per il Creatore!» esclamò Leesha. «Oggi ha salvato una dozzina di vite e tu non sai fare altro che sbeffeggiarla!»

«Perdinci!» ribatté Brianne, ironica. «La nostra Leesha salva la strega ed ecco che all'improvviso le tette le diventano troppo grosse per il corsetto!» Leesha scosse il capo. Tra le amiche era l'unica a non essere ancora sviluppata e il seno, o piuttosto l'inesistenza del seno, era per lei una nota dolente.

«Prima parlavi così anche tu di lei, Leesha» le fece notare Saira.

«Forse, ma ora non più» rispose Leesha. «Sarà anche una vecchia bisbetica, ma non se lo merita.»

In quel momento, Bimbo Jona si avvicinò loro. Aveva diciassette anni, ma era troppo minuto e gracile per brandire un'ascia o maneggiare una sega. Passava la maggior parte del tempo a scrivere e leggere lettere per gli analfabeti, cioè quasi tutti. Leesha, una delle poche bambine che avevano imparato a leggere, andava spesso da lui a farsi prestare libri dalla collezione del Predicatore Michel.

«Ho un messaggio da parte di Bruna» annunciò a Leesha. «Vuole che…»

Uno strattone gli troncò le parole in gola. Jona era maggiore di due anni di Gared, ma questi lo acciuffò per la veste e lo rigirò come un bambolotto di pezza, attirandolo così vicino che i loro nasi si toccarono.

«Ti ho già detto che non devi parlare con le ragazze promesse ad altri!»

«Ma io non...» protestò Jona, scalciando a qualche centimetro dal suolo. «Io stavo solo...»

«Gared!» sbraitò Leesha. «Lascialo immediatamente!»

Gared guardò prima Leesha, poi di nuovo Jona. Gettò un'occhiata agli amici e poi tornò a fissare Leesha e lasciò la presa. Jona cadde, si rialzò e se la diede a gambe. Brianne e Saira ridevano, ma Leesha le zittì con uno sguardo, prima di rivolgersi a Gared.

«Per il Fulcro, si può sapere che ti prende?» gli chiese.

Gared abbassò gli occhi. «Scusami» disse. «Il fatto è che... Insomma, è tutto il giorno che non riesco a dirti una parola, e quando ti ho vista parlare con quello, sono diventato matto.»

«Oh, Gared,» disse lei sfiorandogli la guancia «non devi essere geloso. Per me esisti soltanto tu.»

«Davvero?» chiese Gared.

«Chiederai scusa a Jona?» domandò Leesha.

«Lo farò» promise Gared.

«Allora sì. Davvero» disse Leesha. «Ora torna al tuo tavolo. Io ti raggiungo tra un po'» Gli diede un bacio e Gared corse via con un gran sorriso.

«Immagino che sia un po'come addomesticare un orso» rifletté Brianne.

«Un orso che s'è appena seduto su un letto di spine» aggiunse Saira.

«Lasciatelo in pace» disse Leesha. «Gared non vuole fare del male a nessuno. È solo che non riesce controllare la sua forza, ed è un po'...»

«Goffo?» propose Brianne.

«Tonto?» rincarò Saira.

«Ottuso?» suggerì Mairy.

Leesha minacciò di suonarle a tutte, e loro scoppiarono a ridere.

Gared sedeva con fare protettivo accanto a Leesha. Insieme a Steave, era venuto ad accomodarsi al tavolo con la famiglia della ragazza. Leesha moriva dalla voglia di essere abbracciata, ma, nonostante fossero promessi, non era appropriato, non prima che lei avesse raggiunto l'età e il Predicatore formalizzato il fidanzamento. E anche allora, non avrebbero dovuto concedersi più che baci e caste carezze fino alla notte di nozze.

Tuttavia, quando erano soli, lei lasciava che Gared la baciasse, ma senza andare oltre, a dispetto di ciò che pensava Brianne. Leesha voleva rispettare la tradizione, affinché la notte di nozze fosse una cosa speciale da ricordare per sempre.

E poi, naturalmente, c'era l'esempio di Klarissa, che aveva sempre amato danzare e civettare. Era stata lei a insegnare a Leesha e alle altre a ballare e a ornarsi i capelli di fiori. Klarissa era una ragazza straordinariamente graziosa e aveva uno stuolo di corteggiatori.

Suo figlio doveva avere ormai tre anni, ma nessun uomo della Conca del Taglialegna lo aveva riconosciuto come suo. Era largamente diffusa l'ipotesi che potesse trattarsi di un uomo sposato e durante i mesi in cui la sua pancia andava ingrossando, non c'era sermone in cui il Predicatore Michel non le ricordasse che erano i peccati come il suo e di quelle come lei a rafforzare il Flagello del Creatore.

"I demoni di fuori sono l'eco dei demoni che abbiamo dentro" diceva.

Klarissa era sempre stata benvoluta, ma dopo il fatto la città le aveva voltato in fretta le spalle. Le donne la evitavano, bisbigliavano al suo passaggio, gli uomini distoglievano gli occhi da lei quando c'erano in giro le mogli, e quando non c'erano, facevano commenti volgari.

Appena svezzato il bambino, Klarissa se n'era andata con un messaggero, diretto a Forte Rizon, e non era più tornata. Leesha sentiva la sua mancanza.

«Mi chiedo che cosa volesse Bruna, quando ha mandato Jona» disse Leesha.

«Lo odio, quel nanerottolo» grugnì Gared. «Ogni volta che ti mette gli occhi addosso, penso che nella sua fantasia ti vorrebbe per moglie.»

«Che te ne importa, visto che sono solo fantasie?» chiese Leesha.

«Io non voglio dividerti con nessuno, neanche nei sogni degli altri uomini» rispose Gared, posando la mano gigantesca su quelle di lei, sotto il tavolo. Leesha gli si appoggiò, sospirando. Bruna poteva aspettare.

In quel momento Smitt si alzò, malfermo sulle gambe per via della birra, e sbatté il boccale sulla tavola. «Ehi, voi tutti! Fate attenzione, per favore!» Sua moglie Stefny lo aiutò a salire sulla panca, sorreggendolo quando vacillò. La folla si azzittì e Smitt si schiarì la gola. Non era tagliato per comandare, ma fare discorsi gli piaceva parecchio.

«Sono i momenti peggiori che tirano fuori il meglio di noi» cominciò. «Perché proprio in quei momenti noi dimostriamo al Creatore di che stoffa siamo fatti. Dimostriamo di esserci ravveduti e di meritare che ci mandi il Liberatore e metta fine al Flagello. Dimostriamo che il male della notte non può privarci del senso della famiglia.

«Poiché questo è la Conca del Taglialegna» proseguì. «Una famiglia. Oh, certo, litighiamo, ci azzuffiamo, abbiamo le nostre preferenze, ma quando arrivano i coreling, noi sentiamo questi legami come i fili di un telaio, che ci tengono tutti uniti. Quali che siano i contrasti, nessuno viene abbandonato.

«Stanotte» disse Smitt alla folla «le protezioni di quattro case hanno ceduto, lasciando una ventina di persone in balia dei demoni. Ma grazie all'eroismo di chi ha sfidato la notte all'aperto, se ne sono presi solo sette.

«Niklas!» gridò Smitt, indicando un uomo dai capelli color sabbia, seduto di fronte a lui. «Si è gettato in una casa in fiamme per salvare sua madre!

«Jow!» Puntò il dito su un altro uomo, che sussultò udendo il proprio nome. «Non più di due sere fa, ho visto lui e Dav litigare, sul punto di darsele di santa ragione. Ma stanotte, con un colpo d'ascia, Jow ha distolto un demone del legno, un *demone del legno*, per permettere a Dav e alla sua famiglia di correre a ripararsi dietro le sue protezioni!»

Smitt saltò sulla tavola: la passione rendeva agile il suo corpo ebbro. Percorse tutta la tavolata chiamando ciascuno per nome e raccontando le loro gesta nella notte. «Di eroi, naturalmente, se ne sono visti anche di giorno» riprese. «Gared e Steave!» esclamò, additandoli. «Hanno lasciato che le loro case bruciassero per spegnere quelle che potevano ancora salvarsi! Grazie a loro e a tanti altri, solo otto abitazioni sono andate distrutte, mentre poteva finire in cenere l'intero villaggio!»

Si volse e, improvvisamente, posò lo sguardo su Leesha. Alzò la mano, e il dito che puntò su di lei colpì la ragazza come un pugno. «Leesha!» gridò. «Tredici anni, e ha salvato la vita di Bruna, l'erborista!

«In ogni abitante di questo villaggio batte un cuore d'eroe!» disse, abbracciando tutti con un gesto ampio. «I coreling ci mettono alla prova, la tragedia ci tempra, ma la Conca del Taglialegna è come l'acciaio di Miln: non si piega!»

Dalla folla si levò un ruggito di approvazione. A gridare più forte, le guance rigate di lacrime, erano quelli che avevano perso dei cari.

Saldo al centro del clamore, Smitt si nutriva della sua forza. Dopo una pausa schioccò le mani e tutti tacquero.

«Michel» disse indicando il Predicatore «ha aperto la Casa Santa ai feriti, e Stefny e Darsy si sono offerte di passarvi la notte per accudirli. Michel offre anche le protezioni del Creatore a tutti coloro che non hanno dove andare.»

Alzò il pugno: «Ma le dure panche della Casa Santa non sono il luogo dove dovrebbero posare il capo gli eroi! No, se siamo davvero una famiglia! La mia taverna può ospitarne comodamente dieci, e se necessario anche di più. Chi altro, tra di noi, vuole dividere protezioni e letti con gli eroi?».

Tutti acclamarono di nuovo, con ancor più vigore, e Smitt si aprì in un grande sorriso. Batté di nuovo le mani. «Il Creatore sorrida su tutti voi!» disse. «Ma l'ora si sta facendo tarda. Io assegnerò...»

Elona si alzò. Anche lei aveva mandato giù diversi boccali e articolava male le parole. «Erny e io ospiteremo Gared e Steave» annunciò. Il marito le lanciò un'occhiataccia. «Abbiamo stanze in abbondanza, e visto che Leesha e Gared sono promessi, praticamente sono già della famiglia.»

«È molto nobile da parte tua, Elona» disse Smitt, celando a fatica lo stupore. Elona si mostrava raramente generosa e se mai lo faceva, di solito era per un tornaconto.

«Sei sicura che sia opportuno?» chiese a voce alta Stefny. Tutti si volsero a guardarla. Quando non lavorava alla taverna del marito, Stefny faceva volontariato alla Casa Santa o studiava il Canone. Odiava Elona – un punto a suo favore, nella mente di Leesha – ma era anche stata la prima a voltare le spalle a Klarissa, quando la sua condizione era diventata palese.

«Due ragazzini promessi sotto lo stesso tetto?» chiese Stefny, ma i suoi occhi si posarono su Steave, non su Gared. «Chissà quante cose sconvenienti potrebbero accadere. Sarebbe meglio che prendeste qualcun altro, lasciando che Gared e Steave alloggino alla taverna.»

Elona appuntì lo sguardo. «Io credo che tre adulti bastino a sorvegliare due ragazzi, Stefny» disse, gelida. Poi si volse a Gared, stringendogli le larghe spalle. «Il mio futuro genero ha fatto il lavoro di cinque uomini, oggi» affermò. «E Steave,» aggiunse sporgendosi a dargli un colpetto sul torace nerboruto «ha fatto per dieci.»

Si volse di scatto verso Leesha, traballando un po'. Steave l'afferrò ridendo per il busto, prima che cadesse. La sua mano era enorme sulla vita sottile di lei. «Perfino la mia...» inghiottì il termine "inutile", che Leesha percepì ugualmente «... perfino mia figlia ha fatto grandi cose, oggi. Non permetterò che i miei eroi dormano in un'altra casa.»

Stefny brontolò, ma tutti gli altri considerarono chiusa la questione e cominciarono a offrire ospitalità a chi ne aveva bisogno.

Elona barcollò di nuovo, cadendo con una risata sulle ginocchia di Steave. «Tu puoi dormire nella camera di Leesha» gli disse. «E proprio accanto alla mia» aggiunse abbassando la voce, ma era ubriaca e tutti la sentirono. Gared arrossì, Steave scoppiò a ridere ed Erny chinò il capo. Leesha provò un moto di compassione per suo padre.

«Vorrei che i coreling avessero preso *lei*, stanotte» mormorò.

Il padre alzò la testa. «Non parlare così» disse. «Mai. Per nessuno.» Tenne fisso lo sguardo duro su di lei, finché la ragazza non annuì.

«A parte» aggiunse con tristezza «che probabilmente ce l'avrebbero rimandata indietro.»

Fu trovata una sistemazione per tutti, e la gente si stava preparando ad andarsene, quando si levò un brusio. La folla si aprì, e nel vuoto che si fece avanzò, claudicante, Bruna la Strega.

Bimbo Jona la sosteneva per un braccio. Leesha balzò in piedi per prenderle l'altro braccio. «Bruna, non dovevate alzarvi» la rimproverò. «Dovreste riposare!»

«È colpa tua, ragazzina» sbottò la vecchia. «C'è gente che sta peggio di me, e per curarla ho bisogno delle erbe che tengo alla mia capanna. Se il tuo gorilla» guardò Gared, che indietreggiò impaurito «avesse permesso a Jona di riferirti il mio messaggio, avrei mandato te con una lista a prenderle. Ma ormai è troppo tardi, e dovremo andarci insieme. Possiamo passare la notte al sicuro dietro le mie protezioni, e tornare domattina.»

«Ma perché proprio io?» chiese Leesha.

«Perché nessuna di queste scimunite in tutto il villaggio sa leggere!» strillò Bruna. «Confonderebbero le etichette delle bottiglie, peggio di quella balena di Darsy!»

«Ma Jona sa leggere» obiettò Leesha.

«Io mi ero offerto di andarci» intervenne il ragazzo, ma Bruna gli pestò il piede con il bastone e le sue parole finirono in un guaito.

«L'erboristeria è un mestiere da donne, figliola» disse Bruna. «I Sant'Uomini vanno bene per pregare, mentre noi lavoriamo.»

«Io...» cominciò Leesha, volgendosi a guardare i genitori, in cerca di una scappatoia.

«Credo sia un'ottima idea» intervenne Elona, districandosi finalmente dalle ginocchia di Steave «passare la notte da Bruna.» Spinse avanti Leesha. «Mia figlia è ben lieta di aiutarvi» concluse con un gran sorriso.

«Non potrebbe venire anche Gared?» propose Steave, allungando una pedata al figlio.

«Domattina avrete bisogno di un bel paio di spalle per caricare le erbe e le pozioni» approvò Elona, spingendo Gared.

La vecchia diede un'occhiata di traverso a lei, poi a Steave, ma alla fine annuì.

Il viaggio fino alla casa di Bruna fu lento, data l'andatura stentata e zoppicante della vecchia. Arrivarono alla capanna giusto prima del tramonto.

«Controlla le protezioni, ragazzo» disse Bruna a Gared. Mentre lui provvedeva, Leesha aiutò la vecchia a entrare e la sistemò su una poltrona imbottita, avvolgendola in una coperta. Bruna respirava affannosamente e Leesha temeva che da un momento all'altro ricominciasse a tossire. Riempì il bollitore, mise ciocchi e rametti nel camino, cercando con gli occhi la pietra focaia e l'acciarino.

«La scatola sulla mensola» disse Bruna, e Leesha notò il contenitore di legno. L'aprì, ma dentro non trovò né la pietra né l'acciarino, ma solo degli stecchi con una specie di argilla all'estremità. Leesha ne prese due e provò a strofinarli l'uno con l'altro.

«Non così, ragazza!» la sgridò Bruna. «Non hai mai visto un bastoncino fiammante?»

Leesha scosse il capo. «Papà ne tiene qualcuno in bottega dove miscela le sostanze chimiche, ma io non ho il permesso di entrarci.»

La vecchia erborista sospirò e le fece cenno di avvicinarsi. Poi prese un bastoncino e lo premette contro l'unghia dura e ruvida del pollice. Fece schioccare il dito e la capocchia dello stecchino si accese. Leesha sgranò gli occhi.

«L'erboristeria va ben oltre la conoscenza delle piante, ragazza» disse Bruna accostando la fiammella a un moccolo, prima che il bastoncino si consumasse. Accese una lampada e diede il moccolo a Leesha. La luce vacillante della candela illuminò uno scaffale polveroso zeppo di volumi.

«Che meraviglia!» esclamò Leesha. «Avete più libri del Predicatore Michel!»

«Queste non sono stupide storie passate al vaglio dei Sant'Uomini, ragazzina. Le erboriste sono depositarie di una parte della conoscenza del mondo antico, prima del Ritorno, quando i demoni bruciarono le grandi biblioteche.»

«La scienza?» chiese Leesha. «Non fu proprio quella superbia a provocare il Flagello?»

«Parli come Michel» disse Bruna. «Se avessi saputo che quel tipo sarebbe diventato un somaro pomposo, lo avrei lasciato tra le gambe della madre. È stata la scienza, non meno della magia, a sconfiggere i coreling la prima volta. Le saghe narrano di grandi erboriste capaci di sanare ferite mortali e di miscelare erbe e minerali che uccidevano i demoni a decine con il fuoco e il veleno.»

Leesha stava per fare un'altra domanda, quando tornò Gared. Bruna le fece cenno di badare al focolare, e lei accese il fuoco e mise su il bollitore. Presto l'acqua giunse a ebollizione, e Bruna frugò nelle numerose tasche della sua veste e mise nella propria tazza la sua speciale miscela di erbe e in quella di Leesha e di Gared delle foglie di tè. Le sue mani si muovevano leste, ma a Leesha non sfuggì che nella tazza di Gared la vecchia aveva aggiunto qualcos'altro.

Versò l'acqua e tutti bevvero in un silenzio imbarazzato. Gared mandò giù in fretta la bevanda e subito divenne tutto rosso in volto. In un attimo, crollò addormentato.

«Gli avete messo qualcosa nel tè» accusò Leesha.

La vecchia sogghignò. «Resina di tamponella e polline di verbasco» disse. «Presi separatamente, hanno diversi usi, ma mescolati insieme ne basta un pizzico per far addormentare un toro.»

«Ma perché?» chiese Leesha.

Il sorriso di Bruna era qualcosa di spaventoso a vedersi. «Diciamo, per tutelarti» rispose. «Promessi o no, non ti puoi fidare di un ragazzo di quindici anni solo con una ragazza, di notte.»

«Allora perché l'avete lasciato venire?» chiese ancora Leesha.

Bruna scosse il capo. «Io gliel'avevo detto a tuo padre di non sposare quella furbastra, ma lei gli ha sventolato sotto il naso le tette e lui ha perso la testa» sospirò. «Ubriachi come sono, Steave e tua madre se la intenderanno, infischiandosene di chiunque sia in casa» disse. «Ma non c'era bisogno che Gared li sentisse. I ragazzi della sua età sono già abbastanza maliziosi.»

Leesha sgranò gli occhi. «Mia madre non farebbe mai...!»

«Attenta come finisci quella frase, ragazzina» la interruppe Bruna. «Il Creatore odia i bugiardi.»

Leesha si ammansì. Sapeva com'era fatta Elona. «Ma Gared non è così» disse.

Bruna sbuffò. «Metti al mondo un intero villaggio e poi me lo saprai dire.»

«Se fossi già sviluppata non avrebbe importanza» disse Leesha. «Allora Gared e io potremmo sposarci, e io potrei comportarmi con lui come una moglie.»

«Non vedi l'ora, eh?» commentò Bruna con un ghigno malizioso. «Non è certo spiacevole, devo ammetterlo. Gli uomini possono servire non solo per spaccare legna e trasportare pesi.»

«Perché ci metto così tanto?» chiese Leesha. «Saira e Mairy hanno arrossato il lenzuolo a dodici anni, e presto io ne farò tredici! Che cos'ho di sbagliato?»

«Non hai niente di sbagliato» la rassicurò Bruna. «Ogni ragazza ha il suo tempo. Il tuo potrebbe essere tra un anno, forse più.»

«Un anno!» esclamò Leesha.

«Non avere tanta fretta di lasciarti l'infanzia alle spalle, ragazzina» disse Bruna. «Una volta che se n'è andata, scoprirai che ti manca. Nel mondo c'è molto di più che giacere con un uomo e dargli dei figli.»

«Che altro c'è di paragonabile a questo?» chiese Leesha.

Bruna indicò gli scaffali. «Scegli un libro» disse. «Uno qualsiasi. Portamelo, e ti mostrerò che cos'altro può offrire il mondo.»

5

Una casa affollata

Anno 319 dR

Leesha si svegliò di soprassalto quando il vecchio gallo di Bruna cantò per annunciare l'alba. Si stropicciò il viso e sentì sulla guancia l'impronta lasciata dal libro. Gared e Bruna dormivano ancora della grossa. L'erborista aveva ceduto presto al sonno, ma, nonostante la stanchezza, Leesha aveva continuato a leggere fino a tarda notte. Aveva sempre pensato che il mestiere di erborista consistesse soltanto nell'aggiustare ossa e far nascere i bambini, ma in realtà c'era molto di più. Le erboriste studiavano senza sosta l'intero mondo della natura, trovando modi per combinare insieme i tanti doni del Creatore, a beneficio dei Suoi figli.

Leesha sciolse il fiocco che le legava i capelli scuri dietro la nuca e lo posò sulla pagina, quindi richiuse il libro con la stessa reverenza con cui trattava il Canone. Si alzò, stiracchiandosi, aggiunse legna sul fuoco e lo riattizzò smuovendo le braci. Messo su il bollitore, andò a scuotere Gared.

«Svegliati, poltrone» disse a voce bassa. Gared emise a malapena un grugnito. Qualsiasi cosa gli avesse dato Bruna, doveva essere potente. Lo smosse di nuovo, e lui cercò di scacciarla con una manata, senza aprire gli occhi.

«Alzati, o resterai senza colazione» lo stuzzicò lei ridendo, e gli mollò una pedata.

Gared mandò un altro grugnito e schiuse appena le palpebre. Quando Leesha fece per dargli un altro calcio, lui allungò la mano e l'afferrò per la gamba, strappandole un grido soffocato mentre se la trascinava addosso.

Rotolò sopra di lei, avvolgendola fra le braccia robuste, e Leesha lanciò dei risolini sotto i suoi baci.

«Smettila» protestò lei, cercando senza troppa convinzione di divincolarsi «o sveglierai Bruna.»

«E allora?» replicò Gared. «La vecchia megera ha cent'anni ed è cieca come una talpa.»

«La vecchia megera ha ancora l'udito fine» disse Bruna, spalancando un occhio bianco e lattiginoso. Gared fece un verso strozzato e balzò in piedi in un lampo, distanziandosi da Leesha e Bruna.

«A casa mia, devi tenere le mani a posto, figliolo, o ti preparerò una pozione che ti farà perdere tutta l'esuberanza virile per un anno» minacciò Bruna. Leesha vide Gared sbiancare in volto e dovette mordersi il labbro per trattenere una risata. Per qualche motivo, non aveva più paura di Bruna, anzi si divertiva a osservare come la vecchia riusciva a intimidire tutti gli altri.

«Ci siamo capiti?» chiese Bruna.

«Sì, signora» rispose subito Gared.

«Bene» disse Bruna. «Adesso, metti al lavoro quelle spalle muscolose e spacca un po' di legna per il camino.» Gared era già fuori di casa prima che lei avesse finito. Appena la porta si fu richiusa, Leesha scoppiò a ridere.

«Ti è piaciuta la scena, eh?» le chiese Bruna.

«Non ho mai visto nessuno far correre Gared a quel modo» disse Leesha.

«Vieni più vicino, così posso vederti» disse Bruna. Quando Leesha le fu accanto, la vecchia proseguì: «Essere la guaritrice del villaggio non consiste soltanto nel preparare pozioni. Una sana dose di paura farà bene al ragazzo più grosso del circondario. Forse lo aiuterà a pensarci su due volte, prima di fare del male a qualcuno.»

«Gared non farebbe mai male a una mosca» assicurò Leesha.

«Se lo dici tu» replicò Bruna, ma a giudicare dal tono di voce, non ne era affatto convinta.

«Potreste davvero preparare una pozione per privarlo della virilità?»

Bruna ridacchiò. «Non certo per un anno» ammise. «In ogni caso, non con una sola dose. Ma per qualche giorno, o magari una settimana? Sarebbe facile come quando gli ho drogato il tè.»

Leesha parve pensierosa.

«Che c'è, ragazza mia?» chiese Bruna. «Temi forse che il tuo ragazzo non ti lasci intatta prima del matrimonio?»

«In realtà, stavo pensando a Steave» confidò Leesha.

Bruna assentì. «E fai bene» convenne. «Ma devi stare attenta. Tua madre conosce bene certi trucchi. Veniva spesso da me, quand'era giovane, perché aveva bisogno degli espedienti di un'erborista per arginare il flusso e non rimanere incinta mentre si divertiva. Allora non avevo capito davvero che tipo fosse, e devo ammettere che purtroppo le ho insegnato più di quanto avrei dovuto.»

«La mamma non era vergine, quando papà l'ha condotta oltre la soglia delle sue protezioni?» chiese Leesha, scioccata.

Bruna sbuffò. «Se l'era spassata con metà villaggio, prima che Steave scacciasse via tutti gli altri.»

Leesha restò a bocca aperta. «La mamma è stata durissima con Klarissa, quando è rimasta incinta.»

Bruna sputò per terra. «Se la sono presa tutti con quella poveretta. Razza di ipocriti! Smitt parla tanto di famiglia, ma non ha mosso un dito quando sua moglie ha scatenato il villaggio contro quella ragazza, come un branco di demoni del fuoco. Metà delle donne che la additavano e gridavano allo scandalo era colpevole dello stesso peccato, solo che avevano avuto la fortuna di sposarsi presto, o l'intelligenza di prendere delle precauzioni.»

«Precauzioni?» chiese Leesha.

Bruna scosse il capo. «Elona è tanto impaziente di avere un nipotino che ti ha tenuta all'oscuro di tutto, eh?» chiese. «Dimmi un po', figliola, come si fanno i bambini?»

Leesha arrossì. «L'uomo, cioè, tuo marito… Lui…»

«Su, avanti, ragazza mia» si spazientì Bruna. «Sono troppo vecchia per aspettare che il rossore ti svanisca dal viso.»

«Ti sparge dentro il suo seme» disse Leesha, arrossendo ancora di più.

Bruna sbottò in una risata gracchiante. «Sai curare le bruciature e le ferite inflitte dai demoni, ma arrossisci parlando di come nasce la vita?»

Leesha aprì la bocca per replicare, ma Bruna non gliene diede il tempo.

«Lascia che il tuo ragazzo ti sparga il seme fuori dal ventre, e potrai giacere con lui quanto ti pare e piace» disse Bruna. «Ma non puoi mai esser sicura che i ragazzi si ritraggano in tempo, come ha imparato a sue spese Klarissa. Le più smaliziate vengono da me per una tisana.»

«Una tisana?» chiese Leesha, pendendo dalle sue labbra.

«Con le foglie di pomm, infuse nel giusto dosaggio con alcune altre erbe, si può preparare una tisana che impedirà al seme dell'uomo di attecchire.»

«Ma il Predicatore Michel dice che...»

«Risparmiami i sermoni del Canone» la interruppe Bruna. «È un libro scritto da uomini, senza la minima considerazione per i travagli delle donne.»

Leesha richiuse la bocca di scatto.

«Tua mamma è venuta spesso a trovarmi» continuò Bruna. «Mi faceva tante domande, mi aiutava nelle faccende di casa, pestava le erbe per me. Avevo pensato di farne la mia apprendista, ma a lei interessava soltanto carpirmi il segreto di quella tisana. Appena le ho detto come si preparava, se n'è andata e non si è più vista.»

«Sì, questo è tipico di lei» riconobbe Leesha.

«La tisana di pomm è abbastanza innocua, in piccole dosi» riprese Bruna. «Ma Steave è un uomo molto voglioso, e tua madre ne ha presa troppa. Quei due devono essersi dati da fare migliaia di volte, prima che gli affari di tuo padre cominciassero a prosperare e lei si lasciasse irretire dai suoi guadagni. A quel punto, il ventre di tua madre era ormai inaridito completamente.»

Leesha la guardò incuriosita.

«Dopo il matrimonio con tuo padre, Elona ha cercato invano di concepire per due anni» spiegò Bruna. «Allora, Steave ha sposato una giovane e l'ha messa incinta in una sola notte, il che ha fatto crescere ulteriormente la disperazione di tua madre.»

Leesha si fece ancora più vicina, conscia che la sua venuta al mondo era dipesa da quanto Bruna stava per raccontarle.

«La tisana di pomm va presa in piccole dosi» ripeté Bruna «e una volta al mese è meglio smettere di prenderla, per lasciare venire il ciclo. Se non fai così, rischi di diventare sterile. Avevo avvertito tua madre, ma schiava com'era delle sue smanie, non ha voluto darmi ascolto. Per mesi, le ho somministrato rimedi e controllato il flusso, dandole anche delle erbe da mescolare nel cibo di tuo padre. E finalmente, ha concepito.»

«Me» disse Leesha. «Ha concepito me.»

Bruna assentì. «Ho temuto per te, ragazza mia. Il ventre di tua madre era debilitato, e sapevamo entrambe che non avrebbe avuto una seconda possibilità. Veniva da me tutti i giorni a chiedermi di controllare le condizioni di suo figlio.»

«Figlio?»

«L'avevo avvertita che poteva non essere un maschio» disse Bruna «ma Elona era cocciuta. "Il Creatore non può essere così crudele" diceva, dimenticandosi che quello stesso Creatore ha generato anche i coreling.»

«Perciò, io sarei solo uno scherzo crudele del Creatore?» domandò Leesha.

Bruna le prese il mento fra le dita ossute per attirarla a sé. Da così vicino, Leesha poteva vedere i lunghi peli grigi, come baffi di gatto, sopra le labbra rugose della vecchia.

«Noi siamo ciò che scegliamo di essere, ragazza mia. Se lasci che siano gli altri a decidere quanto vali, hai già perso, perché nessuno è disposto ad accettare che gli altri valgano di più. Elona può biasimare solo se stessa per le scelte che ha fatto, ma è troppo orgogliosa per ammetterlo. È molto più facile prendersela con te e il povero Erny.»

«Era meglio se la scoprivano e la cacciavano dal paese» disse Leesha.

«Tradiresti chi ti ha generata, così, per ripicca?» chiese Bruna.

«Non capisco.»

«Non c'è nulla di scandaloso se una ragazza vuole avere un uomo in mezzo alle gambe» disse Bruna. «Un'erborista non può giudicare le persone perché fanno quello a cui le ha destinate la natura, quando sono giovani e libere. Io non tollero soltanto quelli che vengono meno ai giuramenti. Se pronunci un voto, ragazza mia, faresti meglio a impegnarti per mantenerlo.»

Leesha annuì.

Gared rientrò proprio in quel momento. «Darsy è tornata in paese per vedervi» annunciò a Bruna.

«Ma se mi ero liberata di quella cicciona senza cervello» brontolò Bruna.

«Il consiglio cittadino si è riunito ieri e ha deciso di reintegrarmi» annunciò Darsy, entrando nella capanna. Non era alta quanto Gared, ma poco ci mancava, e lo superava ampiamente quanto a peso. «È colpa tua. Nessun altro accetterebbe questo lavoro.»

«Non possono farlo!» insorse Bruna.

«Oh, certo che possono» replicò Darsy. «L'idea mi repelle quanto a te, ma potresti tirare le cuoia da un giorno all'altro, ormai, e il villaggio ha bisogno di qualcuno che si occupi dei malati.»

«Sono vissuta più a lungo di gente migliore di te» la schernì Bruna. «Scelgo io a chi voglio insegnare.»

«E io resterò finché non ti deciderai a farlo» ribatté Darsy e fissò Leesha a denti stretti.

«Allora, comincia a renderti utile e metti su il porridge» disse Bruna. «Gared è un ragazzo in piena crescita e deve tenersi in forze.»

Darsy la guardò storto, ma si rimboccò lo stesso le maniche e andò alla pentola con l'acqua che bolliva.

«Darsy è davvero così incapace?» domandò Leesha.

Bruna volse gli occhi lacrimosi verso Gared. «Lo so che sei più forte di un bue, figliolo, ma penso che ci sia ancora un bel mucchio di legna da spaccare, là fuori.»

Gared non se lo fece ripetere due volte. Uscì in un battibaleno e presto lo sentirono rimettersi al lavoro con la scure.

«Darsy è abbastanza brava nelle faccende di casa» riconobbe Bruna. «Spacca la legna quasi con la stessa lena del tuo ragazzo, e sa preparare un porridge decente. Ma quelle sue mani grassocce sono troppo maldestre per le pratiche di guarigione, ed è poco portata per l'arte dell'erboristeria. Come ostetrica sarebbe passabile – anche un idiota è capace di estrarre un bebè dalla madre – e quanto a rimettere in sesto le ossa non è seconda a nessuno, ma i lavori più delicati sono fuori dalla sua portata. Mi viene da piangere all'idea che il paese si ritrovi una come lei per erborista.»

«Non sarai mai una buona moglie per Gared, se non sai nemmeno preparare una semplice cenetta!» brontolò Elona.

Leesha si accigliò. Per quanto ne sapeva, sua madre non aveva mai cucinato un pasto in vita sua. Lei non si concedeva un sonno decente da giorni, ma guai al Creatore se sua madre si degnava di dare una mano.

Aveva passato la giornata ad accudire i malati con Bruna e Darsy. Stava imparando in fretta le arti del mestiere, e Bruna la citava a esempio di fronte a Darsy, anche se questa preferiva non badarle.

Leesha sapeva che Bruna voleva fare di lei la sua apprendista. La vecchia non la pressava, ma aveva manifestato chiaramente le sue intenzioni. Bisognava però pensare anche all'attività del padre, il fabbricante di carta. Leesha aveva lavorato nella bottega, un ampio locale annesso alla casa, fin da quando era appena una bambina, a stilare messaggi per la gente del villaggio e a stendere fogli. Erny diceva che era dotata per il mestiere. Faceva rilegature più belle delle sue, e sapeva abbellire le pagine con petali di fiori, che le signore di Lakton e Forte Rizon pagavano più della carta semplice acquistata dai loro mariti.

Erny sperava di ritirarsi, lasciando a Leesha il compito di tenere la bottega mentre Gared avrebbe preparato la poltiglia e provveduto ai lavori più pesanti. Ma la produzione della carta non aveva mai attratto particolarmente Leesha. Lo faceva più che altro per passare del tempo insieme al padre, lontano dalla lingua sferzante della madre.

Elona poteva anche apprezzare il denaro che le procurava, ma detestava la bottega, si lamentava per l'odore della liscivia nelle vasche con la poltiglia e per il rumore della macina. Il laboratorio era un rifugio dalla sua presenza cui Leesha ed Erny ricorrevano spesso, un'oasi di serenità che la casa vera e propria non avrebbe mai potuto offrire.

Sentendo erompere la risata fragorosa di Steave, Leesha alzò gli occhi dalle verdure che stava tagliando per lo stufato. Era nella stanza comune, occupava la poltrona di Erny e ne beveva la birra. Seduta su un bracciolo, protesa su di lui, Elona rideva e gli teneva una mano sulla spalla.

Leesha avrebbe voluto essere un demone del fuoco per poter sputare fiamme su di loro. Non era mai stata felice, intrappolata in casa con Elona, ma ora non riusciva più a smettere di pensare alle storie di Bruna. Sua madre non amava il marito, e probabilmente non l'aveva amato mai. Considerava la figlia uno scherzo crudele del Creatore. E non era vergine quando Erny l'aveva condotta entro le sue protezioni.

Per qualche motivo, quella era la cosa che la feriva più a fondo. Bruna diceva che non era peccato se una donna traeva piacere da un uomo, ma l'ipocrisia di sua madre era lo stesso intollerabile. Aveva contribuito a far cacciare Klarissa dalla città per meglio coprire la sua impudicizia.

«Non sarò mai come te» giurò Leesha. Sarebbe convolata a nozze come il Creatore comandava, e sarebbe diventata donna in un onesto letto matrimoniale.

Elona ridacchiò di qualcosa che le disse Steave, e Leesha si mise a cantare forte per non sentirli. Aveva una voce calda e limpida; il Predicatore Michel le chiedeva sempre di cantare alle funzioni.

«Leesha!» sbraitò la madre un momento dopo. «Smettila di sgolarti! Qui non riusciamo a sentire nemmeno i nostri pensieri!»

«Non sembrate molto occupati a pensare» mormorò Leesha.

«Che hai detto?» chiese Elona.

«Niente!» rispose Leesha nel più innocente dei toni.

Cenarono subito dopo il tramonto, e Leesha s'inorgoglì vedendo Gared che ripuliva la terza ciotola di stufato con il pane fatto da lei.

«Non è una gran cuoca, Gared» si scusò Elona «ma turandoti il naso almeno riuscirai a saziarti.»

Steave fece uno sbuffo, e la birra che stava bevendo gli schizzò fuori dalle narici. Gared rise del padre, mentre Elona agguantava il tovagliolo da sopra alle ginocchia di Erny per asciugare la faccia a Steave. Leesha si volse verso il padre, cercandone il sostegno, ma lui non alzò lo sguardo dalla scodella. Non aveva spiccicato parola da quando era riemerso dalla bottega.

Per Leesha fu troppo. Sparecchiò la tavola e si ritirò in camera sua, ma non poté trovare pace neppure lì. Si era dimenticata che la madre aveva lasciato la sua stanza a Steave per la durata indefinita del soggiorno suo e di Gared in casa loro. Il gigantesco taglialegna aveva imbrattato di fango il pavimento prima immacolato, lasciando gli stivali sporchi proprio sopra al suo libro preferito, che stava posato accanto al letto.

Le sfuggì un grido mentre correva a recuperare il tesoro, ma ormai la copertina era infangata irreparabilmente. Le lenzuola di soffice lana di Rizon erano macchiate solo il Creatore sapeva di cosa, e mandavano un tanfo repellente di sudore acre misto al costoso profumo di Angiers che prediligeva la madre.

Leesha ebbe un moto di nausea. Raccolse il suo libro prezioso e stringendolo forte a sé corse a rifugiarsi nella bottega paterna, dove pianse mentre cercava invano di ripulire il volume dalle macchie. Fu lì che la trovò Gared.

«Ah, ecco dove te ne eri scappata» le disse, facendo per avvolgerla fra le sue braccia muscolose.

Leesha si ritrasse, asciugandosi gli occhi e cercando di ricomporsi. «Avevo solo bisogno di starmene sola un momento» si giustificò.

Gared la prese per un braccio. «È per via della battuta che ha fatto tua madre?» le domandò.

Leesha scrollò la testa, cercando nuovamente di divincolarsi, ma Gared non mollò la presa.

«Io ridevo soltanto per via di papà» disse lui. «Il tuo stufato era delizioso.»

«Dici sul serio?» Leesha tirò su col naso.

«Certo» assicurò lui, attraendola a sé per darle un bacio appassionato. «Potremo sfamare un'armata di figlioli con una cucina così prelibata» disse con voce arrochita.

Leesha fece una risatina. «Potrei avere qualche problema a sfornare un'armata di piccoli Gared.»

Lui la strinse più forte e le sussurrò all'orecchio: «Per ora, vorrei soltanto che tu ne infornassi uno».

Leesha mugolò, ma lo respinse con garbo. «Presto saremo sposati.»

«Non sarà mai abbastanza presto» replicò Gared, ma la lasciò andare.

Leesha giaceva raggomitolata nelle coperte davanti al fuoco nella sala comune. Steave occupava la sua stanza, e Gared si era sistemato su una branda nel laboratorio. Il pavimento era freddo di notte e attraversato da spifferi, e il tappeto di lana era ruvido e duro a starci distesi. Leesha rimpiangeva il suo letto, anche se solo un incendio sarebbe bastato a cancellare il fetore del peccato di cui l'avevano impregnato sua madre e Steave.

Non riusciva nemmeno a capire perché Elona fosse ricorsa a quel sotterfugio. Non che servisse a ingannare nessuno. Avrebbe potuto tranquillamente mandare Erny a dormire nella sala comune, per accogliere Steave direttamente nel suo letto.

Leesha non vedeva l'ora di potersene andare via con Gared.

Giaceva insonne e mentre sentiva i demoni mettere alla prova le difese, s'immaginava di gestire la bottega cartiera insieme a Gared, con suo padre ormai a riposo e sua madre e Steave tristemente defunti. Avrebbe avuto il ventre tondo e pieno e si sarebbe occupata dei registri, accogliendo Gared quando tornava stanco e sudato dal lavoro alla macina. Lui l'avrebbe baciata, mentre i loro bimbi scorrazzavano per la bottega.

Trovò conforto in quell'immagine, ma rammentandosi delle parole di Bruna si chiese se non le sarebbe mancato qualcosa, consacrando la sua esistenza ai bambini e alla produzione della carta. Tornò a chiudere gli occhi e s'immaginò nei panni dell'erborista alla Conca del Taglialegna, cui tutti si rivolgevano per curare i malanni, far nascere i bambini e sanare le ferite. Era un'immagine molto allettante, ma difficile da coniugare con la presenza di Gared e dei bambini. Un'erborista doveva visitare gli ammalati, e l'idea che Gared la seguisse da un posto all'altro con le erbe e gli strumenti necessari non le sembrava realistica, come quella che si occupasse dei bimbi mentre lei era al lavoro.

Bruna ci era riuscita, anche se molti decenni prima: si era sposata, aveva cresciuto dei figli, e intanto aveva provveduto ai bisogni della gente, ma Leesha non sapeva spiegarsi come ce l'avesse fatta. Avrebbe dovuto chiederlo alla vecchia.

Sentì uno scricchiolio, e alzando gli occhi vide Gared che usciva, circospetto, dalla bottega. Mentre le si avvicinava, fece finta di dormire, poi si rigirò di scatto. «Cosa ci fai qui?» sussurrò. Gared trasalì e si coprì la bocca per soffocare un grido. Leesha dovette mordersi il labbro per trattenere una risata fragorosa.

«Volevo solo usare il gabinetto» bisbigliò Gared, mentre veniva a inginocchiarsi accanto a lei.

«Ce n'è uno nel laboratorio» gli rammentò Leesha.

«Allora sono venuto per un bacio della buona notte» rispose il giovane, chinandosi su di lei con le labbra protese.

«Ne hai avuti già tre prima di andare a letto» lo respinse Leesha con un buffetto giocoso.

«È tanto grave, se ne voglio un altro?»

«Direi di no» rispose Leesha, cingendogli le spalle con le braccia.

Poco più tardi, si udì il cigolio di un'altra porta. Gared s'irrigidì e si guardò attorno, in cerca di un posto dove nascondersi. Leesha gli indicò una delle poltrone. Il ragazzo era troppo grosso per esserne celato completamente, ma con la stanza debolmente rischiarata dai bagliori rossastri del fuoco, forse sarebbe bastato.

Un istante dopo, apparve una luce fioca che vanificò quella speranza. Leesha ebbe appena il tempo di rimettersi giù e chiudere gli occhi, prima che la luce invadesse la stanza.

Attraverso le palpebre strette a fessura, vide la madre sbirciare nella sala comune. Il lume che reggeva in mano era schermato quasi completamente, lasciando ampie zone d'ombra dove Gared avrebbe potuto nascondersi facilmente, se lei non si fosse avvicinata troppo.

I loro timori si rivelarono superflui. Dopo essersi assicurata che Leesha stava dormendo, Elona aprì l'uscio della stanza di Steave e sgusciò all'interno.

Leesha continuò a fissare a lungo la porta richiusa. L'infedeltà di Elona non era certo una grande rivelazione, ma fino a quel momento Leesha si era concessa il lusso di dubitare che la madre fosse davvero così disposta a tradire le promesse nuziali.

Sentì sulla spalla la mano di Gared. «Mi dispiace, Leesha» le disse, e lei gli affondò il viso sul petto, piangendo. Gared la strinse forte, smorzandone i singhiozzi e cullandola fra le braccia. Si udì in lontananza il ruggito di un demone, e Leesha dovette resistere all'impulso di urlare con lui. Si trattenne, nella vana speranza che suo padre stesse dormendo, ignaro dei gemiti strozzati di Elona, ma le sembrava alquanto improbabile, a meno che lei non gli avesse dato una di quelle droghe soporifere che preparava Bruna.

«Ti porterò via da tutto questo» promise Gared. «Non perderemo tempo a fare progetti, e ti farò trovare pronta una casa tutta per noi prima ancora della cerimonia, anche a costo di tagliare e trasportare da solo tutti i tronchi.»

«Oh, Gared» mormorò lei, baciandolo. Lui ricambiò l'abbraccio e la distese di nuovo sul tappeto. I tonfi che venivano dalla stanza di Steave e gli strepiti dei demoni, di fuori, furono completamente sommersi dal pulsare del sangue che le rimbombava nelle orecchie.

Le mani di Gared le esplorarono liberamente il corpo, e Leesha si lasciò toccare in punti leciti soltanto a un marito. Ansimò, inarcando la schiena per il piacere, e Gared ne approfittò per insinuarsi fra le sue gambe. Lei lo sentì slacciarsi i pantaloni, e capì cosa stava per fare. Sapeva che avrebbe dovuto respingerlo, ma sentiva dentro di sé un vuoto immenso, e Gared sembrava l'unica persona al mondo che potesse colmarlo.

Stava già per darle l'affondo, quando Leesha udì il grido di piacere di sua madre e s'irrigidì. Era davvero più onesta di sua madre, se infrangeva così facilmente i suoi voti? Aveva giurato di varcare le protezioni della casa matrimoniale da vergine. Aveva giurato di non seguire mai l'esempio di Elona. Ed eccola lì, pronta a gettare tutto al vento per accoppiarsi con un ragazzo a pochi metri da dove sua madre si abbandonava al peccato.

"Io non tollero soltanto quelli che vengono meno ai giuramenti." Memore delle parole di Bruna, Leesha premette le mani contro il petto di Gared.

«Gared, no, ti prego» sussurrò. Il ragazzo restò immobile per un lungo istante. Alla fine, rotolò accanto a lei e si riabbottonò le brache.

«Scusami» disse Leesha con voce flebile.

«No, sono io che devo scusarmi.» Gared la baciò sulla fronte. «Posso aspettare.»

Leesha lo abbracciò forte, prima che lui si alzasse per andarsene. Avrebbe voluto che restasse a dormire al suo fianco, ma avevano già sfidato anche troppo la sorte. Se li avesse sorpresi insieme, Elona l'avrebbe punita severamente, nonostante il suo stesso peccato. O forse proprio a causa di quello.

Quando la porta della bottega si richiuse con uno scatto, Leesha si ridistese nel suo giaciglio, piena di teneri pensieri per Gared. Qualsiasi pena potesse infliggerle la madre, l'avrebbe saputa sopportare, finché avesse avuto Gared al suo fianco.

La colazione fu un momento imbarazzante, poiché i rumori del cibo masticato e deglutito venivano ingigantiti dalla cappa di silenzio che gravava sulla tavola. Sembrava non esistere nulla da dire che non fosse preferibile tacere. Leesha sgomberò la tavola senza fiatare mentre Gared e Steave andavano a prendere le scuri.

«Oggi rimani in bottega?» chiese Gared, rompendo infine il silenzio. Erny alzò gli occhi per la prima volta, quella mattina, interessato alla risposta.

«Ho promesso a Bruna che oggi l'avrei aiutata di nuovo a occuparsi dei feriti» disse Leesha, con uno sguardo rammaricato al padre. Erny annuì, comprensivo, e abbozzò un esile sorriso.

«E per quanto dovrà andare avanti questa solfa?» domandò Elona.

Leesha si strinse nelle spalle. «Finché non staranno meglio, suppongo.»

«Passi troppo tempo con quella vecchia strega» commentò Elona.

«Su tua richiesta» le rammentò Leesha.

Elona si accigliò. «Non fare l'impertinente con me, mocciosa.»

Leesha avvampò di rabbia, ma le rivolse il suo sorriso più disarmante, mentre si avvolgeva la mantella sulle spalle. «Non preoccuparti, mamma» le disse «non berrò troppa tisana.»

Steave sbuffò ed Elona sgranò gli occhi, ma Leesha sgusciò fuori dalla porta senza lasciarle il tempo di riaversi per replicare.

Gared l'accompagnò per un tratto di strada, ma giunsero presto al posto dove si radunavano ogni mattina i taglialegna, e Gared trovò gli amici che già lo aspettavano.

«Sei in ritardo, Gar» brontolò Evin.

«Adesso ha una donna che gli prepara da mangiare» disse Flinn. «Qualunque uomo farebbe tardi.»

«E chissà se ha dormito» soggiunse Ren. «Scommetto che non si è solo fatto preparare da mangiare, e proprio sotto il naso del padre.»

«Ren ci ha imbroccato, Gar?» chiese Flinn. «Hai trovato un bel posto dove infilare l'ascia, stanotte?»

Irritata, Leesha fece per protestare, ma Gared le posò una mano sulla spalla. «Non farci caso» le disse. «Cercano solo di farti arrabbiare.»

«Potresti almeno difendere il mio onore» disse Leesha. Sapeva il Creatore se i ragazzi non erano capaci di battersi per il minimo pretesto.

«Oh, questo è certo» promise Gared. «Solo, non voglio farlo davanti a te. Preferisco che continui a considerarmi un ragazzo gentile.»

«Tu sei gentile» replicò Leesha, alzandosi sulle punte dei piedi per baciarlo sulla guancia. I giovani commentarono la scena fischiando e Leesha mostrò loro la lingua prima di incamminarsi.

«Povera sciocca» mormorò Bruna quando Leesha le raccontò quello che aveva detto a Elona. «È da stupidi mostrare le carte quando la partita è solo all'inizio.»

«Questo non è un gioco, è la mia vita!» protestò Leesha.

Bruna le afferrò il viso, strizzandole le guance così forte da farle corrucciare la bocca. «Proprio per questo bisogna dimostrare un po' di buonsenso» ringhiò, fulminandola con gli occhi lattiginosi.

Leesha si sentì avvampare di rabbia. Chi era quella donna, per parlarle così? Bruna sembrava avere in odio l'intera città; allungava le mani, mollava ceffoni e minacciava chiunque non le piacesse. Era davvero migliore di Elona? Si preoccupava realmente del bene di Leesha, quando le aveva raccontato quelle cose orrende sul conto di sua madre, oppure cercava solo di manipolarla per farne la sua apprendista, allo stesso modo in cui Elona la pressava perché sposasse presto Gared e concepisse dei figli? In cuor suo, Leesha desiderava entrambe le cose, ma cominciava a stancarsi delle loro pressioni.

«Bene, bene, guarda un po' chi è tornata,» commentò una voce dalla porta «la ragazza prodigio.»

Leesha alzò gli occhi e vide Darsy sulla soglia della Casa Santa, con un fascio di legna sottobraccio. La donna non faceva il minimo sforzo per nascondere la sua antipatia per Leesha, e quando voleva riusciva a essere altrettanto intimidatoria di Bruna. Leesha aveva cercato di rassicurarla, di farle capire che lei non era affatto una minaccia, ma le sue aperture sembravano valere solo a peggiorare le cose. Darsy era determinata a non farsela piacere.

«Non prendertela con Leesha se ha imparato più lei in due giorni che tu in tutto il primo anno» disse Bruna, mentre Darsy scaricava la legna per terra e prendeva un pesante attizzatoio di ferro per ravvivare il fuoco.

Leesha era sicura che non sarebbe mai andata d'accordo con Darsy fintanto che Bruna avesse insistito ad affondare il dito nella piaga, ma si diede da fare a triturare le erbe per i cataplasmi. Molti di quelli che erano rimasti ustionati durante l'attacco avevano brutte infezioni cutanee che richiedevano continue attenzioni. Altri stavano ancora peggio. Bruna era stata svegliata due volte nel corso della notte per occuparsi di loro, ma finora le sue erbe e le sue competenze non l'avevano tradita.

Bruna aveva assunto il completo controllo della Casa Santa e impartiva ordini al Predicatore Michel e agli altri, come fossero semplici servi milnesi. Si teneva Leesha vicina, e le parlava continuamente nella sua voce gracchiante e catarrosa, per spiegarle la natura delle ferite e le proprietà delle erbe che usava per curarle. Osservandola mentre tagliava e cuciva la carne viva, Leesha scoprì che stava cominciando a fare lo stomaco a scene simili.

Quando il mattino sfumò nel pomeriggio, Leesha dovette costringere Bruna a fermarsi per mangiare qualcosa. Gli altri potevano non accorgersi dell'affanno nel respiro della vecchia o del tremito delle sue mani, ma quelle cose non sfuggivano a Leesha.

«Basta così» disse alla fine, strappando mortaio e pestello dalle mani dell'erborista. Bruna le lanciò uno sguardo tagliente.

«Ora andate a riposare» la sollecitò.

«E chi sei tu, mocciosa, per...» prese a dire Bruna, allungando la mano al bastone.

Leesha conosceva bene quella mossa e fu più svelta di lei: agguantò il bastone e lo sventolò sotto il naso adunco di Bruna. «Vi verrà un altro attacco, se non vi riposate» la rimproverò. «Ora vi porto un po' fuori, e niente discussioni! Stefny e Darsy possono cavarsela da soli per un'ora.»

«A malapena» bofonchiò Bruna, ma lasciò che Leesha l'aiutasse ad alzarsi per condurla all'esterno.

Il sole era alto in cielo, e l'erba attorno alla Casa Santa era verde e rigogliosa, se non per qualche chiazza annerita dal fuoco dei demoni. Leesha stese una coperta e ci fece sedere Bruna, poi le portò la sua speciale tisana e del pane morbido che non avrebbe messo alla prova i pochi denti residui della vecchia.

Sedettero in piacevole silenzio per un po', godendosi la giornata mite di primavera. Leesha pensò che era stata ingiusta a paragonare Bruna a sua madre. Quand'era stata l'ultima volta che aveva condiviso con Elona un momento di gradevole quiete sotto al sole? Lo avevano mai fatto?

Sentì un sibilo raschiante e voltandosi vide che Bruna stava ronfando. Sorrise e prese lo scialle della donna per coprirla. Poi allungò le gambe e scorse Saira e Mairy, poco distante, che cucivano sedute sull'erba. Loro la invitarono a cenni a raggiungerle, e quando Leesha ci andò, le fecero posto sulla coperta.

«Come va con l'erboristeria?» chiese Mairy.

«È spossante» rispose Leesha. «Brianne dov'è?»

Le ragazze si scambiarono un'occhiata e ridacchiarono. «È andata per boschi con Evin» disse Saira.

Leesha fece uno sbuffo di disapprovazione. «Quella lì farà la fine di Klarissa.»

Saira alzò le spalle. «Brianne dice che non puoi disprezzare una cosa che non hai mai provato.»

«E *tu* hai intenzione di provarla?» chiese Leesha.

«Tu pensi che non ci sia motivo per non aspettare» disse Saira. «Era quello che pensavo anch'io, prima che Jak venisse ucciso. Adesso darei qualunque cosa per averlo fatto con lui prima che morisse. Per portare in grembo suo figlio, perfino.»

«Mi dispiace» mormorò Leesha.

«Non fa niente» rispose Saira tristemente. Leesha la abbracciò e Mairy si strinse a entrambe.

«Ma che carine!» esclamò qualcuno alle loro spalle. «Voglio un abbraccio anch'io!» Alzarono gli occhi proprio mentre Brianne si lanciava tra loro per farle ruzzolare ridendo sull'erba.

«Sei di buonumore, oggi» osservò Leesha.

«L'effetto di una bella cavalcata nei boschi» disse Brianne strizzandole l'occhio e dandole una gomitata nel fianco. «E poi...» aggiunse con voce cantilenante «Evin mi ha confidato un segreto!»

«Diccelo!» proruppero insieme le tre ragazze.

Brianne rise e i suoi occhi guizzarono su Leesha. «Dopo, magari» temporeggiò. «E come sta oggi la nuova apprendista della strega?»

«Non sono la sua apprendista, qualunque cosa possa pensare Bruna» rispose Leesha. «Sono sempre decisa a occuparmi della bottega di mio padre, dopo che io e Gared ci saremo sposati. Sono qui solo per darle una mano con i malati.»

«Tu faresti certo meglio di me» disse Brianne. «Quello dell'erborista sembra un lavoro molto duro. Guarda come sei conciata. Ma hai dormito abbastanza, stanotte?»

Leesha scosse il capo. «Il pavimento vicino al focolare non è comodo come un letto.»

«A me non dispiacerebbe dormire per terra, se avessi Gared come giaciglio» commentò Brianne.

«E cos'è che vorresti dire, con questo?» chiese Leesha.

«Non fare la finta tonta, Leesha» ribatté Brianne con una punta d'irritazione. «Noi siamo tue amiche.»

Leesha s'inalberò. «Se stai insinuando che...!»

«Scendi dal piedistallo, Leesha» disse Brianne. «So che tu e Gared l'avete fatto, la notte scorsa. E speravo che fossi sincera con noi al riguardo.»

Saira e Mairy rimasero senza fiato, e Leesha strabuzzò gli occhi, arrossendo in volto. «Ma noi non abbiamo fatto proprio niente!» insorse. «Chi te l'ha raccontato?»

«Evin.» Brianne sorrise. «Dice che Gared se n'è vantato tutto il giorno.»

«Allora Gared è un bugiardo patentato!» tuonò Leesha. «Non sono mica una sgualdrina, io, di quelle che vanno in giro a...»

Vedendo Brianne rabbuiarsi, Leesha s'interruppe, coprendosi la bocca. «Oh, Brianne. Perdonami!» disse. «Non intendevo...»

«Sì, invece, che lo intendevi» ribatté Brianne. «E per me questa è l'unica cosa sincera che tu abbia detto oggi.»

Si alzò e si spazzolò le gonne, svanito di colpo il suo naturale buonumore. «Forza, ragazze» disse. «Andiamocene in qualche posto dove l'aria è più pulita.»

Saira e Mairy si scambiarono un'occhiata, poi guardarono Leesha, ma vedendo che Brianne si era già incamminata, si alzarono in fretta per seguirla. Leesha aprì la bocca, ma restò senza parole, non sapendo che cosa dire.

«Leesha!» si sentì chiamare da Bruna. Voltandosi, vide la vecchia che si aggrappava al bastone, cercando di issarsi in piedi. Con uno sguardo avvilito alle amiche che si allontanavano, Leesha corse ad aiutarla.

Leesha attendeva impaziente, quando Gared e Steave sopraggiunsero trotterellando per il sentiero che conduceva alla casa del padre. Ridevano e scherzavano, e la loro giovialità diede alla ragazza il coraggio di cui aveva bisogno.

«Leesha!» la salutò Steave con un sorriso ironico. «Come sta oggi la mia futura nuora?» Aprì le braccia, come per accoglierla in una stretta affettuosa.

Leesha lo ignorò, puntò dritto verso Gared e gli affibbiò un ceffone in piena faccia.

«Ehi!» gemette Gared.

«Oh-oh!» rise Steave. Leesha lo fulminò con uno sguardo degno di sua madre, e lui alzò le mani in un gesto pacificatore.

«Vedo che voi due avete qualcosa da discutere» disse l'uomo «perciò vi lascio soli.» Guardò Gared e gli strizzò l'occhio. «Il piacere ha il suo prezzo» lo ammonì, allontanandosi.

Leesha si avventò su Gared per colpirlo di nuovo. Lui le afferrò il polso e lo strinse forte. «Leesha, smettila!» le intimò.

Senza badare al dolore al polso, Leesha gli sferrò una ginocchiata in mezzo alle gambe. Il colpo fu attutito dalla spessa coltre delle gonne, ma bastò a fargli mollare la presa e ad accasciarsi a terra, le mani sull'inguine. Leesha lo prese a calci, ma Gared aveva una massa di muscoli solidi e si protesse con le mani l'unico punto vulnerabile all'assalto.

«Leesha, per il Fulcro, che ti prende?» annaspò Gared, ma fu ridotto al silenzio da una pedata in bocca.

Gared grugnì e vedendola alzare di nuovo il piede per colpirlo, glielo agguantò e la strattonò, facendola cadere sul fondoschiena. Leesha restò senza fiato, e prima che potesse riprendersi, Gared le balzò addosso, le afferrò le mani e la inchiodò al suolo.

«Ma sei impazzita?» gridò, mentre continuava a dibattersi sotto di lui. Era paonazzo in volto e aveva le lacrime agli occhi.

«Come hai potuto?» strillò Leesha. «Figlio d'un coreling, come hai potuto essere tanto crudele?»

«Per la Notte, Leesha, di cosa parli?» gracchiò lui, schiacciandola ancora più forte.

«Come hai potuto?» ripeté lei. «Come hai potuto mentire così, raccontare a tutti che la notte scorsa mi hai tolto la verginità?»

Lo stupore di Gared sembrava sincero. «Chi te l'ha detto?» le chiese, e Leesha osò sperare che la menzogna non fosse sua.

«L'ha detto Evin a Brianne.»

«Io lo ammazzo, quel figlio del Fulcro» ruggì Gared, allentando la presa. «Aveva promesso di tenere la bocca chiusa.»

«Allora è vero?» strillò Leesha. Fece scattare il ginocchio con forza, strappando un urlo a Gared, che le rotolò via di dosso. Prima che potesse riaversi e afferrarla di nuovo, Leesha era già in piedi e fuori della sua portata.

«Perché?» reclamò. «Perché dovevi mentire a quel modo?»

«Era solo una vanteria da taglialegna» rantolò Gared. «Una cosa da nulla.»

Leesha non lo aveva mai fatto in vita sua, ma stavolta gli sputò addosso. «Una cosa da nulla?» insorse. «Mi hai rovinato la vita per una cosa da nulla?»

Gared si rialzò, e Leesha indietreggiò subito. Lui alzò le mani e rimase a distanza.

«La tua vita non è rovinata.»

«Brianne lo sa!» tuonò Leesha. «E anche Saira e Mairy! Di qui a domani, lo saprà tutto il villaggio!»

«Leesha...» prese a dire Gared.

«A quanti altri?» lo interruppe lei.

«Cosa?»

«A quanti altri l'hai detto, idiota?»

Lui si cacciò le mani in tasca e abbassò lo sguardo a terra. «Solo agli altri taglialegna» confessò.

«Per la Notte! A *tutti* quanti?» Leesha gli si gettò contro, cercando di graffiarlo, ma lui le afferrò le mani.

«Calmati!» gridò. Le serrò i polsi con le manone possenti, e la scossa di dolore che le risalì per le braccia la fece tornare in sé.

«Mi fai male» disse lei, nel tono più calmo che riuscì a riesumare.

«Così va meglio.» Gared allentò la stretta, ma senza mollarla. «Ma dubito fortemente che possa far male quanto un calcio al basso ventre.»

«Te lo sei meritato.»

«Ho paura di sì» ammise Gared. «Adesso possiamo parlare da persone civili?»

«Se mi lasci andare.»

Gared aggrottò la fronte, poi mollò la presa e arretrò alla svelta, fuori portata dei suoi calci.

«Dirai a tutti che era una bugia?» gli chiese Leesha.

Gared scosse la testa. «Non posso, Leesh. Farei la figura dell'idiota.»

«Mentre io dovrei fare quella della puttana?» controbatté Leesha.

«Tu non sei una puttana, Leesha. Siamo promessi, noi due. Non è come per la tua amica Brianne.»

«Benissimo» disse Leesha. «Magari racconterò anch'io qualche bugia. Se già i tuoi amici ti canzonavano, cosa pensi che diranno se gli racconterò che non ce l'avevi abbastanza duro per compiere l'atto?»

Gared serrò uno dei suoi pugni smisurati e lo sollevò a mezz'aria. «Non ti consiglio proprio di farlo, Leesha. Io sono stato paziente con te, ma se vai in giro a spargere simili falsità, ti giuro che...»

«Mentire su di me, invece, va bene?» protestò Leesha.

«Quando saremo sposati, non avrà più importanza» minimizzò Gared. «Se ne saranno scordati tutti.»

«Io non ti sposo più» disse Leesha, e si sentì subito sollevata da un peso immane.

Gared la guardò torvo. «Tanto non hai scelta» affermò. «Se mai ci fosse qualcuno disposto a prenderti, come quella talpa da libri di Jona o che so io, lo pesterei a sangue. Nessuno alla Conca del Taglialegna oserà toccare quel che è mio.»

«Goditi i frutti della tua menzogna» disse Leesha, voltandosi prima che lui potesse vederne le lacrime «perché non ti permetterò neanche morta di tramutare quella bugia in realtà.»

Quella sera, Leesha dovette appellarsi a tutte le sue forze per non scoppiare in lacrime mentre cucinava. Qualsiasi rumore proveniente da Gared e Steave era per lei una pugnalata al cuore. La notte prima, Gared l'aveva tentata. E per poco lei non lo aveva lasciato fare, sapendo perfettamente che cosa significasse. Respingerlo era stato doloroso, ma aveva pensato che concedere la sua virtù fosse una scelta che spettava solo a lei. Non aveva mai immaginato che lui potesse togliergliela con una parola, né tantomeno che fosse pronto a farlo.

«Meno male che ultimamente sei così spesso con Bruna» si sentì bisbigliare all'orecchio. Leesha si girò di scatto e si trovò di fronte Elona, che sogghignava maliziosa.

«Non vorremmo certo vederti col pancione il giorno delle tue nozze» soggiunse Elona.

Pentendosi del suo commento di quella mattina sulla tisana, Leesha aprì la bocca per risponderle, ma la madre ridacchiò e sgusciò via senza darle il tempo di una replica.

Leesha sputò nella sua ciotola. E anche in quelle di Gared e Steave. Provò una cupa soddisfazione nel vederli mangiare.

La cena fu uno strazio, con Steave che bisbigliava all'orecchio di sua madre, strappandole delle risatine maliziose. Gared la fissò tutto il tempo, ma Leesha non lo degnò di uno sguardo. Tenne sempre gli occhi sulla scodella, rimestando il cibo con aria assente, proprio come faceva suo padre, accanto a lei.

Erny sembrava l'unico a non aver saputo della bugia di Gared. Per Leesha era già un grosso sollievo, ma in cuor suo era certa che non poteva durare. Troppe persone sembravano pronte ad accanirsi su di lei con quella storia.

Lasciò la tavola appena possibile. Gared rimase seduto al suo posto, ma Leesha si sentì seguire dal suo sguardo. Non appena lui si fu ritirato nel laboratorio, Leesha sprangò la porta, sentendosi un pochino più al sicuro.

Come tante notti prima di quella, pianse finché non crollò addormentata.

Leesha si svegliò come se non avesse dormito. Sua madre aveva fatto un'altra visita notturna a Steave, ma neppure i loro grugniti, tra la cacofonia dei demoni, avevano scosso Leesha dal torpore.

Anche Gared aveva causato un tonfo sordo nel cuore della notte, trovando sbarrata la porta d'accesso alla casa. Leesha aveva sorriso crudelmente, sentendolo insistere nel tentativo di fare scattare la serratura, prima di arrendersi.

Erny venne a darle un bacio sulla sommità del capo, mentre lei metteva sul fuoco il porridge. Era la prima volta che si trovavano soli insieme da giorni. Leesha si domandò come l'avrebbe presa suo padre, avvilito com'era già, quando gli fosse giunta alle orecchie la bugia di Gared. Una volta, forse, le avrebbe creduto, ma con la ferita aperta dagli inganni della moglie, Leesha dubitava che gli restasse molta fiducia nel prossimo.

«Oggi torni a curare i malati?» chiese Erny. Quando Leesha annuì, lui sorrise e disse: «Brava».

«Mi spiace di non poter dedicare più tempo alla bottega.»

Lui la prese per le braccia e le si avvicinò, guardandola negli occhi. «Le persone vengono sempre prima della carta, Leesha.»

«Anche quelle cattive?»

«Anche quelle cattive» confermò lui. Aveva un sorriso sofferto, ma non c'era dubbio né esitazione nella risposta. «Anche se t'imbattessi nell'essere umano più malefico che possa esistere, scoprirai sempre qualcosa di più spietato, guardando fuori dalla finestra di notte.»

Leesha scoppiò a piangere e il padre l'attirò a sé, per cullarla tra le braccia e accarezzarle i capelli. «Io sono fiero di te, Leesh» le sussurrò. «Fare la carta era il mio sogno. Ma se tu sceglierai un'altra strada, le protezioni non crolleranno.»

Lei gli si strinse forte, inzuppandogli di lacrime la camicia. «Ti voglio bene, papà» disse. «Qualunque cosa accada, non dimenticartelo mai.»

«Non potrei mai, sole mio» rispose lui. «E ti vorrò sempre bene anch'io.»

Lei gli rimase aggrappata a lungo; suo padre era l'unico amico che avesse ancora al mondo.

Sgusciò fuori di casa mentre Gared e Steave si stavano ancora infilando gli stivali. Sperava di non imbattersi in nessuno nel tragitto fino alla Casa Santa, ma gli amici di Gared erano già fuori ad aspettare. La salutarono con un clamore di fischi e versacci.

«Volevamo solo esser sicuri che tu e la tua mamma non trattenevate a letto Gared e Steave quando è già ora di andare al lavoro!» ironizzò Ren. Leesha arrossì violentemente, ma non disse una parola mentre li oltrepassava e si incamminava per la strada a passi spediti. Le loro risate la seguirono, impietose.

Leesha sapeva che non era solo frutto della sua immaginazione, il modo in cui la gente la guardava e bisbigliava al suo passaggio. Si affrettò a raggiungere il rifugio della Casa Santa, ma al suo arrivo si vide sbarrare l'ingresso da Stefny, che storceva il naso come se Leesha puzzasse della liscivia usata dal padre per fare la carta.

«Che fai?» protestò Leesha. «Lasciami passare. Sono qui per aiutare Bruna.»

Stefny scosse la testa. «Non macchierai questo luogo sacro con il tuo peccato» la schernì.

Leesha si drizzò in tutta la sua statura, superando Stefny di una buona spanna, ma si sentì lo stesso come il topolino di fronte al gatto. «Io non ho commesso nessun peccato.»

«Bah!» rise Stefny. «Lo sa tutta la città quello che tu e Gared combinate la notte. Riponevo delle speranze in te, figliola, ma a quanto pare sei proprio figlia di tua madre.»

Prima che Leesha potesse rispondere, giunse la voce roca e raschiante di Bruna: «Cos'è questa storia?».

Stefny si volse, gonfia di orgoglio sprezzante, e abbassò lo sguardo sulla vecchia erborista. «Questa ragazza è una sgualdrina, e non le permetterò di mettere piede nella dimora del Creatore.»

«*Tu* non glielo permetterai?» chiese Bruna. «Sei tu il Creatore, adesso?»

«Non pronunciare bestemmie qui dentro, vecchia» l'ammonì Stefny. «Le Sue parole sono scritte perché tutti possano vederle.» Le mostrò la copia rilegata in pelle del Canone che si portava dietro ovunque. «Il Flagello incombe su di noi a causa degli adulteri e dei fornicatori, la genia cui appartengono questa sgualdrina e sua madre.»

«E dove sarebbe la prova del suo crimine?» chiese Bruna.

Stefny sorrise. «Gared si è vantato del loro peccato con chiunque gli prestasse orecchio.»

Bruna ringhiò e vibrò d'improvviso il bastone, colpendo alla testa Stefny, che si accasciò a terra. «E tu condanneresti una fanciulla senza altra prova che le vanterie di un ragazzo?» strillò. «Le sbruffonate dei ragazzi sono soltanto fiato al vento, e tu lo sai bene!»

«Lo sanno tutti che sua madre è la puttana di questo paese» sibilò Stefny, incattivita. Un rivolo di sangue le colava sulla tempia. «Perché la cucciola dovrebbe essere diversa dalla cagna?»

Bruna le abbatté il bastone su una spalla, facendola urlare di dolore.

«Ehi, voi!» gridò Smitt, accorrendo. «Basta così!»

Il Predicatore Michel lo seguiva da presso. «Siamo in una Casa Santa, non in una taverna angieriana…»

«Queste sono faccende da donne, e se ci tenete al vostro bene, fareste meglio a non impicciarvene!» sbottò Bruna, freddando subito il loro slancio. Tornò a rivolgersi a Stefny. «Glielo dici tu, o dovrò svelare io il tuo peccato?» sibilò.

«Io non ho peccato, strega!»

«Ho fatto nascere ogni bambino di questo villaggio» rispose Bruna, a voce troppo bassa perché gli uomini potessero udirla «e nonostante quel che si dice in giro, ci vedo abbastanza bene da vicino, come quando ho un pupo tra le mani.»

Stefny sbiancò e si rivolse al marito e al Predicatore. «Non immischiatevi in questa faccenda!» gridò.

«Puoi scordartelo, per il Fulcro!» esclamò Smitt. Agguantò il bastone di Bruna e lo allontanò dalla portata della moglie. «Stammi a sentire, donna» disse a Bruna. «Erborista o no, non puoi permetterti di picchiare liberamente chi ti pare e piace!»

«Ah, e invece tua moglie può sparlare liberamente di chi le pare e piace?» ribatté Bruna. Gli strappò di mano il bastone e glielo fece risuonare sulla testa.

Smitt arretrò barcollando e si massaggiò il capo. «D'accordo» disse. «Io ci avevo provato con le buone.»

Era quanto diceva di solito Smitt, prima di rimboccarsi le maniche e buttar fuori di peso qualcuno dalla sua taverna. Non era alto, ma compatto e nerboruto di corporatura, e negli anni aveva acquisito una lunga esperienza nel trattare con i boscaioli ubriachi.

Bruna non era una taglialegna muscolosa, ma non sembrava minimamente intimidita. Non batté ciglio mentre Smitt avanzava minaccioso verso di lei.

«Benissimo!» gridò. «Cacciami via, allora! Mescolati pure le erbe da solo! Curateli tu e Stefny quei poveretti che vomitano sangue in preda alla febbre dei demoni! E già che ci siete, mettete anche al mondo i vostri bambini! Fatevele da voi le pozioni! Preparatevi da soli i bastoncini fiammanti! A che vi serve l'aiuto di una strega?»

«Già, a che vi serve?» chiese Darsy. Tutti la guardarono, mentre si avvicinava risoluta a Smitt. «Io sono capace quanto lei di mescolare erbe e mettere al mondo bambini» affermò.

«Bah!» fece Bruna. Persino Smitt la guardava dubbioso.

Darsy la ignorò. «Io dico che è ora di cambiare» continuò. «Non avrò cent'anni di esperienza come Bruna, ma almeno non vado in giro a tiranneggiare nessuno.»

Smitt si grattò il mento e diede un'occhiata a Bruna, che ridacchiava.

«Avanti, allora» sfidò la vecchia. «Un po' di riposo mi gioverà. Ma non venite a piangere alla mia capanna quando quella stupida ricucirà dove occorre tagliare e taglierà dove occorre ricucire.»

«Forse Darsy merita almeno una possibilità» opinò Smitt.

«E allora diamogliela!» disse Bruna, battendo il bastone sul pavimento. «Andate a spiegare al resto della città a chi bisogna rivolgersi per farsi curare. Vi ringrazierò per la pace che regnerà nella mia capanna!»

Si girò verso Leesha. «Andiamo, figliola, aiuta una vecchia strega a tornarsene a casa.» Prese Leesha sottobraccio e le due si avviarono verso la porta.

Ma quando passarono davanti a Stefny, Bruna si fermò e le puntò contro il bastone, bisbigliando in modo che potessero udire solo le tre donne. «Se ti azzardi a dire un'altra parola contro questa ragazza, o permetti ad altri di farlo, l'intero villaggio conoscerà la tua vergogna.»

Lo sguardo terrorizzato di Stefny accompagnò Leesha per tutto il tragitto fino alla capanna di Bruna.

Appena furono entrate, Bruna si girò verso di lei.

«Ebbene, figliola? È vero?» le chiese.

«No!» esclamò Leesha. «Cioè, stavamo per farlo… ma io gli ho detto di fermarsi e lui si è fermato!»

Come scusa sembrava fiacca e inverosimile, e lo sapeva lei stessa. La paura l'attanagliò. Bruna era stata l'unica a prendere le sue difese. Pensò che ne sarebbe morta, se anche la vecchia l'avesse creduta una bugiarda.

«Potete… potete verificare voi stessa, se volete» balbettò, arrossendo. Abbassò gli occhi a terra e trattenne le lacrime.

Bruna sbuffò e scosse il capo. «Io ti credo, ragazza mia.»

«Perché?» chiese Leesha, quasi in tono di supplica. «Perché Gared ha mentito così spudoratamente?»

«Perché i maschi ricevono lodi per quelle stesse cose che costano alle femmine la cacciata dal paese» disse Bruna. «Perché gli uomini sono schiavi di ciò che pensano gli altri dei loro pendagli. Perché lui è un misero verme linguacciuto e zuccone senza la minima idea della fortuna che aveva trovato.»

Leesha scoppiò di nuovo a piangere. Le sembrava di non avere mai smesso di piangere. Possibile che un corpo potesse contenere tante lacrime?

Bruna le aprì le braccia e Leesha ci si gettò. «Su, su, piccola mia» la consolò la vecchia. «Sfogati pure, adesso, e poi penseremo al da farsi.

Nella capanna di Bruna regnava il silenzio, mentre Leesha preparava la tisana. Era ancora mattina presto, eppure lei si sentiva tremendamente spossata. Come avrebbe potuto trascorrere il resto della sua vita alla Conca del Taglialegna?

"Forte Rizon è solo a una settimana di viaggio" pensò. "Migliaia di persone. Laggiù, nessuno sentirà mai le menzogne di Gared. Potrei rintracciare Klarissa e…"

E poi? Sapeva bene che erano solo fantasie. Anche se avesse trovato un messaggero disposto ad accompagnarla, l'idea di trascorrere una settimana o più all'aperto, per strada, le faceva gelare il sangue. Oltretutto, i rizoniani erano semplici agricoltori, cui lettere e carta servivano a poco. Forse avrebbe potuto trovarsi un nuovo marito, ma il pensiero di legare il suo destino a quello di un altro uomo non le era di grande conforto.

Portò la tisana a Bruna, sperando in un consiglio della vecchia, ma l'erborista non disse nulla e sorseggiò la bevanda in silenzio mentre Leesha s'inginocchiava accanto alla sua sedia.

«Che cosa devo fare?» chiese la ragazza. «Non posso nascondermi qui per sempre.»

«Sì che potresti» rispose Bruna. «Per quanto si possa vantare, Darsy non ha assimilato nemmeno una briciola di quello che le ho insegnato, e io non le ho insegnato che una briciola di quello che so. La gente tornerà abbastanza presto a implorare il mio aiuto. Tu resta con me, e di qui a un anno gli abitanti della Conca non sapranno più fare a meno di te.»

«Mia madre non me lo permetterà mai» obiettò Leesha. «È sempre decisa a farmi sposare Gared.»

Bruna assentì. «Per forza. Non si è mai perdonata di non avere concepito figli da Steave. Ha deciso che tu dovrai rimediare ai suoi errori.»

«Io non lo voglio» confessò Leesha. «Mi darei alla Notte, piuttosto che lasciarmi toccare da Gared.» Rimase sgomenta lei stessa, rendendosi conto che quanto diceva era vero.

«Sei coraggiosa, mia cara» osservò Bruna, ma nel suo tono c'era una punta di sdegno. «Tanto coraggiosa da gettare al vento la tua vita solo per la bugia di un giovanotto e per paura di tua madre.»

«Io non ho paura di lei!» protestò Leesha.

«Ma solo di annunciarle che non sposerai il ragazzo che ti ha infangato la reputazione?»

Leesha rimase in silenzio per un lungo istante, prima di annuire. «È vero» ammise.

Bruna sbuffò.

Leesha si alzò. «Forse è meglio se affronto subito la questione.»

Bruna non fiatò.

Giunta alla porta, Leesha si fermò e si volse indietro.

«Bruna?» chiamò. La vecchia sbuffò di nuovo. «Qual è il peccato di Stefny?»

Bruna sorseggiò la tisana. «Smitt ha tre splendidi figli» disse.

«Quattro» corresse Leesha.

Bruna scosse la testa. «Stefny ne ha quattro» disse. «Smitt ne ha tre.»

Leesha sgranò gli occhi. «Ma com'è possibile?» chiese. «Stefny non lascia mai la taverna, se non per andare alla Casa San...» Restò senza parole.

«Anche i Sant'Uomini sono uomini» concluse Bruna.

Leesha camminava verso casa a passo lento, cercando di scegliere le parole giuste, ma alla fine capì che i giri di frase avevano poca importanza. Ciò che contava era il fatto che lei non avrebbe sposato Gared, e il modo in cui avrebbe reagito sua madre.

Era già tardo pomeriggio quando entrò in casa. Gared e Steave sarebbero tornati dai boschi di lì a non molto. E lei doveva chiudere la discussione prima del loro arrivo.

«Ma brava, guarda che bel pasticcio hai combinato» disse acida sua madre, vedendola entrare. «Mia figlia, la sgualdrina del paese.»

«Non sono una sgualdrina» replicò Leesha. «Gared ha raccontato bugie.»

«Non dare la colpa a lui solo perché non sei stata capace di tenere le gambe chiuse!»

«Non ci sono andata a letto» insisté Leesha.

«Ah, no?» tuonò Elona. «Non prendermi per stupida, Leesha. Sono stata giovane anch'io.»

«Tu sei stata "giovane" ogni notte, questa settimana» ribatté Leesha. «E Gared resta sempre un bugiardo.»

Elona la fece rovinare a terra con un ceffone. «Non osare parlarmi in quel tono, puttanella!» strillò.

Leesha rimase immobile, sapendo che se si fosse mossa, la madre l'avrebbe colpita di nuovo. Aveva la guancia in fiamme.

Vedendo la figlia umiliata a quel modo, Elona inspirò a fondo e parve placarsi. «Non ha importanza» disse. «Ho sempre pensato che qualcuno dovesse buttarti giù dal piedistallo su cui ti ha messo quell'idiota di tuo padre. Presto sposerai Gared, e la gente finirà per stancarsi di chiacchierare.»

Leesha si fece coraggio. «Non ho intenzione di farlo» disse. «Gared è un bugiardo e io non lo sposerò.»

«Oh, certo che lo farai.»

«No» tenne duro Leesha, e con quella parola trovò la forza per rialzarsi. «Non pronuncerò i voti nuziali e non c'è nulla che tu possa fare per costringermi.»

«Questo lo vedremo» disse Elona, sfilandosi la cintura. Era una cinta di cuoio spesso con la fibbia di metallo che portava sempre un po' lenta attorno alla vita. Leesha pensava che la indossasse solo per averla sottomano quando voleva picchiarla.

Vedendola avvicinarsi, Leesha lanciò un grido e indietreggiò verso la cucina, rendendosi conto troppo tardi che quello era l'ultimo posto dove avrebbe dovuto rifugiarsi. C'era un'unica entrata e nessuna via uscita.

Urlò quando la fibbia le si abbatté sulla schiena, squarciando il vestito. Elona sferrò un altro colpo e Leesha le si avventò addosso con la forza della disperazione. Mentre rovinavano a terra, sentì la porta che si apriva e la voce di Steave. Nello stesso istante, una voce allarmata risuonò dalla bottega.

Elona approfittò subito della distrazione per colpire la figlia con un pugno in piena faccia. Si rialzò in un istante e sferzò Leesha con la cinghia, strappandole un altro grido.

«Per il Fulcro, che sta succedendo?» esclamò qualcuno dalla porta. Leesha alzò gli occhi e vide il padre che lottava per entrare in cucina, trattenuto dal braccio muscoloso di Steave.

«Lasciami passare!» gridò Erny.

«È una faccenda fra loro due» replicò Steave con un ghigno.

«Questa è casa mia e tu sei soltanto un ospite!» urlò Erny. «Fammi passare!»

Vedendo che Steave non si spostava, Erny gli diede un pugno.

Tutti rimasero raggelati. Steave non sembrava nemmeno avere accusato il colpo. Ruppe il silenzio improvviso con una risata, e senza troppo sforzo spintonò Erny, scaraventandolo nella sala comune.

«Ora voi due risolvete la questione in privato» disse Steave con una strizzatina d'occhio, e richiuse la porta della cucina, mentre la madre si avventava di nuovo su Leesha.

Leesha piangeva sommessamente nel retrobottega del padre, tamponandosi delicatamente lividi e tagli. Se avesse avuto le erbe giuste, avrebbe potuto fare di meglio, ma dovette arrangiarsi con una pezzuola e un po' d'acqua fredda.

Era corsa a rifugiarsi nella bottega subito dopo il calvario subito, chiudendo la porta a chiave dall'interno, e ignorando persino il timido bussare del padre. Quando ebbe pulito le piaghe e fasciato le ferite più profonde, si rannicchiò sul pavimento, tremante di dolore e di vergogna.

«Tu sposerai Gared il giorno in cui perderai il sangue» le aveva intimato Elona «o riceverai questo trattamento ogni giorno finché non ti sarai decisa.»

Leesha sapeva che diceva sul serio, e sapeva che la voce messa in giro da Gared avrebbe indotto molta gente a prendere le parti della madre e a insistere perché si sposassero, ignorando i lividi di Leesha, come tante altre volte in passato.

"Non lo farò" promise Leesha a se stessa. "Piuttosto, mi darò alla Notte."

Proprio in quell'istante, un violento crampo le serrò le viscere. Leesha gemette e sentì che aveva le cosce bagnate. Spaventata, si asciugò con una pezza pulita, pregando con tutta se stessa che non fosse quello che temeva. E invece, come per uno scherzo crudele del Creatore, scoprì con orrore che il panno era sporco di sangue.

Lanciò un urlo e sentì una voce allarmata che la chiamava da dentro casa.

Qualcuno bussò con insistenza alla porta. «Leesha, ti senti bene?» gridò suo padre.

Leesha non rispose, mentre fissava inorridita il sangue. Soltanto due giorni prima, aveva pregato perché venisse. Ora lo guardava come se fosse sgorgato dal Fulcro.

«Leesha, apri subito la porta, o la pagherai per tutta la notte!» minacciò la madre.

Leesha la ignorò.

«Se non dai ascolto a tua madre e non apri questa porta prima che conti fino a dieci, ti giuro, Leesha, che la butterò giù!» tuonò Steave.

Quando Steave cominciò a contare, Leesha fu attanagliata dalla paura. Sapeva bene che il taglialegna era capace di sfondare la porta di legno massiccio con un solo colpo, e che era prontissimo a farlo. Si precipitò all'uscio che conduceva all'esterno e lo spalancò.

Era quasi buio. Il cielo era tinto di viola scuro e il sole sarebbe scomparso dietro l'orizzonte nel giro di pochi minuti.

«Cinque!» scandiva Steave. «Quattro! Tre!»

Leesha tirò il fiato e corse via da casa.

6
I segreti del fuoco

Anno 319 dR

Leesha si tirò su le gonne e corse a perdifiato, ma c'era più di un miglio di strada fino alla capanna di Bruna, e nel profondo di sé sapeva che non sarebbe mai arrivata in tempo. Le grida dei suoi familiari le echeggiavano alle spalle, sommerse solo dal martellare del suo cuore e dai tonfi dei passi in corsa.

Il fianco le dava delle fitte lancinanti, e aveva schiena e cosce in fiamme per le cinghiate prese dalla madre. Inciampò e si graffiò le mani per parare il colpo, cadendo. Si rialzò con uno sforzo, ignorando il dolore, spinta soltanto dalla forza di volontà.

A metà strada dalla dimora dell'erborista, la luce svanì, e la notte nascente richiamò i demoni dal Fulcro. Cominciarono a levarsi scure volute di nebbia che si coagulavano in forme occulte e minacciose.

Leesha non voleva morire. Lo scoprì solo allora; troppo tardi. Ma anche se avesse voluto tornare indietro, ormai casa sua era più distante della capanna di Bruna, e nel mezzo non c'era nulla. Erny aveva costruito di proposito la sua abitazione lontano dalle altre, dopo le lamentele per gli odori delle sostanze che usava. Non c'era altra scelta che andare avanti, verso la casupola di Bruna sul limitare del bosco, dove i demoni del legno si radunavano in massa.

Alcuni coreling cercarono di ghermirla al suo passaggio, ma erano ancora amorfi e non riuscivano a fare presa. Quando gli artigli le attraversavano il petto, si sentiva gelare, come se fosse stata toccata da uno spettro, ma non provava dolore e non rallentò la sua corsa.

Non c'erano demoni del fuoco, così vicino al bosco. Se ne avvistavano uno, i demoni del legno lo uccidevano all'istante. I loro sputi di fuoco potevano incendiare un demone del legno, anche se era immune alle fiamme normali. Un demone del vento si solidificò dinanzi a Leesha, che lo evitò scartando di lato, e con le sue gambe esili la creatura non era in grado d'inseguirla. Mandò un grido stridulo, mentre lei continuava a correre.

Leesha intravide una luce davanti a sé: la lanterna appesa alla porta d'ingresso della capanna. Fece un ultimo scatto disperato, gridando: «Bruna! Bruna, aprite la porta, presto!».

Non ebbe risposta, e la porta rimase chiusa, ma la strada era libera e Leesha pensò che forse poteva farcela.

Ma proprio allora un demone del legno alto più di due metri le sbarrò il passo.

E la speranza svanì.

Il demone ruggì, snudando schiere di denti affilati come coltelli da cucina. Steave sembrava un fuscello, in confronto a quel mostro dai muscoli contorti e nodosi, ricoperti da una corazza simile a corteccia.

Leesha disegnò una runa nell'aria di fronte a sé, pregando in silenzio che il Creatore le concedesse una morte rapida. Si narrava che insieme al corpo i demoni ti divorassero anche l'anima. Leesha pensò che lo avrebbe scoperto presto.

Il demone avanzava a grandi passi, chiudendo la distanza fra di loro, in attesa di vedere che direzione avrebbe preso Leesha per cercare di sfuggirgli. Lei sapeva che avrebbe dovuto fare esattamente quello, ma anche se non fosse stata paralizzata dalla paura, non c'era nessun posto in cui scappare. Il coreling era piantato fra lei e la sua unica via di scampo.

La porta di Bruna si aprì con un cigolio, riversando più luce sullo spiazzo. Il demone si voltò e vide emergere la vecchia strega che veniva avanti trascinando i passi.

«Bruna!» gridò Leesha. «Restate dietro le difese! C'è un demone del legno qui fuori!»

«Non avrò più la vista di un tempo, cara» rispose Bruna «ma non può certo sfuggirmi una bestia orrenda come quella.»

Avanzò di un altro passo, varcando le protezioni. Leesha cacciò un urlo quando il demone si slanciò con un ruggito verso la vecchia.

Bruna affrontò immobile la carica del demone che, messosi a quattro zampe, correva a una velocità spaventosa. Insinuò la mano sotto lo scialle per estrarne un piccolo oggetto, che avvicinò alla fiamma della lanterna sulla porta. Leesha lo vide prendere fuoco.

Il coreling l'aveva quasi raggiunta, quando Bruna piegò il braccio e gli scagliò contro l'oggetto, che andò in frantumi, ricoprendolo di fuoco liquido. La fiammata rischiarò la notte e anche a distanza di svariati metri Leesha avvertì sul volto la vampata di calore.

Il demone urlò e, perso ogni slancio, si schiantò a terra, rotolandosi nella polvere nel disperato tentativo di spegnere le fiamme che lo divoravano. Ma il fuoco non voleva estinguersi, e il coreling rimase a terra a dibattersi ululando.

«Meglio se vieni dentro, Leesha» consigliò Bruna, mentre il mostro bruciava «o ti prenderai un'infreddatura.»

Leesha sedeva avvolta in uno degli scialli di Bruna, gli occhi fissi sul vapore esalato dalla tisana che non aveva voglia di bere. Gli strepiti del demone del legno erano continuati per un pezzo, prima di ridursi in lamenti sommessi e infine spegnersi del tutto. Immaginandone i resti fumanti nello spiazzo davanti alla capanna, Leesha aveva temuto di dare di stomaco.

Bruna era seduta vicino a lei, sul dondolo, e canticchiava a voce bassa mentre maneggiava con destrezza un paio di ferri da maglia. Leesha non si capacitava di come potesse essere così tranquilla. Pensava che lei invece non avrebbe mai più ritrovato la calma.

La vecchia erborista l'aveva esaminata senza dire una parola, ma lasciandosi solo sfuggire qualche borbottio mentre le ungeva e bendava le ferite, poche delle quali, era chiaro, erano dovute alla sua fuga. Aveva anche mostrato a Leesha come preparare un tampone di stoffa pulita per arrestare il flusso di sangue tra le gambe, consigliandole di cambiarlo di frequente.

Ma adesso Bruna era seduta tranquilla come se non fosse successo nulla di straordinario, e il tintinnio dei ferri e lo scoppiettare del fuoco erano gli unici rumori nella stanza.

«Che cosa avete fatto a quel demone?» chiese Leesha, quando non poté più resistere alla curiosità.

«Fuoco di demone liquido» rispose Bruna. «Difficile da preparare. Molto pericoloso. Ma è la sola cosa che io conosca capace di fermare un demone del legno. Quei mostri sono immuni alle fiamme comuni, ma il fuoco di demone liquido è ardente quanto gli sputi di fuoco.»

«Pensavo che nulla potesse uccidere un demone» disse Leesha.

«Come ti ho già detto, figliola mia, le erboriste custodiscono gelosamente la scienza del mondo antico.» Bruna sbuffò e sputò per terra. «O almeno, alcune di noi. Potrei essere l'ultima a conoscere quella ricetta infernale.»

«Perché non condividerla?» domandò Leesha. «Forse così saremo liberi per sempre dai demoni.»

Bruna ridacchiò. «Liberi?» ripeté. «Liberi di incenerire il villaggio alle fondamenta, forse. Liberi di dar fuoco ai boschi. Non si conosce fiamma che possa fare più che il solletico a un demone del fuoco, o frenare l'impeto di un demone della roccia. Non c'è fuoco che possa raggiungere in cielo un demone del vento, o penetrare un lago o uno stagno dove si cela un demone dell'acqua.»

«Eppure» insisté Leesha «ciò che avete fatto stanotte dimostra quanto sarebbe utile. Mi avete salvato la vita.»

Bruna assentì. «Noi conserviamo il sapere del mondo antico per il giorno in cui sarà di nuovo necessario, ma questo sapere porta con sé un'enorme responsabilità. Se le storie delle antiche guerre fra gli uomini ci insegnano qualcosa, è che non si possono affidare agli uomini i segreti del fuoco.

«È per questo che le erboriste sono sempre donne» proseguì. «Disponendo di un potere simile, gli uomini non saprebbero fare a meno di usarlo. Continuerò volentieri a vendere a Smitt bastoncini fiammanti e petardi per le festività, ma non gli dirò mai come si fanno.»

«Darsy è una donna» disse Leesha «ma non l'avete mai insegnato neanche a lei.»

Bruna sbuffò. «Anche se fosse abbastanza sveglia per mescolare gli elementi senza darsi fuoco da sola, quella tonta ragiona praticamente come un uomo. Non le insegnerei a preparare il fuoco di demone o la polvere pirica né più e né meno che a Steave.»

«Domani verranno a cercarmi» disse Leesha.

Bruna le indicò la tisana che si stava raffreddando. «Bevi» le ordinò. «Penseremo a domani quando verrà.»

Leesha fece come richiesto, e distinse il sapore aspro della tamponella e l'amaro del verbasco poco prima di essere sopraffatta dal torpore. Ebbe solo una vaga coscienza della tazza che le cadeva di mano.

Il mattino risvegliò i dolori. Bruna mise della radice di barbaforte nella tisana di Leesha per attenuare il male delle contusioni e i crampi all'addome, ma la pozione le scombussolò i sensi. Le sembrava di galleggiare sopra al giaciglio su cui era distesa, e al tempo stesso aveva le membra pesanti come il piombo.

Erny arrivò non molto dopo l'alba. Come la vide, scoppiò a piangere e s'inginocchiò accanto a lei, stringendola forte a sé. «Pensavo di averti perduta» singhiozzò.

Leesha allungò debolmente la mano e gliela passò fra i capelli radi. «Non è colpa tua» mormorò.

«Avrei dovuto affrontare tua madre già da tempo» disse lui.

«Come minimo» grugnì Bruna, continuando a sferruzzare. «Nessun uomo dovrebbe farsi mettere sotto dalla moglie a quel modo.»

Erny annuì, non avendo nulla da ribattere. Era stravolto in viso e nuove lacrime stavano spuntando dietro agli occhiali.

Si sentì battere alla porta. Bruna guardò Erny, che andò ad aprire.

«È qui?» Leesha udì la voce della madre e i crampi raddoppiarono d'intensità. Si sentiva troppo debole per lottare ancora. Non aveva neppure la forza di alzarsi.

Un istante dopo apparve Elona, con Gared e Steave che la tallonavano come due segugi.

«Allora sei qui, buona a nulla!» esclamò Elona. «Ma lo sai lo spavento che mi hai fatto prendere, a scappartene via così in piena notte? Abbiamo mobilitato mezzo villaggio per cercarti! Dovrei picchiarti fino a tramortirti!»

«Nessuno picchierà nessuno, Elona» intervenne Erny. «Se c'è da dare la colpa a qualcuno, quella sei tu.»

«Tu stai zitto, Erny» ribatté Elona. «È colpa tua se è così testarda, l'hai sempre viziata.»

«No, che non sto zitto» disse Erny, avvicinandosi per fronteggiare la moglie.

«Lo farai, se ci tieni al tuo bene» lo ammonì Steave, serrando il pugno.

Erny lo guardò e deglutì a fatica. «Non ho paura di te» disse, ma la voce gli uscì flebile come uno squittio. Gared ridacchiò.

Steave afferrò Erny per la camicia e lo sollevò da terra con una mano, mentre alzava il pugno enorme per prepararsi a colpirlo.

«Devi smetterla di comportarti da idiota» gli disse Elona. «E tu» si rivolse a Leesha «te ne torni a casa con noi, immediatamente.»

«Lei non va da nessuna parte.» Bruna posò i ferri e si appoggiò al bastone per alzarsi in piedi. «Gli unici che se ne andranno di qui siete voi tre.»

«Chiudi il becco, vecchia megera» disse Elona. «Non ti permetterò di rovinare la vita a mia figlia come l'hai rovinata a me.»

Bruna sbuffò. «Ti ho forse costretto io a ingozzarti di tisana di pomm e ad aprire le gambe ai maschi di mezzo villaggio?» le rinfacciò. «La tua disgrazia è solo opera tua. E ora, fuori dalla mia capanna.»

Elona si rivoltò contro di lei. «O altrimenti?» la sfidò.

Bruna fece un sorriso sdentato e abbatté il bastone sul piede di Elona, strappandole un gemito. Al colpo, ne fece seguire un secondo al ventre, costringendo Elona a piegarsi in due e mettendo fine al suo sfogo.

«Ora basta!» gridò Steave. Scaraventò via il povero Erny e insieme a Gared si lanciò contro la vecchia.

Bruna non parve più intimorita di quanto lo era stata di fronte alla carica del demone del legno. Frugò sotto lo scialle e ne estrasse una manciata di polvere che soffiò in faccia ai due uomini.

Gared e Steave rovinarono a terra, tenendosi il viso tra le mani e urlando.

«Ne ho ancora in abbondanza» disse Bruna a Elona. «Vi accecherò tutti quanti, prima di prendere ordini da qualcuno in casa mia.»

Elona sgattaiolò a quattro zampe verso la porta, coprendosi il viso col braccio. Bruna rise e la aiutò a trovare l'uscita con un colpo energico sul fondoschiena.

«Fuori dai piedi, voi due!» ingiunse a Gared e Steave. «Fuori, o appicco il fuoco a tutti e due!» Gli uomini annaspavano alla cieca, gemendo di dolore, le facce paonazze e rigate di lacrime. Bruna li sferzò col bastone per guidarli fuori dall'uscio come avrebbe fatto con un cane che avesse urinato sul pavimento.

«E non azzardatevi a farvi rivedere!» gracchiò Bruna con furia selvaggia mentre quelli scappavano a gambe levate.

Ore più tardi, risentirono bussare. Nel frattempo, Leesha era di nuovo in piedi, anche se si sentiva ancora debole. «Che c'è adesso?» brontolò Bruna. «Non ho più ricevuto tante visite in un giorno solo da quando mi si sono avvizzite le tette!»

Batté i piedi fino alla porta e quando l'aprì si trovò di fronte

Smitt che si torceva nervosamente le mani. Bruna lo squadrò con gli occhi stretti a fessura.

«Io mi sono ritirata» disse. «Rivolgiti a Darsy.» E fece per richiudere la porta.

«Aspetta, ti prego» supplicò Smitt, allungando la mano per tenere aperto l'uscio. Bruna lo guardò storto e lui ritrasse la mano come se si fosse scottato.

«Sto aspettando» disse Bruna, irritata.

«È per Ande» spiegò Smitt, riferendosi a uno dei feriti nell'attacco di quella settimana. «Purtroppo la sua piaga al ventre si è infettata, così Darsy lo ha aperto, e adesso lui perde sangue da tutte le parti.»

Bruna sputò sugli stivali di Smitt. «Vi avevo avvertito che sarebbe finita così.»

«Lo so» ammise Smitt. «Avevi ragione. Dovevo darti ascolto. Ritorna, ti prego. Farò qualsiasi cosa tu mi chieda.»

Bruna grugnì. «Non lascerò che Ande paghi per la tua stupidità» disse. «Ma ti prendo in parola, questo è poco ma sicuro!»

«Qualsiasi cosa» promise di nuovo Smitt.

«Erny!» gridò Bruna. «Prendimi il canovaccio delle erbe! Il nostro Smitt, qui, può ben portarlo. Tu pensa ad aiutare tua figlia. Ce ne andiamo in paese.»

Leesha dovette sostenersi al braccio del padre mentre erano in cammino. Aveva temuto di rallentarli nell'andatura, ma per quanto fosse debole riusciva comunque a tenere il passo con il lento arrancare di Bruna.

«Dovrei farmi portare sulle tue spalle» brontolò Bruna rivolta a Smitt mentre camminavano. «Le mie vecchie gambe non sono più svelte come un tempo.»

«Ti posso portare, se lo desideri» replicò Smitt.

«Non dire stupidaggini» lo azzittì l'erborista.

Metà villaggio si era radunata fuori dalla Casa Santa. Un sospiro di sollievo generale accolse l'arrivo di Bruna, e si levarono mormorii alla vista di Leesha, piena di lividi e con le vesti lacere.

La strega ignorò tutti quanti, facendosi largo tra la gente con il bastone per entrare senza indugi. Leesha vide Gared e Steave distesi sulle brande, gli occhi coperti da panni umidi, e dovette trattenere un ghigno. Bruna le aveva spiegato che il pepe e lo stramonio, nel dosaggio che aveva usato su di loro, non avrebbero causato danni permanenti, benché sperasse che Darsy non ne capisse abbastanza per averglielo detto. Accanto a loro, Elona la fulminò con lo sguardo.

Bruna andò diretta al giaciglio di Ande. Era in un bagno di sudore, e puzzava. La pelle aveva preso un colorito giallastro, e il panno che gli avvolgeva i fianchi era imbrattato di sangue, urina e feci. Bruna lo guardò e sputò. Darsy era seduta poco distante e si vedeva che aveva pianto.

«Leesha, srotola il canovaccio con le erbe» ordinò Bruna. «C'è del lavoro da fare.»

Darsy accorse subito, facendo per togliere il telo pesante dalle mani di Leesha. «Lascia fare a me» disse. «Si vede che non ti reggi quasi in piedi.»

Leesha trattenne il canovaccio e scosse il capo. «È compito mio» rispose, sciogliendo i lacci per srotolare il telo con le tasche piene di erbe.

«Adesso è Leesha la mia apprendista!» gridò Bruna perché tutti la sentissero. Mentre continuava, guardò Elona dritto negli occhi. «Il suo fidanzamento con Gared è sciolto, e ora servirà me, per sette anni e un giorno! Chiunque abbia da ridire sulla cosa, o su di lei, potrà curarsi da solo i suoi mali!»

Elona fece per aprire bocca, ma Erny le puntò contro il dito. «Zitta!» tuonò. Elona sgranò gli occhi e tossì, ingoiando le sue proteste. Erny assentì, poi si avvicinò a Smitt. I due uomini se ne andarono a confabulare in un angolo.

Leesha si mise all'opera insieme a Bruna, e perse completamente la nozione del tempo. Cercando di spurgare il pus lasciato dai demoni, Darsy aveva aperto involontariamente uno squarcio nell'intestino di Ande, infettandolo con i suoi stessi escrementi. Bruna imprecava in continuazione mentre cercava di rimediare al danno, mandando Leesha di corsa a ripulire strumenti, a prendere erbe e a miscelare pozioni. Ma intanto le insegnava, spiegandole gli errori di Darsy e quel che faceva per ripararli, e Leesha l'ascoltava attentamente.

Alla fine, dopo che ebbero fatto tutto il possibile, ricucirono la ferita e l'avvolsero con bende pulite. Ande era sempre sprofondato nel sonno indotto dai narcotici, ma sembrava respirare con più facilità, e la sua pelle stava già riprendendo un colore quasi normale.

«Ce la farà?» chiese Smitt, mentre Leesha aiutava Bruna ad alzarsi.

«Non certo grazie a te o a Darsy» sbottò Bruna. «Ma se resta tranquillo a letto, e fa esattamente quanto prescritto, non è di questo che morirà.»

Mentre si avviavano verso la porta, Bruna si avvicinò alle brande dove giacevano Gared e Steave. «Toglietevi quelle ridicole bende dagli occhi e smettetela di frignare» li strigliò.

Gared fu il primo a ubbidire, strizzando gli occhi alla luce. «Ci vedo!» esclamò.

«Certo che ci vedi, testa di rapa» disse Bruna. «Il paese ha bisogno di qualcuno che trasporti i carichi pesanti da un posto all'altro, e non puoi farlo da cieco.» Gli agitò davanti il bastone. «Ma se ti azzardi a farmi arrabbiare di nuovo, la cecità sarà l'ultimo dei tuoi problemi!»

Gared sbiancò in volto e annuì.

«Bravo» disse Bruna. «Adesso, dimmi la verità. Tu hai colto il fiore di Leesha?»

Gared si guardò attorno, impaurito. Alla fine, abbassò gli occhi. «No» ammise. «Era una bugia.»

«Alza la voce, figliolo» lo incitò Bruna. «Sono vecchia, e le mie orecchie non funzionano più come una volta.» Parlando più forte, per farsi sentire da tutti, ripeté: «Hai colto il fiore di Leesha?».

«No!» gridò Gared, arrossendo ancor più che per l'effetto della polvere. A quelle parole, i mormorii si propagarono come un incendio tra la folla.

Steave, che ormai si era tolto la benda, rifilò un violento scappellotto alla nuca del figlio. «Per il Fulcro, con te faremo i conti appena torniamo a casa» ruggì.

«Non a casa mia» disse Erny. Elona gli indirizzò un'occhiata tagliente, ma lui la ignorò e puntò il pollice verso Smitt. «C'è una stanza per voialtri due alla locanda.»

«Che pagherete con il lavoro» aggiunse Smitt. «Ma entro un mese dovrete andarvene, anche se nel frattempo sarete riusciti a costruirvi solo una baracca.»

«È assurdo!» protestò Elona. «Non possono lavorare per pagarsi la stanza e intanto costruirsi una casa in un mese soltanto!»

«Mi sa che tu non sei tanto disinteressata» commentò Smitt.

«Che vorresti dire?» chiese Elona.

«Vuole dire che devi prendere una decisione» disse Erny. «O impari a rispettare i voti matrimoniali, o li farò annullare dal Predicatore e te ne andrai a stare con Steave e Gared nella loro baracca.»

«Non vorrai dire sul serio?»

«Mai stato più serio in vita mia» rispose Erny.

«Che se ne vada al Fulcro» imprecò Steave. «Tu vieni con me.»

Elona lo guardò di traverso. «A vivere in una baracca? Non credo proprio.»

«Allora è meglio se torni subito a casa» disse Erny. «Ti ci vorrà del tempo per imparare ad arrangiarti in cucina.»

Elona lo guardò storto, e Leesha capì che la battaglia del padre era soltanto all'inizio. Ma Elona se ne andò via come richiesto da Erny, e quello era già un buon segno per le sue prospettive di successo.

Erny baciò la figlia. «Sono fiero di te» le disse. «E spero che un giorno lo sarai anche tu di me.»

«Oh, papà» mormorò Leesha, abbracciandolo. «Lo sono già.»

«Quindi verrai a casa?» domandò lui, speranzoso.

Leesha si volse verso Bruna, poi tornò a guardare lui, e scosse la testa.

Erny assentì e l'abbracciò di nuovo. «Ti capisco.»

7
Rojer

Anno 318 dR

Rojer seguiva passo passo la madre mentre spazzava la locanda, facendo frusciare qua e là lo scopino per imitare i movimenti ampi della ramazza usata da lei. La donna gli sorrise, arruffandogli i capelli di un rosso fiammante, e lui le rispose con un sorriso radioso. Aveva tre anni.

«Passalo dietro alla stufa, Rojer» lo esortò lei, e il piccolo si affrettò a ubbidire, insinuando lo scopino nell'interstizio fra stufa e muro per alzarne nugoli di segatura e pezzetti di corteccia. La madre li radunò con la scopa in un mucchietto ordinato.

La porta si spalancò all'ingresso del padre di Rojer, con le braccia cariche di legna. Attraversando la stanza, si lasciò dietro una scia di polvere e frammenti di corteccia.

«Jessum!» protestò la moglie. «Ho appena finito di spazzare!»

«Anch'io aiuto!» proclamò a gran voce Rojer.

«Giusto» confermò la madre. «E tuo padre sta sporcando di nuovo dappertutto.»

«Vuoi restare senza la legna in piena notte, con il duca e il suo seguito nelle stanze di sopra?» chiese Jessum.

«Manca almeno una settimana all'arrivo di Sua Grazia» puntualizzò la moglie.

«Meglio portarsi avanti col lavoro adesso che alla locanda non c'è confusione, Kally» ragionò Jessum. «Chissà quanti cortigiani si porterà dietro il duca, costringendoci a correre avanti e indietro come matti, neanche se Ponterivo fosse diventata Angiers.»

«Se vuoi renderti utile» disse Kally «le protezioni, fuori, stanno cominciando a scrostarsi.»

Jessum annuì. «Ho visto. Il legno si è deformato con quest'ultima ondata di freddo.»

«Mastro Piter doveva ripassarle già una settimana fa» disse Kally.

«Ci ho parlato ieri» rispose Jessum. «Ora non ha tempo per nessuno, perché sta lavorando al ponte. Ma mi ha assicurato che per l'arrivo del duca saranno sistemate.»

«Non è per il duca che mi preoccupo» ribatté Kally. «Se a Piter preme solo di far bella impressione su Rhinebeck nella speranza di ottenere qualche incarico a corte, io penso a cose più concrete, come evitare che la nostra famiglia sia attaccata dai demoni durante la notte.»

«D'accordo, d'accordo.» Jessum alzò le mani in segno di resa. «Andrò di nuovo a parlarci.»

«Pensavo che Piter avesse più sale nella zucca» continuò Kally. «Rhinebeck non è nemmeno il nostro duca.»

«È l'unico abbastanza vicino per portarci aiuto, se ne avremo bisogno con urgenza» osservò Jessum. «A Euchor importa poco di Ponterivo, purché ci possano transitare i messaggeri e le tasse arrivino puntualmente.»

«Apri gli occhi!» disse Kally. «Se Rhinebeck viene quaggiù è perché anche lui vuole rastrellare tributi. Finiremo per dover pagare tutti e due, prima che Rojer veda un'altra primavera.»

«E secondo te, cosa dovremmo fare?» chiese Jessum. «Irritare il duca che sta a un giorno da qui in nome di quello che dista una settimana di viaggio a settentrione?»

«Non ho mica detto che dovremmo sputargli in un occhio» rispose Kally. «Solo, non vedo perché fare buona impressione su di lui debba essere più urgente che pensare a proteggere le nostre case.»

«Ho detto che ci vado.»

«E allora, vai» disse Kally. «È già mezzogiorno passato. E porta con te Rojer. Così forse ti ricorderai meglio di quello che conta davvero.»

Jessum inghiottì il rospo e si accovacciò davanti al figliolo. «Ti va di venire con me al ponte, Rojer?»

«A pesca?» chiese il bambino. Adorava pescare dall'alto del ponte insieme al padre.

Jessum rise e lo prese in braccio. «Oggi no» rispose. «La mamma vuole che andiamo a dire due parole a Piter.»

Si caricò il figlio sulle spalle. «Adesso reggiti forte» si raccomandò, e Rojer gli si aggrappò alla testa mentre il padre si chinava per passare dalla porta. Aveva le guance ispide di barba.

Il ponte non era lontano. Ponterivo era piccolo persino per un borgo; poco più che un grappolo di case e botteghe, la caserma dei gabellieri e la locanda dei suoi genitori. Passando davanti al casello dei dazi, Rojer salutò le guardie con la mano.

Il ponte valicava il fiume Demarcatore nel punto più stretto. Costruito molte generazioni prima, aveva due arcate, era lungo un centinaio di metri e largo abbastanza perché potessero incrociarvisi due grandi carri trainati da cavalli. Una squadra di genieri milnesi provvedeva alla manutenzione quotidiana di cavi e sostegni. La Via dei Messaggeri – l'unica strada – si estendeva a perdita d'occhio in entrambe le direzioni.

Mastro Piter si trovava all'altro estremo del ponte, intento a gridare istruzioni dalla spalletta. Rojer ne seguì lo sguardo e vide i suoi apprendisti che, assicurati a delle corde, ripristinavano le protezioni sotto l'arcata.

«Piter!» chiamò Jessum quando furono a mezza strada.

«Ehi, Jessum!» lo salutò il runiere. Jessum depositò a terra il figlio per scambiare una stretta di mano.

«Il ponte ha un ottimo aspetto» osservò Jessum. Piter aveva sostituito buona parte delle semplici protezioni dipinte con incisioni in una calligrafia intricata, poi laccate e lucidate.

Piter sorrise. «Il duca rimarrà a bocca aperta, vedendo le mie rune» si vantò.

Jessum rise. «Kally, intanto, sta tirando a lustro la locanda.»

«Fai felice il duca e avrai un futuro assicurato» disse Piter. «Una parola d'encomio alle orecchie giuste, e potremo fare affari ad Angiers, piuttosto che in questo buco sperduto.»

«Questo "buco sperduto" è il mio paese» ribatté arcigno Jessum. «Mio nonno è nato a Ponterivo, e se andrà come dico io ci nasceranno anche i miei nipotini.»

Piter annuì. «Non volevo offendere nessuno» si scusò. «È solo che mi manca Angiers.»

«Allora, tornaci» disse Jessum. «La strada è aperta, e una sola notte fuori per arrivarci non è poi una grande impresa per un runiere. Non hai certo bisogno del duca per farlo.»

Piter scosse il capo. «Angiers è strapiena di runieri» rispose. «Sarei solo un'altra fogliolina in mezzo alla foresta. Ma se riesco a ottenere i favori del duca, la gente farà la fila fuori dalla mia porta.»

«Certo, ma quella che mi preoccupa oggi è la mia, di porta» disse Jessum. «Le protezioni si stanno scrostando e Kally dubita che reggeranno per un'altra notte. Puoi venire a dare un'occhiata?»

Piter esalò un sospiro. «Come ti ho detto ieri...» incominciò, ma Jessum lo interruppe.

«Lo so cosa mi hai detto, Piter, ma non è una scusa sufficiente. Non posso far dormire mio figlio dietro a delle difese troppo deboli, solo perché tu possa rendere più artistiche quelle del ponte. Non potresti ritoccarle almeno un po' per questa notte?»

Piter sputò. «Puoi farlo benissimo da solo, Jessum. Basta che ripassi le rune. Ti darò io la vernice.»

«Rojer sa disegnarle meglio di me, il che è tutto dire» replicò Jessum. «Combinerei un vero pastrocchio, e Kally mi ammazzerà, se non lo faranno prima i coreling.»

Piter aggrottò la fronte. Stava per rispondergli, quando giunse un grido dalla strada.

«Ehi, di Ponterivo!»

«Geral!» esclamò Jessum. Rojer alzò gli occhi con improvviso interesse e riconobbe la figura corpulenta del messaggero. Come lo vide, gli venne l'acquolina in bocca. Geral aveva sempre qualche dolciume per lui.

Un altro uomo cavalcava al suo fianco, uno sconosciuto, ma il bimbo si rassicurò vedendo le sue vesti variopinte da giullare. Ripensò a come l'ultimo giullare aveva suonato e danzato e camminato a testa in giù, sulle mani, e si mise a saltellare per l'eccitazione. A Rojer i giullari piacevano più di ogni altra cosa.

«Rojerino, il tempo di andare e tornare e ti ritrovo cresciuto di un'altra spanna!» esclamò Geral, fermando il cavallo e saltando giù per prenderlo in braccio. Era alto e panciuto come un barile per l'acqua piovana, con un faccione rotondo e la barba brizzolata. Un tempo, Rojer aveva avuto paura di lui, con quella cotta di maglia e la cicatrice lasciatagli da un demone che gli storceva il labbro inferiore in una smorfia sinistra. Ma ormai non lo temeva più. Rise mentre Geral gli faceva il solletico.

«Quale tasca?» chiese Geral, reggendo il piccolo a braccia tese. Rojer la indicò subito. Geral teneva sempre i dolcetti nello stesso posto.

Il panciuto messaggero rise e tirò fuori uno zuccherino di Rizon avvolto in un involucro di foglie di mais. Rojer cinguettò e si lasciò cadere sull'erba per scartarlo.

«Cosa ti mena a Ponterivo, questa volta?» chiese Jessum al messo.

Il giullare si avvicinò e gettò indietro il mantello con uno svolazzo teatrale. Era alto, con lunghi capelli indorati dal sole e una barba bruna. Aveva una mascella perfettamente squadrata, e la pelle abbronzata. Sopra alla veste multicolore portava un fine tabarro con uno stemma che rappresentava un fascio di foglie verdi su sfondo marrone.

«Arrick Dolcecanto,» si presentò «mastro giullare e araldo di Sua Grazia il Duca Rhinebeck Terzo, guardiano della fortezza nella foresta, cinto della corona di legno, e Signore di tutta Angiers. Sono venuto a ispezionare il villaggio in vista dell'arrivo di Sua Grazia, la settimana prossima.»

«L'araldo del duca è un giullare?» chiese Piter a Geral, inarcando un sopracciglio.

«Non c'è di meglio, per i piccoli borghi» rispose Geral, strizzandogli l'occhio. «È più difficile che la gente impicchi un uomo venuto ad annunciare l'aumento dei balzelli, se è lo stesso che intrattiene i bambini con i suoi giochi.»

Arrick lo guardò storto, ma Geral ci rise su.

«Siate così gentile da avvisare il locandiere perché venga a prendere i nostri cavalli» disse Arrick a Jessum.

«Ma sono io in persona» rispose il padre di Rojer, tendendogli la mano. «Jessum il Locandiere. E lui è mio figlio, Rojer.» Lo indicò con un cenno del capo.

Arrick ignorò sia la mano che il bambino per far spuntare come dal nulla una luna d'argento, che lanciò al locandiere. Questi afferrò al volo la moneta e la osservò, incuriosito.

«I cavalli» sollecitò Arrick seccamente. Jessum si adombrò, ma intascò la moneta e si mosse verso gli animali. Geral tenne le redini del suo e allontanò Jessum con un cenno.

«Le mie protezioni restano sempre da ritoccare, Piter» disse il locandiere. «Non sarà piacevole per te, se dovrò mandare Kally a strillare per ricordartelo.»

«Sembra che resti molto lavoro da fare qui al ponte, prima che arrivi Sua Grazia» osservò Arrick. Piter drizzò appena le spalle e indirizzò a Jessum uno sguardo eloquente.

«Desiderate forse dormire dietro a delle rune scrostate, stanotte, mastro giullare?» chiese Jessum. La pelle abbronzata di Arrick sbiancò a quelle parole.

«Posso darci un'occhiata io, se vuoi» offrì Geral. «Le sistemerò io, se non sono messe troppo male. In caso contrario, verrò io stesso a cercare Piter.» Batté a terra la lancia e rivolse un'occhiata severa al runiere. Piter sgranò gli occhi e fece segno che era d'accordo.

Geral sollevò Rojer e lo mise in sella al suo enorme destriero. «Reggiti forte, figliolo. Ci facciamo una cavalcata!» Rojer rise e si aggrappò alla criniera, mentre Geral e suo padre conducevano i cavalli alla locanda. Arrick camminava impettito davanti a tutti come un signore seguito dalla sua servitù.

Kally attendeva sull'uscio. «Geral!» esclamò. «Che piacevole sorpresa!»

«E lei chi sarebbe?» chiese Arrick, affrettandosi subito a lisciarsi capelli e vestiti.

«Lei è Kally» rispose Jessum, e aggiunse: «Mia moglie», vedendo che il guizzo negli occhi di Arrick non accennava a spegnersi.

Arrick non parve udirlo nemmeno. Puntò dritto su lei a grandi passi e gettò indietro il mantello variopinto per farle un inchino.

«È un piacere, signora» disse, baciandole la mano. «Sono Arrick Dolcecanto, mastro giullare e araldo di Sua Grazia il Duca Rhinebeck Terzo, guardiano della fortezza nella foresta, cinto della corona di legno, e Signore di tutta Angiers. Sua Grazia sarà lieto di ammirare una tale bellezza, quando soggiornerà nella vostra fine locanda.»

Kally si coprì la bocca, mentre le sue pallide guance si tingevano di un rossore paragonabile a quello delle sue chiome. Rispose con un'impacciata riverenza.

«Voi e Geral dovrete essere stanchi» osservò. «Entrate e vi servirò della minestra calda, in attesa della cena.»

«Ne saremo ben lieti, gentile signora» disse Arrick con un nuovo inchino.

«Geral ha promesso di dare un'occhiata alle rune, prima che venga notte, Kal» annunciò Jessum.

«Come?» chiese Kally, staccando gli occhi dal seducente sorriso di Arrick. «Ah, bene. Mentre voi due vi occupate di quello e dei cavalli, io mostro una stanza a mastro Arrick e metto su la cena.»

«Splendida idea» approvò Arrick e le porse il braccio per entrare nella locanda.

«Attento a tua moglie, con Arrick attorno» mormorò Geral.

«Lo chiamano "Dolcecanto" perché la sua voce fa stillare il miele fra le gambe di qualunque donna, e non mi risulta si sia mai fermato dinanzi ai voti coniugali.»

Jessum si accigliò. «Rojer,» disse, tirandolo giù dal cavallo «tu fila dentro e stai con la mamma.

Rojer annuì e scattò di corsa appena toccò terra.

«L'ultimo giullare mangiava il fuoco» disse Rojer. «Tu sei capace di mangiare il fuoco?»

«Altroché» rispose Arrick «e dopo lo sputo come un demone.» Rojer batté le mani e Arrick si volse di nuovo a spiare Kally, che si era chinata dietro al bancone per riempirgli un boccale di birra. Si era sciolta i capelli.

Rojer lo tirò di nuovo per il mantello. Il giullare cercò di ritrarlo fuori portata, ma allora il bimbo gli si attaccò a una gamba dei calzoni.

«Che c'è?» chiese Arrick, voltandosi infastidito.

«Sai pure cantare?» domandò Rojer. «Mi piace il canto.»

«Più tardi, magari, ti canterò qualcosa» rispose Arrick, girandogli di nuovo le spalle.

«Oh, via, concedetegli una canzoncina» lo pregò Kally, mentre posava un boccale schiumante sul bancone di fronte a lui. «Lo fareste così felice.» Sorrise, ma lo sguardo di Arrick era già scivolato sul primo bottone della sua veste, che chissà come si era slacciato mentre gli preparava la birra.

«Ma certo» cedette Arrick con un gran sorriso. «Bevo solo una sorsata della vostra buona birra, per togliermi la polvere dalla gola.»

Scolò il boccale d'un fiato, senza staccare gli occhi dalla scollatura, poi raccolse da terra una sacca multicolore. Kally gli riempì nuovamente il boccale mentre lui ne estraeva il liuto.

La pastosa voce di contralto di Arrick invase la sala, limpida e dolce, mentre arpeggiava con delicatezza sul liuto. La canzone narrava di una paesana che aveva perduto la sua unica occasione di amare un uomo prima che lui partisse per le Città Libere, e lo rimpiangeva per sempre. Kally e Rojer lo guardavano estasiati, rapiti dalla musica. Quando finì, lo applaudirono forte.

«Ancora!» gridò Rojer.

«Non ora, piccolo mio» disse Arrick, arruffandogli i capelli. «Magari dopo cena.» Rovistò nella sacca variopinta. «Perché non provi anche tu a fare un po' di musica?» Estrasse uno xilofono rudimentale, con tante lamelle di palissandro di lunghezze diverse fissate a una cornice di legno laccato. Attaccata a una cordicella robusta, c'era la bacchetta: un bastoncino lungo una ventina di centimetri con all'estremità una pallina di legno levigato.

«Ecco, prendi questo e divertiti un po' a suonarlo, mentre io parlo con la tua adorabile mammina.»

Cinguettando di gioia, Rojer prese il giocattolo, corse a sedersi sul pavimento di legno, e si mise percuotere le lamelle in sequenze diverse, deliziato dal suono limpido che produceva ognuna.

Kally rise a quella vista. «Un giorno finirà per fare il giullare anche lui» commentò.

«La clientela scarseggia?» chiese Arrick, indicando i tavoli vuoti nella sala comune.

«Oh, all'ora di pranzo era abbastanza affollato» rispose Kally. «Ma in questo periodo dell'anno non abbiamo molti clienti per le camere, a parte qualche messaggero di passaggio.»

«Dovrete sentirvi sola, con la locanda vuota» commentò Arrick.

«A volte» ammise Kally. «Ma c'è Rojer a tenermi occupata. Mi dà un bel daffare anche quando siamo tranquilli, ma diventa intrattabile nella stagione delle carovane, quando i carrettieri si ubriacano e cantano tutta notte, tenendolo sveglio col loro baccano.»

«Immagino sia difficile anche per voi chiudere occhio in quei momenti» disse Arrick.

«Per me sì che è difficile» confessò Kally. «Ma Jessum riesce a dormire in qualsiasi frangente.»

«Ah, sì?» Arrick fece scivolare la mano su quella di lei. Kally sgranò gli occhi, trattenendo il respiro, ma non la ritrasse.

La porta d'ingresso si spalancò improvvisamente. «Le protezioni sono ritoccate!» annunciò Jessum a gran voce. Kally annaspò e sfilò la mano da sotto a quella di Arrick con tanta precipitazione che finì per rovesciare sul banco la birra del giullare. Prese uno strofinaccio per asciugarla.

«Basterà un ritocco?» chiese Kally dubbiosa, tenendo gli occhi bassi per nascondere il rossore delle guance.

«Ma neanche per sogno» disse Geral. «In tutta franchezza, siete fortunati che abbiano resistito così a lungo. Ho sistemato quelle ridotte peggio, ma domattina andrò a parlare con Piter. Gli farò rimpiazzare ogni runa di questa locanda entro il tramonto, a costo di tenerlo sotto minaccia della mia lancia.»

«Grazie, Geral» disse Kally, con un'occhiata di traverso al marito.

«Devo ancora finire di ripulire la stalla» spiegò Jessum «perciò ho legato i cavalli in cortile, entro il cerchio portatile di Geral.»

«Perfetto» approvò Kally. «Andate a darvi una lavata, tutti quanti. Fra poco è pronta la cena.»

«Squisito» proclamò Arrick, innaffiando la cena con ingenti quantità di birra. Kally aveva arrostito un coscio d'agnello alle erbe, servendo la parte più tenera all'araldo del duca.

«Non è che avete una sorella graziosa come voi?» chiese Arrick tra un boccone e l'altro. «Sua Grazia è in cerca di una nuova sposa.»

«Credevo che il duca avesse già una moglie» disse Kally, arrossendo, mentre si chinava per riempirgli il boccale.

«Sì, infatti» grugnì Geral. «Ed è la quarta.»

Arrick sbuffò. «Non più feconda delle altre, temo, se è vero quanto si mormora a palazzo. Rhinebeck continuerà a cercare moglie fin quando non ne troverà una capace di dargli un figlio.»

«Forse su questo hai ragione» ammise Geral.

«Per quante altre volte i Predicatori gli permetteranno di pronunciare la promessa "eterna" dinanzi al Creatore?» domandò Jessum.

«Per tutte le volte che gli occorreranno» assicurò Arrick. «Lord Janson ha in pugno i Sant'Uomini.»

Geral sputò. «Non è giusto che i servitori del Creatore debbano umiliarsi per quel...»

Arrick alzò un dito ammonitore. «Si dice che persino gli alberi abbiano orecchie, per chi osa dir male del primo ministro.»

Geral fece una smorfia, ma frenò la lingua.

«Be', è difficile che trovi una sposa qui a Ponterivo» disse Jessum. «Non ci sono abbastanza donne neppure per noi che ci viviamo. Io sono dovuto arrivare fino al Salto del Grillo per trovare Kally.»

«Siete angieriana, mia cara?» domandò Arrick.

«Di nascita, sì» rispose Kally. «Ma alle nozze il Predicatore mi ha fatto prestare giuramento a Miln. Tutti gli abitanti del Ponte devono giurare fedeltà a Euchor.»

«Per adesso» commentò Arrick.

«Dunque è vero quel che si dice?» chiese Jessum. «Rhinebeck verrà qui per rivendicare a sé Ponterivo.»

«Nulla di così drastico» minimizzò Arrick. «Sua Grazia ritiene semplicemente che se metà della vostra gente è di origine angieriana e il vostro ponte è stato costruito e viene riparato con legname di Angiers, noi tutti dovremmo avere un...» occhieggiò Kally che si stava sedendo di nuovo «... rapporto più stretto.»

«Dubito che Euchor sia disposto a condividere tanto presto Ponterivo» osservò Jessum. «Da mille anni il Demarcatore separa le loro terre. Non cederà quella frontiera prima di quanto cederebbe il suo trono.»

Arrick fece spallucce e sorrise di nuovo. «Sono questioni da duchi e ministri» disse, alzando il boccale. «La gente del popolo come noi non ha bisogno di preoccuparsene.»

Il sole tramontò presto, e fuori si udirono strepiti striduli e scoppiettanti, punteggiati da lampi di luce che filtravano attraverso le imposte ogni volta che le difese fiammeggiavano. Rojer detestava quei suoni sinistri e le grida che li accompagnavano. Seduto per terra, pestava sempre più forte sul suo rumoroso strumento per cercare di coprirli.

«I coreling sono affamati, stanotte» mormorò il padre.

«Mettono in agitazione Rojer.» Kally si alzò per andare dal figlio.

«Non c'è da avere paura» disse Arrick, pulendosi la bocca. Andò a prendere la sua sacca multicolore e ne estrasse un'esile custodia di violino. «Scacceremo noi quei demoni.»

Portò l'archetto sulle corde e la musica invase subito la sala. Rojer rise e batté le mani, svanita ogni paura. La madre prese a schioccare le mani con lui, trovando il ritmo per accompagnare la melodia di Arrick. Persino Geral e Jessum si misero a scandire il tempo con le mani.

«Danza con me, Rojer!» Kally rise e gli prese la mano per farlo alzare in piedi.

Rojer cercò di seguire i passi cadenzati della madre, ma inciampò e lei lo prese in braccio e lo baciò mentre volteggiavano per la stanza. Rojer rideva estasiato.

All'improvviso, ci fu uno schianto. L'archetto di Arrick scivolò via dalle corde e tutti si volsero a guardare la porta massiccia di legno che sussultava sui cardini. La polvere sollevata dall'impatto si posò lentamente sul pavimento.

Geral fu il primo a reagire. L'omone scattò con una rapidità impressionante per recuperare la lancia e lo scudo che aveva lasciato accanto alla porta. Gli altri lo fissarono allibiti per un lungo istante, senza capire. Ci fu un nuovo schianto, e spessi artigli neri trapassarono il legno. Kally lanciò un grido.

Jessum raggiunse il camino d'un balzo e agguantò un pesante attizzatoio di ferro. «Porta Rojer nel rifugio sotto la cucina!» Alle sue parole fece eco un ruggito da dietro la porta.

Geral, che intanto aveva recuperato la sua lancia, affidò lo scudo ad Arrick. «Porta via Kally e il bambino!» gridò, mentre la porta andava in frantumi e un demone della roccia alto due metri irrompeva nella locanda. Geral e Jessum si volsero per affrontarlo. La creatura arrovesciò indietro la testa e ruggì, mentre una frotta di agili, minuti demoni del fuoco penetrava nella sala passandogli accanto o in mezzo alle gambe massicce.

Arrick agguantò lo scudo, ma quando Kally corse da lui con Rojer in braccio, in cerca di protezione, il giullare l'allontanò con uno spintone, raccolse la sacca variopinta e filò dritto in cucina.

«Kally!» gridò Jessum quando la vide cadere a terra e rigirarsi per proteggere il bimbo dall'urto.

«Che tu sia dannato nel Fulcro, Arrick!» lo maledisse Geral. «Che tutti i tuoi sogni finiscano in cenere!» Il demone della roccia lo fece volare per tutta la stanza con un manrovescio.

Un demone del fuoco si avventò su Kally mentre cercava di rialzarsi, ma Jessum lo spazzò via con colpo violento di attizzatoio. Ricadendo a terra, il demone sputò fiamme sul pavimento, che prese subito fuoco.

«Via!» gridò Jessum alla moglie appena fu in piedi. Lei prese subito a correre, e da sopra alla sua spalla Rojer vide il demone vomitare fuoco addosso al padre. Jessum urlò, con gli abiti in fiamme.

Con il figlio stretto al seno, Kally si precipitò gemendo per il corridoio. Nella sala comune, Geral ruggiva di dolore.

Irruppero in cucina proprio mentre Arrick sollevava la botola e si calava all'interno. La sua mano sbucò dall'apertura, cercando a tentoni l'anello pesante di ferro per richiudere la botola protetta da rune.

«Mastro Arrick!» gemette Kally. «Aspettateci!»

«Un demone!» gridò Rojer quando un mostro del fuoco zampettò lesto nella stanza, ma il suo avvertimento giunse troppo tardi. Il coreling le inferse un colpo che le mozzò il fiato, ma Kally non mollò il suo bambino neppure quando gli artigli della creatura le squarciarono le carni. Urlò quando la belva le montò addosso per affondarle i denti acuminati nella spalla, trafiggendo anche la manina destra di Rojer, che lanciò uno strillo di dolore.

«Rojer!» gridò la madre, barcollando fino al lavello, prima di cadere in ginocchio. Gemendo per lo strazio, allungò indietro una mano e riuscì ad afferrare saldamente una delle corna del coreling.

«Non... avrai... mai... mio... figlio!» gridò e si gettò in avanti, tirando il corno con tutte le sue forze. Strappato via dalle sue spalle, il demone le portò via brandelli di carne mentre veniva scaraventato dentro il lavello.

Le stoviglie in ammollo si frantumarono nell'urto, mentre il demone gorgogliava e si dimenava tra i vapori dell'acqua andata istantaneamente in ebollizione. Kally urlò per le ustioni alle braccia, ma tenne la creatura sott'acqua finché non smise di dibattersi.

«Mamma!» gridò Rojer, e girandosi lei vide altre due creature saltellare dentro la stanza. Prese Rojer, corse alla botola e ne sollevò il pesante coperchio con una mano sola. Dall'interno, Arrick la guardò a occhi sbarrati.

Kally cadde quando un demone le si avvinghiò alla gamba, azzannandole una coscia. «Prendetelo! Vi prego!» implorò, calando il bambino tra le braccia di Arrick.

«Ti voglio bene!» gridò a Rojer mentre richiudeva la botola, lasciandoli immersi nell'oscurità.

Vicine com'erano al fiume Demarcatore, le case di Ponterivo erano costruite su blocchi protetti da rune per resistere alle inondazioni. Arrick e Rojer attesero al buio, al sicuro dai demoni fintanto che le fondamenta avessero retto, ma il fumo aveva invaso la locanda.

«Morire per colpa dei demoni o morire per colpa del fumo» mormorò Arrick. Cominciò a muoversi per uscire dal rifugio, ma Rojer gli si strinse forte a una gamba.

«Lasciami andare, piccolo.» Arrick scalciò per cercare di scrollarsi di dosso il bambino.

«Non abbandonarmi!» gemette Rojer, piangendo a dirotto.

Arrick si accigliò. Vide il fumo dappertutto e sputò.

«Reggiti forte, piccolo» disse, caricandosi Rojer sulle spalle. Sollevò i lembi del mantello per sistemare il bambino in una specie di fascia improvvisata, legandosi gli angoli attorno alla vita. Prese lo scudo di Geral e avanzò a tentoni tra le fondamenta, strisciando per sgusciare fuori nella notte.

«Per il Creatore» sussurrò quando vide l'intero villaggio di

Ponterivo in fiamme. I demoni danzavano nella notte, trascinando fuori le vittime urlanti per il loro macabro banchetto.

«Piter, quindi, non aveva trascurato solo i tuoi genitori» osservò Arrick. «Spero che se lo portino giù nel Fulcro, quel bastardo.»

Acquattato dietro allo scudo, Arrick girò attorno alla locanda, approfittando di fumo e confusione per raggiungere inosservato il cortile principale. I due cavalli erano lì, al sicuro nel cerchio portatile di Geral, un'isola di salvezza in mezzo a tanto orrore.

Un demone avvistò Arrick quando scattò di corsa verso il riparo, ma lo scudo di Geral ne respinse lo sputo di fuoco con una magica vampata. Entrato nel cerchio protettivo, Arrick posò a terra Rojer e cadde in ginocchio, ansante. Appena ebbe ripreso fiato, si mise a rovistare disperatamente nelle bisacce.

«Dev'essere qui» mormorò. «Ricordo che l'ho lasciato... Ah!» Pescò fuori un otre di vino, tolse il tappo e bevve avidamente.

Rojer piagnucolava, tenendosi in grembo la destra insanguinata.

«Ehi?» fece Arrick. «Sei ferito, figliolo?» Si avvicinò per dargli un'occhiata e restò a bocca aperta vedendogli la mano. Indice e medio erano stati mozzati di netto; le tre dita superstiti stringevano ancora spasmodicamente una ciocca rossa, i capelli della madre recisi dal morso.

«No!» insorse subito Rojer, quando Arrick fece per sfilargli di mano i capelli. «Sono miei!»

«Non te li voglio portare via, piccolo» assicurò il giullare. «Devo solo vedere meglio la ferita.» Mise la ciocca nell'altra mano di Rojer, che la strinse forte nel pugno.

La ferita non sanguinava troppo, cauterizzata in parte dalla saliva infuocata del demone, ma trasudava pus maleodorante.

«Non sono un'erborista» disse Arrick con un'alzata di spalle, e ci spruzzò sopra del vino dall'otre. Rojer strillò, mentre Arrick già strappava un lembo del suo fine mantello per fasciare la ferita.

Ormai Rojer piangeva a dirotto, e Arrick lo avvoltolò nella cappa. «Su, su, piccolo» lo consolò, abbracciandolo forte e carezzandogli la schiena. «Noi due, almeno, siamo ancora vivi. Ed è già qualcosa, ti pare?»

Vedendo che Rojer continuava a singhiozzare, Arrick intonò una ninnananna. Cantò mentre Ponterivo bruciava. Cantò mentre i demoni danzavano e banchettavano. La melodia formò come uno scudo attorno a loro, e sotto la sua protezione Rojer cedette allo sfinimento e si addormentò.

8
Verso le Città Libere

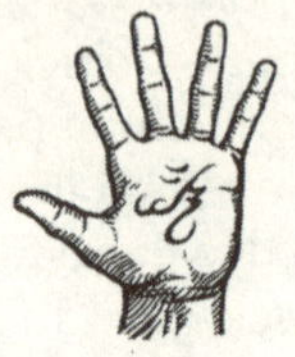

Anno 319 dR

Man mano che la febbre gli aumentava, Arlen doveva appoggiarsi sempre più pesantemente al bastone. Un conato lo fece piegare in due, ma dallo stomaco vuoto non gli salì altro che bile. Stordito da un capogiro, cercò un punto fermo su cui posare lo sguardo.

Vide un pennacchio di fumo.

In lontananza, sul ciglio della strada, sorgeva una costruzione. Un muro in pietra, quasi invisibile sotto i rampicanti che lo soffocavano. Il fumo proveniva da lì.

La speranza di trovare un riparo diede nuova forza alle sue deboli membra, spingendo i suoi passi vacillanti. Raggiunse il muro e ci si appoggiò, mentre si trascinava avanti in cerca di un'entrata. Le pietre erano piene di buchi e crepe; i rampicanti si erano insinuati in ogni cavità e fenditura. Senza quei rampicanti a tenerlo insieme, probabilmente il vecchio muro sarebbe venuto giù, così come sarebbe crollato Arlen senza il sostegno del muro.

Alla fine, trovò un arco nella parete. I due battenti di un cancello, con i cardini erosi dalla ruggine, giacevano riversi tra le erbacce. Il tempo li aveva consumati quasi completamente. L'arco si apriva su un vasto cortile invaso dall'erba e dai rampicanti. C'erano una fontana spaccata, piena di torbida acqua piovana, e un edificio basso talmente coperto di edera da sfuggire a un primo sguardo.

Arlen si aggirò intimidito per il cortile. Sotto alla vegetazione infestante, le pietre della pavimentazione si erano frantumate. Vi erano cresciuti in mezzo interi alberi, dissestando i grandi blocchi del lastricato, ormai ricoperti dal muschio. Arlen distinse sulla pietra nuda i segni profondi lasciati dagli artigli dei demoni.

"Non ci sono rune di protezione" si accorse con stupore. "Questo posto deve risalire a prima del Ritorno." Se così era davvero, doveva essere abbandonato da più di trecento anni.

Il portone dell'edificio era disfatto come il cancello. Da un piccolo ingresso in pietra si accedeva a un'ampia sala. Dalle pareti pendevano fili metallici aggrovigliati, le opere d'arte che avevano sostenuto ormai dissolte da tempo. Una coltre melmosa sul pavimento era tutto ciò che restava di uno spesso tappeto. Pareti e mobili recavano i solchi lasciati dagli artigli in un tempo remoto, testimonianza della devastazione subita.

«Ehilà?» chiamò Arlen. «C'è nessuno?»

Non ebbe risposta.

Si sentiva avvampare in viso, ma era scosso dai brividi, anche se l'aria era mite. Non credeva di potersi spingere molto oltre nell'esplorazione, ma aveva visto del fumo, e il fumo era un segno di vita. Quel pensiero gli diede forza e, trovata una scala fatiscente, la salì faticosamente fino al piano di sopra.

Gran parte del primo piano era scoperchiata e aperta alla luce del sole. Il tetto aveva ceduto, crollando in più punti; travi di metallo arrugginito pendevano dalle pietre sfaldate.

«C'è nessuno?» ripeté Arlen. Perlustrò tutto il piano, ma non trovò che macerie e sfacelo.

Stava per perdere ogni speranza, quando scorse di nuovo il fumo da una finestra in fondo alla sala. Corse subito a vedere, ma trovò solo un grosso ramo spezzato, abbandonato nel cortile sul retro. Era segnato da unghiate e tutto annerito, con braci che ardevano ancora in più punti, facendone sprigionare volute di fumo.

Sconsolato, storse il viso in una smorfia dolorosa, ma non volle cedere al pianto. Accarezzò quasi l'idea di sedersi lì ad attendere i demoni, nella speranza che gli dessero una morte più rapida che la malattia. Ma aveva giurato di non arrendersi mai, e a ogni modo quella di Marea non era stata certo una morte rapida. Si affacciò dalla finestra sul cortile lastricato.

"Un volo da qui ucciderebbe chiunque" rifletté. Colto da una nuova ondata di vertigini, gli parve più che mai facile e persino giusto lasciarsi cadere di sotto.

"Come Cholie?" chiese una voce nella sua testa.

Gli balenò in mente l'immagine del cappio, riportandolo di colpo alla realtà. Allora si riprese e si ritrasse dalla finestra.

"No" si disse. "Cholie non ha fatto una scelta migliore di quella di papà. Se morirò, sarà perché qualcosa mi avrà ucciso e non perché mi sarò arreso".

Dalla finestra alta poteva vedere distante, oltre il muro e lungo la strada. Distinse un movimento in lontananza, qualcuno che veniva nella sua direzione.

"Ragen."

Attingendo a energie residue che nemmeno sospettava di avere, si precipitò giù per le scale con una lena quasi paragonabile a quella di un tempo, e attraversò di slancio il cortile.

Ma quando raggiunse la strada non aveva più fiato in corpo e si accasciò sul ciglio fangoso, boccheggiando e premendosi una mano sul fianco dolorante. Si sentiva trafiggere il petto da mille lame acuminate.

Alzò lo sguardo e scorse le figure ancora distanti, sulla strada, ma vicine abbastanza perché lo vedessero a loro volta. Prima che tutto si facesse nero, udì un grido.

Arlen si svegliò alla luce del giorno, disteso bocconi. Trasse un respiro e si scoprì le membra avvolte da strette fasciature. La schiena gli doleva sempre, ma non bruciava più, e per la prima volta da giorni sentì che aveva il viso fresco. Si appoggiò sulle mani per sollevarsi, ma fu subito trafitto dal dolore.

«Non avrei tanta fretta di alzarmi» consigliò Ragen. «Sei fortunato a essere vivo.»

«Cos'è successo?» chiese Arlen, alzando lo sguardo sull'uomo che gli sedeva accanto.

«Ti abbiamo trovato sulla strada, privo di sensi» rispose l'uomo. «Avevi le ferite alla schiena infettate dal pus dei demoni. Abbiamo dovuto riaprirle per spurgare il veleno, prima di ricucirle di nuovo.»

«Dov'è Keerin?» domandò Arlen.

Ragen rise. «Dentro» disse. «In questi ultimi giorni, Keerin ha preferito tenersi a distanza. Non sopporta la vista del sangue e ha dato di stomaco, quando ti abbiamo trovato.»

«Giorni?» Guardandosi attorno, Arlen scoprì di essere nel cortile dell'antico edificio. Ragen si era accampato lì, proteggendo le stuoie e gli animali con i cerchi di rune portatili.

«Ti abbiamo trovato verso mezzogiorno di Terzodì» spiegò Ragen. «Oggi è Quintodì. Hai delirato per tutto il tempo, agitandoti mentre sfogavi la malattia attraverso il sudore.»

«Mi avete guarito dalla febbre di demone?» chiese Arlen stupito.

«È così che la chiamano al Rio?» Ragen si strinse nelle spalle. «Un nome buono come un altro, suppongo, ma non è che sia un maleficio magico, ragazzo mio; è semplicemente un'infezione. Ho trovato del levistico non lontano dalla strada, per farci dei cataplasmi da applicare sulle piaghe. Più tardi ti ci preparerò una tisana. Se la berrai per qualche giorno, dovresti rimetterti.»

«Levistico?» chiese Arlen.

Ragen gli mostrò un'erba che cresceva un po' dappertutto. «Non manca mai, nella sacca per le erbe di ogni messaggero, anche se è meglio se usata fresca. Provoca un leggero stordimento, ma è una mano santa per le infezioni da pus di demone.»

Arlen scoppiò a piangere. Si sarebbe potuto curare sua madre con un'erbaccia che lui normalmente strappava dal campo di Jeph? Questo era troppo.

Ragen attese in silenzio, lasciando che Arlen desse libero sfogo alle lacrime. Dopo quella che parve un'eternità, il pianto finì per placarsi, insieme ai singhiozzi disperati. Senza una parola, Ragen gli allungò un fazzoletto e Arlen si asciugò le guance.

«Arlen,» chiese infine il messo «cosa sei venuto a fare fin quaggiù?»

Arlen lo guardò a lungo, cercando le parole da dirgli. Quando infine si decise a parlare, il racconto gli sgorgò dalle labbra come un fiume. Riferì al messaggero ogni cosa, a cominciare dalla notte in cui era stata ferita sua madre, per concludere con il giorno in cui era fuggito dal padre.

Ragen rimase in silenzio mentre ascoltava la storia di Arlen. «Mi dispiace per tua madre, Arlen» disse alla fine. Il ragazzo annuì e tirò su col naso.

Keerin rientrò nel momento in cui Arlen stava narrando di come si era messo in cerca della strada per il Pascolo Assolato, e invece aveva preso per sbaglio il bivio che conduceva verso le Città Libere. Ascoltò rapito quando Arlen descrisse la sua prima notte da solo, il gigantesco demone della roccia, e la runa mezza cancellata. Il giullare impallidì sentendo come Arlen si era precipitato a ripararla prima che il demone potesse ucciderlo.

«Allora sei stato tu a mozzare il braccio a quel demone?» chiese incredulo Ragen un istante dopo. Keerin sembrava sul punto di rimettere di nuovo.

«Non è un trucco che ho intenzione di ripetere» assicurò Arlen.

«Lo credo bene» ridacchiò Ragen. «Ma comunque, mutilare un demone alto cinque metri è un'impresa degna di una canzone o due; giusto, Keerin?» Diede di gomito al giullare, ma fu come se avesse spinto oltre il ciglio del baratro il poveretto, che si tappò la bocca con la mano e scappò via. Ragen scosse la testa con un sospiro.

«C'è un gigantesco demone della roccia senza un braccio che ci perseguita da quando ti abbiamo trovato» spiegò. «Martella contro le nostre difese con più forza di qualsiasi coreling che io abbia mai visto.»

«Si riprenderà?» chiese Arlen, vedendo Keerin piegato in due.

«Gli passerà» sbuffò Ragen. «Ora tu devi mettere qualcosa sotto i denti.» Aiutò Arlen a sollevarsi a sedere, con le spalle appoggiate alla sella del cavallo. Il movimento procurò al ragazzo una fitta di dolore, strappandogli una smorfia.

«Mastica questa» suggerì il messaggero, porgendogli una radice contorta. «Ti annebbierà un po' la testa, ma dovrebbe alleviare i dolori.»

«Voi siete erborista?» chiese Arlen.

Ragen rise. «No, ma un messo deve conoscere un po' di tutte le arti, per poter sopravvivere.» Rovistò nelle bisacce e ne tirò fuori un pentolino e qualche utensile.

«Se solo aveste parlato a Coline del levistico…» si rammaricò Arlen.

«L'avrei fatto» rispose Ragen «se avessi immaginato che non ne conosceva le proprietà.» Riempì il pentolino e lo mise sul fuoco, agganciato al treppiede. «È incredibile quante cose ha dimenticato la gente.»

Stava attizzando le braci, quando Keerin tornò, pallido ma risollevato. «Gliene parlerò senz'altro quando ti riporteremo a casa» promise Ragen.

«A casa?» chiese Arlen.

«A casa?» gli fece eco Keerin.

«Certo, a casa» rispose Ragen. «Tuo papà ti starà cercando, Arlen.»

«Ma io non voglio tornarci» dichiarò il ragazzo. «Voglio venire con voi alle Città Libere.»

«Non puoi semplicemente fuggire dai tuoi problemi, Arlen» replicò Ragen.

«Io non torno indietro» insisté Arlen. «Potete pure trascinarmi fin lì, ma appena mi lascerete, scapperò via di nuovo.»

Ragen lo fissò per un lungo tratto. Alla fine, si volse verso Keerin.

«Sai già quel che penso» disse Keerin. «Non ci tengo ad allungare il viaggio di ritorno di cinque notti almeno.»

Ragen guardò accigliato Arlen. «Appena arrivati a Miln, scriverò a tuo padre» lo avvertì.

«Sarà solo tempo sprecato» disse il ragazzo. «Non verrà mai a cercarmi.»

Quella notte, rimasero ben nascosti nel cortile lastricato, dietro al muro alto. Un ampio cerchio portatile proteggeva il carro, mentre gli animali erano legati e impastoiati all'interno di un altro. Gli uomini stavano nel più interno dei due anelli concentrici, con il fuoco nel mezzo.

Keerin era accoccolato sulla sua stuoia, la coperta tirata fin sopra la testa. Tremava tutto, anche se non faceva freddo, e sussultava le rare volte che un coreling veniva a saggiare le loro difese.

«Perché insistono ad attaccare quando non possono oltrepassarle?» chiese Arlen.

«Cercano falle nella rete di protezione» spiegò Ragen. «Non vedrai mai un coreling attaccare due volte lo stesso punto.» Si batté un dito sulla tempia. «Se lo ricordano. I coreling non sono abbastanza intelligenti per studiarsi le rune e scoprire con la logica i punti deboli, perciò attaccano la barriera e cercano una breccia a quel modo. Riescono a passare piuttosto raramente, ma per loro già basta perché valga la pena tentare.»

Un demone del vento planò giù verso il muro e rimbalzò contro le difese. Sentendo il rumore, Keerin si mise a piagnucolare sotto alla sua coperta.

Ragen si volse verso la stuoia del giullare e scrollò il capo. «Sembra convinto che se lui non li vede, neppure i coreling possano vederlo.»

«Fa sempre così?» domandò Arlen.

«Quel demone monco lo ha terrorizzato più del solito» rispose Ragen. «Ma anche prima non è che se ne stesse impavido davanti alle difese.» Alzò le spalle. «Ho dovuto trovarmi un giullare d'urgenza. La gilda mi ha assegnato Keerin. Di norma, non lavoro con i novellini.»

«E non potevate fare a meno di un giullare?»

«Oh, quando te ne vai per i borghi, devi per forza portarti un giullare» disse Ragen. «Sono capaci di prenderti a sassate, se ti presenti senza.»

«I borghi?»

«I villaggi più piccoli, come Rio Tibbet» spiegò il messaggero. «Posti troppo remoti perché i duchi possano controllarli facilmente, e dove la maggioranza degli abitanti non sa leggere.»

«E quello che c'entra?» chiese Arlen.

«Chi non sa leggere non ha granché bisogno dei messaggeri» disse Ragen. «Oh, sono abbastanza impazienti di ricevere il sale, o qualsiasi altra cosa gli manchi, ma è difficile che piantino lì tutto per correre da te a darti notizie. E raccogliere informazioni è il compito primario di un messaggero. Ma se ti porti dietro un giullare, la gente abbandonerà subito ogni sua occupazione per venire a vedere lo spettacolo. Non è stato solo per fare un favore a te che ho sparso la notizia dell'esibizione di Keerin.

«Ci sono uomini» proseguì «capaci di essere al tempo stesso mercanti, giullari, erboristi e messaggeri, ma sono rari a trovarsi quasi quanto un coreling buono. La maggior parte dei messi che prendono le vie dei borghi deve reclutare per forza un giullare.»

«Ma voi di solito non battete i borghi» ricordò Arlen da una loro precedente conversazione.

Ragen gli strizzò l'occhio. «Un giullare potrà anche far colpo sui bifolchi, ma ti sarà solo d'intralcio alla corte di un duca. Duchi e principi mercanti hanno già i loro giullari. A loro interessano soltanto i commerci e le notizie, e per quelle pagano assai più profumatamente di quanto possa permettersi il vecchio Verro.»

Il mattino seguente, Ragen si levò prima del sole. Vedendo Arlen già sveglio, gli fece un cenno di approvazione. «Un messaggero non può permettersi il lusso di dormire fino a tardi» disse mentre sbatacchiava rumorosamente i suoi tegami per svegliare Keerin. «Bisogna sfruttare ogni momento di luce.»

Ormai Arlen era abbastanza in forze per sedere accanto a Keerin sul carro che avanzava verso le vaghe ondulazioni all'orizzonte che Ragen chiamava montagne. Per passare il tempo, il messaggero raccontava ad Arlen dei suoi viaggi e gli indicava le erbe sul ciglio della strada, spiegando quali erano commestibili e quali invece da evitare, quali potevano curare una ferita e quali esacerbarla. Gli illustrò i posti più facilmente difendibili dove trascorrere la notte e lo mise in guardia dai predatori.

«I coreling uccidono gli animali più lenti e più deboli» spiegò Ragen. «Perciò sopravvivono solamente quelli più grossi e forti, o i più bravi a nascondersi. Quando sei per strada, i coreling non sono gli unici a considerarti una possibile preda.»

Keerin si guardò nervosamente attorno.

«Che posto era quello dove abbiamo passato le scorse notti?» domandò Arlen.

Ragen fece spallucce. «Solo un fortilizio di qualche signorotto» rispose. «Ce ne sono a centinaia nelle terre tra qui e Miln, vecchi ruderi depredati da innumerevoli messaggeri.»

«Dai messaggeri?» si stupì Arlen.

«Certamente» disse Ragen. «Ci sono messi che passano settimane a caccia di quelle rovine. Chi ha la fortuna d'imbattersi in un rudere mai scoperto da nessun altro, può ricavarne un ricco bottino. Oro, gioielli, oggetti intagliati, a volte persino antiche rune di protezione. Ma il vero trofeo cui ambiscono tutti sono proprio le antiche rune, quelle di combattimento, se mai sono esistite davvero.»

«Voi credete che siano esistite?»

Ragen annuì. «Ma non rischierò certo l'osso del collo allontanandomi dalla strada per andare a cercarle.»

Un paio d'ore più tardi, Ragen li condusse a una piccola grotta non distante dalla via. «È sempre meglio proteggere un rifugio, quando è possibile» disse ad Arlen. «Questa caverna è una delle poche annotate sul diario di viaggio di Graig.»

Ragen e Keerin allestirono il campo, fecero mangiare e bere gli animali, e portarono le loro scorte nella grotta. Il carro staccato fu posto in un cerchio davanti all'entrata. Mentre loro lavoravano, Arlen esaminò il cerchio portatile. «Ci sono certe rune che non conosco» osservò, facendo scorrere un dito sui simboli.

«Anch'io ne ho viste alcune a Rio Tibbet che mi erano sconosciute» ammise Ragen. «Le ho copiate sul mio diario. Magari, stanotte potrai spiegarmi a cosa servono?»

Arlen sorrise, lieto di poter ricambiare in qualche modo la generosità del messaggero.

Mentre mangiavano, Keerin cominciò a fremere per l'agitazione, osservando continuamente il cielo che andava scurendo, ma Ragen non sembrava impensierito dall'allungarsi delle ombre.

«Meglio portare gli animali nella caverna, adesso» disse infine Ragen. Keerin scattò subito per provvedere. «Le bestie da soma detestano le grotte» spiegò il messaggero ad Arlen. «Perciò è meglio aspettare fino all'ultimo momento, prima di portarle dentro. Il cavallo va sempre per ultimo.»

«Non ce l'ha un nome?» chiese il ragazzo.

Ragen scosse la testa. «I miei cavalli si devono ancora guadagnare un nome» rispose. «La gilda li addestra a dovere, ma molti cavalli hanno ancora paura, quando si ritrovano legati fuori di notte, in un cerchio portatile. Do un nome soltanto a quelli che so che non faranno le bizze, impauriti. Ho comprato questa giumenta ad Angiers, dopo che il mio robusto cavallino è scappato ed è stato ucciso dai demoni. Se riesce a portarci fino a Miln, le metterò un nome.»

«Ce la farà» disse Arlen, accarezzando il collo della corsiera. Quando Keerin ebbe portato dentro le mule, la prese per la cavezza e la condusse nella caverna.

Mentre gli altri si sistemavano, Arlen esaminò l'ingresso della grotta. Le protezioni erano scolpite sulla pietra, ma non sul terreno sotto l'apertura. «Le difese sono incomplete» segnalò, indicandole.

«Per forza» rispose Ragen. «Non si possono tracciare rune nella polvere, ti pare?» Guardò incuriosito il ragazzo. «*Tu* come faresti, per completare il cerchio?»

Arlen studiò il problema. L'imboccatura della caverna non formava un cerchio perfetto, ma piuttosto una U rovesciata. Era più difficile da proteggere, ma non *troppo* difficile, e le rune scolpite nella roccia erano abbastanza comuni. Raccolse un bastoncino e si mise a tracciare delle rune sul terreno, collegando agevolmente le linee a quelle già presenti sul posto. Le ricontrollò per tre volte, poi si ritrasse, guardando Ragen per averne un cenno di approvazione.

Il messaggero studiò un momento l'opera di Arlen in silenzio, poi assentì.

«Ben fatto» disse al ragazzo, che sorrise raggiante. «Hai tracciato i vertici con vera maestria. Io stesso non avrei saputo intessere una tela così stretta, e tu hai persino fatto tutte le equazioni a mente.»

«Uhm, grazie» disse Arlen, benché non avesse idea di cosa stesse parlando il messaggero.

L'esitazione del ragazzo non sfuggì a Ragen. «Tu le *hai fatte* le equazioni, giusto?»

«Cos'è un'equazione?» chiese Arlen. «Questa linea» indicò il segno più vicino «va a quella runa lì» e puntò il dito verso la parete. «Incontra queste linee» accennò ad altre rune «che s'intersecano con queste qui» ne mostrò altre ancora. «Ed ecco fatto.»

Ragen era stupefatto. «Vuoi dire che le hai fatte così, a occhio?»

Quando Ragen si volse a guardarlo, Arlen alzò le spalle. «Molti usano una stecca dritta per controllare le linee» ammise «ma io ho sempre fatto senza.»

«Va' a sapere com'è che la notte non ha ancora inghiottito Rio Tibbet» commentò Ragen. Recuperò un sacco da una bisaccia e s'inginocchiò all'entrata della caverna per cancellare le rune di Arlen. «Tracciare le rune per terra è sempre un azzardo, per quanto siano ben disegnate.»

Ragen pescò dal sacco una serie di tavolette di legno laccato con le rune. Usando una stecca segnata a intervalli regolari, le sistemò rapidamente alle distanze giuste e risigillò la rete di protezione.

Non era buio da più di un'ora, quando il gigantesco demone della roccia con un solo braccio approdò a balzi nella radura. Lanciò un muggito possente, spazzando via i demoni minori che intralciavano i suoi passi pesanti verso l'ingresso della grotta, e ruggì in tono di sfida. Keerin gemette, ritraendosi verso il fondo dell'antro.

«Ormai quello ti ha fiutato» lo avvertì Ragen. «Ti verrà dietro per l'eternità, aspettando solo il momento che abbasserai la guardia.»

Arlen osservò a lungo il mostro, riflettendo sulle parole del messaggero. Il demone ringhiò e colpì con forza la barriera, ma le difese mandarono una fiammata e lo respinsero. Keerin piagnucolava, ma Arlen si alzò e avanzò fino all'entrata della caverna. Incrociò lo sguardo del coreling e alzò adagio le mani, per poi batterle insieme all'improvviso con uno schiocco sonoro, ostentando provocatoriamente le sue due braccia al demone monco.

«Che perda pure il suo tempo» disse, mentre il mostro ululava di rabbia impotente. «Non mi avrà mai.»

Proseguirono il viaggio per quasi una settimana. Ragen li condusse a settentrione, passando per le colline alle pendici della catena montuosa, che svettava sempre più alta. Di tanto in tanto, si fermava per mettersi a caccia di piccole prede, che riusciva a colpire da notevole distanza con i suoi giavellotti.

Trascorsero gran parte delle notti nei ricoveri annotati sul diario di Graig, anche se in due occasioni si accontentarono di accamparsi lungo la strada. Come tutti gli animali, la giumenta di Ragen aveva il terrore dei demoni in agguato, ma non cercò mai di liberarsi dalla pastoia.

«Si merita un nome» disse Arlen, per la centesima volta, indicando il fido animale.

«Va bene, va bene!» finì per cedere Ragen, arruffando i capelli al ragazzo. «Puoi darglielo tu.»

Arlen sorrise. «Occhi della Notte» decise.

Ragen guardò la giumenta e annuì. «È un bel nome» approvò.

9
Forte Miln

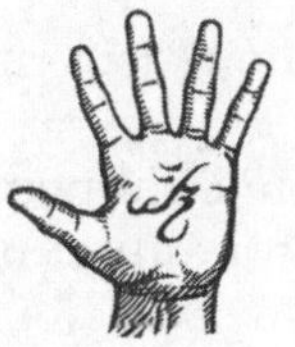

Anno 319 dR

Il terreno si faceva sempre più roccioso man mano che le piccole protuberanze all'orizzonte svettavano sempre più alte. Ragen non aveva esagerato affermando che ci sarebbero voluti cento Colle Pantano per fare uno solo di quei monti, e Arlen vedeva la catena estendersi a perdita d'occhio. Salendo di quota, l'aria divenne più fresca; violente raffiche di vento sferzavano le colline. Volgendosi indietro, Arlen vide il mondo intero spiegarsi dinanzi ai suoi occhi come una carta geografica. S'immaginò di viaggiare per quelle terre con soltanto una lancia e una sacca da messaggero.

Quando infine giunsero in vista di Forte Miln, il ragazzo non poté credere ai suoi occhi. Malgrado le storie narrate da Ragen, si era immaginato che fosse qualcosa di simile a Rio Tibbet, solo più in grande. Per poco non cadde dal carro quando la città fortificata sorse dinanzi a loro, torreggiante sopra alla strada.

Edificata sugli spalti di un monte, Forte Miln dominava un'ampia vallata. Un'altra montagna, gemella di quella su cui sorgeva Miln, fronteggiava la città dal lato opposto della valle. Una cinta di mura alte una decina di metri circondava la città, ma molti degli edifici all'interno si stagliavano contro il cielo, ancora più elevati. Più si avvicinavano, più l'abitato si rivelava esteso, con i bastioni che si prolungavano per miglia in entrambe le direzioni.

Sulle mura erano dipinte le difese più grandi che Arlen avesse mai visto. Seguì con lo sguardo le linee invisibili che collegavano una runa all'altra, a formare una rete che doveva rendere la cinta impenetrabile ai coreling.

Ma per grandiosa che fosse quell'opera muraria, Arlen ne ricavò un motivo di delusione: le città "libere" non erano affatto libere. Le mura che tenevano fuori i coreling impedivano anche alla gente di uscire. Se non altro, a Rio Tibbet le pareti della prigione erano invisibili.

«Cosa impedisce ai demoni del vento di superare le mura in volo?» chiese Arlen.

«La sommità dei bastioni è sormontata da pali di protezione che formano una volta di copertura sulla città» spiegò Ragen.

Arlen si rese conto che avrebbe dovuto arrivarci da solo, senza l'aiuto di Ragen. Aveva tante altre domande, ma le tenne per sé, già elaborando con la sua mente acuta le probabili soluzioni.

Il mezzodì era già passato da tempo, quando infine raggiunsero la città. Ragen indicò una colonna di fumo che saliva da un punto più alto della montagna, molte miglia al disopra della città.

«Le Miniere del Duca» disse. «È un villaggio a sé stante, più grande del tuo Rio Tibbet. Non è autosufficiente, ma questo è il volere del duca. Le carovane vanno e vengono quasi ogni settimana. Portano su il cibo, e ridiscendono con sale, metalli e carbone.»

Un muro più basso si diramava dalla città, a delimitare un ampio settore della valle. Arlen scorse i pali di protezione e le cime di ordinati filari verdi. «I grandi Giardini e il Verziere del Duca» illustrò Ragen.

Le porte della città erano spalancate all'andirivieni dei lavoratori, e i soldati di guardia accolsero i nuovi arrivati con cenni di saluto. Erano alti, come Ragen, e indossavano elmi di metallo ammaccati e vecchie tuniche di cuoio consunto sopra ai vestiti di lana spessa. Entrambi erano muniti di lance, ma sembravano dei pezzi da esposizione più che delle armi vere e proprie.

«Salute a te, messaggero!» esclamò uno. «Bentornato!»

«Gaims. Woron» rispose Ragen con un cenno del capo.

«Il duca ti aspetta da giorni» disse Gaims. «Temevamo che non arrivassi più.»

«Pensavate fossi finito nelle grinfie dei demoni?» rise Ragen. «Ma neanche per sogno! I coreling avevano attaccato un borgo da cui siamo passati sulla via del ritorno da Angiers. Ci siamo trattenuti lì per dare una mano.»

«E mentre eri lì, hai raccolto un piccolo ramingo?» chiese Woron con un sogghigno. «Un regalino per tua moglie, in attesa che tu la renda Madre?»

Ragen lo guardò torvo, e il guardiano si pentì di quanto aveva detto. «Non volevo offendere» si affrettò a precisare.

«Allora, ti consiglio di evitare i commenti che possono offendere, *servo*» replicò Ragen, piccato. Woron impallidì e assentì immediatamente.

«In realtà, l'ho trovato lungo la strada» disse Ragen, scarmigliando i capelli di Arlen e sfoderando un sorriso che dissipò subito la tensione.

Arlen ammirava quel tratto del suo carattere. Ragen era facile al riso e non serbava rancori, ma pretendeva rispetto e sapeva mettere gli altri al loro posto. Arlen avrebbe voluto essere come lui, un giorno.

«Lungo la strada?» chiese incredulo Gaims.

«A giorni di distanza dagli abitati!» esclamò Ragen. «Il ragazzo sa disegnare rune meglio di certi messaggeri di mia conoscenza.» Arlen si gonfiò d'orgoglio a quel commento.

«E tu, giullare?» chiese Woron a Keerin. «Com'è andato il tuo primo assaggio di notte all'aperto?»

Keerin si rabbuiò, e le guardie scoppiarono a ridere. «Non troppo bene, eh?» chiese Woron.

«La luce già cala» tagliò corto Ragen. «Mandate a dire a Madre Jone che ci recheremo a palazzo non appena avrò consegnato il riso e mi sarò fermato a casa per un bagno e un pasto decente.» Le guardie li salutarono e diedero loro accesso alla città.

Nonostante la delusione iniziale, Arlen fu presto sopraffatto dalla grandiosità di Miln. I palazzi svettavano altissimi, facendo apparire minuscola al confronto ogni cosa che avesse visto prima, e le vie erano ricoperte di ciottoli, piuttosto che di semplice terra battuta. I coreling non potevano affiorare attraverso la pietra lastricata, ma Arlen non riusciva nemmeno a immaginarsi la fatica necessaria per tagliare e disporre con quella precisione centinaia di migliaia di pietre.

A Rio Tibbet, quasi tutte le strutture erano in legno, con fondamenta di sassi impilati e tetti di paglia con lastre per le protezioni. Qui, quasi ogni edificio era in pietra tagliata e trasudava antichità. Benché le mura di cinta fossero già protette, ogni palazzo aveva le proprie difese; alcune erano vere e proprie opere d'arte, altre più semplici ma funzionali.

L'aria in città era fetida, appestata da un tanfo di spazzatura, letame bruciato e sudore. Arlen cercò di trattenere il fiato, ma presto dovette arrendersi e accontentarsi di respirare solo con la bocca. In compenso, Keerin sembrava finalmente libero di respirare con agio.

Ragen li condusse alla piazza del mercato, dove Arlen vide più persone tutte insieme di quante ne avesse viste in vita sua. Centinaia di Rusco il Verro lo apostrofavano da ogni parte. «Compra questo!» «Prova quest'altro!» «Un prezzo speciale, solo per te!» Erano tutti molto alti; giganti, al confronto con la popolazione del Rio.

Passarono davanti a carri carichi di frutta e verdure mai viste da Arlen, e a talmente tanti venditori di vestiti da indurlo a pensare che il milnesi non avessero altro per la mente. C'erano anche dipinti e lavori d'intaglio così intricati che gli venne da chiedersi dove trovassero il tempo per realizzarli.

Ragen li portò da un mercante in fondo alla piazza, sulla cui tenda campeggiava il simbolo di uno scudo. «L'uomo del duca» segnalò ai compagni mentre fermava il carro.

«Ragen!» esclamò il mercante. «Che mi hai portato di bello oggi?»

«Riso delle Paludi» rispose il messaggero. «Il tributo del Rio per ripagare il sale del duca.»

«Sei andato a trovare Rusco il Verro?» disse il mercante, più nel tono di un'affermazione che di una domanda. «Quell'imbroglione continua a spennare la gente del villaggio?»

«Tu conosci il Verro?» chiese Ragen.

Il commerciante rise. «Ho testimoniato dinanzi al Consiglio delle Madri, dieci anni fa, perché gli ritirassero la licenza di vendita, dopo che aveva cercato di smerciare una partita di grano infestata dai ratti» rispose. «Lasciò la città poco tempo dopo, per rispuntare ai confini del mondo. Ho sentito dire che gli era capitata la stessa cosa ad Angiers, motivo per cui era venuto a rifugiarsi qui a Miln.»

«Meno male che abbiamo controllato il riso» mormorò Ragen.

Discussero per qualche tempo sui prezzi correnti di riso e sale. Alla fine, il mercante cedette e riconobbe che Ragen aveva strappato al Verro il miglior prezzo possibile. Diede al messaggero un sacchetto di monete sonanti per colmare la differenza.

«Può pensarci Arlen a guidare il carro, adesso?» chiese Keerin. Ragen lo guardò e annuì. Lanciò un borsellino pieno di monete al giullare, che lo prese al volo e saltò giù dal veicolo.

Mentre Keerin scompariva tra la folla, Ragen scosse la testa. «Non è male, come giullare» commentò «ma non ha abbastanza fegato per affrontare la strada.» Si rimise a cavallo e guidò Arlen per le vie trafficate. Arlen si sentì soffocare dalla calca mentre percorrevano una strada particolarmente affollata. Notò alcune persone vestite soltanto di stracci laceri, malgrado l'aria gelida dei monti.

«Che cosa fanno?» chiese, vedendoli tendere delle tazze vuote ai passanti.

«Chiedono l'elemosina» rispose Ragen. «Non tutti a Miln possono permettersi di comprare il cibo.»

«Non potremmo dargliene un po' del nostro?»

Ragen sospirò. «Non è così semplice, figliolo» disse. «Qui, la terra non produce abbastanza per sfamare anche solo metà della popolazione. Dobbiamo importare grano da Forte Rizon, pesce da Lakton, frutta e carne da Angiers. Le altre città non li danno certo via così, per niente. I viveri vanno a chi ha un commercio e si guadagna il denaro per acquistarli, ovvero i mercanti. I mercanti assumono dei servi alle loro dipendenze, cui offrono cibo, indumenti e alloggio, pagandoli di tasca propria.»

Indicò un uomo avvolto in un abito ruvido e sporco che tendeva una ciotola di legno crepata ai passanti, i quali lo scansavano senza degnarlo di uno sguardo. «Perciò, a meno che tu non sia un membro della famiglia Reale o un Sant'Uomo, se non lavori fai quella fine.»

Arlen assentì come se avesse capito, ma in realtà non era affatto persuaso. All'emporio generale di Rio Tibbet, la gente restava continuamente a corto di crediti, ma persino il Verro non lasciava morire nessuno di fame.

Giunsero a una casa, e Ragen fece segno ad Arlen di fermare il carro. Non era un'abitazione molto grande, rispetto a tante altre che Arlen aveva veduto a Miln, ma era pur sempre imponente rispetto ai canoni di Rio Tibbet, edificata interamente in pietra e costituita da due piani.

«È qui che vivi?» chiese al messaggero.

Ragen scosse il capo. Smontò da cavallo e andò a bussare energicamente alla porta. Poco istanti dopo, venne ad aprire una giovane donna con i lunghi capelli bruni raccolti in una treccia. Era alta e robusta, come tutti a Miln, e indossava un vestito a collo alto che le scendeva fino alle caviglie e le fasciava strettamente il seno. Arlen non seppe giudicare se fosse graziosa. Stava per decidersi per il no, quando un sorriso le sbocciò sul volto, trasfigurandolo completamente.

«Ragen!» esclamò, cingendolo in un abbraccio. «Sei venuto! Sia ringraziato il Creatore!»

«Certo che sono venuto, Jenya» rispose Ragen. «Noi messaggeri abbiamo sempre a cuore i colleghi.»

«Io non sono un messaggero» disse Jenya.

«Ma tuo marito lo era, perciò è come se lo fossi. Quand'è morto, Graig era un messaggero, che sia dannata la sentenza della gilda.»

Jenya si rabbuiò, e Ragen cambiò subito discorso, dirigendosi a passo spedito verso il carro per scaricare le scorte rimaste. «Ti ho portato del buon riso delle Paludi, sale, farina e pesce» annunciò mentre andava a depositare le provviste appena oltre la soglia di casa. Arlen si affrettò ad aiutarlo.

«E questo» soggiunse Ragen, sfilando dalla cintura la saccoccia con l'oro e l'argento incassato dal Verro. Ci aggiunse anche il sacchetto ricevuto dal mercante del duca.

Aprendolo, Janya rimase con tanto d'occhi. «Oh, Ragen» mormorò. «È troppo. Non posso...»

«Puoi e devi» la interruppe Ragen, perentorio. «È il minimo che io possa fare.»

Gli occhi della donna si colmarono di lacrime. «Non so come ringraziarti» disse. «Ero quasi disperata. Il lavoro di scrivana per la gilda non basta a coprire le spese, e senza Graig... Temevo di dovermi rimettere a mendicare.»

«Su, su» la consolò Ragen, con qualche colpetto affettuoso sulla spalla. «Io e i miei fratelli non permetteremo mai che questo accada. Ti accoglierò in casa mia, piuttosto che lasciarti cadere così in basso» promise.

«Oh, Ragen, lo faresti davvero?»

«C'è un'ultima cosa» riprese il messaggero. «Un dono da parte di Rusco il Verro.» Le mostrò l'anello. «Vuole che tu gli scriva, per fargli sapere che lo hai ricevuto.»

Alla vista dello splendido anello, gli occhi di Jenya si fecero di nuovo lustri.

«Graig era molto benvoluto» disse Ragen mentre le infilava l'anello al dito. «Tienilo in suo ricordo. Il cibo e il denaro dovrebbero bastare alla tua famiglia per un bel po'. E magari, nel frattempo, troverai un nuovo marito e diventerai una Madre. Ma se le cose dovessero mettersi così male da costringerti a vendere l'anello, rivolgiti prima a me, intesi?»

Jenya annuì, ma tenne bassi gli occhi gonfi di lacrime, mentre accarezzava l'anello.

«Promettimelo» insisté Ragen.

«Te lo prometto.»

Ragen annuì e l'abbracciò un'ultima volta. «Passerò a trovarti appena posso» le disse. Quando se ne andarono, la donna stava ancora piangendo. Arlen si volse a guardarla mentre si allontanavano.

«Sembri confuso» osservò Ragen.

«In effetti, lo sono» ammise Arlen.

«I familiari di Jenya erano mendicanti» spiegò Ragen. «Suo padre è cieco e sua madre molto malata. Ma almeno hanno avuto la fortuna di avere una figlia sana e attraente. Quando ha sposato Graig, lei e i suoi genitori sono saliti di due classi sociali. Graig aveva accolto in casa sua tutti e tre, e pur non battendo mai le vie più importanti, riusciva a guadagnare abbastanza per sfamarli e garantire loro un'esistenza serena.»

Ragen scosse la testa. «Ma adesso Jenya ha un affitto da pagare e tre bocche da nutrire da sola. E non può nemmeno allontanarsi troppo da casa, perché i suoi genitori non possono cavarsela da soli.»

«È generoso da parte vostra aiutarla così» commentò Arlen, sentendosi un po' meglio. «Era graziosa, quando ha sorriso.»

«Non puoi aiutare tutti quanti, Arlen,» disse il messaggero «ma devi impegnarti in tutti i modi per aiutare quelli che puoi.» Arlen assentì.

Inerpicandosi per una strada che risaliva un colle, giunsero a una grande residenza. Un muro alto due metri, in cui si apriva un cancello, circondava l'estesa proprietà. La casa stessa era alta tre piani e aveva decine di finestre su cui si specchiava la luce del sole. Era persino più vasta della grande casa comunale a Colle Pantano, capace di accogliere l'intera popolazione di Rio Tibbet per la festa del solstizio. Sulla dimora e il muro di cinta erano dipinte rune di protezione in colori sgargianti. Un posto così magnifico, ne concluse Arlen, non poteva che essere la casa del duca.

«Mia mamma aveva una tazza di vetro intarsiato di rune e duro come l'acciaio» disse il ragazzo guardando le finestre, mentre un esile omino sopraggiungeva a passo spedito dal giardino per venire ad aprire il cancello. «La teneva nascosta, ma certe volte la tirava fuori, quando avevamo ospiti, per mostrare loro come brillava.» Attraversarono gli orti inviolati dai malefici dei demoni, dove un buon numero di braccianti cavava tuberi dalla terra.

«Questa è una delle poche dimore di Miln ad avere i vetri a tutte le finestre» disse orgoglioso Ragen. «Pagherei qualsiasi cifra per renderli infrangibili con delle rune di protezione.»

«Io so come si fa» disse Arlen. «Ma bisogna che un coreling tocchi il vetro, per dargli la carica necessaria.»

Ragen ridacchiò, scuotendo la testa. «In tal caso, forse è meglio di no.»

All'interno della proprietà sorgevano altre dimore più piccole, casupole in pietra con i comignoli che fumavano e gente che andava e veniva, come in un minuscolo villaggio. C'erano bambini che scorrazzavano in giro, sudici, e donne che li tenevano d'occhio mentre sbrigavano le loro faccende. Appena giunsero alle stalle, un garzone ne emerse all'istante per prendere le redini di Occhi della Notte. Tributò a Ragen inchini e cerimonie degni di un re delle fiabe.

«Credevo dovessimo fermarci a casa vostra, prima di presentarci dal duca» osservò Arlen.

Ragen rise. «Questa è casa mia, Arlen! Non penserai che mi avventuri sulle strade aperte così, per nulla?»

Arlen guardò di nuovo la casa, con gli occhi fuori dalle orbite. «Tutto questo è vostro?»

«Tutto quanto» confermò il messaggero. «I duchi sanno essere di manica larga con chi non teme di affrontare i coreling.»

«Ma se la casa di Graig era talmente piccola...» obiettò il ragazzo.

«Graig era un brav'uomo» rispose Ragen «ma non era un messaggero molto ambizioso. Si accontentava di un viaggio all'anno fino a Rio Tibbet, facendo la spola tra i villaggi lungo il tragitto. Un uomo simile può certo provvedere alla propria famiglia, ma niente di più. Se ho potuto dare tanto a Jenya è perché avevo acquistato di tasca mia le merci che ho rivenduto al Verro. Graig doveva ricorrere ai prestiti della gilda, che esige profumati interessi.»

Un omone alto aprì il portone di casa con un inchino. Aveva una faccia imperscrutabile e indossava uno scolorito soprabito di lana azzurra. In netto contrasto con la gente che si vedeva nei giardini, lui aveva il viso e gli abiti puliti. Non appena furono entrati, un ragazzo non molto più grande di Arlen scattò subito in piedi. Andò a tirare la corda di una campana situata ai piedi di un'ampia scalinata in marmo. Il tintinnio echeggiò per la casa.

«A quanto vedo, la fortuna ti ha arriso anche stavolta» risuonò di lì a poco la voce di una donna. Aveva capelli scuri e penetranti occhi azzurri. Indossava una veste blu scuro, di una raffinatezza mai vista da Arlen, e splendidi gioielli le scintillavano ai polsi e al collo. Li osservava dalla balconata che affacciava sull'atrio, con un sorriso privo di calore. Arlen non aveva mai veduto una donna tanto bella ed elegante.

«Mia moglie, Elissa» lo informò a bassa voce Ragen. «Un buon motivo per tornare... e per ripartire.»

Arlen non capì bene se stesse scherzando o meno. La donna non sembrava contenta di vederli.

«Prima o poi, finirai nelle grinfie dei coreling» disse Elissa mentre scendeva la scalinata. «E io sarò finalmente libera di sposare il mio giovane amante.»

«Non sperarci» replicò Ragen con un sorriso, attraendola a sé per darle un bacio. Rivolto ad Arlen, spiegò: «Elissa sogna di vedere il giorno in cui potrà ereditare la mia fortuna. Io mi proteggo dai coreling tanto per salvaguardare la mia incolumità quanto per fare dispetto a lei».

Elissa rise e Arlen si tranquillizzò subito. «E questo chi è?» chiese la donna. «Un bimbo ramingo, per risparmiarti la fatica di ingrossarmi il ventre con un figlio tuo?»

«La sola fatica è sciogliere il ghiaccio dalle tue sottane, mia cara» controbatté Ragen. «Lascia che ti presenti Arlen, di Rio Tibbet. L'ho incontrato lungo la strada.»

«Lungo la strada?» chiese Elissa. «Ma è appena un bambino!»

«Non sono un bambino!» insorse Arlen, ma si sentì subito uno sciocco. Ragen gli indirizzò un'occhiata beffarda, e lui chinò la testa.

Elissa non diede segno di avere udito la sua protesta. «Togliti l'armatura e fatti un bel bagno» ordinò al marito. «Puzzi di sudore stantio. Penserò io al nostro ospite.»

Quando Ragen se ne fu andato, Elissa chiamò un servo per far preparare ad Arlen uno spuntino. Sembrava che Ragen disponesse di più servitori di quanti abitanti contava Rio Tibbet. Gli affettarono del prosciutto e una bella stozza di pane, da mandar giù con il latte e una crema rappresa. Elissa gli fece compagnia mentre mangiava, ma non trovando nulla da dire, Arlen rimase concentrato sul suo piatto.

Mentre stava finendo la crema, entrò una serva con una veste azzurra come le giacche degli uomini e fece un inchino a Elissa. «Mastro Ragen vi attende di sopra» le annunciò.

«Grazie, Madre» rispose Elissa. Una strana espressione le adombrò il viso, mentre si accarezzava il ventre con aria assente. Poi sorrise e guardò Arlen. «Porta il nostro ospite a fare il bagno» ordinò. «E non lasciarlo riemergere finché non avrai scoperto il colore della sua pelle.» Rise e uscì rapidamente dalla stanza.

Abituato a lavarsi da solo con l'acqua fredda in una tinozza, Arlen rimase allibito alla vista della profonda vasca in pietra di Ragen. Attese che la domestica, Margrit, vi versasse una brocca di acqua bollente per dare al bagno la giusta temperatura. Era alta, come tutti a Miln, con occhi gentili e capelli color del miele appena venati di grigio che spuntavano da sotto alla cuffietta. Volse le spalle ad Arlen mentre il ragazzo si spogliava ed entrava nella vasca. Un gemito strozzato le sfuggì quando vide le ferite suturate sulla schiena, e si avvicinò subito per esaminarle.

«Ahia!» gridò Arlen quando lei gli tastò la piaga più in alto.

«Non fare il moccioso» lo rimbrottò la donna, sfregandosi indice e pollice per annusarli. Arlen strinse i denti mentre lei ripeteva l'operazione, scendendo lungo tutta la schiena. «Sei più fortunato di quanto tu creda» commentò infine. «Quando Ragen mi ha detto che eri ferito, pensavo si trattasse soltanto di qualche graffio, ma questo...» Fece un verso di disapprovazione. «Tua madre non ti ha insegnato che non bisogna restare fuori di notte?»

Un singhiozzo soffocò la replica di Arlen. Lui si morse il labbro, deciso a non piangere. Margrit se ne accorse, e addolcì subito il tono. «Stanno guarendo bene» constatò, alludendo alle ferite. Prese una saponetta e cominciò a lavarle con delicatezza. Arlen digrignò i denti. «Appena finito il bagno, ti preparo un cataplasma e delle bende pulite.»

Arlen annuì. «Voi siete la madre di Elissa?» chiese.

La donna gli rise in faccia. «Per il Creatore, figliolo, come ti salta in mente un'idea simile?»

«Vi ha chiamato "Madre".»

«E infatti lo sono» rispose orgogliosa Margrit. «Due figli maschi e tre femmine, di cui una sarà presto Madre a sua volta.» Scosse mestamente il capo. «Povera Elissa, con tutte le sue ricchezze resta ancora una Figlia, e ha passato da un pezzo i trenta! Mi piange il cuore a pensarci.»

«Diventare mamma è davvero così importante?» chiese Arlen.

La donna lo guardò come se le avesse chiesto se era importante respirare. «Cosa può esserci di più importante che diventare madre?» domandò. «Ogni donna ha il dovere di mettere al mondo dei figli, affinché la città sia sempre popolosa e forte. È per questo che le Madri hanno diritto alle razioni migliori e ai generi di prima scelta al mercato del mattino. Ed è per questo che il consiglio del duca è composto unicamente da Madri. Gli uomini vanno bene per spaccare le cose e per costruirle, ma la politica e le carte è meglio lasciarle alle donne che hanno frequentato la Scuola delle Madri. Non lo sai? Sono le Madri a votare per eleggere un nuovo duca, quando muore quello vecchio!»

«Allora, perché Elissa non ha figli?» chiese Arlen.

«Non è perché non ci si impegni abbastanza» ammise Margrit. «Scommetto che ci sta provando proprio adesso. Dopo sei settimane sulla strada, qualsiasi uomo diventa un toro, e ho anche preparato una tisana per la fertilità che le ho lasciato sul comodino. Forse l'aiuterà, anche se persino i più sciocchi sanno che il momento migliore per concepire un bambino è alla mattina, appena prima dell'alba.»

«Ma allora perché non ne hanno concepito uno?» Arlen sapeva che concepire i figli aveva qualcosa a che fare con i giochi che gli avevano proposto Renna e Beni, ma aveva ancora un'idea molto vaga del procedimento.

«Lo sa solo il Creatore» rispose Margrit. «Elissa potrebbe essere sterile, o potrebbe esserlo Ragen, anche se sarebbe un vero peccato. Non ce n'è molti, di uomini come lui. Miln ha bisogno dei suoi figli.»

La donna sospirò. «Elissa è fortunata che lui non l'abbia lasciata, o non abbia fatto un figlio con qualcuna delle serve. Sa il Creatore se quelle non sarebbero disponibili.»

«Potrebbe lasciare sua moglie?» Arlen era sbalordito.

«Non stupirtene troppo, figliolo» disse Margrit. «Gli uomini hanno bisogno di eredi, e farebbero di tutto per averne. Il Duca Euchor è alla sua terza moglie, e per ora ha collezionato soltanto Figlie!» Scosse la testa. «Ma Ragen no, non lo farebbe. A volte bisticciano come dei coreling, ma lui ama Elissa come il sole stesso. Non la lascerebbe mai. E neppure lei se ne andrebbe, malgrado quello ha cui ha rinunciato.»

«Rinunciato?» chiese Arlen.

«Era una Nobile, sai» disse Margrit. «Sua madre è nel Consiglio del Duca. Anche Elissa avrebbe potuto servire il duca, se avesse sposato un Nobile come lei e gli avesse dato un figlio. Ma invece si è legata a una classe inferiore, scegliendosi per marito Ragen, contro il volere di sua madre. Da allora non si parlano più. Adesso Elissa è una mercante, anche se molto agiata. Ma avendo rifiutato la Scuola delle Madri, non potrà mai rivestire una posizione importante in città, e tantomeno al servizio del duca.»

Arlen rimase in silenzio, mentre lei gli sciacquava il sapone dalle ferite e raccoglieva da terra i suoi abiti. Margrit borbottò contrariata esaminandone strappi e macchie. «Te li rammenderò come meglio posso, mentre tu te ne resti in ammollo» promise, lasciandolo al suo bagno. Quando se ne fu andata, Arlen cercò di dare un senso a tutto quello che gli aveva detto, ma c'erano troppe cose che non riusciva a spiegarsi.

Margrit gli ricordava un po' Catrin, la figlia di Rusco il Verro. "Quella è capace di raccontarti tutti i segreti del mondo, solo per poter continuare a sentire il suono della propria voce" diceva di lei Silvy.

La donna tornò di lì a poco con degli indumenti puliti, anche se troppo larghi. Gli bendò le ferite e lo aiutò a vestirsi, senza curarsi delle sue proteste. Arlen dovette rimboccare le maniche della tunica per farne emergere le mani e dare più risvolti ai calzoni per non rischiare di inciamparci, ma per la prima volta da settimane si sentì pulito.

Cenò sul presto insieme a Elissa e Ragen. Il messaggero si era curato la barba e raccolto i capelli, e indossava un'elegante camicia bianca con giacca e brache di camoscio blu scuro.

Per festeggiare l'arrivo di Ragen, avevano ucciso un maiale, e la tavola fu presto imbandita con braciole, costolette, fettine sottili di pancetta e gustose salsicce. Vennero servite caraffe di birra ghiacciata e di acqua limpida e fresca. Elissa aggrottò le sopracciglia quando Ragen fece segno a un servitore di versare della birra ad Arlen, ma non fece commenti. Sorseggiava il vino da un bicchiere così sottile e fragile che Arlen ebbe il timore che potesse infrangersi fra le sue dita affusolate. C'era un pane fresco e croccante, bianco come il ragazzo non ne aveva mai visto, e terrine di rape e patate lesse, condite con burro abbondante.

Contemplando con l'acquolina in bocca tutto quel cibo, Arlen non poté fare a meno di ripensare alla gente fuori, in città, che mendicava qualcosa da mangiare. Ma la fame ebbe la meglio su qualsiasi remora e il ragazzo si servì di ogni cosa, riempiendosi il piatto più volte.

«Per il Creatore, ma dove la metti tutta quella roba?» chiese Elissa, battendo le mani divertita quando vide Arlen spolverarsi un altro piatto. «Hai una voragine dentro la pancia?»

«Non badarle, Arlen» consigliò Ragen. «Le donne passerebbero tutto il giorno a trafficare in cucina, ma non si azzardano ad assaggiare più di qualche bocconcino, per non sembrare poco educate. Gli uomini sì che sanno fare onore a un buon pasto.»

«Ha proprio ragione, sai» disse Elissa roteando gli occhi. «Le donne riescono difficilmente ad apprezzare le finezze della vita, al contrario degli uomini.» Ragen sobbalzò, rovesciando la sua birra, e Arlen si rese conto che la moglie gli aveva rifilato un calcio, sotto al tavolo. Il ragazzo decise che quella donna gli piaceva.

Dopo cena, si presentò un paggio che indossava un tabarro grigio con lo stemma del duca, uno scudo, che campeggiava sul petto. Rammentò a Ragen del suo appuntamento, e il messaggero si lasciò sfuggire un sospiro, ma gli assicurò che ci sarebbero andati immediatamente.

«Arlen non è vestito come si conviene a un incontro con il duca» puntualizzò Elissa. «Non ci si presenta al cospetto di Sua Grazia conciati come dei mendicanti.»

«C'è poco da fare, tesoro» replicò Ragen. «Mancano solo poche ore al tramonto. Non c'è tempo per mandare a chiamare un sarto.»

Elissa non volle sentire ragioni. Squadrò a lungo il ragazzo, poi fece schioccare le dita e uscì risoluta dalla stanza. Tornò poco dopo con un farsetto blu e un paio di stivali di cuoio tirati a lustro.

«Uno dei nostri paggi ha più o meno la tua età» spiegò ad Arlen, aiutandolo a infilare giacchetto e stivali. Le maniche del farsetto erano un po' troppo corte e gli stivali gli andavano stretti, ma Lady Elissa sembrò soddisfatta. Gli diede una pettinata e arretrò per contemplarlo.

«Niente male» commentò sorridendo. «Ricordati le buone maniere, davanti al duca» raccomandò. Arlen, per quanto si sentisse impacciato con quei vestiti stretti, sorrise e annuì.

La Rocca del Duca era una fortezza protetta all'interno della fortezza protetta di Miln. Le mura esterne, in pietra tagliata, erano alte più di sei metri, difese da un fitto intreccio di rune e pattugliate da armigeri muniti di lance. Varcato il cancello, approdarono in un ampio cortile che circondava il palazzo. Gigantesco al confronto con la dimora di Ragen, l'edificio vantava ben quattro piani, con torri che svettavano per il doppio della sua altezza. Ampie rune erano scolpite nitidamente su ogni pietra. Il vetro scintillava alle finestre.

Uomini in armatura pattugliavano il cortile, tra un andirivieni di paggi che sfoggiavano i colori del duca. Lo spiazzo era animato da un centinaio di lavoratori all'opera: carpentieri, muratori, fabbri e macellai. Arlen vide granai e recinti per il bestiame e persino orti ancora più vasti di quello di Ragen. Ne ricavò l'impressione che se avesse chiuso i cancelli, il duca avrebbe potuto sopravvivere per l'eternità all'interno della sua roccaforte.

I rumori e gli odori della corte si spensero all'istante quando il portone massiccio del palazzo si fu richiuso alle loro spalle. Nell'atrio d'ingresso si estendeva un ampio tappeto, e le fredde pareti di pietra erano coperte di arazzi. A parte qualche guardia, non c'era un uomo in circolazione. Di donne, invece, se ne vedevano a decine, che andavano e venivano per le loro faccende con un frusciare di gonne. Certe facevano calcoli su tavolette di ardesia, mentre altre annotavano le cifre su registri voluminosi. Alcune, vestite più sontuosamente, si aggiravano con fare altero, osservando le altre al lavoro.

«Il duca è nella sala delle udienze» li avvisò una di loro. «Vi sta già aspettando da un pezzo.»

Una lunga coda di gente attendeva fuori dalla sala per le udienze. Perlopiù erano donne munite di penne e fasci di fogli, ma c'era anche qualche uomo in abbigliamento elegante.

«Postulanti di rango inferiore» spiegò Ragen. «Sono qui tutti nella speranza che il duca conceda loro un minuto del suo tempo, prima che la Campana della Sera scandisca l'ora di scortarli fuori.»

I postulanti minori sembravano estremamente consapevoli del poco tempo residuo prima del buio, e discutevano con animazione su chi dovesse essere il prossimo a entrare. Ma il loro cicaleccio cessò all'istante, quando videro arrivare Ragen. Mentre il messaggero passava accanto a loro, scavalcando completamente la coda, ammutolirono tutti quanti e gli si misero alle calcagna come tanti cani affamati. Lo seguirono fino all'ingresso della sala, dove uno sguardo severo delle guardie fu sufficiente a fermarli. Si accalcarono attorno all'entrata per ascoltare, mentre Ragen e Arlen varcavano la soglia.

Arlen si sentì minuscolo, mettendo piede nella sala delle udienze di Euchor, Duca di Miln. Il soffitto a volta era altissimo, e dalle grandi colonne che circondavano il trono di Euchor sporgevano i bracci per le fiaccole. Rune di difesa erano scolpite nel marmo di ciascuna colonna.

«Postulanti di rango superiore» disse Ragen a bassa voce, indicando gli uomini e le donne che si muovevano per la sala. «Tendono a fare crocchio.» Accennò con il capo a un nutrito gruppo di uomini che stazionava nei pressi della porta. «Principi mercanti» disse. «Non badano a spese, pur di avere il diritto di frequentare il palazzo, per carpire notizie utili o trovare un Nobile da far sposare alle figlie.»

«Quello» soggiunse, accennando a un drappello di donne anziane schierate davanti ai mercanti «è il Consiglio delle Madri che attende di presentare a Euchor il rapporto quotidiano.»

Più vicino al trono, sostava in dignitoso silenzio un gruppo di uomini in sandali e semplici vesti marroni. Alcuni parlavano a bisbigli, mentre altri annotavano ogni loro parola. «Qualunque corte ha bisogno dei suoi Sant'Uomini» spiegò Ragen.

Da ultimo, indicò uno stuolo di persone riccamente vestite che ronzavano attorno al duca, assistite da un esercito di servitori con vassoi carichi di cibo e bevande. «I Reali» disse Ragen. «Nipoti e cugini del duca di primo, secondo e terzo grado. Tutti qui a contendersi la sua attenzione, mentre sognano di quel che potrebbe accadere se il duca lascerà il trono senza un erede. Il duca li detesta.»

«Allora perché non li caccia via?» domandò Arlen.

«Perché sono Reali» rispose Ragen, come se quello spiegasse ogni cosa.

Erano a metà strada dal trono del duca, quando una donna venne a intercettarli. Portava i capelli raccolti indietro con una fascia di stoffa, e aveva una faccia smunta e scavata da rughe così profonde che sembrava le avessero inciso delle rune sulle guance. Per quanto ingobbita, si muoveva con dignità altera, ma una specie di piccolo gozzo le ballonzolava sotto al mento, come animato da vita propria. Aveva qualcosa di simile a Selia; una donna avvezza a impartire ordini e a vederli eseguire senza discutere. Abbassando lo sguardo su Arlen, storse il naso come se avesse odorato un cumulo di letame. Spostò subito gli occhi su Ragen.

«Jone, la ciambellana di Euchor» mormorò il messo mentre erano ancora fuori portata delle sue orecchie. «Madre, Reale, e con un ottavo di sangue coreling nelle vene. Tu stammi sempre dietro, altrimenti è capace di mandarti ad aspettare nelle scuderie, mentre parlo con il duca.»

«Il tuo paggio dovrà attendere nell'atrio, messaggero» disse Jone, parandosi di fronte a loro.

«Non è il mio paggio» rispose Ragen, senza fermarsi. Arlen tenne il passo, e la ciambellana fu costretta a sacrificare la sua dignità, lasciandoli passare.

«Sua Grazia non ha tempo per ogni vagabondo raccolto per strada, Ragen!» sibilò lei, affrettandosi a seguirli. «Chi sarebbe questo qui?»

Ragen si fermò, subito imitato da Arlen. Il messaggero si volse e lanciò un'occhiataccia alla donna, protendendosi verso di lei. Madre Jone poteva anche essere alta, ma Ragen lo era più di lei, e pesava tre volte tanto. La minaccia della sua semplice presenza la fece arretrare involontariamente.

«È qualcuno che ho deciso di portare con me» replicò il messo a denti stretti. Le tese una cartella piena di lettere, che Jone prese meccanicamente. Scorgendo quel gesto, i mercanti e le Madri del Consiglio sciamarono subito verso di lei, insieme agli accoliti dei Predicatori.

I Reali notarono il sommovimento, e scambiarono gesti e commenti con chi avevano vicino. A un tratto, una buona metà della loro cerchia si disperse, e Arlen si accorse che si trattava solo di servi bene abbigliati. I Reali si comportarono come se non fosse accaduto nulla di rilevante, ma i loro servi spinsero e sgomitarono come tutti gli altri per avvicinarsi alla cartella.

Jone passò le lettere a una sua servitrice e si affrettò verso il trono per annunciare l'arrivo di Ragen, anche se avrebbe potuto risparmiarsi il disturbo. L'ingresso di Ragen aveva destato troppo trambusto perché il duca non se ne avvedesse. Euchor li stava osservando, mentre gli si avvicinavano.

Il duca era un uomo tarchiato, ormai prossimo alla sessantina, con i capelli e la folta barba sale e pepe. Indossava una tunica verde, appena macchiata dalle sue dita unte, ma decorata da preziosi ricami in filo d'oro, e un mantello orlato di pelliccia. Più anelli gli brillavano alle dita e un cerchietto d'oro gli cingeva la fronte.

«Finalmente ti degni di onorarci della tua presenza» lo apostrofò il duca, anche se parve rivolgersi più al resto dei presenti in sala che non a Ragen. E infatti quell'osservazione suscitò cenni e mormorii fra i Reali, e indusse molte teste a voltarsi dal gruppo formatosi attorno alla posta. «I miei affari non sono forse abbastanza urgenti?»

Ragen si avvicinò alla pedana del trono e affrontò lo sguardo del duca con un'espressione impenetrabile. «Quarantacinque giorni da qui ad Angiers e ritorno, passando per Rio Tibbet!» rispose a gran voce. «Trentasette notti trascorse all'aperto, fra gli assalti dei coreling alle mie protezioni!» Non staccò mai gli occhi dal duca, ma Arlen capì che anche lui, come il duca, si rivolgeva all'intera sala. Alle sue parole, molti dei presenti impallidirono e rabbrividirono.

«Sei settimane lontano da casa, Vostra Grazia» continuò Ragen, abbassando un minimo la voce, che giunse comunque alle orecchie di tutti. «Volete rimproverarmi per essermi concesso un bagno e un pasto insieme a mia moglie?»

Il duca esitò, facendo scorrere lo sguardo per la sala. Alla fine, scoppiò in una sonora risata. «Ma certo che no!» esclamò. «Il risentimento di un duca può ben rendere la vita difficile a un uomo, ma mai quanto il rancore di una moglie!»

La tensione si sciolse di colpo, mentre l'intera corte scoppiava a ridere. «Lasciatemi discutere in privato con il mio messaggero!» ordinò il duca quando le risa si furono spente. Ci furono dei borbottii da parte dei più ansiosi di ricevere notizie, ma Jone fece segno alla sua serva di lasciare la sala con le lettere, e gran parte dei cortigiani si affrettò a seguirla. I Reali indugiarono qualche istante, finché Jone non batté forte le mani. Trasalendo dinanzi a quel rimbecco, filarono via con la massima rapidità che consentiva il decoro.

«Tu resta» mormorò Ragen ad Arlen, fermandosi a rispettosa distanza dal trono. A un cenno di Jone, le guardie chiusero la porta massiccia e rimasero all'interno della sala. A differenza degli uomini che piantonavano l'ingresso alla città, questi sembravano vigili ed efficienti. Jone andò a piazzarsi accanto al suo signore.

«Non azzardarti mai più a fare così di fronte alla mia corte!» ruggì Euchor quando furono usciti tutti.

A quell'ordine perentorio, il messaggero abbozzò un inchino remissivo, ma il gesto non parve sincero neppure ad Arlen. Il ragazzo guardò Ragen con ammirazione: non aveva paura di niente e di nessuno.

«Reco notizie dal Rio, Vostra Grazia» annunciò Ragen.

«Il Rio?» esplose Euchor. «Che vuoi che me ne importi del Rio? Dimmi piuttosto di Rhinebeck.»

«Hanno passato un inverno difficile, senza il sale» proseguì Ragen come se il duca non avesse aperto bocca. «E c'è stato un attacco...»

«Per la Notte, Ragen!» tuonò il duca. «La risposta di Rhinebeck potrebbe avere conseguenze su Miln per anni a venire, perciò risparmiami la lista dei neonati e il computo del raccolto di qualche miserabile buco sperduto fuori dal mondo!»

Arlen restò senza fiato e si ritrasse intimidito dietro a Ragen, che lo prese per un braccio per rassicurarlo.

Euchor incalzò il messaggero. «Hanno trovato dell'oro a Rio Tibbet?» domandò.

«No, mio signore» rispose Ragen. «Ma...»

«Hanno aperto una miniera di carbone al Pascolo Assolato?» lo interruppe Euchor.

«No, mio signore.»

«Hanno riscoperto le rune di combattimento perdute?»

Ragen scosse la testa. «Certo che no...»

«Almeno, hai portato abbastanza riso per coprire le spese del tuo viaggio fin laggiù?»

«No» rispose accigliato Ragen.

«Bene» disse Euchor, fregandosi le mani come se fossero impolverate. «Allora non dovremo più preoccuparci di Rio Tibbet per un altro anno e mezzo.»

«Un anno e mezzo è troppo» si azzardò a insistere il messaggero. «La popolazione ha bisogno di...»

«Tornaci a tue spese, allora» troncò il duca. «Così almeno non graverai sulle mie casse.»

Vedendo che Ragen non aveva una pronta replica, Euchor sorrise soddisfatto, sapendo di aver prevalso nel botta e risposta. «Quali nuove da Angiers?» chiese infine.

«Ho una lettera da parte del Duca Rhinebeck» sospirò Ragen, insinuando la mano sotto il mantello. Ne estrasse un esile rotolo, sigillato con la ceralacca, ma il duca lo respinse con un gesto impaziente.

«Dimmelo a voce, Ragen! Sì o no?»

Ragen serrò gli occhi a fessura. «No, mio signore» disse. «La risposta è no. Le ultime due spedizioni sono andate perdute con tutta la scorta, salvo un pugno di uomini. Il Duca Rhinebeck non può permettersi di inviarne un'altra. I suoi taglialegna non possono lavorare più in fretta di così, e il legname gli è prezioso più del sale.»

Il volto del duca divenne paonazzo, e Arlen temé che potesse scoppiare. «Maledizione, Ragen!» gridò, battendo il pugno. «Io ho bisogno di quel legname!»

«Sua Grazia ha deciso che serve di più a lui, per ricostruire Ponterivo» spiegò Ragen senza scomporsi «sulla sponda meridionale del fiume Demarcatore.»

Il Duca Euchor mandò un sibilo, un guizzo sinistro negli occhi.

«Dev'esserci di mezzo lo zampino del primo ministro di Rhinebeck» suggerì Jone. «Sono anni che Janson cerca di procurare al duca una parte dei pedaggi del ponte.»

«E perché accontentarsi di una parte, quando puoi averli tutti?» convenne Euchor. «Cos'hai detto che avrei fatto, ricevendo da te queste notizie?»

Ragen alzò le spalle. «Non spetta a un messaggero avanzare congetture. Voi cosa avreste voluto che dicessi?»

«Che chi vive in fortezze di legno non dovrebbe appiccare il fuoco alle dimore altrui» ruggì Euchor. «Non occorre che io ti rammenti, Ragen, quanto è importante per Miln quel legname. Le scorte di carbone si stanno esaurendo, e senza combustibile non potremo cavare nulla dalle nostre miniere di metallo, e metà della città morirà di freddo! Appiccherò il fuoco con le mie mani al suo ponte nuovo, prima che si arrivi a questo!»

Ragen prese atto di quelle parole con un inchino. «Il Duca Rhinebeck lo sa bene» disse. «Mi ha incaricato di farvi una controfferta.»

«E quale sarebbe?» chiese Euchor, inarcando un sopracciglio.

«Materiali per ricostruire Ponterivo, e metà dei pedaggi» indovinò Jone prima che Ragen potesse aprire bocca. Spiò la reazione del messaggero. «E Ponterivo resta sul versante angieriano del Demarcatore.»

Ragen annuì.

«Per la Notte!» imprecò Euchor. «Per il Creatore, Ragen, si può sapere da che parte stai?»

«Sono un messaggero» rispose lui, fiero. «Non prendo le parti di nessuno, mi limito a riferire quanto mi viene detto.»

Il Duca Euchor scattò in piedi. «E allora spiegami, per la Notte più nera, perché mai dovrei pagarti!»

Ragen piegò la testa di lato. «Preferireste andarci voi di persona, Vostra Grazia?» chiese pacatamente.

A quella domanda, il duca impallidì e non replicò. Arlen percepì la potenza di quella semplice osservazione di Ragen. Il suo desiderio di diventare un messaggero si fece, se possibile, ancora più forte.

Il duca finì per annuire, rassegnato. «Ci penserò su» concluse. «Si sta facendo tardi. Sei congedato.»

«C'è un'ultima cosa, mio signore» aggiunse Ragen, sollecitando Arlen a farsi avanti. Ma intanto Jone fece segno alle guardie di aprire le porte, e i postulanti di maggior rango affluirono di nuovo nella sala. L'attenzione del duca si era già distolta dal messaggero.

Ragen intercettò Jone mentre si allontanava dal fianco del duca. «Madre» le disse «per quanto riguarda il ragazzo...»

«Sono molto occupata, messo» lo liquidò Jone. «Puoi sempre "decidere" di portarlo un'altra volta, quando avrò meno da fare.» E se ne andò via impettita.

Uno dei mercanti si avvicinò a loro. Era un omone grande e grosso come un orso, orbo da un occhio, con l'altra orbita ridotta a un grumo di carne sfregiata. Portava sul petto uno stemma raffigurante un uomo a cavallo con lancia e cartella. «Sono lieto di vederti sano e salvo, Ragen» disse. «Verrai alla gilda domani mattina per presentare il rapporto?»

«Mastro Malcum» disse Ragen, con un inchino. «Felice di rivedervi. Mi sono imbattuto in questo ragazzo, Arlen, lungo la strada...»

«Tra le due città?» chiese sorpreso il mastro della gilda. «Non è un rischio da correre, figliolo!»

«A svariati *giorni* di cammino dalle città» precisò Ragen. «Il ragazzo sa disegnare rune meglio di tanti messaggeri.» A quelle parole, Malcum inarcò l'unico sopracciglio.

«Vuole diventare un messaggero» incalzò Ragen.

«Non potresti ambire a una carriera più onorevole» disse Malcum, rivolto ad Arlen.

«Non ha nessuno, qui a Miln» spiegò Ragen. «Pensavo che potrebbe cominciare facendo apprendistato con la gilda...»

«Ma, Ragen,» disse Malcum «lo sai bene anche tu che accettiamo solo apprendisti con la qualifica di runieri. Prova a rivolgerti a mastro Vincin.»

«Il ragazzo sa già disegnare le rune» ribatté Ragen, anche se usò un tono più rispettoso che con il Duca Euchor. Mastro Malcum era persino più grosso di Ragen, e non sembrava il tipo da lasciarsi intimidire dai racconti delle notti trascorse all'aperto.

«Allora non dovresti avere difficoltà a farlo iscrivere alla Gilda dei Runieri» rispose Malcum, voltandosi per andarsene. «Ci vediamo domani mattina» aggiunse mentre si allontanava.

Ragen si guardò attorno e individuò un altro uomo in mezzo al capannello dei mercanti. «Sbrigati, Arlen» borbottò, attraversando la sala a grandi falcate. «Mastro Vincin!» chiamò, mentre avanzava spedito.

L'uomo alzò la testa vedendoli avvicinarsi e lasciò i compagni per andare loro incontro. Salutò Ragen con un inchino, un gesto di rispetto più che di deferenza. Vincin aveva una barba a pizzo nera e lustra e portava i capelli impomatati ravviati all'indietro. Le dita grassocce erano adorne di anelli. Lo stemma che aveva sul petto rappresentava una runa chiave di volta, quella che serviva da base per collegare tutte le altre rune di una rete.

«Cosa posso fare per te, Ragen?» chiese il mastro della gilda.

«Questo ragazzo, Arlen, viene da Rio Tibbet» disse Ragen indicandolo. «È rimasto orfano dopo un attacco dei coreling e non ha familiari a Miln, ma vorrebbe fare apprendistato come messaggero.»

«È un'ottima cosa, Ragen, ma io che c'entro?» chiese Vincin, gettando solo qualche fuggevole sguardo su Arlen.

«Malcum non vuole prenderlo finché non avrà una qualifica di runiere» spiegò Ragen.

«Be', questo è un problema» convenne Vincin.

«Il ragazzo è già capace di disegnare rune» disse Ragen. «Se poteste dare la vostra...»

Vincin stava già scuotendo la testa. «Mi spiace, Ragen, ma non riuscirai a persuadermi che un bifolco di qualche borgo sperduto sia capace di disegnare abbastanza bene per ottenere da me una qualifica.»

«Le protezioni del ragazzo hanno mozzato di netto un braccio a un demone della roccia.»

Vincin gli rise in faccia. «Se non hai quel braccio con te, Ragen, puoi risparmiarti questa storia per i giullari.»

«Potreste almeno procurargli un apprendistato?» insisté il messaggero.

«Può pagarsi gli oneri per l'apprendistato?» chiese Vincin.

«È un orfano finito in mezzo alla strada» protestò Ragen.

«Forse potrei trovare un runiere disposto a prenderselo come servo» propose il mastro della gilda.

Ragen sbuffò. «No, ma grazie lo stesso» concluse, portandosi via Arlen.

Affrettarono il passo per tornare alla dimora di Ragen, mentre il sole calava rapidamente. Arlen vide le vie affollate di Miln che si svuotavano, la gente che controllava attentamente le protezioni e sprangava le porte. Nonostante le strade lastricate e le mura protette, le persone preferivano barricarsi in casa, di notte.

«Non riesco ancora a credere che abbiate parlato al duca con quel tono» commentò Arlen strada facendo.

Ragen ridacchiò. «Questa è la prima regola per un messaggero, Arlen» affermò. «È vero che mercanti e Reali ti pagano per i tuoi servigi, ma se li lasci fare ti cammineranno sulla testa. Devi avere un contegno da re al loro cospetto, e non dimenticarti mai chi è che rischia la vita.»

«Con Euchor ha funzionato» convenne Arlen.

Ragen fece una smorfia solo a sentirne pronunciare il nome. «Quel porco egoista» disse, sprezzante. «Non s'interessa a nient'altro che alle sue saccocce.»

«Non fa niente» minimizzò Arlen. «Il Rio è sopravvissuto anche senza sale, l'autunno scorso. La gente ce la può fare di nuovo.»

«Forse» concesse il messaggero «ma non dovrebbe esserci costretta. E poi, tu! Un buon duca si sarebbe chiesto perché ho portato un ragazzo con me al suo palazzo. Un buon duca ti avrebbe preso come guardia del trono, per non lasciarti finire a mendicare per strada. E Malcum non ha fatto di meglio! Cosa gli costava mettere alla prova le tue capacità? E anche Vincin! Se tu avessi avuto i soldi per pagarti i dannati oneri, quell'avido bastardo ti avrebbe trovato un maestro dove fare apprendistato prima del tramonto! Un servo, dice lui!»

«Un apprendista non è un servo?» chiese Arlen.

«Neanche per sogno» rispose Ragen. «Gli apprendisti appartengono alla classe dei mercanti. Imparano il mestiere per poi esercitarlo da soli o insieme a un altro mastro. I servi rimangono sempre servi, a meno che non sposino qualcuno di una classe superiore. Che io sia dannato se ti lascerò mai diventare uno di loro.»

Ciò detto, Ragen si rinchiuse nel silenzio, e Arlen, per quanto fosse ancora confuso, si guardò bene dall'insistere.

L'oscurità totale scese non molto dopo che ebbero varcato le protezioni di Ragen, e Margrit accompagnò Arlen fino a una camera per gli ospiti grande quanto la metà dell'intera casa di Jeph. Il letto che ne occupava il centro era così alto che Arlen fu costretto a spiccare un salto per salirci. Non avendo conosciuto altri giacigli che la nuda terra o qualche ispido pagliericcio, il ragazzo restò sbalordito quando si sentì sprofondare nel morbido materasso.

Scivolò nel sonno quasi all'istante, ma fu destato poco dopo da un clamore di voci animate. Scese dal letto e uscì dalla stanza per scoprire l'origine del trambusto. I corridoi della grande dimora erano deserti, la servitù ormai ritiratasi per la notte. Quando giunse sul pianerottolo in cima alla scalinata, le voci si fecero più distinte. Erano Ragen ed Elissa.

«... prendiamo con noi, punto e basta» sentì che diceva Elissa. «E a ogni modo, quello del messaggero non è un mestiere adatto a un ragazzo!»

«Lui quello vuol fare» insisté Ragen.

Elissa sbuffò. «Affibbiare Arlen a qualcun altro non servirà ad alleviare i tuoi sensi di colpa per averlo portato a Miln invece di ricondurlo a casa sua.»

«Per lo sterco di un demone» sbottò Ragen. «Tu vuoi solo qualcuno cui fare da mamma giorno e notte.»

«Non azzardarti a rigirare questa faccenda contro di me!» insorse Elissa. «Quando hai deciso di non riaccompagnare Arlen a Rio Tibbet, sei stato *tu* a prenderti una responsabilità nei suoi confronti! Perciò ora assumitela fino in fondo e smettila di cercare qualcun altro a cui affidarlo.»

Arlen tese le orecchie, ma non sentì giungere una replica immediata da parte di Ragen. Aveva voglia di scendere di sotto a dire la sua sulla questione. Sapeva che le intenzioni di Elissa erano buone, ma cominciava ad averne abbastanza degli adulti che volevano pianificare la sua esistenza.

«E va bene» disse infine Ragen. «Che ne dici se lo mandassi da Cob? Lui non incoraggerà il ragazzo a diventare un messaggero. Coprirò io tutti gli oneri, e potremo andare a trovarlo regolarmente alla bottega per seguire i suoi sviluppi.»

«Mi pare sia un'ottima idea» convenne Elissa, l'irritazione svanita dalla sua voce. «Ma non c'è motivo per cui Arlen non possa restare qui, piuttosto che dormire su una dura panca nel disordine di un laboratorio.»

«Chi sceglie l'apprendistato non lo fa per le comodità» disse Ragen. «Se vuole padroneggiare l'arte delle rune, dovrà stare lì dall'alba al tramonto, e se poi dovesse seguire il progetto di diventare un messaggero, gli occorrerà tutto l'addestramento possibile.»

«Come vuoi» sbuffò Elissa, ma poco dopo il suo tono si raddolcì. «Adesso vieni a mettermi in pancia un bel bambino» soggiunse, languida.

Arlen se ne tornò difilato nella sua stanza.

Come sempre, Arlen aprì gli occhi prima dell'alba, ma per un attimo credette di stare ancora dormendo e di veleggiare sopra una nuvola. Poi si ricordò dove si trovava e si stiracchiò, assaporando la morbidezza deliziosa delle piume che imbottivano materasso e cuscino, il calore della spessa trapunta. Nel focolare che riscaldava la stanza restavano solo le braci.

La tentazione di restarsene a letto era forte, ma le necessità della vescica lo costrinsero a sciogliersi dal soffice abbraccio. Sgusciò sul pavimento freddo e recuperò da sotto al letto i vasi da notte, come raccomandatogli da Margrit. Urinò in uno e andò di corpo nell'altro, quindi li depositò fuori della porta, dove sarebbero stati raccolti e utilizzati per concimare i giardini. Il terreno a Miln era roccioso e gli abitanti non sprecavano nulla.

Arlen andò alla finestra. La notte precedente l'aveva osservata finché non gli si erano chiusi gli occhi, ma il vetro continuava ad affascinarlo. Sembrava che non esistesse nemmeno, ma era duro e impenetrabile al tatto, come una rete di protezione. Ci fece scorrere sopra un dito, tracciando una linea nella condensa mattutina. Ricordando le rune del cerchio portatile di Ragen, trasformò la linea in uno di quei simboli. Ne disegnò molti altri, alitando sul vetro per cancellare l'opera e ricominciare di nuovo.

Quando ebbe finito, si vestì e scese al piano di sotto, dove trovò Ragen che beveva il tè davanti alla finestra, osservando il sole che sorgeva dietro alle montagne.

«Ti sei alzato presto» commentò l'uomo con un sorriso. «Come ogni buon messaggero» aggiunse, e Arlen si gonfiò d'orgoglio.

«Oggi ti presenterò a un mio amico» annunciò Ragen. «Un runiere. È stato lui a farmi da maestro, quando avevo la tua età, e ha bisogno di un apprendista.»

«Non potrei fare l'apprendistato con voi?» chiese Arlen speranzoso. «Lavorerò sodo.»

Ragen ridacchiò. «Non ne dubito» rispose. «Ma io non sono un buon insegnante, e passo più tempo fuori che qui in città. Potrai imparare molto da Cob. Era già un messaggero prima ancora che io nascessi.»

A sentire quelle parole, Arlen s'illuminò. «Quando potrò incontrarlo?»

«Il sole è sorto» disse Ragen. «Nulla ci vieta di andarci subito dopo colazione.»

Elissa li raggiunse poco dopo in sala da pranzo. I servi di Ragen avevano imbandito una grande tavola con pancetta, prosciutto e pane spalmato di miele, uova e patate e grosse mele cotte al forno. Arlen divorò il cibo con la foga di un lupo, smanioso com'era di uscire in città. Quando ebbe finito, rimase seduto a guardare Ragen che mangiava. Il messaggero lo ignorò, consumando il suo pasto con una lentezza esasperante per l'impazienza di Arlen.

Alla fine, Ragen posò la forchetta e si pulì la bocca con un tovagliolo. «Oh, benissimo» disse, alzandosi. «Possiamo andare.» Arlen balzò giù dalla sedia, raggiante.

«Non così in fretta» li richiamò Elissa, costringendo entrambi a fermarsi. Quelle parole, in cui riecheggiavano i toni della madre, toccarono corde inattese in Arlen, che dovette trattenere un moto di commozione.

«Voi non andrete da nessuna parte, finché il sarto non sarà venuto a prendere le misure di Arlen» decretò la donna.

«Che bisogno c'è?» protestò il ragazzo. «Margrit mi ha già lavato i vestiti e rammendato tutti gli strappi.»

«Apprezzo le tue premure, amore,» intervenne Ragen in difesa di Arlen «ma visto che siamo già stati all'udienza dal duca, non vedo tutta questa urgenza di fargli fare dei vestiti nuovi.»

«Non ammetto discussioni» dichiarò Elissa, avvicinandosi a loro. «Non permetterò che un nostro ospite se ne vada in giro conciato come uno straccione.»

Il messaggero vide le pieghe che solcavano la fronte della moglie e sospirò. «Diamogliela vinta, Arlen» consigliò a voce bassa. «Non andremo da nessuna parte finché non sarà soddisfatta.»

Poco dopo arrivò il sarto, un omino dalle mani svelte che ispezionò ogni palmo di Arlen con delle cordicelle annodate e si annotò le misure su una tavoletta di ardesia con un gessetto. Terminato il lavoro, ebbe una discussione piuttosto concitata con Lady Elissa e si congedò con un inchino.

La donna si avvicinò ad Arlen, chinandosi per guardarlo faccia a faccia. «Non è stato poi così terribile, ti pare?» chiese, lisciandogli la camicia e scostandogli i capelli dal viso. «Adesso puoi correre con Ragen a conoscere mastro Cob.» Gli carezzò la guancia con la mano morbida e fresca, e Arlen si abbandonò per un istante a quel contatto familiare, ma poi si ritrasse di scatto, sgranando gli occhi.

Ragen notò quello sguardo, e non gli sfuggì l'espressione addolorata sul viso della moglie quando il ragazzo arretrò lentamente, come se si fosse trovato dinanzi a un demone.

«Temo che tu abbia dato un grande dispiacere a Elissa, poco fa» disse Ragen mentre uscivano dalla proprietà.

«Non è la mia mamma» rispose Arlen, sopprimendo il senso di colpa.

«Ti manca?» chiese il messaggero. «Tua madre, intendo.»

«Sì» ammise Arlen in un fil di voce.

Ragen annuì senza aggiungere altro, e Arlen gliene fu grato. Proseguirono il cammino in silenzio, e le bizzarrie di Miln gli fecero presto passare di mente quell'episodio. L'odore dei carretti carichi di letame imperversava ovunque, con gli addetti alla raccolta che passavano di casa in casa per ritirare le deiezioni notturne.

«Puah!» fece Arlen, turandosi il naso. «Questa città puzza peggio di una stalla! Come fate a sopportarlo?»

«È più che altro la mattina, quando passano per la raccolta» rispose Ragen. «Alla fine, ti ci abitui. Un tempo avevamo delle fogne, gallerie che scorrevano sotto a ogni casa, portandosi via gli escrementi. Ma sono state chiuse secoli fa, perché i coreling le sfruttavano per penetrare nella città.»

«Non potreste scavare semplicemente dei pozzi neri?» domandò Arlen.

«Miln sorge su un terreno roccioso» spiegò Ragen. «Chi non ha un giardino privato da concimare è tenuto a lasciare fuori gli escrementi, di modo che vengano raccolti e utilizzati per i Giardini del Duca. Così esige la legge.»

«Una legge ben puzzolente» commentò il ragazzo.

Ragen rise. «Può darsi» ammise. «Ma che ci garantisce da mangiare e fa andare avanti l'economia. Se vedessi dove abita il mastro della Gilda dei Raccoglitori, casa mia ti sembrerebbe un tugurio.»

«Sono sicuro che la vostra ha un odore migliore» replicò Arlen, strappando a Ragen un'altra risata.

Svoltato un angolo, giunsero finalmente a una bottega piccola ma ben protetta, con rune sottili incise attorno alle finestre, sull'architrave e gli stipiti della porta. Arlen ne apprezzò i raffinati dettagli. Chiunque le avesse realizzate aveva un'ottima mano.

Il loro ingresso fu accompagnato da uno scampanellio, e Arlen rimase con tanto d'occhi dinanzi al contenuto della bottega. La stanza era piena di rune difensive d'ogni forma e dimensione, tracciate su ogni genere di supporto.

«Aspetta qui» disse Ragen, e attraversò il locale per andare a parlare con un uomo seduto su un banchetto da lavoro. Arlen registrò a malapena il suo allontanarsi, e si mise a gironzolare per il negozio. Accarezzò con dita reverenti le rune intessute negli arazzi, scolpite su ciottoli lisci di fiume, stampate nel metallo fuso. C'erano pali intagliati per i campi dei contadini, e un cerchio portatile come quello di Ragen. Cercò di memorizzare ogni runa che vedeva, ma ce n'erano davvero troppe.

«Arlen, vieni qui!» lo chiamò Ragen qualche minuto più tardi. Il ragazzo trasalì e corse a raggiungerli.

«Ti presento mastro Cob.» Il messaggero indicò l'uomo attorno alla sessantina. Era basso per un milnese, e doveva avere avuto un fisico robusto, prima di ingrassare. Una folta barba grigia, appena striata dal nero del colore originario, gli ricopriva il volto, e portava i capelli tagliati cortissimi, con una zona più rada alla sommità del capo. Aveva una pelle grinzosa e coriacea come il cuoio, e la sua stretta inghiottì la mano di Arlen.

«A quanto mi dice Ragen, vuoi diventare un runiere» esordì Cob, risedendosi pesantemente sulla sua panca.

«No, signore» corresse Arlen. «Voglio diventare un messaggero.»

«Come tutti i ragazzi della tua età» disse Cob. «I più svegli si ravvedono, prima di farsi ammazzare.»

«Non siete stato un messaggero anche voi, una volta?» chiese Arlen, confuso dall'atteggiamento dell'uomo.

«Lo sono stato» ammise Cob, tirandosi su la manica per mostrargli un tatuaggio simile a quello di Ragen. «Ho viaggiato tra le Città Libere e una decina di borghi, e guadagnato più soldi di quanti pensavo di poter mai spendere.» Tacque un momento, facendo crescere ulteriormente la confusione di Arlen. «Ci ho guadagnato anche queste» riprese, alzandosi la camicia per mostrare le spesse cicatrici che gli solcavano lo stomaco. «E questo.» Sfilò il piede da una scarpa. Al posto di quattro dita non restava che una mezzaluna di carne deforme, cicatrizzata da tempo.

«Ancora oggi» continuò Cob «non riesco a dormire per più di un'ora di seguito senza svegliarmi di soprassalto, in cerca della mia lancia. Sì, sono stato un messaggero. Uno dannatamente bravo e più fortunato di tanti altri, ma non è un destino che augurerei a nessuno. Portare messaggi potrà sembrare un mestiere glorioso, ma per ogni uomo che vive in una bella dimora ed è rispettato come Ragen, ce ne sono due dozzine che marciscono lungo la strada.»

«Non m'importa» replicò Arlen. «Io questo voglio.»

«Allora ti propongo un patto» sospirò Cob. «Un messaggero deve essere innanzi tutto un runiere, perciò ti farò mio apprendista e ti insegnerò l'arte. Quando avremo tempo, ti insegnerò anche quello che so su come sopravvivere sulla strada. Un apprendistato dura sette anni. Se a quel punto vorrai ancora diventare un messaggero… be', sarai padrone delle tue scelte.»

«Sette anni?» trasecolò Arlen.

Cob fece uno sbuffo. «Non s'impara in un giorno a disegnare le rune, figliolo.»

«Io sono già capace» replicò Arlen in tono di sfida.

«Così sostiene Ragen» disse Cob. «E sostiene pure che lo fai senza la minima nozione di geometria o di teoria delle rune. Se tracci le rune a occhio, magari non ti farai ammazzare domani, né tra una settimana, ragazzo, ma prima o poi ti farai ammazzare.»

Arlen pestò un piede per terra. Sette anni sembravano un'eternità, ma nel profondo di sé sapeva che il mastro aveva ragione. Il dolore alla schiena era un promemoria costante di quanto fosse impreparato ad affrontare di nuovo i coreling. Aveva bisogno delle tecniche che poteva insegnargli quell'uomo. Non dubitava che ci fossero decine di messaggeri che soccombevano ai demoni, e giurò a se stesso che non avrebbe fatto quella fine solo perché era troppo cocciuto per imparare dai propri errori.

«D'accordo» accettò infine. «Sette anni.»

Parte seconda

MILN

Anni 320-325 dopo il Ritorno

10
Apprendista

Anno 320 dR

«Ecco che torna il nostro amico» disse Gaims, puntando il dito verso le tenebre dalla loro postazione sulle mura.

«Puntualissimo» convenne Woron, avvicinandoglisi. «Secondo te, cosa vorrà?»

«E che vuoi che ne sappia, io?» replicò Gaims.

Affacciate dal parapetto della torre di avvistamento, le due guardie osservavano il demone della roccia senza un braccio che si era materializzato dinanzi ai cancelli della città. Era immenso, anche agli occhi delle guardie milnesi, che tra tutti i tipi di demoni avevano più dimestichezza con quelli della roccia.

Mentre le altre creature cominciavano appena a orientarsi, il demone monco avanzava con risolutezza, fiutando l'aria attorno all'ingresso della città, cercando qualcosa. Poi si drizzò in tutta la sua statura e sferzò la porta per saggiarne le difese. La magia fiammeggiò, respingendo il demone, che tuttavia non si diede per vinto. Avanzò a passi lenti lungo le mura, seguitando a colpirle per cercare un punto debole, finché non sparì di vista.

Ore più tardi, un crepitio di energia segnalò il ritorno del mostro dalla direzione opposta. Le sentinelle degli altri posti di guardia dicevano che il demone percorreva ogni notte l'intero perimetro della città, attaccando ogni protezione. Quando ebbe raggiunto di nuovo la porta, si accucciò a terra, per scrutare paziente la città.

Gaims e Woron si erano abituati a quella scena, cui ormai assistevano ogni notte, da un anno a quella parte. Avevano finito addirittura per attenderla con impazienza, e a ingannare le lunghe ore di guardia facendo scommesse su quanto tempo ci avrebbe messo il Monco a fare il giro della città, o se avrebbe preferito dirigersi a est o a ovest per compierlo.

«Sarei quasi tentato di lasciarlo entrare, solo per vedere a cosa sta dando la caccia» azzardò Woron.

«Non dirlo neanche per scherzo» lo ammonì Gaims. «Se il comandante della guardia sente di questi discorsi, ci farà mettere in ceppi tutti e due, a spaccar pietre per un anno intero.»

Il suo compagno grugnì. «È pur sempre un mistero...»

Quel primo anno a Miln, il suo dodicesimo di età, passò velocemente per Arlen, che faceva costanti progressi nel suo nuovo ruolo di apprendista runiere. Il primo compito di Cob era stato insegnargli a leggere e a scrivere. Arlen conosceva rune mai viste a Miln e Cob voleva che le mettesse su carta prima possibile.

Arlen divenne un lettore vorace, e non si spiegava come avesse potuto vivere senza i libri. Si immergeva nella lettura per ore filate; al principio avanzava stentatamente, scandendo le parole con le labbra, ma presto imparò a correre con gli occhi sulle pagine, sfogliandole con rapidità.

Cob non aveva motivo di lamentarsi; Arlen lavorava più sodo di qualsiasi suo precedente apprendista, restando alzato fino a notte fonda a incidere rune. Spesso Cob se ne andava a letto pensando a tutto il lavoro che lo aspettava il giorno dopo, per trovarselo già completato quando le prime luci del mattino inondavano la bottega.

Dopo avere imparato a leggere e a scrivere, Arlen incominciò a redigere il suo primo catalogo di rune, complete di descrizioni, usando un libro che il mastro aveva acquistato per lui. La carta era un bene raro nelle terre poco boscose di Miln, e un libro intero era qualcosa di sconosciuto alla gente comune, ma Cob non si curò della spesa.

«Anche il grimorio più infimo vale cento volte la carta su cui è stato scritto» affermò.

«Grimorio?» chiese Arlen.

«Un libro di rune» spiegò Cob. «Ogni runiere ha il suo, e ne custodisce gelosamente i segreti.»

Arlen fece tesoro di quel dono prezioso, riempiendone le pagine con mano lenta ma ferma.

Quando il ragazzo ebbe concluso il suo scavo nella memoria, Cob ne studiò il risultato con enorme stupore. «Per il Creatore, ragazzo, hai idea del valore di questo libro?»

Arlen alzò gli occhi dalla runa che stava cesellando su un pilastrino di pietra e fece spallucce. «Qualsiasi barba grigia di Rio Tibbet potrebbe insegnarti quelle rune» minimizzò.

«Forse» disse Cob «ma ciò che può essere comune a Rio Tibbet è un tesoro sepolto qui a Miln. Questa runa, per esempio» indicò una pagina «può davvero trasformare uno sputo di fuoco in brezza fresca?»

Arlen rise. «Era tra le preferite da mia mamma» raccontò. «Nelle calde notti d'estate, sperava che i demoni del fuoco venissero alle nostre finestre per rinfrescarci la casa con il loro fiato.»

«Stupefacente» disse Cob, scuotendo la testa. «Voglio che me ne disegni delle altre copie, Arlen. Farò di te un uomo straricco.»

«E come?» chiese Arlen.

«La gente pagherebbe una fortuna per possedere una copia di questa» affermò Cob. «Forse non dovremmo nemmeno venderle. Tenendole segrete, potremmo diventare i runieri più richiesti dell'intera città.»

Arlen si accigliò. «Non è giusto tenerle segrete» obiettò. «Mio papà diceva sempre che le rune sono patrimonio di tutti.»

«Ogni runiere ha i suoi segreti, Arlen» disse Cob. «È così che ci guadagniamo da vivere.»

«Ci guadagniamo da vivere incidendo pali di protezione e dipingendo rune sugli stipiti delle porte» ribatté il ragazzo «non accumulando segreti che possono salvare vite. Dovremmo forse negare il nostro aiuto a chi è troppo povero per pagarselo?»

«Certo che no» ammise Cob «ma questo è diverso.»

«Perché?» replicò Arlen. «A Rio Tibbet non avevamo runieri. Disegnavamo noi stessi le protezioni delle case, e chi era più bravo aiutava chi lo era meno senza volere nulla in cambio. Perché dovremmo pretenderlo? Non dobbiamo combatterci l'uno contro l'altro, dobbiamo combattere i demoni!»

«Forte Miln non è come Rio Tibbet, ragazzo mio» sbuffò Cob. «Qui, la roba costa. Se non hai soldi, finisci a fare il mendicante. Io esercito il mio mestiere, come il fornaio o lo scalpellino. Perché non dovrei farmi pagare?»

Arlen rimase in silenzio per un tratto. «Cob, come mai voi non siete ricco?» chiese alla fine.

«Cosa?»

«Come Ragen» precisò Arlen. «Avete detto che siete stato un messaggero del duca. Allora perché non abitate in una bella dimora, con i servi che provvedono a tutto? Perché continuate a fare questo mestiere?»

Cob esalò un lungo respiro. «I soldi sono un bene incerto, Arlen» rispose. «Un giorno ne hai tanti da non sapere nemmeno che fartene, e quello dopo... puoi ritrovarti costretto a elemosinare il cibo per strada.»

Arlen ripensò ai mendicanti che aveva visto il giorno del suo arrivo a Miln. Da allora, ne aveva visti molti altri, che rubavano letame da ardere per scaldarsi, dormivano nei ricoveri pubblici, chiedevano la carità ai passanti.

«Che fine hanno fatto i vostri soldi, Cob?» domandò.

«Ho incontrato un uomo che sosteneva di poter costruire una strada» rispose Cob. «Una strada protetta, per arrivare da qui fino ad Angiers.» Arlen venne a sedersi su uno sgabello vicino a lui, rapito dall'interesse.

«Avevano già provato a costruire delle strade» continuò Cob. «Per raggiungere le Miniere del Duca, sulle montagne, o i Frutteti di Harden, a sud della città. Brevi distanze, meno di un giorno di viaggio, ma sufficienti per far guadagnare una fortuna a chi le avesse realizzate. Ma i tentativi fallivano sempre. Se nella rete di protezione c'è una falla, anche la più piccola, i coreling finiranno sempre per trovarla. E una volta entrati...» Scrollò la testa. «È quanto ho detto a quell'uomo, ma lui era inamovibile. Aveva un piano. Avrebbe funzionato. Gli occorrevano soltanto i soldi.»

Cob guardò Arlen. «In ogni città c'è qualcosa che scarseggia» riprese «e qualcos'altro che invece sovrabbonda. Miln è ricca di metalli e pietra, ma non ha legname. Per Angiers è l'inverso. In entrambe le città c'è carenza di cereali e carne, mentre a Rizon ne hanno in eccesso, ma stentano a reperire del legname decente o del metallo per i loro utensili. A Lakton c'è abbondanza di pesce, ma poco altro.

«So che mi reputerai uno stolto» Cob scosse il capo «per aver preso in considerazione un progetto che tutti, dal duca in giù, avevano scartato come irrealizzabile, ma quell'idea mi era entrata in testa. Continuavo a chiedermi: e se ci riuscisse? Non vale la pena di correre il rischio?»

«Io non vi reputo affatto uno stolto» disse Arlen.

«Ed è per questo che ti tengo da parte una grossa fetta della tua paga» ridacchiò Cob. «La getteresti al vento, come ho fatto io.»

«Com'è finita con quella strada?» volle sapere Arlen.

«I coreling, ecco com'è finita» rispose Cob. «Hanno massacrato quel poveretto, insieme a tutti gli operai che avevo assunto per lui; hanno incendiato pali di protezione e progetti… hanno distrutto ogni cosa. Avevo investito tutto quel che avevo su quella strada, Arlen. Neppure licenziare i miei servi è bastato per saldare tutti i debiti. Vendendo la mia dimora ho racimolato appena il denaro sufficiente per ripagare l'ultimo prestito e comprarmi questa bottega, e da allora sono rimasto qui.»

Restarono senza parlare per un po', entrambi intenti a figurarsi come doveva essere andata quella notte, a immaginarsi le scene dei coreling che danzavano tra le fiamme e la carneficina.

«Siete sempre convinto che quel sogno valesse il rischio?» chiese Arlen. «Collegare tra loro tutte le città?»

«Oggi più che mai» rispose Cob. «Anche quando mi rompo la schiena a caricare pali di protezione e sono costretto a mangiarmi la robaccia che mi cucino da solo.»

«Qui vale lo stesso discorso» disse Arlen, battendo il dito sul libro delle rune. «Se tutti i runieri condividessero il loro sapere, non sarebbe molto meglio per tutti? Non vale forse la pena di rinunciare a un piccolo profitto, per avere una città più sicura?»

Cob lo fissò per un lungo istante. Poi si alzò e gli posò una mano sulla spalla. «Hai ragione tu, Arlen. Perdonami. Faremo altre copie del libro e le venderemo agli altri runieri.»

Un sorriso esitante affiorò sulle labbra di Arlen.

«Che c'è ancora?» chiese Cob, sospettoso.

«Perché non barattare i nostri segreti coi loro?» azzardò Arlen.

La porta si aprì con uno scampanellio ed Elissa entrò con un sorriso smagliante nella bottega delle protezioni. Salutò Cob con un cenno del capo mentre portava un grande paniere ad Arlen e lo baciava sulla guancia. Il ragazzo fece una smorfia, imbarazzato, e si asciugò la guancia, ma lei non ci fece caso.

«Vi ho portato della frutta, pane fresco e formaggio» annunciò, tirando fuori dal cesto le cibarie. «Scommetto che la vostra dieta quotidiana non è migliorata di molto, dalla mia ultima visita.»

«Carne secca e pane duro sono il vitto di un messaggero, cara signora» disse Cob con un sorriso, senza alzare la testa dalla pietra di volta che stava cesellando.

«Sciocchezze» ribatté Elissa. «Voi ormai vi siete ritirato, Cob, e Arlen non è ancora un messaggero. Non cercate di nobilitare la pigrizia che vi scoraggia dal recarvi al mercato. Per un ragazzo in piena crescita come Arlen ci vogliono cibi più sani.» Mentre parlava, arruffò i capelli del ragazzo e sorrise anche quando lui si sottrasse al gesto affettuoso.

«Vieni a cena da me stasera, Arlen» lo invitò. «Ragen è fuori città, e senza di lui la residenza è solitaria e vuota. Mangerai qualcosa di nutriente per metterti un po' più in carne, e potrai dormire nella tua stanza.»

«Io... non credo di potere» rispose Arlen, evitando lo sguardo di lei. «Cob ha bisogno di me per finire questi pali di protezione destinati ai Giardini del Duca...»

«Stupidaggini» disse Cob, liquidando la scusa con un cenno della mano. «Quei pali possono aspettare, Arlen. Abbiamo ancora una settimana per consegnarli.» Alzò gli occhi su Elissa con un sorriso sornione, ignorando il disagio dell'apprendista. «Ve lo manderò al rintoccare della Campana della Sera, mia signora.»

Elissa ricambiò il sorriso. «Allora è deciso» concluse. «Ci vediamo stasera, Arlen.» Diede un bacio al ragazzo e uscì difilato dalla bottega.

Cob lanciò un'occhiata ad Arlen, tetramente assorto nel suo lavoro. «Non riesco a capire perché preferisci passare la notte su un pagliericcio nel retrobottega, quando potresti avere un bel letto di piume e le premure di una donna come Elissa, che stravede per te» commentò, riabbassando gli occhi sul suo lavoro.

«Si comporta come se fosse mia madre» si lamentò Arlen. «Ma non lo è.»

«È vero, lei non è tua madre» convenne Cob. «Ma è evidente che aspira a quel ruolo. Sarebbe così terribile concederglielo?»

Arlen non disse nulla e Cob, leggendo la tristezza negli occhi del ragazzo, preferì non insistere.

«Passi troppo tempo chiuso qui dentro con il naso ficcato nei libri» disse Cob, sfilando di mano ad Arlen il volume che stava leggendo. «Quand'è stata l'ultima volta che hai sentito sulla pelle il tepore del sole?»

Arlen spalancò gli occhi. A Rio Tibbet, approfittava di ogni occasione per uscire all'aria aperta, ma dopo più di un anno che viveva a Miln, ricordava a stento l'ultimo giorno che aveva trascorso fuori.

«Esci a cercarti compagnia!» gli ordinò Cob. «Sarebbe ora che ti facessi un amico della tua età!»

Arlen varcò le porte della città per la prima volta da un anno a quella parte, e trovò nel sole il conforto di un vecchio amico. Lontano da carri di letame, rifiuti marci e folle sudate, riscoprì nell'aria una freschezza dimenticata. Salì in cima a un dosso che sovrastava un campo pieno di bambini che giocavano, cavò dalla borsa un libro e si sedette a leggere.

«Ehi tu, secchione!» chiamò qualcuno.

Arlen alzò gli occhi e vide avvicinarsi un gruppo di ragazzi con un pallone. «Dai, vieni!» gridò uno di loro. «Ci manca uno per fare squadre pari!»

«Non so come si gioca» disse Arlen. Cob gli aveva praticamente ordinato di andare a divertirsi con gli altri ragazzi, ma il libro che stava leggendo gli sembrava molto più interessante.

«Che c'è da sapere?» chiese un altro ragazzo. «Aiuti la tua squadra a portare la palla alla meta, e cerchi di impedirlo all'altra squadra.»

Arlen aggrottò la fronte. «E va bene» acconsentì, andando a raggiungere il ragazzo che gli aveva rivolto la parola.

«Io sono Jaik» disse quello. Era magro, con i capelli neri scarmigliati e un naso affilato. Gli abiti che indossava erano sporchi e rattoppati. Doveva avere sui tredici anni, come Arlen. «Tu come ti chiami?»

«Arlen.»

«Sei a bottega da Cob il runiere, giusto?» chiese Jaik. «Sei il ragazzo che il messaggero Ragen ha trovato per strada?» Quando Arlen annuì, Jaik lo guardò con tanto d'occhi, incredulo. Lo condusse sul campo da gioco, e gli indicò le pietre dipinte di bianco che segnavano le mete.

Arlen apprese velocemente le regole del gioco. Dopo un po' dimenticò il suo libro, concentrando tutta l'attenzione sulla squadra avversaria. S'immaginò di essere un messaggero, mentre loro erano demoni che cercavano di impedirgli l'accesso al suo cerchio di protezione. Le ore passarono in fretta, e in un men che non si dica si sentì rintoccare la Campana della Sera. Tutti si precipitarono a raccogliere le proprie cose, intimoriti dal rabbuiarsi del cielo.

Arlen andò con calma a riprendere il suo libro. Jaik gli corse dietro. «Ti conviene sbrigarti» gli disse.

Arlen alzò le spalle. «C'è tutto il tempo» rispose.

Jaik guardò il cielo che andava scurendo e rabbrividì. «Giochi piuttosto bene» disse. «Torna anche domani. Giochiamo a palla quasi tutti i pomeriggi, e il Sestodì andiamo in piazza a vedere il giullare.» Arlen annuì in maniera evasiva, e Jaik gli sorrise, prima di correre via.

Arlen varcò di nuovo i cancelli della città, subito avvolto dal tanfo ormai divenutogli familiare. Si incamminò per la salita che conduceva alla dimora di Ragen. Il messaggero era partito di nuovo, stavolta per la remota Lakton, e Arlen si era impegnato a stare con Elissa durante il suo mese di assenza. La donna lo avrebbe assillato con le domande e le lagnanze sul suo abbigliamento, ma lui aveva promesso a Ragen di "tenere alla larga i suoi giovani amanti".

Margrit aveva assicurato ad Arlen che Elissa non aveva nessun amante. In effetti, quando il marito era via, Elissa vagava come un fantasma per le stanze della residenza, o passava ore a piangere in camera da letto.

Ma quando in casa c'era Arlen, gli disse la serva, il suo umore cambiava completamente. Più di una volta, Margrit l'aveva supplicato di trasferirsi da loro. Lui aveva rifiutato, ma in cuor suo doveva riconoscere che cominciava a gradire le soffocanti attenzioni di Lady Elissa.

«Eccolo che arriva» disse Gaims quella notte, vedendo emergere dalla terra l'imponente demone della roccia. Woron lo raggiunse e insieme osservarono dalla torre di guardia il demone che fiutava il terreno davanti al cancello. Con un ululato, il mostro volse le spalle alla porta e raggiunse a balzi la cima di un monticello. Trovandovi un demone del fuoco che danzava, lo scaraventò lontano con una manata, e si chinò a terra, in cerca di qualcosa.

«Il vecchio Monco è di umore nero, stanotte» commentò Gaims quando il demone lanciò un altro ululato e corse giù per la collina fino a un piccolo campo che batté in lungo e in largo, piegato in due per fiutare.

«Secondo te, cosa gli è preso?» domandò Woron. Il compagno gli rispose con un'alzata di spalle.

Il demone si allontanò dal campo, risalendo a grandi balzi per il dosso. Le sue grida divennero quasi dei gemiti lamentosi, e quando ritornò alla porta della città, si avventò sulle protezioni con una furia dissennata, con gli artigli che sprizzavano scintille ogni volta che la potente magia respingeva i suoi assalti.

«Non è così tutte le notti» commentò Woron. «È il caso di fare rapporto?»

«A che pro?» replicò Gaims. «Gli sfoghi di un demone scalmanato non interessano a nessuno, e se qualcuno se ne preoccupasse, cosa potrebbe mai fare?»

«Contro quel mostro impazzito?» chiese Woron. «Non molto, oltre a farsela sotto.»

Scostandosi dal banco di lavoro, Arlen si stiracchiò e si alzò. Il sole era tramontato da un pezzo, e il suo stomaco vuoto brontolava fastidiosamente, ma il fornaio era disposto a pagare il doppio pur di avere le protezioni riparate entro una sola notte, anche se non si vedeva un demone per le vie della città il Creatore sapeva da quando. Arlen sperò che Cob gli avesse lasciato qualcosa nella pentola.

Aprì la porta sul retro del negozio e si affacciò di fuori, restando al sicuro nel semicerchio di rune che proteggeva l'uscio. Guardò da un lato e dall'altro e, assicuratosi che la strada era libera, uscì sulla viuzza, attento a non mettere i piedi sulle rune.

Il viottolo che dal retrobottega conduceva alla modesta casetta di Cob era più sicuro di molte abitazioni di Miln, realizzato com'era in lastre di pietra colata, ciascuna protetta dalle sue rune. Quella pietra – o creta, come la chiamava Cob – era un'invenzione che risaliva al mondo antico, un portento sconosciuto a Rio Tibbet, ma piuttosto comune a Miln. Mescolando calce e pozzolana con acqua e pietrisco si otteneva un impasto limaccioso che si poteva modellare in qualsiasi forma prima che indurisse. Quando la creta colata cominciava a seccare, si potevano incidere con cura le rune sulla superficie ancora morbida, che una volta indurita garantiva difese pressoché permanenti. Era quanto aveva fatto Cob, una lastra dopo l'altra, fino a realizzare un percorso sicuro tra casa e bottega. Anche se una mattonella fosse stata compromessa in qualche modo, chi passava per il viottolo poteva semplicemente spostarsi su quella precedente o quella successiva per essere al sicuro dai coreling.

"Se riuscissimo a realizzare una strada con questo sistema," pensò Arlen "avremmo ai nostri piedi il mondo intero."

Entrando nella casetta, trovò Cob chino sullo scrittoio, intento a studiare delle tavolette d'ardesia scritte col gesso.

«La pentola è sul fuoco» bofonchiò il mastro, senza alzare lo sguardo. Arlen andò al focolare, in un angolo dell'unica stanza che costituiva l'abitazione, e si riempì una scodella con lo stufato denso di Cob.

«Per il Creatore, ragazzo, hai scatenato un finimondo con la tua idea» brontolò Cob, drizzando la schiena e indicando le tavolette. «Metà dei runieri di Miln preferisce tenersi i suoi segreti, anche a costo di rinunciare ai nostri, e una metà degli altri insiste a offrirci denaro in contropartita, ma il quarto restante mi ha inondato la scrivania di elenchi di rune da barattare con le nostre. Ci vorranno settimane solo per farne una cernita!»

«Ma servirà a migliorare le cose» replicò Arlen, usando una crosta di pane duro a mo' di cucchiaio mentre mangiava con vorace appetito, seduto per terra. Il mais e i fagioli erano ancora duri, le patate stracotte e mollicce, ma lui non se ne lagnò. Ormai si era abituato alle verdure rachitiche e fibrose di Miln, e Cob non aveva tempo né voglia di starle a cuocere separatamente.

«Forse hai ragione» ammise il mastro. «Ma, per la Notte! Chi avrebbe mai immaginato che ci fossero così tante rune diverse nella nostra città! Una buona metà non l'avevo mai vista in vita mia, e ti garantisco che ho esaminato a fondo ogni palo di protezione e ogni portone di Miln!»

Mostrò ad Arlen una delle tavolette. «Qui c'è uno che vorrebbe scambiare una protezione che induce un demone ad andarsene, dimenticandosi di quanto stava facendo, con la runa di tua madre che rende il vetro duro come l'acciaio.» Scosse la testa. «E *tutti* vogliono conoscere il segreto delle tue rune d'interdizione, ragazzo mio. Sono più facili da disegnare senza righello né mezzaluna.»

«Miseri espedienti per gente incapace di tracciare una linea dritta» ironizzò Arlen.

«Non tutti hanno il tuo talento» bofonchiò Cob.

«Talento?»

«Ora non montarti troppo la testa, figliolo» disse Cob «ma non ho mai visto nessuno imparare l'arte delle rune in fretta come te. Diciotto mesi di apprendistato, e già disegni come se avessi cinque anni almeno d'esperienza nel mestiere.»

«Stavo ripensando al nostro patto» disse Arlen.

Cob lo guardò, incuriosito.

«Mi avevate promesso che se avessi lavorato sodo mi avreste insegnato come si sopravvive sulla strada.»

I due si fissarono per un lungo istante. «Io la mia parte l'ho fatta» sottolineò Arlen.

Cob esalò un sospiro. «Direi proprio di sì» riconobbe. «Ti sei allenato a cavalcare?»

Arlen annuì. «Il garzone di stalla di Ragen mi ha permesso di aiutarlo a esercitare i cavalli.»

«Raddoppia i tuoi sforzi» consigliò Cob. «Il cavallo è vitale per un messaggero. Ogni notte all'aperto che ti fa risparmiare il tuo destriero è una notte fuori pericolo.» Il vecchio runiere si alzò, andò ad aprire uno stipo e ne estrasse uno spesso telo arrotolato. «Ogni Settimodì, quando il negozio è chiuso, ti darò lezioni di cavallo e ti insegnerò come si usano queste.»

Posò per terra l'involto e lo srotolò, svelando una serie di lance bene oliate. Arlen le guardò con bramosia.

Cob alzò gli occhi ai campanellini che tintinnarono all'ingresso di un ragazzetto nella bottega. Aveva sui tredici anni, con i capelli neri arruffati e una peluria sul labbro più simile a un'ombra di sporcizia che a un paio di autentici baffi.

«Jaik, giusto?» chiese il runiere. «I tuoi lavorano al mulino giù alle Mura Orientali, o sbaglio? Vi avevamo fatto un preventivo per delle nuove protezioni, ma poi il mugnaio si è rivolto a qualcun altro.»

«Sì, esatto» rispose il ragazzo, annuendo.

«Cosa posso fare per te?» domandò Cob. «Il tuo mastro vorrebbe un altro preventivo?»

Jaik scosse il capo. «Ero solo venuto a vedere se oggi Arlen vuole venire allo spettacolo del giullare.»

Cob stentò a credere alle sue orecchie. Non aveva mai visto Arlen parlare con un suo coetaneo; il ragazzo passava tutto il tempo a lavorare e a leggere, o ad assillare di domande infinite i messi e i runieri che venivano alla bottega. Questa novità era una vera sorpresa, e andava incoraggiata.

«Arlen!» chiamò.

L'apprendista emerse dal retrobottega con un libro in mano. Finì quasi addosso a Jaik, prima di accorgersi della sua presenza e fermarsi di colpo.

«Jaik è passato a prenderti per andare a vedere il giullare» riferì Cob.

«Ci verrei volentieri» disse Arlen «ma devo ancora finire…»

«Il lavoro può sempre aspettare» lo interruppe Cob. «Vai a divertirti.» Lanciò ad Arlen un sacchettino di monete e spinse i due ragazzi fuori dalla porta.

Di lì a poco, i ragazzi attraversavano il mercato affollato che circondava la piazza principale di Miln. Arlen spese una stella d'argento per acquistare dei pasticci di carne da un venditore. Quando se li furono spolverati, ungendosi la faccia di sugo, comprò dei dolciumi da un altro per pochi lumini di rame.

«Un giorno farò il giullare» annunciò Jaik, succhiando una caramella, mentre si dirigevano verso lo spiazzo dove si erano radunati i bambini.

«Dici sul serio?» chiese Arlen.

Jaik annuì. «Sta' a vedere.» Cavò di tasca tre palline di legno e le fece vorticare in aria. Appena un istante dopo, Arlen si fece una risata vedendo una pallina ricadere in testa a Jaik e le altre finire per terra in mezzo alla confusione.

«È che ho ancora le dita unte» si giustificò Jaik mentre correvano a recuperare le palline.

«Già, immagino» concesse Arlen. «Io, invece, mi iscriverò alla Gilda dei Messaggeri, appena finito il tirocinio da Cob.»

«Allora io potrei essere il tuo giullare!» esclamò Jaik. «Potremmo affrontare la strada insieme!»

Arlen lo guardò. «Tu l'hai mai *visto*, un demone?»

«Vorresti dire che non ho abbastanza fegato per fronteggiarlo?» protestò Jaik, dandogli uno spintone.

«O abbastanza cervello» ribatté Arlen, spintonandolo a sua volta. Di lì a un istante, erano a terra che si azzuffavano. Arlen era ancora piccolo di statura, per la sua età, e Jaik riuscì facilmente a immobilizzarlo.

«Va bene, va bene!» rise Arlen. «Ti permetterò di essere il mio giullare!»

«Il *tuo* giullare?» insorse Jaik, senza mollare la presa. «Casomai, sei tu che sarai il *mio* messo!»

«Compagni alla pari?» propose Arlen. Jaik sorrise e gli diede una mano a rialzarsi. Poco dopo, erano seduti su dei blocchi di pietra nella piazza a guardare gli apprendisti della Gilda dei Giullari che facevano acrobazie e pantomime per scaldare il pubblico in vista dell'esibizione principale della mattinata.

Arlen rimase a bocca aperta quando vide entrare nella piazza Keerin. Alto e sottile come un lampione con i capelli rossi, era impossibile non riconoscere il giullare. Fu accolto da un boato della folla.

«È Keerin» disse Jaik eccitato, scuotendo Arlen per una spalla. «Il mio preferito!»

«Davvero?» si stupì Arlen.

«Perché, a te chi piace?» chiese Jaik. «Marley? Koy? Quelli non sono mica eroi, come Keerin.»

«A me non è sembrato tanto eroico, quando l'ho conosciuto» commentò Arlen, dubbioso.

«Hai conosciuto Keerin?» Jaik lo guardò con tanto d'occhi.

«È venuto una volta a Rio Tibbet» spiegò Arlen. «Lui e Ragen mi hanno trovato per strada e portato qui a Miln.»

«Keerin ti ha tratto in salvo?»

«È Ragen che mi ha tratto in salvo» corresse Arlen. «Keerin tremava a ogni ombra che vedeva.»

«Per il Fulcro, ma che dici?» protestò Jaik. «Pensi che si ricordi di te?» chiese poi. «Potresti presentarmelo, dopo lo spettacolo?»

«Forse» rispose Arlen con un'alzata di spalle.

L'esibizione di Keerin cominciò in modo molto simile a quella di Rio Tibbet. Si produsse in numeri di giocoleria e danza per infervorare la folla, prima di narrare ai bambini la storia del Ritorno, che accompagnò con gesti da mimo, giravolte e capriole.

«Cantaci la canzone!» gridò Jaik. Molti altri nella folla si unirono al suo grido, pregando Keerin di cantare. Per un po', lui fece finta di niente, fino a quando la richiesta divenne un boato scandito dal pestare dei piedi. Alla fine, il giullare rise e fece un inchino, imbracciando il liuto fra gli applausi scroscianti del pubblico.

A un suo cenno, gli apprendisti cominciarono a passare tra il pubblico con i cappelli per raccogliere le offerte. La gente non lesinò il denaro, smaniosa com'era di sentir cantare Keerin. E finalmente, il giullare attaccò:

Buia era la notte
Aspro il terreno
Lontano leghe da ogni rifugio

Crudo era il vento
A gelarci il cuore
Solo le rune davano ai mostri indugio

«Aiuto!» risuonò
Con voce disperata
Di un bimbo impaurito il grido

«Corri da noi!» esortai
«È vasto il cerchio nostro
Sarai al sicuro in questo nido!»

Ma il bimbo gemente rispose
«Non posso, sono caduto!»
Nel buio della voce giunse l'eco

Cogliendo quell'appello
Volli dargli soccorso
Ma il messo mi trattenne seco

«A che giova perire?»
Mi chiese a muso duro
«Perché solo la morte troverai

Aiuto non puoi dare di certo
Tra le grinfie dei coreling
Come carne da macello finirai.»

Un pugno gli sferrai
Di mano la lancia gli strappai
E il cerchio di rune superai di getto

In una carica disperata
Forza dalla paura nata
Per salvare dallo scempio il poveretto

«Fatti coraggio!» urlai
Correndo da lui perdifiato
«Mantieni il tuo cuore saldo e forte!»

«Se muoverti non puoi
Per metterti a riparo
Porterò le mie rune per sottrarti alla morte!»

Al suo cospetto giunsi lesto
Ma non abbastanza presto
Dai coreling ormai era circondato

Tra i demoni in tale folta schiera
L'impresa mia fu alquanto dura
Di rune a terra fare un tracciato

Un ruggito forte come il tuono
Squarciò la notte scura
Alto sei metri, un demone gigante

Dinanzi a noi si erse
E contro tale forza
Pareva la mia lancia buona a niente

Mostruose le corna e acuminate!
Artigli grossi quanto un braccio!
Coriaceo e nero e aveva il manto!

Come valanga s'abbatte
A recar scempio e danno
L'orrenda bestia si lanciò all'assalto!

Mi s'aggrappava stretto a una gamba
Gridando d'orrore quel moccioso
Mentre l'ultima runa finivo d'apporre

S'accese la magia con una vampa
Dono del Creatore generoso
Unica forza che ogni demone aborre!

Si sa, la gente dice
Che solo l'astro solare
A un demon della roccia può far duolo

Quella notte appresi invece
Che grave offesa gli si può recare
Come sa il demone con un braccio solo!

Keerin concluse la canzone con un gesto plateale, e Arlen rimase seduto in sconcertato silenzio, fra gli applausi scroscianti del pubblico. Mentre il giullare si profondeva in inchini, gli apprendisti passarono a raccogliere una valanga di monete.

«È stato grande, vero?» chiese Jaik, entusiasta.

«Non è così che sono andate le cose!» esclamò Arlen.

«Mi ha detto papà che le guardie gli hanno raccontato di un demone della roccia senza un braccio che viene ogni notte ad attaccare le protezioni» disse Jaik. «Sta cercando Keerin.»

«Ma se Keerin non c'era nemmeno!» insorse Arlen. «Sono stato *io* a mozzargli il braccio!»

Jaik sbuffò. «Per la Notte, Arlen! Non pretenderai mica che qualcuno ci creda!»

Arlen si alzò, indignato, e gridò: «Bugiardo! Impostore!». Mentre tutti si voltavano per vedere chi avesse parlato, Arlen saltò giù dal blocco di pietra e puntò risoluto verso Keerin. Il giullare alzò lo sguardo e sgranò gli occhi, riconoscendolo. «Arlen?» chiese, facendosi improvvisamente pallido.

Jaik, che era corso dietro all'amico, si fermò di colpo. «Allora lo conosci davvero» mormorò.

Keerin diede un'occhiata nervosa alla folla. «Arlen, ragazzo mio» disse aprendo le braccia «vieni, andiamo a parlarne in disparte.»

Arlen lo ignorò. «Non sei stato tu a mozzare il braccio a quel demone!» gridò in modo che tutti lo udissero. «Tu non c'eri nemmeno, quando è successo!»

Un brusio d'indignazione si diffuse tra la folla. Keerin si guardò attorno, intimorito, finché qualcuno gridò: «Portate via il ragazzo dalla piazza!» e fu subito acclamato dagli altri.

Un gran sorriso sbocciò sulle labbra di Keerin. «Nessuno crederà alla tua parola contro la mia» sogghignò.

«Io c'ero!» gridò Arlen. «Ho le cicatrici per provarlo!» Stava già per togliersi la camicia, quando Keerin fece schioccare le dita e Arlen e Jaik furono circondati all'istante dagli apprendisti.

Così intrappolati, non poterono più fare nulla, mentre Keerin si allontanava e, calamitando l'attenzione di tutti, agguantava il liuto per attaccare subito un'altra canzone.

«Perché non chiudi un po' il becco, tu?» ringhiò un muscoloso apprendista. Era alto una volta e mezzo Arlen, e tutti gli altri erano più grandi di lui e Jaik.

«Keerin è un bugiardo» insisté Arlen.

«E anche un gran figlio di un demone» convenne l'apprendista, mostrando il cappello pieno di monete. «Che vuoi che me ne importi, a me?»

Jaik si mise di mezzo. «Non c'è bisogno di arrabbiarsi tanto» disse. «Non intendeva niente di...»

Ma prima che potesse finire la frase, Arlen si avventò sul ragazzo più grosso e gli affibbiò un pugno in pancia. Mentre quello si piegava in due, Arlen si girò di scatto per affrontare i compagni. Fece sanguinare un naso o due, ma presto venne atterrato e sommerso di calci. Si rese vagamente conto che anche Jaik stava subendo lo stesso trattamento, al suo fianco, finché non vennero le guardie a porre fine alla zuffa.

«Sai» disse Jaik, mentre rientravano zoppicanti a casa «per essere un secchione, non te la cavi niente male con i pugni. Se solo ti scegliessi meglio i nemici...»

«Ho nemici ben peggiori» rispose Arlen, pensando al demone monco che continuava a dargli la caccia.

«Non era nemmeno convincente, come canzone» mugugnò Arlen. «Come faceva quello a disegnare rune al buio?»

«Abbastanza convincente per scatenare una rissa» osservò Cob mentre puliva via il sangue dal viso di Arlen.

«Stava *mentendo*» insisté il ragazzo, con una smorfia di dolore dipinta sul viso.

Cob si strinse nelle spalle. «Faceva solo il suo mestiere di giullare: inventarsi storie per intrattenere il pubblico.»

«A Rio Tibbet, si radunava l'intero villaggio ogni volta che arrivava un giullare» disse Arlen. «Selia diceva che sono i custodi delle storie del mondo antico e che se le tramandano di generazione in generazione.»

«E questo è vero» confermò Cob. «Ma anche i migliori di loro esagerano, Arlen. O tu credi che il primo Liberatore abbia davvero ucciso cento demoni della roccia con un colpo solo?»

«Una volta ci credevo» rispose Arlen con un sospiro. «Adesso non so più a cosa credere.»

«Benvenuto nell'età adulta» disse Cob. «Per ogni bambino viene il giorno in cui si rende conto che gli adulti possono essere deboli e ingiusti come tutti gli altri. Da quel giorno, tu diventi un adulto, che ti piaccia o no.»

«Non ci avevo mai pensato in questi termini» disse Arlen, consapevole che quel giorno era già passato da tempo. Rivide nel ricordo la scena in cui Jeph si nascondeva dietro alle difese del portico, mentre sua madre veniva assalita dai demoni.

«La bugia di Keerin era davvero così riprovevole?» chiese Cob. «Ha messo allegria nella gente. Ha dato loro speranza. Di questi tempi, speranza e allegria sono beni rari, e ce n'è un grande bisogno.»

«Poteva anche farlo con parole più veritiere» ribatté Arlen. «Ma invece si è preso il merito delle mie gesta solo per racimolare più soldi.»

«È alla verità che aspiri, oppure al riconoscimento?» domandò Cob. «Il riconoscimento conta davvero qualcosa? Non è più importante il messaggio?»

«La gente non ha bisogno soltanto di canzoni» disse Arlen. «Ha bisogno della prova che i coreling non sono invincibili.»

«Parli come un martire krasiano» ironizzò Cob «pronto a sacrificare la vita pur di ascendere al paradiso del Creatore, nell'altro mondo.»

«Ho letto che il loro aldilà è popolato di donne nude e il vino vi scorre a fiumi» disse Arlen con un sorriso beffardo.

«E per accedervi non devi far altro che trascinarti dietro un demone prima di essere ucciso. Comunque, io preferisco giocarmi le mie carte in questa vita. La prossima ti troverà sempre, ovunque tu possa cercare di sfuggirle. Non ha senso andarsela a cercare.»

11
La breccia

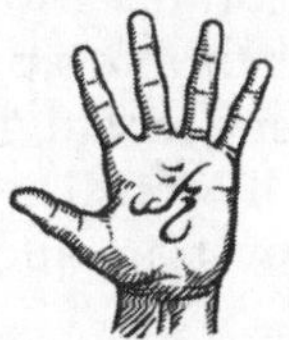

Anno 321 dR

«Tre lune che prende verso est» disse Gaims, facendo tintinnare le monete d'argento, mentre il Monco sorgeva da terra.

«Ci sto» accettò Woron. «Ha fatto il giro da est per tre notti di fila. Ormai è pronto per cambiare andazzo.»

Come sempre, il demone fiutò l'aria prima di saggiare le protezioni attorno alla porta della città. Procedeva con fare metodico, senza tralasciare un solo punto. Quando i cancelli si rivelarono inespugnabili, il coreling si avviò verso oriente.

«Per la Notte» imprecò Woron. «Ero sicuro che stavolta avrebbe fatto il giro diverso.» Pescò di tasca le monete, mentre le grida del demone e il crepitare delle protezioni attivate andavano sfumando in lontananza.

Dimenticata la scommessa, le due guardie si affacciarono dagli spalti e videro il Monco che fissava il muro in modo strano. Altri coreling gli si radunarono attorno, ma sempre tenendosi a rispettosa distanza dal gigante.

Tutt'a un tratto, il demone si gettò avanti con due soli artigli protesi. Non ci fu nessun fiammeggiare di rune, e lo schianto della pietra che s'incrinava giunse chiaramente alle orecchie delle guardie, che si sentirono gelare il sangue.

Con un ruggito di trionfo, il demone della roccia colpì di nuovo il muro, stavolta con l'intera mano. Alla luce delle stelle, le guardie videro lo spezzone di pietra che ne strappò fuori con gli artigli.

«Il corno» disse Gaims, reggendosi al parapetto con mani tremanti. Sentì un calore in mezzo alle gambe e ci mise un momento per rendersi conto che se l'era fatta addosso. «Suona il corno.»

Non avvertì alcun movimento al suo fianco. Voltandosi verso Woron, vide il compagno che fissava il demone della roccia a bocca aperta, la guancia rigata da una lacrima.

«Suona quel benedetto corno!» gridò Gaims, e Woron si scosse dal suo stordimento per correre a prendere il corno di segnalazione. Gli ci vollero diversi tentativi prima che riuscisse a intonare una nota. Intanto, il Monco si era girato per sferzare il muro con la coda uncinata, strappando via nuovi pezzi di roccia a ogni colpo.

Cob scrollò Arlen per svegliarlo.

«Che… cosa c'è?» farfugliò il ragazzo, stropicciandosi gli occhi. «È già mattina?»

«No» disse Cob. «Stanno suonando i corni. C'è una breccia.»

Arlen si drizzò di scatto a sedere, pallido in volto. «Una breccia? Ci sono coreling in città?»

«Forse» rispose Cob. «O ci saranno presto. Dai, alzati!»

I due corsero ad accendere le lanterne e recuperare gli attrezzi, indossando mantelli pesanti e guanti senza le dita per proteggersi dal freddo e non essere impacciati nel lavoro.

I corni risuonarono di nuovo. «Due richiami» disse Cob «uno breve, uno lungo. La breccia si trova fra il primo e il secondo posto di guardia, a oriente della porta principale.»

Da fuori giunse uno scalpiccio di zoccoli sul selciato, seguito da un bussare insistente all'uscio. Aprendolo, si trovarono di fronte Ragen in armatura da combattimento, con una lancia lunga e massiccia in mano. Il suo scudo con le protezioni era appeso al pomello della sella di un imponente destriero. Non uno snello e mansueto cavallo da corsa come Occhi della Notte, ma una bestia robusta e bizzosa, un cavallo da guerra come quelli che si allevavano nei tempi antichi.

«Elissa è fuori di sé per l'ansia» spiegò il messo. «Mi ha spedito da voi per proteggervi.»

Arlen si accigliò, ma un po' della paura che lo aveva attanagliato al risveglio si dissolse con l'arrivo di Ragen. Attaccarono il loro cavallino robusto al carro da lavoro e partirono alla volta della breccia, guidati dalle grida, gli strepiti e i lampi di luce.

Le strade erano deserte, porte e finestre sprangate, ma dalla luce che filtrava dalle fessure, Arlen capì che gli abitanti di Miln erano svegli e pregavano inquieti che le loro protezioni reggessero. Sentì qualcuno che piangeva e pensò a quanto i milnesi dipendevano dalla tenuta delle loro mura.

Giunsero su una scena di caos totale. Guardie e runieri giacevano morti o moribondi sulle vie acciottolate, le lance spezzate e in fiamme. Tre guardie insanguinate lottavano con un demone del vento, cercando di tenerlo inchiodato per dare il tempo a una coppia di apprendisti runieri di intrappolarlo in un cerchio portatile. Altri correvano avanti e indietro con secchi d'acqua, cercando di domare i tanti piccoli incendi, mentre i demoni del fuoco zampettavano allegramente di qua e di là, appiccando le fiamme a tutto ciò che trovavano a tiro.

Arlen osservò la breccia, stupefatto che un coreling avesse potuto scavare attraverso sei metri di solida roccia. I demoni si affollavano attorno allo squarcio, contendendosi a colpi di artigli il turno di accedere nella città.

Un demone del vento s'intrufolò lesto nella breccia, spiegando le ali non appena ne riemerse. Una guardia gli scagliò contro la lancia, ma il tiro risultò corto, e il demone poté involarsi incontrastato sulla città. Un istante dopo, un demone del fuoco si avventò sulla guardia ormai disarmata e le squarciò la gola.

«Presto, ragazzo!» gridò Cob. «Le guardie cercano di farci guadagnare tempo, ma non resisteranno a lungo, con una breccia di questa portata. Dobbiamo richiuderla alla svelta!» Saltò giù dal carro con sorprendente agilità, recuperò dal retro due cerchi portatili e ne affidò uno ad Arlen.

Protetti da Ragen che cavalcava al loro fianco, si precipitarono verso il vessillo con la pietra di volta, emblema della gilda, che sventolava al centro del cerchio protettivo in cui avevano fatto base i runieri. All'interno, alcune erboriste disarmate accudivano i feriti, o si lanciavano temerariamente fuori dal circolo per aiutare gli uomini che barcollando cercavano di raggiungere il rifugio. Ce n'era un numero davvero esiguo, di fronte ai tanti bisognosi di cure.

Madre Jone, la consigliera del duca, e mastro Vincin, capo della Gilda dei Runieri, vennero ad accoglierli. «Mastro Cob, la vostra presenza mi...» prese a dire Jone.

«Dove c'è bisogno di noi?» chiese Cob a Vincin, ignorando completamente la donna.

«Alla breccia principale» rispose Vincin. «Occupatevi dei pali a quindici e trenta gradi» disse, indicando una catasta di piloni. «E, per il Creatore, siate prudenti! Laggiù c'è un demone della roccia scatenato; quello che ha aperto per primo la breccia. Lo hanno intrappolato per impedirgli di inoltrarsi nella città, ma dovrete passare attraverso le difese per mettervi in posizione. Quello ha già massacrato tre runieri e sa il Creatore quante guardie.»

Cob annuì e si diresse verso la catasta insieme ad Arlen. «Chi era in servizio stasera al crepuscolo?» chiese, mentre si caricavano i pali.

«Mastro Macks e i suoi apprendisti» rispose Jone. «Il duca lo farà impiccare per questa mancanza.»

«E farà una grossa sciocchezza» commentò Vincin. «Non abbiamo idea di cosa sia successo laggiù, e Miln ha bisogno di ogni runiere disponibile, se non di più.» Esalò un lungo sospiro. «Ne resteranno fin troppo pochi dopo stanotte, se continua così.»

«Per prima cosa, sistema il tuo cerchio» ripeté Cob per la terza volta. «Quando sarai al sicuro al suo interno, monta il palo sul suo sostegno e aspetta che si accenda il magnesio. Rischiarerà la notte a giorno, quindi copriti gli occhi prima che divampi. Dopodiché, orienta il palo rispetto al quadrante del pilone principale. Non cercare di collegarlo agli altri pali. Confida nell'opera degli altri runieri. Quando è in posizione, fissalo bene piantando i picchetti tra i ciottoli.»

«E poi?» chiese Arlen.

«Te ne resti dentro a quel benedetto cerchio fino a contrordine» tuonò Cob «qualsiasi cosa dovessi vedere, anche a costo di restarci per tutta la notte! È chiaro?»

Arlen assentì.

«Bravo.» Cob perlustrò la scena caotica e attese, attese ancora, poi gridò: «Adesso!» e insieme si precipitarono verso le postazioni assegnate, aggirando fiamme, corpi e macerie. In pochi secondi, superarono una schiera di edifici e videro il demone della roccia che torreggiava su un drappello di guardie e una decina di cadaveri. Il sangue gli scintillava su artigli e zanne alla luce delle lanterne.

Arlen si sentì gelare. Si fermò di colpo, voltandosi verso Ragen, e il loro sguardi s'incrociarono per un istante. «Sarà in cerca di Keerin» ironizzò il messaggero.

Arlen aprì la bocca, ma prima che potesse rispondere, Ragen gli gridò: «Attento!» e vibrò un colpo di lancia nella sua direzione.

Arlen cadde, lasciando la presa sul palo, e sbatté dolorosamente il ginocchio sui ciottoli. Udì uno schianto quando l'impugnatura della lancia di Ragen colpì in piena faccia un demone del vento lanciato in picchiata, e si girò con un ruzzolone in tempo per vedere il coreling rimbalzare contro lo scudo del messo e abbattersi a terra.

Ragen calpestò la creatura sotto gli zoccoli del suo cavallo da guerra, che spronò al galoppo. Agguantò al volo Arlen mentre il ragazzo già raccoglieva il suo palo, e un po' trascinandolo un po' sollevandolo lo condusse fino alla postazione indicata. Cob aveva già installato il suo cerchio portatile e stava preparando il sostegno per il palo.

Arlen dispose il proprio cerchio senza perdere tempo, ma il suo sguardo continuava a guizzare verso il Monco. Il demone cercava di forzare con gli artigli le difese allestite in fretta dinanzi a lui. Arlen vedeva bene i punti deboli della rete ogni volta che fiammeggiava, e sapeva che non avrebbe resistito in eterno.

Il demone fiutò l'aria e sollevò di scatto il testone, incrociando lo sguardo di Arlen. I due si fissarono in una muta sfida per un lungo istante, finché Arlen non resse più e abbassò gli occhi. Il Monco lanciò un grido stridente e raddoppiò i suoi sforzi per aprirsi un varco tra le protezioni sempre più deboli.

«Arlen, smettila di guardarlo e fai il tuo benedetto lavoro!» urlò Cob, scuotendo il ragazzo dal suo stato di stupefazione. Facendo del suo meglio per non sentire gli strilli dei coreling e le grida delle guardie, Arlen piazzò a terra il sostegno pieghevole di metallo e ci piantò dentro il palo, quindi si coprì gli occhi con la mano e attese il lampo del magnesio.

La luce divampò un istante dopo, tramutando la notte in giorno. I runieri orientarono rapidamente i loro pali e li fissarono in posizione con i picchetti. Sventolarono dei drappi bianchi per segnalare che l'opera era completata.

Concluso il suo lavoro, Arlen scrutò il resto della zona. Diversi runieri e apprendisti stavano ancora lottando per drizzare i loro pali. Uno era in fiamme, divorato dal fuoco di un demone. I coreling indietreggiavano strillando dinnanzi alla luce del magnesio, nel terrore che l'odiato sole fosse già sorto, chissà come. Le guardie avanzarono a lance spiegate, per cercare di respingerli al di là dei pali di protezione, prima che si attivassero. Ragen fece lo stesso, spronando il cavallo da un lato all'altro, con lo scudo lustro che rifletteva la luce e metteva in fuga i coreling terrorizzati.

Ma quella luce falsa non aveva effetti realmente letali sui coreling. Il Monco non arretrò di un passo quando una squadra di guardie, incoraggiate dalla luce, gli si avventò contro con una selva di lance. Molte delle punte si spezzarono o rimbalzarono sulla dura corazza del demone, che ne afferrò altre e con violenti strattoni scaraventò gli armigeri al di là delle protezioni con la stessa facilità con cui un bambino avrebbe fatto volteggiare una bambola.

Arlen assisté inorridito alla strage. Il demone spiccò di netto la testa a un uomo con un morso e ne scagliò il corpo addosso ai compagni, facendone rovinare a terra un buon numero. Ne schiacciò un altro sotto i piedi e ne fece volare un terzo con un colpo della coda spinata. Il malcapitato si schiantò a terra senza più rialzarsi.

Ormai, le rune che frenavano il demone erano sepolte sotto ai corpi e al sangue, e il Monco poté lanciarsi alla carica come un toro, mietendo vittime a man bassa. Le guardie batterono in ritirata, alcune si diedero addirittura alla fuga, ma non appena si furono allontanate, il coreling gigantesco si dimenticò completamente di loro per avventarsi sul cerchio portatile di Arlen.

«Arlen!» gridò Ragen, voltando il destriero nella sua direzione. Nel panico che lo colse alla vista del demone alla carica, il messaggero sembrò dimenticarsi del cerchio portatile che proteggeva il ragazzo. Mise la lancia in resta e spronò il cavallo al galoppo, per attaccare il Monco alle spalle.

Il demone della roccia lo sentì avvicinarsi e si girò all'ultimo momento, piantò i piedi a terra e ricevette la lancia in pieno petto. L'arma andò in mille pezzi e con una manata sprezzante il demone gigantesco sfondò il cranio al cavallo.

Con la testa piegata da un lato, il destriero rovinò all'indietro nel cerchio di Cob, urtando l'uomo e il suo palo, che si inclinò. Ragen non fece in tempo a divincolarsi e l'animale lo trascinò sotto nella caduta, schiacciandogli una gamba e inchiodandolo al suolo. Il Monco si fece avanti per finirlo.

Arlen lanciò un grido e si guardò attorno in cerca d'aiuto, ma non c'era nessuno che potesse offrirne. Aggrappato al suo palo, Cob stava cercando di rialzarsi. Tutti gli altri runieri intorno alla breccia stavano facendo dei segnali. Avevano rimpiazzato il palo incendiato, e solo quello di Cob restava fuori posto, ma non c'era nessuno per dargli una mano; la guardia cittadina era stata decimata dall'ultimo assalto del Monco. Anche se Cob fosse riuscito a sistemare alla svelta il palo, Arlen capì che per Ragen non c'era scampo. Il Monco era passato all'interno della rete di protezione.

«Ehi!» gridò il ragazzo, uscendo dal cerchio e agitando le braccia. «Ehi, brutta bestiaccia!»

«Arlen, torna in quel benedetto cerchio!» urlò Cob, ma ormai era troppo tardi. Udendo la voce di Arlen, il demone della roccia si volse indietro di scatto.

«Ah, bravo, mi hai capito» mormorò Arlen, sentendosi prima avvampare e poi raggelare il viso. Lanciò un'occhiata al di là dei pali di protezione. I coreling si stavano facendo più baldanzosi, ora che la luce del magnesio cominciava a scemare. Mettere piede là in mezzo sarebbe stato un suicidio.

Ma Arlen ripensò ai suoi precedenti incontri con il demone della roccia, e alla gelosia possessiva con cui sembrava considerarlo cosa sua. Con quell'idea in testa, si volse e corse oltre la difesa dei pali, attirando su di sé l'attenzione di un demone che sputava fuoco. Il demone scattò, con gli occhi fiammeggianti, ma altrettanto fece il Monco, che intercettò e abbatté il demone più piccolo.

Quando il Monco tornò a volgersi verso di lui, Arlen si stava già precipitando dietro ai pali di protezione. Il Monco gli sferrò un colpo violento, ma le rune fiammeggiarono e lo respinsero. Cob era riuscito a rimettere in posizione il suo palo, ripristinando così la rete. Il Monco strillava di rabbia, tempestando di pugni la barriera, ma la difesa era ormai impenetrabile.

Arlen corse a raggiungere Ragen. Cob lo abbracciò forte, poi gli diede una tirata d'orecchi. «Un'altra trovata del genere» lo avvertì il mastro «e ti spezzo con le mie mani quel collo ossuto.»

«Ero io quello che doveva proteggere *te*...» disse debolmente Ragen, increspando le labbra in un esile sorriso.

C'erano ancora dei coreling dispersi per la città quando Vincin e Jone congedarono i runieri. Le guardie superstiti aiutarono le erboriste a trasportare i feriti agli ospedali cittadini.

«Ma qualcuno non dovrebbe dare la caccia a quelli che ci sono sfuggiti?» chiese Arlen mentre adagiavano Ragen sul retro del carro. Gli avevano fissato la gamba con una stecca, e le erboriste gli avevano dato una tisana per calmare il dolore che lo rendeva sonnolento e distratto.

«A che pro?» ribatté Cob. «I cacciatori riuscirebbero solo a farsi ammazzare, e domattina il risultato non cambierebbe comunque. Meglio rinchiudersi in casa. Il sole provvederà a liberare Miln dai coreling rimasti.»

«Mancano ore al sorgere del sole» obiettò Arlen mentre saliva sul carro.

«Tu cosa proponi?» chiese Cob, scrutando attentamente la strada che percorrevano. «Stanotte hai visto all'opera l'intera forza di guardia del duca, centinaia di uomini armati di lance e scudi. E tanti esperti runieri. Hai forse visto uccidere un solo coreling? Ovvio che no. Sono immortali.»

Arlen scosse il capo. «Tra di loro si uccidono. L'ho visto.»

«Sono creature stregate, Arlen. Tra di loro possono farsi quello che nessun'arma mortale potrà mai fare.»

«Il sole li uccide» insisté il ragazzo.

«Il sole è una potenza ben superiore a te o a me» disse Cob. «Noi siamo semplici runieri.»

Svoltato un angolo, restarono senza fiato. Un corpo sventrato era riverso in mezzo alla strada, dinanzi a loro, con il sangue che tingeva di rosso i ciottoli. Alcune parti fumavano ancora; il tanfo acre della carne bruciata impestava l'aria.

«Un mendicante» disse Arlen, notando gli abiti laceri. «Cosa ci faceva qua fuori, di notte?»

«Due mendicanti» corresse Cob, coprendosi bocca e naso con un fazzoletto mentre indicava un altro corpo dilaniato, poco distante. «Devono averli lasciati fuori dal ricovero.»

«Possono farlo?» chiese Arlen. «Credevo che i ricoveri pubblici dovessero accogliere tutti.»

«Solo finché non sono pieni» rispose Cob. «E comunque, quei posti sono un ben triste rifugio. Appena le guardie li hanno rinchiusi dentro, gli uomini fanno a botte per contendersi il cibo e gli indumenti, e alle donne fanno anche di peggio. Molti preferiscono arrischiarsi a restarsene per strada.»

«Ma perché non interviene qualcuno?» chiese Arlen.

«Sono tutti d'accordo sul fatto che sia un problema» disse Cob. «Ma i cittadini sostengono che è un problema del duca, e il duca non sente particolarmente la necessità di proteggere chi non dà il minimo contributo alla sua città.»

«Perciò, è meglio rispedire la guardia a casa per la notte, e lasciare che provvedano i coreling a risolvere il problema» grugnì Arlen. Cob non trovò altra risposta che far schioccare le redini, impaziente di togliersi da in mezzo alla strada.

Due giorni dopo, l'intera città fu chiamata a radunarsi nella grande piazza. Era stato eretto un patibolo, su cui si trovava il runiere Macks, che era in servizio la notte della breccia.

Euchor non era presente di persona, ma Jone diede lettura del suo decreto: «In nome del Duca Euchor, Luce delle Montagne e Signore di Miln, ti dichiaro colpevole di gravi inadempienze che hanno consentito l'apertura di una breccia nelle mura protette. Otto runieri, due messi, tre erboriste, trentasette guardie e diciotto cittadini hanno pagato il fio della tua incompetenza.»

«Come se portare a nove il conto dei runieri servisse a qualcosa» mormorò Cob. Fischi e schiamazzi si levarono dalla folla, che bersagliò con un lancio di ortaggi marci il runiere, fermo a capo chino sul patibolo.

«Sei condannato a morte» proclamò Jone, e due uomini incappucciati presero Macks per le braccia e lo condussero alla forca, passandogli il cappio intorno al collo.

Un Predicatore alto, con le spalle larghe e una folta barba nera, ammantato di vesti pesanti, gli si avvicinò per tracciargli una runa sulla fronte. «Possa il Creatore perdonare i tuoi errori» intonò il Sant'Uomo «e concederci la purezza di cuore e d'intenti per porre fine al Suo Flagello ed essere liberati.»

Fece un passo indietro, e la botola si spalancò. La folla esultò vedendo tendersi la corda.

«Poveri stolti» disse Cob sprezzante. «Così abbiamo un uomo in meno per respingere la prossima incursione.»

«Cosa intendeva il Predicatore?» domandò Arlen. «Riguardo al Flagello e all'esserne liberati?»

«Solo sciocchezze per tenere in riga la gente» rispose Cob. «Non lasciarti riempire la testa da quelle fesserie.»

12
La biblioteca

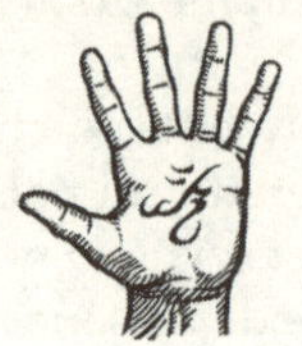

Anno 321 dR

Arlen seguiva trepidante Cob mentre si avvicinavano al grande edificio di pietra. Era Settimodì, e normalmente gli sarebbe dispiaciuto saltare l'addestramento con la lancia e le lezioni di cavallo, ma l'occasione di quel giorno era troppo ghiotta per lasciarsela sfuggire: la sua prima visita alla Biblioteca del Duca.

Da quando lui e Cob si erano lanciati nel commercio e nello scambio delle rune, gli affari del mastro avevano avuto un'impennata, occupando una nicchia redditizia nel mercato cittadino. In poco tempo, avevano messo insieme la collezione di grimori più ricca di Miln, e forse del mondo intero. Nel frattempo, era corsa voce del loro ruolo nella battaglia per richiudere la breccia, e i Reali, cui non sfuggivano mai le nuove tendenze, avevano cominciato a interessarsi a loro.

Lavorare per i Reali richiedeva una notevole dose di pazienza, sempre pronti com'erano ad avanzare richieste spropositate e a pretendere di far mettere delle rune dove non erano affatto necessarie. Cob aveva raddoppiato, poi addirittura triplicato le tariffe, ma la situazione non era cambiata. Possedere una dimora protetta dalle rune di mastro Cob era diventato un simbolo di prestigio.

Ma adesso che li avevano chiamati a difendere l'edificio di maggior valore in città, Arlen capì che ne era valsa ampiamente la pena. Pochi cittadini avevano mai messo piede all'interno della biblioteca. Euchor custodiva gelosamente la sua collezione e vi concedeva accesso soltanto ai postulanti maggiori e ai loro assistenti.

Costruita dai Predicatori del Creatore e in seguito assorbita dal trono, la biblioteca era stata sempre gestita da un Predicatore, di solito uno il cui unico gregge erano quei libri preziosi. Del resto, era un incarico di peso ben maggiore che presiedere a una qualsiasi Casa Santa, con la sola eccezione della Grande Casa Santa o della cappella privata del duca.

Furono accolti da un novizio che li accompagnò all'ufficio del bibliotecario capo, il Predicatore Ronnell. Strada facendo, lo sguardo avido di Arlen assorbiva ogni cosa, dagli scaffali vetusti agli studiosi che si aggiravano tra le file di librerie. Senza contare i grimori, la collezione di Cob consisteva in più di trenta volumi, e ad Arlen già sembrava un vero e proprio tesoro. La Biblioteca del Duca ne conteneva migliaia, più di quanti se ne potessero leggere in una vita intera. Il brutto era che il duca li teneva tutti quanti sotto chiave.

Il Predicatore Ronnell era giovane per l'ambita posizione di bibliotecario capo, con una chioma in cui il bruno prevaleva ancora sul grigio. Li accolse con calore e li fece accomodare, mandando un servo a procurare dei rinfreschi.

«La vostra fama vi precede, mastro Cob» disse Ronnell, togliendosi gli occhiali cerchiati di metallo per pulirseli su un lembo della veste marrone. «Spero vivamente che accetterete questa commessa.»

«Tutte le rune che ho visto finora mi sembrano in perfetto stato» fece notare Cob.

Ronnell tornò a inforcare gli occhiali e si schiarì la voce, a disagio. «Dopo la recente incursione, il duca teme per la sua collezione» disse. «Sua Grazia desidera… delle misure speciali.»

«Che genere di misure speciali?» chiese Cob, sospettoso. Ronnell era sulle spine, e Arlen ebbe l'impressione che fosse in imbarazzo nel formulare quella richiesta, almeno quanto si aspettava che lo sarebbero stati loro nell'accettarla.

Alla fine, Ronnell sospirò. «Tutti i tavoli, le panche e gli scaffali devono essere protetti dagli sputi di fuoco» annunciò in tono piatto.

Cob sgranò gli occhi. «Ma ci vorranno mesi!» esclamò. «E poi, a che scopo? Anche se riuscisse a spingersi tanto all'interno della città, un demone del fuoco non potrebbe mai superare le protezioni di quest'edificio; e se mai dovesse riuscirci, avreste preoccupazioni ben più gravi che gli scaffali con i libri.»

A quelle parole, lo sguardo di Ronnell s'indurì. «Non c'è preoccupazione maggiore, mastro Cob» replicò. «Su questo, io e il duca siamo d'accordo. Voi non v'immaginate che cosa abbiamo perduto quando i coreling hanno incendiato le antiche biblioteche. Qui custodiamo le ultime vestigia di un sapere accumulato nel corso di millenni.»

«Mi scuso» disse Cob. «Non intendevo mancare di rispetto.»

Il bibliotecario annuì. «Capisco. E in effetti avete ragione: il rischio è minimo. Ciò nondimeno, Sua Grazia vuole quello che vuole. Posso pagarvi mille soli d'oro.»

Arlen si fece due calcoli mentali. Mille soli erano un sacco di soldi, ben più di quanti ne avessero mai ottenuti per un solo incarico, ma mettendo in conto i mesi che sarebbero stati necessari per portare a termine il lavoro, più gli affari abituali che avrebbero perduto…

«Temo proprio di non potervi aiutare» disse infine Cob. «Dovrei lasciare troppo a lungo la bottega.»

«Ma vi guadagnereste i favori del duca» ribatté Ronnell.

Cob si strinse nelle spalle. «Ho fatto il messaggero per suo padre. E ne ho ricavato prestigio a sufficienza. Non me ne occorre di più. Provate a rivolgervi a un runiere più giovane» suggerì. «Qualcuno che voglia dar prova del suo valore.»

«Sua Grazia ha fatto espressamente il vostro nome» insisté Ronnell.

Cob allargò le braccia in un gesto impotente.

«Lo farò io» disse Arlen d'impulso. I due uomini si volsero a guardarlo, sorpresi da tanta spavalderia.

«Non credo che il duca accetterebbe i servigi di un apprendista» osservò Ronnell.

Arlen fece spallucce. «Non c'è bisogno di dirglielo» rispose. «Il mio maestro può disegnare le rune per scaffali e tavoli, lasciando a me il compito di inciderle.» Rivolto a Cob, continuò: «Se voi aveste accettato l'incarico, sarebbe comunque toccato a me intagliare una metà delle rune, se non di più.»

«Un compromesso interessante» rifletté Ronnell. «Che ne dite, mastro Cob?»

Cob guardò Arlen, insospettito. «Dico che questo è proprio il tipo di lavoro tedioso che tu detesti» rispose. «Quale sarebbe il vantaggio, ragazzo?»

Arlen sorrise. «Il duca potrà vantare una biblioteca protetta dalle rune di mastro Cob» iniziò. «Voi intascherete mille soli, e io…» si girò verso Ronnell «avrò libero accesso alla biblioteca.»

Ronnell rise. «Questo ragazzo mi piace!» esclamò. «Affare fatto, allora?» chiese a Cob.

Cob sorrise, e i due uomini si strinsero la mano.

Il Predicatore Ronnell portò Cob e Arlen a fare un giro d'ispezione della biblioteca. Strada facendo, Arlen cominciò a rendersi conto del compito colossale che si era assunto. Anche se avesse saltato i calcoli matematici, disegnando a occhio le rune, gli ci sarebbe voluto quasi un anno di lavoro.

E tuttavia, mentre esplorava il posto e metteva gli occhi su tutti quei libri, capì che ne sarebbe valsa la pena. Ronnell aveva promesso di concedergli accesso incondizionato, giorno e notte, per il resto della sua vita.

Vedendo l'entusiasmo che sprizzava dal volto del ragazzo, Ronnell sorrise. Gli balenò un'idea improvvisa e prese da parte Cob, mentre Arlen era troppo occupato dai suoi pensieri per farci caso.

«Il ragazzo è un apprendista o un servo?» chiese al runiere.

«È un mercante, se è questo che volete sapere» rispose Cob.

Ronnell annuì. «I genitori chi sono?»

Cob scosse la testa. «Non ne ha; almeno, non qui a Miln.»

«Quindi siete voi a disporre di lui?» domandò Ronnell.

«Direi che il ragazzo sa disporre di se stesso» fu la risposta di Cob.

«È già promesso?» indagò il Predicatore.

Ecco dove voleva andare a parare. «Non siete il primo a chiedermelo, da quando i miei affari hanno avuto un'impennata» disse Cob. «Persino alcuni Reali hanno mandato le loro graziose figliole a sondare il terreno. Ma dubito che il Creatore abbia generato una ragazza capace di fargli alzare il naso da un libro il tempo necessario per notarla.»

«So bene quello che intendete» replicò Ronnell, indicando una ragazzina seduta a uno dei tanti tavoli con una mezza dozzina di libri aperti davanti a sé.

«Mery, vieni qui!» la chiamò. La ragazza alzò gli occhi, poi mise dei segni tra le pagine e impilò i libri, prima di raggiungerli. Non doveva essere lontana dalle quattordici primavere di Arlen, e aveva grandi occhi castani e lunghi e folti capelli bruni. Il viso era dolce e tondeggiante, illuminato da un sorriso radioso. Indossava vesti semplici e funzionali, impolverate dai libri, e sollevò leggermente le gonne per accennare a una rapida riverenza.

«Mastro Cob, questa è mia figlia Mery» la presentò Ronnell.

La ragazza sollevò lo sguardo, con immediato interesse. «*Quel* mastro Cob?» chiese.

«Ah, conosci il mio lavoro?» domandò Cob.

«No.» Mery scosse la testa. «Ma ho sentito che la vostra raccolta di grimori non è seconda a nessun'altra.»

Cob rise. «Potremmo essere sulla buona strada, Predicatore» commentò.

Ronnell si chinò sulla figlia per indicarle Arlen. «Quel giovane, Arlen, è l'apprendista di mastro Cob. Disegnerà per noi tutte le protezioni della biblioteca. Perché non gli fai fare un bel giro di visita?»

Mery squadrò il ragazzo, che si guardava attorno distratto, ignaro di essere osservato. I capelli biondo cenere erano spettinati e un po' troppo lunghi, gli abiti costosi macchiati e sgualciti, ma dai suoi occhi traspariva intelligenza. Aveva lineamenti regolari e simmetrici, piuttosto gradevoli. Cob sentì Ronnell mormorare una preghiera mentre la figlia si lisciava le gonne e si avvicinava al giovane.

Arlen non parve accorgersi del sopraggiungere di Mery. «Ciao» disse lei.

«Ciao» rispose Arlen, sforzandosi di leggere i caratteri sul dorso di un libro su un ripiano alto.

La ragazza aggrottò la fronte. «Mi chiamo Mery» si presentò. «Il Predicatore Ronnell è mio padre.»

«Arlen» disse lui, mentre sfilava un volume dallo scaffale e si metteva lentamente a sfogliarlo.

«Mio padre mi ha chiesto di farti fare il giro della biblioteca.»

«Grazie.» Arlen ripose il libro e si avviò lungo una fila di scaffali verso un settore della biblioteca separato dal resto con una cordicella. Mery si vide costretta a seguirlo, il viso contratto per l'irritazione.

«È abituata a ignorare, non a essere ignorata» osservò divertito Ronnell.

«PR» lesse Arlen sull'arco sopra alla sezione cui era precluso l'accesso. «Che vorrà dire PR?» mormorò.

«Prima del Ritorno» disse Mery. «In quel reparto ci sono copie manoscritte dei libri del mondo antico.»

Arlen si volse verso di lei, come se si fosse accorto solo allora della sua esistenza. «Dici sul serio?»

«È proibito entrarci senza il permesso ufficiale del duca» spiegò Mery, vedendo svanire l'entusiasmo dal volto di Arlen. «Naturalmente» soggiunse con un sorriso «io posso accedervi, grazie a mio padre.»

«Tuo padre?» domandò Arlen.

«Sono la figlia del Predicatore Ronnell» gli rammentò lei, accigliata.

Arlen sgranò gli occhi e abbozzò un goffo inchino. «Arlen, da Rio Tibbet.»

Dall'altro lato della sala, Cob ridacchiò. «Con quel ragazzo non c'è speranza.»

I mesi trascorsero monotoni e uniformi per Arlen, che si abituò a una nuova routine quotidiana. Dormiva quasi ogni notte nella residenza di Ragen, che era più vicina alla biblioteca. Rimessosi rapidamente dalla lesione alla gamba, il messaggero aveva ripreso presto i suoi viaggi. Elissa incoraggiava Arlen a considerare sua la stanza dove dormiva, e sembrava trarre un piacere particolare nel vederla ingombra dei suoi strumenti e libri. La sua presenza era gradita anche ai servitori, perché dicevano che quando c'era lui Elissa era meno intrattabile.

Arlen si alzava un'ora prima dell'alba e si esercitava nelle mosse con la lancia alla luce delle lanterne, nell'atrio spazioso della dimora. Quando il sole spuntava all'orizzonte, usciva per fare un'ora di pratica sui bersagli e a cavallo. Dopodiché aveva appena il tempo per una rapida colazione con Elissa – e Ragen, quando c'era – prima di andarsene alla biblioteca.

Vi giungeva di buon'ora, quando non c'era ancora nessuno oltre ai discepoli di Ronnell, che dormivano nelle celle sotto al grande edificio. Questi si tenevano a distanza, intimiditi da Arlen, che non si faceva scrupoli ad avvicinare il loro superiore e a rivolgergli la parola senza essere stato interpellato o averne chiesto il permesso.

Gli avevano riservato una stanzetta appartata da usare come laboratorio. Riusciva a malapena a contenere un paio di scaffali, il tavolo da lavoro e i mobili su cui lavorava di volta in volta. Uno degli scaffali era occupato da vernici, pennelli e utensili per l'intaglio. L'altro era carico di libri presi in prestito. Il pavimento era ricoperto di trucioli arricciolati e imbrattato di schizzi di pittura e lacca.

Ogni mattina, Arlen dedicava un'ora alla lettura, poi riponeva il libro con riluttanza e si metteva al lavoro. Per settimane fu impegnato esclusivamente sulle sedie. Quindi passò alle panche. Il lavoro si stava dimostrando persino più lungo del previsto, ma per Arlen non era un problema.

Nel corso dei mesi, Mery divenne per lui una presenza gradita: si affacciava spesso nel laboratorio per scambiare un sorriso o qualche chiacchiera, prima di scapparsene di nuovo a svolgere le sue mansioni. Arlen aveva pensato che quelle interruzioni dal lavoro e dallo studio gli sarebbero venute presto a noia, ma aveva finito per doversi ricredere. Aspettava con ansia di rivederla, e si scopriva svagato e distratto nei giorni in cui lei non gli faceva visita con la consueta frequenza. Pranzavano spesso insieme sul vasto tetto della biblioteca, che si affacciava sulla città e le montagne retrostanti.

Mery era diversa da tutte le altre ragazze che aveva conosciuto Arlen. Figlia del bibliotecario e storiografo capo del duca, era probabilmente la giovane più colta della città, e Arlen scoprì che parlando con lei poteva imparare tanto quanto dalle pagine di qualsiasi libro. Ma la posizione che occupava tendeva a isolarla. I discepoli ne erano intimiditi persino di più che da Arlen, e non c'erano altri suoi coetanei nella biblioteca. Mery era perfettamente a suo agio quando discuteva con gli studiosi dalle barbe grigie, ma in compagnia di Arlen diventava timida e insicura.

Proprio come accadeva a lui in sua presenza.

«Per il Creatore, Jaik, si direbbe che tu non ti sia esercitato affatto» disse Arlen, tappandosi le orecchie.

«Non essere crudele, Arlen» lo rimbrottò Mery. «Era una canzone deliziosa, Jaik.»

Jaik aggrottò la fronte. «Allora perché ti copri le orecchie anche tu?» le chiese.

«Be'» fece lei, abbassando le mani con un sorriso radioso «mio padre dice che musica e danza inducono al peccato, quindi non potevo ascoltarti, ma sono certa che era bellissima.»

Arlen rise e Jaik, accigliato, mise via il liuto.

«Prova qualche esercizio di giocoleria» suggerì Mery.

«Sicura che non sia peccato vedere all'opera un giocoliere?» chiese Jaik.

«Se è bravo, no» mormorò Mery, strappando un'altra risata ad Arlen.

Jaik aveva un liuto vecchio e malconcio, cui sembrava mancasse sempre qualche corda. Lo ripose per estrarre delle palline di legno dalla piccola sacca in cui teneva l'attrezzatura da giullare. Il legno era scrostato e segnato da crepe. Jaik lanciò in aria una sfera, poi un'altra e infine la terza. Riuscì a proseguire nel numero per diversi secondi, e Mary lo applaudì.

«Sei migliorato molto!» esclamò.

Jaik sorrise. «Sta' a vedere!» disse, aggiungendo una quarta pallina.

Arlen e Mery fecero una smorfia quando le sfere ricaddero rumorosamente sull'acciottolato.

Jaik arrossì. «Credo proprio che dovrei esercitarmi di più con tre» ammise.

«Sì, dovresti esercitarti di più» convenne Arlen.

«Mio papà non è d'accordo» spiegò Jaik. «Dice sempre: "Se non hai di meglio da fare che trastullarti con quei giochetti, figliolo, troverò io dei compiti da darti!".»

«È quello che dice anche mio padre, quando mi sorprende a danzare» confidò Mery.

Guardarono Arlen, in attesa del suo commento. «Sì, era lo stesso anche con mio padre.»

«Ma con mastro Cob, no?» domandò Jaik.

Arlen scosse la testa. «E perché mai? Io faccio tutto quello che mi chiede.»

«Allora, dove lo trovi il tempo per addestrarti a diventare un messaggero?»

«Me lo creo» rispose Arlen.

«E come?» insisté Jaik.

Arlen fece spallucce. «Alzati prima. Vai a letto più tardi. Non attardarti a tavola. Sfrutta ogni momento disponibile. O preferisci continuare a fare il mugnaio per tutta la vita?»

«Non c'è niente di male a fare il mugnaio, Arlen» disse Mery.

Jaik scrollò il capo. «No, ha ragione lui» disse. «Se è questo che voglio, devo impegnarmi di più.» Guardò Arlen. «Mi eserciterò maggiormente» promise.

«Non preoccuparti» disse Arlen. «Se non puoi intrattenere gli abitanti dei borghi, puoi sempre tenere lontani i demoni dalla strada con le tue canzoni.»

Jaik strinse gli occhi a fessura. Mery scoppiò a ridere quando il ragazzo si mise a bersagliare Arlen con le palline da giocoliere.

«Un bravo giullare riuscirebbe a centrarmi!» lo schernì Arlen, schivando agilmente ogni colpo.

«La spingi troppo a fondo» gridò Cob. Per dimostrargli l'errore, Ragen tolse una mano dallo scudo e afferrò la lancia di Arlen, appena sotto la punta, prima che lui potesse ritrarla. Diede uno strattone, e il ragazzo, sbilanciato, cadde in avanti nella neve.

«Vacci piano, Ragen» ammonì Elissa, stringendosi lo scialle nell'aria gelida del mattino. «Gli farai male.»

«È molto più delicato con lui di qualsiasi coreling, mia Signora» disse Cob, a voce abbastanza forte perché Arlen lo udisse. «La lancia lunga serve a tenere a distanza i demoni mentre ci si ritira. È un'arma difensiva. I messaggeri che ne fanno un uso troppo aggressivo, come il nostro giovane Arlen, finiscono per farsi ammazzare. L'ho visto con i miei occhi. Una volta, sulla strada per Lakton...»

Arlen si accigliò. Cob era un buon insegnante, ma tendeva a intercalare le sue lezioni con storie sulla macabra fine di altri messaggeri. L'intento era quello di scoraggiare il ragazzo, ma le sue parole finivano per sortire l'effetto contrario, rafforzando ulteriormente il proposito di Arlen di riuscire là dove altri prima di lui avevano fallito. Il giovane si rialzò e piantò i piedi più saldamente, appoggiando il peso sui talloni.

«Basta così con le lance lunghe» decise Cob. «Passiamo a quelle corte.»

Elissa fece una smorfia mentre Arlen posava l'asta da due metri e mezzo su una rastrelliera e insieme a Ragen sceglieva dei giavellotti che misuravano meno di un metro, con punte che coprivano un terzo della lunghezza. Concepiti per i combattimenti a distanza ravvicinata, si usavano per trafiggere più che per punzecchiare. Arlen prese anche uno scudo e tornò a fronteggiare Ragen in mezzo alla neve. Arlen era più alto, adesso, e più largo di spalle: un quindicenne snello e robusto. Indossava la vecchia armatura in cuoio di Ragen. Gli andava ancora un po' larga, ma presto l'avrebbe riempita crescendo.

«E questo a che serve?» chiese Elissa, esasperata. «Se dovesse avvicinarsi tanto a un coreling non vivrebbe abbastanza per raccontarlo.»

«L'ho visto succedere» dissentì Cob, mentre guardava duellare Arlen e Ragen. «Ma tra una città e l'altra non ci sono soltanto demoni, mia Signora. Ci si può imbattere in animali selvatici e perfino in banditi.»

«Chi oserebbe attaccare un messaggero?» chiese Elissa, sbigottita.

Ragen lanciò un'occhiataccia a Cob, ma il runiere lo ignorò. «I messaggeri sono uomini facoltosi» replicò. «E portano beni preziosi e messaggi da cui possono dipendere le sorti di mercanti e Reali. È raro che qualcuno si azzardi a far loro del male, ma può sempre accadere. E gli animali… Decimati dai coreling i più deboli, restano i predatori più forti.»

«Arlen!» gridò il runiere. «Che cosa fai se ti attacca un orso?»

Senza fermarsi né staccare gli occhi da Ragen, Arlen rispose a gran voce: «Lo attacco alla gola con la lancia lunga, arretro lasciandolo sanguinare, e appena abbassa la guardia lo colpisco agli organi vitali.»

«Cos'altro puoi fare?» chiese Cob.

«Restarmene immobile a terra» disse Arlen, sprezzante. «È raro che gli orsi attacchino i morti.»

«E un leone?»

«Lancia media» gridò Arlen, parando un colpo di Ragen con lo scudo e contrattaccando. «Gliel'affondo nella spalla e la reggo forte mentre il felino s'impala da solo, poi lo finisco con la lancia corta nel petto o sul fianco, ove possibile.»

«Un lupo?»

«Non ne posso più di questi discorsi» disse Elissa, e si ritirò sdegnata verso la dimora.

Arlen non le badò. «Normalmente, una bella botta sul muso con la lancia media basta a mettere in fuga un lupo solitario» rispose. «Altrimenti, ricorro alla stessa tattica del leone.»

«E se sono in branco?» domandò Cob.

«I lupi temono il fuoco.»

«E se t'imbatti in un cinghiale?»

Arlen rise. «Scappo "come se avessi tutti demoni del Fulcro alle calcagna"» rispose, citando i suoi istruttori.

Arlen si svegliò con la testa appoggiata sopra una pila di libri. Per un momento non capì dove si trovasse, ma poi si rese conto che si era addormentato di nuovo nella biblioteca. Guardò fuori dalla finestra e vide che era già notte inoltrata. Allungando il collo, distinse la sagoma spettrale di un demone del vento che sorvolava la città. Una visione che avrebbe inquietato Elissa.

Le storie che stava leggendo risalivano ai tempi remoti dell'Età della Scienza. Narravano dei regni del mondo antico, Albinon, Thesa, il Grande Limn, Rusk, e parlavano di mari, enormi laghi che si estendevano per distanze impossibili, con altri reami ancora sulla sponda opposta. Se si doveva credere ai libri, il mondo era ben più vasto di quanto lui avesse mai immaginato.

Riprese a sfogliare il volume su cui si era addormentato, e rimase stupito trovandoci una mappa. Leggendo i nomi dei vari luoghi, sgranò gli occhi. Tra tutti spiccava quello del ducato di Miln. Guardando da più vicino, riconobbe il fiume da cui Forte Miln attingeva gran parte dell'acqua potabile, e le montagne che svettavano alle spalle della città. Una stellina stava a indicare la capitale.

Girò alcune pagine, leggendo le descrizioni dell'antica Miln. Allora come ora, era una città ricca di cave e miniere, con territori vassalli che si estendevano per decine di miglia. Il ducato di Miln comprendeva molti paesi e villaggi e arrivava fino al fiume Demarcatore, che segnava il confine con le terre assoggettate al Duca di Angiers.

Ricordando il suo viaggio, Arlen risalì a ovest fino alle rovine in cui si era imbattuto e scoprì che erano appartenute al Conte di Newkirk. Quasi tremando per l'eccitazione, Arlen guardò più avanti e trovò quanto stava cercando, un piccolo corso d'acqua che sfociava in un grande stagno.

La baronia di Tibbet.

Tibbet, Newkirk e gli altri villaggi erano vassalli di Miln, che a sua volta, insieme al Duca di Angiers, era assoggettata al re di Thesa.

«Thesiani» mormorò Arlen, assaporando sulle labbra la parola. «Siamo tutti thesiani.»

Prese una penna e si mise a copiare la cartina.

«Non azzardatevi mai più a pronunciare quel nome» intimò Ronnell a sua figlia e Arlen.

«Ma...» prese a dire il ragazzo.

«Credi forse che non si sapesse?» lo interruppe il bibliotecario. «Sua Grazia ha ordinato che chiunque pronunci il nome di

Thesa sia messo agli arresti. Volete passare anni a spaccare pietre nelle sue miniere?»

«Perché?» chiese Arlen. «Che male può esserci?»

«Prima che il duca chiudesse la biblioteca al pubblico» spiegò Ronnell «c'era chi nutriva una vera ossessione per Thesa e insisteva a cercare fondi per spedire dei messaggeri a esplorare i punti più sperduti della mappa.»

«Cosa c'è di sbagliato in questo?» domandò Arlen.

«Il re è morto da trecento anni, Arlen» rispose Ronnell «e i duchi sarebbero pronti a scatenare la guerra, piuttosto che inginocchiarsi dinanzi a qualcun altro. Parlare di riunificazione serve solo a rammentare alla gente cose che è meglio lasciare nell'oblio.»

«Meglio fingere che dentro alle mura di Miln sia racchiuso il mondo intero?» obiettò Arlen.

«Fin quando il Creatore non ci concederà il perdono e invierà il suo Liberatore a porre fine al Flagello.»

«Il perdono per cosa?» insisté Arlen. «E quale Flagello?»

Ronnell lo guardò con un misto di stupore e indignazione. Per un attimo, Arlen ebbe paura che il Predicatore stesse per picchiarlo. S'irrigidì, in attesa del colpo.

Invece, Ronnell si rivolse alla figlia. «Possibile che non lo sappia?» le chiese, incredulo.

Mery annuì. «Il Predicatore di Rio Tibbet non era molto... ortodosso» rispose.

Ronnell assentì. «Sì, mi ricordo. Era ancora un novizio quando il suo maestro fu ucciso dai coreling, e non completò mai la formazione. Avevamo intenzione di mandare laggiù qualcun altro, ma...» Raggiunse a passi decisi la sua scrivania e si mise a vergare una lettera. «Così non può andare» borbottò. «Quale Flagello? Ma insomma!»

Andò avanti a bofonchiare, e Arlen ne approfittò per svicolare verso la porta.

«Non così in fretta, voi due» disse Ronnell. «Mi avete deluso molto, entrambi. Lo so che Cob non è religioso, Arlen, ma un tale livello di negligenza è davvero imperdonabile.» Si rivolse a Mery. «E tu, signorina!» sbottò. «Lo sapevi, e non hai fatto nulla lo stesso?»

Mery abbassò gli occhi. «Mi dispiace, padre» mormorò.

«E ne hai ben donde.» Ronnell prese un grosso tomo dallo scrittoio e lo porse alla figlia. «Insegnaglielo» le ordinò, passandole il Canone. «Se di qui a un mese Arlen non conoscerà il libro a menadito, saranno frustate per tutti e due!»

Mery prese il volume, e i due giovani sgusciarono via il più in fretta possibile.

«L'abbiamo scampata bella» commentò Arlen.

«Anche troppo» ammise Mery. «Mio padre ha ragione. Avrei dovuto parlartene prima.»

«Non preoccuparti» disse Arlen. «È solo un libro. Lo finirò entro domattina.»

«Non è solo un libro!» insorse Mery. Arlen la guardò, incuriosito.

«È il verbo del Creatore, così come lo trascrisse il primo Liberatore» disse Mery.

Arlen inarcò un sopracciglio. «Dici sul serio?»

La ragazza annuì. «Non basta leggerlo. Devi viverlo. Giorno dopo giorno. È la guida per allontanare l'umanità dal peccato che ha scatenato su di noi il Flagello.»

«Quale Flagello?» chiese Arlen, forse per la decima volta.

«I demoni, ovviamente» rispose Mery. «I coreling.»

Qualche giorno dopo, Arlen sedeva sul tetto della biblioteca e recitava, a occhi chiusi:

E l'uomo ritornò superbo e avverso,
Ribelle al Creatore e al Liberatore.
Disonorando Colui che diede vita,
Volgendo le spalle alla virtù.

Sua nuova religione fu la scienza,
Macchine e artifizi in luogo di preghiera,
Per risanare chi a morte era votato,
Reputandosi pari al suo Creatore.

Il fratello lottò con il fratello, vanamente.
Mancando fuori, allignò il male nell'uomo,
Mettendo radice negli animi e nei cuori,
Ottenebrando purezza e candore.

E il Creatore, nella Sua saggezza,
Scatenò un Flagello sui suoi figli perduti,
Spalancando nuovamente il Fulcro,
Per mostrare all'uomo il suo errore.

E così sarà fino al giorno
In cui Egli invierà un nuovo Liberatore.
Poiché quando Costui avrà mondato l'uomo,
Il demone non avrà più di che nutrirsi.

Allora voi riconoscerete il Liberatore
Dai segni che recherà sopra la pelle nuda,
Ma i demoni non ne reggeranno la vista
E fuggiranno via in preda al terrore.

«Bravissimo» si congratulò Mery con un sorriso.

Arlen aggrottò la fronte. «Posso chiederti una cosa?»

«Ma certo» rispose Mery.

«Tu credi veramente a questa storia?» le domandò. «Il Predicatore Harral diceva sempre che il Liberatore era soltanto un uomo. Un grande generale, ma pur sempre un comune mortale. Anche Cob e Ragen la pensano così.»

Mery spalancò gli occhi. «Faresti meglio a non dire cose del genere davanti a mio padre» lo mise in guardia.

«Credi davvero che i coreling siano qui per colpa nostra?» chiese Arlen. «Che ce li meritiamo?»

«Certo che ci credo» rispose lei. «È la parola del Creatore.»

«No» ribatté. «È un libro. I libri li scrivono gli uomini. Se il Creatore volesse dirci qualcosa, perché dovrebbe ricorrere a un libro, invece di scriverlo nel cielo a lettere di fuoco?»

«A volte è difficile credere che c'è un Creatore lassù che ci osserva» disse Mery, alzando gli occhi al cielo. «Ma come potrebbe essere altrimenti? Il mondo non si è mica creato da solo. Da dove verrebbe la potenza delle protezioni, se non ci fosse una volontà creatrice?»

«E il Flagello?» chiese Arlen.

Mery alzò le spalle. «Le storie narrano di guerre terribili» disse. «Forse ce lo siamo meritato.»

«Meritato?» ripeté Arlen. «Mia mamma non *meritava* di essere uccisa per colpa di qualche stupida guerra combattuta secoli fa!»

«Tua madre è stata presa dai coreling?» chiese Mery, posandogli la mano sul braccio. «Arlen, io non avevo idea che…»

Arlen ritrasse di scatto il braccio. «Non ha importanza» disse, avviandosi come una furia verso la porta. «Ho delle rune da intagliare, anche se non vedo bene a che serva, se tutti quanti ci meritiamo di finire nelle grinfie di un demone.»

13

Ci deve essere di più

Anno 326 dR

China in giardino, Leesha selezionava le erbe per la giornata. Alcune le estraeva dal suolo con tutto il gambo e la radice. Di altre, staccava solo qualche foglia o spiccava dallo stelo il bocciolo con l'unghia del pollice.

Andava fiera del giardino dietro alla capanna di Bruna. La strega era troppo vecchia per occuparsi del campicello, e Darsy non era riuscita a rendere fruttuosa quella terra dura, ma Leesha ci sapeva fare. Adesso, molte delle erbe che prima lei e Bruna dovevano cercare per ore nei terreni incolti, crescevano appena fuori della porta, nel cerchio protetto dai pali con le difese.

"Hai il cervello fino e il pollice verde" le aveva detto Bruna quando i primi germogli erano spuntati dal suolo. "Presto sarai un'erborista più brava di me."

L'orgoglio che quelle parole destarono in Leesha era un sentimento completamente nuovo. Forse non sarebbe mai stata all'altezza di Bruna, ma la vecchia non era certo una che si sprecava in parole gentili e facili complimenti. Aveva visto in Leesha qualcosa che agli altri sfuggiva, e la ragazza non intendeva deluderla.

Riempito il cestino, Leesha si spazzolò le vesti e si alzò per dirigersi verso la capanna – se ancora si poteva definire una capanna. Erny si era rifiutato di veder vivere la figlia nello squallore e aveva mandato dei carpentieri e conciatetti a consolidare i muri crepati e a sostituire la paglia sfilacciata del tetto. Presto la dimora fu rinnovata quasi interamente e vennero aggiunti degli annessi che ne raddoppiarono la superficie.

Bruna aveva brontolato per tutto il rumore che facevano gli

operai al lavoro, ma il suo respiro non era più così stentato, adesso che la dimora era ben isolata da freddo e umidità. Grazie alle cure di Leesha, la vecchia sembrava irrobustirsi, piuttosto che indebolirsi con il passare degli anni.

Anche Leesha era contenta che i lavori fossero terminati. Negli ultimi tempi, gli uomini avevano cominciato a guardarla in modo diverso.

Crescendo, Leesha aveva ripreso le fattezze prosperose della madre. Era qualcosa che aveva sempre desiderato, ma adesso non le sembrava più tanto un vantaggio. Gli uomini del paese le lanciavano occhiate di fuoco e, pur essendo passati anni, le voci sui suoi amoreggiamenti con Gared erano ancora vive nella memoria di molti. Più d'un maschio era convinto che potesse cedere a una proposta sussurrata con malizia. Se per scoraggiare molti bastava un'occhiataccia, con alcuni doveva ricorrere ai ceffoni. C'era voluta una manciata di pepe e stramonio per ricordare a Evin che aveva una moglie incinta. Tra le tante cose che Leesha portava nelle molte tasche del grembiule e delle gonne, adesso c'era sempre un sacchetto di quella polvere accecante.

Naturalmente, anche se lei avesse mostrato interesse per uno degli uomini del villaggio, Gared avrebbe fatto in modo che nessuno osasse avvicinarla. Se qualcuno oltre a Erny veniva sorpreso a parlare con Leesha d'altro che di erboristeria, Gared era pronto a rammentargli nel modo più rude che in cuor suo il corpulento taglialegna continuava a considerarla la sua promessa sposa. Bastava che Leesha gli rivolgesse un semplice saluto perché venissero i sudori freddi perfino al Bimbo Jona.

Il suo apprendistato era prossimo a concludersi. Sette anni e un giorno le erano parsi un'eternità, quando Bruna glielo aveva proposto, ma gli anni erano volati e la scadenza era ormai questione di giorni. Già ora, Leesha andava da sola ogni giorno al villaggio a visitare chi aveva bisogno dei servigi di un'erborista e ricorreva ai consigli di Bruna solo nei casi di estrema necessità. La vecchia aveva bisogno di riposo.

"Il duca reputa capace un'erborista se il numero dei bambini nati ogni anno supera quello delle persone che muoiono" le aveva detto Bruna quel primo giorno. "Ma se ti concentri sul lavoro quotidiano, di qui a un anno la gente alla Conca del Taglialegna non si ricorderà nemmeno più di come faceva a cavarsela senza di te." Un pronostico piuttosto azzeccato. A partire da quel momento, Bruna l'aveva portata con sé dappertutto, ignorando le proteste di chi pretendeva riservatezza. Seguendo le gravidanze di gran parte delle donne del villaggio, e preparando tisane di pomm per una metà del resto, Leesha se ne era conquistata rapidamente il benvolere, disponendole a confidarle senza remore ogni loro acciacco e malanno.

Ma nonostante tutto, Leesha restava sempre isolata. Le donne parlavano come se fosse invisibile, spifferando liberamente dinanzi a lei tutti i segreti del villaggio, come se non fosse nemmeno esistita.

"E allora, pazienza" diceva Bruna quando Leesha osava lamentarsene. "Non sta a te giudicare la vita che conducono, ma solo il loro stato di salute. Quando indossi quel grembiule pieno di tasche, t'impegni solennemente a rimanere imperturbabile, qualsiasi cosa ti capiti di sentire. Il lavoro di un'erborista si fonda sulla fiducia, e quella fiducia bisogna conquistarsela. Non ti deve mai sfuggire di bocca un segreto, a meno che serbarlo per te non t'impedisca di curare qualcun altro."

Così Leesha aveva imparato a frenare la lingua, e le donne a fidarsi di lei. Conquistatosi il credito delle donne, non tardò a ottenere anche quello degli uomini, spesso su incitazione delle stesse mogli. Ma il grembiule le teneva comunque lontane. Leesha sapeva com'era fatto quasi ogni uomo del villaggio, senza i vestiti addosso, ma non era mai stata in intimità con nessuno; e per quanto le donne potessero tessere le sue lodi e mandarle regali, non c'era nessuna a cui Leesha potesse confidare i propri segreti.

Nonostante tutto, però, quegli ultimi sette anni avevano dato a Leesha una felicità che non aveva mai conosciuto nei tredici precedenti. Il mondo di Bruna era molto più vasto di quello a cui l'aveva preparata sua madre. C'era il dolore, quando era costretta a chiudere gli occhi di qualcuno, ma c'era anche la gioia di estrarre un bimbo dal ventre della madre e stimolarne i primi vagiti con un'energica sculacciata.

Presto il suo apprendistato si sarebbe concluso, e Bruna si sarebbe ritirata definitivamente. A sentire lei, non sarebbe vissuta a lungo dopo il ritiro. Quel pensiero terrorizzava Leesha per più di un motivo.

Bruna era il suo scudo e la sua lancia, la sua protezione impenetrabile dal villaggio. Come avrebbe fatto senza il suo sostegno? Leesha non aveva in sé l'attitudine al comando di Bruna, quel suo modo di abbaiare ordini e infliggere bastonate agli stolti. E senza Bruna, chi altri avrebbe trovato che fosse disposto a parlare con lei come persona e non solo come erborista? Chi avrebbe asciugato le sue lacrime e prestato ascolto ai suoi dubbi? Perché anche i dubbi intaccavano la fiducia. E la gente doveva potersi affidare alla propria erborista.

Nei suoi pensieri più riposti, c'era anche dell'altro. Ormai la Conca del Taglialegna le andava stretta. Le porte che le avevano aperto le lezioni di Bruna non erano facili da richiudere: un promemoria costante non tanto di ciò che aveva appreso, ma di quanto ancora ignorava. Senza Bruna, quel viaggio sarebbe finito.

Entrando in casa, trovò Bruna seduta a tavola. «Buongiorno» le disse. «Non mi aspettavo che ti alzassi così presto; avrei preparato il tè prima di andare in giardino.» Posò il paniere e diede un'occhiata al focolare, dove l'acqua già quasi bolliva nel bricco fumante.

«Sarò vecchia» borbottò Bruna «ma non così cieca e impedita da non potermi preparare il tè da sola.»

«Certo che no» rispose Leesha, baciando la vecchia sulla guancia «tu sei forte abbastanza per brandire un'ascia accanto ai taglialegna.» Rise alla smorfia che fece Bruna e andò a prendere la farina per il porridge.

Gli anni trascorsi insieme non avevano raddolcito i modi di Bruna, ma ormai Leesha non ci faceva quasi più caso; sapeva cogliere l'affetto che si celava sotto ai suoi rimbrotti, e le rispondeva a tono.

«Oggi sei uscita presto per la raccolta» osservò Bruna mentre mangiavano. «C'è ancora nell'aria il puzzo dei demoni.»

«Solo tu saresti capace di lamentarti del puzzo, anche se circondata da fiori freschi» rispose Leesha. In effetti, aveva riempito la capanna di fiori che impregnavano l'aria di un profumo dolce.

«Non cambiare discorso.»

«La notte scorsa è arrivato un messaggero» disse Leesha. «Ho sentito il corno.»

«Pochi istanti appena prima che tramontasse il sole» grugnì Bruna. «Che incosciente.» Sputò sul pavimento.

«Bruna!» la rimproverò Leesha. «Cosa ti ho detto sul brutto vizio di sputare dentro casa?»

La strega la guardò, gli occhi umidi serrati a fessura. «Mi hai detto che questa è casa mia e posso sputare dove diavolo mi pare.

Leesha aggrottò la fronte. «Mi pareva di aver detto tutt'altro» ribatté, piccata.

«Non credo proprio, se sei più sveglia di quello che pensa la gente, giudicandoti dal tuo seno.»

Leesha restò a bocca aperta, fingendosi indignata, ma con la vecchia era abituata a ben di peggio. Bruna diceva e faceva quello che voleva, e nessuno poteva contraddirla.

«Quindi è per il messaggero che sei già in piedi e in circolazione così presto?» insinuò Bruna. «Speri che sia quel bell'uomo? Com'è che si chiama? Quello che ti fa gli occhi da cucciolo?»

Leesha sorrise con ironia. «Occhi da lupo, semmai.»

«Anche quello può essere un buon segno!» ridacchiò la vecchia, con una pacca sul ginocchio di Leesha. La giovane scosse il capo e si alzò per sparecchiare la tavola.

«Come si chiama?» incalzò Bruna.

«Non è come pensi tu» si schermì Leesha.

«Sono troppo vecchia per certi giochetti, figliola» disse Bruna. «Fuori il nome.»

«Marick» rispose Leesha, roteando gli occhi esasperata.

«Devo preparare una bella tisana di pomm in attesa della visita del giovane Marick?»

«Possibile che non pensiate ad altro, tutti quanti?» insorse Leesha. «Mi piace parlare con lui. E questo è tutto.»

«Non sono così cieca da non accorgermi che quel ragazzo ha in mente ben altro che chiacchierare.»

«Ah, no?» chiese Leesha, incrociando le braccia. «Quante dita sono queste?»

Bruna sbuffò. «Zero» rispose, senza nemmeno voltarsi. «Non sono mica nata ieri: conosco quel trucco. Così come so che in tutte le vostre conversazioni il messaggero Maverick non ti ha guardato una sola volta negli occhi.»

«Si chiama Marick» corresse Leesha «e ogni tanto lo fa.»

«Solo quando non può sbirciarti nella scollatura» ribatté la strega.

«Sei proprio impossibile» si spazientì Leesha.

«Non c'è ragione di vergognarsi» disse Bruna. «Se avessi due meloni come i tuoi, li metterei in mostra anch'io.»

«Io non metto *in mostra* un bel niente!» esplose Leesha, ma Bruna ridacchiò di nuovo.

Si udì il suono di un corno, non molto distante.

«Questo dev'essere il giovane mastro Marick» osservò Bruna. «Dai, sbrigati a farti bella.»

«Non è come pensi tu!» ribadì Leesha, ma Bruna liquidò le sue rimostranze con un gesto della mano.

«Io metto su la tisana. Non si sa mai» disse la vecchia. Leesha le tirò addosso un cencio, facendole la linguaccia, e andò alla porta.

Uscita sul portico, dovette sorridere suo malgrado, mentre attendeva il messaggero. Bruna la spingeva a trovarsi un uomo quasi con la stessa insistenza di sua madre, ma la strega lo faceva perché le voleva bene. Voleva soltanto che Leesha fosse felice, e la ragazza le era profondamente attaccata per questo. Ma per quanto la vecchia cercasse di provocarla, Leesha era più interessata alle lettere che portava Marick che alle sue occhiate lupesche.

Fin da quando era piccola, adorava i giorni in cui venivano i messaggeri. La Conca del Taglialegna era un piccolo paese, ma si trovava sulla strada che collegava tre delle principali città e una decina di borghi, e tra il legname della Conca e la carta di Erny aveva un ruolo importante nell'economia della regione.

I messi visitavano la Conca almeno due volte al mese, e se lasciavano il grosso della posta a Smitt, recapitavano personalmente le lettere per Erny e Bruna, spesso fermandosi ad aspettare che redigessero le risposte. Bruna era in corrispondenza con erboriste di Forte Rizon, Angiers, Lakton e di numerosi borghi. E siccome la strega ormai ci vedeva ben poco, il compito di leggere le lettere e stilare le risposte di Bruna ricadeva su Leesha.

Bruna incuteva rispetto persino a distanza. In effetti, molte erboriste dei dintorni avevano studiato da lei. Spesso richiedevano i suoi consigli per curare malattie di cui non avevano esperienza, e con ogni messaggero giungevano proposte di affidarle nuove apprendiste. Nessuno voleva che con la sua dipartita si perdesse tutto il suo sapere.

«Sono troppo vecchia per accollarmi un'altra allieva!» brontolava Bruna, agitando la mano con fare sprezzante, e Leesha provvedeva a redigere un garbato rifiuto, come ormai si era abituata a fare.

Tutto questo offriva a Leesha frequenti opportunità di parlare con i messaggeri. E in effetti, molti di loro le lanciavano occhiate concupiscenti, o cercavano di fare colpo su di lei con racconti sulle Città Libere. Marick era tra questi.

Ma le storie delle Città Libere toccavano in Leesha delle corde profonde. L'intento poteva anche essere quello di sedurla per insinuarsi sotto le sue gonne, ma le immagini che le loro parole evocavano le restavano dentro, popolando i suoi sogni. Ardeva in lei il desiderio di passeggiare sui moli di Lakton, di ammirare gli immensi campi cintati da protezioni di Forte Rizon, o di veder spuntare in mezzo alla foresta la fortezza di Angiers; di leggerne i libri e di conoscerne le erboriste. C'erano altre custodi del sapere del mondo antico, se solo avesse trovato il coraggio di andarle a cercare.

Sorrise quando vide apparire Marick. Ne sapeva riconoscere il passo, anche a distanza, le gambe leggermente arcuate da una vita passata in sella. Il messaggero era angieriano e con il suo metro e settanta superava a malapena Leesha, ma aveva un fisico snello e robusto, e la ragazza non aveva esagerato in merito ai suoi occhi da lupo. Spiavano ogni cosa con calma da predatore, pronti a cogliere qualsiasi minaccia… e preda.

«Ehi, Leesha!» la chiamò, alzando la lancia verso di lei.

Leesha lo salutò con la mano. «Hai davvero bisogno di portarla con te, in pieno giorno?» chiese, indicando l'arma.

«E se spuntasse un lupo?» replicò Marick con un ghigno. «Come farei a difenderti?»

«Non se ne vedono molti, di lupi, alla Conca del Taglialegna» disse Leesha, mentre lui si avvicinava. Aveva capelli bruni abbastanza lunghi e occhi color corteccia d'albero. Non si poteva negare che fosse un bell'uomo.

«Un orso, allora» insisté Marick, raggiungendo la capanna. «O magari un leone. Al mondo ci sono predatori d'ogni specie» aggiunse, sbirciandole nella scollatura.

«Me ne ero accorta anch'io» disse Leesha e si aggiustò lo scialle per celare le parti esposte.

Marick rise, e posò la sua borsa sul portico. «Gli scialli sono passati di moda» la informò. «Non c'è più una donna a Rizon o Angiers che li indossi.»

«Vorrà dire che i loro vestiti sono meno scollati, o i loro uomini meno sfacciati» replicò Leesha.

«Meno scollati» confermò Marick con una risata e un profondo inchino. «Potrei portarti un bel vestito angieriano a collo alto» mormorò, facendosi più vicino.

«E quando avrei mai l'occasione per indossarlo?» chiese Leesha, sgusciando via prima che l'uomo la chiudesse nell'angolo.

«Vieni ad Angiers» propose il messaggero. «Potrai indossarlo lì.»

«Sarebbe bello» rispose lei con un sospiro malinconico.

«L'occasione può sempre presentarsi» disse il messaggero in tono misterioso, poi s'inchinò e fece un gesto col braccio per invitare Leesha a precederlo all'interno della casupola. Leesha sorrise ed entrò, ma si sentì lo sguardo di lui incollato sul fondoschiena.

Al loro ingresso, Bruna era di nuovo seduta sulla sua poltrona. Marick le si avvicinò e si prostrò in un inchino.

«Il giovane mastro Marick!» lo salutò allegramente Bruna. «Che piacevole sorpresa!»

«Vi porto i saluti di Mastra Jizell di Angiers» disse Marick. «Chiede il vostro aiuto per un caso difficile.» Frugò nella borsa e ne estrasse un rotolo di carta legato con dello spago robusto.

Bruna fece segno a Leesha di prendere la missiva e si adagiò contro lo schienale, a occhi chiusi, mentre l'apprendista attaccava a leggere.

«"Venerabile Bruna, saluti da Forte Angiers, nell'anno 326 dR"» cominciò Leesha.

«Quand'era mia apprendista, Jizell non la finiva mai con le ciance, e quando scrive è uguale» interruppe la vecchia. «Io non camperò in eterno. Salta direttamente al caso.»

Leesha diede una rapida scorsa al foglio e lo rigirò per leggere anche il retro. Dovette arrivare alla seconda pagina, prima di trovare quanto cercava.

«Un bambino» riferì «di dieci anni. Condotto all'ospedale dalla madre per problemi di nausea e debolezza. Nessun altro sintomo né malattie pregresse. Gli hanno prescritto radice atra, acqua e riposo a letto. In capo a tre giorni, i sintomi sono peggiorati, con anche eruzioni cutanee su braccia, gambe e petto. Hanno portato a tre once la dose di radice atra per vari giorni.

«I sintomi si sono aggravati ulteriormente, con l'insorgere della febbre e di vesciche bianche e dure nelle parti già irritate. Gli unguenti non hanno prodotto effetti. Sono seguiti conati di vomito. Gli hanno dato asaro e papavero per il dolore, latte scremato per lo stomaco. Non ha appetito. Non sembra contagioso.»

Bruna rimase seduta in silenzio per un lungo tratto, a ruminare su quanto aveva sentito. Poi guardò Marick. «Tu hai visto il bambino?» gli chiese.

Il messaggero annuì.

«Sudava?»

«Sì» confermò Marick. «Ma aveva anche i brividi, come se fosse insieme accaldato e raffreddato.»

Bruna grugnì. «Di che colore aveva le unghie?» domandò.

«Color unghia» rispose Marick con un sogghigno.

«Se hai voglia di fare lo spiritoso con me, te la faccio passare subito» lo sgridò l'erborista.

Marick sbiancò e assentì. La vecchia lo interrogò per qualche altro minuto, commentando le sue risposte con qualche sbuffo. I messaggeri erano famosi per la memoria infallibile e uno spirito di osservazione acuto, e Bruna non sembrava dubitare di lui. Alla fine, lo azzittì con un cenno della mano.

«C'è altro di interessante nella lettera?» chiese.

«Vuole mandarti un'altra apprendista» rispose Leesha. Bruna si accigliò.

«"Ho un'apprendista, Vika, che ha quasi ultimato il tirocinio"» lesse Leesha. «"Come la tua, a quanto apprendo dalle tue missive. Se non sei disposta ad accogliere una novizia, ti prego almeno di prendere in considerazione uno scambio di allieve."» Leesha restò senza respiro e Marick sorrise con l'aria di chi la sapeva lunga.

«Chi ti ha detto di smettere di leggere?» chiese Bruna con la sua voce raschiante.

Leesha si schiarì la gola. «"Vika è molto promettente"» riprese «"e bene addestrata per provvedere ai bisogni della Conca del Taglialegna, oltre che prendersi cura della saggia Bruna e imparare da lei. Di certo anche Leesha avrebbe molto da apprendere, assistendo i malati del mio ospedale. Ti prego, ti imploro, permetti che almeno un'altra persona possa giovarsi della saggezza di Bruna, prima che lasci per sempre questo mondo."»

Bruna rimase a lungo in silenzio. «Ci devo pensare un po' su, prima di rispondere» disse infine. «Vai a fare i tuoi giri in paese, figliola. Ne riparleremo al tuo ritorno.» Rivolta a Marick, aggiunse: «Avrai una risposta domani. Leesha provvederà al tuo compenso».

Il messaggero fece un inchino e uscì dalla casa, mentre Bruna si lasciava sprofondare nella poltrona, a occhi chiusi. Leesha sentiva il cuore battere all'impazzata, ma si guardò bene dal disturbare la strega mentre passava al vaglio decenni di ricordi per trovare la cura giusta per il bambino. Prese il cestino e se ne andò a fare le sue commissioni.

Uscendo di casa, Leesha trovò Marick che l'aspettava.

«Tu sapevi fin dall'inizio cosa diceva la lettera» lo accusò.

«Certo» ammise Marick. «Ero presente quando l'ha scritta.»

«Ma non hai detto nulla.»

Marick sogghignò. «Ti ho offerto un vestito a collo alto» rispose. «E l'offerta è sempre valida.»

«Vedremo.» Leesha sorrise e gli porse un sacchetto di monete. «Il tuo compenso.»

«Preferirei che mi ripagassi con un bacio» disse lui.

«Mi lusinghi, se pensi che i miei baci valgano più dell'oro» rispose Leesha. «Non vorrei deluderti.»

Marick rise. «Mia cara, se avessi sfidato i demoni della notte per andare e venire da Angiers e me ne tornassi con solo un tuo bacio come compenso, farei l'invidia di tutti i messaggeri che siano mai passati dalla Conca del Taglialegna.»

«In tal caso» rispose Leesha ridendo «credo che aspetterò a concedertelo, nella speranza di trarne maggior profitto.»

«Tu vuoi straziarmi il cuore» disse Marick, portandosi la mano al petto. Leesha gli lanciò il sacchettino e lui lo afferrò al volo con destrezza.

«Posso almeno avere l'onore di accompagnare l'erborista al villaggio?» chiese con un sorriso. Accennò a un inchino e le offrì il braccio. Leesha sorrise suo malgrado.

«Qui alla Conca le cose non si fanno così in fretta» disse, con un'occhiata al braccio profferto «ma puoi sempre portarmi il cestino.» Lo agganciò al braccio che lui le tendeva e si avviò verso il villaggio, lasciandolo lì a guardarla allontanarsi sbigottito.

Quando giunsero al villaggio, il mercato di Smitt era già molto animato. Leesha preferiva andarci presto, per assicurarsi i prodotti di prima scelta e lasciare un'ordinazione da Dug il macellaio, prima di fare i suoi giri di visite.

«Buongiorno, Leesha» la salutò Yon Gray, l'uomo più anziano della Conca del Taglialegna. Sfoggiava con orgoglio una barba grigia lunga più delle chiome di molte donne. Era stato un boscaiolo imponente, ma negli ultimi anni aveva perduto gran parte della sua stazza e ormai doveva appoggiarsi pesantemente a un bastone.

«Buongiorno, Yon» rispose lei. «Come vanno le giunture?»

«Mi fanno sempre penare» rispose il vecchio. «Specie quelle delle mani. Certi giorni stento persino a reggere il bastone.»

«Il che non t'impedisce di rifilarmi un pizzicotto ogni volta che mi giro» gli rinfacciò Leesha.

Yon ridacchiò. «Per un vecchio come me, ragazzina, ne val sempre la pena.»

Leesha pescò un vasetto dal suo cestino. «Allora, meno male che ho qui dell'altro unguento balsamico per te» disse. «Così mi risparmio la briga di portartelo a casa.»

Yon sogghignò. «Sei vuoi venire a spalmarmelo tu, sei sempre la benvenuta» rispose con una strizzatina d'occhio.

Leesha cercò di non mettersi a ridere, ma fu uno sforzo vano. Yon era un vecchio sporcaccione, ma in fondo le stava simpatico. Vivendo con Bruna, aveva imparato che le eccentricità della vecchia erano un prezzo modesto da pagare per poter attingere all'esperienza di tutta una vita.

«Ho paura che dovrai arrangiarti da solo» gli disse.

«Bah!» Yon agitò il bastone con scherzoso disappunto. «Comunque, tu pensaci» insisté. Prima di andarsene guardò Marick e gli indirizzò un cenno rispettoso del capo. «Messaggero.»

Marick ricambiò il gesto, e il vecchio si allontanò.

Al mercato, tutti salutavano Leesha con parole cordiali, e lei si fermava a informarsi sulla salute di ognuno, sempre al lavoro, anche mentre faceva la spesa.

Pur sapendo che lei e Bruna guadagnavano bene vendendo bastoncini fiammanti e simili, nessuno accettava anche solo un klat per i suoi acquisti. Bruna non chiedeva compensi per le sue cure, e nessuno pretendeva soldi da lei per qualsiasi cosa le servisse.

Marick le stava vicino con fare protettivo, mentre lei tastava frutta e verdura con mano esperta. Il messaggero attirava gli sguardi, ma Leesha pensò che fosse perché accompagnava lei, piuttosto che per la presenza di un forestiero al mercato. I messaggeri erano abbastanza comuni alla Conca del Taglialegna.

Incrociò lo sguardo di Keet – il figlio di Stefny, ma non di Smitt. Il ragazzo aveva quasi undici anni e a ogni giorno che passava somigliava sempre di più al Predicatore Michel. In tutti quegli anni, Stefny aveva tenuto fede al patto, e da quando Leesha era diventata apprendista, non aveva mai parlato male di lei. Bruna non avrebbe mai tradito il suo segreto, ma con tutta la buona volontà Leesha non riusciva a capacitarsi di come Smitt restasse cieco alla verità che aveva di fronte a tavola, ogni sera, all'ora di cena.

A un suo cenno, Keet corse da lei. «Appena hai un momento

libero, porta questa borsa a Bruna» gli disse, affidandogli la spesa. Sorrise e gli mise in mano di nascosto un klat.

Keet accolse il regalo con un gran sorriso. Gli adulti non avrebbero mai accettato soldi da un'erborista, ma Leesha dava sempre una piccola mancia ai bambini per i loro servizietti. Il soldo angieriano di legno laccato era la moneta corrente alla Conca del Taglialegna, e Keet avrebbe potuto comprarcisi dei dolcetti di Rizon per sé e i fratellini, all'arrivo del prossimo messaggero.

Era sul punto di andarsene, quando vide Mairy e le andò incontro per salutarla. La sua amica si era data da fare in quegli anni; ormai aveva tre figli attaccati alle gonne. Un giovane soffiatore di vetro di nome Benn aveva lasciato Angiers per cercare fortuna a Lakton o Forte Rizon. Si era fermato nella Conca a smerciare i suoi prodotti per raggranellare qualche klat in più in vista della tappa successiva, ma aveva conosciuto Mairy, e i suoi piani si erano dissolti come lo zucchero nel tè.

Adesso Benn esercitava la sua attività nella baracca del padre di Mairy, e gli affari andavano a gonfie vele. Acquistava sacchi di sabbia dai messaggeri venuti da Forte Krasia e li trasformava in oggetti tanto utili quanto ornamentali. Prima di allora, non c'era mai stato un soffiatore nella Conca, e tutti volevano possedere qualche oggetto di vetro.

Anche Leesha aveva apprezzato la novità, e ben presto aveva affidato a Benn il compito di realizzare i fragili strumenti da distilleria che figuravano sui libri di Bruna. Grazie a quelli, aveva potuto estrarre le essenze concentrate delle erbe e preparare rimedi potenti come mai se ne erano visti alla Conca.

Poco tempo dopo, Benn e Mairy si erano sposati, e di lì a non molto Leesha aveva aiutato Mairy a partorire il loro primo figlio. Ne erano seguiti a breve distanza altri due, e Leesha li amava tutti e tre come se fossero stati figli suoi. Si era sentita onorata, commuovendosi fino alle lacrime, quando avevano dato il suo nome alla più piccola.

«Buongiorno, piccole pesti» disse Leesha, accovacciandosi per accogliere fra le braccia i pargoli di Mairy. Li strinse forte a sé per baciarli e prima di risollevarsi distribuì loro dei pezzetti di caramello avvolti nella carta. Aveva preparato lei stessa il caramello, un'altra delle tante cose imparate da Bruna.

«Buongiorno, Leesha» la salutò Mairy accennando a una riverenza. Leesha dovette reprimere una smorfia. Lei e Mairy erano rimaste amiche negli anni, ma Mairy la guardava in maniera diversa, ora che l'amica portava il grembiule pieno di tasche, e non sembrava esserci modo di cambiare la situazione. Quella riverenza le era parsa un mero ossequio formale.

Nondimeno, Leesha ci teneva alla loro amicizia. Saira veniva in segreto alla capanna di Bruna, a chiedere della tisana di pomm, ma il loro rapporto non andava oltre quello. A sentire le donne del villaggio, Saira non si faceva mancare la compagnia. Correva voce che metà degli uomini del paese fosse andata a bussare, chi prima e chi poi, alla sua porta. E Saira aveva sempre più soldi di quanti non ne potessero fruttare i lavoretti di cucito che faceva in casa insieme alla madre.

Per certi versi, con Brianne era anche peggio. Negli ultimi sette anni non aveva mai rivolto una parola a Leesha, ma ne aveva sempre di maligne quando parlava di lei con gli altri. Per le cure si rivolgeva sempre a Darsy, e le sue scappatelle con Evin le avevano fruttato presto un bel pancione. Messa alle strette dal Predicatore Michel, aveva preferito ammettere che il padre era Evin, piuttosto che affrontare da sola l'ostilità del villaggio.

Sotto minaccia dei fratelli e del padre di lei, armato di forcone, Evin aveva sposato Brianne, e da quel giorno si era impegnato per rendere la vita impossibile a lei e a loro figlio Callen.

Brianne si era dimostrata una buona consorte e madre, ma non aveva mai perso i chili accumulati durante la gravidanza, e Leesha sapeva fin troppo bene dove andassero a posarsi gli occhi – e le mani – di Evin. Stando alle malelingue, andava spesso a bussare alla porta di Saira.

«Buongiorno, Mairy» rispose Leesha. «Conosci già il messaggero Marick?» Si voltò per presentarglielo, ma scoprì che non era più alle sue spalle.

«Oh, no» mormorò, quando lo vide alle prese con Gared, dall'altro lato del mercato.

A quindici anni, Gared era già più grosso di tutti gli altri uomini del villaggio, con la sola eccezione del padre. Ora che ne aveva ventidue, era un gigante di oltre due metri dai muscoli compatti, induriti dalle lunghe giornate di lavoro con l'ascia. Si diceva che avesse del sangue milnese, perché non si era mai visto un angieriano tanto imponente.

Le voci sulla sua bugia si erano diffuse nel villaggio, e da allora le ragazze si tenevano alla larga, non osando ritrovarsi sole con lui.

Forse era per quello che continuava a bramare Leesha, o forse lo avrebbe fatto comunque. Fatto stava che Gared non aveva imparato nulla dalle lezioni del passato. L'ego gli era cresciuto insieme ai muscoli, ed era diventato quel prepotente che tutti si aspettavano. I ragazzi che una volta lo sfottevano ora trasalivano a ogni sua parola, e se con loro era crudele, diventava un autentico incubo per chiunque avesse l'imprudenza di posare gli occhi su Leesha.

Gared l'aspettava ancora, e sembrava convinto che un giorno Leesha avrebbe ritrovato la ragione e avrebbe capito che apparteneva a lui. Ogni tentativo di convincerlo del contrario si era scontrato con la cocciutaggine della sua testa di legno.

«Tu non sei di qui» sentì dire a Gared, che affondò un dito con forza nella spalla di Marick «perciò forse non sai che Leesha è già impegnata.» Torreggiava sul messaggero come un adulto davanti a un bambino.

Ma Marick non batté ciglio, né arretrò dinanzi all'affondo di Gared. Rimase piantato dov'era, senza smettere di fissarlo con quei suoi occhi da lupo. Leesha pregò che avesse il buonsenso di non reagire alla provocazione.

«Non è quello che dice lei» rispose Marick, e Leesha perse ogni speranza. Cercò di dirigersi verso di loro, ma la folla si stava già stringendo attorno ai due, ostacolandole il passo.

«Ti ha forse fatto la promessa dei voti, messaggero?» domandò Gared. «A me sì.»

«Così ho sentito dire» replicò Marick. «Ma ho anche sentito dire che tu sei l'unico pazzo in tutta la Conca ancora convinto che dopo il tuo tradimento quella promessa valga più del piscio di un coreling.»

Gared mandò un ruggito e si avventò sul messaggero, ma Marick fu più svelto, scartò da un lato e alzò la lancia, centrando il taglialegna dritto in mezzo agli occhi con il manico. Poi mulinò la lancia con una mossa agile, e lo colpì dietro le ginocchia mentre vacillava, facendolo rovinare a terra di schiena.

Marick piantò di nuovo la lancia al suolo e guardò Gared, ai suoi piedi, con sicurezza raggelante. «Potevo usare la punta» lo avvertì. «Faresti bene a ricordartelo. Leesha sa parlare per sé.»

Tutta la folla li guardava a bocca aperta, ma conoscendo Gared e sapendo che non sarebbe finita lì, Leesha continuò a cercare disperatamente di farsi largo.

«Piantatela con quest'idiozia!» gridò. Marick si volse verso di lei, e Gared approfittò della distrazione per afferrare l'estremità della lancia. Il messaggero non si lasciò sorprendere e agguantò l'asta con tutte e due le mani per strapparla dalla sua presa.

Era l'ultima cosa da fare. Gared aveva la forza di un demone del legno e, anche riverso a terra, nessuno poteva tenergli testa. Fletté le braccia muscolose, e Marick si ritrovò sbalzato in aria.

Gared si alzò e spezzò la lancia lunga quasi due metri come fosse un fuscello. «Vediamo un po' come te la cavi, ora che non puoi più nasconderti dietro una lancia» disse, gettando a terra i due spezzoni.

«Gared, no!» urlò Leesha, superando gli spettatori più vicini e afferrandolo per un braccio. Lui l'allontanò con uno spintone, senza staccare gli occhi da Marick. Tanto bastò a rispedirla indietro in mezzo alla calca, facendola rovinare addosso a Dug e Niklas, che finirono a terra con lei, in un groviglio di corpi.

«Fermati!» gridò disperata, mentre si rimetteva faticosamente in piedi.

«Nessun altro uomo ti avrà mai» decretò Gared. «Avrai me, o finirai sola e avvizzita come Bruna!» Puntò minaccioso verso Marick, che stava appena rialzandosi.

Gared fece partire il pugno massiccio per colpire il messaggero, ma ancora una volta Marick fu più svelto. Schivò agilmente l'affondo e raggiunse l'avversario al corpo con due rapidi montanti, prima di ritrarsi fuori portata del suo gancio micidiale.

Ma se pure aveva accusato i colpi, Gared non ne diede mostra. Tornarono ad affrontarsi, e stavolta Marick lo centrò in pieno al naso con un cazzotto. Il sangue sprizzò a fiotti, ma Gared lo sputò ridendo.

«È questo il massimo che riesci a fare?» provocò.

Marick ringhiò e si avventò su di lui, tempestandolo di pugni. Gared non riusciva più a tenergli testa, e nemmeno ci provava. Incassava i colpi a denti stretti, il volto rosso di rabbia.

Dopo un po', Marick si fece indietro per assumere una postura guardinga, i pugni alzati e pronti al combattimento. Gared non sembrava minimamente provato. Per la prima volta, la paura balenò negli occhi da lupo di Marick.

«Tutto qui?» chiese Gared, rifacendosi avanti.

Il messaggero lo attaccò di nuovo, ma stavolta non fu così lesto. Mise a segno un colpo, un altro, ma poi le dita massicce di Gared gli si strinsero su una spalla, serrandosi come una morsa. Il messo cercò di divincolarsi, ma era inchiodato sul posto.

Gared gli sferrò un pugno nello stomaco, mozzandogli il fiato. Lo colpì di nuovo, stavolta alla testa, e Marick crollò a terra come un sacco di patate.

«Non sei più tanto spavaldo, adesso, eh?» ruggì Gared. Marick si tirò su, ginocchioni, cercando di rialzarsi, ma un calcio di Gared al ventre lo rispedì a terra di schiena.

Leesha intanto stava precipitandosi di nuovo verso di loro, e vide Gared inginocchiarsi su Marick per tempestarlo di pugni poderosi.

«Leesha è mia!» ruggiva. «E chi si azzarda a dire il contrario finirà…»

Non riuscì a concludere la frase, perché Leesha gli gettò in faccia una grossa manciata della polvere accecante di Bruna. Trovandosi già a bocca aperta, Gared inspirò istintivamente e subito cacciò un urlo, con gli occhi e la gola in fiamme, il naso grondante e la pelle che ardeva come se gli avessero rovesciato addosso dell'acqua bollente. Ricadde accanto a Marick e si rotolò a terra annaspando e stringendosi la faccia tra le mani.

Leesha sapeva di avere esagerato con la polverina. Un pizzico sarebbe bastato a fermare quasi chiunque, ma un'intera manciata poteva uccidere, soffocando la vittima nel suo stesso muco.

Si fece largo tra gli astanti con espressione severa e agguantò un secchio d'acqua che Stefny aveva usato per lavare le patate. Lo rovesciò addosso a Gared, e subito le convulsioni si attenuarono. Sarebbe rimasto cieco per diverse ore, ma almeno lei non avrebbe avuto sulla coscienza la sua morte.

«Le promesse tra noi sono infrante» affermò. «Ora e per sempre. Non sarò mai tua moglie, anche a costo di morire sola e avvizzita! Preferirei sposare un coreling!»

Gared grugnì, ma non diede segno di averla udita.

Leesha si avvicinò a Marick e si inginocchiò per aiutarlo a mettersi seduto. Prese un panno pulito e gli tamponò il sangue che aveva sul volto. Già cominciavano ad apparire lividi e tumefazioni.

«Direi che gliel'abbiamo fatta vedere, no?» biascicò il messaggero con una debole risata che gli strappò una smorfia di dolore.

Leesha versò sul panno un po' dell'alcol forte che Smitt distillava nella sua cantina.

«Aaah!» gemette Marick, quando lei glielo passò sulle ferite.

«Così impari» disse Leesha. «Potevi risparmiarti questa zuffa, anzi dovevi, anche se pensavi di poter avere la meglio. Io non ho bisogno della tua protezione, e non concederò il mio affetto a un uomo che pensa di conquistarsi il favore di un'erborista facendo a pugni, così come non lo darò mai al bullo del villaggio.»

«È stato lui a cominciare!» protestò il messaggero.

«Mi hai deluso, mastro Marick» replicò Leesha. «Pensavo che i messaggeri fossero più intelligenti di così.» Marick abbassò gli occhi.

«Accompagnatelo alla sua stanza da Smitt» disse agli uomini rimasti nei paraggi, e quelli si affrettarono a obbedirle. Come facevano quasi tutti, ormai, alla Conca del Taglialegna.

«Se vengo a sapere che ti sei alzato da letto prima di domattina» intimò Leesha al messaggero «sarò ancora più arrabbiata con te.»

Marick abbozzò un mesto sorriso mentre gli uomini lo aiutavano ad allontanarsi.

«Sei stata strabiliante!» esclamò Mairy sbigottita quando Leesha tornò a prendersi il cestino delle erbe.

«Non ho fatto altro che fermare un'inutile baruffa» minimizzò Leesha.

«Ah, davvero?» chiese Mairy. «Due uomini che si battevano come tori, e per fermarli ti è bastato gettare una manciata di erbe!»

«Far male con le erbe è facile,» disse Leesha, stupita di ritrovarsi sulle labbra le parole di Bruna «il difficile è usarle per guarire.»

Era già mezzogiorno passato, quando Leesha terminò i suoi giri e fece ritorno alla capanna di Bruna.

«Come stanno i miei figlioli?» chiese la vecchia, mentre Leesha posava il cestino. La giovane sorrise. Agli occhi di Bruna, tutti gli abitanti della Conca erano figli suoi.

«Abbastanza bene» rispose, andando a sedersi sullo sgabellino accanto alla poltrona di Bruna, di modo che l'anziana erborista potesse vederla bene. «Yon ha ancora le giunture infiammate, ma nello spirito è più giovane che mai. Gli ho lasciato dell'altro unguento balsamico. Smitt è sempre a letto, ma la sua tosse va migliorando. Credo che il peggio sia passato.» Andò avanti a raccontarle delle sue visite, mentre la strega annuiva in silenzio. Bruna l'avrebbe interrotta, se aveva un commento da fare, cosa che ormai avveniva di rado.

«Tutto qui?» chiese infine la vecchia. «Cosa mi dici delle gesta che, a quanto mi ha riferito il giovane Keet, hanno destato tanta eccitazione stamane al mercato?»

«Idiozie, direi piuttosto» replicò Leesha.

Bruna liquidò il commento con un gesto della mano. «I ragazzi restano sempre ragazzi» disse. «Anche quando sono uomini fatti. Sembra che tu te la sia sbrogliata abbastanza bene.»

«Bruna, quei due potevano ammazzarsi!»

«Ma dai!» fece Bruna. «Non sei certo la prima bella ragazza per cui si battono degli uomini. Tu non ci crederai, ma quando avevo la tua età, qualcuno si è rotto le ossa anche per me!»

«Tu non hai mai avuto la mia età» scherzò Leesha. «Yon Gray dice che ti chiamavano già "vecchia strega" quando lui stava appena imparando a camminare.»

Bruna ridacchiò. «E infatti è così» ammise. «Ma prima di allora c'è stato un tempo in cui avevo un seno sodo e generoso come il tuo, e gli uomini si battevano come coreling per potercisi attaccare.»

Leesha la scrutò a fondo, cercando di scorgere sotto la crosta degli anni la donna che era stata, ma l'impresa era disperata. Anche scontando tutte le esagerazioni e i racconti più fantasiosi, Bruna aveva sul groppone, come minimo, cent'anni. Lei non era mai disposta a dare una cifra certa, ma quando la incalzavano si limitava a rispondere: "Arrivata a cento, ho smesso di contarli".

«In ogni caso» riprese Leesha «Marick avrà la faccia un po' gonfia, ma non c'è ragione per cui domani non possa rimettersi in viaggio.»

«Meglio così» disse Bruna.

«Allora, hai trovato una cura per il piccolo malato di Mastra Jizell?»

«Tu cosa le suggeriresti di fare per il bambino?»

«Devo ammettere che non lo so» disse Leesha.

«Davvero?» chiese Bruna. «Io ne dubito. Avanti, cosa diresti a Jizell, se fossi in me? Non cercare di darmi a bere che non ci hai pensato.»

Leesha inspirò a fondo. «Probabilmente, la radice atra non ha un buon effetto sull'organismo del bambino» disse infine. «Non bisogna più dargliene, e le vesciche vanno incise e fatte drenare. Naturalmente, resta sempre da curare la malattia originaria. Febbre e nausea potrebbero essere dovute a una brutta infreddatura, ma occhi dilatati e vomito fanno pensare a qualcosa di più grave. Proverei con della foglia di monaco mista a spilla di dama e corteccia di marasso macinata, dosate con cura per una settimana almeno.»

Bruna la fissò per un lungo istante, poi annuì.

«Prepara le tue cose e vai a salutare tutti» disse. «Porterai di persona questo consiglio a Jizell.»

14
La strada per Angiers

Anno 326 dR

Ogni pomeriggio, infallibilmente, Erny risaliva il sentiero che conduceva alla capanna di Bruna. La Conca disponeva di sei runieri, ciascuno con il suo apprendista, ma per la sicurezza della figlia Erny faceva affidamento solo su se stesso. Il piccolo cartaio era il miglior runiere della Conca del Taglialegna, e lo sapevano tutti.

Spesso recava doni che i suoi messaggeri si erano procurati nei luoghi più remoti: libri, erbe, merletti lavorati a mano. Ma non era per i regali che Leesha attendeva con impazienza le sue visite. Dormiva più tranquilla dietro alle solide protezioni del padre, e vederlo felice in quegli ultimi sette anni era stato il dono più grande di tutti. Certo, Elona gli dava ancora dei dispiaceri, ma in misura molto minore che in passato.

Quel giorno, però, mentre osservava il sole attraversare il cielo, Leesha scoprì di temere la visita paterna. Stava per dargli un dolore profondo.

Lo stesso dolore che provava lei. Ogni volta che si trovava in difficoltà, Erny le dava tutto il sostegno e l'amore di cui aveva bisogno. Come avrebbe fatto ad Angiers, senza di lui? Senza Bruna? Avrebbe trovato qualcuno capace di vedere oltre il suo grembiule pieno di tasche?

Ma per angosciosi che fossero i timori di patire la solitudine ad Angiers, impallidivano al confronto con la sua paura più grande: che una volta conosciuto un mondo più vasto, non avrebbe voluto più fare ritorno alla Conca del Taglialegna.

Fu solo quando vide sopraggiungere il padre dal sentiero che

Leesha si rese conto di aver pianto. Si asciugò gli occhi e sfoderò per lui il sorriso più radioso, lisciandosi nervosamente le gonne.

«Leesha!» la chiamò il padre, tendendole le braccia. Lei ci si gettò con riconoscenza, sapendo che quella poteva essere l'ultima volta in cui indulgevano nel loro piccolo rituale.

«Va tutto bene?» chiese Erny. «Ho sentito che c'è stato qualche problema al mercato.»

Poche cose restavano segrete in un piccolo villaggio come la Conca del Taglialegna. «Tutto a posto» rispose Leesha. «Ci ho pensato io.»

«Tu pensi proprio a tutti, qui alla Conca» disse Erny, stringendola forte. «Non so come faremmo senza di te.»

Leesha scoppiò a piangere. «Su, su, non fare così.» Erny colse una lacrima sulla sua guancia e la scacciò con un dito. «Asciugati gli occhi e vai dentro. Io do un'occhiata alle protezioni, e poi potremo parlare di ciò che ti angustia davanti a una scodella del tuo delizioso stufato.»

Leesha sorrise. «La mamma fa sempre bruciare tutto?»

«Tutto quello che non rimane crudo» confermò Erny. Leesha rise e lasciò che il padre controllasse le protezioni mentre lei metteva in tavola.

«Vado ad Angiers» annunciò Leesha quando la tavola fu sparecchiata. «A studiare da una delle vecchie apprendiste di Bruna.»

Erny rimase a lungo in silenzio. «Capisco» disse poi. «Quando?»

«Appena Marick si rimette in cammino» rispose Leesha. «Domani.»

Erny scosse il capo. «Mia figlia non passerà una settimana allo scoperto, per strada, da sola con un messaggero» disse. «Noleggerò un carro. Sarà più sicuro.»

«Starò attenta ai demoni, papà» promise lei.

«Non è solo dei coreling che mi preoccupo» puntualizzò Erny.

«So come tenere a bada il messo Marick» assicurò Leesha.

«Tenere lontano un uomo nell'oscurità della notte non è facile come fermare una rissa al mercato» disse il padre. «Se vuoi sperare di uscire viva dal viaggio, non puoi avere accanto un messaggero accecato. Rinvia solo di qualche settimana, ti prego.»

Leesha scrollò la testa. «C'è un bimbo che ha urgente bisogno di cure.»

«Allora verrò con te» disse Erny.

«Tu non farai niente del genere, Ernal» intervenne Bruna. «Bisogna che Leesha affronti quest'esperienza da sola.»

Erny si volse verso la vecchia e i due si fissarono negli occhi, in uno scontro di volontà. Ma in tutta la Conca del Taglialegna non c'era volontà più tenace di quella di Bruna, ed Erny fu presto costretto a distogliere lo sguardo.

Poco più tardi, Leesha accompagnò fuori il padre. Erny non aveva cuore di lasciarla, né lei di vederlo partire, ma il cielo era acceso di colori e già a quell'ora avrebbe dovuto trottare per rientrare a casa sano e salvo.

«Quanto tempo starai via?» chiese Erny, le mani strette sullo steccato del portico mentre guardava lontano, nella direzione di Angiers.

Leesha alzò le spalle. «Dipende da quante cose avrà da insegnarmi Mastra Jizell, e da quante dovrà impararne Vika, l'apprendista che sta mandando quaggiù. Un paio d'anni almeno.»

«Se Bruna può cavarsela così a lungo senza di te, immagino che potrò farcela anch'io.»

«Promettimi che verrai a controllare le sue protezioni, mentre io sarò via» disse Leesha, posandogli la mano sul braccio.

«Ci mancherebbe.» Erny si voltò per abbracciarla.

«Ti voglio bene, papà.»

«E io a te, pupa» rispose Erny stringendola forte a sé. «Ci vediamo domattina» promise, prima di incamminarsi per la strada che già cominciava a oscurarsi.

«Tuo padre ha detto una cosa giusta» osservò Bruna quando Leesha rientrò in casa.

«Cioè?»

«I messaggeri sono uomini come tutti gli altri» ammonì Bruna.

«Non ne ho il minimo dubbio» rispose Leesha, ripensando alla zuffa al mercato.

«Il giovane mastro Marick potrà anche essere tutto moine e sorrisi, per adesso,» disse Bruna «ma una volta che sarete sulla strada, proverà ad approfittarne, poco importa che tu lo voglia o no. E quando raggiungerete la fortezza nella foresta, pochi daranno credito alla parola di una ragazza, erborista o meno che sia, contro quella di un messaggero.»

Leesha scosse la testa. «Avrà solo quello che gli concederò io» disse «e nulla più.»

Bruna socchiuse gli occhi, ma grugnì soddisfatta, vedendo che Leesha era consapevole del pericolo.

Alle prime luci del giorno, si udì un secco bussare alla porta. Leesha andò ad aprire e si trovò di fronte la madre, che non si era più presentata alla capanna da quando Bruna l'aveva cacciata a colpi di scopa. Spinse da parte Leesha per passare, scura in volto.

Superata da poco la quarantina, Elona avrebbe potuto essere ancora la donna più bella del villaggio, se non ci fosse stata sua figlia. Ma ritrovarsi a essere l'autunno, confronto all'estate di Leesha, non l'aveva resa più umile. Poteva anche abbassare la testa a malincuore di fronte a Erny, ma con tutti gli altri si comportava come una duchessa.

«Non ti bastava portarmi via la figlia» protestò. «Adesso vuoi anche spedirla lontano?»

«Buongiorno anche a te, madre» disse Leesha, richiudendo la porta.

«Non ti impicciare, tu!» scattò Elona. «Questa strega ti ha fatto perdere la ragione!»

China sul suo porridge, Bruna ridacchiò. Leesha andò a interporsi fra le due donne, proprio mentre Bruna scostava la ciotola ancora piena a metà e si asciugava la bocca con una manica, preparandosi a ribattere.

«Finisci la tua colazione» le ordinò Leesha, spingendole di nuovo davanti la scodella, prima di rivolgersi a Elona. «Se parto è perché lo voglio io, madre. E quando torno, porterò cure che alla Conca del Taglialegna non si sono più viste da quando Bruna era giovane.»

«E quanto tempo ci vorrà, stavolta?» domandò Elona. «Hai già buttato via i tuoi anni più fecondi per startene con il naso ficcato nei vecchi libri polverosi.»

«I miei anni più...!» balbettò Leesha. «Madre, ma se ne ho appena venti!»

«Appunto!» gridò Elona. «Ormai dovresti avere tre figli, come la tua amica spaventapasseri. Invece, mi tocca vederti estrarre bambini da ogni grembo del villaggio tranne che il tuo.»

«Lei, almeno, ha avuto il buonsenso di non farlo avvizzire con la tisana di pomm» mormorò la vecchia.

Leesha si girò verso di lei. «Ti ho detto di finire il tuo porridge!» la sgridò, e Bruna sgranò gli occhi. Parve sul punto di replicare, ma poi grugnì e tornò a concentrarsi sulla scodella.

«Io non sono una giumenta, madre» disse Leesha. «Mi aspetto ben altro dalla vita.»

«Ben altro?» insisté Elona. «Cosa può mai esserci di più importante?»

«Non lo so» rispose la figlia, con sincerità. «Ma lo saprò quando l'avrò trovato.»

«E nel frattempo, lasci la Conca del Taglialegna in balia di una ragazza che nemmeno conosci e di quell'imbranata di Darsy, che per poco non ammazzava Ande e un'altra mezza dozzina di persone?»

«È solo per qualche anno» replicò Leesha. «Mi hai dato dell'incapace per tutta la vita, e ora vorresti farmi credere che la Conca non può andare avanti qualche anno senza di me?»

«E se ti succede qualcosa?» chiese Elona. «Se ti fai uccidere dai coreling lungo la strada? Come farò io, allora?»

«Come farai *tu*?» insorse la giovane. «Per sette anni mi hai rivolto a stento la parola, se non per insistere perché perdonassi Gared. Tu non sai nulla di me, madre. Non te ne sei più curata. Perciò non cercare di darmi a bere che la mia morte sarebbe questa terribile perdita per te. Se ci tieni tanto a tenere sulle ginocchia un figlio di Gared, faresti meglio a concepirlo tu stessa.»

Elona sgranò gli occhi e reagì all'istante, come faceva di fronte alla testardaggine di Leesha, quando era bambina. «Non ti permettere!» gridò, allungando la mano per darle un ceffone in faccia.

Ma Leesha non era più una bambina. Era alta quanto la madre, e ben più svelta e vigorosa. Afferrò il polso di Elona e lo tenne saldamente. «I tempi in cui la tua parola valeva qualcosa per me sono passati da un pezzo, madre.»

Elona cercò di divincolarsi, ma Leesha non mollò la presa, per darle almeno una prova di forza. Quando infine la lasciò, Elona si massaggiò il polso e le indirizzò uno sguardo sprezzante. «Un giorno dovrai tornare, Leesha» disse, minacciosa. «Bada alle mie parole! Perché allora sarà molto peggio per te!»

«Credo sia ora che te ne vada, madre» concluse Leesha e aprì l'uscio proprio mentre Marick si accingeva a bussare. Elona lo scansò, fremente di rabbia, e si avviò a passo deciso per il sentiero.

«Perdonate l'intrusione» disse Marick. «Sono venuto per la risposta di Mastra Bruna. Partirò per Angiers nella tarda mattinata.»

Leesha lo guardò. Aveva dei lividi sulla mascella, ma la sua carnagione abbronzata li nascondeva bene, e le erbe che lei gli aveva applicato sul labbro spaccato e sull'occhio avevano contenuto il gonfiore.

«Ti sei già rimesso» osservò.

«Nel mio mestiere, chi guarisce in fretta va più lontano» commentò Marick.

«Va' a prendere il cavallo, allora» disse Leesha «e torna fra un'ora. Consegnerò di persona la risposta di Bruna.»

Marick sfoderò un gran sorriso.

«Fai bene a partire» disse Bruna quando si ritrovarono finalmente sole. «La Conca del Taglialegna non ha più sfide da offrirti, e tu sei troppo giovane per rimanere impaludata quaggiù.»

«Se quella non ti è sembrata una sfida» ribatté Leesha «vuol dire che non eri attenta.»

«Sarà anche stata una sfida» ammise la vecchia «ma sull'esito non c'erano dubbi. Ormai sei troppo forte per tipi come Elona.»

"Forte" pensò Leesha. "Lo sono diventata davvero?" Le capitava di rado di sentirsi tale, ma una cosa era vera: gli abitanti della Conca non le facevano più nessuna paura.

Leesha radunò il bagaglio, così ridotto da sembrare inadeguato; pochi libri e qualche vestito, un gruzzoletto di denaro, la sacca delle erbe, una stuoia per la notte e del cibo. Rinunciò a prendere i vestiti più belli, i regali che le aveva fatto il padre e gli altri oggetti più cari. I messi viaggiavano sempre leggeri, e Marick non l'avrebbe presa bene se lei gli avesse sovraccaricato il cavallo. Bruna le aveva assicurato che Jizell avrebbe provveduto a tutte le sue necessità per la durata del tirocinio, e tuttavia le sembrava di aver preso assai poco per cominciare una nuova vita.

"Una nuova vita." Per quanto la impensierisse, la prospettiva era anche eccitante. Leesha aveva letto ogni libro della collezione di Bruna, ma Jizell ne possedeva molti di più, per non parlare di tutti quelli che poteva procurarsi dalle altre erboriste di Angiers, se fosse riuscita a farseli prestare.

Ma con l'avvicinarsi del momento fatidico, Leesha sentì un'oppressione al petto che non la lasciava quasi respirare. Dov'era suo padre? Non sarebbe venuto a salutarla?

«È quasi ora» disse Bruna. Leesha la guardò e si accorse che aveva gli occhi umidi.

«Faremo meglio a darci l'addio» disse Bruna. «È difficile che ne avremo un'altra occasione.»

«Ma che vai dicendo, Bruna?» protestò la giovane.

«Non fare la finta tonta con me, figliola» la ammonì Bruna.

«Sai bene cosa intendo. Ho vissuto molto più a lungo di quanto mi spettasse, ma non camperò certo in eterno.»

«Bruna» disse Leesha «non devo andare per forza…»

«Bah!» l'azzittì Bruna con un cenno. «Oramai sei padrona di tutto quello che ti ho insegnato, ragazza mia, perciò considera questi anni come il mio ultimo regalo per te. Vai» la incitò «osserva e impara tutto quello che puoi.»

Le aprì le braccia, e Leesha ci si lasciò avvolgere. «Promettimi solo che ti occuperai dei miei figlioli, quando io me ne sarò andata. Saranno pure stupidi e cocciuti, ma c'è del buono nei loro cuori, quando cala la notte fonda.»

«Te lo prometto» rispose Leesha. «Potrai essere fiera di me.»

«Non ne ho mai dubitato» disse la vecchia.

Leesha si sciolse in singhiozzi sul ruvido scialle dell'erborista. «Ho paura, Bruna» confessò.

«Sarebbe da sciocchi non averne» disse Bruna. «Ma ho visto anch'io un bel pezzo di mondo, e non ho mai incontrato nulla che tu non sia in grado di affrontare.»

Di lì a non molto, Marick risalì il sentiero con il suo cavallo. Il messaggero impugnava una nuova lancia, e il suo scudo con le protezioni era agganciato al pomolo della sella. Se era ancora indolenzito per le botte che si era buscato il giorno prima, non lo dava minimamente a vedere.

«Ehi, Leesha!» gridò non appena la vide. «Sei pronta per partire all'avventura?»

Avventura. Quella parola bastò a squarciare il velo di tristezza e paura, dandole un brivido di trepidazione.

Marick prese le borse di Leesha e le sistemò in groppa al suo snello corsiero angieriano, mentre lei si volgeva un'ultima volta verso Bruna. «Sono troppo vecchia per gli addii che si trascinano per mezza giornata» disse l'anziana erborista. «Abbi cura di te, figliola.»

Le mise in mano un sacchettino, e Leesha riconobbe il tintinnio delle monete milnesi, che ad Angiers valevano una fortuna. Poi Bruna le volse le spalle e si ritirò in casa senza darle il tempo di protestare.

Leesha si mise subito in tasca il sacchetto. La vista delle monete in metallo della remota Miln poteva indurre in tentazione chiunque, perfino un messaggero. Procedettero a piedi, ai due lati del cavallo, per il sentiero fino al villaggio, dove incrociava la strada principale per Angiers. Passando davanti alla sua casa, Leesha chiamò il padre, ma non ottenne risposta. Elona li vide transitare e sgusciò subito dentro, sbattendo la porta alle sue spalle.

Leesha chinò la testa. Aveva contato su quell'ultima occasione per vedere il padre. Pensò a tutti gli abitanti del villaggio che incontrava ogni giorno, e da cui non aveva potuto accomiatarsi di persona. Le lettere che aveva lasciato per loro a Bruna sembravano un ripiego misero e inadeguato.

Ma quando giunsero al centro del villaggio, Leesha restò a bocca aperta. Suo padre era lì ad aspettarla e, dietro di lui, l'intero villaggio era schierato lungo la strada. Al suo passaggio, si avvicinarono uno dopo l'altro per salutarla, chi con un bacio, chi mettendole in mano un regalo. «Ricordati sempre di noi, e ritorna» disse Erny, e Leesha lo abbracciò stretto, gli occhi serrati per trattenere le lacrime.

«La gente della Conca ti adora» commentò Marick mentre cavalcavano attraverso i boschi. Si erano lasciati alle spalle da ore la Conca del Taglialegna, e le ombre del giorno cominciavano ad allungarsi. Leesha sedeva davanti a lui sull'ampia sella del corsiero, e l'animale sembrava sopportare bene il peso loro e dei bagagli.

«Certe volte» disse Leesha «riesco quasi a crederci anch'io.»

«Perché non dovresti?» chiese Marick. «Sei bella come l'alba e sai curare ogni male. Dubito che qualcuno possa fare a meno di adorarti.»

Leesha rise. «Bella come l'alba?» ripeté. «Trova il povero giullare a cui hai rubato quella frase e digli di non pronunciarla mai più.»

Marick rise a sua volta, e la cinse più strettamente con le braccia. «Sai» le mormorò all'orecchio «non abbiamo ancora discusso del mio compenso per la scorta che ti sto offrendo.»

«Ho del denaro» disse Leesha, chiedendosi quanto le sarebbe durato, ad Angiers.

«Ne ho anch'io» rise Marick. «Il denaro non m'interessa.»

«Allora, che tipo di ricompensa avevi in mente, mastro Marick?» chiese Leesha. «Stai cercando di nuovo di strapparmi un bacio?»

Marick ridacchiò, un guizzo negli occhi da lupo. «Un bacio era il prezzo per averti portato una lettera. Condurti sana e salva fino ad Angiers sarà un pochino più... costoso.» Le premette contro il bacino, e il senso delle sue parole risultò evidente.

«Al solito, corri troppo» disse Leesha. «Di questo passo, sarai fortunato se riesci ad avere un bacio.»

«Vedremo.»

Poco tempo dopo, si accamparono. Mentre Marick disponeva le protezioni, Leesha preparò la cena. Quando lo stufato fu pronto, sbriciolò delle erbe nella ciotola del messaggero, prima di porgergliela.

«Mangia in fretta» raccomandò Marick, cacciandosi in bocca una cucchiaiata enorme. «Ti converrà ritirarti nella tenda prima che spuntino i coreling. Vederli così da vicino può essere spaventoso.»

Leesha lanciò un'occhiata alla tenda montata da Marick, dove c'era spazio a malapena per una persona.

«È piccola» disse lui, strizzandole l'occhio «ma così potremo scaldarci a vicenda nel gelo della notte.»

«Siamo in estate» gli rammentò lei.

«Eppure io sento una brezza gelida ogni volta che parli» ridacchiò il messo. «Magari possiamo trovare un modo per sciogliere il ghiaccio. D'altronde» indicò fuori dal cerchio, dove le forme nebulose dei coreling avevano già cominciato a emergere «non è che tu possa andare molto lontano.»

Marick era più forte di lei, e tutti gli sforzi che faceva per respingerlo non erano più efficaci dei suoi dinieghi. Con le grida dei coreling per sottofondo, dovette sopportarne i baci e i palpeggiamenti, le sue mani rudi e maldestre. E quando la virilità gli faceva difetto, lo consolava con parole suadenti, offrendogli rimedi di erbe e radici che servivano solo a peggiorare le sue condizioni.

A volte diventava collerico, e Leesha aveva paura che potesse picchiarla. Altre volte piangeva, perché che uomo era se non poteva spargere il suo seme? Leesha sopportò tutto quanto, perché quel travaglio non era un prezzo troppo alto per un passaggio fino ad Angiers.

"Lo sto salvando da se stesso" pensava ogni volta che gli drogava il cibo, perché quale specie di uomo voleva essere uno stupratore? Ma in verità provava ben pochi rimorsi. Non le faceva piacere usare le erbe per costringerlo al disarmo, eppure, nel suo intimo più profondo, *c'era* una fredda soddisfazione. Era come se tutte le sue antenate, risalendo per ere incalcolabili fino al giorno in cui il primo uomo aveva abusato di una donna, approvassero con truce soddisfazione il fatto che avesse tolto la virilità a un maschio prima che lui potesse toglierle la verginità.

I giorni trascorrevano lentamente, con l'umore di Marick che passava dall'amarezza alla disperazione sotto il peso dei suoi fallimenti notturni. L'ultima notte, bevve avidamente dall'otre del vino e parve pronto addirittura a balzare fuori dal cerchio per lasciarsi ghermire dai demoni. Il sollievo di Leesha fu palpabile, quando vide ergersi dinanzi a loro la fortezza nella foresta. Restò senza fiato alla vista delle alte mura, istoriate di rune solide e possenti, e larghe abbastanza da contenere più volte la Conca del Taglialegna.

Le vie di Angiers erano rivestite di legno, per impedire ai demoni di emergere all'interno; l'intera città era una passerella di assi di legno. Marick la condusse nel cuore di Angiers, per depositarla davanti all'ospedale di Jizell. Quando lei si volse per andarsene, la afferrò per un braccio, stringendolo fino a farle male.

«Quel che è accaduto fuori da queste mura» le disse «deve restare là fuori.»

«Non dirò niente a nessuno» promise Leesha.

«Sarà meglio per te» replicò Marick. «Perché altrimenti ti ammazzerò.»

«Lo giuro» disse Leesha. «Sul mio onore di erborista.»

Marick la lasciò andare con un grugnito, poi tirò le redini del corsiero e partì al galoppo.

Un sorriso arcuò gli angoli della bocca di Leesha, mentre raccoglieva le sue cose per dirigersi verso l'ospedale.

15

Una fortuna con il violino

Anno 325 dR

C'era fumo, e fuoco, e una donna che urlava tra le grida dei coreling.

"Ti voglio bene!"

Rojer si svegliò di soprassalto, con il cuore che batteva all'impazzata. L'alba era sorta sulle alte mura di Forte Angiers, e una luce soffusa filtrava dalle fessure nelle imposte. Il ragazzo strinse forte l'amuleto nella mano integra mentre la luce cresceva d'intensità e attese che il batticuore si placasse. La minuscola bambolina infantile, fatta di legno e spago, con in testa la ciocca di capelli rossi, era tutto ciò che gli restava della madre.

Non ricordava il suo viso, smarrito nel fumo, né molto altro di quella notte, ma ricordava le ultime parole che gli aveva detto. Continuava a risentirle nei suoi sogni.

"Ti voglio bene!"

Strofinò la ciocca di capelli tra il pollice e l'anulare della mano mutilata. Al posto dell'indice e del medio non gli restava che una cicatrice slabbrata, ma era grazie a lei se aveva perduto soltanto quelli.

"Ti voglio bene!"

Quel talismano era la protezione segreta di Rojer, un segreto che non aveva condiviso neppure con Arrick, che era stato per lui come un padre. Lo aiutava a superare le lunghe notti in cui l'oscurità più cupa gli si richiudeva attorno e le grida dei coreling lo facevano tremare di paura.

Ma adesso il giorno era sorto, e la luce lo fece sentire di nuovo al sicuro. Baciò la bambolina e la ripose nella tasca nascosta che si era cucito nella cintura dei calzoni multicolore. Sapere semplicemente che stava lì già bastava a infondergli coraggio. Aveva dieci anni.

Alzatosi dal pagliericcio, Rojer si stiracchiò e uscì sbadigliando intontito dalla sua stanzetta. Gli si strinse il cuore alla vista di Arrick accasciato sul tavolo. Il suo maestro era stramazzato davanti a una bottiglia vuota, di cui stringeva ancora il collo, come volesse spremerne le ultime gocce rimaste.

Ognuno aveva il suo talismano.

Rojer si avvicinò e strappò la bottiglia dalle dita del mastro.

«Chi è? Cosa c'è?» chiese Arrick, sollevando appena la testa.

«Ti sei di nuovo addormentato a tavola» disse Rojer.

«Ah, sei tu, ragazzo» grugnì Arrick. «Pensavo fosse di nuovo il dannato padrone di casa.»

«Siamo in ritardo con l'affitto» disse Rojer. «E stamattina dobbiamo esibirci alla Piazzetta.»

«L'affitto» brontolò Arrick. «Sempre l'affitto.»

«Se non lo paghiamo oggi» gli rammentò Rojer «mastro Keven ha giurato che ci butta fuori.»

«E allora ci esibiremo.» Arrick si alzò, perse l'equilibrio e cercò di aggrapparsi alla sedia, ma riuscì soltanto a tirarsela addosso nella caduta.

Rojer fece per aiutarlo a rialzarsi, ma Arrick lo respinse. «Ce la faccio!» gridò, come sfidando Rojer a contraddirlo mentre si risollevava, vacillante. «Posso anche farti una capriola all'indietro!» disse, guardandosi alle spalle per vedere se c'era spazio. Dagli occhi, si capiva che si era già pentito di quella spacconata.

«Meglio riservarsela per lo spettacolo» si affrettò a dire Rojer.

Arrick si volse verso di lui. «Mi sa che hai ragione» ammise, con sollievo di entrambi.

«Ho la gola secca» disse Arrick. «Dovrò bere qualcosa, se voglio cantare.»

Rojer annuì e corse a riempire una tazza di legno dalla brocca dell'acqua.

«L'acqua no» disse Arrick. «Portami del vino. Mi ci vuole un'artigliata del mio demone personale.»

«Il vino è finito.»

«Allora fai un salto a comprarlo» ordinò Arrick. Andando a prendere il borsellino, incespicò e riuscì a reggersi in piedi per miracolo. Rojer corse subito a sostenerlo.

Arrick armeggiò un momento con i lacci, poi prese tutto il sacchetto e lo sbatté sul tavolo. La stoffa non produsse alcun suono all'impatto, e il giullare imprecò.

«Nemmeno un klat!» gridò, frustrato, scaraventando via il borsellino. Nella foga, perse di nuovo l'equilibrio, e per cercare di tenersi in piedi fece un giro completo su se stesso, prima di cadere per terra con un tonfo sordo.

Mentre Rojer lo raggiungeva, riuscì a mettersi ginocchioni, ma ebbe un conato e vomitò vino e bile per tutto il pavimento. Strinse i pugni, scosso dalle convulsioni, e Rojer pensò che stesse per vomitare ancora, ma dopo un istante si accorse che il maestro stava singhiozzando.

«Non succedeva mai, quando lavoravo per il duca» gemette. «Allora, i soldi mi uscivano dalle tasche.»

"Solo perché era il duca a pagarti il vino" pensò Rojer, ma ebbe il buonsenso di tenerselo per sé. Rimproverare Arrick perché beveva troppo era un modo infallibile per farlo infuriare.

Diede una ripulita al maestro e lo sostenne, grande e grosso com'era, per aiutarlo a raggiungere il suo giaciglio. Quando crollò addormentato sul paglericcio, Rojer prese uno straccio per pulire per terra. Quel giorno non ci sarebbe stata nessuna esibizione.

Si chiese se mastro Keven li avrebbe cacciati fuori davvero, e dove sarebbero potuti andare in tal caso. Le mura protette di Angiers erano solide, ma c'erano delle falle nella rete di sicurezza sovrastante, da cui non di rado s'infiltravano i demoni del vento. Il pensiero di passare una notte per strada lo terrorizzava.

Contemplò i loro miseri averi, chiedendosi se c'era ancora qualcosa da vendere. Nei tempi di magra, Arrick aveva ceduto il destriero di Geral e il suo scudo con le protezioni, ma restava sempre il cerchio portatile del messaggero. Poteva fruttare una discreta cifra, ma Rojer non si sarebbe mai arrischiato a venderlo. Arrick avrebbe sperperato i soldi nel vino e nel gioco d'azzardo, e quando infine si fossero trovati costretti davvero a passare la notte per strada, non avrebbero avuto più nulla per proteggersi.

Anche Rojer rimpiangeva i tempi in cui Arrick lavorava per il duca. Arrick era molto amato dalle prostitute di Rhinebeck, che avevano trattato Rojer come un figlio. Accolto ogni giorno in grembo a decine donne dai seni profumati, il piccolo era stato rimpinzato di dolciumi e aveva imparato ad aiutarle a truccarsi e a farsi belle. All'epoca, non aveva visto molto il maestro; Arrick lo lasciava spesso al bordello, mentre viaggiava tra i borghi, per enunciare in lungo e in largo gli editti ducali con la sua voce dolce.

Ma al duca non era piaciuto trovare un bambino raggomitolato nel letto, una notte che aveva raggiunto barcollando la stanza della sua meretrice preferita, ebbro ed eccitato. Aveva deciso che Rojer doveva andarsene, e Arrick con lui. Rojer sapeva che era colpa sua, se adesso vivevano in tanta miseria. Come i suoi genitori, Arrick aveva sacrificato ogni cosa per occuparsi di lui.

Ma se con i genitori non ne aveva avuto il modo, Rojer poteva fare qualcosa per ripagare Arrick.

Rojer correva a perdifiato, sperando che la folla non se ne fosse già andata. La gente accorreva ancora a frotte quando veniva annunciato uno spettacolo di Dolcecanto, ma non avrebbe atteso in eterno.

Rojer portava in spalla il "sacco delle meraviglie" di Arrick. Come gli abiti che indossavano, il sacco era ricavato dalle vesti a pezze multicolori di un giullare, ormai lise e sbiadite. Conteneva gli strumenti che componevano il bagaglio artistico di un giullare. Rojer aveva appreso a padroneggiarli tutti, salvo soltanto le palline colorate da giocoleria.

I suoi piedi nudi e callosi scalpicciavano sulle tavole delle passerelle. Rojer aveva stivali e guanti intonati con il costume variopinto, ma li aveva lasciati a casa. Preferiva la presa salda delle dita dei piedi alle suole logore degli stivali colorati, con i sonagli sulle punte, e detestava i guanti.

Arrick gli aveva riempito le dita del guanto destro con il cotone per dissimulare quelle che Rojer aveva perso. Un filo sottile collegava le dita fasulle a quelle vere, facendole piegare insieme alle altre. Era uno stratagemma ingegnoso, ma Rojer si vergognava ogni volta che doveva infilare il guanto stretto sulla mano mutilata. Arrick insisteva perché lo indossasse, ma il maestro non avrebbe potuto punirlo per una disobbedienza di cui era ignaro.

Una piccola folla vagava rumoreggiando per la Piazzetta quando vi approdò Rojer; dovevano esserci una ventina di persone, tra cui diversi bambini. Rojer ricordava ancora i tempi in cui la notizia che Arrick Dolcecanto si sarebbe esibito richiamava centinaia di spettatori da ogni parte della città e persino dai borghi vicini. All'epoca, avrebbe cantato nel tempio del Creatore, o nell'anfiteatro del duca. Adesso, la Piazzetta era il massimo che gli concedeva la gilda, e lui non riusciva nemmeno a riempirla.

Ma anche pochi spiccioli erano sempre meglio di niente. Se almeno una dozzina di persone gli avesse lasciato un klat a testa, ne avrebbe avuto di che pagare un'altra notte a mastro Keven, sempre ammesso che la gilda non lo sorprendesse a esibirsi senza il suo maestro. In tal caso, l'affitto arretrato sarebbe stato l'ultimo dei loro problemi.

Rojer lanciò un gridolino e attraversò la folla a passi di danza, gettando in aria manciate di semi volanti colorati che pescava dalla sacca. I baccelli vorticavano e svolazzavano alle sue spalle, creando una scia dai colori sgargianti.

«L'apprendista di Arrick!» esclamò qualcuno nella folla. «Vedrete che alla fine Dolcecanto arriverà!»

Ci fu un applauso, e Rojer sentì una stretta allo stomaco. Avrebbe voluto dire la verità, ma la prima regola per un giullare, come gli aveva insegnato Arrick, era non dire o fare mai nulla che potesse guastare il buonumore del pubblico.

Il palcoscenico della Piazzetta era costituito da tre livelli, con dietro una struttura di legno a conchiglia che serviva ad amplificare il suono e a proteggere chi si esibiva dal tempo inclemente. C'erano delle rune incise nel legno, ma erano vecchie e sbiadite. Rojer si chiese se sarebbero bastate a proteggere lui e il suo maestro, se avessero dovuto passare quella notte all'aperto.

Salì di corsa i gradini, attraversò il palco con una serie di giravolte e con uno scatto preciso del polso lanciò il cappello per le offerte direttamente di fronte al pubblico.

Rojer era abituato a scaldare la folla prima dell'esibizione del maestro, e per qualche minuto seguì il programma consueto: si esibì nella ruota, raccontò barzellette, fece giochi di prestigio, parodiò i vezzi dei personaggi pubblici più noti. Risate. Applausi. A poco a poco, l'assembramento crebbe. Trenta. Cinquanta. Ma c'era sempre più gente che mormorava, nell'impazienza di veder apparire Arrick Dolcecanto. Rojer si sentì serrare lo stomaco, e per farsi forza toccò il talismano nella sua tasca segreta.

Per rinviare l'inevitabile il più a lungo possibile, invitò i bambini a farsi avanti e prese a raccontare la storia del Ritorno. Fu bravo a mimare tutte le parti, e vide alcuni annuire soddisfatti, ma su molte facce era dipinta la delusione. Non era Arrick, di solito, a intonare il racconto? Non erano venuti proprio per quello?

«Dov'è Dolcecanto?» gridò qualcuno dal fondo della Piazzetta. Fu messo a tacere dalle persone accanto, ma le sue parole rimasero nell'aria. Quando Rojer ebbe finito di intrattenere i bambini, i mormorii di scontento si erano diffusi all'intero uditorio.

«Sono venuto qui per sentir cantare!» protestò lo stesso uomo di prima, e stavolta gli altri lo sostennero, annuendo.

Rojer sapeva bene di non poterlo accontentare. Non aveva mai avuto una voce forte, e gli s'incrinava ogni volta che cercava di tenere una nota lunga. Se avesse provato a cantare, la folla si sarebbe incattivita.

Cercò qualche alternativa nel sacco delle meraviglie, scartando con pudore le palline da giocoliere. Riusciva abbastanza bene a lanciare e ad afferrare con la destra mutilata, ma senza l'indice per imprimere alla pallina la rotazione giusta e con mezza mano soltanto per riacciuffarla, la complessa interazione fra le due mani necessaria per quel gioco di destrezza andava oltre le sue possibilità.

"Che razza di giullare non è nemmeno capace di cantare e di fare giocolerie?" lo rimproverava a volte Arrick. Uno piuttosto scarso, doveva ammettere Rojer.

Con i coltelli se la cavava già meglio, ma per poter chiamare persone del pubblico che si mettessero davanti alla parete mentre lui lanciava occorreva un permesso speciale della gilda. Arrick si sceglieva sempre per quel ruolo qualche prosperosa fanciulla, che spesso e volentieri finiva a letto con lui dopo lo spettacolo.

«Io non credo che venga» sentì dire dal solito uomo. Rojer gli lanciò una muta maledizione.

Molti dei presenti stavano già svicolando via. Alcuni gettavano klat nel cappello per pura compassione, ma se Rojer non si fosse inventato subito qualcosa, non avrebbe mai raccolto abbastanza per tener buono mastro Keven. Gli cadde lo sguardo sulla custodia del violino e, vedendo che ormai restavano solo pochi spettatori, si affrettò a prenderla. Impugnò l'archetto e, come gli succedeva ogni volta, lo sentì calzare perfettamente nella mano mutilata. Le dita perdute, in questo caso, erano superflue.

Appena l'archetto sfiorò le corde, la musica invase la Piazzetta. Alcuni di quelli che se ne stavano andando si trattennero per ascoltare, ma Rojer non si curava più di loro.

Non ricordava più molto di suo padre, ma aveva impressa nella mente l'immagine nitida di Jessum che applaudiva e rideva mentre Arrick suonava il violino. Quando suonava, Rojer sentiva dentro tutto l'amore del padre, così come sentiva quello della madre quando teneva stretto in pugno il talismano. Nel bozzolo sicuro di quell'amore, ogni paura si dissolse, e Rojer si lasciò trasportare dalla vibrante carezza delle corde.

Di solito, Rojer si limitava ad accompagnare il canto di Arrick, ma stavolta osò spingersi oltre, colmando con la sua musica anche lo spazio che normalmente avrebbe occupato Dolcecanto. Le dita della mano buona, la sinistra, volavano sulla tastiera, e presto la folla cominciò a battere le mani, dandogli un ritmo su cui intessere le sue melodie. Suonò sempre più veloce, sospinto dall'andamento sempre più concitato, danzando sulla scena al ritmo della musica. Quando montò sul primo gradone del palcoscenico e spiccò una capriola all'indietro senza che gli sfuggisse una sola nota, un boato si levò dal pubblico.

Il clamore lo scosse dal suo rapimento estatico, e allora vide che la piazza era piena e dall'esterno altra gente premeva per poterlo ascoltare. Ne era passato di tempo da quando lo stesso Arrick riusciva a richiamare un tale assembramento! Stupefatto, Rojer rischiò quasi di perdere il ritmo, ma strinse i denti e seguitò a suonare, lasciandosi trasportare in quel mondo tutto suo.

«È stata un'ottima esibizione» si congratulò qualcuno, mentre Rojer contava le monete di legno laccato nel cappello. Quasi trecento klat! Keven non li avrebbe più assillati per un mese.

«Grazie...» prese a dire Rojer, ma quando alzò lo sguardo, la voce gli si strozzò in gola. Dinanzi a lui c'erano i Mastri Edum e Jasin. Membri della gilda.

«Il tuo maestro dov'è, Rojer?» chiese Edum, severo. Era un attore e mimo di prim'ordine, e si diceva che la gente affluisse persino da luoghi remoti come Forte Rizon per assistere alle sue recite.

Rojer deglutì a fatica, facendosi tutto rosso. Abbassò gli occhi, sperando che la sua colpevole paura fosse scambiata per semplice pudore. «Io... non lo so» farfugliò. «In teoria, doveva essere qui.»

«Di nuovo ubriaco, scommetto» disse Jasin, sprezzante. Noto altresì come Ugola d'Oro, appellativo che si diceva si fosse attribuito da sé, era un cantante di una certa fama, ma soprattutto era il nipote di Lord Janson, il primo ministro del Duca Rhinebeck, e ci teneva a farlo sapere al mondo intero. «Il vecchio Dolcecanto ultimamente non fa che marinarsi nell'alcol.»

«C'è da stupirsi che non gli abbiano ancora tolto la licenza» osservò Edum. «Ho sentito che il mese scorso se l'è fatta addosso nel bel mezzo di uno spettacolo.»

«Non è affatto vero!» protestò Rojer.

«Nei tuoi panni, ragazzo, penserei piuttosto a me stesso» lo ammonì Jasin, puntandogli in faccia un dito affusolato. «Lo sai che c'è una multa per chi raccoglie soldi con un'esibizione non autorizzata?»

Rojer sbiancò. Arrick rischiava di rimetterci la licenza. E se la gilda sottoponeva la faccenda a un magistrato, potevano finire tutti e due a spaccare legna con le catene alle caviglie.

Edum rise. «Sta' tranquillo, figliolo» disse. «Fintanto che la gilda incassa la sua quota,» prelevò dal cappello una buona parte delle monete di legno raccolte da Rojer «non credo sia necessario soffermarsi sulla vicenda.»

Rojer si guardò bene dal protestare mentre i due si spartivano e intascavano una metà abbondante dei suoi guadagni. Poco o nulla di quel gruzzolo sarebbe andato effettivamente a rimpinguare i forzieri della Gilda dei Giullari.

«Tu hai talento, ragazzo» disse Jasin, mentre i due si accingevano ad andarsene. «Dovresti pensare a procurarti un maestro con prospettive migliori. Vieni a trovarmi, se ti stanchi di rimediare agli impicci del vecchio Cantoamaro.»

La delusione di Rojer durò solo fin quando scosse il cappello delle offerte. Anche la metà residua delle offerte era ben più di quanto avesse mai sperato di racimolare. Si affrettò a ritornare alla locanda, facendo una sosta soltanto. Si presentò da mastro Keven, che si rabbuiò in volto appena lo vide arrivare.

«Spero tu non sia venuto a chiedere una proroga per il tuo maestro, ragazzo» disse Keven.

Rojer scosse il capo e gli tese un sacchetto. «Il mio maestro dice che qui c'è abbastanza per una decina di giorni.»

La sorpresa di Keven fu evidente, quando soppesò il sacchetto e udì soddisfatto lo schioccare delle monete di legno che conteneva. Esitò appena un attimo, poi fece un grugnito e intascò il borsellino con un'alzata di spalle.

Al suo ritorno, Rojer trovò Arrick ancora addormentato. Sapeva bene che il maestro non si sarebbe mai reso conto che il padrone di casa era stato pagato. Avrebbe trovato ogni scusa per evitarlo, congratulandosi con se stesso per avergli strappato dieci giorni di pensione gratis.

Rojer mise le poche monete avanzate nel borsellino di Arrick. Gli avrebbe detto che le aveva trovate in fondo al sacco delle meraviglie. Era un'evenienza rara, da quando navigavano nella miseria, ma Arrick non avrebbe messo in questione tanta fortuna vedendo cos'altro gli aveva portato Rojer.

Il ragazzo posò la bottiglia di vino accanto al maestro che dormiva.

Il mattino seguente, Arrick si alzò prima di Rojer e si rifece il trucco usando uno specchietto incrinato. Non era più giovane, ma neppure così vecchio da non poter apparire tale con l'ausilio della scatola dei trucchi da giullare. Nei lunghi capelli schiariti dal sole il biondo prevaleva ancora sul grigio, e la barba bruna, scurita con la tinta, celava il doppio mento incipiente. Il colore del fondotinta corrispondeva così bene a quello della sua pelle abbronzata che le rughe attorno agli occhi azzurri erano praticamente invisibili.

«Per questa notte c'è andata bene, ragazzo mio» disse, facendo delle smorfie per verificare la tenuta del cerone «ma non possiamo evitare Keven per sempre. Prima o poi, quel rompiscatole ci stanerà, e allora sarà meglio avere in tasca...» Frugò nel borsellino, ne estrasse le monete e le lanciò in aria «più di sei klat.» Muovendo le mani con una rapidità stupefacente, riacciuffò le monete al volo e le fece volteggiare ritmicamente davanti a sé con perfetta scioltezza.

«Ti sei allenato con la giocoleria, ragazzo?»

Prima che Rojer potesse aprire bocca per rispondergli, Arrick gli lanciò uno dei klat. Il ragazzo era abituato a quegli scherzetti, ma per quanto fosse pronto, ebbe un fremito di paura mentre afferrava la moneta con la sinistra e la rilanciava in aria. Altre monete seguirono in rapida successione, e Rojer lottò per non perdere il controllo, acchiappandole con la mano mutilata e passandole nell'altra per farle volare di nuovo.

Ritrovandosi con quattro monete da giostrare, fu quasi sopraffatto dal terrore. E quando Arrick ne aggiunse una quinta, fu costretto a dimenarsi come un indemoniato per tenerle in circolazione tutte quante. Arrick rinunciò a lanciargli la sesta, accontentandosi di attendere, paziente. E infatti, qualche istante dopo, Rojer finì clamorosamente per terra insieme a tutte le monete.

Rojer si fece piccolo, preparandosi alla strigliata del maestro, ma

Arrick si limitò a esalare un sospiro esasperato. «Mettiti i guanti» disse. «Dobbiamo uscire a rimpinguare la cassa.»

Quel sospiro lo ferì più di una sgridata o uno scappellotto. Uno scatto di collera avrebbe significato che Arrick si aspettava di meglio da lui. Un sospiro era segno che il maestro aveva rinunciato a sperarci.

«No.» La risposta gli sfuggì di bocca prima che riuscisse a trattenerla, ma quando rimase come sospesa a mezz'aria tra loro, Rojer sentì che era giusta e calzante, come la presa della sua mano mutilata sull'archetto.

Un fremito d'ira increspò i baffi di Arrick, sorpreso dall'audacia del ragazzo.

«I guanti, intendevo» chiarì Rojer, e vide l'espressione di Arrick passare dalla collera alla curiosità. «Non voglio metterli più. Li detesto.»

Arrick sospirò, stappò la nuova bottiglia di vino e se ne versò una tazza.

«Non eravamo d'accordo» chiese, puntando la bottiglia verso il ragazzo «che ti riuscirebbe più difficile trovare degli ingaggi, se la gente sapesse della tua menomazione?»

«Tu non mi hai mai chiesto se ero d'accordo» ribatté Rojer. «Mi hai solo detto, un bel giorno, che dovevo mettermi quei guanti.»

Arrick ridacchiò. «Mi spiace deluderti, figliolo, ma è così che funziona fra maestri e apprendisti. Un giullare menomato non lo vuole nessuno.»

«Perciò, è questo che sarei?» insorse Rojer. «Solo un menomato?»

«Certo che no» rispose Arrick. «Non ti scambierei con nessun altro apprendista di Angiers. Ma non tutti sono capaci di vedere oltre le cicatrici che ti ha lasciato quel demone, per riconoscere l'essere umano che c'è dentro. Ti affibbieranno qualche nomignolo, e finiranno per ridere di te, piuttosto che dei tuoi scherzi.»

«Non m'interessa» disse Rojer. «Con i guanti mi sento un imbroglione, e faccio già abbastanza fatica a destreggiarmi con la mano senza l'impaccio di quelle dita fasulle. Che importa di cosa ridono, se vengono a vederci e sborsano klat perché li facciamo divertire?»

Arrick lo guardò a lungo, tamburellando le dita sulla tazza. «Fammi vedere questi guanti» disse infine.

Erano neri, e gli arrivavano a metà dell'avambraccio. Alle estremità, erano cuciti dei triangoli di stoffa colorata, con appesi dei sonagli. Rojer li lanciò al suo maestro con una smorfia.

Arrick li prese al volo, li osservò un momento, poi li gettò fuori dalla finestra e si sfregò le mani, come se se le fosse sporcate toccandoli.

«Prendi gli stivali e andiamo» disse, scolandosi il fondo della tazza.

«Per la verità, non sopporto neanche gli stivali» azzardò Rojer.

Arrick gli sorrise. «Non tirare troppo la corda» lo ammonì con una strizzata d'occhio.

Le norme della gilda consentivano ai giullari muniti di regolare licenza di esibirsi a qualsiasi angolo di strada, purché non bloccassero la circolazione o interferissero con i commerci. C'erano persino dei venditori che li ingaggiavano per attrarre il pubblico nelle botteghe o nelle sale delle taverne.

Il vizio del bere aveva precluso ad Arrick l'accesso a molte di queste ultime, perciò si esibivano per strada. Arrick si svegliava tardi la mattina e gli altri giullari si erano già accaparrati i posti migliori prima del loro arrivo. Lo spazio che trovarono disponibile non era ideale: l'angolo di una via laterale distante dalle strade più trafficate.

«Può sempre andare» grugnì Arrick. «Tu vai a rastrellare un po' di gente, ragazzo, e intanto io allestisco qui.»

Rojer annuì e corse via. Appena trovava qualche gruppetto di potenziali spettatori, faceva la ruota davanti a loro o camminava sulle mani, adescandoli con il tintinnio invitante dei sonagli cuciti sul suo costume multicolore.

«Venite a vedere il giullare!» gridava. «Non perdetevi lo spettacolo di Arrick Dolcecanto!»

Tra le sue acrobazie e il richiamo che aveva ancora il nome del maestro, riuscì a destare una discreta attenzione. Alcuni gli andarono persino dietro nei suoi giri, applaudendo e ridendo delle sue buffonerie.

Un uomo diede di gomito alla moglie. «Guarda, è quel ragazzo mutilato che c'era in Piazzetta!»

«Sei sicuro?» chiese lei.

«Certo, non vedi la mano?» replicò il marito.

Rojer finse di non averli sentiti e proseguì in cerca di altri spettatori. Di lì a poco, condusse il suo piccolo seguito fino al maestro e trovò Arrick che si destreggiava con un coltello da macellaio, una mannaia per la carne, una piccola scure, uno sgabellino e una freccia, facendoli volteggiare con scioltezza mentre scherzava con il capannello di gente che già aveva attratto.

«Ed ecco a voi il mio assistente» gridò Arrick ai presenti. «Rojer Mezzamano!»

Il ragazzo stava già correndo avanti, quando afferrò appieno il nome. A che gioco giocava Arrick?

Ma ormai era troppo tardi per frenare l'impeto, perciò tese le braccia e si slanciò in avanti per eseguire una ruota, seguita da un triplo salto mortale che lo fece approdare a qualche metro dal maestro. Arrick pescò il coltello da macellaio dal micidiale assortimento di oggetti che faceva mulinare davanti a sé, e lo lanciò verso Rojer.

Aspettandosi quella mossa, il ragazzo fece una giravolta e afferrò senza difficoltà con la sinistra il coltello appositamente smussato e ben bilanciato. Completato il giro su se stesso, scagliò la lama roteante dritto verso la testa di Arrick.

Anche Arrick fece una piroetta e uscì dalla rotazione con la lama stretta fra i denti. La folla esultò, e quando il coltello riprese a volteggiare in aria con gli altri oggetti, i klat cominciarono a piovere nel cappello.

«Rojer Mezzamano!» gridò Arrick. «Ha dieci anni e otto dita appena, ma con il coltello è più pericoloso di qualsiasi adulto!»

La gente applaudì. Rojer mostrò a tutti la mano mutilata, suscitando degli "ooooh" e degli "aaaah" di stupore. Suggestionati dagli annunci di Arrick, molti si erano già persuasi che il ragazzo avesse effettuato la presa e il lancio con la mano deforme. La voce sarebbe corsa, ingigantendosi a ogni passaggio. Per non rischiare che Rojer si vedesse affibbiare un soprannome dalla folla, Arrick gliene aveva dato uno lui per primo.

«Rojer Mezzamano» mormorò il ragazzo, assaporando sulle labbra quel nome.

«Oplà!» gridò Arrick, e Rojer si volse mentre il maestro gli lanciava la freccia. Giungendo le mani di scatto, afferrò al volo il dardo un attimo prima che gli arrivasse in faccia. Con una nuova piroetta, volse le spalle al pubblico. Usò la mano buona per rilanciare la freccia da in mezzo alle gambe verso il maestro, ma quando completò la giravolta e si trovò di nuovo di faccia alla folla, aveva la mano mutilata protesa. «E oplà!» esclamò in risposta.

Fingendosi atterrito, Arrick lasciò cadere le lame che stava giostrando, ma lo sgabello gli ricadde tra le mani appena in tempo perché la freccia vi si piantasse dritto al centro. Il giullare la osservò come fosse stupito della sua buona sorte. Estrasse la freccia e con uno scatto del polso la trasformò in un mazzo di fiori, che lanciò alla donna più graziosa tra il pubblico. Altre monete si riversarono nel cappello.

Vedendo che il maestro era passato ai numeri di magia, Rojer corse a prendere il sacco delle meraviglie con gli accessori che gli sarebbero serviti per i suoi trucchi. Mentre così faceva, un grido si levò dalla folla.

«Suona il violino!» richiese qualcuno a gran voce, suscitando un brusio di approvazione generale. Rojer alzò gli occhi e riconobbe l'uomo che il giorno prima aveva invocato Dolcecanto con tanto clamore.

«Siamo in vena di un po' di musica, qui?» chiese Arrick alla folla, senza battere ciglio. All'ovazione che ottenne in risposta, andò subito a pescare il violino dal sacco e se lo appoggiò sotto al mento, voltandosi di nuovo verso il pubblico. Ma prima che potesse posare l'archetto sulle corde, l'uomo gridò di nuovo.

«Non tu, il ragazzo!» sbraitò. «Lascia suonare Mezzamano!»

Arrick guardò Rojer, sul volto una maschera d'irritazione, mentre la folla si metteva a inneggiare: «Mezzamano! Mezzamano!». Alla fine si arrese con un'alzata di spalle e porse lo strumento all'apprendista.

Rojer prese il violino con mani tremanti. "Mai mettere in ombra il maestro", era una delle prime regole che imparavano gli apprendisti. Ma la folla reclamava a gran voce la sua esibizione, e ancora una volta l'archetto sembrava calzargli a pennello nella mano mutilata, libera dal maledetto guanto. Allora chiuse gli occhi, sentì le corde mute e immobili sotto le dita e cominciò a farle vibrare con delicatezza. La folla ammutolì subito, mentre lui suonava piano, accarezzando le corde come il dorso di un gatto che fa le fusa.

Il violino prese vita fra le sue mani, e allora Rojer lo condusse come una dama in una danza vertiginosa, dilagando in un turbine sonoro. Dimenticò il pubblico. Dimenticò Arrick. Solo con la sua musica, esplorò armonie nuove pur mantenendo una melodia costante, e improvvisò al ritmo dei battimani che sembravano provenire da un'altra dimensione.

Perse completamente la nozione del tempo. Sarebbe potuto restare in quel mondo in eterno, ma tutt'a un tratto ci fu un aspro suono metallico, e qualcosa gli sferzò la mano. Lui scosse la testa intontito e alzò lo sguardo sulla folla muta che lo fissava a occhi sgranati.

«Si è rotta una corda» disse, imbarazzato. Lanciò un'occhiata al maestro, paralizzato dallo stesso stupore degli altri spettatori. Arrick alzò lentamente le mani e si mise ad applaudire.

La folla non tardò a imitarlo, e l'applauso divenne un boato.

«Tu ci farai ricchi con quel violino, ragazzo» disse Arrick, mentre contava l'incasso. «Straricchi!»

«Abbastanza ricchi per pagare le quote arretrate che devi alla gilda?» chiese una voce.

Si volsero e videro mastro Jasin appoggiato al muro. Era affiancato dai suoi due apprendisti, Sali e Abrum. Sali cantava con una limpida voce di soprano, la cui bellezza era pari soltanto alla bruttezza del suo aspetto. A volte, Arrick diceva scherzando che se avesse indossato un elmo con le corna, il pubblico l'avrebbe presa per un demone della roccia. Abrum aveva una voce di basso così profonda che faceva vibrare i tavolati delle strade. Era alto e magro, con mani e piedi giganteschi. Se Sali era una demone della roccia, lui era senza dubbio uno di quelli del legno.

Come Arrick, mastro Jasin cantava da contralto, con voce pura e pastosa. Indossava abiti eleganti di fine lana blu con ricami dorati, disdegnando il costume variopinto adottato dalla maggioranza dei colleghi. Portava i lunghi capelli e i baffi neri impomatati e pettinati con cura meticolosa.

Anche se Jasin era di media corporatura, non per questo era meno pericoloso. Una volta aveva tirato una coltellata in un occhio a un giullare durante una discussione su chi avesse diritto a occupare un certo angolo di strada. Il magistrato aveva optato per la legittima difesa, ma nella sala degli apprendisti della gilda si raccontava una storia diversa.

«Le quote che devo alla gilda non sono affar tuo, Jasin» disse Arrick, affrettandosi a riversare le monete nel sacco delle meraviglie.

«Il tuo apprendista ti avrà anche salvato la faccia per l'esibizione mancata di ieri, Cantoamaro, ma il suo violino non potrà venirti in soccorso per sempre.» Così dicendo, strappò il violino di mano a Rojer, e lo spezzò sul ginocchio. «Prima o poi, la gilda ti revocherà la licenza.»

«La gilda non rinuncerà mai ad Arrick Dolcecanto» disse il giullare. «Ma se anche fosse, Jasin sarà sempre conosciuto come "Secondavoce".»

Jasin si rabbuiò, perché già molti alla gilda avevano adottato quel nomignolo e il mastro andava su tutte le furie solo a sentirlo pronunciare. Lui e Sali conversero su Arrick, che reggeva protettivamente la borsa. Abrum inchiodò Rojer con le spalle al muro, per impedirgli di accorrere in aiuto del maestro.

Ma quella non era la prima volta che dovevano battersi per difendere l'incasso. Rojer si gettò indietro di schiena, per poi caricarsi come una molla e sferrare un calcio dal basso verso l'alto. Abrum lanciò un grido in una tonalità ben lontana dal suo registro normale, cupo e profondo.

«Credevo che il tuo apprendista fosse un basso, non un soprano» ironizzò Arrick. Appena Jasin e Sali si distrassero per guardare il compagno, fu lesto ad affondare le mani nel sacco delle meraviglie e lanciò loro addosso una manciata di semi alati.

Jasin si gettò avanti, in mezzo alla nube, ma Arrick si scansò di lato e lo fece inciampare con facilità, mentre mulinava il sacco per abbatterlo su Sali, centrando la donna corpulenta in pieno petto. Forse sarebbe riuscita a rimanere in piedi, se Rojer non le si fosse già appostato alle terga, ginocchioni. La donna rovinò pesantemente a terra, e prima che i tre avessero il tempo di riprendersi, Arrick e Rojer già correvano sulla passerella di legno.

16
Legami

Anni 323-325 dR

Il tetto della Biblioteca del Duca di Miln era un posto magico per Arlen. Nelle giornate limpide e terse, il mondo si stendeva ai suoi piedi, un mondo non circoscritto da mura e protezioni, uno spazio sconfinato. Il tetto fu anche il luogo dove Arlen guardò per la prima volta Mery, e la vide realmente.

Il suo lavoro alla biblioteca era quasi ultimato, e presto sarebbe tornato alla bottega di Cob. Osservando il sole che accarezzava le cime innevate dei monti e spandeva la sua luce sulla valle sottostante, cercò di imprimersi per sempre nella memoria quell'immagine. Quando si volse verso Mery, volle fare lo stesso con lei. Aveva quindici anni, ed era immensamente più bella delle montagne e della neve.

Mery era la sua amica del cuore da più di un anno, ma Arlen non aveva mai pensato che potesse essere qualcosa di più. Adesso, a vederla baciata dalla luce del sole, con il vento freddo delle montagne che le scarmigliava sul viso i lunghi capelli castani, le braccia strette attorno al rigonfio del seno per proteggersi dal gelo, Arlen scoprì all'improvviso la donna che stava sbocciando in lei, e l'uomo che cresceva in lui. Sentì accelerare i battiti del cuore vedendo come la brezza le gonfiava le gonne, svelando i merletti che orlavano le sottovesti.

Le si avvicinò senza dir nulla, ma lei colse l'espressione che aveva negli occhi, e sorrise. «Finalmente» gli disse.

Arlen tese timidamente la mano per sfiorarle col dorso una guancia. Sentendola abbandonarsi a quella carezza lieve, la baciò, assaporando la dolcezza delle sue labbra. Al principio fu un bacio delicato, esitante, ma con la complicità di lei si fece più intenso, fino ad animarsi di vita propria, di un ardore e una passione che gli erano cresciuti dentro per più di un anno a sua insaputa.

Alla fine, quando le loro labbra si separarono con un tenero schiocco, i due giovani si sorrisero nervosamente. Abbracciati uno all'altra, contemplarono la città ai loro piedi, condividendo il fulgore del loro amore nascente.

«Ti vedo sempre scrutare la valle» disse Mery. Gli insinuò le dita fra i capelli e lo baciò sulla tempia. «Dimmi cosa sogni, quando hai negli occhi quell'espressione distante.»

Arlen rimase in silenzio per un tratto. «Sogno di liberare il mondo dai coreling» rispose infine.

Mery, che stava pensando a ben altro, rise a quella risposta inattesa. Non intendeva certo offenderlo, ma il suono delle sue risa lo colpì come una staffilata. «Ti vedi nei panni del Liberatore, insomma?» gli chiese. «Come pensi di riuscirci?»

Arlen si scostò leggermente da lei, sentendosi improvvisamente vulnerabile. «Non lo so» ammise. «Comincerò facendo il messaggero. Ho già messo da parte i soldi per l'armatura e il cavallo.»

Mery scosse il capo. «Questo non potrà mai accadere, se dobbiamo sposarci.»

«Dobbiamo sposarci?» chiese Arlen sorpreso, con un nodo inaspettato alla gola.

«Perché, non ti piaccio abbastanza?» Mery si ritrasse con un'espressione indignata.

«No! Io non ho mai detto…» balbettò Arlen.

«Ecco, allora» disse Mery. «Il mestiere del messaggero potrà anche offrire ricchezza e onori, ma è troppo pericoloso, specie quando avremo dei figli.»

«Avremo anche dei figli, adesso?» chiese Arlen con voce strozzata.

Mery lo guardò come fosse un idiota. «No, proprio non può andare» continuò, ignorando le sue proteste, mentre seguiva il filo del proprio ragionamento. «Dovrai fare il runiere, come Cob. Potrai comunque combattere i demoni, ma te ne starai al sicuro con me, invece di cavalcare sulle strade infestate dai coreling.»

«Io non voglio fare il runiere» replicò Arlen. «Quello non è mai stato che un mezzo per raggiungere lo scopo.»

«E quale scopo?» chiese Mery. «Farsi ammazzare lungo una strada?»

«No» disse Arlen. «A me non succederà.»

«Cosa ci guadagnerai a fare il messaggero, piuttosto che il runiere?»

«Una via di fuga» rispose Arlen senza pensarci.

Mery ammutolì. Girò la testa per evitare lo sguardo di lui, e dopo qualche istante ritrasse anche il braccio con cui lo cingeva. Rimase seduta in silenzio, e Arlen scoprì che la tristezza la rendeva ancora più bella.

«Fuga da cosa?» chiese infine Mery. «Da me?»

Arlen la guardò, con un trasporto che stava appena iniziando a comprendere, e si sentì stringere la gola. Sarebbe stato poi così terribile, restare? Che possibilità aveva di trovare un'altra ragazza come Mery?

Ma lei gli sarebbe bastata? Non aveva mai desiderato una famiglia. Non aveva bisogno di quel tipo di legami. Se avesse voluto sposarsi e fare dei figli, sarebbe potuto restare a Rio Tibbet con Renna. Aveva pensato che Mery fosse diversa…

Arlen evocò l'immagine che lo aveva sostenuto in quegli ultimi tre anni, e si vide cavalcare lungo la strada, libero di errare dove meglio credeva. Come sempre, il pensiero lo rinvigorì, finché non si voltò di nuovo verso Mery. Quella fantasia si dissolse all'istante, e l'unica cosa che riuscì a pensare fu di baciarla di nuovo.

«Da te, no» disse, prendendole le mani. «Da te, mai.» Le loro labbra s'incontrarono di nuovo e per un lungo momento Arlen dimenticò ogni altra cosa.

«Ho una missione ai Frutteti di Harden» annunciò Ragen, riferendosi a un piccolo borgo di agricoltori, a una giornata di viaggio da Miln. «Ti andrebbe di venire con me, Arlen?»

«Ragen, no!» esclamò Elissa.

Arlen la guardò torvo, ma Ragen lo afferrò per un braccio prima che potesse dire qualcosa. «Arlen, puoi lasciarmi un momento solo con mia moglie?» chiese con garbo. Arlen si asciugò la bocca e si alzò per uscire.

Ragen gli richiuse la porta alle spalle, ma non potendo accettare che la sua sorte fosse decisa da altri, Arlen fece il giro dalla cucina e si mise a origliare dall'ingresso per la servitù. Il cuoco lo guardò storto, ma Arlen ricambiò l'occhiataccia, e quello tornò a occuparsi delle sue faccende.

«È troppo giovane!» stava dicendo Elissa.

«Lissa, per te sarà sempre troppo giovane» ribatté Ragen. «A sedici anni, è grande abbastanza per affrontare un viaggio di un giorno solo.»

«E tu lo incoraggi!»

«Sai benissimo che Arlen non ha bisogno del mio incoraggiamento» disse Ragen.

«Gliene offri l'occasione, allora» sbottò Elissa. «Qui è più al sicuro!»

«Sarà al sicuro anche con me» rispose Ragen. «Non è meglio se fa i suoi primi viaggi con qualcuno che lo tiene d'occhio?»

«Preferirei che di primi viaggi non ne facesse affatto» disse acida Elissa. «Se ci tenessi a lui, la penseresti allo stesso modo.»

«Per la Notte, Lissa, noi i demoni non li vedremo nemmeno. Raggiungeremo i Frutteti prima del tramonto e ne ripartiremo dopo l'alba. La gente comune fa di continuo questo tragitto.»

«Non m'interessa» s'incaponì Elissa. «Io non voglio che ci venga.»

«Non sta a te decidere» le rammentò Ragen.

«Glielo proibisco!» gridò Elissa.

«Non puoi!» gridò a sua volta Ragen. Arlen non l'aveva mai sentito alzare la voce con lei.

«Tu stai a vedere» ringhiò Elissa. «Drogherò i cavalli! Spezzerò in due tutte le lance! Getterò la tua armatura nel pozzo ad arrugginirsi!»

«Butta pure via tutto quello che ti pare» rispose Ragen a denti stretti. «Ma io e Arlen partiremo *comunque* per i Frutteti di Harden, domani, anche a costo di andarci *a piedi*.»

«Allora, io ti lascio» mormorò Elissa.

«Che cosa?»

«Mi hai sentito benissimo» disse lei. «Portati via Arlen e io me ne andrò prima del vostro ritorno.»

«Non puoi dire sul serio» protestò Ragen.

«Mai stata più seria in vita mia» assicurò Elissa. «Se te lo porti via, me ne vado.»

Ragen rimase a lungo in silenzio. «Ascolta, Lissa» disse infine. «Lo so quanto ti pesa non essere riuscita a concepire...»

«Non azzardarti a tirare in ballo questa cosa, adesso!» ruggì la donna.

«Arlen non è tuo figlio!» gridò Ragen. «E per quanto tu possa soffocarlo di premure, non lo sarà mai! È nostro *ospite*, non nostro figlio!»

«Certo che non è nostro figlio!» urlò Elissa. «E come potrebbe esserlo, se tu sei in giro a consegnare quelle dannate lettere ogni volta che ho il mio periodo di fecondità?»

«Sapevi bene che mestiere facevo, quando mi hai sposato» le rammentò Ragen.

«È vero» rispose Elissa. «E ora comincio ad accorgermi che avrei dovuto dare retta a mia madre.»

«Come sarebbe a dire?»

«Sarebbe a dire che non ce la faccio più» rispose Elissa, mettendosi a piangere. «Di stare qui ad aspettarti continuamente, di chiedermi se tornerai mai a casa, di vedere quelle cicatrici che per te sono cose da nulla. Di pregare di restare incinta, quelle rare volte che facciamo l'amore, prima che diventi vecchia. E ora, questo!

«Sapevo bene che mestiere facevi, quando ti ho sposato» singhiozzò. «E credevo di avere imparato a conviverci. Ma adesso... Ragen, io non posso sopportare il pensiero di perdervi tutti e due. Non posso!»

Una mano si posò sulla spalla di Arlen, facendolo sobbalzare. Era Margrit, che lo guardò con un'espressione severa. «Non dovresti ascoltare queste cose» disse, e Arlen si vergognò di essere stato lì a origliare. Stava per andarsene, quando colse le parole del messaggero.

«E va bene» si arrese Ragen. «Dirò ad Arlen che non può venire, e smetterò di incoraggiarlo.»

«Sul serio?» chiese Elissa, tirando su col naso.

«Promesso» disse Ragen. «E quando torno dai Frutteti di Harden, mi prenderò qualche mese di congedo e ti feconderò a tal punto che non potrai non restare incinta.»

«Oh, Ragen!» Elissa rise, e Arlen la sentì gettarsi fra le braccia del marito.

«Hai ragione» disse il ragazzo a Margrit. «Non avevo il diritto di ascoltare quelle cose.» Mandò giù il nodo di rabbia che aveva in gola. «Ma neppure loro avevano il diritto di discuterne.»

Se ne salì nella sua stanza e cominciò a radunare le sue cose. Meglio dormire su un duro giaciglio nella bottega di Cob, piuttosto che in un soffice letto, se il prezzo da pagare era il diritto di decidere per se stesso.

Per mesi Arlen evitò Elissa e Ragen. Si fermavano spesso alla bottega di Cob per vederlo, ma lui non si faceva mai trovare. Mandavano i servitori a offrirgli inviti, ma l'esito era sempre lo stesso.

Non avendo più accesso alla scuderia di Ragen, Arlen si comprò un cavallo tutto suo e si esercitò a cavalcarlo nei campi fuori città. Mery e Jaik lo accompagnavano spesso, e il legame fra i tre si faceva sempre più stretto. Mary non vedeva di buon occhio il suo addestramento, ma erano ancora dei ragazzi e la semplice gioia di galoppare sui prati scacciava presto i pensieri più cupi.

Arlen si rese sempre più autonomo, alla bottega di Cob, accettando commesse e trattando con nuovi clienti senza la supervisione del mastro. Il giovane si fece un nome nell'ambiente dei runieri, e i profitti di Cob aumentarono. Il mastro assunse dei servitori e prese altri apprendisti, affidando gran parte del loro addestramento ad Arlen.

Quasi ogni sera, Arlen e Mery se ne andavano insieme a passeggio, ammirando i colori del cielo. I loro baci si erano fatti più arditi, e tutti e due avrebbero voluto osare di più, ma Mery si ritraeva sempre, prima che si spingessero troppo in là.

"Tra un anno avrai finito l'apprendistato" continuava a ripetergli. "Il giorno dopo potremo sposarci, e da allora, se vuoi, sarò tua ogni notte che viene."

Una mattina che Cob era fuori bottega, Elissa venne a fargli visita. Occupato a discutere con un cliente, Arlen la notò solo quando era ormai troppo tardi.

«Buongiorno, Arlen» lo salutò lei, non appena il cliente se ne fu andato.

«Buongiorno a voi, Lady Elissa» rispose lui.

«Non è necessario essere così formali.»

«Io penso che una confidenza eccessiva abbia falsato la natura del nostro rapporto» rispose Arlen. «Non voglio ripetere quell'errore.»

«Mi sono scusata infinite volte, Arlen» disse Elissa. «Cosa devo fare per ottenere il tuo perdono?»

«Farlo con sincerità» rispose Arlen. I due apprendisti al tavolo da lavoro si scambiarono un'occhiata, poi si alzarono all'unisono e uscirono.

Elissa non fece caso a loro. «Ma io sono sincera.»

«No» disse Arlen, mentre raccoglieva dei libri dal banco e andava a metterli a posto. «Siete dispiaciuta perché vi ho sentiti e ci sono rimasto male. Siete dispiaciuta perché me ne sono andato. La sola cosa di cui *non* siete pentita è stata costringere Ragen a non portarmi con lui.»

«È un viaggio pericoloso» disse lei, cauta.

Arlen sbatté i libri sul tavolo e la guardò negli occhi per la prima volta. «L'ho fatto almeno una decina di volte, in questi ultimi sei mesi» le annunciò.

«Arlen!» gemette lei, sgomenta.

«Sono stato anche alle Miniere del Duca» proseguì il giovane. «E alle Cave del Sud. In ogni posto a un giorno di viaggio dalla città. Mi sono preparato i cerchi con le protezioni, e la Gilda dei Messaggeri s'interessa a me da quando ho presentato la domanda d'iscrizione, che mi permetterà di andare ovunque voglio. I vostri sforzi non sono serviti a nulla. Io non mi lascerò mettere in gabbia, Elissa. Né da voi, né da nessun altro.»

«Io non ho mai voluto metterti in gabbia, Arlen, ma solo proteggerti» disse la donna con dolcezza.

«Non è mai stato compito vostro» rispose Arlen, rimettendosi al lavoro.

«Forse no» sospirò Elissa. «Ma l'ho fatto solo perché mi stai a cuore. Perché ti voglio bene.»

Arlen taceva, rifiutandosi di guardarla.

«Sarebbe davvero così terribile, Arlen?» chiese Elissa. «Cob non è più tanto giovane, e ti vuole bene come a un figlio. Sarebbe così orribile prendere in mano la bottega e sposare quella graziosa fanciulla con cui ti ho visto in giro?»

Arlen scosse la testa. «Io non farò mai il runiere. Mai.»

«E se dovessi ritirarti, come Cob?»

«Sarò morto prima di allora.»

«Arlen! Non dire simili atrocità!»

«E perché?» chiese Arlen. «È la verità. Nessun messaggero che continui a svolgere il suo mestiere prevede di morire di vecchiaia.»

«Ma se già sai che ti costerà la vita, perché ti ostini a volerlo fare?»

«Perché preferisco vivere pochi anni da uomo libero piuttosto che passare decenni in una prigione.»

«Miln non è affatto una prigione, Arlen.»

«Lo è eccome» insisté lui. «Noi cerchiamo di convincerci che sia il mondo intero, ma così non è. Ci ripetiamo che là fuori non c'è nulla che qui non abbiamo, ma non è vero. Perché credete che Ragen continui a fare il messaggero? Ormai ha più soldi di quanti ne possa spendere.»

«Ragen è al servizio del duca. È tenuto a fare il suo dovere, perché non c'è nessun altro che possa sostituirlo.»

Arlen sbuffò. «I messaggeri non mancano, Elissa, e Ragen considera il duca come una specie di scarafaggio. Non lo fa per lealtà, o per l'onore. Lo fa perché sa la verità.»

«Quale verità?»

«Che là fuori c'è di più di quello che c'è qui dentro» rispose Arlen.

«Sono incinta, Arlen» annunciò Elissa. «Pensi che Ragen possa trovare una gioia come questa da qualche altra parte?»

Arlen rimase un momento in silenzio. «Felicitazioni» disse infine. «So quanto lo desideravate.»

«È tutto quello che riesci a dire?»

«E adesso vi aspettate che si ritiri, immagino? Un padre non può correre rischi, no?»

«Ci sono anche altri modi per combattere i demoni, Arlen. Ogni bambino che viene al mondo è una vittoria su di loro.»

«Parlate proprio come mio padre» commentò il giovane.

Elissa lo guardò con tanto d'occhi. Da quando lo conosceva, Arlen non aveva mai detto una parola sui suoi genitori.

«Vuol dire che è un uomo saggio» mormorò.

Aveva detto la cosa sbagliata. Elissa se ne rese conto immediatamente. Il volto di Arlen s'indurì in un'espressione che non gli aveva mai visto prima, un'espressione che metteva paura.

«Non era saggio!» esplose Arlen, scagliando per terra un recipiente pieno di pennelli. Il barattolo andò in frantumi, spargendo schizzi d'inchiostro dappertutto. «Era un vigliacco! Ha lasciato morire mia madre! L'ha lasciata morire...» La faccia stravolta in una smorfia angosciata, Arlen vacillò, serrando i pugni. Elissa corse da lui, senza sapere bene cosa fare o dire, spinta solo dall'impulso di abbracciarlo.

«L'ha lasciata morire perché aveva paura della notte» mormorò Arlen. Cercò di resisterle, quando lei lo prese fra le braccia, ma Elissa lo strinse forte a sé mentre scoppiava in un pianto dirotto.

Lo tenne abbracciato a lungo, accarezzandogli i capelli. Alla fine, gli sussurrò: «Torna a casa, Arlen».

Arlen trascorse il suo ultimo anno di apprendistato vivendo con Elissa e Ragen, ma la natura del loro rapporto ormai era cambiata. Adesso era libero di prendere le sue decisioni, e neppure Elissa si azzardava più a contrastarlo. Fu per lei una gradita sorpresa constatare come quella resa aveva rafforzato il legame fra loro. Arlen la colmava di attenzioni, vedendo crescere il suo ventre, e lui e Ragen programmavano le loro missioni in modo che non restasse mai sola.

Arlen passò anche molto tempo con l'erborista che avrebbe fatto da levatrice a Elissa. Ragen gli aveva spiegato che un messaggero doveva avere qualche nozione dell'arte dell'erboristeria, e così Arlen andava a cercarle piante e radici che crescevano fuori delle mura cittadine, e in cambio la donna gli insegnava alcuni dei suoi segreti.

Ragen non si allontanò mai dai dintorni di Miln, in quei mesi, e quando venne al mondo sua figlia, Marya, appese la lancia al chiodo una volta per tutte. Lui e Cob passarono l'intera nottata a bere e a brindare.

Arlen era con loro, ma non fece che fissare il bicchiere, perso nei suoi pensieri.

«Dovremmo cominciare a fare dei progetti» disse Mery una sera, mentre Arlen l'accompagnava a casa del padre.

«Progetti?» chiese il giovane.

«Per il matrimonio, sciocccone» rise Mary. «Mio padre non mi permetterebbe mai di sposare un apprendista, ma non parlerà d'altro quando sarai diventato runiere.»

«Messaggero» la corresse lui.

Mery lo guardò a lungo. «È tempo di mettere da parte i tuoi viaggi, Arlen» disse. «Presto diventerai padre.»

«E questo che c'entra» chiese Arlen. «Un sacco di messaggeri hanno figli.»

«Io non sposerò mai un messaggero» fu la secca replica di Mery. «Tu questo lo sai. L'hai sempre saputo.»

«Come tu hai sempre saputo che quello è il mestiere che voglio» ribatté Arlen. «Eppure sei qui con me.»

«Pensavo che potessi cambiare idea» disse Mery. «Pensavo che in qualche modo potessi liberarti da questa tua fissazione di essere in trappola, di dover rischiare la vita per sentirti libero. Pensavo che mi amassi!»

«Io ti amo.»

«Ma non abbastanza per rinunciare a quel mestiere.»

Arlen non le rispose.

«Come puoi amarmi e continuare a volerlo fare?» domandò Mery.

«Ragen ama Elissa» rispose lui. «Le due cose non sono inconciliabili.»

«Elissa detesta il lavoro di Ragen» ribatté Mery. «L'hai detto tu stesso.»

«Eppure sono sposati da quindici anni.»

«È questa la sorte a cui vuoi condannarmi?» chiese Mery. «A passare le notti insonni, da sola, senza sapere se tornerai mai? A chiedermi se sei morto, o se ti sei fatto irretire da qualche fanciulla di un'altra città?»

«Questo non accadrà mai.»

«No, infatti, per le grinfie dei demoni» disse Mery, con le guance rigate dalle lacrime. «Perché io non permetterò che accada. Tra noi è finita qui.»

«Mery, ti prego.» Arlen fece per abbracciarla, ma lei si ritrasse, sfuggendo alla presa.

«Non abbiamo più niente da dirci.» Mery gli volse le spalle e corse via, verso la casa paterna.

Arlen rimase impietrito dov'era, seguendola con lo sguardo. Le ombre si allungarono e il sole calò all'orizzonte, ma lui restò lì immobile, anche dopo il rintocco dell'Ultima Campana. Strofinò le suole degli stivali sull'acciottolato, con il solo rimpianto che i coreling non potessero sorgere attraverso la pietra tagliata per dilaniarlo.

«Arlen! Per il Creatore, che fai qui a quest'ora?» esclamò Elissa, correndogli incontro, quando lo vide entrare nella dimora. «Quando è tramontato il sole, abbiamo pensato che saresti rimasto alla bottega di Cob!»

«Avevo solo bisogno di un po' di tempo per riflettere» mormorò Arlen.

«Fuori, col buio?»

Arlen alzò le spalle. «La città è ben protetta. Non c'erano coreling in circolazione.»

Elissa stava per controbattere, ma quando vide l'espressione negli occhi di Arlen, il rimprovero le sfiorì sulle labbra. «Arlen, cos'è successo?» chiese con dolcezza.

«Ho detto a Mery le cose che avevo detto a voi» rispose lui, con un mesto sorriso. «Non l'ha presa bene.»

«Se ben ricordo, neppure io l'avevo presa tanto bene» disse Elissa.

«Allora sapete che cosa intendo» concluse Arlen, avviandosi verso le scale. Rifugiatosi nella sua stanza, spalancò la finestra per respirare l'aria fredda della notte e scandagliare le tenebre.

La mattina dopo, si presentò da Malcum, il mastro della gilda.

Il giorno seguente, il pianto di Marya risuonò prima dell'alba, ma i suoi vagiti destarono sollievo, più che irritazione. Elissa aveva sentito storie di bambini che morivano durante la notte, e quel pensiero la terrorizzava a tal punto che al momento di coricarsi dovevano strapparle la pupa dalle braccia, e quando dormiva faceva sogni angosciosi.

Elissa scese dal letto, infilò le pantofole e si scoprì un seno per allattare. Marya le si attaccò al capezzolo, stringendolo forte, ma lei sopportò anche il dolore perché era segno del vigore della sua figlioletta adorata. «Brava, luce mia» le sussurrò. «Ciuccia il latte e crescerai forte.»

Mentre allattava, si mise a camminare per la stanza, già inquieta al pensiero di doversi staccare da lei. Ragen ronfava placido nel lettone. Erano passate poche settimane soltanto da quando si era ritirato, ma già dormiva meglio, gli incubi erano meno frequenti, e lei e Marya gli riempivano le giornate, tenendo lontana la tentazione della strada.

Finalmente sazia, Marya si staccò dal seno con un ruttino soddisfatto e si riappisolò. Elissa la baciò, la rimise nella culla e andò alla porta. Come sempre, trovò Margrit ad attenderla.

«Buongiorno, Madre Elissa» disse la donna. Quel titolo, e l'affetto sincero con cui lo pronunciava, colmava sempre di gioia Elissa. Per quanto Margrit fosse la sua servitrice, prima di allora Elissa non si era mai sentita sua pari rispetto a ciò che più contava a Miln.

«Ho sentito la cuccioletta che piangeva» disse Margrit. «È una bimba forte.»

«Oggi devo uscire» annunciò Elissa. «Preparami un bagno, per favore, e tira fuori il vestito blu e il manto di ermellino.» La donna assentì ed Elissa tornò dalla sua piccola. Dopo essersi lavata e vestita, Elissa lasciò con riluttanza la pupa a Margrit e andò in città prima che il marito si svegliasse. Ragen l'avrebbe rimproverata per l'ingerenza, ma Elissa sapeva che Arlen era sull'orlo del baratro, e lei non l'avrebbe lasciato precipitare restandosene con le mani in mano.

Si guardò attorno, temendo che Arlen potesse vederla entrare nella biblioteca. Non trovò Mery in nessuna delle celle, né tra gli scaffali di libri, ma non ne fu troppo sorpresa. Reticente com'era sulle sue faccende private, Arlen non le aveva parlato spesso di Mery, ma le rare volte che l'aveva fatto, Elissa lo aveva ascoltato attentamente. Sapeva che i due avevano un loro luogo d'incontro speciale, e pensò all'attrazione che quel posto doveva avere sulla ragazza.

Trovò Mery sul tetto della biblioteca, in lacrime.

«Madre Elissa!» esclamò Mery, asciugandosi il viso in fretta. «Mi avete spaventato!»

«Mi dispiace, cara» disse Elissa, raggiungendola. «Se preferisci, me ne vado subito; ma pensavo che potessi avere bisogno di parlare con qualcuno.»

«Vi ha mandata qui Arlen?»

«No» rispose Elissa. «Ma ho visto com'era sconvolto, e ho immaginato che dev'essere difficile anche per te.»

«Era sconvolto?» chiese Mery, tirando su col naso.

«Stanotte ha vagato per strada ore e ore» rispose Elissa. «Ero terribilmente in pensiero per lui.»

Mery scosse la testa. «Ci tiene proprio a farsi ammazzare.»

«Secondo me, invece, è il contrario» disse Elissa. «Io credo che stia cercando disperatamente di sentirsi vivo.»

Mary la guardò incuriosita, e la donna le si sedette accanto.

«Per anni» disse Elissa «non sono riuscita a capire perché mio marito sentisse il bisogno di errare tanto lontano da casa, costretto a vedersela con i coreling e a rischiare la vita per qualche pacchetto e qualche lettera. Aveva già guadagnato abbastanza per farci vivere nel lusso per due vite intere. Perché continuare?

«Parlando dei messaggeri, la gente usa termini come "dovere", "onore", "abnegazione". Sono convinti che sia tutto questo a spingerli a fare il loro mestiere.»

«E non è così?» chiese Mery.

«Prima credevo di sì» ammise Elissa «ma adesso vedo le cose con più chiarezza. Nella vita, ci sono momenti in cui ci sentiamo talmente vivi che quando poi passano, ci sentiamo… limitati. E allora saremmo pronti a fare quasi qualunque cosa, pur di sentirci di nuovo vivi a quel modo.»

«Io non mi sono mai sentita limitata.»

«Io neppure» rispose Elissa. «Fino al giorno in cui sono rimasta incinta. Di colpo, ero responsabile della vita che mi portavo dentro. Tutto ciò che mangiavo, tutto ciò che facevo, aveva un effetto su di lei. Avevo aspettato così a lungo che temevo di perdere la bambina, come succede a molte donne della mia età.»

«Non siete così anziana» obiettò Mery. Elissa si limitò a sorridere.

«Sentivo la vita di Marya pulsare dentro di me» continuò la donna. «E la mia pulsare in armonia con la sua. Non avevo mai provato niente di simile. Adesso che la bambina è nata, temo che non potrò rivivere mai più quella sensazione. Mi attacco a lei disperatamente, ma so che non ci potrà mai più essere quella fusione tra noi.»

«Ma cosa c'entra questo con Arlen?» domandò Mery

«Sto cercando di spiegarti cosa penso che provino i messaggeri quando sono in viaggio» rispose Elissa. «Per Ragen, credo che il rischio di perdere la vita gli abbia fatto capire quanto è preziosa, e abbia risvegliato in lui un istinto che lo proteggerà sempre dalla morte.

«Per Arlen, è diverso. I coreling gli hanno portato via molto, Mery, e lui se ne fa una colpa. Penso che, nel profondo, arrivi addirittura a odiarsi. Vede nei coreling la causa di tutti i suoi mali, e solo affrontandoli riuscirà a trovare pace.»

«Oh, Arlen» gemette Mery, gli occhi di nuovo gonfi di lacrime.

Elissa allungò la mano a sfiorarle la guancia. «Ma lui ti ama» disse. «Lo sento quando parla di te. Perso che, a volte, quando è tutto preso dall'amore per te, si dimentichi di odiare se stesso.»

«Come avete fatto, Madre?» chiese Mery. «Come siete riuscita a sopportare tutti questi anni di matrimonio con un messaggero?»

La donna sospirò. «Ci sono riuscita perché Ragen è un uomo forte e al tempo stesso di buon cuore, e so bene quanto sia raro questo genere di uomini. Perché non ho mai dubitato del suo amore, né del suo ritorno. Ma soprattutto, perché i momenti trascorsi con lui valevano più di tutti quelli in cui era lontano.»

Prese tra le braccia Mery e la strinse forte. «Dagli dei buoni motivi per tornare a casa, Mery, e io credo che Arlen imparerà che dopotutto la sua vita merita di essere vissuta.»

«Io non vorrei che partisse mai» mormorò Mary.

«Lo so» convenne Elissa. «Neanche io. Ma non penso che lo amerò di meno se lo farà.»

Mery sospirò. «Io neppure» ammise.

Quella mattina, quando uscì per andare al mulino, Jaik trovò Arlen che lo aspettava. Aveva con sé il suo cavallo, un corsiero baio dalla criniera nera chiamato Baleno dell'Alba, e indossava l'armatura.

«Che fai?» chiese Jaik. «Parti per i Frutteti di Harden?»

«E ben più lontano» rispose Arlen. «Ho avuto incarico dalla gilda di recapitare dei messaggi a Lakton.»

«Lakton?» ripeté Jaik, allibito. «Ti ci vorranno settimane, per arrivare fin laggiù!»

«Potresti venire con me» propose Arlen.

«Cosa?»

«Come mio giullare.»

«Arlen, io non sono ancora pronto per…» cominciò a dire Jaik.

«Cob dice che il modo migliore per imparare le cose è farle» lo interruppe Arlen. «Vieni con me, e impareremo insieme! Vuoi lavorare al mulino per sempre?»

Jaik abbassò gli occhi ai ciottoli della via. «Il mestiere del mugnaio non è così brutto» disse, spostando il peso da un piede all'altro.

Arlen lo guardò un momento e annuì. «Abbi cura di te, Jaik» disse, montando in sella a Baleno dell'Alba.

«Quando tornerai?» chiese Jaik.

Arlen si strinse nelle spalle. «Non lo so» disse, volgendo lo sguardo ai cancelli della città. «Forse mai più.»

Più tardi nella mattina, Elissa portò Mery con sé alla residenza, per attendere il ritorno di Arlen. «Non cedere *troppo* facilmente» consigliò Elissa, strada facendo. «Non è il caso di perdere *tutto* il tuo ascendente. Costringilo a lottare per averti, o non capirà mai quanto vali.»

«Voi pensate che lo farà?» chiese Mery.

«Oh» sorrise Elissa «sono *sicura* che lo farà.»

«Hai visto Arlen, stamane?» domandò Elissa a Margrit quando giunsero a casa.

«Sì, Madre» rispose la donna. «Qualche ora fa. È stato un po' di tempo con Marya, poi se ne è andato via con una borsa.»

«Una borsa?»

Margrit fece spallucce. «Probabilmente è partito per i Frutteti di Harden, o qualche posto simile.»

Elissa annuì, per nulla sorpresa che Arlen avesse deciso di lasciare la città per un giorno o due. «Starà via almeno fino a domani» disse a Mery. «Vieni a vedere la bimba, prima di andartene.»

Salirono al primo piano. Elissa si avvicinò alla culla, mormorando parole dolci, impaziente di prendere tra le braccia la figlia, ma si fermò interdetta quando vide un foglio piegato che sporgeva da sotto al cuscino.

Con mani tremanti, prese il pezzo di pergamena e lesse, a voce alta:

Cari Elissa e Ragen,

ho accettato una missione a Lakton per la Gilda dei Messaggeri. Quando leggerete queste righe, sarò già sulla strada. Mi spiace di non poter essere quello che tutti si aspettano da me.

Grazie di tutto. Non vi dimenticherò mai.

Arlen

«*No!*» gridò Mery. Si volse e fuggì dalla stanza, lasciando di corsa la casa.

«Ragen!» gridò Elissa. «Ragen!»

Il marito la raggiunse in un lampo e lesse la lettera, scuotendo tristemente il capo. «Insiste a scappare dai suoi problemi» mormorò.

«Allora?» chiese Elissa.

«Allora, cosa?»

«Vai a cercarlo!» gridò Elissa. «Riportalo a casa!»

Ragen posò sulla moglie uno sguardo severo, e i due si affrontarono in un muto diverbio. Elissa sapeva che la battaglia era persa in partenza, e presto abbassò gli occhi.

«Perché così presto?» mormorò. «Perché non poteva aspettare ancora un giorno?» Ragen l'abbracciò, vedendola sciogliersi in pianto.

«Arlen!» gridava Mery mentre correva. Ogni pretesa di calma si era dissolta in lei, ogni interesse a sembrare forte, a costringerlo a lottare. La sola cosa che voleva adesso era trovarlo, prima che se ne andasse, e dirgli che lo amava, e che avrebbe continuato ad amarlo, qualsiasi cosa avesse scelto di fare.

Raggiunse la porta della città a tempo di record, boccheggiante per lo sforzo, ma era già troppo tardi. Le guardie le riferirono che lui aveva lasciato la città da diverse ore.

In cuor suo, Mery sapeva che non sarebbe tornato. Se lo voleva davvero, doveva corrergli dietro. Sapeva cavalcare. Poteva farsi dare un cavallo da Ragen, e inseguirlo al galoppo. Arlen avrebbe sicuramente cercato ricovero ai Frutteti di Harden per quella prima notte. Se si sbrigava, poteva raggiungerlo in tempo.

Tornò di volata alla dimora di Ragen, attingendo nuove forze dal terrore di perderlo. «È già partito!» gridò a Elissa e Ragen. «Mi occorre un cavallo in prestito!»

Ragen scrollò il capo. «È mezzogiorno passato. Non farai mai in tempo. Arriverai sì e no a metà strada, e i coreling ti faranno a pezzi.»

«Non m'importa!» gridò Mery. «Devo provarci!» Si precipitò verso le scuderie, ma Ragen l'afferrò e la trattenne. Mery si mise a piangere e a tempestarlo di pugni, ma lui fu inamovibile, e nulla valse a fargli allentare la presa.

D'un tratto, Mery capì cosa intendeva Arlen quando aveva sostenuto che Miln era una prigione. E comprese cosa significasse sentirsi limitati.

Era già tardi quando Cob trovò la semplice lettera, infilata nel libro mastro, sopra il bancone. Arlen si scusava di essere andato via in anticipo, prima di aver completato i suoi sette anni. Si augurava che Cob lo capisse.

Cob rilesse più volte la lettera, memorizzando ogni parola e i significati nascosti tra le righe.

«Per il Creatore, Arlen» disse. «Certo che ti capisco.»

E si mise a piangere.

Parte terza

KRASIA

Anno 328 dopo il Ritorno

17
Rovine

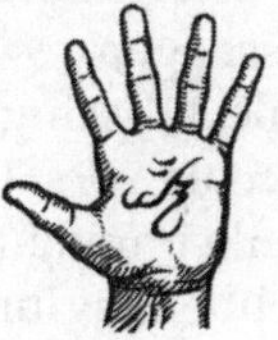

Anno 328 dR

"Che stai facendo, Arlen?" si chiese, mentre la luce tremula della sua torcia apriva uno squarcio invitante nell'oscurità delle scale che conducevano di sotto. Il sole era già basso, e gli ci sarebbero voluti diversi minuti per ritornare al suo accampamento, ma quelle scale esercitavano su di lui un richiamo inspiegabile.

Cob e Ragen lo avevano messo in guardia. Il pensiero dei tesori che si potevano rinvenire nelle rovine finiva per ossessionare alcuni messaggeri, inducendoli a correre rischi. Rischi stupidi. Arlen sapeva di essere tra quei temerari, ma non riusciva a resistere alla tentazione di esplorare i "punti smarriti nella mappa", come li aveva definiti il Predicatore Ronnell. I soldi che si guadagnava trasportando messaggi bastavano a finanziare quelle sortite, che a volte lo conducevano a giorni di distanza dalla strada più vicina. Ma nonostante tutti i suoi sforzi, finora non aveva trovato che miseri rimasugli corrotti dal tempo.

Ripensò alla pila di libri antichi che gli si erano sbriciolati tra le mani, riducendosi in polvere, quando aveva provato a raccoglierli. Alla spada arrugginita su cui si era tagliato la mano, procurandosi una brutta infezione che gli aveva infiammato tutto il braccio. Alla cantina di vini che gli era crollata attorno, e in cui era rimasto intrappolato tre giorni, prima di riuscire a venirne fuori scavando, senza nemmeno una bottiglia per ripagarlo dalla fatica. La caccia nelle rovine non dava mai frutti e un giorno, ne era sicuro, l'avrebbe condotto alla morte.

"Torna indietro" si esortò. "Mangia un boccone. Controlla le protezioni. Riposati un po'."

«Che la notte mi si porti» si maledisse, e si avviò giù per le scale.

Ma per quanto potesse spregiare se stesso, Arlen trepidava di eccitazione. Si sentiva libero e vivo come non avrebbe mai potuto esserlo in nessuna delle Città Libere. Era per *questo* che aveva deciso di diventare un messaggero.

Giunto in fondo alle scale, si asciugò con una manica la fronte sudata e bevve una piccola sorsata dall'otre dell'acqua. In quella calura, veniva difficile immaginare che dopo il tramonto il deserto sopra di lui avrebbe raggiunto temperature prossime allo zero.

Avanzò per un corridoio polveroso, con la luce della torcia che danzava sulle pareti di pietra, creando ombre che evocavano figure di demoni. "Esistono anche demoni dell'ombra?" si chiese. "Ci mancherebbe solo questo." Sospirò. C'erano così tante cose che non sapeva ancora.

Negli ultimi tre anni aveva imparato molto, assorbendo come una spugna le conoscenze di altre culture e i loro sforzi per combattere i coreling. A Lakton, aveva scoperto barche ben più grandi delle canoe a due posti che usavano a Rio Tibbet, ma la curiosità di conoscere i demoni dell'acqua gli era costata una cicatrice grinzosa sul braccio. Per sua fortuna, era riuscito a piantare i piedi e a strattonare il tentacolo, trascinando il coreling fuori dall'acqua. Non sopportando l'esposizione all'aria, la creatura da incubo aveva mollato la presa per scivolare di nuovo sotto la superficie. Nei mesi trascorsi laggiù, Arlen aveva imparato a destreggiarsi con le protezioni acquatiche.

Forte Rizon somigliava molto al suo paese: più che una città, era un agglomerato di comunità agricole che si davano mutuo sostegno per far fronte alle perdite inevitabili inflitte dai coreling che riuscivano a penetrare oltre i pali di protezione.

Ma Forte Krasia, la Lancia del Deserto, era la città preferita di Arlen. Krasia dal vento pungente, dove le giornate erano infuocate e le notti gelide facevano sorgere i demoni della sabbia dalle dune.

Krasia, dove ancora si combatteva.

Gli uomini di Forte Krasia non avevano mai ceduto alla disperazione. Ogni notte ingaggiavano battaglia contro i coreling, chiudendo le mogli e i bambini al sicuro per imbracciare lance e scudi. Le loro armi, come quelle che portava Arlen, difficilmente riuscivano a trapassare la pelle coriacea di un coreling, ma bastavano a respingere i demoni e a farli cadere in trappole di rune dove restavano imprigionati fin quando il sole sorgeva e li riduceva in cenere. Tanta determinazione era d'esempio per lui.

Ma per quante cose avesse imparato, Arlen era sempre affamato di nuove scoperte. Ogni città gli aveva insegnato qualcosa che alle altre era sconosciuto. Da qualche parte, là fuori, dovevano esserci le risposte che cercava.

Come tra quelle rovine. Semisepolta dalla sabbia, quasi dimenticata, se non nella lacera mappa krasiana che Arlen aveva trovato, la città di Anoch Sun era rimasta inviolata per centinaia di anni. Gran parte della superficie era crollata o era stata erosa dal vento e dalla sabbia, ma i livelli inferiori, scavati nel sottosuolo, erano intatti.

Arlen svoltò un angolo e rimase senza respiro. Davanti a lui, nella luce debole e tremolante, distinse dei simboli sbalzati nella pietra dei pilastri ai due lati del corridoio. Rune magiche.

Avvicinò la fiaccola per esaminarle. Erano vecchie. Antichissime. L'aria stessa di quel luogo era impregnata dall'odore stantio dei secoli. Arlen pescò carta e carboncino dalla sacca per ricalcarle, poi, con la gola serrata, proseguì il cammino, smuovendo appena la polvere centenaria.

In fondo al corridoio trovò una porta di pietra. Vi erano dipinte delle rune, ormai sbiadite e scrostate, a lui in gran parte sconosciute. Estrasse il taccuino e ricopiò quelle ancora sufficientemente integre per poter essere trascritte, quindi andò a ispezionare la porta.

Più che una porta era un semplice lastrone di pietra, e Arlen scoprì presto che non era sostenuto da altro che il suo stesso peso. Usando la lancia a mo' di leva, ne affondò l'estremità di metallo nella fessura tra la lastra e il muro, e fece forza. La punta della lancia si spezzò.

«Per la Notte!» imprecò Arlen. Così lontano da Miln, il metallo era raro e costoso. Determinato a non arrendersi, prese martello e scalpello dalla borsa e attaccò direttamente il muro. L'arenaria si sfaldava facilmente, e presto riuscì a scavare una breccia sufficiente per farci passare il manico della lancia. L'asta di legno era spessa e robusta e stavolta, facendo leva con tutto il peso del corpo, sentì il lastrone cedere leggermente. Tuttavia, il manico avrebbe finito per spezzarsi, prima che fosse riuscito a smuoverlo.

Lavorando di scalpello, riuscì a divellere le pietre del pavimento alla base della porta, creando un solco profondo in cui farla inclinare. Se riusciva a spostarlo fin lì, il pietrone sarebbe andato giù per inerzia.

Riprese la lancia e fece leva ancora una volta. La pietra resisteva, ma Arlen non si arrese, e continuò a fare forza, stringendo i denti. Alla fine, il lastrone cadde a terra con uno schianto fragoroso, lasciando aperta una breccia nel muro, tra nugoli di polvere.

Arlen si addentrò in quella che sembrava essere una camera funeraria. L'ambiente chiuso da secoli era soffocante, ma un po' d'aria fresca filtrava già dal corridoio. Alzando la torcia, vide che sulle pareti erano dipinte a colori sgargianti delle figure minuscole, stilizzate, che rappresentavano le innumerevoli battaglie degli uomini contro i demoni.

Battaglie in cui gli uomini sembravano avere il sopravvento.

Il centro della stanza era occupato da un sarcofago di ossidiana, su cui era rozzamente rappresentata la sagoma di un uomo armato di lancia. Avvicinandosi al sarcofago, Arlen notò le rune che vi erano scolpite per tutta la lunghezza. Quando allungò il braccio per toccarle, si accorse che gli tremavano le mani.

Sapeva che gli restava poco tempo prima del tramonto, ma a quel punto non se ne sarebbe andato nemmeno se tutti i demoni del Fulcro gli si fossero sollevati contro. Trasse un respiro profondo, si spostò alla testa della tomba e spinse con tutte le forze per spostare il coperchio, con l'idea di farlo inclinare gradualmente, in modo che non si rompesse cadendo per terra. Sapeva bene che avrebbe dovuto copiare le rune, prima di lanciarsi in quell'impresa, ma con il tempo che avrebbe perso a disegnarle, sarebbe stato costretto a ritornare l'indomani mattina. Ed era troppo impaziente per aspettare.

La pietra pesava e si muoveva lentamente, ma Arlen seguitò a spingere, rosso in faccia per lo sforzo, i muscoli gonfi e tesi. Usò il muro alle sue spalle per puntellarsi con un piede e darsi maggiore spinta. Con un grido che riecheggiò per il corridoio, spinse con tutte le energie che possedeva, e finalmente il coperchio scivolò giù, schiantandosi a terra.

Arlen non si curò minimamente del coperchio, concentrato com'era sul contenuto del sarcofago. Il corpo fasciato da bende che vide all'interno era straordinariamente ben conservato, ma non fu su quello che si fissò la sua attenzione. Arlen non aveva occhi che per l'oggetto che la mummia stringeva tra le mani bendate. Una lancia di metallo.

Sfilò l'arma con reverenza dalla rigida presa del cadavere e si meravigliò per quant'era leggera. Misurava un paio di metri, da un'estremità all'altra, e l'asta aveva un diametro di quasi tre centimetri. Dopo chissà quanti anni, la punta era ancora abbastanza affilata da far stillare il sangue. Il metallo era sconosciuto ad Arlen, ma lui non si soffermò nemmeno a pensarci quando notò un altro particolare.

La lancia era interamente coperta di rune. Le incisioni ne solcavano l'intera superficie argentea, cesellate con una maestria sconosciuta nei tempi moderni. In vita sua, non aveva mai visto rune simili.

Mentre si capacitava dell'enormità di quel rinvenimento, Arlen si rese anche conto del pericolo che stava correndo. Fuori, il sole stava per tramontare. La scoperta che aveva fatto là sotto non sarebbe valsa a nulla, se lui fosse morto prima di poterla restituire alla civiltà.

Reggendo alta la torcia, Arlen uscì di corsa dalla camera mortuaria e si precipitò per il corridoio fino alle scale, salendo i gradini a tre alla volta. Volò per il labirinto di cunicoli, lasciandosi guidare dall'istinto, pregando di non sbagliarsi nelle svolte.

Alla fine, scorse l'uscita che conduceva alle strade polverose, semisepolte, ma dall'apertura non giungeva il benché minimo spiraglio di luce. Giunto sulla soglia, vide che il cielo era ancora tinto di colori. Il sole era appena tramontato. Il suo accampamento era in vista, e i coreling cominciavano solo allora a emergere.

Senza fermarsi a riflettere, Arlen abbandonò la torcia e si precipitò fuori dall'edificio, alzando nugoli di sabbia mentre correva a zigzag tra i demoni che stavano sorgendo.

I demoni della sabbia erano più minuti e svelti dei loro cugini, i demoni della roccia, ma erano tra i più forti e meglio corazzati fra tutte le razze di coreling. In luogo delle grosse scaglie grigio carbone dei demoni della roccia, avevano squame piccole e taglienti, di un giallo sporco quasi indistinguibile dalla sabbia, e correvano a quattro zampe, diversamente dai loro consimili, che avanzavano ingobbiti su due.

Ma i musi erano identici; schiere di denti seghettati sporgevano dalle mandibole allungate, mentre le fessure delle narici erano poste molto più indietro, appena sotto gli occhi, grandi e privi di palpebre. Due ossa spesse spuntavano dalla fronte squamosa, per arcuarsi all'indietro sul dorso come corna affilate. Contraevano di continuo la fronte, mentre avanzavano acquattati tra la sabbia perennemente smossa dal vento.

Ancor più temibili dei loro cugini più grossi, i demoni della sabbia cacciavano in branco. Avrebbero collaborato fra loro per vederlo morto.

Con il cuore che batteva all'impazzata, ormai dimentico della sua scoperta, Arlen si spostava fra le rovine a una velocità incredibile, volteggiando sulle colonne cadute e le pietre sbriciolate, mentre scartava a destra e a sinistra per evitare i coreling che si andavano solidificando.

Una volta emersi in superficie, i demoni avevano bisogno di qualche momento per orientarsi, e Arlen sfruttò appieno quel vantaggio per correre a razzo verso il suo cerchio. Sferrò un calcio dietro le ginocchia a un demone, facendolo rovinare a terra per il tempo che bastava a superarlo. Puntò dritto contro un secondo, per poi aggirarlo all'ultimissimo momento, evitando la sferzata dei suoi artigli.

Avvicinandosi al cerchio, prese sempre più velocità, ma un demone gli si parò davanti e non c'era modo di aggirarlo. La creatura misurava oltre un metro di altezza e si era già ripresa dallo smarrimento iniziale. Stava accucciata, pronta al balzo, direttamente sulla sua traiettoria, e sibilava con furia.

Ormai Arlen era vicinissimo, a pochi metri dal cerchio agognato. La sua sola speranza era travolgere l'odiosa creatura e ruzzolare all'interno del cerchio prima che potesse ucciderlo.

Le puntò dritto contro, brandendo d'istinto la sua nuova lancia mentre piombava addosso alla creatura. Nell'impatto ci fu un lampo e Arlen cadde pesantemente a terra, ma si rialzò subito, fra nugoli di sabbia, e continuò a correre, senza osare voltarsi. Con un balzo, fu al sicuro nel cerchio.

Boccheggiante per lo sforzo, Arlen alzò lo sguardo sui demoni della sabbia che lo circondavano, le sagome stagliate nel crepuscolo del deserto. Soffiavano e sferravano artigliate contro le protezioni, facendone sprigionare vividi bagliori di magia.

In quei lampi di luce, Arlen individuò il demone che aveva investito nella corsa. Si trascinava faticosamente lontano da Arlen e dai suoi compagni, lasciandosi dietro sulla sabbia una scia nera come l'inchiostro.

Arlen sgranò gli occhi. Abbassò lentamente lo sguardo sulla lancia che stringeva ancora tra le mani.

La punta era imbrattata di icore di demone.

Resistendo all'impulso di scoppiare a ridere, Arlen tornò a osservare il coreling ferito. Uno dopo l'altro, i compagni interruppero l'assalto alle protezioni di Arlen per mettersi a fiutare l'aria. Voltandosi, seguirono con lo sguardo la scia d'icore nella sabbia, e videro il demone trafitto.

Con uno stridore di grida, il branco si avventò sulla creatura e la fece a pezzi.

Il freddo della notte desertica finì per strappare Arlen dalla contemplazione della lancia di metallo. Allestendo il suo accampamento, aveva già predisposto la legna per un fuoco, così gli bastò far scoccare una scintilla per accenderlo e scaldare se stesso e una cena frugale alle vivide fiamme. Aveva già strigliato e sfamato Baleno dell'Alba nel pomeriggio, lasciandolo nel cerchio, impastoiato e protetto da una coperta, prima di andare a esplorare le rovine.

Come ogni notte in quegli ultimi tre anni, il Monco si presentò poco dopo il sorgere della luna, avanzando a balzelloni fra le dune e disperdendo i coreling più piccoli per venire a fermarsi di fronte al cerchio protetto di Arlen. Questi lo accolse, come faceva sempre, con un battimani. Per tutta risposta, il Monco lanciò il suo ruggito carico d'odio.

Da principio, quand'era partito da Miln, Arlen si era domandato se sarebbe mai riuscito a trovare il modo di dormire nel frastuono che faceva il Monco pestando contro le sue protezioni, ma ormai aveva finito per farci l'abitudine. Il cerchio magico aveva dato ripetute prove della sua efficacia, e Arlen provvedeva con cura alla manutenzione, ripassando sempre la lacca sulle tavolette e rammendando la corda.

Ma detestava la presenza odiosa di quel demone. Gli anni non avevano generato in lui quel senso di familiarità che animava le guardie sui bastioni di Miln. Così come il Monco ricordava bene chi lo aveva mutilato, Arlen non si era certo dimenticato di chi gli aveva inflitto le ferite alla schiena che gli erano quasi costate la vita. E non si era nemmeno scordato dei nove runieri, trentasette armigeri, due messaggeri, tre erboriste e diciotto cittadini di Miln che avevano perso la vita a causa sua. Scrutò ancora il demone, ora, mentre accarezzava distrattamente la lancia nuova. Cosa sarebbe successo, se lo avesse colpito con quella? Le rune avrebbero avuto lo stesso effetto anche su un demone della roccia?

Ci volle tutta la sua forza di volontà per resistere all'impulso di balzare fuori dal cerchio e scoprirlo.

Arlen aveva sì e no chiuso occhio quando il sole ricacciò i demoni nel Fulcro, ma si alzò di ottimo umore. Dopo colazione, prese il taccuino ed esaminò la lancia, ricopiando con cura meticolosa ogni runa e studiando i motivi che formavano lungo l'asta e sulla punta.

Quando ebbe finito, il sole era alto in cielo. Prendendo con sé un'altra torcia, tornò di nuovo alle catacombe, dove ricalcò le rune intagliate nella pietra. C'erano altre tombe, e Arlen fu tentato di ignorare ogni ragionevolezza per esplorarle a una a una. Ma se fosse rimasto anche solo per un altro giorno, avrebbe esaurito le provviste prima di arrivare all'Oasi dell'Alba. Aveva scommesso sulla possibilità di trovare un pozzo tra le rovine di Anoch Sun, e gli era andata bene, ma la vegetazione era scarsa e non offriva nulla di commestibile.

Arlen sospirò. Le rovine erano lì da secoli. E sarebbero state lì ancora al suo ritorno, possibilmente accompagnato da una squadra di runieri krasiani.

Quando riemerse dai sotterranei, il giorno era già inoltrato. Arlen si prese il tempo per far fare un po' di esercizio e dare da mangiare a Baleno dell'Alba, quindi preparò un pasto per sé, immergendosi nelle sue riflessioni.

Naturalmente, i krasiani avrebbero preteso una prova. La prova che la lancia poteva uccidere. Erano guerrieri, loro, non predatori di rovine, e senza un motivo valido non avrebbero rinunciato a un solo uomo capace di combattere per lasciarlo partecipare a una spedizione.

"Una prova" pensò. Ed era giusto che toccasse a lui fornirla.

A un'ora appena dal tramonto, Arlen iniziò a predisporre il suo accampamento. Impastoiò di nuovo il cavallo, controllando il cerchio portatile che lo cingeva. Allestì come al solito il suo cerchio da tre metri di diametro, quindi vi dispose tutto attorno una serie di rune di volta che recuperò dalle bisacce, formando un secondo cerchio di una dozzina di metri di ampiezza. Lasciò tra le pietre una distanza leggermente maggiore del consueto, allineandole con molta cura. C'era un terzo cerchio portatile nelle bisacce – ne teneva sempre uno di riserva – e Arlen piazzò anche quello a difesa del suo accampamento, accosto al bordo del cerchio più grande.

Quando ebbe finito, si inginocchiò al centro del cerchio interno, la lancia al suo fianco, e respirò a fondo, sgombrando la mente da ogni distrazione. Non guardò il sole che calava e la sabbia che s'infiammava all'orizzonte, prima di diventare scura.

Gli agili demoni della sabbia furono i primi a sorgere, e Arlen sentì sfrigolare e crepitare le protezioni del cerchio esterno, che impedivano loro l'accesso. Pochi minuti più tardi, udì il ruggito del Monco che spazzava via dal suo cammino i demoni più piccoli, avvicinandosi al cerchio esterno. Arlen lo ignorò, continuando a respirare a fondo, gli occhi chiusi e la mente sgombra. L'assenza di una reazione valse solo a inferocire ancora di più il demone, che si avventò come una furia sulle protezioni.

La magia divampò, visibile anche da dietro alle palpebre chiuse, ma il demone non riprese subito il suo assalto. Arlen aprì gli occhi e vide il Monco piegare la testa di lato, con aria perplessa. Arlen si concesse un mesto sorriso.

Il Monco attaccò di nuovo le difese, e di nuovo si fermò. Stavolta, il demone lanciò un grido lacerante, piantò i piedi e tese l'unico braccio verso la rete protettiva, gli artigli allargati. Come se stesse premendo su un muro di vetro, il demone si piegò in avanti e gridò di dolore mentre raddoppiava e poi triplicava la pressione sul cerchio di protezione. Dove gli artigli toccavano la barriera, la magia potente si espandeva formando una ragnatela e quando il demone insisté a spingere, la rete magica si arcuò visibilmente nell'aria.

Con un fragore che raggelò la mente calma di Arlen, il demone della roccia fletté le zampe corazzate e sfondò la rete protetta, rovinando a terra davanti al cerchio più interno. Baleno dell'Alba mandò un nitrito e tirò sulla corda a cui era legato.

Arlen si alzò proprio mentre si risollevava anche il Monco, e i loro sguardi si incrociarono. I demoni della sabbia, benché più deboli, cercarono disperatamente di imitare l'impresa del Monco, ma le rune di volta erano distanziate con precisione e nessuno di loro trovò la forza sufficiente per varcarle. Sfogarono tutta la loro frustrazione con grida stridule, mentre assistevano al duello all'interno del cerchio.

Pur essendo cresciuto molto dal loro primo incontro, Arlen non si sentiva meno minuscolo al cospetto del Monco che in quella prima, terrificante notte. Dai piedi ungulati alla punta delle corna, il demone della roccia era alto quasi cinque metri, oltre due volte l'altezza di un uomo. Arlen doveva tenere la testa piegata all'indietro per incontrare gli occhi del coreling, ostinatamente fissi nei suoi.

Il Monco spalancò le fauci bavose, svelando schiere di denti affilatissimi, e fletté gli artigli acuminati in un gesto di sfida. Sporgeva in avanti il petto corazzato da un nero carapace che nessun'arma conosciuta era in grado di penetrare, e sbatteva di qua e di là la coda uncinata, pesante abbastanza da abbattere un cavallo con un sol colpo. Dal corpo bruciacchiato nell'attraversare la rete esalava fumo, ma la sua sofferenza evidente sembrava rendere il coreling persino più temibile, un titano furioso di dolore.

Stringendo le dita sulla lancia di metallo, Arlen avanzò fuori dal cerchio.

18

Rito di passaggio

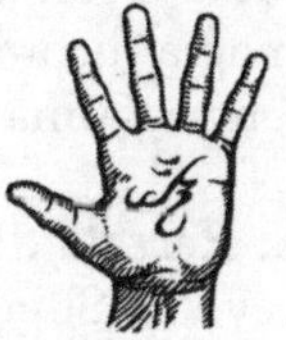

Anno 328 dR

Il grido del Monco squarciò la notte. La vendetta era finalmente a portata di mano. Arlen si sforzò di respirare a fondo, lottando per tenere a bada il martellare del cuore. Anche ammesso che la magia della lancia potesse davvero ferire il demone – e quella non era più che una mera speranza – sapeva che non sarebbe bastato per vincere la battaglia. Per farcela, aveva bisogno di tutta la sua astuzia, di tutto il suo addestramento.

Divaricò lentamente le gambe per assumere la postura di combattimento. La sabbia lo avrebbe rallentato nei movimenti, ma lo stesso valeva per il Monco. Mentre il coreling assaporava la vittoria imminente, lui continuò a fissarlo negli occhi, senza fare mosse brusche. Il demone aveva un allungo ben superiore al suo, anche contando la lancia. Che fosse lui a farsi sotto.

Arlen ebbe la sensazione che la sua vita intera non fosse stata che un lungo preambolo di quel momento, anche se non se ne era mai reso conto. Non era sicuro di essere pronto per quella prova, ma dopo che il demone lo aveva braccato per oltre dieci anni, l'idea di rinviare ulteriormente il confronto gli era diventata insopportabile. Poteva ancora tirarsi indietro e rifugiarsi nel cerchio protettivo, al sicuro dagli attacchi del demone della roccia. Ma scelse deliberatamente di allontanarsene, per accettare il duello.

Il Monco seguiva attento i suoi passi, il muso distorto in un ringhio. Un grugnito cavernoso gli saliva dalla gola. I guizzi della coda si fecero più rapidi, e Arlen capì che stava preparandosi ad attaccare.

Il demone si gettò avanti con un ruggito, fendendo l'aria con gli artigli estesi. Arlen gli andò dritto incontro, abbassandosi per schivare il colpo e portarsi a tiro del coreling. Proseguendo di slancio, gli passò in mezzo alle gambe e gli affondò la lancia nella coda, prima di scartare di lato con un ruzzolone. Il colpo fece sprigionare un lampo di magia incoraggiante, e il demone lanciò un ululato di dolore mentre l'arma gli penetrava nella corazza per trafiggergli le carni.

Arlen si aspettava già la sferzata di ritorno della coda, ma il colpo arrivò prima del previsto. Si gettò pancia a terra e sentì l'appendice letale passargli sopra sibilando, le punte acuminate a una spanna dalla sua testa. Si risollevò in un lampo, ma il Monco si era già voltato, sfruttando lo slancio della coda per ruotare su se stesso. Nonostante la sua mole, il coreling era agile e svelto.

Il Monco sferrò un nuovo colpo, e Arlen non ebbe il tempo di schivarlo. Lo parò drizzando in verticale il manico della lancia, ma sapeva che il demone era troppo possente per riuscire a fermarlo in quel modo. Si era lasciato trascinare dall'emotività, gettandosi troppo presto nella mischia. Si maledisse per la sua stoltezza.

Ma quando gli artigli del demone si abbatterono sul metallo della lancia, le protezioni incise su tutta la lunghezza dell'asta fiammeggiarono. Arlen avvertì a malapena l'impatto, ma il Monco fu respinto come se avesse colpito un cerchio di protezione. Il demone venne sbalzato indietro con forza pari al suo stesso impeto, ma si riprese alla svelta, illeso.

Con uno sforzo, Arlen dominò lo stupore e si mosse, conscio della fortuna che aveva tra le mani, e determinato a sfruttarla al meglio. Il Monco ripartì alla carica come una furia, deciso a travolgere questo nuovo ostacolo.

Alzando nugoli di sabbia nella corsa, Arlen volteggiò sui resti di una grossa colonna di pietra rovesciata a terra e vi si rifugiò dietro, pronto a scartare a destra o a sinistra, a seconda della direzione che avrebbe preso il demone per attaccarlo.

Con un colpo micidiale, il Monco spaccò in due il pilastro di quasi un metro di diametro, e con una semplice flessione del braccio nerboruto ne scaraventò via una metà. Dinanzi a quella terrificante dimostrazione di potenza, Arlen si precipitò verso il suo cerchio. Aveva bisogno di un momento per riprendersi.

Ma il demone anticipò la sua reazione, si piegò sulle gambe e spiccò un balzo. Atterrò fra Arlen e il suo ricovero.

Arlen di fermò di colpo, e il Monco lanciò un nuovo grido di trionfo. Aveva voluto saggiare la tempra di Arlen, scoprendola insufficiente. Il potere della sua lancia gli incuteva rispetto, ma non c'era ombra di paura nei suoi occhi, mentre si faceva avanti. Arlen gli concesse terreno, arretrando volutamente adagio per non provocare la creatura con mosse improvvise. Indietreggiò per quanto gli fu possibile, fermandosi un poco prima del cerchio di protezione esterno per non esporsi alle grinfie dei demoni della sabbia che assistevano allo scontro, radunati là fuori.

Il Monco si accorse che l'avversario era in difficoltà e con un ruggito si lanciò in una carica terrificante solo a vedersi. Arlen si radicò saldamente a terra, piegando le gambe. Non sollevò la lancia per parare l'assalto, ma la ritrasse, preparandosi all'affondo.

Il Monco sferrò il colpo con una forza che sarebbe bastata a sfondare il cranio di un leone, ma non raggiunse mai il bersaglio. Arlen aveva lasciato che il demone lo spingesse fin dentro al suo cerchio portatile di riserva, dissimulato in mezzo alla sabbia. Le difese si attivarono con una vampata, respingendo l'attacco del coreling, e Arlen sfruttò il momento per balzare avanti e trafiggere il ventre del mostro con la lancia istoriata di rune.

L'urlo del Monco squarciò la notte: un suono assordante, spaventoso, ma dolce come musica alle orecchie di Arlen. Cercò di ritrarre la lancia, ma non riuscì a sfilarla dallo spesso carapace nero del demone. Diede un nuovo strattone che per poco non gli costò la vita, perché il Monco reagì con una sferzata improvvisa, squarciandogli spalla e torace con gli artigli.

Arlen fu sbalzato via dal colpo, ma riuscì a trascinarsi verso il cerchio di riserva e si accasciò all'interno dell'anello protettivo. Tamponandosi le ferite con le mani, osservò il gigantesco demone della roccia che barcollava di qua e di là. Il Monco tentò più volte di afferrare la lancia per strapparsela dal ventre, ma le rune incise su tutta l'asta glielo impedirono. E per tutto il tempo la magia continuò ad agire, facendo sprizzare scintille nella ferita e diffondendo ondate letali nel corpo del coreling.

Arlen si concesse un accenno di sorriso quando il Monco crollò a terra, dibattendosi. Ma quando vide le convulsioni del demone ridursi a spasmi sempre più deboli, si sentì crescere dentro un vuoto immenso. Aveva sognato quel momento un'infinità di volte, pensando a come si sarebbe sentito, a cosa avrebbe detto, ma non fu come se lo era immaginato. Non provava esaltazione, ma un senso di scoramento e di perdita.

«L'ho fatto per te, mamma» mormorò quando il demone gigante smise di muoversi. Cercò di immaginarsela, nel bisogno disperato di una sua approvazione, ma con sommo stupore e vergogna scoprì che non riusciva più a ricordarne il volto. Lanciò un grido, sentendosi piccolo e miserabile sotto le stelle.

Girando alla larga dal demone, Arlen tornò al posto dove aveva lasciato le sue provviste per occuparsi delle ferite. Si diede dei punti piuttosto maldestri, ma sufficienti a tenere chiuse le piaghe. Il cataplasma di levistico bruciava sui tagli, a dolorosa riprova di quanto fosse necessario applicarlo. Le ferite cominciavano già a infettarsi.

Quella notte non riuscì a trovare sonno. Se il dolore delle ferite e la pena che aveva nel cuore non fossero bastati a tenerlo sveglio, c'era un capitolo della sua esistenza che stava per concludersi, e lui era deciso a viverlo fino in fondo.

Quando il sole spuntò sulle creste delle dune, la luce inondò l'accampamento di Arlen con una rapidità propria soltanto del deserto. I demoni della sabbia si erano già dileguati, fuggendo ai primi chiarori dell'alba. Arlen si alzò con una smorfia, uscì dal cerchio e si diresse verso il Monco per recuperare la lancia.

Quando la luce del sole lo toccò, il carapace nero cominciò a esalare fumo, poi a sprizzare scintille fino a prendere fuoco. In pochi istanti, il corpo del demone si trasformò in una pira funeraria, e Arlen rimase a osservarlo, affascinato. Quando il demone della roccia si fu ridotto in cenere, presto spazzata via dal vento del mattino, Arlen seppe che c'era ancora speranza per il genere umano.

19

Il Primo Guerriero di Krasia

Anno 328 dR

In realtà, la strada del deserto non era affatto una strada, ma solo una successione di antiche pietre miliari, alcune scheggiate dai colpi d'artiglio, altre semisepolte nella sabbia, che permettevano al viaggiatore di non smarrire la via. Non c'era soltanto sabbia, come aveva sostenuto una volta Ragen, ma ce n'era abbastanza da errare per giorni senza vedere altro. Ai margini esterni, si estendevano per centinaia di miglia piane polverose di terra battuta, con rari sprazzi di vegetazione rinsecchita che spuntava dalle crepe nell'argilla, troppo secca per marcire. Oltre alle ombre proiettate dalle dune su quel mare di sabbia, non c'era riparo dal sole cocente, così infocato che Arlen stentava a credere che fosse lo stesso corpo celeste che rischiarava Forte Miln della sua luce fredda. Il vento spirava incessante, costringendolo a coprirsi il viso per non respirare la sabbia, la gola secca e arroventata.

Le notti erano anche peggio, con il calore che si disperdeva dal terreno pochi istanti dopo la scomparsa del sole all'orizzonte, per accogliere i coreling in una distesa fredda e desolata.

Ma persino lì riusciva a esserci vita. Serpenti e lucertole a caccia di piccoli roditori. Uccelli necrofagi in cerca dei cadaveri delle creature uccise dai coreling, o avventuratisi troppo all'interno del deserto per ritrovare una via d'uscita. C'erano almeno due grandi oasi, dove gli ampi specchi d'acqua consentivano la crescita nel terreno circostante di una vegetazione fitta e commestibile. In altri posti, un semplice rigagnolo sgorgato dalla roccia, o una pozza d'acqua non più larga del passo di un uomo, bastava a sostentare un assortimento di piante stente e di piccole creature. Arlen aveva visto quegli abitanti del deserto intanarsi sotto la sabbia di notte per resistere al freddo grazie al calore incamerato di giorno e per nascondersi dai demoni in agguato.

Nel deserto non si vedevano demoni della roccia, perché non c'erano prede a sufficienza. Non c'erano neppure demoni del fuoco, perché c'era ben poco da bruciare. I demoni del legno non avevano tronchi tra cui dissimularsi, né rami su cui arrampicarsi. I demoni dell'acqua non potevano nuotare nella sabbia, e quelli del vento non avevano appigli su cui posarsi. Le dune e le piane del deserto appartenevano esclusivamente ai demoni della sabbia. Anche quelli erano rari nelle zone più interne del deserto, e si radunavano perlopiù attorno alle oasi, ma la vista di un fuoco poteva attrarli da miglia di distanza.

Viaggiare per cinque settimane da Forte Rizon a Krasia, più della metà delle quali attraverso il deserto, era un'impresa che persino molti dei messaggeri più arditi non osavano contemplare. Per quanto i mercanti del Nord offrissero cifre esorbitanti per le sete e le spezie krasiane, pochi erano disperati – o folli – al punto di arrischiarsi su quel tragitto.

Da parte sua, Arlen trovava pace e conforto nel viaggio. Dormiva in sella nelle ore più cocenti del giorno, bene avvolto in un'ampia veste bianca. Faceva bere spesso il cavallo e la notte stendeva dei teli sotto ai cerchi portatili per evitare che le protezioni affondassero nella sabbia. Spesso era tentato di rompere l'accerchiamento dei demoni della sabbia, ma la ferita lo aveva indebolito nella presa e sapeva che se gli avessero strappato dalle mani la lancia, il vento costante sarebbe bastato a farla sparire sotto la sabbia, più introvabile che nella tomba dov'era rimasta sepolta per secoli.

Nonostante le grida dei demoni, ora le notti sembravano quiete ad Arlen, abituato com'era ai ruggiti fragorosi del Monco. Quelle notti, dormì tranquillo come non gli era mai successo nei suoi accampamenti all'aperto.

Per la prima volta in vita sua, Arlen capì che il cammino poteva condurlo ben oltre il mestiere banale, per quanto glorificato, di portalettere. Sapeva da sempre che il fato gli riservava qualcosa di più che fare il messaggero; il suo destino era combattere. Ma ora si rese conto che nemmeno quello era tutto. Lui era destinato a spingere *gli altri* a battersi.

Era sicuro di poter riprodurre la lancia con le protezioni, e già rifletteva su come trovare il modo di adattare quelle rune ad altre armi; frecce, randelli, fionde… le possibilità erano infinite.

Tra tutti i luoghi che aveva visitato, soltanto a Krasia la gente si rifiutava di vivere nel terrore dei coreling, e per quel motivo Arlen la rispettava più di tutti gli altri. Non c'era popolo che meritasse di più quel dono. Avrebbe mostrato loro la lancia, e ne avrebbe ottenuto tutto il necessario per costruire armi capaci di ribaltare le sorti di quella guerra notturna.

Quei pensieri si dissolsero non appena Arlen avvistò l'oasi. La sabbia poteva riflettere l'azzurro del cielo e trarre in inganno il viaggiatore, portandolo fuori strada, in cerca di un'acqua inesistente, ma quando il cavallo accelerò il passo, Arlen capì che non si trattava di un miraggio. Baleno dell'Alba fiutava subito la presenza del prezioso liquido.

Avendo esaurito le riserve il giorno prima, quando giunsero alla piccola pozza d'acqua, sia Arlen che il cavallo morivano di sete. Vi affondarono insieme la testa e bevvero avidamente.

Placata la sete, Arlen riempì gli otri e li posò all'ombra di uno dei monoliti d'arenaria che facevano da mute sentinelle all'oasi. Esaminò le rune intagliate nella pietra e le scoprì intatte, anche se un po' consunte. L'erosione costante della sabbia portata dal vento ne aveva smussato a poco a poco i bordi. Arlen tirò fuori gli strumenti da incisione e ravvivò i solchi per garantire la tenuta della rete.

Mentre Baleno dell'Alba si pasceva di erba rinsecchita e di foglie dai cespugli stentati, Arlen raccolse datteri, fichi e altra frutta dagli alberi dell'oasi. Ne mangiò a sazietà e mise il resto a seccare al sole.

L'oasi era alimentata da un fiume sotterraneo, e in tempi immemorabili gli uomini avevano scavato nella sabbia e frantumato la roccia sottostante fino ad arrivare al corso d'acqua. Arlen scese i gradini di pietra fino a una fresca camera sotterranea, recuperò le reti che vi erano custodite e le gettò in acqua. Quando risalì in superficie, portava con sé una buona messe di pesci. Ne scelse alcuni da mangiare subito e pulì gli altri, che salò e mise a seccare assieme alla frutta.

Usando uno strumento biforcuto che trovò fra le dotazioni lasciate nell'oasi, si mise a cercare in mezzo alle pietre, finché non individuò dei solchi rivelatori nella sabbia. Di lì a poco, aveva infilzato un serpente e, afferrandolo per la coda, lo sbatté a terra per ucciderlo. Probabilmente, nelle vicinanze c'era anche un nido pieno di uova, ma preferì non mettersi a cercarlo. Non era dignitoso attingere più del necessario alle risorse dell'oasi. Anche stavolta, tenne una parte del serpente per l'uso immediato e mise a seccare il resto.

Da una nicchia scavata in uno dei massi di arenaria, su cui erano incisi i sigilli di molti messaggeri, Arlen recuperò una buona riserva di frutta secca, pesce e carne lasciati dai messi che lo avevano preceduto, e rimpinguò le bisacce. Una volta essiccato il suo raccolto, avrebbe rifornito di nuovo il ricettacolo per il prossimo messaggero che avesse trovato rifugio nell'oasi.

Era impossibile attraversare il deserto senza fare una tappa all'Oasi dell'Alba. Unica fonte d'acqua per oltre cento miglia, era la meta di chiunque compisse il viaggio, in entrambe le direzioni. Per la maggior parte, si trattava di messaggeri, e dunque di runieri, e nel corso degli anni quella cerchia ristretta aveva lasciato i segni del proprio passaggio sull'arenaria che abbondava nel posto. C'erano decine di nomi incisi nella pietra; alcuni erano solo graffiati rozzamente, altri erano dei veri capolavori di calligrafia. Molti messaggeri non si accontentavano di incidere il nome, ma aggiungevano l'elenco delle città visitate e il numero di volte in cui si erano rifugiati all'Oasi dell'Alba.

Alla sua undicesima sosta nell'oasi, Arlen aveva già inciso da tempo il proprio nome e quelli delle città e dei villaggi che aveva toccato, ma non fermandosi mai nelle sue esplorazioni, aveva sempre qualcosa da aggiungere. Scolpendo pian piano, con reverenza, in splendidi caratteri calligrafici, aggiunse "Anoch Sun" all'elenco delle rovine che aveva visto. A giudicare dalle inscrizioni, nessun altro messaggero passato per l'oasi poteva vantare la stessa impresa, e questo per lui fu motivo d'orgoglio.

Il giorno seguente, Arlen continuò a incrementare le provviste dell'oasi. Era un punto d'onore per i messaggeri lasciare l'oasi meglio approvvigionata di come l'avevano trovata, pensando al giorno in cui uno di loro vi fosse giunto esausto, ferito o colpito da un'insolazione, e incapace di procurarsi da sé le provviste.

Quella notte, stilò una lettera per Cob. Ne aveva scritte già molte, ma non le aveva mai spedite e avevano finito per ammucchiarsi nelle sue bisacce. Le parole gli sembravano inadeguate a giustificare l'abbandono dei propri doveri, ma stavolta aveva notizie troppo importanti per non condividerle con il mastro. Riprodusse con precisione le rune cesellate sulla punta della lancia, sapendo che Cob avrebbe esteso immediatamente quella scoperta a tutti i runieri di Miln.

Il giorno dopo, lasciò l'Oasi dell'Alba di primo mattino, puntando a sudovest. Per cinque giorni, non vide molto altro che dune e demoni della sabbia, ma sul fare del sesto la città di Forte Krasia, la Lancia del Deserto, si profilò all'orizzonte, incorniciata dai monti alle sue spalle.

Da lontano sembrava solo l'ennesima duna, le mura di arenaria confuse con l'ambiente circostante. Era sorta attorno a un'oasi molto più vasta di quella dell'Alba, alimentata, stando alle mappe antiche, dallo stesso fiume sotterraneo. Le mura protette da rune, scolpite anziché dipinte, si stagliavano fiere alla luce del sole. Alto sulla città, garriva lo stendardo di Krasia: due lance incrociate sul sole nascente.

Le guardie alla porta indossavano le nere vesti dei *dal'Sharum*, la casta guerriera di Krasia, e avevano il viso coperto da un velo per proteggersi dallo sferzare incessante della sabbia. Benché non raggiungessero la statura dei milnesi, i krasiani superavano di una testa l'altezza media di angieriani e laktoniani, e avevano un fisico asciutto e robusto. Passando, Arlen rivolse loro un cenno di saluto.

Le guardie levarono le lance in risposta. Tra gli uomini di Krasia, era il gesto minimo di cortesia, ma Arlen aveva dovuto impegnarsi non poco per ottenere quella gratificazione. A Krasia, un uomo veniva giudicato dal numero di cicatrici che si portava addosso e dagli *alagai* – i coreling – che aveva ucciso. I forestieri, o *chin*, come li chiamavano i krasiani, ivi compresi i messaggeri, erano considerati dei codardi che avevano rinunciato a combattere e non erano degni di qualsiasi gesto di cortesia da parte dei *dal'Sharum*. Il termine "chin" era un insulto.

Ma Arlen aveva stupito i krasiani chiedendo di poter combattere al loro fianco, e dopo che aveva insegnato ai loro guerrieri nuove rune e contribuito a molte uccisioni, avevano preso a chiamarlo Par'chin, che stava a significare "straniero coraggioso". Non lo avrebbero mai considerato un loro pari, ma i *dal'Sharum* avevano smesso di sputare ai suoi piedi, e Arlen si era fatto perfino qualche buon amico.

Varcati i cancelli, Arlen penetrò nel Dedalo, un'ampia corte interna che sorgeva davanti ai bastioni veri e propri della città, attraversata da una quantità di muri, trincee e fossati. Ogni notte, dopo aver chiuso al sicuro le proprie famiglie dietro le mura interne, i *dal'Sharum* ingaggiavano la *alagai'sharak*, la Guerra Santa contro la stirpe dei demoni. Usando esche per attrarre i coreling nel Dedalo, tendevano loro agguati e li facevano cadere in fossati protetti da rune in attesa che il sole li incenerisse. Le perdite erano considerevoli, ma i krasiani credevano che perire combattendo l'*alagai'sharak* avrebbe garantito loro un posto accanto a Everam, il Creatore, e andavano baldanzosi incontro alla morte.

"Presto" pensò Arlen "saranno soltanto i coreling a morire quaggiù."

Appena oltre la porta principale, sorgeva il Gran Bazar, dove i mercanti vendevano i loro articoli ammassati su centinaia di carri, e l'aria era impregnata dall'odore delle spezie piccanti krasiane, dell'incenso e dei profumi esotici. Tappeti, rotoli di tessuti pregiati e splendide ceramiche dipinte si smerciavano accanto alle cataste di frutta e al bestiame belante. Era un luogo rumoroso e affollato, animato da accese contrattazioni.

Tutti gli altri mercati che aveva visto Arlen brulicavano di uomini, ma il Gran Bazar di Krasia era popolato quasi esclusivamente da donne, ricoperte dalla testa ai piedi da spesse vesti nere. Impegnate in vendite e acquisti, si scontravano in veementi diverbi, separandosi a malincuore dalle loro consunte monete d'oro.

Al Bazar si smerciavano gioielli e abiti sgargianti a profusione, ma Arlen non ne aveva mai visti indosso a nessuna. Gli uomini gli avevano detto che le donne li portavano sotto alle vesti nere, ma solo i mariti potevano saperlo per certo.

I krasiani che avevano superato i sedici anni di età erano quasi tutti guerrieri. Pochi soltanto diventavano *dama*, i Sant'Uomini che rivestivano anche il ruolo di capi secolari di Krasia. Nessun'altra vocazione era considerata onorevole. Quelli che intraprendevano un mestiere erano chiamati *khaffit*, ed erano visti con disprezzo, appena al disopra delle donne nella società krasiana. Erano le donne a sobbarcarsi le attività di tutti i giorni in città, dai lavori agricoli al cucinare, al prendersi cura dei bambini. Raccoglievano l'argilla per farne vasellame, costruivano e riparavano le case, allevavano e macellavano le bestie, contrattavano prodotti ai mercati. In breve, facevano tutto tranne che combattere.

Eppure, malgrado le fatiche incessanti cui erano sottoposte, le donne erano totalmente sottomesse agli uomini. Le mogli e le figlie non maritate di un uomo erano sua proprietà esclusiva, e poteva farne ciò che voleva, perfino ucciderle. Un uomo poteva avere svariate mogli, ma se una donna osava anche solo mostrarsi senza il velo a un uomo che non fosse il marito, rischiava – e spesso riceveva – la condanna a morte. Le donne krasiane erano considerate sacrificabili. Gli uomini no.

Arlen era sicuro che senza le loro donne gli uomini di Krasia si sarebbero visti perduti, ma le donne trattavano con deferenza gli uomini in generale, e quasi con venerazione i mariti. Ogni mattina, venivano a vedere i caduti nella *alagai'sharak* della notte passata, e piangevano sui corpi dei mariti uccisi, raccogliendo le lacrime preziose in piccole ampolle. L'acqua era moneta sonante a Krasia, e il valore della vita di un guerriero si poteva misurare dal numero di boccette di lacrime riempite dopo la sua morte.

Se un uomo veniva ucciso, toccava ai fratelli o agli amici prendersene le mogli, di modo che avessero sempre un uomo da servire. Una volta, nel Dedalo, Arlen aveva assistito un guerriero in fin di vita, e quello gli aveva offerto le sue tre mogli. "Sono bellissime, Par'chin," gli aveva assicurato "e fertili. Ti daranno molti figli. Promettimi che le prenderai con te!"

Arlen gli aveva promesso che avrebbe provveduto, poi aveva trovato qualcun altro disposto ad accoglierle. Era curioso di scoprire cosa si celava sotto le vesti delle donne krasiane, ma non al punto da rinunciare al suo cerchio portatile per una casa d'argilla, o alla sua libertà per una famiglia.

Quasi ogni donna si portava dietro uno stuolo di bambini dalle vesti color caffè; le femmine con i capelli raccolti, i maschi con copricapi di tela. A undici anni soltanto, le ragazze potevano già maritarsi e indossare gli abiti neri delle donne adulte, mentre i maschi venivano condotti ai campi d'addestramento ancora più giovani. I più avrebbero portato le vesti nere dei *dal'Sharum*. Un'esigua minoranza sarebbe arrivata a indossare quelle bianche dei *dama*, per consacrare la propria vita al servizio di Everam. Chi si dimostrava incapace in entrambe le professioni, avrebbe continuato a indossare con ignominia i vestiti color caffè fino alla morte.

Vedendo Arlen che transitava a cavallo per il mercato, le donne si scambiavano mormorii concitati. Lui le osservava, divertito, sapendo che nessuna avrebbe osato guardarlo negli occhi, né tantomeno avvicinarlo. Erano attratte dagli articoli pregiati che portava nelle bisacce – finissime lane di Rizon, gioielli di Miln, carta di Angiers e chissà quali altri tesori del Nord – ma Arlen era un uomo e, peggio ancora, un *chin*, e loro non osavano farsi avanti. Gli occhi dei *dama* erano dappertutto.

«Par'chin!» gridò una voce familiare. Arlen si volse e vide sopraggiungere il suo amico Abban. Il grasso mercante zoppicava e doveva appoggiarsi pesantemente a una gruccia.

Zoppo dall'infanzia, Abban era un *khaffit*, incapacitato a combattere con i guerrieri e indegno di essere un Sant'Uomo. Ma era riuscito comunque a garantirsi una vita agiata, commerciando con i messaggeri venuti dal Nord. Era ben rasato e indossava il copricapo e la camicia marroncini dei *khaffit*, ma insieme a quelli sfoggiava un bel turbante, un gilè e pantaloni di seta lucente dai ricami multicolore. Si vantava che le sue mogli erano belle quanto quelle di qualsiasi *dal'Sharum*.

«Per Everam, che piacere vederti, figlio di Jeph!» esclamò Abban in un thesiano impeccabile, dando un buffetto sulla spalla di Arlen. «Il sole splende più luminoso quando ci onori della tua presenza in città!»

Arlen si pentì di aver confidato al mercante il nome di suo padre. A Krasia, il patronimico contava persino più del nome stesso di un uomo. Chissà cosa avrebbero pensato, se avessero saputo che suo padre era un vigliacco.

Ma Arlen ricambiò la pacca sulla spalla di Abban e gli rivolse un sorriso sincero. «Piacere mio, amico caro» rispose. Non sarebbe mai riuscito a padroneggiare la lingua krasiana, né a orientarsi in quella cultura insolita e spesso insidiosa, senza l'aiuto del mercante.

«Vieni, vieni!» invitò Abban. «Riposa i piedi affaticati all'ombra della mia tenda e sciacquati la gola polverosa con la mia acqua!» Condusse Arlen a una tenda dai colori vivaci piantata dietro ai suoi carri, nel bazar. A un suo batter di mani, le mogli e le figlie – Arlen non sapeva distinguerle – si affrettarono ad aprire i lembi della tenda e a occuparsi di Baleno dell'Alba. Arlen dovette imporsi di non aiutarle mentre scaricavano le bisacce pesanti per portarle dentro la tenda, sapendo che veder faticare un uomo era qualcosa di inconcepibile per i krasiani. Una delle donne fece per prendere la lancia con le rune che stava appesa al pomolo della sella, avvolta in una stoffa, ma Arlen l'afferrò prima che lei potesse toccarla. Temendo di averlo offeso in qualche modo, la donna si prostrò in un inchino.

L'interno della tenda era corredato di cuscini di seta colorata e tappeti dai motivi intricati. Arlen lasciò all'ingresso gli stivali polverosi e inspirò a fondo l'aria fresca e profumata. Si accomodò per terra, sui cuscini, mentre le donne di Abban gli portavano riverenti acqua e frutta.

Quando lo vide rinfrancato, Abban batté le mani, e le donne tornarono con il tè e dei dolcetti al miele. «È andato bene il tuo viaggio per il deserto?» chiese.

«Oh, sì.» Arlen sorrise. «Benissimo, direi.»

Andarono avanti per un po' con i convenevoli. Abban non veniva mai meno alla forma, ma intanto dardeggiava occhiate alle bisacce di Arlen, sfregandosi le mani con aria assente.

«Vogliamo passare agli affari, adesso?» chiese Arlen non appena lo ritenne appropriato alle buone maniere.

«Ma certo, il Par'chin è un uomo impegnato» convenne Abban, facendo schioccare le dita. Le donne arrivarono subito con tutto un assortimento di spezie, profumi, sete, gioielli, tappeti e altri oggetti d'artigianato krasiano.

Abban esaminò gli articoli di cui Arlen si era rifornito al Nord, mentre Arlen vagliava le merci proposte in scambio. Abban trovò qualcosa da eccepire su ogni prodotto. «Hai attraversato il deserto per venire a smerciare questa roba?» chiese sdegnato quando ebbe concluso il suo esame. «Non mi sembra che ne sia valso il viaggio.»

Arlen nascose un sorriso mentre si risedevano e veniva loro servito dell'altro tè. Le contrattazioni cominciavano sempre a quel modo.

«Non dire sciocchezze» ribatté. «Anche un cieco saprebbe che ho portato alcuni dei tesori più pregiati che Thesa abbia da offrire. Di gran lunga superiori alle misere merci che mi hanno presentato le tue donne. Spero che tu abbia in serbo di meglio, perché» indicò un tappeto che era un autentico capolavoro di tessitura «ho visto tappeti più belli marcire nelle rovine.»

«Tu mi offendi!» protestò Abban. «Dopo che ti ho offerto frescura e acqua! Misero me, se devo vedermi trattare così da un ospite nella mia tenda!» si lamentò. «Le mie mogli hanno lavorato al telaio giorno e notte per tesserlo, usando solo la lana più fine! Non vedrai mai un tappeto migliore!»

Dopodiché, si trattò solo di mercanteggiare, e Arlen non aveva dimenticato le lezioni apprese assistendo alle trattative fra il

Verro e Ragen, quand'era ancora un bambino. Come di consueto, la discussione terminò con entrambi che si atteggiavano a vittime di un autentico ladrocinio, ma in cuor loro erano certi di avere strappato l'affare migliore.

«Le mie figlie provvederanno a imballare i tuoi acquisti e a conservarli fino alla tua partenza» disse infine Abban. «Cenerai con noi, questa sera? Le mie mogli preparano pietanze che nessuna cucina del Nord potrà mai eguagliare!»

Arlen scosse il capo con rammarico. «Stanotte vado a combattere» annunciò.

Abban scrollò a sua volta la testa. «Temo che tu abbia appreso fin troppo bene i nostri costumi, Par'chin. Anche tu cerchi la morte.»

Arlen dissentì. «Non ho alcuna intenzione di morire, e non mi aspetto nessun paradiso nella prossima vita.»

«Amico mio, nessuno vorrebbe andare a raggiungere Everam nel fiore della giovinezza, ma quella è la sorte che attende coloro che vanno all'*alagai'sharak*. Ricordo ancora i tempi in cui eravamo numerosi come i granelli di sabbia nel deserto, ma ora...» Scosse tristemente il capo. «La città è praticamente vuota. Noi continuiamo a ingrossare di figli i ventri delle nostre mogli, ma ogni notte ne muoiono più di quanti ne nascono il giorno. Se non cambiamo usanze, di qui a un decennio Krasia sarà consumata dalla sabbia.»

«E se ti dicessi che sono venuto proprio per cambiare tutto questo?» chiese Arlen.

«Il cuore del figlio di Jeph è sincero» disse Abban «ma il *Damaji* non ti darà ascolto. Everam esige la guerra, così dicono, e nessun *chin* gli farà cambiare parere.» Il *Damaji* era il consiglio che governava la città, composto dai *dama* di rango più elevato appartenenti alle dodici tribù di Krasia. Servivano l'Andrah, il *dama* prescelto da Everam, la cui parola era indiscutibile.

Arlen sorrise. «Non posso sottrarli all'*alagai'sharak*» ammise «ma posso aiutarli a vincerla.» Svoltolò dal panno la lancia e la tese ad Abban.

Alla vista dell'arma stupenda, gli occhi di Abban si dilatarono leggermente, ma il mercante alzò una mano e scrollò la testa. «Sono un *khaffit*, Par'chin. Mi è proibito toccare la lancia con le mie mani impure.»

Arlen ritirò l'arma e si scusò con un profondo inchino. «Non intendevo offenderti.»

«Ah!» rise Abban. «Potresti essere l'unico uomo che si sia mai inchinato davanti a me! Perfino il Par'chin non deve temere di offendere un *khaffit*!»

Arlen aggrottò la fronte. «Tu sei un uomo come tutti gli altri.»

«Con questo atteggiamento, resterai sempre un *chin*» disse Abban, ma sorrise. «Non sei il primo a mettere delle rune su una lancia» continuò. «Ma senza le antiche rune da combattimento, non fa nessuna differenza.»

«Queste *sono* le rune antiche» disse Arlen. «L'ho trovata nelle rovine di Anoch Sun.»

Abban impallidì. «Hai trovato la città perduta?» chiese. «La mappa era accurata?»

«Perché ne sei tanto sorpreso?» domandò Arlen. «Mi pareva che avessi detto che la sua autenticità era garantita!»

Abban tossicchiò. «Be', ecco» rispose «la fonte, ovviamente, era fidata, ma nessuno è più stato laggiù da oltre trecento anni. Chi può dire quanto fosse precisa quella mappa?» Sorrise. «D'altronde, se mi fossi sbagliato è difficile che saresti potuto tornare per farti rimborsare.» Risero tutti e due.

«Per Everam, questo è davvero un bel racconto, Par'chin» osservò Abban quando Arlen finì di descrivergli la sua avventura nella città perduta «ma se ci tieni alla vita, non lasciarti sfuggire con il *Damaji* che hai saccheggiato la città santa di Anoch Sun.»

«Non lo farò» promise Arlen «ma sono certo che sapranno comunque riconoscere il valore della lancia.»

Abban scosse il capo. «Anche se ti accordassero udienza, Par'chin» replicò «e io dubito che siano disposti a farlo, non riconosceranno mai il valore di una cosa, se è un *chin* a portargliela.»

«Forse hai ragione» ammise Arlen «ma devo almeno provarci. In ogni caso, ho dei messaggi da recapitare al palazzo dell'Andrah. Vienici con me.»

Abban gli mostrò la sua gruccia. «Il palazzo è distante, Par'chin.»

«Camminerò adagio» disse Arlen, sapendo che la stampella non aveva niente a che vedere con il suo rifiuto.

«È meglio se non ti fai vedere insieme a me fuori dal mercato, amico mio» lo mise in guardia Abban. «Potrebbe già essere abbastanza per farti perdere il rispetto che ti sei conquistato nel Dedalo.»

«Vuol dire che me ne guadagnerò dell'altro» rispose Arlen. «A che serve il rispetto, se non sono libero di passeggiare con un amico?»

Abban fece un profondo inchino. «Un giorno» disse «vorrei visitare la terra che genera uomini nobili come il figlio di Jeph.»

Arlen sorrise. «Quando quel giorno verrà, Abban, sarò io stesso a condurti attraverso il deserto.»

Abban si aggrappò al braccio di Arlen. «Fermati» gli ordinò.

Arlen obbedì, fidandosi dell'amico, benché non vedesse nulla di anormale. Le donne transitavano per la via, cariche di pesanti fardelli, e un gruppo di *dal'Sharum* camminava davanti a loro. Un altro drappello si avvicinava dalla direzione opposta. Entrambi erano guidati da un *dama* nelle sue bianche vesti.

«Tribù Kaji» disse Abban con un cenno del mento ai guerrieri davanti a loro. «Gli altri sono Majah. Sarà meglio se aspettiamo qui per un po'.»

Arlen osservò meglio i due gruppi. Indossavano le stesse vesti nere e avevano lance comuni, prive di ornamenti. «Come fai a distinguerli?» chiese.

Abban scrollò le spalle. «Come fai tu a non distinguerli?»

Mentre li guardavano, uno dei *dama* gridò qualcosa all'altro. I due si fronteggiarono, e presero a discutere animatamente. «Secondo te, qual è l'oggetto del diverbio?» chiese Arlen.

«Sempre lo stesso» rispose Abban. «Il *dama* dei Kaji crede che i demoni della sabbia risiedano nel terzo anello dell'Inferno e quelli del vento nel quarto. I Majah sostengono il contrario. L'Evejah, su questo punto, è vago» aggiunse, riferendosi al sacro canone di Krasia.

«Ma che differenza fa?» domandò Arlen.

«Quelli ai livelli più bassi sono più lontani dalla vista di Everam» spiegò Abban «e andrebbero uccisi per primi.»

I *dama* ormai stavano gridando, e i *dal'Sharum* delle rispettive fazioni impugnavano le lance con fare truce, pronti a difendere i loro capofila.

«Sono disposti a battersi tra di loro solo per decidere quali demoni vanno uccisi per primi?» chiese Arlen, incredulo.

Abban sputò nella polvere. «I Kaji sono capaci di battersi con i Majah per molto meno, Par'chin.»

«Ma dopo il calar del sole avranno dei nemici veri da combattere!» protestò Arlen.

Abban assentì. «E allora Kaji e Majah li affronteranno uniti» rispose. «Come diciamo qui, "di notte, il mio nemico è mio fratello". Ma mancano ancora ore al tramonto.»

Uno dei Kaji colpì in faccia un guerriero Majah con l'impugnatura della lancia, facendolo rovinare a terra. Di lì a pochi istanti, tutti i guerrieri di entrambe le fazioni erano impegnati a darsele. I loro *dama* si tenevano in disparte, incuranti ed estranei alla violenza, ma sempre presi dal loro alterco.

«Com'è possibile che sia tollerato tutto questo?» chiese Arlen. «L'Andrah non può proibirlo?»

Abban scosse la testa. «In teoria, l'Andrah dovrebbe rappresentare tutte le tribù e nessuna, ma di fatto favorisce sempre la sua tribù d'origine. E anche se non lo facesse, nemmeno lui potrebbe metter fine a tutte le faide sanguinose qui a Krasia. Non puoi proibire agli uomini di essere uomini.»

«Ma si comportano più come dei bambini» osservò Arlen.

«Un *dal'Sharum* si affida soltanto alla lancia, e un *dama* all'Evejah» convenne mestamente Abban.

Gli uomini non stavano usando le punte delle loro armi – almeno per ora – ma la violenza era in pieno crescendo. Se non fosse intervenuto qualcuno, ci sarebbero stati sicuramente dei morti.

«Non azzardarti nemmeno a pensarci» intimò Abban, afferrando per il braccio Arlen, che stava per farsi avanti.

Arlen si voltò per ribattere, ma il suo amico, guardandosi indietro di sopra alla spalla, restò senza fiato e si mise subito in ginocchio. Tirò Arlen per il braccio per sollecitarlo a fare altrettanto. «Inginocchiati, se ci tieni alla pelle» bisbigliò.

Arlen si volse a guardare e individuò l'origine dei timori di Abban. Una donna stava sopraggiungendo lungo la via, avvolta nelle sacre vesti bianche. «*Dama'ting*» mormorò. Le misteriose erboriste di Krasia si vedevano in giro molto di rado.

Arlen abbassò gli occhi al suo passaggio, ma senza inginocchiarsi. Non fece alcuna differenza; la donna non li notò nemmeno, mentre si avvicinava tranquillamente alla mischia, inosservata fin quando non fu a ridosso degli uomini. Vedendola, i *dama* sbiancarono in volto e urlarono qualcosa ai loro. La baruffa cessò all'istante, e i guerrieri rovinarono gli uni addosso agli altri per aprire un varco alla *dama'ting*. Guerrieri e *dama* si dispersero alla svelta dopo il suo passaggio e la circolazione lungo la strada riprese tranquillamente, come se non fosse successo nulla di straordinario.

«Sei coraggioso, Par'chin, o sei pazzo?» chiese Abban quando la *dama'ting* si fu allontanata.

«Da quando in qua gli uomini si inginocchiano dinanzi alle donne?» domandò Arlen, perplesso.

«Gli uomini non s'inginocchiano a una *dama'ting*, ma *khaffit* e *chin* lo fanno, se hanno buonsenso» rispose il mercante. «Persino i *dama* e i *dal'Sharum* le temono. Si dice che siano capaci di leggere nel futuro, e sappiano già chi sopravvivrà alla notte e chi resterà ucciso.»

Arlen si strinse nelle spalle. «E anche se fosse?» chiese, chiaramente dubbioso. Una *dama'ting* gli aveva predetto la sorte la prima notte che era sceso nel Dedalo, ma nulla in quell'esperienza lo aveva indotto a credere che potesse davvero leggere nel futuro.

«Offendere una *dama'ting* significa offendere il fato» disse Abban ad Arlen, prendendolo per uno sciocco.

Arlen scosse la testa. «Siamo noi a crearci il nostro fato» affermò «anche se una *dama'ting* può lanciare i suoi ossicini e riuscire a prevederlo.»

«Be', non invidio certo il fato che ti creerai tu, se ne offendi una.»

Ripreso il cammino, giunsero presto al palazzo dell'Andrah, una grandiosa costruzione in pietra bianca, sormontata da una cupola, probabilmente vecchia quanto la città stessa. Le rune di protezione erano dipinte in oro e scintillavano alla viva luce del sole che ne inondava le guglie svettanti.

Ma non fecero a tempo a mettere piede sulla scalinata del palazzo, che un *dama* scese loro incontro precipitosamente. «Sparisci di qui, *khaffit*!» tuonò.

«Chiedo perdono» si scusò Abban, e si prostrò in un inchino, lo sguardo abbassato a terra, prima di indietreggiare.

Ma Arlen rimase immobile dov'era. «Sono Arlen, figlio di Jeph, messaggero venuto dal Nord, noto come Par'chin» si presentò, in perfetto krasiano. Piantò a terra la lancia, ben riconoscibile per quello che era, benché fosse avvolta nel suo panno. «Porto lettere e doni per l'Andrah e i suoi ministri» proseguì Arlen, mostrando la sua borsa.

«Sei in cattiva compagnia per uno che parla la nostra lingua, uomo del Nord» disse il *dama* con un'occhiataccia ad Abban, che se ne stava miseramente acquattato nella polvere.

Una risposta sdegnata gli stava affiorando alle labbra, ma Arlen riuscì a trattenersi.

«Il Par'chin non conosceva bene la strada» disse Abban, guardando sempre a terra «cercavo solo di fargli da guida...»

«Non ti ho chiesto di parlare, *khaffit*!» berciò il *dama*, sferrando un calcio brutale nel fianco del mercante.

Arlen gonfiò i muscoli, ma lo sguardo di avvertimento dell'amico bastò a fermarlo.

Il *dama* tornò a volgersi verso di lui, come se niente fosse stato. «Prenderò io i tuoi messaggi» gli disse.

«Il Duca di Rizon mi ha chiesto di consegnare personalmente un dono al *Damaji*» azzardò Arlen.

«Mai in vita mia permetterò a un *chin* e un *khaffit* di mettere piede a palazzo» rispose sprezzante il *dama*.

La risposta era frustrante, ma non certo inaspettata. Arlen non era mai riuscito a presentarsi al *Damaji*. Consegnò al *dama* lettere e pacchetti e lo guardò accigliato mentre saliva la scalinata.

«Perdona se te lo dico, amico mio, ma io ti avevo avvertito» commentò Abban. «La mia presenza non ha certo agevolato le cose, ma la verità è che il *Damaji* non ammetterebbe mai la presenza di un forestiero, fosse anche il tuo Duca di Rizon in persona. Ti avrebbero chiesto educatamente di attendere su un comodo cuscino di seta, e ti avrebbero dimenticato lì fino a farti perdere la faccia.»

Arlen digrignò i denti. Si chiese come si fosse comportato Ragen, quando era venuto a visitare la Lancia del Deserto. Il suo mentore era riuscito a sopportare un simile trattamento?

«Adesso sei disposto a cenare con me?» chiese Abban. «Ho una figlia bellissima, di appena quindici anni. Sarebbe una buona moglie per te, lassù nel Nord, e baderebbe alla tua casa mentre sei in viaggio.»

"Quale casa?" si domandò Arlen, pensando al suo minuscolo alloggio pieno di libri a Forte Angiers, dove non era tornato da più di un anno. Guardò Abban, ben sapendo che in ogni caso il suo amico intrigante era più interessato ai contatti commerciali che avrebbe potuto procurarsi sistemando una figlia al Nord, piuttosto che alla felicità della giovane o al buon mantenimento della casa di Arlen.

«La tua offerta mi onora, amico mio» rispose «ma non sono ancora pronto a ritirarmi.»

«No, infatti, me l'immaginavo» sospirò Abban. «E adesso vuoi andare a trovare *lui*, suppongo?»

«Sì.»

«La mia presenza gli è invisa non meno che al *dama*» lo mise in guardia Abban.

«Ti apprezza per quello che vali» dissentì Arlen.

Abban scrollò la testa. «Se sopporta la mia esistenza è solo grazie a te» replicò. «Lo Sharum Ka ha voluto prendere lezioni di lingua del Nord fin dalla prima volta in cui ti è stato permesso di scendere nel Dedalo.»

«E Abban è l'unico in tutta Krasia a conoscerla» disse Arlen. «Per questo è prezioso al Primo Guerriero, pur essendo un *khaffit*.»

Abban accettò il complimento con un inchino, ma non parve troppo convinto.

Si diressero verso i campi d'addestramento, situati non lontano dal palazzo. Il centro della città era un territorio neutrale per tutte quante le tribù, dove si radunavano per pregare e prepararsi all'*alagai'sharak*.

Era pomeriggio inoltrato, e il campo pullulava di attività. Arlen e Abban passarono prima per le botteghe degli armaioli e dei runieri, i cui mestieri erano gli unici reputati degni di un *dal'Sharum*. Superate quelle, sboccarono nella piazza d'armi, dove gli uomini si allenavano, spronati dalle grida degli addestratori.

Sul lato opposto della piazza sorgeva il palazzo dello Sharum Ka e dei suoi luogotenenti, i *kai'Sharum*. Secondo soltanto all'immenso palazzo dell'Andrah, il grande edificio a cupola ospitava gli uomini più onorabili, quelli che avevano dato prova più volte del loro valore sul campo di battaglia. Nei sotterranei del palazzo si diceva che ci fosse un grande harem, dove i guerrieri potevano tramandare il loro sangue eroico alle generazioni future.

Il transito zoppicante di Abban con la sua gruccia suscitò occhiatacce e imprecazioni tra i denti, ma nessuno osò sbarrargli la strada. Abban era sotto la protezione dello Sharum Ka.

Superarono schiere di uomini che si esercitavano con le lance a ranghi serrati, e altri che si addestravano nelle mosse efficaci e brutali dello *sharusahk*, il combattimento krasiano a mani nude. Altri guerrieri praticavano il tiro al bersaglio o lanciavano reti in corsa su ragazzi armati di lance, affinando le loro capacità in vista della battaglia notturna. Nel mezzo della piazza sorgeva un grande padiglione, dove trovarono Jardir intento a studiare i piani con uno dei suoi uomini.

Ahmann asu Hoshkamin am'Jardir era lo Sharum Ka di Krasia, titolo traducibile in thesiano come "Primo Guerriero". Era un omone alto più di un metro e ottanta, avvolto in vesti nere, con un turbante bianco in testa. In base a principi che Arlen non aveva afferrato del tutto, il titolo di Sharum Ka aveva anche una valenza religiosa, come attestava il turbante.

Aveva una pelle color del rame brunito e occhi neri come i capelli impomatati, che portava ravviati all'indietro, lunghi sul collo. Sfoggiava una barba nera biforcuta, curata in maniera impeccabile, ma non c'era traccia di mollezza in lui. Aveva le movenze svelte e sicure di un rapace, e le ampie maniche rimboccate della veste rivelavano braccia sode e muscolose, segnate dalle cicatrici. Non aveva passato da molto la trentina.

Uno degli uomini di guardia al padiglione si avvide del sopraggiungere di Arlen e Abban e bisbigliò qualcosa all'orecchio di Jardir. Il Primo Guerriero si distolse dai caratteri in gesso sulla tavoletta d'ardesia che stava studiando.

«Par'chin!» esclamò, aprendo le braccia con un sorriso e alzandosi per accoglierli. «Bentornato alla Lancia del Deserto!» Parlò in thesiano, dando prova di notevoli progressi sia nel vocabolario che nella pronuncia, rispetto all'ultima visita di Arlen. Strinse il giovane in un saldo abbraccio e lo baciò sulle guance. «Non sapevo che fossi tornato. Stanotte, gli *alagai* tremeranno di paura!»

La prima volta che Arlen giunse a Krasia, il Primo Guerriero aveva mostrato per lui l'interesse che si può riservare a un animale raro; ma poi avevano versato il sangue per proteggersi a vicenda nel Dedalo, e per un krasiano non c'era impresa più nobile di quella.

Jardir si rivolse ad Abban. «Cosa ci fai tu qui tra gli uomini, *khaffit*?» chiese disgustato. «Io non ti ho convocato.»

«È con me» intervenne Arlen.

«*Era* con te» corresse Jardir, con intenzione. Abban si prostrò in un inchino e sgattaiolò via con la massima rapidità che gli consentiva la gamba zoppa.

«Non capisco perché perdi tempo con quel *khaffit*, Par'chin» commentò Jardir, sprezzante.

«Nel paese da dove vengo, la dignità di un uomo non si misura solo da come brandisce la lancia» rispose Arlen.

Jardir rise. «Nel paese da dove vieni tu, nessuno brandisce la lancia!»

«Il tuo thesiano è molto migliorato» osservò Arlen.

Jardir sbuffò. «La vostra lingua *chin* non è certo facile, e apprenderla mi riesce ancora più arduo in tua assenza, dovendo ricorrere all'aiuto di un *khaffit*.» Osservò Abban che si allontanava zoppicante, e ridacchiò dei suoi abiti di seta sgargiante. «Ma guardalo. Si veste come una donna.»

Arlen vide in fondo al cortile una donna vestita di nero che trasportava acqua. «Non ho mai visto una donna vestita come lui» ribatté.

«Solo perché non lasci che ti trovi una moglie a cui togliere i veli» disse Jardir con un sorriso sornione.

«Dubito che i *dama* permetterebbero a una delle vostre donne di sposare un *chin* senza tribù» replicò Arlen.

Jardir liquidò quell'osservazione con un cenno della mano. «Sciocchezze» disse. «Abbiamo sparso il sangue insieme nel Dedalo, fratello mio. Se ti accogliessi nella mia tribù, neppure l'Andrah in persona oserebbe protestare!»

Arlen non ne era così sicuro, ma si guardò bene dal contraddirlo. I krasiani tendevano a diventare violenti, quando qualcuno ne contestava le vanterie, e lui preferiva non correre il rischio. Jardir sembrava occupare un rango pari almeno a quello di un *Damaji*. I guerrieri gli obbedivano senza fiatare, prima ancora che al loro *dama*.

Ma Arlen non aveva alcun desiderio di unirsi alla tribù di Jardir, né a nessun'altra. La sua presenza metteva in imbarazzo i krasiani; un *chin* che praticava l'*alagai'sharak* e che tuttavia si accompagnava a un *khaffit*. Entrare a far parte di una tribù avrebbe ridotto quel disagio, ma così facendo si sarebbe assoggettato immediatamente ai voleri del *Damaji* tribale, per finire invischiato in ogni faida sanguinosa, senza il permesso di lasciare mai più la città.

«Non credo di essere pronto a prendere moglie, per ora» rispose.

«Bene, ma non aspettare troppo a deciderti, o gli uomini ti prenderanno per un *push'ting*» disse Jardir ridendo e dandogli un buffetto sulla spalla. Arlen non capì esattamente il senso di quella parola, ma a ogni buon conto annuì.

«Da quanto sei in città, amico mio?» chiese Jardir.

«Da poche ore appena» rispose Arlen. «Il tempo di recapitare i messaggi a palazzo.»

«E già vieni a offrirmi la tua lancia! Per Everam» gridò Jardir ai compagni «il Par'chin deve avere sangue krasiano nelle vene!» Gli uomini risero con lui.

«Vieni con me» disse Jardir, cingendogli le spalle col braccio mentre si allontanavano dagli altri. Arlen sapeva che Jardir stava già pensando a quale fosse il posto migliore da affidargli nella battaglia notturna. «I Bajin hanno perso un runiere dei fossati, la scorsa notte» spiegò. «Potresti sostituirlo tu.»

I Runieri dei Fossati erano tra i soldati più importanti a Krasia: provvedevano alle protezioni delle fosse usate per intrappolare i coreling, e si assicuravano che le rune si attivassero dopo che i demoni ci cadevano dentro. Era rischioso, perché se i teloni che servivano a nascondere i fossati non ricadevano all'interno, svelando completamente le rune, era difficile impedire a un demone della sabbia di arrampicarsi fuori e uccidere il runiere impegnato a scoprirle. C'era solo un altro ruolo con un tasso di perdite più elevato.

«Preferirei Guardia d'Assalto» rispose Arlen.

Jardir scosse il capo, ma aveva il sorriso sulle labbra. «Pretendi sempre il compito più rischioso» lo riprese. «Se ti fai uccidere, chi porterà le nostre lettere?»

Arlen colse il sarcasmo in quelle parole, malgrado l'accento marcato di Jardir. Le lettere avevano scarso valore per lui. Ben pochi *dal'Sharum* sapevano leggere.

«Non sarà così rischioso, stanotte» affermò Arlen. Non riuscendo più a contenere l'eccitazione, svolse il panno della sua nuova lancia e la mostrò orgoglioso al Primo Guerriero.

«Un'arma degna d'un re» apprezzò Jardir. «Ma nella notte è il guerriero che vince, Par'chin, non la sua lancia.» Gli posò la mano sulla spalla e lo guardò negli occhi. «Non confidare troppo nella tua arma. Ho visto guerrieri più esperti di te dipingere le loro lance e fare una brutta fine.»

«Questa non è opera mia» spiegò Arlen. «L'ho trovata nelle rovine di Anoch Sun.»

«La città natale del Liberatore?» Jardir rise. «La Lancia di Kaji non è che una leggenda, Par'chin, e la città perduta è stata inghiottita dalla sabbia.»

Arlen scosse la testa. «Io ci sono stato» assicurò. «Posso portarti laggiù.»

«Sono lo Sharum Ka della Lancia del Deserto, Par'chin» rispose Jardir. «Non posso montare su un cammello e partire per il deserto in cerca di una città che esiste solo nei testi antichi.»

«Credo che al calar della notte avrò modo di persuaderti» affermò Arlen.

Jardir sorrise, indulgente. «Promettimi che non tenterai imprese avventate» disse. «Lancia protetta o meno, tu non sei certo il Liberatore. Sarebbe triste doverti seppellire.»

«Lo prometto.»

«Bene, allora!» Jardir gli diede una pacca sulla spalla. «Vieni, amico mio, si sta facendo tardi. Stasera cenerai al mio palazzo, prima dell'adunata fuori dallo Sharik Hora!»

Gustarono carni speziate, purè di piselli e sottili sfoglie di pane che le donne preparavano stendendo l'impasto umido su pietre lisce arroventate. Arlen ebbe il posto d'onore accanto a Jardir, attorniato dai *kai'Sharum* e servito personalmente dalle mogli del Primo Guerriero. Arlen non aveva mai capito perché Jardir gli tributasse tanto rispetto, ma dopo il trattamento ricevuto al palazzo dell'Andrah, ne fu ben contento.

Gli uomini lo invitarono a raccontare le sue avventure, e pur avendola già sentita tante volte, pretesero che narrasse di nuovo quella in cui aveva mozzato il braccio al demone della roccia. Non erano mai sazi delle storie sul Monco, o Alagai Ka, come lo chiamavano loro. I demoni della roccia erano una rarità a Krasia, e quando Arlen li accontentò, ascoltarono rapiti il suo racconto.

«Abbiamo costruito un nuovo scorpione, dopo la tua ultima visita, Par'chin» disse uno dei *kai'Sharum*, mentre sorseggiavano il nettare a fine pasto. «Può far penetrare una lancia in un muro di arenaria. Troveremo presto il modo di trapassare anche la corazza dell'Alagai Ka.»

Arlen ridacchiò e scosse il capo. «Temo che non potrete vedere il Monco, stanotte» rispose. «Né mai più. Ha visto la luce del sole.»

I *kai'Sharum* sgranarono gli occhi. «Alagai Ka è morto?» chiese uno. «Come ci sei riuscito?»

Arlen sorrise. «Ve lo racconterò dopo la vittoria di questa notte» promise, accarezzando la lancia al suo fianco; un gesto che non sfuggì al Primo Guerriero.

20
Alagai'sharak

Anno 328 dR

«O grande Kaji, Lancia di Everam, infondi la forza nel braccio dei tuoi guerrieri e il coraggio nel loro cuore questa notte, quando affronteranno il tuo sacro cimento.»

Arlen fremeva, a disagio, mentre il *Damaji* impartiva ai *dal'Sharum* la benedizione di Kaji, il primo Liberatore. Nelle terre del Nord, affermare che il Liberatore fosse semplicemente un comune mortale poteva far scatenare una rissa, ma non era considerato un crimine. A Krasia, una simile eresia era punibile con la morte. Kaji era il messaggero di Everam, venuto a riunire l'umanità intera contro gli *alagai*. Lo chiamavano Shar'Dama Ka, il Primo Sacerdote-Guerriero, e dicevano che un giorno sarebbe tornato a chiamare a raduno gli uomini, quando fossero stati degni di combattere la *Sharak Ka*, la Prima Guerra. Chiunque la pensasse diversamente, riceveva una morte rapida e brutale.

Arlen non era tanto sciocco da esprimere i suoi dubbi sulla natura divina del Kaji, ma i Sant'Uomini lo innervosivano lo stesso. Sembravano sempre in cerca di un pretesto per considerarsi offesi da lui, lo straniero, e commettere una simile offesa a Krasia conduceva solitamente alla morte di chi se ne macchiava.

Ma per quanto potesse sentirsi a disagio tra i *Damaji*, Arlen si esaltava sempre alla vista dello Sharik Hora, l'immenso tempio a cupola dedicato a Everam. Lo Sharik Hora, letteralmente "Ossario degli Eroi", era una portentosa testimonianza delle capacità della razza umana, un edificio che sovrastava con la sua mole qualsiasi altra costruzione mai vista da Arlen. Al confronto, la Biblioteca del Duca a Miln sembrava minuscola.

Ma lo Sharik Hora non era impressionante solo per le sue dimensioni. Era un simbolo del coraggio che sfida la morte, decorato con le ossa sbiancate di tutti i guerrieri caduti nell'*alagai'sharak*. Ne erano rivestite le travi di sostegno e incorniciate le finestre. Il grande altare era costituito interamente da crani, i banchi da ossa delle gambe. Il calice da cui i celebranti bevevano l'acqua era un teschio cavo sorretto da due mani scheletriche, con gli avambracci come stelo e un paio di piedi per base. Ogni candeliere gigantesco era formato da decine di crani e centinaia di costole, e la cupola immensa del soffitto, alta più di sessanta metri, era ricoperta dai teschi degli antenati dei guerrieri krasiani, che di lassù li osservavano e giudicavano, esigendo che si facessero onore.

Una volta, Arlen aveva tentato di calcolare quanti guerrieri decorassero la sala, ma si era rivelata un'impresa impossibile. Tutte le città e i borghi di Thesa, qualcosa come duecentocinquantamila anime, non sarebbero bastati per decorare nemmeno una piccola parte dello Sharik Hora. Un tempo, Krasia contava una popolazione sterminata.

Adesso, l'intera compagine dei guerrieri krasiani, forse quattromila in tutto, entrava comodamente nello Sharik Hora, con spazio d'avanzo. Vi si assembravano due volte ogni giorno, all'alba e al crepuscolo, per onorare Everam; per ringraziarlo dei coreling uccisi la notte precedente e pregarlo di dar loro la forza di ucciderne altri la notte a venire. Ma soprattutto, pregavano perché lo Shar'Dama Ka facesse ritorno e desse inizio alla *Sharak Ka*. Lo avrebbero seguito come un sol uomo fin dentro al Fulcro stesso.

Portate dal vento del deserto, le grida raggiunsero Arlen nella strozzatura dove aspettava impaziente l'arrivo dei coreling cui stavano tendendo l'imboscata. I guerrieri attorno a lui fremevano nell'attesa, mormorando preghiere a Everam. In qualche altro punto del Dedalo, l'*alagai'sharak* era cominciata.

Udirono i clamori della tribù Mehnding, schierata sulle mura della città, che caricava le armi e rovesciava una pioggia di grosse pietre e lance gigantesche sulle schiere dei demoni. Alcune colpivano i demoni della sabbia, uccidendoli o ferendoli abbastanza gravemente da esporli allo scempio che ne facevano i loro stessi compagni, ma il vero intento dell'attacco era scatenare la collera dei coreling, indurli a una furia frenetica. I demoni erano facili all'ira, e quando si riducevano in quello stato erano capaci di correre in branco dietro a una preda come tante pecore.

Quando i coreling cominciarono a ribollire di rabbia, la porta esterna della città fu spalancata e la rete di protezione esterna disattivata. I demoni della sabbia e del fuoco irruppero alla carica, sorvolati dai demoni del vento che si lanciavano in picchiata. Di solito, ne lasciavano passare parecchie decine, prima di richiudere i cancelli e riattivare le difese.

Oltre i cancelli, li attendeva una schiera di guerrieri che battevano le lance sugli scudi. Quegli uomini, detti Esche, erano perlopiù vecchi e deboli, sacrificabili, ma la loro prodezza non conosceva confini. Dinanzi alla carica dei coreling, si sparpagliarono lanciando urla e strepiti, seguendo una strategia prestabilita per dividere i demoni e costringerli a addentrarsi in profondità nel Dedalo.

Le Vedette appostate sulle mura del Dedalo imbrigliavano i demoni del vento con bolas e reti munite di pesi per trascinarli a terra. Appena quelli si schiantavano al suolo, gli Immobilizzatori sbucavano da nicchie minuscole protette da rune per inchiodarli dov'erano prima che riuscissero a liberarsi, incatenandone gli arti agli appositi picchetti piantati nel terreno, di modo che non potessero più tornare nel Fulcro per sfuggire all'alba.

Nel frattempo, le Esche continuavano a correre, conducendo i demoni della sabbia, e qualche più raro demone del fuoco, verso la fine che li attendeva. I demoni correvano più veloce, ma non riuscivano a destreggiarsi tra le svolte brusche del Dedalo con la stessa facilità degli uomini, che ne conoscevano ogni anfratto. Quando un demone riusciva ad avvicinarsi troppo, le Vedette cercavano di rallentarne la corsa lanciando reti. Molti dei loro tentativi avevano buona riuscita. Molti altri no.

Sentendo approssimarsi le grida delle loro Esche, Arlen e gli altri della Guardia d'Assalto entrarono subito in tensione. «All'erta!» gridò una Vedetta dalle mura. «Ne conto nove!»

Nove demoni della sabbia erano ben più dei due o tre che normalmente finivano in un punto predisposto per l'imboscata. Le Esche cercavano di sfrondarne le fila, correndo in direzioni diverse, di modo che raramente ne cadevano più di cinque per volta in un'imboscata. Arlen strinse saldamente la sua lancia protetta e vide brillare negli occhi dei *dal'Sharum* una furia selvaggia. Morire nell'*alagai'sharak* significava guadagnarsi l'accesso al paradiso.

«Le luci!» gridò qualcuno dall'alto delle mura. Mentre le Esche conducevano i demoni verso la trappola tesa per l'imboscata, le Vedette accesero dei grandi lumi a olio davanti a specchi orientati verso il basso, per inondare di luce la zona.

Presi alla sprovvista, i demoni frenarono il loro impeto, lanciando grida. La luce non poteva ferirli, ma diede alle Esche sfinite il tempo di scappare via. Preparati a quel bagliore, gli uomini aggirarono con collaudata destrezza i fossati per i demoni, riparandosi in basse trincee protette da rune.

I demoni della sabbia si ripresero presto e ripartirono alla carica, ignari del percorso seguito dalle Esche. Tre finirono dritto sui teloni color sabbia che coprivano i due ampi fossati, e caddero strillando nelle buche profonde sei metri.

Scattate le trappole, i guerrieri della Guardia d'Assalto lanciarono un grido e uscirono alla carica dai loro nascondigli, le lance spianate fra gli scudi rotondi, protetti da rune, per spingere nelle trappole i coreling rimasti.

Caricando insieme agli altri, Arlen ruggiva per dominare la paura, trascinato dalla splendida follia di Krasia. Era così che s'immaginava i guerrieri del passato, capaci di sconfiggere urlando l'istinto di fuggire a nascondersi, mentre si gettavano nella mischia. Per un momento, dimenticò chi era e dove si trovava.

Ma poi la sua lancia colpì un demone della sabbia e le rune si accesero fiammeggianti, riversando rivoli di bagliori argentei sulla creatura. Quella gettò un grido straziante, ma fu spazzata via dalle lance più lunghe ai fianchi di Arlen. Nel divampare abbagliante delle rune di difesa, nessuno degli altri guerrieri si accorse dell'episodio.

Il drappello di Arlen sospinse i due demoni restanti che avevano di fronte verso il fossato a ridosso della loro zona d'imboscata. Le protezioni della fossa erano di un tipo particolare noto solo a Krasia, che agiva in una sola direzione. I coreling potevano penetrare nel cerchio, ma non uscirne. Sotto alla terra battuta, sul fondo del fossato, c'era uno strato di lastre di pietra, che impediva loro l'accesso al Fulcro, tenendoli in trappola fino a che l'alba non li avesse inceneriti.

Alzando lo sguardo, Arlen si avvide che dall'altro lato non se la stavano cavando così bene. Scivolando nel fosso, il telone si era impigliato, lacerandosi, e alcune rune erano rimaste coperte. Prima che il runiere del fossato riuscisse a scoprirle, i due coreling che ci erano caduti dentro si arrampicarono su per la parete, e lo uccisero.

Dovendo far fronte a cinque demoni della sabbia, senza un fossato funzionante dove spingerli, la Guardia d'Assalto da quel versante della zona d'imboscata era allo sbando. Il reparto era formato da dieci uomini soltanto, e i demoni si erano gettati tra le loro file, per attaccarli a morsi e colpi di artigli.

«Ritirarsi ai ripari!» ordinò il *kai'Sharum* dal lato di Arlen.

«Neanche per il Fulcro!» gridò lui, lanciandosi alla carica per dare man forte all'altro drappello. Vedendo uno straniero dar prova di tanto ardimento, i *dal'Sharum* lo seguirono, senza curarsi del comandante che urlava ordini alle loro spalle.

Arlen si fermò appena il tempo necessario per liberare con un calcio il telone impigliato, attivando così il cerchio di protezione. In un baleno, si gettò nella mischia, brandendo la lancia con le rune, che prese vita fra le sue mani.

Trafisse il primo demone al fianco, e stavolta i suoi compagni non poterono non vedere la fiammata magica che si sprigionò dalla lancia quando raggiunse il bersaglio. Il demone della sabbia cadde a terra, ferito a morte, e Arlen si sentì scorrere dentro un flusso di energia inarrestabile.

Registrò un movimento con la coda dell'occhio e mulinò su se stesso, piantando l'asta dell'arma tra i denti affilati come rasoi di un altro demone della sabbia. Le rune difensive cesellate sulla lancia si attivarono prima che il coreling potesse affondare il morso, costringendolo a restare con le fauci spalancate. Arlen ruotò di scatto la lancia e la magia divampò, spezzando la mandibola della creatura.

Un terzo demone gli si avventò contro, ma ormai la potenza scorreva nelle membra di Arlen. Vibrò una sferzata con il manico della lancia e le rune all'estremità troncarono di netto mezzo muso del coreling. Mentre quello cadeva a terra, lui lasciò lo scudo e impugnando a due mani la lancia la affondò sul demone, trapassandogli il cuore.

Arlen lanciò un ruggito e si guardò intorno in cerca di un nuovo demone da affrontare, ma gli altri erano già andati a finire in fondo alla fossa. Tutto attorno a lui, gli uomini lo guardavano con ammirato stupore.

«Che cosa aspettiamo?» gridò, gettandosi alla carica nel Dedalo. «Diamo la caccia agli *alagai*!»

I *dal'Sharum* lo seguirono al grido di "Par'chin! Par'chin!".

Il primo in cui s'imbatterono fu un demone del vento che venne giù in picchiata, squarciando la gola a uno dei seguaci di Arlen. Prima che la creatura potesse riprendere quota, Arlen scagliò la lancia e con una pioggia di scintille centrò alla testa il coreling, che si abbatté a terra.

Recuperata l'arma, Arlen riprese a correre, sospinto dalla magia possente della lancia come un guerriero furioso delle leggende. Mentre irrompeva in ogni angolo del Dedalo, il manipolo andava crescendo di numero, e nel vedere Arlen che sterminava un demone dopo l'altro, sempre più uomini lo inneggiavano, gridando "Par'chin! Par'chin!".

Nessuno pensava più alle nicchie protette e alle trincee dove rifugiarsi. Ogni timore della battaglia e della notte era fugato. Con la sua lancia di metallo, Arlen sembrava invulnerabile, e la fiducia che sprigionava da lui era come una droga per i krasiani.

Infiammato dall'ebbrezza della vittoria, Arlen si sentiva come uscito da una crisalide, del tutto rinato grazie all'arma antica. Non era minimamente affaticato, pur avendo corso e combattuto per ore. Né provava alcun dolore, nonostante i molti graffi e tagli che si era procurato. I suoi pensieri si concentravano esclusivamente sulla prossima sfida, sul demone successivo da abbattere. E ogni volta che sentiva la scarica di magia trapassare la corazza di un coreling, gli balenava in mente sempre la stessa idea.

"Ognuno degli uomini deve averne una."

Jardir apparve di fronte a lui e Arlen, coperto d'icore di demone, levò alta la lancia in un saluto al Primo Guerriero. «*Sharum Ka!*» gridò. «Non un solo demone uscirà vivo dal vostro Dedalo stanotte!»

Jardir rise, alzando a sua volta la lancia in aria. Raggiunse Arlen e lo abbracciò come un fratello.

«Ti avevo sottovalutato, Par'chin» ammise. «Non accadrà più.»

Arlen sorrise. «Lo dici ogni volta.»

Jardir indicò con un cenno i due demoni della sabbia che Arlen aveva appena ammazzato. «Stavolta dico sul serio» assicurò, ricambiando il sorriso. Poi si rivolse agli uomini che seguivano Arlen.

«*Dal'Sharum!*» gridò, indicando i coreling morti. «Raccogliete quei putridi esseri e appendeteli in cima alle mura esterne! Diamo ai nostri tiratori dei bersagli su cui esercitarsi! I coreling fuori dalle mura devono sapere che attaccare Forte Krasia è pura follia!»

Un grido di tripudio si levò dagli uomini, che corsero a eseguire gli ordini. Nel frattempo, Jardir si rivolse ad Arlen. «Le Vedette segnalano che si combatte ancora attorno a uno dei fossati orientali» gli disse. «Hai ancora forze per lottare, Par'chin?»

Arlen sorrise con ferocia. «Tu fammi strada» rispose, e i due partirono di corsa, lasciando gli altri alle loro incombenze.

Corsero per un pezzo, fino a uno dei punti più distanti del Dedalo. «Dritto avanti» gridò Jardir mentre svoltavano un angolo stretto per sboccare in una trappola per le imboscate. Arlen non si accorse del silenzio innaturale, con i tonfi dei suoi passi e i battiti del cuore che gli rimbombavano in testa.

Ma appena girò l'angolo, spuntò una gamba che gli agganciò il piede, mandandolo lungo disteso per terra. Nell'impatto, ruzzolò su se stesso, stringendo saldamente l'arma preziosa, ma quando si rimise in piedi scoprì che degli uomini gli avevano bloccato l'unica via d'uscita.

Arlen si guardò attorno, confuso, non vedendo alcun segno di demoni o di combattimenti. Era finito in una trappola, ma questa non era destinata ai coreling.

21

Solo un *chin*

Anno 328 dR

Gli *Sharum* avanzarono per accerchiare Arlen; era la guardia scelta di Jardir. Arlen li conosceva tutti quanti; erano gli uomini con cui aveva cenato e riso quella stessa sera, e al cui fianco si era battuto molte volte.

«Che succede adesso?» chiese, anche se in cuor suo lo sapeva fin troppo bene.

«Soltanto lo Shar'Dama Ka può imbracciare la Lancia di Kaji» rispose Jardir, avvicinandosi. «E non sei certo tu.»

Arlen stringeva la lancia come temendo che potesse volargli via dalle mani. Gli uomini che lo attorniavano erano quegli stessi guerrieri con cui aveva diviso il cibo poche ore prima, ma ora nei loro occhi non c'era nulla di amichevole. Jardir aveva agito d'astuzia, separandolo dai suoi sostenitori.

«Non deve andare per forza così» affermò Arlen, indietreggiando fino a ritrovarsi sul ciglio del fossato al centro della zona per le imboscate. Udì vagamente il sibilo di un demone della sabbia intrappolato là sotto.

«Posso farne molte altre, identiche a questa» continuò. «Una per ciascun *dal'Sharum*. È per questo che sono venuto.»

«Possiamo benissimo farlo da soli.» Jardir sorrise, il gelo sul volto barbuto, i denti che scintillavano alla luce della luna. «Tu non puoi essere il nostro salvatore. Tu sei solo un *chin*.»

«Non voglio battermi contro di te» disse Arlen.

«Allora non farlo, amico mio» rispose Jardir pacatamente. «Consegnami l'arma, poi prendi il cavallo, vattene all'alba e non tornare mai più.»

Arlen esitò. Era certo che i runieri di Krasia potevano riprodurre la lancia bene quanto lui. In brevissimo tempo, i krasiani avrebbero potuto ribaltare le sorti della loro Guerra Santa. Migliaia di vite salvate, migliaia di demoni uccisi. Che importava decidere a chi spettasse il merito?

Ma qui c'era in gioco ben più che il prestigio personale. La lancia non era un dono solo per Krasia, ma per *tutti* gli uomini. I krasiani avrebbero condiviso quella scoperta con gli altri? A giudicare dalla situazione in cui era finito, Arlen pensava di no.

«No» rispose. «Credo che dovrò tenermela ancora per un po'. Lascia che ne prepari una per te, e poi me ne andrò. Non mi rivedrai mai più, e avrai ottenuto ciò che desideravi.»

Jardir schioccò le dita, e gli uomini si strinsero attorno ad Arlen.

«Vi prego» scongiurò Arlen. «Non voglio fare del male a nessuno di voi.»

A quelle parole, i guerrieri scelti di Jardir scoppiarono a ridere. Avevano consacrato la loro intera esistenza alla lancia.

Ma altrettanto valeva per Arlen.

«Il vostro nemico sono i coreling!» gridò, mentre quelli partivano alla carica. «Non io!» Ma intanto che protestava, ruotò su se stesso, parò due affondi con l'asta della lancia e sferrò un violento calcio al costato di uno degli uomini, che rovinò addosso a un altro. Si gettò a capofitto nella mischia, mulinando la lancia come un bastone, deciso a non usarla mai di punta.

La vibrò in faccia a un guerriero e sentì rompersi la mascella, e proseguendo nello slancio ne abbatté la punta, di piatto, come un randello, sul ginocchio di un altro. Una lancia gli sibilò una spanna sopra la testa, mentre il guerriero si accasciava a terra urlando.

Ma a differenza di quando combatteva i coreling, ora l'arma pesava tra le mani di Arlen e l'energia illimitata che l'aveva sostenuto per tutto il Dedalo si era dissolta. Usata contro gli uomini, era un'arma come tutte le altre. Arlen la piantò a terra e spiccò un balzo per sferrare un calcio in volo alla gola di un avversario. Ne raggiunse un altro allo stomaco con il manico della lancia, facendolo piegare in due. La punta aprì uno squarcio nella coscia di un terzo, che lasciò cadere l'arma per tamponarsi con le mani la ferita. Arlen arretrò di fronte all'incalzare del contrattacco, portandosi a ridosso del fossato dei demoni in modo che non potessero circondarlo.

«Ti ho di nuovo sottovalutato, nonostante la promessa che ti avevo fatto» disse Jardir. A un suo cenno, altri uomini accorsero a dare man forte.

Arlen si batteva come un leone, ma non c'era alcun dubbio sull'esito finale dello scontro. Colpito alla tempia da un'asta, cadde a terra, e gli uomini gli si avventarono addosso con furia selvaggia, tempestandolo di colpi, finché non fu costretto a lasciare la lancia per proteggersi la testa con le braccia.

Il pestaggio cessò all'istante. Arlen fu issato in piedi, le mani bloccate dietro la schiena da due muscolosi guerrieri, e vide Jardir chinarsi a raccogliere la lancia. Il Primo Guerriero impugnò saldamente il suo trofeo e guardò Arlen negli occhi.

«Mi dispiace davvero, amico mio» gli disse. «Avrei preferito che non finisse così.»

Arlen gli sputò in faccia. «Everam sta assistendo al tuo tradimento!» gridò.

Jardir si limitò a sorridere, asciugandosi il volto. «Non parlare di Everam, *chin*. Sono io il suo Sharum Ka, non tu. Senza di me, Krasia cadrà. Chi piangerà per te, Par'chin? Non colmerai nemmeno un'ampolla di lacrime.»

Si rivolse agli uomini che reggevano Arlen. «Gettatelo nella fossa.»

Arlen non si era ancora ripreso dall'urto della caduta, quando la lancia sottile di Jardir sfrecciò giù, per conficcarsi oscillando nella polvere di fronte a lui. Alzando lo sguardo oltre i sei metri di parete del fossato, vide il Primo Guerriero che lo osservava.

«Hai vissuto con onore, Par'chin» disse Jardir. «Meriti di farti onore anche nella morte. Perisci combattendo, e ti risveglierai in paradiso.»

Arlen sbuffò, osservando il demone della sabbia dall'altro lato della fossa che si sollevava da terra per mettersi accucciato. Un cupo ruggito gli salì dalla gola, mentre snudava le schiere di denti acuminati.

Arlen si alzò, ignorando il dolore ai muscoli martoriati. Allungò adagio il braccio per prendere la lancia, senza staccare gli occhi da quelli del demone. Il suo atteggiamento, né aggressivo né timoroso, mandò in confusione la creatura, che si muoveva avanti e indietro sulle quattro zampe, incerta.

C'era un modo per uccidere un demone della sabbia, anche con una lancia senza le rune. I loro occhietti privi di palpebre ma normalmente protetti dalle creste ossute della fronte, si spalancavano completamente quando spiccavano il balzo. Un colpo mirato con precisione a quell'unico punto vulnerabile, se vibrato con forza sufficiente per penetrare fino al cervello, poteva ucciderli all'istante. Ma le ferite dei demoni si risanavano a una velocità prodigiosa, e un affondo impreciso o non abbastanza penetrante, non valeva che a renderli più feroci. Senza lo scudo, alla luce flebile della luna e delle lanterne a olio sulle mura, era un'impresa quasi impossibile.

Mentre il demone cercava di decifrare il suo comportamento, Arlen prese a muovere lentamente la punta della lancia sul terreno, per tracciare di fronte a sé delle rune di protezione sulla traiettoria che avrebbe seguito più probabilmente il coreling. La creatura avrebbe trovato rapidamente il modo di aggirarle, ma almeno Arlen avrebbe guadagnato tempo prezioso. Solco dopo solco, disegnò i simboli sulla terra battuta.

Il demone si riparò di nuovo sotto la parete della fossa, dove l'ombra proiettata dai lumi sovrastanti era più fitta. Le squame marrone chiaro si confondevano con il colore dell'argilla, rendendolo quasi invisibile. Si vedevano solo gli occhi neri, spalancati, che riflettevano la luce tenue.

Arlen si avvide in anticipo dell'attacco. Il demone fletté i muscoli contratti e si accucciò, caricando tutto il peso sulle zampe posteriori. Arlen fu attento a posizionarsi dietro alle rune già completate, poi abbassò gli occhi, come in segno di sottomissione.

Con un ringhio che si trasformò in ruggito, il coreling scattò contro di lui con i suoi quasi cinquanta chili di artigli, zanne e muscoli corazzati. Arlen attese che venisse a scontrarsi con le protezioni, e quando si attivarono con una fiammata, affondò con forza la lancia negli occhi esposti, sfruttando a suo vantaggio l'impeto del demone.

I krasiani, che assistevano da sopra, esultarono.

Prima che la vampata magica scaraventasse all'indietro la creatura urlante di dolore, Arlen sentì penetrare la lancia, ma non abbastanza in profondità. Guardò l'arma e si accorse che la punta si era spezzata. La vide brillare alla luce della luna, conficcata nell'occhio del demone, che riscuotendosi dal dolore si sollevava su due zampe. Con un colpo di artigli, riuscì a strapparsi la punta dall'occhio. Aveva già smesso di sanguinare.

Il coreling emise un flebile ringhio e prese a trascinarsi verso di lui, strisciando con il ventre sulla terra battuta del fossato. Arlen lo lasciò avvicinarsi, affrettandosi intanto a completare il suo semicerchio. Il demone balzò di nuovo all'attacco, e di nuovo le rune improvvisate fiammeggiarono, respingendo l'assalto. Arlen diede un altro affondo, cercando stavolta di indirizzargli la punta spezzata della lancia in fondo alle fauci, fino alle carni vulnerabili della gola. Ma il coreling fu più svelto: serrò le mandibole sulla lancia e gliela strappò dalle mani mentre veniva sbalzato di nuovo all'indietro.

«Per la Notte» imprecò Arlen. Il suo cerchio non era ancora completo e senza lancia non aveva speranze di riuscire a finirlo.

Il demone della sabbia, che stava appena riprendendosi dal colpo, fu colto completamente di sorpresa quando Arlen balzò oltre le protezioni per avventarglisi contro a mani nude. Un boato si levò dagli spettatori, di sopra.

Il coreling graffiava e mordeva, ma Arlen fu più svelto; gli si portò alle terga per insinuargli le braccia sotto le ascelle e intrecciargli le dita dietro alla testa. Drizzandosi in tutta la sua altezza, sollevò a mezz'aria il demone.

Arlen era più grosso e pesante, ma non poteva competere con la forza muscolare del demone che si dibatteva. Aveva muscoli solidi come le funi che usavano nelle cave di Miln, e con gli artigli posteriori minacciava di ridurgli a brandelli le gambe. Facendo oscillare la creatura di qua e di là, la mandò a sbattere contro la parete della fossa. Prima che quella potesse riprendersi dall'impatto, si fletté indietro e la sbatté di nuovo contro il muro. Sentendo che la sua presa cominciava ad allentarsi sotto la resistenza indemoniata della creatura, la scaraventò contro le rune con tutta la forza che aveva in corpo. La magia rischiarò la fossa, catapultando indietro il coreling, e Arlen recuperò in fretta la lancia e sgusciò subito dietro alle rune, prima che la bestiaccia si riprendesse.

Il demone furibondo si scagliò più volte contro le protezioni, ma Arlen aveva completato alla svelta il suo semicerchio improvvisato e si era portato con le spalle alla parete della fossa. C'erano dei buchi nella rete, ma sperava che fossero troppo piccoli perché il demone li scoprisse e riuscisse a intrufolarcisi.

Ma la speranza lo abbandonò un momento dopo, quando il coreling balzò sulla parete del fosso, piantando gli artigli nell'argilla. Cominciò ad avanzare lungo il muro verso Arlen, le fauci snudate grondanti di saliva.

Le rune tracciate frettolosamente da Arlen erano deboli e avevano un raggio di protezione ridotto, non molto più alto di quanto potesse saltare il demone. Il demone non ci avrebbe messo molto a capire che poteva superarle arrampicandosi più su.

Preparandosi al peggio, Arlen portò il piede al disopra della runa più vicina alla parete, interrompendone la magia. Tenne il piede a una spanna da terra, per non cancellare il disegno. Attese che il demone spiccasse il balzo, e solo allora ritrasse il piede, scoprendo la runa.

Il demone l'aveva superata appena a metà, quando si riattivò la rete che impediva il passaggio a qualsiasi coreling. Metà della creatura piombò all'interno del cerchio con Arlen. L'altra metà cadde fuori con un tonfo sordo.

Ridotto a un moncone senza la parte posteriore, il coreling continuò lo stesso a sferrare unghiate e morsi, mentre Arlen sgusciava via, tenendolo a bada con la lancia. Varcò le protezioni, lasciando intrappolato nel semicerchio il torso del demone, che ancora si dibatteva inzuppando la terra del suo icore nero.

Arlen alzò gli occhi e vide i krasiani che lo fissavano a bocca aperta. Con cupo cipiglio, si spezzò la lancia sul ginocchio. Ispirato dal demone, piantò una metà dell'asta spezzata in alto nel muro di morbida argilla del fossato. Si issò con tutte le forze, i bicipiti gonfi, e mentre saliva arcuò l'altro braccio per conficcare più su la seconda metà.

Pezzo a pezzo, Arlen scalò i sei metri di muro della fossa. Non si curò di quello che si lasciava alle spalle, né di quanto lo attendeva di sopra. Si concentrò soltanto sul compito immediato, ignorando il dolore bruciante dei muscoli, delle sue carni lacere.

Quando raggiunse la sommità della fossa, i krasiani si fecero indietro, guardandolo a occhi sbarrati. Molti invocavano Erevan, toccandosi la fronte e il cuore, mentre altri disegnavano rune nell'aria per proteggersi, come se fosse stato lui stesso un demone.

Le membra sfibrate dalla fatica, Arlen si issò in piedi con uno sforzo. Guardò con occhi annebbiati il Primo Guerriero. «Se mi vuoi morto» grugnì «dovrai uccidermi con le tue mani. Non resta più un coreling nel Dedalo per risparmiarti il compito.»

Jardir avanzò di un passo, ma il mormorio di disapprovazione che giunse dai suoi uomini lo fece esitare. Arlen si era dimostrato un vero guerriero. Ucciderlo sarebbe stato disonorevole.

Arlen contava proprio su quello, ma prima che gli uomini avessero il tempo di intervenire, Jardir scattò avanti e lo colpì alla tempia con l'impugnatura della lancia protetta.

Arlen crollò a terra, con il mondo che gli vorticava attorno e un ronzio nella testa, ma sputò e poggiò le mani a terra, spingendo con forza per cercare di risollevarsi. Alzò gli occhi in tempo per vedere Jardir scattare di nuovo. Avvertì il colpo della lancia di metallo in piena faccia, poi perse i sensi.

22
Esibirsi nei borghi

Anno 329 dR

Mentre camminavano, Rojer danzava, con quattro palline di legno dai colori brillanti che gli orbitavano attorno alla testa. Fare quei giochi di destrezza da fermo restava un'impresa al di sopra delle sue capacità, ma Rojer Mezzamano aveva una reputazione da difendere, e così aveva imparato ad aggirare quel limite, muovendosi con grazia e fluidità per mettere in condizione la mano mutilata di afferrare e rilanciare le palline.

A quattordici anni fatti, era ancora piccoletto, appena più alto di un metro e cinquanta, con i capelli color carota, gli occhi verdi e un viso rotondo, chiaro e coperto di lentiggini. Si abbassava e si riallungava e ruotava su se stesso, muovendo i piedi in sincronia con le palline. I suoi stivaletti morbidi con le cuciture sulle punte erano coperti dalla polvere della strada che alzava a nugoli. Erano costantemente avvolti da quel polverone che dava a ogni respiro il gusto della terra arida.

«A che serve, se non riesci a farlo da fermo?» chiese Arrick, irritato. «Sembri solo un dilettante, e al pubblico non piace respirare la polvere più di quanto piaccia a me.»

«Non è che dovrò esibirmi in mezzo alla strada» disse Rojer.

«Nei borghi può capitare» dissentì Arrick. «Lì non ci sono passerelle di legno.»

Rojer perse il ritmo, e Arrick si fermò, mentre il ragazzo cercava freneticamente di rimediare. Alla fine, riuscì a riprendere il controllo delle palline, ma Arrick seguitò a fare dei versi di disapprovazione.

«Senza passerelle di legno, come fanno a impedire ai demoni di sorgere dentro le mura?» chiese Rojer.

«Non ci sono nemmeno le mura» rispose Arrick. «Per mantenere una rete di protezione intorno anche a un piccolo borgo, ci vorrebbe una decina di runieri almeno. E se un villaggio ne ha un paio, più un apprendista, può già ritenersi fortunato.»

Rojer ingoiò il sapore di bile che gli era salito in bocca, in preda a un mancamento. Sentendosi echeggiare in testa le grida di oltre dieci anni prima, vacillò e cadde sul sedere, sommerso da una pioggia di palline. Batté rabbiosamente a terra la mano mutilata.

«Meglio se lasci a me le giocolerie e ti concentri su altre abilità» disse Arrick. «Se dedicassi al canto la metà del tempo che perdi in quegli esercizi, forse riusciresti a reggere almeno tre note, prima che ti si incrini la voce.»

«Tu hai sempre detto: "Un giullare che non sa fare giocolerie non è un vero giullare"» gli rammentò Rojer.

«Lascia perdere cosa ho detto!» replicò Arrick, brusco. «Credi che quel Jasin Ugola d'Oro dei miei stivali sia un buon giocoliere? Tu hai talento. Quando ti sarai fatto un nome, avrai degli apprendisti che faranno giocolerie al posto tuo.»

«Perché dovrei lasciar fare i miei numeri a qualcun altro?» chiese Rojer, mentre raccoglieva le palline e le riponeva in una saccoccia che portava alla cintura. Nel farlo, accarezzò il rigonfio rassicurante dell'amuleto, riposto al sicuro nella sua tasca segreta, e ne trasse conforto.

«Perché non è da quei bei giochetti che arrivano i soldi, ragazzo mio» rispose Arrick, bevendo un sorso di vino dall'otre sempre a portata di mano. «I giocolieri raccolgono solo klat. Fatti un nome, e guadagnerai oro sonante di Miln, come facevo io un tempo.» Bevve di nuovo; un sorso più lungo, stavolta. «Ma per farti un nome, devi esibirti nei borghi.»

«Ugola d'Oro non si è mai esibito nei borghi» disse Rojer.

«Per l'appunto!» esclamò Arrick, gesticolando vivacemente. «Ad Angiers potrà anche contare sull'influenza dello zio, ma nei borghi non ha nessuno. Quando ti sarai fatto un nome, lo seppelliremo!»

«Non può certo competere con Dolcecanto e Mezzamano» disse subito Rojer, citando per primo il nome del maestro, anche se le voci che circolavano ad Angiers negli ultimi tempi tendevano a porli nell'ordine inverso.

«Mai!» si esaltò Arrick, battendo i tacchi in un rapido giro di danza.

Rojer era riuscito a dirottare in tempo l'irritazione di Arrick. Da qualche anno a quella parte, il maestro era soggetto a scatti di collera sempre più frequenti, e con il crescere della fortuna di Rojer e il declinare della sua, beveva sempre di più. Il suo canto non era più così dolce, e lui lo sapeva.

«Quanto dista ancora il Salto del Grillo?» chiese Rojer.

«Dovremmo esser lì domani, verso l'ora di pranzo» rispose Arrick.

«Credevo che tra un borgo e l'altro non ci fosse mai più di un giorno di viaggio» disse Rojer.

Arrick sbuffò. «Il decreto del duca prescrive che tra un villaggio e l'altro non deve esserci più distanza di quella che può percorrere in un giorno un uomo *su un buon cavallo*» spiegò. «Se vai a piedi, è ovvio che ci metti di più.»

Rojer perse ogni speranza. Arrick aveva davvero intenzione di passare la notte per strada, senza altra difesa dai coreling che il vecchio cerchio portatile di Geral, inutilizzato da anni.

Ma ormai neppure Angiers era un luogo molto sicuro per loro. Vedendo crescere la loro popolarità, mastro Jasin si era accanito nell'intento di ostacolarli. L'anno prima, i suoi apprendisti avevano rotto un braccio ad Arrick, e sottratto loro più d'una volta i proventi degli spettacoli più grossi. Tra quello e la passione di Arrick per il vino e le prostitute, lui e Rojer avevano raramente più di due klat in saccoccia. Forse nei borghi avrebbero trovato davvero miglior fortuna.

Farsi un nome nei borghi era un rito di passaggio per i giullari, e finché erano al sicuro ad Angiers poteva sembrare una splendida avventura. Ora, invece, Rojer guardava il cielo con apprensione.

Seduto su un sasso, Rojer si stava cucendo sul mantello una toppa colorata. Come per gli altri vestiti, la stoffa originaria si era consumata da tempo, e a furia di rappezzarla ormai era costituita interamente da toppe.

«Disponi il cerchio, appena hai finito, ragazzo» disse Arrick, vacillando un po'. L'otre del vino era quasi vuoto. Vedendo il sole già basso, Rojer fece una smorfia e si affrettò a ubbidire. Il cerchio era piccolo, appena tre metri di diametro. Ci entravano giusto due uomini sdraiati con un fuoco nel mezzo. Rojer piantò un paletto al centro del campo e usò la cordicella di un metro e mezzo che vi era agganciata per tracciare un circolo preciso nel terreno. Attorno al perimetro, distese il cerchio portatile, usando un righello per assicurarsi che le tavolette con le protezioni fossero allineate correttamente, ma non essendo un runiere non poté essere certo di aver fatto tutto a regola d'arte.

Quando ebbe terminato, Arrick gli si avvicinò barcollando per esaminare l'opera.

«Shembra a poshto» biascicò il maestro, gettando appena un'occhiata al cerchio. Rojer sentì un brivido corrergli per la spina dorsale e riesaminò di nuovo tutto quanto una seconda e poi ancora una terza volta, per essere assolutamente sicuro. Ma mentre accendeva il fuoco per preparare la cena, con il sole ormai prossimo a tramontare, continuò a sentirsi inquieto.

Rojer non aveva mai visto un demone. O almeno, non ne aveva un ricordo chiaro. Aveva impressa per sempre nella memoria la zampa dai lunghi artigli che aveva sfondato la porta di casa dei suoi genitori, ma tutto il resto, persino il demone che lo aveva mutilato, non era che un nebuloso ammasso di fumo e denti e corna.

Il sangue gli si gelò nelle vene quando vide allungarsi sulla strada le ombre degli alberi. Non passò molto tempo prima che una forma spettrale emergesse dal suolo a poca distanza dal loro fuoco. Il demone del legno non era più grande di un uomo di media statura, con la pelle nodosa, simile a corteccia, tesa sui muscoli vigorosi. La creatura vide il loro fuoco e ruggì, arrovesciando indietro la testa cornuta e snudando le schiere di denti aguzzi. Fletté gli artigli, preparandosi a farne un uso letale. Altre sagome balenarono ai margini dello spazio rischiarato dal fuoco, e a poco a poco li circondarono.

Lo sguardo di Rojer guizzò su Arrick, che stava dando fondo al suo otre. Aveva sperato che il maestro, con le notti che aveva già passato nei cerchi portatili, si mostrasse calmo. Ma la paura che gli lesse negli occhi diceva tutto il contrario. Con mano tremante, Rojer pescò il talismano dalla tasca segreta e lo strinse forte.

Quando il demone del legno abbassò le corna e partì alla carica, qualcosa riaffiorò nella mente di Rojer, un ricordo rimosso da tempo. Di colpo, tornò a essere un bimbo di tre anni che affacciato di sopra alla spalla della madre osservava avvicinarsi la morte.

In quell'istante, rivide tutta la scena. Il padre che brandiva l'attizzatoio e si piantava davanti all'uscio insieme con Geral, per dare a sua madre e Arrick il tempo di fuggire con lui. Arrick che li spingeva da parte per precipitarsi verso la botola. Il morso che gli portava via le dita. Il sacrificio di sua madre.

"Ti voglio bene!"

Rojer strinse spasmodicamente l'amuleto e sentì attorno a sé lo spirito della madre, come fosse una presenza fisica. Vedendo accorrere verso di loro il coreling, si affidò alla sua protezione più che allo stesso cerchio di rune.

Il demone si abbatté come una furia sulle difese. Rojer e Arrick sobbalzarono quando la magia divampò. Per un breve istante, la rete di Geral sprigionò fiamme argentee nell'aria, e il coreling fu sbalzato all'indietro, tramortito.

Il sollievo ebbe vita breve. Il rumore e la luce attrassero l'attenzione di altri demoni del legno, che caricarono a turno, saggiando da ogni lato la tenuta della rete.

Ma le rune laccate di Geral resistettero agli attacchi. Uno per volta, o a gruppi, i demoni del legno furono respinti, costretti a girare in tondo rabbiosamente, nella vana ricerca di qualche punto debole.

Ma mentre i coreling insistevano nei loro attacchi furibondi, la mente di Rojer era altrove. Continuava a rivedere la morte dei suoi genitori, il padre divorato dalle fiamme, la madre che affogava il demone del fuoco, prima di calare lui, Rojer, nel rifugio sotterraneo. E continuava a rivedere Arrick che si faceva largo a spintoni per scappare.

Arrick era responsabile della morte di sua madre. Né più e né meno come se l'avesse uccisa con le sue mani. Rojer si portò alle labbra il talismano e baciò i rossi capelli materni.

«Che cos'hai in mano?» chiese Arrick a bassa voce, quando fu evidente che i demoni non sarebbero riusciti a sfondare le difese.

In qualsiasi altro momento, la scoperta del suo talismano avrebbe gettato nel panico Rojer. Ma adesso era in tutt'altro luogo, intento a rivivere quell'incubo e a cercare disperatamente di dargli un senso. Per oltre dieci anni, Arrick era stato per lui come un padre. Possibile che quei ricordi fossero davvero reali?

Aprì la mano e lasciò che Arrick vedesse la minuscola bambolina di legno, col suo ciuffetto di capelli rosso acceso. «La mia mamma» disse.

Arrick contemplò tristemente il pupazzetto, e qualcosa nella sua espressione rivelò a Rojer tutto ciò che voleva sapere. I suoi ricordi erano veritieri. Sentì salire una collera cieca e si contrasse, pronto ad avventarsi sul maestro, per scaraventarlo fuori dal cerchio, in pasto ai demoni.

Arrick abbassò gli occhi, si schiarì la gola e prese a cantare. La sua voce, inasprita dagli anni di bevute, ritrovò una parvenza della dolcezza di un tempo, quando intonò una tenera ninna nanna. Proprio come la vista di quel demone del legno, il canto ridestò la memoria di Rojer. D'un tratto, si ricordò di quando Arrick lo aveva tenuto fra le braccia in quello stesso cerchio in cui sedevano ora, e gli aveva cantato quella stessa ninna nanna mentre Ponterivo bruciava.

Come il talismano, la canzone lo avviluppò, ricordandogli tutto il conforto, la sicurezza che aveva infuso in lui quella notte. Arrick aveva agito da codardo, senza dubbio, ma aveva onorato la richiesta di Kally di prendersi cura di lui, anche a costo di perdere gli incarichi a corte e rovinarsi la carriera.

Rojer ripose l'amuleto nella tasca segreta e scrutò la notte, mentre cercava disperatamente di dare un senso alle immagini che gli riaffioravano alla mente a distanza di oltre un decennio.

A poco a poco il canto di Arrick si spense, Rojer riemerse dal suo stato contemplativo e si mise a radunare gli utensili da cucina. Ripassarono in un tegamino salsicce e pomodori, che accompagnarono con qualche pezzo di pane duro. Dopo cena, si esercitarono. Rojer tirò fuori il violino e Arrick si bagnò le labbra con le ultime gocce di vino nell'otre. Girati uno verso l'altro, fecero del loro meglio per ignorare i coreling in agguato fuori dal cerchio.

Rojer cominciò a suonare, e tutti i suoi dubbi e timori si dissolsero quando si lasciò assorbire completamente dal vibrare delle corde. Accennò appena una melodia, e quando si sentì pronto fece un cenno col capo ad Arrick. Lui lo seguì con un mormorio sommesso, e attese un nuovo segno per attaccare a cantare. Suonarono e cantarono così a lungo, ritrovando una perfetta armonia, affinata in anni di esercizio e di esibizioni insieme.

Parecchio tempo dopo, Arrick si interruppe bruscamente e si guardò attorno.

«Che c'è?» chiese Rojer.

«Non credo di aver sentito un solo demone attaccare le protezioni, da quando abbiamo cominciato» disse Arrick.

Rojer smise di suonare e scrutò la notte. Si rese conto che era vero, e non si spiegò come non se ne fosse accorto prima. I demoni del legno se ne stavano accucciati attorno al cerchio, immobili, ma quando Rojer ne guardò uno negli occhi, quello spiccò un balzo per assalirlo.

Rojer si ritrasse con un grido quando il coreling urtò le protezioni e fu proiettato indietro. La magia fiammeggiò tutto attorno a loro, scuotendo dal torpore il resto delle creature, che scattarono all'attacco.

«Era la musica!» esclamò Arrick. «La musica li teneva lontani!»

Vedendo l'espressione perplessa del ragazzo, Arrick si schiarì la voce e riprese a cantare.

La sua voce forte arrivava lontano, per un buon tratto di strada, coprendo i ruggiti dei demoni con il suo splendido suono, ma non aveva il minimo effetto sulla furia delle creature. Anzi, i coreling raddoppiarono gli strepiti e gli assalti a colpi di artigli sulla barriera, come se volessero disperatamente ridurlo al silenzio.

Arrick aggrottò le sopracciglia cespugliose e cambiò motivo, mettendosi a cantare l'ultima canzone che aveva provato con Rojer, ma i coreling continuarono a sferrare unghiate sulle protezioni. Rojer ebbe un sussulto di paura. E se i coreling avessero trovato un punto cedevole nella rete, com'era accaduto quando...

«Il violino, ragazzo!» gridò Arrick. Rojer abbassò gli occhi, stordito, al violino e all'archetto che stringeva ancora tra le dita. «Suonalo, idiota!» ordinò Arrick.

Ma la mano mutilata di Rojer tremava e l'archetto strappò dalla corda un gemito stridulo, come le unghie su una tavoletta d'ardesia. I demoni strillarono, arretrando di un passo. Incoraggiato, Rojer suonò note ancora più aspre e dissonanti che spinsero i demoni sempre più lontano. Ululavano e si stringevano la testa fra gli artigli delle mani, come se provassero dolore.

Ma non fuggirono. Indietreggiarono a poco a poco, fino a portarsi a una distanza sopportabile. E lì attesero, la luce del fuoco riflessa negli occhi neri.

Quella vista gelò l'entusiasmo di Rojer. Le bestiacce sapevano che non poteva continuare a suonare in eterno.

Arrick non aveva esagerato sostenendo che nei borghi avrebbero ricevuto un'accoglienza da eroi. Tra gli abitanti del Salto del Grillo non c'erano giullari, e molti si ricordavano ancora di Arrick dai tempi in cui era araldo del duca, un decennio prima.

C'era una piccola locanda per ospitare gli allevatori e i contadini che andavano e venivano da Findiselva e Val del Pastore, e lì vennero accolti senza nemmeno dover pagare per il vitto e l'alloggio. L'intera popolazione accorse ad assistere al loro spettacolo e consumò tanta birra da ripagare ampiamente il locandiere. In effetti, le cose andarono a meraviglia fino a quando non venne il momento di passare con il cappello.

«Una pannocchia?» insorse Arrick, sventolandola sotto il naso di Rojer. «Che cavolo ce ne facciamo di questa?»

«Potremmo sempre mangiarcela» buttò lì Rojer. Il maestro gli lanciò un'occhiataccia e seguitò a camminare avanti e indietro.

Il Salto del Grillo aveva fatto una buona impressione a Rojer. La gente era semplice e di buon cuore, e sapeva godersi la vita. Ad Angiers, la folla si accalcava per sentirlo suonare il violino, agitando la testa e battendo le mani, ma non aveva mai visto un pubblico così pronto a lanciarsi nelle danze come gli abitanti del Salto. Non aveva fatto in tempo a estrarre lo strumento dalla custodia, che quelli già si spostavano per fare spazio in sala. Di lì a poco, turbinavano e piroettavano e scoppiavano in risate fragorose, presi completamente dal trasporto della sua musica.

Piangevano senza pudore alle tristi ballate di Arrick, ed erompevano in risate isteriche alle battute licenziose e alle pantomime. Per Rojer erano il miglior pubblico che si potesse mai pretendere.

Alla fine della recita, i cori d'inneggiamento a "Dolcecanto e Mezzamano!" furono assordanti. Furono sommersi dalle offerte di ospitalità, da cibo e vino a profusione. Rojer venne trascinato dietro a un fienile da un paio di fanciulle locali dagli occhi corvini, e soffocato di baci fino fargli girare la testa.

Arrick era molto meno entusiasta.

«Come ho fatto a dimenticarmi di quest'andazzo?» si lamentò.

Si riferiva, naturalmente, al cappello delle offerte. Nei borghi non circolava moneta, o non abbastanza. Quel poco che c'era serviva per i beni di prima necessità, le sementi, gli attrezzi, i pali di protezione. C'era un paio di klat, annidati in fondo al cappello, ma non sarebbero bastati nemmeno a pagare il vino che si era bevuto Arrick nel viaggio da Angiers. Perlopiù, gli abitanti del Salto pagavano in cereali, e alle volte poteva scapparci anche un sacchetto di sale o di spezie.

«Il baratto!» imprecò Arrick, come fosse una parolaccia. «Non c'è vinaio in tutta Angiers che accetterà in pagamento un sacco di orzo!»

Ma la gente del Salto non aveva offerto solo granaglie. Avevano donato carne salata e pane fresco, un corno colmo di panna rappresa e un cestino di frutta. Trapunte calde. Toppe nuove per i loro stivali. Qualsiasi bene di cui potevano separarsi veniva elargito con riconoscenza. Rojer non aveva più mangiato così bene dai tempi in cui erano al palazzo del duca, e con tutta la sua buona volontà non riusciva a comprendere lo sconforto del maestro. A cosa serviva la moneta, se non a comprare quelle stesse cose che gli abitanti del borgo offrivano in abbondanza?

«Almeno avevano il vino» mugugnò Arrick. Rojer lanciò un'occhiata apprensiva all'otre mentre il maestro dava una sorsata, sapendo che avrebbe solo aggravato il suo avvilimento, ma non disse nulla. Non c'era quantità di vino capace di stravolgere Arrick più di un'esortazione a berne di meno.

«Mi è piaciuto quel posto» azzardò Rojer. «Mi ci sarei fermato più a lungo.»

«Che ne sai tu?» sbottò Arrick. «Sei solo uno stupido moccioso.» Grugnì come se avesse avuto una fitta. «A Findiselva non andrà meglio» si lagnò, scrutando la strada di fronte a loro «e Valle Tosamontone sarà il peggio del peggio! Che diavolo avevo in testa, a volermi tenere questo stupido cerchio?»

Tirò un calcio alle preziose tavolette del cerchio portatile, scombinando le rune, ma non parve farci caso o preoccuparsene, mentre barcollava ebbro attorno al fuoco.

Rojer trasalì. Mancava ormai poco al tramonto, ma lui non fiatò e si precipitò a rimediare al danno, lanciando occhiate timorose all'orizzonte.

Riuscì a finire appena in tempo. I coreling cominciarono a sorgere mentre lui stava ancora stendendo bene la corda. Si gettò indietro con un grido quando il primo demone lo attaccò e le rune sprigionarono una fiammata.

«Bestiaccia dannata!» urlò Arrick al demone che lo stava caricando. Il giullare ubriaco sollevò il mento in un gesto di sfida e ridacchiò quando il demone si schiantò contro la rete di protezione.

«Maestro, ti prego» lo implorò Rojer, prendendolo per un braccio per trascinarlo verso il centro dell'anello.

«Oh, Mezzamano la sa più lunga, adesso?» chiese, sfottente. Divincolò il braccio con uno strattone che per poco non lo fece cadere. «Quel povero ubriacone di Dolcecanto non sa tenersi lontano dalle grinfie dei coreling?»

«Non è così» protestò Rojer.

«E allora com'è?» ribatté Arrick. «Solo perché le folle ti acclamano, credi che varresti qualcosa senza di me?»

«No.»

«Puoi dirlo forte» mormorò Arrick. Bevve un'altra sorsata e si allontanò vacillando.

Con la gola serrata, Rojer pescò il talismano dalla sua tasca segreta. Strofinò il pollice sul legno liscio e i capelli serici, cercando di evocarne il potere.

«Ecco, bravo, chiama la mamma!» gridò Arrick voltandosi e indicando la bambolina. «E tanto peggio per chi ti ha allevato, per chi ti ha insegnato tutto quello che sai fare! Io ho sacrificato la mia vita per te!»

Rojer strinse più forte l'amuleto e percepì la presenza della madre, ne riudì le ultime parole. Ripensò a come Arrick l'aveva scaraventata a terra e un nodo di rabbia gli salì alla gola. «No» rispose. «Tu sei stato l'unico a non sacrificarla.»

Scuro in volto, Arrick avanzò verso il ragazzo. Rojer si fece indietro, ma il cerchio era piccolo e non c'era spazio per sfuggirgli. Fuori dal circolo, i demoni si aggiravano famelici.

«Dammi quell'affare!» gridò rabbioso Arrick, cercando di strappargli di mano l'amuleto.

«È mio!» si oppose Rojer. Lottarono per qualche istante, ma Arrick era più grosso e forte, e aveva due mani sane. Alla fine, riuscì a togliergli il talismano, e lo gettò nel fuoco.

«No!» urlò Rojer, lanciandosi verso le fiamme, ma ormai era troppo tardi. I capelli rossi presero subito fuoco, e prima che lui riuscisse a trovare un rametto per ripescare la bambolina, divampò anche il legno. Rojer s'inginocchiò a terra e lo guardò bruciare, sconvolto. Le mani gli cominciarono a tremare.

Arrick lo ignorò e barcollò verso un demone del legno che stava accovacciato appena fuori dal cerchio e sferrava colpi d'artiglio alle protezioni. «È colpa vostra se mi sono ridotto così!» sbraitò. «È colpa vostra se mi hanno appioppato questo moccioso ingrato e ci ho rimesso pure l'incarico! È tutta colpa vostra!»

Il coreling gli urlò contro, scoprendo i denti affilati come rasoi. Per tutta risposta, Arrick ruggì e scagliò l'otre del vino in testa alla creatura. L'otre si squarciò e tutti e due furono investiti dagli spruzzi di vino rosso sangue e dai brandelli di pelle conciata.

«Il mio vino!» gemette Arrick quando si rese conto di quello che aveva fatto. Avanzò per varcare le protezioni, come se avesse potuto rimediare in qualche modo al danno.

«Maestro, no!» gridò Rojer. Si lanciò verso di lui con un ruzzolone e con la mano buona lo afferrò per i capelli raccolti in una coda di cavallo, mentre gli sferrava un calcio nel cavo delle ginocchia. Trascinato via dalle protezioni, Arrick rovinò all'indietro, addosso all'apprendista.

«Levami quelle manacce di dosso!» urlò Arrick, senza rendersi conto che Rojer gli aveva appena salvato la vita. Si aggrappò alla camicia del ragazzo per risollevarsi sulle gambe malferme, e finì per spingerlo fuori dal cerchio.

Coreling e umani rimasero impietriti per un momento. La consapevolezza di quanto stava accadendo balenò sul viso di Arrick solo quando un demone del legno lanciò un grido e si piegò sulle zampe per gettarsi contro il ragazzo.

Rojer arretrò urlando, ma non sarebbe mai riuscito a ripararsi dietro le rune in tempo. Sollevò le mani nel vano tentativo di parare l'assalto della creatura, ma prima che il coreling gli piombasse addosso, risuonò un grido, e Arrick si avventò sul demone, sbalzandolo via.

«Torna dentro al cerchio!» urlò Arrick. Il demone ruggì e rispose con un colpo violento che fece volare in aria il giullare. Cadde a terra con un rimbalzo, ma nella foga di rialzarsi una gamba gli si impigliò nella corda del cerchio portatile e trascinò le tavolette fuori allineamento.

Da tutto attorno alla radure, altri coreling presero a correre verso la breccia. Rojer capì che non avevano più scampo. Il primo demone tornò alla carica, ma Arrick riuscì a intercettarlo e a scansarlo.

«Il violino!» gridò. «Puoi scacciarli con quello!» Ma mentre pronunciava quelle parole, il demone gli affondò gli artigli nel petto, e un fiotto di sangue gli sgorgò dalle labbra.

«Maestro!» urlò Rojer. Guardò il violino, perplesso.

«Salvati!» gemette Rojer, un attimo prima che il demone gli squarciasse la gola.

Quando infine l'alba ricacciò i demoni nel Fulcro, Rojer aveva le dita della mano buona lacere di tagli e sanguinanti. Gli ci volle un notevole sforzo per distenderle e staccarle dal violino.

Aveva suonato per tutta la notte, rannicchiato al buio quando il fuoco si era spento, diffondendo nell'aria le note più dissonanti per tenere alla larga i coreling, che sapeva in agguato nelle tenebre.

Non c'era stata nessuna bellezza in quei suoni, nessuna melodia da cui lasciarsi rapire, ma solo stridori e dissonanze; nulla che potesse distogliere i suoi pensieri dall'orrore che lo circondava. Adesso, vedendo che del suo maestro non restavano che pochi brandelli di carne e di abiti sanguinolenti sparsi qua e là, l'orrore lo colse di nuovo e cadde in ginocchio, in preda ai conati.

Dopo un po', smise di vomitare e si guardò le mani rattrappite e insanguinate, fermandone il tremore con uno sforzo di volontà. Era rosso e accaldato, ma il viso esangue era freddo, all'aria del mattino. Aveva ancora lo stomaco in subbuglio, ma non gli restava più nulla da rigettare. Si asciugò la bocca con la manica della veste variopinta e si costrinse a rialzarsi.

Cercò di radunare i resti di Arrick per dargli una sepoltura, ma ne rimaneva ben poco. Una ciocca di capelli. Uno stivale squarciato per estrarne la carne che conteneva. Sangue. I coreling non disdegnavano le ossa né le interiora, e avevano banchettato con furia selvaggia.

I Predicatori insegnavano che i coreling divoravano anima e corpo delle loro vittime, ma Arrick aveva sempre sostenuto che in fatto di bugie i Sant'Uomini battevano perfino i giullari, e il suo maestro ne sapeva sparare di grosse. Rojer pensò al talismano, e alla sensazione della presenza di sua madre che gli aveva procurato. Come avrebbe potuto sentirla, se i coreling ne avevano consumato l'anima?

Guardò le ceneri del fuoco, ormai fredde. La bambolina era lì, annerita e spaccata, ma quando la prese, gli si sbriciolò fra le dita. Poco distante, nella polvere, vide i resti della coda di cavallo di Arrick. Rojer raccolse i capelli, ormai più grigi che biondi, e se li mise in tasca.

Si sarebbe fatto un nuovo talismano.

Con suo notevole sollievo, Rojer giunse in vista di Findiselva molto prima dell'imbrunire. Non credeva che avrebbe avuto la forza di passare un'altra notte all'aperto.

Aveva pensato di tornarsene al Salto del Grillo e chiedere a qualche messaggero un passaggio per rientrare ad Angiers, ma così avrebbe dovuto raccontare e spiegare quanto era successo, e non si sentiva pronto a farlo. D'altronde, cosa poteva offrirgli

Angiers? Senza una licenza, non poteva esibirsi, e Arrick si era inimicato tutti coloro con cui Rojer avrebbe potuto completare l'apprendistato. Meglio restarsene ai confini del mondo, dove nessuno lo conosceva e la gilda non poteva rintracciarlo.

Come il Salto del Grillo, Findiselva era piena di gente semplice e cordiale, troppo contenta per fare domande sulla sorte che aveva condotto un artista fino al loro villaggio.

Rojer ne accettò con gratitudine l'ospitalità. Si sentiva un impostore, spacciandosi per un giullare quando in realtà era solo un apprendista senza licenza, ma non pensava che gli abitanti del villaggio ci avrebbero badato più di tanto, se l'avessero scoperto. Avrebbero rinunciato per quello a danzare al suono del suo violino, o a ridere delle sue pantomime?

Ma Rojer non si azzardò a pescare le palline colorate dal sacco delle meraviglie, e declinò ogni invito a cantare. Si diede invece alle acrobazie, fece giravolte e camminò sulle mani, ricorrendo a tutti numeri del suo repertorio per dissimulare carenze e lacune.

Gli abitanti di Findiselva non pretesero di più da lui, e per allora tanto bastò.

23
Rinascita

Anno 328 dR

Toccato dalla vivida luce del sole, Arlen riprese i sensi. Alzò la testa, il volto incrostato di sabbia, e sputò la polvere che aveva in bocca. Si sollevò faticosamente in ginocchio e si guardò attorno, ma non vide altro che sabbia.

Lo avevano portato fuori, tra le dune, e abbandonato lì a morire.

«Vigliacchi!» gridò. «Lasciare il compito al deserto non vi assolve dal vostro crimine!»

Vacillante sulle ginocchia, cercò di trovare la forza di alzarsi, ma tutto il suo corpo gli urlava di adagiarsi sulla sabbia e morire. Gli girava la testa.

Era venuto per aiutare i krasiani. Come avevano potuto tradirlo a quel modo?

"Non mentire a te stesso" gli disse una voce nella sua testa. "Nemmeno tu ti sei risparmiato i tradimenti. Sei fuggito da tuo padre quando aveva più bisogno di te. Hai abbandonato Cob prima di terminare l'apprendistato. Hai lasciato Elissa e Ragen senza degnarli nemmeno di un abbraccio. E Mery…"

"Chi piangerà per te, Par'chin?" gli aveva chiesto Jardir. "Non colmerai nemmeno un'ampolla di lacrime."

E aveva ragione.

Se fosse morto lì, Arlen lo sapeva bene, probabilmente gli unici ad accorgersene sarebbero stati i mercanti, più preoccupati per i profitti mancati che per la sua vita. Forse era quel che si meritava per avere abbandonato tutti coloro che gli avevano voluto bene. Forse *doveva* semplicemente accasciarsi e morire.

Le ginocchia non lo reggevano più. La sabbia sembrava attrarlo giù per accoglierlo nel suo caldo abbraccio. Era quasi sul punto di cedere, quando gli cadde l'occhio su qualcosa.

A pochi metri da lui, un otre per l'acqua giaceva sulla sabbia. La coscienza aveva finito per prevalere sulla spietatezza di Jardir, o magari era stato uno dei suoi uomini a impietosirsi per la sorte del messaggero tradito?

Arlen si trascinò fino all'otre e ci si aggrappò come a un'ancora di salvezza. Forse, in fondo, c'era qualcuno che lo aveva a cuore.

Ma quello non cambiava di molto le cose. Anche se fosse tornato a Krasia, nessuno avrebbe creduto alla parola di un *chin* contro quella dello Sharum Ka. A un ordine di Jardir, i *dal'Sharum* avrebbero ucciso Arlen senza la minima esitazione.

"Perciò, dovresti fargli tenere la lancia per cui hai rischiato la vita?" si chiese. "Lasciare che si tengano Baleno dell'Alba, i cerchi portatili e tutto ciò che ti appartiene?"

A quel pensiero, Arlen si tastò la vita e scoprì con sollievo che non aveva perduto ogni cosa. La semplice sacca di pelle che portava alla cintura durante la battaglia nel Dedalo era ancora lì, intatta. Ci custodiva un minimo di strumenti per disegnare le rune, il sacchettino delle erbe… e il suo taccuino.

Il quaderno cambiava ogni cosa. Arlen aveva perduto gli altri libri, ma tutti quelli messi insieme non valevano quanto il suo taccuino. Dal giorno in cui aveva lasciato Miln, Arlen aveva copiato sul libriccino tutte le rune nuove che aveva appreso.

Comprese quelle cesellate sulla lancia.

"Si tengano pure quel dannato arnese, se lo vogliono tanto, pensò. Io posso fabbricarmene un'altra."

Si issò in piedi con uno sforzo. Prese l'otre scaldato dal sole e si concesse una breve sorsata, poi se lo mise a tracolla e salì in cima alla duna più vicina.

Schermandosi gli occhi con la mano, riuscì a distinguere in lontananza Krasia, come un miraggio, orientandosi così per raggiungere l'Oasi dell'Alba. Senza cavallo, avrebbe dovuto viaggiare per una settimana, dormendo in mezzo al deserto privo di protezioni. L'acqua sarebbe finita presto, ma non avrebbe fatto granché differenza. I demoni della sabbia l'avrebbero ucciso ben prima della sete.

Camminando, Arlen masticava una radice di levistico. Era così amara da dargli il voltastomaco, ma lui era coperto di graffi dei demoni e quella medicina aiutava a scongiurare le infezioni. Non solo, ma senza cibo di sorta, anche la nausea era preferibile ai morsi della fame.

Beveva con parsimonia, per quanto avesse la gola secca e gonfia. Si era legato in testa la camicia per proteggersi dal sole, e aveva la schiena esposta. La pelle, già costellata di lividi gialli e blu per il pestaggio ricevuto, adesso era anche arrossata dal sole rovente. Ogni passo era un supplizio.

Arlen continuò a camminare fin quasi al tramonto. Gli sembrava di non essere avanzato minimamente, ma la lunga scia di orme spazzate dal vento alle sue spalle era la prova della distanza sorprendente che aveva già percorso.

Giunse la notte, portando con sé i coreling e un freddo pungente. Entrambe le minacce sarebbero bastate a ucciderlo, perciò Arlen se ne difese seppellendosi nella sabbia per preservare il calore accumulato dal corpo e nascondersi dai demoni. Strappò un foglio dal quaderno e lo arrotolò ben stretto, ricavandone un tubicino sottile per poter respirare, ma aveva lo stesso la sensazione di soffocare, disteso là sotto, insieme al terrore che i coreling riuscissero a stanarlo. Quando il sole sorse e riscaldò le dune, si disseppellì dalla sua tomba di sabbia e si rimise in cammino, vacillante, con l'impressione di non aver riposato un istante.

Andò avanti così, giorno dopo giorno, notte dopo notte. A ogni giornata che trascorreva senza cibo, senza un buon riposo e con appena qualche goccia d'acqua per resistere alla sete, diventava sempre più debole. Aveva la pelle screpolata a sangue, ma continuava a camminare, incurante delle piaghe. Il sole batteva inesorabile, e l'orizzonte piatto non si avvicinava mai.

A un certo punto, perse gli stivali. Non sapeva neanche lui come né quando. I piedi, scottati dalla sabbia rovente, erano pieni di vesciche insanguinate. Strappò via le maniche della camicia per fasciarseli.

Cadeva sempre più di frequente; a volte si rialzava subito, ma in altri casi perdeva i sensi e si risollevava minuti o persino ore più tardi. Certe volte, cadendo, gli capitò di ruzzolare fino in fondo a una duna. Sfinito, la prendeva come una fortuna che gli aveva risparmiato la sofferenza di camminare fin lì.

Quando esaurì la riserva d'acqua, aveva ormai perso il conto dei giorni. Era sempre sulla pista del deserto, ma non aveva idea di quanta strada gli restasse da percorrere. Aveva le labbra riarse, spaccate, e perfino le piaghe e le vesciche avevano smesso di trasudare, come se dal suo corpo fosse evaporato ogni liquido.

Cadde di nuovo, e lottò per trovare una buona ragione per rialzarsi.

Arlen si svegliò di soprassalto, con il viso bagnato. Era notte, e questo avrebbe dovuto colmarlo di terrore, ma gli mancava persino la forza di avere paura.

Abbassò gli occhi e vide che aveva dormito con il volto posato sul ciglio della pozza nell'Oasi dell'Alba, una mano immersa nell'acqua.

Si chiese come fosse arrivato fin lì. L'ultima cosa che ricordava... non aveva nemmeno più idea di quale fosse. Il viaggio attraverso il deserto era solo una sequenza di scene confuse, ma ormai poco importava. Ce l'aveva fatta. Quella era l'unica cosa che contava. Tra gli obelischi protetti dell'oasi, era al sicuro.

Arlen bevve con avidità dalla polla d'acqua. Pochi istanti dopo, la rivomitò tutta, e allora si costrinse a bere più adagio, a piccoli sorsi. Quando ebbe placato la sete, chiuse di nuovo gli occhi e dormì profondamente per la prima volta da più di una settimana.

Al suo risveglio, attinse a man bassa dalle riserve dell'oasi. Le provviste non si limitavano al cibo: c'erano coperte, erbe officinali, un equipaggiamento di riserva per fabbricarsi le protezioni. Troppo debole per procacciarsi il cibo, andò avanti per diversi giorni con le provviste essiccate, usando l'acqua fresca per bere e detergersi le ferite. Poi cominciò a raccogliere la frutta fresca. Dopo una settimana, era abbastanza in forze per pescare. Dopo due, poteva reggersi bene in piedi e stirare i muscoli senza più dolore.

Le provviste disponibili nell'oasi sarebbero bastate a portarlo fuori dal deserto. Poteva uscirne mezzo morto, dopo essersi trascinato per giorni attraverso le piane d'argilla riarse, ma almeno ci sarebbe arrivato mezzo vivo.

Nei depositi dell'oasi c'erano anche diverse lance, ma confronto alla magnifica arma di metallo che aveva perso, il legno affilato sembrava miseramente inadeguato. Senza un solido strato di lacca per fissare i simboli, le rune incise si sarebbero rovinate al primo affondo nelle scaglie dure dei coreling.

Che fare, allora? Conosceva rune capaci di fulminare a morte i demoni, ma a cosa gli sarebbero servite, senza un'arma su cui cesellarle?

Contemplò l'idea di dipingere le rune d'attacco sulle pietre. Avrebbe potuto scagliarle addosso ai coreling, o persino colpirli con quelle a distanza ravvicinata…

Si mise a ridere. Se doveva arrivare così vicino a un demone, tanto valeva dipingersi le rune direttamente sulle mani.

La sua risata si spense al germogliare di quell'idea. Che potesse funzionare? In quel modo, avrebbe avuto un'arma che nessuno poteva rubargli, un'arma che nessun demone poteva strappargli di mano, un'arma da cui non si sarebbe separato mai.

Arlen tirò fuori il quaderno e studiò le rune che guarnivano la punta della lancia e quelle all'estremità del manico. Erano tutte rune offensive, mentre quelle difensive erano cesellate lungo l'asta. Notò che i simboli sull'impugnatura non formavano una linea che li collegava agli altri, come facevano invece quelli intorno alla punta. Erano simboli indipendenti, ripetuti sulla circonferenza della lancia e sull'estremità piatta. Forse la differenza era che un tipo serviva a tagliare e l'altro a percuotere.

Mentre il sole andava calando, Arlen copiò sul terreno la runa da percussione, ripetendola più volte, finché non fu certo di padroneggiarla. Allora prese un pennello e un vasetto di vernice dal suo equipaggiamento da viaggio e con molta cura si dipinse la runa sul palmo della mano sinistra. Ci soffiò sopra delicatamente per farla asciugare.

Dipingere sulla destra era più complicato, ma Arlen sapeva per esperienza che con la debita concentrazione poteva disegnare altrettanto bene con la sinistra, anche se l'operazione richiedeva più tempo.

Quando scese il crepuscolo, Arlen fletté cautamente le mani per assicurarsi che la vernice non si crepasse o spellasse nel movimento. Soddisfatto della sua tenuta, si avvicinò agli obelischi di pietra che proteggevano l'oasi e osservò i demoni che si aggiravano attorno alla barriera, fiutando una preda che non potevano raggiungere.

Il primo coreling ad avvedersi di lui fu un esemplare non troppo degno di nota: un demone della sabbia appena più alto di un metro, con lunghe braccia e zampe muscolose rattrappite. Quando incrociò lo sguardo di Arlen, prese ad agitare di qua e di là la coda dentata.

Un istante dopo, si lanciò contro la rete di protezione. Come lo vide spiccare il balzo, Arlen si scostò di lato e tese la mano, oscurando parzialmente due rune. La rete si ruppe e il coreling ruzzolò dentro, sorpreso di non avere incontrato la minima resistenza. Arlen ritrasse subito la mano per ripristinare la rete. Comunque andassero le cose, il demone non ne sarebbe uscito vivo. O avrebbe trovato la morte combattendo con Arlen, o se lo avesse ucciso sarebbe morto comunque al sorgere del sole, non potendo più sfuggire alle potenti protezioni dell'oasi.

Il demone si raddrizzò e si volse, soffiando mentre snudava le schiere di denti. Prese a girare intorno ad Arlen, tendendo i muscoli nodosi mentre faceva guizzare la coda. Poi, con un ruggito felino, spiccò un nuovo balzo.

Arlen lo affrontò di petto, le mani tese con i palmi in fuori, le braccia più lunghe di quelle del demone. L'addome squamato della creatura urtò le rune con una fiammata e il coreling fu sbalzato indietro, ululante di dolore. Si schiantò violentemente al suolo, e Arlen vide le esili volute di fumo che esalavano dal punto d'impatto. Sorrise.

Il demone si rialzò e ricominciò a girargli intorno, ora con più cautela. Non era abituato a vedersela con prede capaci di contrattaccare, ma riprese presto coraggio e si lanciò di nuovo all'assalto.

Arlen lo afferrò per i polsi e si lasciò cadere all'indietro, per sferrargli un calcio nello stomaco e farlo volare sopra di sé. Nel momento del contatto, vide fiammeggiare le rune e sentì la potenza della magia in azione. Non ne fu ustionato, anche se la carne del coreling sfrigolò nella sua presa, ma sentì un formicolio di energia nelle mani, come se si fossero intorpidite per mancanza di circolazione. La sensazione gli risalì per le braccia come un brivido.

Si rialzarono rapidamente entrambi, e Arlen rispose al ruggito del coreling con uno dei suoi. Il demone si leccò i polsi ustionati, cercando di placare il dolore, e Arlen gli lesse negli occhi un certo riluttante rispetto. Rispetto e paura. Stavolta, il predatore era *lui*.

Quell'eccesso di sicurezza rischiò di essergli fatale. Il demone gli si avventò contro urlando e stavolta Arlen fu troppo lento a reagire. I neri artigli gli rigarono il petto, mentre cercava di rigirarsi per schivare il colpo.

Sferrò un pugno alla disperata, dimenticandosi che le rune erano disegnate sui palmi. Si scorticò a sangue le nocche sulle scaglie taglienti del coreling, ma il colpo ebbe scarso effetto. Con un violento manrovescio, il demone lo spedì lungo disteso a terra.

Nei momenti critici che seguirono, Arlen scartò e ruzzolò per sfuggire alle unghiate, ai denti acuminati, alle sferzate della coda uncinata. Fece per rialzarsi, ma il demone scattò come una molla per piombargli addosso e inchiodarlo a terra. Arlen riuscì a insinuare un ginocchio tra loro per tenere indietro la creatura, ma gli arrivò in faccia una zaffata di alito fetido quando quella chiuse di scatto le mandibole a una spanna dal volto.

Arlen digrignò i denti a sua volta, mentre serrava le mani a pressa sulle orecchie del demone. La vampata delle rune strappò al coreling un urlo di dolore, ma Arlen non allentò la presa. La luce crebbe d'intensità e dalla morsa cominciò a sprigionarsi il fumo. Il demone si dibatteva furiosamente, graffiandolo con gli artigli, nel disperato tentativo di liberarsi.

Ma ormai Arlen lo aveva in pugno e non intendeva mollarlo. Più continuava a serrarlo nella morsa, più s'intensificava il formicolio alle mani, come se la forza crescesse senza sosta. Schiacciò il cranio della creatura tra le due mani e restò sbalordito vedendo che si avvicinavano, come avessero premuto su una materia molle, prossima a liquefarsi.

La resistenza del coreling perse vigore e Arlen ne approfittò per ribaltare la situazione, rotolando di lato. Adesso era lui a inchiodare a terra l'avversario. Il demone gli serrò debolmente gli artigli sulle braccia per cercare di respingerlo, ma ormai non aveva speranza. Con un'ultima flessione dei muscoli, Arlen portò le due mani a congiungersi, stritolando la testa del coreling in un'esplosione raccapricciante.

24

Aghi e inchiostro

Anno 328 dR

Quella notte, Arlen non riuscì a dormire, ma non fu a causa delle ferite che pulsavano dolorosamente. Per tutta la vita aveva sognato gli eroi narrati dai giullari che indossavano le armature e combattevano i coreling con armi protette dalle rune. Quando aveva trovato la lancia, aveva pensato che quel sogno fosse a portata di mano, ma mentre cercava di afferrarlo, gli era sfuggito dalle dita. Poi si era imbattuto in qualcosa di nuovo.

Nulla, neppure quella notte nel Dedalo in cui si era sentito invincibile, era paragonabile alla sensazione di affrontare un coreling sul suo stesso terreno e sentire in corpo il fremito della magia che divampava per ucciderlo. Era smanioso di riprovare quella sensazione, e questa smania gettava una luce nuova sui desideri che lo avevano animato fino ad allora.

Ripensando ai giorni trascorsi a Krasia, si rese conto che non era stato poi così generoso come aveva creduto. Al di là di quanto aveva raccontato a se stesso, in realtà non si sarebbe mai accontentato di essere un armaiolo, o un guerriero fra i tanti. Lui ambiva alla gloria. Alla fama. Voleva passare alla storia come l'uomo che aveva riportato gli uomini a combattere.

"Come il Liberatore, insomma?"

Quel pensiero lo turbò. Perché la salvezza dell'umanità avesse davvero un senso, perché fosse durevole, doveva essere opera di tutti quanti, non di un uomo solo.

Ma l'umanità *voleva* davvero essere salvata? Ne era degna? Arlen non lo sapeva più. Gli uomini come suo padre avevano perduto ogni volontà di combattere, si accontentavano di nascondersi dietro alle protezioni, e dopo quanto aveva visto a Krasia, e quanto ora vedeva in se stesso, Arlen cominciava a dubitare anche di coloro che quella volontà non l'avevano smarrita.

Tra Arlen e i coreling non ci sarebbe mai stata pace. In cuor suo, sapeva che non si sarebbe mai più potuto sedere al sicuro dietro alle rune a guardarli danzare, ora che aveva un'altra scelta. Ma chi sarebbe stato pronto a combattere al suo fianco? Il solo accennare a quel proposito gli era costato un ceffone dal padre, i rimproveri di Elissa, il ripudio di Mery e quasi la morte per mano dei krasiani.

Fin da quella notte fatidica in cui aveva visto Jeph che assisteva all'uccisione della moglie restandosene al sicuro dietro le protezioni del portico, Arlen aveva capito che l'arma più potente a favore dei coreling era la paura. Ciò che non aveva compreso era che la paura aveva molteplici forme. Per quanto cercasse con ogni mezzo di convincersi del contrario, Arlen aveva il terrore di rimanere solo. Voleva che qualcuno, poco importava chi, credesse in quello che lui faceva. Qualcuno con cui e per cui combattere.

Ma non c'era nessuno. Ora lo sapeva. Se voleva compagnia, doveva tornare nelle città e accettarne le regole senza discutere. Se voleva combattere, doveva farlo da solo.

Quel senso esaltante di potenza che aveva appena assaporato finì per dissolversi. Si raggomitolò su se stesso, le braccia attorno alle ginocchia, e scrutò il deserto, cercando una strada che non esisteva nemmeno.

Arlen si alzò al sorgere del sole e andò alla polla d'acqua per detergersi le ferite. Le aveva ricucite e curate con cataplasmi di erbe prima di andare a dormire, ma con le ferite dei coreling la prudenza non era mai troppa. Mentre si sciacquava la faccia con l'acqua fresca, gli cadde l'occhio sul tatuaggio.

Tutti i messaggeri avevano tatuaggi che ne designavano la città d'origine. Erano un simbolo della distanza che avevano percorso. Arlen si ricordò di quel primo giorno in cui Ragen gli aveva mostrato il suo, la città fra i monti che campeggiava sul vessillo di Miln. Arlen si era riproposto di farsene fare uno uguale dopo aver portato a termine la sua prima missione. Era andato da un tatuatore, pronto a farsi imprimere per sempre il marchio di messaggero, ma aveva esitato sulla scelta. Per molti versi, Miln era la sua patria, ma non era il suo paese d'origine.

Rio Tibbet non aveva un emblema, e così Arlen aveva optato per lo stemma del Conte Tibbet in persona, verdi campi solcati da un ruscello che sboccava in un laghetto. Il tatuatore aveva preso gli aghi e marcato per sempre sulla spalla di Arlen quel ricordo di casa.

Per sempre. Arlen indugiò su quel pensiero. Aveva osservato attentamente il tatuatore. La sua arte non era molto dissimile da quella di un runiere: segni precisi, incisi con cura minuziosa, senza margini d'errore. C'erano degli aghi nella sacca delle erbe di Arlen, e inchiostro con l'occorrente per disegnare le rune.

Arlen accese un focherello, e ricostruì ogni momento trascorso nella bottega del tatuatore. Passò gli aghi sulle fiamme e versò un po' d'inchiostro, denso e viscoso, in una ciotolina. Avvolse del filo attorno agli aghi per evitare che penetrassero troppo in profondità e studiò attentamente i contorni della sua mano sinistra, osservandone ogni ruga e prominenza mentre la fletteva. Quando fu pronto, prese un ago, lo immerse nell'inchiostro e si mise all'opera.

Fu un procedimento lungo. Doveva interrompersi spesso per ripulirsi il palmo dal sangue e dall'inchiostro in eccesso. Ma aveva a disposizione tutto il tempo che voleva, e così lavorò con meticolosità e mano ferma. A metà mattina, si considerò soddisfatto delle rune che aveva inciso. Applicò un cataplasma sulla mano e la fasciò con cura, poi si impegnò a rimpinguare le provviste dell'oasi. Lavorò sodo per tutto il resto della giornata, e poi per quella successiva, sapendo che prima di partire doveva mettere insieme quante più provviste sarebbe riuscito a portare con sé.

Arlen rimase all'oasi per un'altra settimana, dedicando le mattine a tatuarsi le protezioni sulla pelle, e i pomeriggi a raccogliere cibo. I tatuaggi sui palmi si rimarginarono rapidamente, ma Arlen non si fermò a quelli. Ripensando a come si era sbucciato le nocche sferrando un pugno al demone della sabbia, tatuò le rune su quelle della mano sinistra e attese solo che cadessero le croste sulla destra, prima di provvedere anche a quelle. Nessun coreling sarebbe più sfuggito indenne a uno dei suoi pugni.

Mentre lavorava, ripassava più volte in rassegna il combattimento con il demone della sabbia, ricordandone le mosse, la forza e velocità, la natura degli attacchi e i segni che li preannunciavano. Prendeva accuratamente nota di tutti quei particolari, per studiarli e meditare su come poteva migliorare le sue contromosse. Non poteva più permettersi incertezze.

I krasiani avevano affinato le mosse brutali ma precise dello *sharusahk*, facendone una forma d'arte. Arlen cercò di adattare a quelle mosse la disposizione dei tatuaggi, in modo che agissero in sincronia.

Quando infine lasciò l'Oasi dell'Alba, ignorò completamente la pista per tagliare attraverso le dune, puntando verso la città perduta di Anoch Sun. Prese con sé tutto il cibo essiccato che riuscì a caricarsi. Anoch Sun aveva un pozzo, ma nessun cibo da offrire, e lui progettava di rimanerci per qualche tempo.

Arlen sapeva in partenza che l'acqua non gli sarebbe bastata per tutto il cammino fino alla città perduta. Trovò pochi otri di riserva all'oasi, e potevano volerci anche due settimane per raggiungere la città a piedi. L'acqua sarebbe bastata per una, al massimo.

Ma non si voltò indietro una sola volta. "Non mi lascio niente alle spalle" pensò. "Posso solo andare avanti."

Quando le tenebre del crepuscolo calarono sulla distesa di sabbia, Arlen inspirò a fondo e continuò a camminare, senza perdere tempo ad allestire un campo. Le stelle splendevano nel cielo terso del deserto, ed era facile mantenere l'orientamento; più facile, in effetti, che durante il giorno.

Si vedevano pochi coreling, in quella parte così interna del deserto. I demoni tendevano a radunarsi dove c'erano prede da ghermire, e le prede scarseggiavano nelle aride distese di sabbia. Arlen camminò per ore nella fredda luce lunare, prima che un demone fiutasse la sua presenza. Ne udì le grida molto prima di vederlo apparire, ma non cercò di fuggire, sapendo che la creatura lo avrebbe raggiunto facilmente, né cercò di nascondersi, perché quella notte aveva ancora molta strada da fare. Restò piantato dov'era, mentre il demone della sabbia si avvicinava saltellando sulle dune.

Quando incrociò lo sguardo impassibile di Arlen, il coreling si fermò, confuso. Gli ringhiò contro, raschiando la sabbia con gli artigli, ma Arlen non fece che sorridere. Il demone lanciò un ruggito di sfida, ma Arlen non mostrò la minima reazione. Si concentrò invece sull'ambiente circostante: il balenare di movimenti ai margini del suo campo visivo; il sospirare del vento che spazzava la sabbia; l'odore che aleggiava nell'aria fredda della notte.

I demoni della sabbia cacciavano in branco. Arlen non ne aveva mai visto uno in giro da solo, e dubitava che fosse il caso di quello che aveva di fronte. E difatti, mentre era concentrato sulla creatura che ringhiava e strillava dinanzi a lui, altri due demoni, silenziosi come spettri e quasi invisibili nell'oscurità, si erano portati ai suoi fianchi con una manovra accerchiante. Arlen finse di non essersene accorto e non staccò gli occhi dal coreling di fronte a lui, che andava avvicinandosi sempre di più.

Come previsto, l'attacco non venne dal demone dinanzi a lui, che ostentava una postura aggressiva, bensì da quelli ai suoi lati. Arlen rimase impressionato dall'astuzia dimostrata dai coreling. Là in mezzo al deserto, rifletté, dove lo sguardo poteva spaziare lontano in ogni direzione e il vento portava per miglia il minimo rumore, era necessario sviluppare gli istinti per trarre in inganno le prede.

Ma se non aveva ancora assunto il ruolo di cacciatore, Arlen non era neppure una facile preda. Quando i due demoni della sabbia gli saltarono addosso dai fianchi, con gli artigli protesi, lui balzò avanti, incontro al demone che doveva fungere da diversivo.

I due demoni lanciati all'assalto scartarono in corsa, evitando d'un soffio la collisione tra loro, mentre il terzo scattava indietro, sorpreso. Reagì alla svelta, ma non abbastanza per sfuggire al gancio sinistro di Arlen. Le rune sulle nocche s'infiammarono e il colpo rovente fece vacillare il demone sui talloni, ma Arlen non si fermò. Abbatté la destra sul grugno del coreling, premendogli sugli occhi la runa che aveva tatuata sul palmo. La magia si attivò, ardente, mentre la creatura strillava e sferrava unghiate alla cieca.

Anticipandone le mosse, Arlen si gettò all'indietro. Cadde a terra con un ruzzolone e si rialzò a qualche metro dalla bestia accecata, per affrontare gli altri due demoni ripartiti all'attacco.

Anche stavolta, Arlen restò impressionato. I demoni non caddero due volte nello stesso tranello. Anziché aggredirlo simultaneamente, intervallarono gli assalti per non finire uno addosso all'altro.

Ma quella tattica si ritorse contro di loro perché diede modo ad Arlen di concentrarsi su uno solo alla volta. Quando il primo gli si avventò addosso, lui gli andò incontro, penetrando nella sua guardia, e gli premette le mani sulle orecchie. All'esplodere della magia, il demone si accasciò sulla sabbia, strillando e contorcendosi per il dolore, mentre si stringeva la testa fra le zampe.

Il secondo demone seguì a ruota il primo, e Arlen non ebbe il tempo di schivarlo o colpirlo. Invece, ricordandosi un altro trucco cui era ricorso nel suo ultimo incontro, afferrò la creatura per i polsi e si lasciò cadere sulla schiena, sferrandogli un calcio da sotto. Le scaglie affilate dell'addome gli squarciarono le fasciature dei piedi fino alla carne viva, ma questo non gli impedì di sfruttare l'impeto della creatura per scaraventarla lontano. Intanto, il coreling che aveva accecato continuava a dibattersi, ormai fuori causa.

Prima che il demone sbalzato via potesse ripartire all'attacco, Arlen si gettò su quello che si contorceva a terra e gli piantò le ginocchia nella schiena, ignorando il dolore dei tagli che si procurò sulle squame affilate. Afferrò alla gola il coreling con una mano, e gli premette l'altra con forza sulla nuca. Sentì la magia cominciare ad agire, ma fu costretto a mollare la presa troppo presto, per sfuggire con un ruzzolone all'assalto dell'altro demone, che si era rialzato.

Arlen si rimise in piedi e lui e il demone della sabbia presero a girare in cerchio, studiandosi a vicenda. Quando la creatura caricò, Arlen si piegò sulle ginocchia, pronto a schivare gli affondi dei suoi artigli, ma il demone si fermò di colpo e fece scattare il corpo compatto e possente come una frusta. La coda muscolosa si abbatté sul fianco di Arlen, facendolo volare.

Ricadde a terra e rotolò sul fianco un attimo prima che la grossa punta crestata della coda gli si abbattesse sulla testa. Con un ruzzolone nella direzione opposta, sfuggì d'un soffio a una nuova sferzata. Quando il demone della sabbia ritrasse la coda per sferrare un altro colpo, Arlen riuscì ad agguantargliela. La serrò forte e sentì sul palmo il formicolio della runa, poi il calore della magia che divampava. Il demone ululava e si dibatteva, ma Arlen mantenne salda la presa, serrando l'altra mano appena sotto alla prima. Scartando rapidamente, si tenne fuori portata degli artigli mentre la magia s'intensificava fino a mozzare con una fiammata l'estremità dentata della coda, fra spruzzi di nero icore.

Il contraccolpo del distacco sbilanciò Arlen, e il coreling, ritrovatosi libero, si girò per avventarsi su di lui. Arlen gli afferrò un polso con la sinistra e col braccio sinistro gli sferrò una gomitata alla gola, ma senza l'ausilio delle rune il colpo ebbe scarso effetto. Il demone fletté le braccia nodose, e Arlen si ritrovò di nuovo a volare per aria.

Quando la creatura spiccò il balzo, Arlen attinse alle ultime riserve d'energia per affrontarla di petto; afferrandola per la gola con tutte e due le mani, la tenne indietro. Gli artigli del coreling gli graffiarono le braccia, ma il corpo era fuori portata delle sue sferzate. Rovinarono a terra insieme e Arlen schiacciò sotto le ginocchia le giunture delle braccia del coreling, bloccando gli arti sotto il suo peso, mentre continuava a serrargli la gola, sentendo crescere la magia di momento in momento.

Il coreling scalciava disperatamente, ma Arlen strinse sempre più forte, trapassando le scaglie con il calore delle rune fino alla carne vulnerabile della gola. Con uno scrocchiare di ossa spezzate, la morsa dei suoi pugni si chiuse.

Si risollevò dal demone decapitato e cercò gli altri con lo sguardo. Quello a cui aveva schiacciato le orecchie si trascinava via debolmente, senza più volontà di combattere. Il demone accecato era sparito, ma lui non se ne diede pensiero. Non invidiava il viaggio di ritorno al Fulcro che attendeva la creatura mutilata. Con ogni probabilità, i compagni l'avrebbero fatta a pezzi.

Finì il demone che zoppicava penosamente sulla sabbia, si bendò le ferite e, dopo un breve riposo, raccolse il fagotto delle provviste e ripartì in direzione di Anoch Sun.

Arlen camminò giorno e notte, recuperando un po' di sonno all'ombra delle dune, quando il sole era più cocente. Fu costretto a combattere altre due notti soltanto; la prima contro un nuovo branco di demoni della sabbia, e la seconda contro un solitario demone del vento. Le altre, le passò indisturbato.

Di notte, senza l'oppressione del sole, riusciva a coprire distanze maggiori che durante il giorno. Sette giorni dopo la sua partenza dall'oasi, aveva la pelle scorticata dal vento, i piedi insanguinati e coperti di vesciche, gli otri dell'acqua ormai vuoti, ma si sentì subito rinvigorito non appena entrò in vista di Anoch Sun.

Riempì gli otri in uno dei pochi pozzi che davano ancora acqua, ne bevve a sazietà, poi s'impegnò a munire di protezioni l'edificio dove aveva trovato la lancia. I travi di sostegno di alcuni degli edifici crollati nelle vicinanze erano rimasti esposti, e il clima secco del deserto li aveva preservati. Arlen ne raccolse parecchi, assieme a qualche arbusto secco, per accendere il fuoco. Le tre torce recuperate all'oasi e le poche candele disponibili con l'attrezzatura per le rune non sarebbero durate a lungo, e sottoterra non arrivava la luce naturale.

Razionò cautamente le residue provviste di cibo. Per uscire dal deserto e poter sperare di procacciarsene dell'altro, doveva calcolare cinque giorni di cammino a piedi da Anoch Sun, forse tre, se avesse marciato giorno e notte. Non gli restava molto tempo, e aveva un sacco di cose da fare.

Per tutta la settimana successiva, Arlen esplorò le catacombe, ricopiando con cura minuziosa le nuove rune che gli capitava di scoprire. Trovò altri sarcofaghi in pietra, ma nessuno conteneva armi simili a quella che aveva rinvenuto nel primo. In compenso, c'erano rune in abbondanza scolpite su sepolcri e pilastri, e altre ancora figuravano nelle storie dipinte sulle pareti. Arlen non era in grado di decifrare i pittogrammi, ma riusciva a desumere molte cose dal linguaggio del corpo e dalle espressioni visibili nelle sequenze di scene. Gli affreschi erano così ricchi di dettagli che gli fu possibile decifrare alcune delle rune sulle armi che portavano i guerrieri.

In quei dipinti si vedevano anche delle razze nuove di coreling. Una serie di immagini mostrava uomini uccisi da demoni che, a parte i denti e gli artigli, avevano un aspetto umano. In una scena centrale, si vedeva un esile coreling con le membra filiformi e il petto scheletrico, un testone sproporzionato al corpo, che stava alla testa di un'orda di demoni. Il coreling fronteggiava un uomo avvolto in ampie vesti che guidava una schiera altrettanto numerosa di guerrieri umani. Ognuno dei due era circonfuso da un alone di luce che attirava gli sguardi dell'armata al suo comando.

Forse la cosa più stupefacente della raffigurazione era che l'uomo non aveva armi. La luce che emanava da lui sembrava diffondersi da una runa che aveva dipinta – o tatuata? – sulla fronte. Arlen osservò la scena successiva, e vide il demone e la sua orda in fuga, mentre gli umani alzavano le lance al cielo, trionfanti.

Arlen ricopiò con cura sul taccuino la runa che figurava sulla fronte dell'uomo.

I giorni passavano e il cibo scarseggiava. Se fosse rimasto più a lungo ad Anoch Sun, sarebbe morto di fame prima di riuscire a procurarsene dell'altro. Decise di partire per Forte Rizon sul fare dell'alba. Una volta raggiunta la città, avrebbe potuto attingere dai suoi conti denaro a sufficienza per comprarsi un cavallo e delle provviste per ritornare sul posto.

Ma l'idea di lasciare Anoch Sun dopo averne grattata appena la superficie lo contrariava. Molte gallerie erano crollate, e ci voleva tempo per aprirsi una strada scavando, e c'erano tanti altri edifici da cui forse era possibile accedere a sale sotterranee. Le rovine custodivano la chiave per annientare la stirpe dei demoni, e questa era la seconda volta che le necessità del suo stomaco lo costringevano ad abbandonarle.

I coreling si levarono mentre lui era assorto in quei pensieri. Accorrevano a frotte ad Anoch Sun, nonostante l'assenza di prede. Forse pensavano che un giorno quegli edifici potessero attrarre di nuovo gli uomini, o forse provavano gusto a dominare un posto che un tempo era stato un baluardo della sfida alla loro razza.

Arlen si alzò e si portò a ridosso delle protezioni per osservare i coreling che danzavano nel chiarore della luna. Mentre lo stomaco gli mandava dei brontolii, s'interrogò, non per la prima volta, sulla natura dei demoni. Erano creature stregate, immortali e disumane. Erano capaci di distruggere, ma non di creare. Persino i loro corpi si consumavano nel fuoco, piuttosto che marcire e dare nutrimento al terreno. Eppure, li aveva visti mangiare, defecare e urinare. La loro natura era davvero così interamente estranea all'ordine delle cose?

Un demone della sabbia gli lanciò un sibilo di sfida. «Che cosa sei?» gli chiese Arlen, ma quello si limitò a sferrare un'unghiata alle protezioni, ruggendo frustrato e ritirandosi quando le vide accendersi.

Arlen lo osservò allontanarsi, covando cupi pensieri. «Al Fulcro tutti quanti!» mormorò, uscendo d'un balzo dalla rete di protezione. Il coreling si voltò appena in tempo per incassare un colpo dalle nocche protette di Arlen. Tempestata di pugni, la creatura ignara spirò prima ancora di riuscire a capire cosa le fosse piombato addosso.

Sentendo il trambusto, si avvicinarono altri demoni; ma avanzavano guardinghi, e Arlen fece in tempo a ritirarsi nell'edificio e a coprire un momento le rune, per trascinare dentro la sua vittima.

«Vediamo se non hai davvero qualcosa da offrire anche tu» disse Arlen alla creatura morta. Usando le rune da taglio dipinte su un pezzo affilato di ossidiana, sezionò il demone della sabbia e rimase stupito scoprendo che sotto la corazza aveva una carne vulnerabile quanto la sua. Muscoli e nervi erano coriacei, ma non molto di più di quelli di qualsiasi animale.

La creatura emanava un fetore orripilante. L'icore nero che fungeva da sangue puzzava tanto che Arlen ebbe un conato di vomito e gli salirono le lacrime agli occhi. Trattenendo il respiro, tagliò un pezzo di carne della creatura e lo scrollò energicamente per sgrondare il fluido in eccesso, prima di metterlo sul suo fuocherello. L'icore finì per dissolversi in fumo bruciando, e l'odore della carne che cuoceva divenne sopportabile.

Quando fu ben cotta, Arlen tolse dal fuoco l'immonda carne scura, e fu trasportato indietro negli anni, fino a Rio Tibbet, per risentire le parole di Coline Trigg. Quel giorno, aveva preso un pesce, ma aveva le squame marroni, infette, e l'erborista glielo aveva fatto gettare via. "Non mangiare mai nulla che abbia un aspetto malsano" aveva detto Coline. "Quello che metti in bocca diventa parte di te."

"Diverrà parte di me anche questo?" si domandò. Guardò la carne, si fece coraggio e l'addentò.

Parte quarta

LA CONCA DEL TAGLIALEGNA

Anni 331-332 dopo il Ritorno

25
Una nuova scena

Anno 331 dR

La pioggia aumentò fino a divenire uno scroscio incessante, e Rojer affrettò il passo, maledicendo la propria sorte. Meditava di lasciare Val del Pastore già da qualche tempo, ma non si era aspettato di doverlo fare con tanta precipitazione e in circostanze così imbarazzanti.

Non che potesse dare tutti i torti al pastore. Certo, quell'uomo dedicava più tempo e cure al gregge che alla sua consorte, ed era stata lei a provocarlo, ma rincasare in anticipo per scampare alla pioggia e trovare la moglie a letto con un ragazzo avrebbe fatto perdere il lume della ragione a chiunque.

Da un certo punto di vista, Rojer doveva esser grato alla pioggia. Senza quel diluvio, il marito avrebbe potuto sguinzagliargli dietro metà degli uomini della Valle. Erano molto gelosi e possessivi, da quelle parti; probabilmente perché lasciavano spesso le mogli sole per portare al pascolo le loro greggi preziose. Non si scherzava con i pastori, quando si trattava delle loro greggi o delle loro donne. Se andavi a intrometterti in uno o nell'altro campo...

Dopo un frenetico inseguimento per la camera da letto, la moglie fedifraga era balzata sulle spalle del pastore e l'aveva trattenuto abbastanza a lungo perché Rojer riuscisse a raccogliere le borse e precipitarsi fuori. Rojer teneva sempre i bagagli pronti. Una regola che aveva imparato da Arrick.

«Per la Notte» imprecò tra i denti, quando affondò con lo stivale in una pozza fangosa. Freddo e umidità penetravano attraverso il soffice cuoio, ma per il momento Rojer non osava fermarsi per cercare di accendere un fuoco.

Si avvolse meglio nel mantello variopinto, chiedendosi perché mai si trovasse perennemente a dover fuggire da qualcuno o da qualcosa. Negli ultimi due anni, si era spostato quasi in ogni stagione, trattenendosi a lungo e ripetutamente a Salto del Grillo, Findiselva e Val del Pastore. Eppure continuava sempre a sentirsi uno straniero. La maggior parte di quella gente passava l'intera esistenza senza mai uscire dal proprio villaggio, e cercava sempre di convincere Rojer a fare lo stesso.

"Sposami. Sposa mia figlia. Resta alla mia locanda, e dipingeremo il tuo nome sulla porta per attirare i clienti. Scaldami tu mentre mio marito è ai pascoli. Aiutaci a fare il raccolto e rimani per tutto l'inverno."

Lo dicevano in mille modi, ma il senso era sempre lo stesso: "Abbandona la strada e metti radici qui".

Ogni volta che glielo dicevano, Rojer finiva puntualmente per riprendere la strada. Era bello sentirsi richiesto, ma per fare che cosa? Il marito? Il padre? Il bracciante? Rojer era un giullare, e non riusciva a immaginarsi in panni diversi. La prima volta che aveva dato una mano con il raccolto o aiutato a ritrovare una pecora smarrita, aveva capito subito che imboccare quella strada lo avrebbe condotto rapidamente a diventare qualcosa di diverso.

Toccò il talismano dai capelli biondi nel taschino segreto e sentì lo spirito di Arrick che vegliava su di lui. Sapeva che se mai avesse smesso la veste multicolore, avrebbe sentito sulla sua pelle la delusione cocente del maestro. Arrick era morto da giullare, e altrettanto avrebbe fatto Rojer.

Come Arrick gli aveva predetto, esibirsi nei borghi era servito ad affinare le sue abilità. In due anni di spettacoli continui, Rojer era diventato qualcosa di più che un semplice violinista e saltimbanco. Senza la guida di Arrick, era stato costretto ad ampliare il repertorio e a crescere, inventandosi nuovi modi per intrattenere da solo il pubblico. Era costantemente impegnato a perfezionare qualche nuovo trucco di magia o brano di musica, ma oltre che per i giochi di prestigio e il violino, era diventato famoso per le storie che raccontava.

Nei borghi, tutti adoravano ascoltare belle storie, specie quelle che narravano di posti lontani. Rojer li accontentava, descrivendo luoghi che aveva visto e altri in cui non era mai stato, paesi che sorgevano di là dal colle più vicino e altri che esistevano solo nella sua fantasia. Le storie si ingigantivano di volta in volta e le gesta avventurose dei protagonisti prendevano vita nell'immaginario degli ascoltatori. C'era Jak Linguasquama, che sapeva parlare ai coreling e riusciva sempre a ingannare quelle sciocche creature con le sue false promesse. E Marko il Vagabondo, che aveva valicato i monti di Miln per scoprire dall'altro versante una terra in cui i coreling erano venerati come dei. E poi, naturalmente, c'era l'Uomo delle Rune.

Ogni primavera, i giullari del duca passavano per i borghi ad annunciarne i decreti, e l'ultimo venuto gli aveva raccontato le storie di un uomo che batteva le lande più selvagge come una belva, uccidendo i coreling e nutrendosi della loro carne. Sosteneva di averle apprese testualmente da un tatuatore che aveva ricoperto di rune la schiena di quell'uomo, e che altre persone avevano confermato quel racconto. Il pubblico ne era rimasto incantato, e quando la gente aveva chiesto a Rojer di narrare di nuovo la storia, un'altra sera, lui aveva acconsentito, aggiungendovi i suoi abbellimenti personali.

Gli ascoltatori facevano spesso domande, cercando di coglierlo in contraddizione, ma Rojer era bravo a destreggiarsi con le parole e riusciva sempre a convincere i bifolchi della veridicità di quei racconti stravaganti.

Paradossalmente, la vanteria più difficile da far digerire al pubblico era che lui fosse capace di far danzare i coreling al suono del suo violino. Ovviamente, avrebbe potuto darne dimostrazione in qualsiasi momento, ma come soleva dire Arrick: "Se cominci a dargli prova di una cosa, poi quelli pretenderanno che gliele provi tutte quante".

Rojer alzò gli occhi al cielo. "Fra non molto dovrò suonare per i coreling" pensò. Il cielo era coperto da tutto il giorno, e andava facendosi sempre più scuro. Nelle città protette da mura imponenti, dove la maggioranza degli abitanti non vedeva mai un coreling in carne e ossa, si pensava che quella che i demoni potessero sorgere sotto le nuvole nere fosse soltanto una favola macabra, ma vivendo per due anni nei borghi, fuori dai bastioni cittadini, Rojer aveva imparato che succedeva realmente. I più avrebbero atteso il buio completo per emergere, ma con una coltre di nubi abbastanza spesse, qualche demone più intrepido sarebbe uscito a saggiare le tenebre della notte apparente.

Infreddolito, zuppo e per nulla intenzionato a correre rischi, Rojer si guardò attorno in cerca di un posto adatto per accamparsi. Con un po' di fortuna, poteva raggiungere Findiselva il giorno dopo. Più verosimilmente, avrebbe dovuto trascorrere due notti sulla strada. Il solo pensiero gli fece rimescolare lo stomaco.

E a Findiselva le cose non sarebbero andate meglio che a Val del Pastore. O che al Salto del Grillo, se era per questo. Prima o poi, avrebbe finito per mettere incinta una donna, o peggio ancora per innamorarsi, e in un men che non si dica si sarebbe ritrovato a tirar fuori il suo violino dalla custodia soltanto nei giorni di festa. E solo fino a quando non fosse stato costretto a barattarlo per riparare l'aratro o comprarsi le sementi. Allora sarebbe diventato esattamente come tutti gli altri.

"Oppure, potresti tornartene a casa."

Rojer pensava spesso di ritornare ad Angiers, ma trovava sempre un buon motivo per rinviare di un'altra stagione. Dopotutto, cos'aveva da offrirgli la città? Stradine strette, intasate di gente e di animali, passerelle di legno impregnate del fetore di letame e spazzatura. Mendicanti, ladri, e la preoccupazione costante dei soldi. Gente che aveva fatto un'arte dell'ignorarsi a vicenda.

"Gente normale" pensò Rojer con un sospiro. Gli abitanti dei villaggi erano sempre curiosi di sapere tutto sui loro vicini, e aprivano le porte di casa ai forestieri senza starci nemmeno a pensare. Era senz'altro un atteggiamento encomiabile, ma in fondo al cuore Rojer restava sempre un ragazzo di città.

Tornare ad Angiers significava dover trattare di nuovo con la gilda. Un giullare senza licenza aveva i giorni contati, ma un membro della gilda in piena regola aveva un futuro assicurato. L'esperienza che si era fatto nei borghi sarebbe bastata per ottenere la licenza, specie se avesse trovato un membro della gilda disposto a fargli da garante. Arrick se ne era inimicato la maggior parte, ma forse qualcuno si sarebbe impietosito per Rojer, apprendendo la triste sorte del suo maestro.

Trovò un albero che offriva un minimo di riparo e, dopo aver disposto il cerchio di protezione, riuscì a rimediare abbastanza rametti secchi sotto alle fronde per accendere un focherello. Lo alimentò con cura, ma vento e umidità finirono presto per spegnerlo.

«Alla malora i borghi» imprecò Rojer quando si ritrovò immerso nelle tenebre, squarciate solo dal fiammeggiare della magia delle rune, le rare volte che i demoni cercavano di forzare le protezioni.

«Alla malora tutti quanti.»

Angiers non era cambiata molto da quando se ne era andato. Sembrava più piccola, ma nel frattempo Rojer aveva vissuto a lungo negli spazi aperti, ed era cresciuto di qualche centimetro. Ormai aveva sedici anni, un uomo a tutti gli effetti. Indugiò per un tratto fuori dalla città, fissando le porte e chiedendosi se non stava facendo un errore.

Aveva un piccolo gruzzolo di monete, scelte con cura dal cappello delle offerte e messe da parte in vista del ritorno, e un po' di cibo nella sacca. Non era granché, ma almeno per qualche notte gli avrebbe permesso di non ricorrere ai rifugi pubblici.

"Se tutto quello che voglio è la pancia piena e un tetto sopra la testa, posso sempre tornarmene ai borghi" pensò. Poteva dirigersi a sud, verso il Ceppo del Fattore e la Conca del Taglialegna, oppure a nord, dove il duca aveva fatto ricostruire Ponterivo, sulla riva angieriana del fiume.

"Se..." ripeté a se stesso, facendosi coraggio e varcando i cancelli.

Trovò una locanda abbastanza a buon mercato, pescò dalla sacca la tenuta variopinta migliore che aveva, e uscì non appena si fu cambiato. La Casa della Gilda dei Giullari era nei pressi del centro, e da lì i residenti potevano andare a esibirsi in ogni parte della città. Qualsiasi giullare munito di regolare licenza poteva alloggiare nella dimora, purché accettasse senza lamentele gli incarichi che gli venivano assegnati e versasse alla gilda metà dei ricavi.

"Idioti" li definiva Arrick. "Un giullare disposto a cedere metà degli incassi per un tetto e tre piatti di sbobba al refettorio non è degno di questo nome."

C'era del vero in quelle parole. Solo i giullari più anziani e meno dotati vivevano nella Casa, ed erano pronti ad accettare gli ingaggi rifiutati dagli altri. Ma era pur sempre meglio che fare la fame, e più sicuro che andarsene nei ricoveri pubblici. La Casa della Gilda aveva solide rune di protezione e i residenti erano meno inclini a derubarsi a vicenda.

Rojer raggiunse gli alloggi e, dopo qualche ricerca, bussò alla porta desiderata.

«Eh?» fece il vecchio, sbirciando nel corridoio mentre gli apriva l'uscio. «Chi sei?»

«Rojer Mezzamano, signore» rispose il ragazzo, e non cogliendo alcun segno di riconoscimento negli occhi acquosi del vecchio, aggiunse: «Ero l'apprendista di Arrick Dolcecanto».

Da confusa, l'espressione divenne subito acida, e l'uomo fece per richiudere la porta.

«Mastro Jaycob, vi prego» disse Rojer, posando una mano sull'uscio.

Il vecchio sospirò, ma non spinse per richiudere a forza, ritirandosi invece nella stanzetta, per lasciarsi cadere pesantemente su una sedia. Rojer entrò e serrò la porta alle sue spalle.

«Che cosa vuoi?» chiese Jaycob. «Sono vecchio e non ho tempo da perdere in giochetti.»

«Ho bisogno di un garante per chiedere la licenza alla gilda» spiegò Rojer.

Jaycob sputò per terra. «Arrick è diventato un peso morto?» domandò. «Con il suo vizio del bere è d'intralcio al tuo successo, perciò hai deciso di lasciarlo cuocere nel suo brodo e tentare la sorte in proprio?» Grugnì. «Se lo merita. È quello che ha fatto con me, venticinque anni or sono.»

Alzò gli occhi su Rojer. «Ma, che se lo meriti o meno, se tu pensi che sia disposto ad aiutarti a tradirlo...»

«Mastro Jaycob» lo interruppe Rojer, alzando le mani per prevenire la predica in arrivo, «Arrick è morto. Ucciso dai coreling sulla strada per Findiselva, due anni fa.»

«Tieni la schiena dritta, ragazzo» disse Jaycob mentre percorrevano il corridoio. «Ricordati di guardare negli occhi il mastro della gilda, e non parlare finché non sarai interpellato.»

Gli aveva già ripetuto quelle raccomandazioni una decina di volte, ma Rojer si limitò ad annuire. Era giovane per ottenere una licenza sua, ma Jaycob aveva detto che nella storia della gilda c'erano stati casi di ragazzi anche più giovani. Per conquistarsi la licenza non era l'età che contava, ma il talento e la destrezza.

Non era facile ottenere un appuntamento con il mastro della gilda, anche disponendo di un patrocinatore. Jaycob non aveva più da anni la forza di esibirsi, e mentre i membri della gilda erano cortesi e rispettosi della sua età avanzata, nell'ala che ospitava gli uffici della Casa tendeva a essere ignorato, più che venerato.

Il segretario del mastro li fece attendere per ore fuori dall'ufficio, lasciandoli assistere scoraggiati all'andirivieni delle altre persone che avevano appuntamento. Rojer se ne stava seduto con la schiena ben dritta, resistendo all'impulso di cambiare posizione o di accasciarsi, mentre la luce che filtrava dalla finestra andava attraversando lentamente la stanza.

«Il mastro della gilda Cholls è pronto a ricevervi» annunciò infine l'impiegato, e Rojer si scosse dal suo torpore. Scattò subito in piedi e tese la mano a Jaycob per aiutarlo ad alzarsi.

L'ufficio del mastro era arredato con uno sfarzo che Rojer non vedeva dai tempi in cui era stato al palazzo del duca. Il pavimento era coperto da spessi, caldi tappeti dai motivi vivaci. Eleganti lampade a olio di vetro colorato erano montate alle pareti in legno di quercia, tra dipinti che raffiguravano grandi battaglie, donne bellissime e nature morte. Sulla scrivania in noce scuro tirato a lucido, raffinate statuette che fungevano da fermacarte riprendevano i modelli delle statue più grandi poste su piedistalli in diversi punti della stanza. Sulla parete dietro alla scrivania, campeggiava lo stemma della Gilda dei Giullari, composto da tre palline colorate.

«Non ho molto tempo, mastro Jaycob» annunciò mastro Cholls, senza nemmeno degnarsi di alzare lo sguardo dal fascio di fogli sullo scrittoio. Era un uomo imponente, di cinquant'anni almeno, e indossava le vesti ricamate di un mercante o di un nobile, al posto della tenuta variopinta dei giullari.

«Questo ragazzo merita il vostro tempo» affermò Jaycob. «È l'apprendista di Arrick Dolcecanto.»

Cholls sollevò finalmente gli occhi, seppure solo per lanciare uno sguardo obliquo a Jaycob. «Non sapevo che fossi tuttora in contatto con Arrick» commentò, ignorando completamente Rojer. «Avevo sentito che avevate troncato i rapporti in malo modo.»

«Gli anni tendono a smussare le divergenze» rispose Jaycob senza sbilanciarsi troppo con le bugie. «Non serbo più rancori verso Arrick.»

«Mi sa che sei l'unico» replicò Cholls con una risatina. «Quasi tutti, in questo palazzo, sarebbero pronti a strozzarlo appena lo vedono.»

«Arriverebbero un po' tardi» disse Jaycob. «Arrick è morto.»

Cholls si fece subito serio. «Questa notizia mi rattrista» commentò. «Ognuno di noi è prezioso. Ha finito per affogare nella bottiglia?»

Jaycob scrollò il capo. «I coreling.»

Il mastro della gilda si rabbuiò e sputò in un secchio d'ottone accanto alla scrivania che doveva essere lì appositamente a tale scopo. «Quando e dove?» chiese.

«Due anni fa, sulla strada per Findiselva.»

Cholls scosse tristemente la testa. «Mi ricordo che il suo apprendista era piuttosto dotato per il violino» disse infine, con un'occhiata a Rojer.

«Infatti» confermò Jaycob. «E non solo quello. Vi presento Rojer Mezzamano.»

Rojer fece un inchino.

«Mezzamano?» ripeté il mastro della gilda, con repentino interesse. «Ho sentito parlare di un Mezzamano che si esibiva nei borghi dell'ovest. Saresti tu, ragazzo?»

Rojer spalancò gli occhi, ma assentì. Arrick gli aveva detto che la fama si diffondeva rapidamente dai borghi, ma il ragazzo rimase lo stesso sconcertato. Restava da vedere se quella reputazione era buona o cattiva.

«Non montarti troppo la testa» lo ammonì Cholls, come se gli avesse letto nel pensiero. «I bifolchi esagerano sempre.»

Rojer annuì, guardando sempre negli occhi il mastro. «Sì, signore. Me ne rendo conto.»

«Bene. Allora, veniamo al dunque» disse Cholls. «Mostrami quello che sai fare.»

«Qui?» chiese Rojer dubbioso. L'ufficio era spazioso e appartato, ma con quegli spessi tappeti e gli arredi lussuosi, non sembrava particolarmente adatto alle acrobazie e al lancio dei coltelli.

Cholls lo sollecitò con un cenno impaziente. «Ti sei esibito per anni con Arrick, quindi do per scontato che tu sappia cavartela con le giocolerie e il canto» disse. Rojer deglutì a fatica. «Per guadagnarsi la licenza occorre dimostrare un talento specifico che vada oltre gli elementi di base.»

«Suona per lui, ragazzo, come hai fatto per me» intervenne Jaycob, fiducioso. Rojer assentì. Le mani gli tremavano leggermente quando estrasse il violino dalla custodia, ma non appena le sue dita si posarono sul legno liscio dello strumento, la paura si dissolse come la polvere in un bagno caldo. Attaccò a suonare, lasciandosi immergere nella musica, dimentico della presenza del mastro.

Suonò per un breve tratto, prima che un grido spezzasse la magia della musica. L'archetto scivolò via dalle corde, e nel silenzio che seguì una voce tuonò fuori dalla porta.

«No, non aspetterò che qualche insulso apprendista finisca la sua prova! Scansati!» Si udì il trambusto di un parapiglia, poi la porta si spalancò e mastro Jasin irruppe nella stanza.

«Perdonatemi, mastro Cholls» si scusò il segretario «ma si è rifiutato di attendere.»

Cholls congedò l'impiegato con un cenno mentre Jasin veniva avanti, furibondo. «Hai dato il Ballo del duca a Edum?» domandò. «Sono dieci anni che faccio quello spettacolo! Aspetta che lo venga a sapere mio zio!»

Cholls rimase imperturbabile, a braccia conserte. «È stato il duca in persona a chiedere la sostituzione» rispose. «Se tuo zio ha qualche rimostranza da fare, può rivolgersi direttamente a Sua Grazia.»

Jasin si accigliò. Era difficile che il Primo Ministro Janson potesse intercedere presso il duca per un'esibizione del nipote.

«Se è solo di questo che sei venuto a discutere, Jasin, allora ti prego di scusarci» proseguì Cholls. «Il giovane Rojer si sta sottoponendo a una prova per la sua licenza.»

Gli occhi di Jasin scattarono su Rojer e, riconoscendolo, s'infiammarono. «Vedo che hai scaricato l'ubriacone» sogghignò. «Spero tu non l'abbia barattato per questa vecchia reliquia» accennò con il mento a Jaycob. «Se vuoi lavorare con me, l'offerta è sempre valida. Che sia Arrick stavolta a dover mendicare le *tue* briciole, eh?»

«Mastro Arrick è stato ucciso per strada dai coreling due anni fa» intervenne Cholls.

Jasin si volse di nuovo verso il mastro della gilda e scoppiò in una fragorosa risata. «Favoloso!» esclamò. «Questa notizia mi ripaga ampiamente per la perdita del Ballo del duca!»

Rojer gli sferrò un cazzotto.

Si rese conto di quello che aveva fatto solo quando vide il mastro ai suoi piedi, e si accorse di avere le nocche indolenzite e umide. Aveva sentito lo scricchiolio del naso di Jasin sotto il suo pugno, e sapeva di aver mandato in fumo ogni possibilità di ottenere la licenza, ma al momento non gliene importava un fico secco.

Jaycob lo afferrò per un braccio e lo tirò indietro, mentre Jasin si risollevava in piedi barcollando. «Giuro ghe di ammazzo, specie di biggolo…!»

Cholls andò immediatamente a interporsi fra i due. Jasin cercò di divincolarsi dalla sua presa, ma il mastro della gilda aveva una stazza più che sufficiente a immobilizzarlo. «Basta così, Jasin!» tuonò. «Tu non ammazzerai proprio nessuno!»

«Ma hai visto gosa mi ha faddo?!» gridò Jasin, con il sangue che gli colava dal naso.

«E ho anche sentito quello che hai detto tu!» urlò Cholls per tutta risposta. «Ho avuto io stesso la tentazione di mollarti un pugno!»

«Gome farò a gandare sdanodde?» protestò Jasin. Il naso aveva già cominciato a gonfiarglisi e le sue parole risultavano sempre meno comprensibili.

Cholls lo guardò storto. «Troverò qualcuno per sostituirti» disse. «La gilda ti coprirà le perdite. Daved!» L'impiegato si affacciò dalla porta. «Accompagna mastro Jasin da un'erborista, e fai mandare qui il conto.»

Daved annuì e andò da Jasin per assisterlo. Il mastro lo respinse di malagrazia. «Non è finida guì» promise a Rojer prima di uscire.

Quando la porta si fu richiusa, Cholls esalò un lungo sospiro. «Ebbene, ragazzo mio, l'hai combinata grossa. Quello è un nemico che non augurerei a nessuno.»

«Era già mio nemico» disse Rojer. «Avete sentito anche voi cosa ha detto.»

Cholls annuì. «Sì, ma avresti comunque fatto meglio a trattenerti. Cosa farai, se la prossima volta sarà un cliente a insultarti? O magari il duca in persona? I membri della gilda non possono mettersi a prendere a pugni chiunque li faccia arrabbiare.»

Rojer chinò la testa. «Capisco.»

«D'altra parte, tu mi sei già costato una discreta sommetta» riprese Cholls. «Per tener buono Jasin mi toccherà scucirgli dei soldi e passargli ingaggi importanti per settimane, e bravo come sei con quel tuo violino, sarei un idiota se non ti concedessi il modo di ripagarmi.»

Rojer alzò gli occhi, speranzoso.

«Una licenza prova» decise Cholls, prendendo un foglio e una penna d'oca. «Potrai esibirti soltanto sotto la supervisione di un mastro della gilda, pagato dai tuoi incassi, e verserai la metà dei proventi lordi a quest'ufficio fino a quando non riterrò estinto il debito. Siamo intesi?»

«Certamente, signore!» esclamò Rojer, entusiasta.

«E tieni a freno i tuoi impulsi» lo ammonì Cholls «altrimenti, strappo questa licenza e non potrai mai più esibirti ad Angiers.»

Rojer ci dava dentro con il violino, ma intanto teneva d'occhio Abrum, il corpulento apprendista di Jasin. C'era sempre qualcuno dei praticanti di Jasin ad assistere alle sue esibizioni. La cosa lo rendeva nervoso, perché sapeva che erano lì a spiarlo per conto del loro maestro, che ce l'aveva a morte con lui, ma ormai erano passati mesi dall'incidente nell'ufficio del mastro della gilda, e finora non c'erano state conseguenze. Mastro Jasin si era ristabilito in fretta e aveva subito ripreso a esibirsi, mietendo successi a ogni evento dell'alta società di Angiers.

Rojer avrebbe anche osato sperare che la faccenda si potesse considerare chiusa, se non fosse stato per la presenza pressoché quotidiana degli apprendisti. A volte era Abrum, il demone del legno, imboscato in mezzo alla folla; altre volte Sali, la demone della roccia, annidata in fondo a una taverna a bere qualcosa. Ma per quanto potessero sembrare innocui, non si trattava certo di coincidenze.

Rojer concluse l'esibizione con un gesto plateale, staccando l'archetto dalle corde per farlo volare in aria. S'inchinò al pubblico e si raddrizzò giusto in tempo per riprenderlo al volo. La folla eruppe in un applauso, e l'orecchio fino di Rojer colse il tintinnare delle monete nel cappello che Jaycob faceva girare tra il pubblico. Il ragazzo non poté trattenere un sorriso. Il vecchio sembrava davvero ringalluzzito.

Mentre raccoglievano l'attrezzatura, perlustrò con lo sguardo la folla che andava disperdendosi, ma Abrum era sparito. A ogni buon conto, raccolsero alla svelta tutta la roba e scelsero un tragitto tortuoso per tornarsene alla loro locanda, in modo da non poter essere seguiti tanto facilmente. Il sole stava quasi per tramontare e le vie si svuotavano rapidamente. L'inverno volgeva al termine, ma sulle passerelle di legno c'erano ancora dei mucchietti di neve e ghiaccio, e pochi se ne restavano fuori, se non avevano incombenze da svolgere.

«Anche togliendo la quota per Cholls, l'affitto è ampiamente pagato» disse Jaycob, facendo tintinnare la borsa con gli incassi. «Una volta estinto il debito, sarai ricco!»

«*Saremo* ricchi» lo corresse Rojer, e Jaycob rise, battendo i tacchi a terra e dandogli una pacca sulla spalla.

«Ma guardati» disse Rojer. «Che fine ha fatto il vecchietto traballante e mezzo cieco che mi ha aperto la porta qualche mese fa?»

«È tutto merito degli spettacoli» rispose Jaycob, con un sorriso sdentato. «Lo so che non canto né lancio coltelli, ma anche solo a passare con il cappello, il mio sangue polveroso ha ripreso a pompare nelle vene come non succedeva più da vent'anni. Mi sento quasi di poter...» Distolse lo sguardo.

«Che cosa?» domandò Rojer.

«Anche solo...» rispose Jaycob «che so, imbastire un racconto, magari? O fare da spalla alle tue battute. Nulla che possa rubarti la scena...»

«Ma certo» approvò Rojer. «Te l'avrei proposto io stesso, ma mi sembrava di chiederti già troppo, a trascinarti in giro per tutta la città per sovrintendere alle mie esibizioni.»

«Ragazzo» disse Jaycob «io non ricordo nemmeno più da quant'è che non ero così felice.»

Stavano ridendo allegramente, quando svoltando un angolo finirono dritto incontro ad Abrum e Sali. Alle loro spalle, Jasin sfoggiava un gran ghigno.

«Ma che piacere vederti, amico mio!» disse Jasin, mentre Abrum agguantava Rojer per la spalla. Rojer restò senza fiato, quando un pugno improvviso allo stomaco le fece piegare in due, mandandolo lungo disteso sulle passerelle ghiacciate. Prima che potesse rialzarsi, Sali gli sferrò un calcio micidiale alla mascella.

«Lascialo stare!» proruppe Jaycob, gettandosi su Sali. L'imponente soprano gli rise in faccia e lo afferrò per scaraventarlo contro il muro di un palazzo.

«Oh, ce n'è una buona dose anche per te, vecchio!» disse Jasin, mentre Sali gli tempestava il corpo di pugni. Rojer sentì lo scrocchiare delle ossa fragili e i flebili gemiti che sfuggivano dalle labbra del maestro. Solo il muro lo sosteneva in piedi.

Le assi di legno sotto di lui giravano vorticosamente, ma Rojer riuscì a issarsi in piedi, reggendo il violino a due mani per la tastiera, brandendolo davanti a sé come un randello. «Non pensate di farla franca!» gridò.

Jasin gli rise in faccia. «E a chi andrai a rivolgerti?» gli chiese. «Pensi che i magistrati della città crederanno alle accuse palesemente infondate di un misero artista di strada contro la parola del nipote del primo ministro? Vai pure dalle guardie, e sarai tu a finire impiccato.»

Abrum tolse facilmente di mano il violino a Rojer, torcendogli il braccio, e gli sferrò una ginocchiata al basso ventre. Rojer sentì spezzarsi il braccio, mentre il dolore gli divampava all'inguine. Il violino gli si abbatté violentemente sulla nuca e andò in frantumi, mentre lui rovinava di nuovo sulla passerella.

Nonostante gli fischiassero le orecchie, Rojer sentì bene i rantoli di dolore di Jaycob. Torreggiando su di lui, Abrum sollevò con un ghigno un pesante randello.

26
L'ospedale

Anno 332 dR

«Ehi, Jizell!» esclamò Skot quando l'erborista venne da lui con una catinella. «Perché, una volta tanto, non lasci fare alla tua apprendista?» Accennò con il capo a Leesha, che stava cambiando le fasciature a un altro uomo.

«Bah!» sbuffò Jizell. Era una donna ben piazzata, con corti capelli grigi e una voce possente. «Se lascio fare le abluzioni a lei, in capo a una settimana mezza Angiers si darà malata.»

Leesha scosse la testa, non senza un sorriso, mentre tutti gli altri nella stanza scoppiavano a ridere. Skot era assolutamente inoffensivo. Faceva il messaggero, ed era stato disarcionato dal cavallo per strada. Per sua fortuna, ne era uscito vivo, rompendosi solo le braccia, e in qualche modo era riuscito a riprendere il cavallo e rimettersi in sella. Non aveva una moglie che si prendesse cura di lui, e così la Gilda dei Messaggeri aveva sborsato i klat per farlo ricoverare all'ospedale di Jizell fin quando non fosse stato in condizioni di provvedere a se stesso.

Jizell immerse la spugna nell'acqua calda saponata della bacinella, alzò il lenzuolo che copriva l'uomo e si mise all'opera con mano efficiente e sicura. Quando ebbe quasi finito, l'uomo mandò un gridolino, e Jizell rise. «Meno male che ci penso io a lavarti» commentò a voce alta, guardando sotto il lenzuolo. «La povera Leesha andrebbe incontro a una triste delusione.»

Dagli altri letti, tutti sghignazzarono alle spese del messaggero. La camerata era piena e la noia del riposo forzato si faceva sentire.

«Credo che con lei si mostrerebbe molto più in forma che con te» borbottò Skot, arrossendo violentemente, ma Jizell ci rise sopra ancora una volta.

«Il povero Skot ha un debole per te» disse Jizell a Leesha più tardi, mentre erano nella farmacia a triturare erbe.

«Un debole?» rise Kadie, una delle apprendiste più giovani. «Altro che debole, quello lì è cotto perso!» Le altre apprendiste a tiro d'orecchi eruppero in risatine.

«Io lo trovo carino» commentò Roni.

«Per te sono tutti carini» disse Leesha. Appena nel fiore della fanciullezza, Roni smaniava per ogni ragazzo. «Ma spero tu abbia più buon senso che andare a innamorarti di uno che pretende solo una passata con la spugna.»

«Non metterle idee in testa» intervenne Jizell. «Se fosse per lei, Roni sarebbe capace di fare le abluzioni a tutti i maschi ricoverati qui dentro.» Le ragazze ridacchiarono, e la stessa Roni non la contraddisse.

«Almeno, abbi la decenza di arrossire» la rimbrottò Leesha, scatenando nuovamente l'ilarità delle altre.

«Basta! Piantatela di ridere come tante oche giulive!» tagliò corto Jizell. «Devo parlare un momento con Leesha.»

«Quasi tutti gli uomini che arrivano qui si invaghiscono di te» disse Jizell appena furono sole. «Parlare con qualcuno d'altro che della sua salute non ti ammazzerebbe di certo.»

«Mi sembra di sentire mia madre» commentò Leesha.

Jizell sbatté il pestello sul banco. «Vuol dire che ci senti male» replicò l'erborista, che in quegli anni aveva saputo tutto quel che c'era da sapere sul conto di Elona. «Semplicemente, io non voglio che tu resti per sempre zitella solo per fare dispetto a lei. Non è mica un delitto, se ti piacciono gli uomini.»

«A me gli uomini piacciono» protestò Leesha.

«A quanto ho visto io, non direi.»

«Quindi, dovevo precipitarmi a fare il bagno con la spugna a Skot?» chiese Leesha.

«No di certo» rispose Jizell. «O almeno, non di fronte a tutti» soggiunse con una strizzatina d'occhio.

«E adesso mi sembra di sentire Bruna» gemette Leesha. «Ci vuole ben altro che delle allusioni volgari per conquistare il mio cuore.» Le richieste come quella di Skot non erano cosa nuova per Leesha. Aveva ereditato il corpo della madre e quello le procurava le continue attenzioni degli uomini, che lei li incoraggiasse o meno.

«E allora, cosa ci vuole?» chiese Jizell. «Che tipo di uomo potrebbe varcare le protezioni del tuo cuore?»

«Un uomo di cui possa fidarmi» rispose Leesha. «Uno che possa baciare senza che il giorno dopo vada a vantarsi con gli amici di avermi deflorata dietro al fienile.»

Jizell sbuffò. «Farai prima a trovare un coreling buono.»

Leesha si strinse nelle spalle.

«Secondo me, la tua è solo paura» l'accusò Jizell. «Hai aspettato così tanto a perdere la verginità che hai trasformato una cosa semplice e naturale per ogni ragazza in una specie di muraglia insormontabile.»

«Sciocchezze.»

«Ah, sì?» ribatté Jizell. «Quando le signore vengono a chiederti consigli di letto, ti vedo che brancoli e annaspi e diventi tutta rossa. Come puoi dare consigli intimi alle altre, se non conosci l'intimo tuo?»

«Sono abbastanza sicura di sapere come funzionano le cose» disse Leesha, piccata.

«Hai capito benissimo cosa intendevo.»

«Allora tu cosa mi suggerisci di fare?» chiese Leesha. «Scegliermi un uomo a caso, tanto per togliermi il peso?»

«Se necessario, sì.»

Leesha la guardò male, ma Jizell sostenne l'occhiata senza battere ciglio. «Hai custodito quel fiore così a lungo che ai tuoi occhi nessun uomo sarà mai degno di coglierlo» disse l'erborista. «A cosa serve un fiore nascosto che nessuno vedrà mai? Chi si ricorderà della sua bellezza, quando sarà appassito?»

Leesha emise un singhiozzo strozzato e Jizell le fu subito accanto per abbracciarla forte mentre scoppiava a piangere. «Su, su, tesoro» la consolò, accarezzandole i capelli «non è poi così tragico.»

Finito di cenare, dopo aver controllato le protezioni e mandato le apprendiste a studiare, Leesha e Jizell ebbero finalmente il tempo di prepararsi una tisana di erbe e aprire la cartella portata dal messaggero quella mattina. Carico d'olio e con lo stoppino nuovo, il lume sul tavolo era predisposto per un uso prolungato.

«Pazienti tutto il giorno e lettere tutta la notte» sospirò Jizell. «Grazie alla luce, le erboriste non hanno bisogno di sonno, eh?» Rovesciò la borsa, spargendo le pergamene sul tavolo.

Separarono velocemente la corrispondenza destinata ai pazienti, poi Jizell prese un pacchetto di fogli a caso e diede un'occhiata all'intestazione. «Queste sono per te» disse, passandolo a Leesha per prenderne un altro dalla pila, che aprì e cominciò a leggere.

«Questa è di Kimber» annunciò poco dopo. Kimber era un'altra delle apprendiste che Jizell aveva spedito a lavorare altrove, nel suo caso al Ceppo del Fattore, un borgo a un giorno di viaggio verso sud. «L'eruzione cutanea del bottaio è peggiorata e si è diffusa di nuovo.»

«Non prepara bene la tisana, ne sono sicura» sbuffò Leesha. «Non la lascia abbastanza a lungo in infusione, e poi si stupisce che la cura è poco efficace. Se mi toccherà scendere al Ceppo del Fattore a prepararla al posto suo, giuro che gliele suonerò!»

«Lo sa benissimo anche lei» rise Jizell. «Per questo ha preferito scrivere a me, stavolta!»

Aveva una risata contagiosa, e Leesha si unì subito a lei. Voleva un gran bene a Jizell. Quando era necessario, sapeva essere severa quanto Bruna, ma aveva sempre la risata facile.

Leesha sentiva terribilmente la mancanza di Bruna, e quel pensiero la ricondusse al mazzetto di fogli. Era Quartodì, quando arrivava il messaggero settimanale dal Ceppo del Pastore, la Conca del Taglialegna e altre località a sud. E infatti, nell'intestazione sulla prima lettera del pacchetto era riconoscibile la grafia precisa di suo padre.

C'era anche una missiva di Vika, e Leesha la lesse per prima, serrando i pugni ansiosamente finché non vi trovò la conferma che Bruna, alla sua età più che veneranda, stava ancora bene.

«Vika ha partorito» annunciò. «Un maschio, Jame, di quasi tre chili.»

«Questo è il terzo?» chiese Jizell.

«Il quarto» rispose Leesha. Vika aveva sposato Bimbo Jona – il Predicatore Jona, ormai – non molto dopo il suo arrivo alla Conca del Taglialegna, e aveva cominciato presto a sfornare marmocchi.

«Allora è piuttosto improbabile che torni ad Angiers» si lamentò Jizell.

Leesha rise. «Pensavo che fosse già scontato dopo il primo figlio.»

Veniva difficile credere che fossero passati già sette anni da quando lei e Vika si erano scambiate i ruoli. Quella sistemazione temporanea stava rivelandosi permanente, il che non dispiaceva del tutto a Leesha. Indipendentemente dalle scelte di Leesha, Vika sarebbe rimasta alla Conca del Taglialegna, dove sembrava persino più apprezzata di Bruna, Leesha e Darsy messe insieme. Quel pensiero infuse in Leesha un senso di libertà che non si era mai sognata di potersi concedere. Aveva promesso che un giorno sarebbe tornata, per garantire che la Conca potesse contare sulla presenza fondamentale di un'erborista, ma il Creatore l'aveva sollevata da quell'obbligo. Il futuro era nelle sue mani.

Il padre le scriveva che si era preso un'infreddatura, ma grazie alle cure di Vika contava di rimettersi presto. La lettera successiva era di Mairy; la figlia maggiore era sbocciata ed era promessa in nozze, e lei sarebbe diventata presto nonna. Leesha sospirò.

C'erano altre due lettere nel mazzetto. Leesha corrispondeva con Mairy, Vika e suo padre quasi ogni settimana, ma la madre le scriveva meno spesso, e il più delle volte era risentita.

«Tutto a posto?» chiese Jizell quando alzò gli occhi dalla missiva che stava leggendo e notò l'espressione rabbuiata di Leesha.

«Niente, è mia mamma» rispose Leesha, continuando a leggere. «Il tono cambia a seconda dell'umore, ma il messaggio è sempre lo stesso: "Torna a casa e fai dei figli prima che diventi troppo vecchia e il Creatore te ne tolga la possibilità".» Jizell sbuffò e scosse la testa.

In mezzo alla lettera della madre c'era un altro foglio, teoricamente da parte di Gared, anche se la grafia era quella di Elona, dal momento che Gared non sapeva scrivere. Ma nonostante gli sforzi per farla sembrare dettata da lui, Leesha era sicura che almeno una metà delle parole fosse da attribuire solo a sua madre, e molto probabilmente anche l'altra metà. Il contenuto, come nelle lettere di Elona, non cambiava mai. Gared stava bene. Gared sentiva la sua mancanza. Gared l'aspettava. Gared l'amava.

«Mia madre deve considerarmi davvero stupida» disse Leesha, ironica, mentre leggeva. «Vuol farmi credere che Gared possa anche solo tentare di scrivere una poesia, e oltretutto senza una rima.»

Jizell si mise a ridere, ma la sua ilarità ebbe breve vita, vedendo che Leesha era rimasta seria.

«E se avesse ragione lei?» chiese a un tratto la giovane. «Per quanto mi riesca difficile pensare che abbia ragione su qualsiasi cosa, io voglio avere dei figli un giorno, e non occorre essere un'erborista per sapere che i giorni che ho ancora davanti sono meno di quelli che mi sono lasciata alle spalle. Hai detto tu stessa che ho già perso i miei anni migliori.»

«Non è affatto quello che ho detto» replicò Jizell.

«Ma è abbastanza vero» disse tristemente Leesha. «Non ho mai dovuto mettermi a cercare degli uomini; erano sempre loro a trovare me, che mi piacesse o no. È che ho sempre pensato che un giorno se ne sarebbe presentato uno capace di adeguarsi alla mia vita, piuttosto di dover essere io a adattarmi alla sua.»

«È quello che a volte sogniamo un po' tutte, mia cara» disse Jizell. «Ogni tanto è anche bello concedersi questa fantasia, quando hai la testa tra le nuvole, ma non puoi riporci le tue speranze.»

Leesha strinse nel pugno la lettera, stropicciandola un po'.

«Quindi, stai pensando di tornare laggiù e sposare quel Gared?» domandò Jizell.

«Per il Creatore, no!» proruppe Leesha. «Ovvio che no!»

Jizell grugnì. «Bene. Mi hai risparmiato la fatica di darti una botta in testa.»

«Per quanto desideri visceralmente un bambino» disse Leesha «preferisco morire vergine piuttosto che averne uno da Gared. Il problema è che lui impedirebbe a qualsiasi uomo della Conca di provarci.»

«Il problema è presto risolto» assicurò Jizell. «I figli puoi farli qui.»

«Cosa?»

«Con Vika, la Conca del Taglialegna è in buone mani» disse Jizell. «Ho formato io stessa quella ragazza, e in ogni caso ormai il suo cuore è laggiù.» Si protese in avanti per posare la mano carnosa su quella di Leesha. «Resta. Accasati qui ad Angiers e prendi in mano tu l'ospedale, dopo il mio ritiro.»

Leesha sgranò gli occhi. Aprì la bocca, ma non riuscì a spiccicare parola.

«In questi anni, ho appreso da te non meno di quanto ho potuto insegnarti» continuò Jizell. «Non c'è nessun'altra a cui mi sentirei di affidare questo posto, neanche se Vika tornasse qui domani.»

«Non so che dire» ammise Leesha, esitante.

«Non c'è nessuna fretta di rispondere» assicurò Jizell, dandole un buffetto sulla mano. «In ogni caso, non prevedo di ritirarmi tanto presto. Ma tu intanto pensaci.»

Leesha annuì. Jizell le aprì le braccia e lei ci si abbandonò, stringendo forte la donna più anziana. Stavano sciogliendosi dall'abbraccio, quando un grido da fuori le fece trasalire.

«Aiuto! Aiuto!» urlava qualcuno. Gli occhi di entrambe andarono alla finestra. Era già notte inoltrata.

Aprire le imposte di notte ad Angiers era un reato punibile con la fustigazione, ma Leesha e Jizell non ci pensarono nemmeno e si affrettarono a togliere la sbarra. Di sotto, videro tre guardie cittadine che accorrevano lungo la passerella; due dei soldati portavano sulle spalle un uomo ciascuno.

«Ehi, dell'ospedale!» chiamò la prima delle guardie quando dalle imposte aperte vide la stanza illuminata. «Aprite il portone! Date soccorso! Soccorso e cure!»

Leesha e Jizell si precipitarono insieme verso le scale, rischiando quasi di ruzzolare giù nella fretta di raggiungere il portone. Era inverno, e anche se i runieri lavoravano con diligenza per mantenere la rete di protezione sgombra da neve, ghiaccio e foglie morte, ogni notte c'era comunque qualche demone del vento che riusciva a trovare il modo di infiltrarsi, per dare la caccia ai mendicanti senzatetto o per aspettare quei rari stolti che osavano sfidare temerariamente il coprifuoco e la legge. Un demone del vento poteva piombare giù silenzioso come un sasso, aprire di scatto le ali munite di artigli e sventrare la sua vittima, per poi ghermirla con gli unghioni posteriori e volarsene via con la preda.

Giunte nell'androne, spalancarono la porta e videro gli uomini che sopraggiungevano. Le rune sull'architrave garantivano sufficiente protezione a loro e ai pazienti anche con il portone aperto.

«Che succede?» gridò Kadie, affacciandosi dalla balconata in cima alle scale. Alle sue spalle, le altre apprendiste stavano riversandosi fuori dalla loro camerata.

«Rimettetevi i grembiuli e venite giù subito!» ordinò Leesha, e le ragazze si affrettarono a obbedire.

Gli uomini erano ancora distanti, ma correvano a perdifiato. Leesha ebbe una stretta allo stomaco, sentendo le strida che venivano dal cielo. La luce e il trambusto avevano attratto i demoni del vento.

Ma le guardie si avvicinavano alla svelta, e Leesha già sperava che sarebbero riusciti ad arrivare indenni alla porta, quando uno degli uomini scivolò su una lastra di ghiaccio e cadde pesantemente a terra. Lanciò un urlo, e l'uomo che stava portando ruzzolò sulla passerella.

L'altro soldato che trasportava un uomo sulle spalle gridò qualcosa al terzo armigero e, a testa bassa, prese a correre ancora più forte. L'uomo libero da fardelli si voltò e si precipitò indietro verso il compagno caduto.

Un battito improvviso di ali coriacee fu l'unico avvertimento prima che la testa della sventurata guardia, mozzata di netto, rotolasse sul tavolato. Kadie gettò un urlo. Ancor prima che il sangue sprizzasse dalla ferita, il demone del vento s'impennò in volo con uno strillo, portandosi via il corpo decapitato.

Il primo dei soldati varcò le protezioni, portando in salvo il suo fardello. Leesha volse lo sguardo indietro all'altro uomo, che stava cercando di rialzarsi, e aggrottò la fronte con un cipiglio risoluto.

«Leesha, no!» gridò Jizell, cercando di trattenerla, ma Leesha si scansò agilmente e si precipitò fuori, sulla passerella.

Corse a zigzag mentre le strida dei demoni del vento echeggiavano nell'aria gelida sopra di lei. Un demone tentò comunque un attacco in picchiata e la mancò, seppure di una spanna soltanto. Si abbatté con uno schianto sulle assi di legno, ma si risollevò alla svelta, la pelle coriacea illesa nell'impatto. Leesha si girò su se stessa e gli gettò negli occhi una manciata della polvere accecante di Bruna. La creatura strillò di dolore, e Leesha riprese a correre.

«Salvate lui, non me!» gemette la guardia vedendola avvicinarsi e indicando la figura che giaceva immobile sul tavolato. La guardia aveva una caviglia rigirata in modo innaturale, evidentemente fratturata. Leesha guardò l'altra sagoma accasciata sulla passerella. Non poteva caricarsi tutti e due.

«Non me!» gridò di nuovo la guardia, quando lei sopraggiunse.

Leesha scosse la testa. «È più facile che riesca a portare in salvo voi» disse in un tono che non ammetteva repliche. Gli passò un braccio sotto l'ascella e lo issò in piedi.

«Tenetevi bassa» ansimò la guardia. «I demoni del vento fanno più fatica a ghermire le prede rasoterra.»

Lei si piegò il più possibile, vacillando sotto il peso dell'omone, e capì che a quell'andatura stentata non ce l'avrebbero mai fatta, rasoterra o no.

«Ora!» gridò Jizell. Leesha alzò gli occhi e vide Kadie e le altre apprendiste uscire di corsa sulla passerella, reggendo sopra la testa i lembi di un lenzuolo bianco. Il telo svolazzante copriva quasi del tutto la via, impedendo ai demoni del vento di localizzare i bersagli.

Sotto quella provvidenziale copertura, Mastra Jizell e la prima guardia corsero loro incontro. Jizell assisté Leesha, mentre il soldato si caricava l'uomo privo di sensi. Con l'energia che infondeva loro la paura, coprirono rapidamente la distanza residua e si ritirarono nell'ospedale, sprangando il portone.

«Questo qui è morto» disse Jizell con freddezza. «Direi da un'ora almeno.»

«Ho rischiato la pelle per un morto?» esclamò la guardia con la caviglia rotta. Leesha lo ignorò e andò a visitare l'altro ferito.

Con quel suo viso tondo e lentigginoso e la corporatura esile, sembrava più un ragazzo che un uomo. Aveva subito un brutto pestaggio, ma respirava, e il cuore pulsava forte e regolare. Leesha fece un rapido esame, tagliando gli abiti a toppe multicolori per controllare se aveva ossa rotte e individuare l'origine del sangue che gli imbrattava la tenuta variopinta.

«Cosa è successo?» chiese Jizell alla guardia con la caviglia rotta, mentre esaminava la frattura.

«Stavamo rientrando dall'ultima ronda» disse la guardia, a denti stretti «quando abbiamo trovato questi due giullari, almeno a giudicare dall'aspetto, accasciati sul marciapiede. Devono averli derubati dopo uno spettacolo. Erano vivi tutti e due, ma in pessime condizioni. Era già sceso il buio, ma nessuno dei due sembrava in grado di sopravvivere alla notte, senza le cure di un'erborista. Mi sono ricordato di quest'ospedale, e siamo corsi qui il più veloce possibile, cercando di tenerci sotto i cornicioni per non farci vedere dai volatori.»

Jizell annuì. «Avete fatto la cosa giusta.»

«Andatelo a dire al povero Jonsin» replicò la guardia. «Per il Creatore, che gli racconto adesso alla moglie?»

«Domani ci penserete» rispose Jizell, avvicinandogli alle labbra una fiaschetta. «Bevete questa.»

La guardia le diede un'occhiata dubbiosa. «Che cos'è?»

«Vi farà dormire» disse Jizell. «Devo aggiustarvi la caviglia e vi garantisco che non vorrete lasciarvelo fare da sveglio.»

Il soldato mandò giù la pozione d'un sorso.

Leesha stava detergendo le ferite del più giovane, quando quello riprese improvvisamente i sensi e si drizzò a sedere di scatto. Aveva un occhio chiuso dalla tumefazione, ma l'altro, di un verde acceso, si guardava attorno ansiosamente. «Jaycob!» gemette il giovane.

Prese a dimenarsi come una furia, e ci vollero Leesha, Kadie e l'altra guardia per costringerlo a rimettersi giù. «Dov'è Jaycob?» chiese. «Sta bene?»

«L'anziano che era con te quando ti hanno trovato?» domandò Leesha, e lui annuì.

Leesha esitò, cercando le parole per dirlo, ma il suo silenzio fu anche troppo eloquente. Il ragazzo lanciò un grido e ricominciò ad agitarsi. La guardia lo inchiodò al letto e lo fissò negli occhi.

«Hai visto chi è stato a picchiarvi?» chiese.

«Non è in condizioni di...» protestò Leesha, ma l'uomo la mise a tacere con un'occhiata.

«Stanotte ho perduto un uomo» disse. «Non ho tempo per aspettare.» Tornò a rivolgersi al ragazzo. «Allora?»

Il giovane lo guardò, con le lacrime agli occhi. Alla fine, scosse la testa; ma la guardia non si diede per vinta. «Devi pur aver visto *qualcosa*» insisté.

«Ora basta» troncò Leesha, afferrando l'uomo per i polsi e cercando di trascinarlo via. Dopo qualche resistenza, la guardia finì per cedere. «Aspettate nell'altra stanza» gli ordinò Leesha. Lui la fissò storto, ma obbedì.

Quando Leesha tornò a guardarlo, il ragazzo stava piangendo senza ritegno. «Rimettetemi di fuori nella notte» disse, sollevando una mano mutilata. «Io dovevo crepare già da un pezzo, e tutti quelli che cercano di salvarmi finiscono morti ammazzati.»

Leesha gli prese la mano offesa tra le sue e lo guardò negli occhi. «Correrò questo rischio» disse, stringendogliela forte. «Noi sopravvissuti dobbiamo proteggerci l'un l'altro.» Gli portò alle labbra la fiaschetta con il sonnifero e gli tenne la mano per fargli coraggio finché non gli si abbassarono le palpebre.

Il suono del violino aveva invaso l'ospedale. I pazienti battevano le mani e le apprendiste danzavano mentre si dedicavano alle loro mansioni. Leesha e Jizell sembravano avere le molle ai piedi.

«E pensare che il giovane Rojer era preoccupato di non avere di che pagarci» disse Jizell mentre preparavano il pranzo. «Ho una mezza idea di ingaggiarlo per venire a intrattenere i pazienti, quando si sarà rimesso del tutto.»

«I pazienti e le ragazze lo adorano» convenne Leesha.

«Ti ho visto che balli quando credi che nessuno ti guardi» disse Jizell.

Leesha sorrise. Quando non suonava il violino, Rojer narrava storie che facevano accalcare le apprendiste ai piedi del suo letto, oppure insegnava loro certi trucchi per farsi belle che sosteneva di avere appreso dalle cortigiane del duca in persona. Jizell lo copriva di attenzioni materne e tutte le apprendiste lo adoravano e stravedevano per lui.

«Allora, diamogli una fetta d'arrosto bella spessa» disse Leesha, mentre tagliava la carne e la posava su un vassoio già stracarico di patate e frutta.

Jizell scosse la testa. «Non so proprio dove mette tutta quella roba» osservò. «È da una luna e passa che tu e le altre lo ingozzate di cibo, eppure è sempre sottile come un fuscello.»

«Il pranzo!» chiamò con il suo vocione, e le ragazze sfilarono dentro a ritirare i vassoi. Roni puntò subito a quello più carico, ma Leesha glielo sfilò da sotto le mani. «A questo ci penso io» disse, sorridendo delle espressioni deluse che fioccavano in giro per la cucina.

«Rojer ha bisogno di riposarsi un po' mentre mangia un boccone, non di intrattenervi con i suoi racconti mentre gli tagliate la carne» intervenne Jizell. «Potrete andarlo a coccolare più tardi.»

«Intervallo!» annunciò Leesha irrompendo nella stanza, ma l'avviso fu del tutto superfluo. Al suo apparire, l'archetto era scivolato giù dalle corde del violino con un suono stridulo. Rojer sorrise e agitò la mano per salutarla, rovesciando una tazza di legno mentre cercava di mettere via lo strumento. Le fratture alle dita e al braccio si erano ricomposte bene, ma aveva ancora la gamba ingessata e tenuta in sospensione, e non arrivava facilmente al comodino.

«Devi avere una gran fame, oggi» scherzò lei, posandogli in grembo il vassoio per prendere il violino. Rojer guardò il portavivande con aria dubbiosa e le sorrise.

«Non è che potresti aiutarmi a tagliare la carne?» chiese, mostrando la mano mutilata.

Leesha inarcò un sopracciglio. «Le tue dita mi paiono abbastanza svelte quando suoni il violino» osservò. «Perché adesso non dovrebbero farcela?»

«Perché detesto mangiare da solo» rispose Rojer ridendo.

Leesha gli sorrise, si sedette sul bordo del letto e prese coltello e forchetta. Tagliò un bel boccone di carne e lo immerse nella salsa con le patate prima di portarlo alla bocca di Rojer. Quando lui ricambiò il sorriso, gli colò dalle labbra un po' di sugo, strappando un risolino a Leesha. Rojer avvampò, con le guance che da pallide si fecero rosse come le sue chiome.

«Non c'è bisogno di imboccarmi» disse.

«Vuoi che ti tagli solo la carne e me ne vada?» chiese Leesha, e Rojer scosse la testa con vigore. «Allora, zitto.» E gli avvicinò alle labbra un'altra forchettata.

«Non è il mio violino, sai» le confidò Rojer dopo qualche momento di silenzio, gettando un'occhiata allo strumento. «È quello di Jaycob. Il mio si è rotto quando...»

Lasciò la frase in sospeso, e Leesha si rabbuiò. A oltre un mese di distanza, continuava a rifiutarsi di parlare dell'aggressione, anche su insistenza della guardia. Aveva mandato a prendere il poco che possedeva, ma per quel che ne sapeva Leesha non aveva nemmeno contattato la Gilda dei Giullari per informarli dell'accaduto.

«Non è colpa tua» disse Leesha, vedendo i suoi occhi farsi distanti. «Non sei stato tu ad aggredirlo.»

«Ma è colpa mia lo stesso.»

«Che cosa vuoi dire?»

Rojer distolse gli occhi. «Voglio dire... perché l'ho costretto a riprendere il lavoro. Sarebbe ancora vivo se...»

«Ma se hai detto tu stesso che sosteneva che tornare al lavoro era la cosa migliore che gli fosse capitata da vent'anni» ribatté Leesha. «Mi sembra che in quel breve periodo abbia vissuto di più dei tanti anni che avrebbe potuto restarsene rinchiuso nella sua cella alla Casa della Gilda.»

Rojer annuì, ma aveva i lucciconi agli occhi. Leesha gli prese la mano. «Le erboriste devono spesso confrontarsi con la morte» gli disse. «Nessuno, proprio nessuno, se ne va mai al Creatore senza lasciare qualcosa in sospeso. A ognuno di noi è concesso di vivere più o meno a lungo, ma in un modo o nell'altro, dobbiamo farci bastare quel tempo.»

«È solo che sembra sempre troppo poco, per le persone che incrociano la mia strada» sospirò Rojer.

«Ho visto andarsene troppo presto un bel po' di gente che non aveva mai sentito nominare Rojer Mezzamano» disse Leesha. «Vuoi accollarti la colpa anche delle loro morti?»

Rojer la guardò, e lei gli mise in bocca un'altra forchettata. «Non rendi servizio ai morti rinunciando a vivere per i tuoi sensi di colpa» gli disse.

Quando giunse il messaggero, Leesha aveva le braccia cariche di biancheria. Si infilò sotto il grembiule la lettera di Vika e lasciò da parte il resto della corrispondenza, per leggerla dopo. Finì di riporre i panni puliti, ma poi arrivò una ragazza trafelata a riferirle che un paziente tossiva sangue. Dopodiché dovette riassestare un braccio rotto e fare lezione alle apprendiste.

Il tempo passò in un lampo e, tramontato il sole, le apprendiste se ne andarono a letto. Leesha abbassò le lampade, riducendo la luce a un debole chiarore rossastro, e fece un ultimo giro tra le file di letti per assicurarsi che i pazienti non avessero bisogno di nulla, poi si ritirò per la notte al piano di sopra. Passando, incrociò lo sguardo di Rojer, che le fece segno di avvicinarsi, ma lei scosse la testa con un sorriso. Puntò il dito su di lui, poi giunse le mani come in preghiera, ci posò la guancia e chiuse gli occhi.

Rojer aggrottò la fronte, ma Leesha gli strizzò l'occhio e proseguì, sapendo che lui non l'avrebbe seguita. Gli avevano tolto il gesso, ma anche se le fratture si erano ricomposte bene, accusava ancora dolori e debolezza.

Giunta in fondo alla camerata, si fermò un momento per versarsi una tazza d'acqua. Era una calda notte di primavera, e la brocca era bagnata di condensa. Leesha si passò istintivamente la mano sul grembiule per asciugarsela e sentì un fruscio di carta. Allora si ricordò della lettera di Vika e la tirò fuori, ruppe il sigillo con il pollice e mentre beveva orientò la pagina verso il lume.

Un istante dopo, la tazza le cadde di mano. Non se ne rese nemmeno conto, né sentì il rumore della ceramica che andava in frantumi. Serrò in pugno il foglio e scappò via.

Rojer andò in cucina e trovò Leesha che singhiozzava sommessamente.

«Va tutto bene?» le chiese a voce bassa, appoggiandosi al bastone.

«Rojer?» Leesha tirò su col naso. «Perché non sei a letto?»

Lui non le rispose, ma venne a sedersi accanto a lei. «Brutte notizie da casa?» domandò.

Leesha lo guardò un momento, poi annuì. «Ti ricordi quell'infreddatura che si era preso mio padre?» chiese, e attese da Rojer un cenno di conferma, prima di continuare. «Sembrava guarito, ma poi ha avuto una violenta ricaduta. È una brutta influenza che sì è diffusa in ogni angolo della Conca. La maggioranza degli ammalati dovrebbe riuscire a cavarsela, ma i più deboli…» Ricominciò a piangere.

«Qualcuno che conosci?» chiese Rojer, pentendosi subito di quella domanda stupida. Ovvio che era qualcuno che conosceva. Nei borghi si conoscevano tutti.

Leesha non fece caso alla sua gaffe. «La mia maestra, Bruna» rispose, coi lacrimoni che le gocciolavano sul grembiule. «E anche altri, tra cui due bambini che non ho mai avuto la fortuna di conoscere. In tutto, oltre una dozzina di persone, e una metà del paese è ancora a letto. Mio padre è tra i più gravi.»

«Mi dispiace.»

«Non essere dispiaciuto per me; è colpa mia.»

«Perché?»

«Dovevo essere laggiù» disse Leesha. «Da anni ormai non sono più l'apprendista di Jizell. Avevo promesso di tornare alla Conca del Taglialegna, una volta conclusi gli studi. Se avessi mantenuto la promessa, a quest'ora sarei stata lì, e forse…»

«Una volta, a Findiselva, ho visto delle persone morire di influenza» disse Rojer. «Vorresti caricarti sulla coscienza anche loro? O tutti quelli che muoiono in questa città, perché non puoi prenderti cura di tutti quanti?»

«Non è la stessa cosa, e lo sai anche tu.»

«Ah, no?» chiese Rojer. «L'hai detto tu stessa che pensare ai morti non serve a nulla se rinunci a vivere per i tuoi sensi di colpa.»

Leesha lo guardò, spalancando gli occhi lustri di pianto.

«E quindi, cosa vuoi fare?» domandò Rojer. «Passare la notte a piangere, o cominciare a preparare i bagagli?»

«I bagagli?»

«Ho un cerchio portatile da messaggero» disse Rojer. «Possiamo partire per la Conca del Taglialegna domani mattina.»

«Rojer, ma se riesci a malapena a camminare!»

Rojer sollevò il bastone, lo posò sul banco e si alzò. Camminava un po' rigido, ma sulle sue gambe.

«Facevi finta solo per poterti godere ancora per un po' il letto caldo e le premurose attenzioni delle donne?» chiese Leesha.

«Io? Mai!» Rojer avvampò. «È solo che… non sono ancora pronto per esibirmi.»

«Ma puoi farti tutta la strada a piedi fino alla Conca del Taglialegna?» chiese Leesha. «Senza un cavallo, ci vorrà una settimana.»

«Non è che dovrò fare acrobazie lungo la strada» replicò Rojer. «Ce la farò benissimo.»

Leesha incrociò le braccia e scosse la testa. «No. Te lo proibisco categoricamente.»

«Non sono un apprendista che puoi comandare a bacchetta» protestò Rojer.

«Sei un mio paziente» ribatté Leesha «e ti proibisco qualsiasi cosa possa mettere a repentaglio la tua guarigione. Ingaggerò un messaggero che mi accompagni laggiù.»

«Se credi di poterne trovare uno, ti faccio tanti auguri» disse Rojer. «L'uomo che scende al sud ogni settimana dev'essere partito oggi, e in questo periodo dell'anno, gli altri saranno già quasi tutti impegnati. Dovrai spendere una fortuna per convincerne uno a mollare tutti gli impegni per portarti alla Conca del Taglialegna. Oltretutto, io posso tenere lontani i coreling col mio violino. Non c'è messaggero che possa offrirti altrettanto.»

«Non ne dubito» disse lei in un tono che lasciava intendere tutto il contrario «ma quel che mi occorre è il cavallo veloce di un messaggero, non un violino magico.» Ignorando le sue proteste, lo rispedì a letto e salì di sopra a preparare le sue cose.

«Sei proprio sicura di voler partire?» chiese Jizell il mattino seguente.

«Devo andare» disse Leesha. «Vika e Darsy non possono gestire la situazione da sole.»

Jizell annuì. «Rojer sembra convinto che ti ci porterà lui.»

«Be', si sbaglia» rispose Leesha. «Ingaggerò un messaggero.»

«È tutta mattina che prepara i bagagli.»

«Si è appena rimesso» obiettò Leesha.

«Bah!» fece Jizell. «Sono passate quasi tre lune. Stamattina non l'ho mai visto usare il bastone. Credo che fosse soltanto una scusa per poterti stare vicino ancora un po'.»

Leesha sgranò gli occhi. «Tu pensi che Rojer…?»

Jizell si strinse nelle spalle. «Dico soltanto che non capita tutti i giorni di trovare un uomo disposto a sfidare i coreling per amore di qualcuno.»

«Jizell, con gli anni che ho potrei essere sua madre!» disse Leesha.

«Bah!» sbuffò Jizell. «Ne hai appena ventisette, e Rojer dice di averne venti.»

«Rojer dice un sacco di cose non vere.»

L'erborista fece un'altra alzata di spalle.

«Tu sostieni di essere diversa da mia madre» disse Leesha «ma tutte e due trovate sempre il modo di trasformare ogni tragedia in una discussione sulla mia vita sentimentale.»

Jizell aprì la bocca per rispondere, ma Leesha la fermò, alzando la mano. «Ora scusami» disse «ma devo andarmi a cercare un messaggero.» Lasciò infuriata la cucina e Rojer, che stava origliando alla porta, fece appena in tempo a sgattaiolare via senza essere visto.

Tra i soldi che le aveva dato il padre e i compensi ricevuti da Jizell, Leesha poté farsi rilasciare dalla Banca del duca una cambiale da centocinquanta soli di Miln. Era una somma che il popolino di Angiers non si sarebbe nemmeno potuto sognare, ma i messaggeri non rischiavano la vita per un pugno di klat. Aveva sperato che potessero bastare, ma le parole di Rojer si rivelarono profetiche, se non di malaugurio.

Si era nel pieno dei traffici commerciali di primavera, e persino i messaggeri meno quotati avevano già degli ingaggi. Skot era fuori città, e il segretario della Gilda dei Messi rifiutò senza mezzi termini di aiutarla. Il meglio che potevano proporle era l'uomo in partenza per il Sud la settimana successiva, di lì a sei lunghi giorni.

«In tutto quel tempo, posso anche arrivarci a piedi!» protestò Leesha con il segretario.

«Allora, vi consiglio di mettervi in cammino» rispose seccamente quello.

Leesha si morse la lingua e uscì come una furia. Pensava che sarebbe ammattita, trovandosi costretta ad aspettare una settimana prima di partire. E se nel frattempo suo padre fosse morto…

«Leesha?» la chiamò qualcuno. Lei si fermò di colpo e si volse lentamente.

«Sei proprio tu!» esclamò Marick, andandole incontro a braccia aperte. «Non pensavo che fossi ancora in città!» Leesha si lasciò abbracciare, sconcertata.

«Cosa ci fai, qui alla Casa della Gilda?» chiese Marick staccandosi da lei per squadrarla ammirato. Era sempre un bell'uomo, con quei suoi occhi da lupo.

«Cerco qualcuno che mi scorti fino alla Conca del Taglialegna» rispose lei. «C'è una brutta influenza che flagella il villaggio e hanno bisogno del mio aiuto.»

«Potrei portartici io, credo» disse Marick. «Dovrò chiedere a qualcuno di rimpiazzarmi per il viaggio di domani a Ponterivo, ma non dovrebbe essere difficile trovarlo.»

«Ho del denaro» assicurò Leesha.

«Lo sai che non accetto soldi per scortare le persone» disse Marick con uno sguardo malizioso, facendosi più vicino. «C'è solo una ricompensa che mi preme davvero.» Allungò una mano per tastarle il sedere, e Leesha dovette resistere all'impulso di sfuggirgli. Pensò alle persone che avevano bisogno di lei, e oltre a quello, pensò a quanto aveva detto Jizell riguardo ai fiori che nessuno vedeva. Forse era nei disegni del Creatore che dovesse imbattersi in Marick proprio quel giorno. Mandò giù il rospo e gli fece un cenno di assenso.

Marick la trascinò in una nicchia buia fuori dalla sala principale. La sospinse contro il muro, dietro a una statua di legno e la baciò con ardore. Dopo una prima esitazione, Leesha ricambiò il bacio e gli cinse le spalle con le braccia, mentre lui le insinuava la lingua fra le labbra.

«Non avrò quel problema, stavolta» promise Marick, prendendole la mano per posarsela sulla virilità turgida.

Leesha sorrise timidamente. «Potrei venire alla tua locanda prima di buio» disse. «Potremmo… passare la notte insieme e partire in mattinata.»

Marick si guardò attorno e scosse il capo. La spinse di nuovo contro il muro, allungando una mano per slacciarsi la cintura. «Ho aspettato anche troppo questo momento» grugnì. «Adesso sono pronto, e non me lo lascerò sfuggire!»

«Non ho intenzione di farlo in un corridoio!» bisbigliò Leesha, respingendolo. «Qualcuno potrebbe vederci!»

«Non ci vedrà nessuno» insisté Marick, premendosi contro di lei per baciarla di nuovo. Estrasse dai pantaloni il membro eretto e cominciò ad alzarle le gonne. «Sei qui, come per magia» disse «e stavolta ci sono anch'io. Che cosa vuoi di più?»

«Un minimo di intimità?» chiese Leesha. «Un letto? Un paio di candele? Qualsiasi cosa!»

«E magari un giullare che ti canta la serenata sotto la finestra?» la sfotté Marick, mentre le insinuava le dita fra le cosce per frugarla. «Parli come una verginella.»

«Io *sono* vergine!» gemette Leesha.

Marick si ritrasse, con l'erezione ancora in mano, e la guardò con occhi beffardi. «Se lo sa tutta la Conca del Taglialegna che ti sei fatta quello scimmione di Gared una decina di volte almeno» disse. «Dopo tutto questo tempo, continui ancora a mentire?»

Furibonda, Leesha gli sferrò una ginocchiata nel basso ventre e scappò fuori dalla Casa della Gilda, lasciando Marick rantolante a terra.

«Non ti ci vuole portare nessuno?» chiese Rojer quella sera.

«Nessuno che non pretenda in cambio di portarmi a letto con lui» sbuffò Leesha, sorvolando sul fatto che era stata disposta ad arrivare anche a quello. Ancora adesso, temeva di avere commesso un grave errore. Una parte di lei si era pentita di non avere ceduto a Marick, ma anche se Jizell aveva ragione e la sua verginità non era la cosa più preziosa al mondo, di sicuro valeva ben più di quello.

Si stropicciò gli occhi, ma riuscì solo a far sgorgare le lacrime che stava cercando di trattenere. Rojer le sfiorò il viso e lei lo guardò. Lui le sorrise, allungò la mano, e le fece spuntare magicamente da dietro l'orecchio un fazzoletto dai colori sgargianti. Leesha rise suo malgrado e prese il fazzoletto per asciugarsi gli occhi.

«Posso sempre portartici io» disse Rojer. «Ho fatto tutta la strada a piedi da qui fino a Val del Pastore. Se sono arrivato fin lì, posso benissimo accompagnarti alla Conca del Taglialegna.»

«Sul serio?» chiese Leesha, tirando su col naso. «Non è solo una delle tue storie alla Jak Linguasquama, come quella che sapresti incantare i coreling suonando il violino?»

«È la verità» assicurò Rojer.

«Perché faresti questo per me?»

Rojer sorrise, prendendole la mano nella sua mutilata. «Noi siamo dei sopravvissuti, giusto?» chiese. «Una volta, mi hai detto che i sopravvissuti devono aiutarsi fra loro.»

Leesha singhiozzò e lo strinse in un abbraccio.

"Sono diventato matto?" si chiese Rojer mentre si lasciavano alle spalle le porte di Angiers. Leesha aveva comprato un cavallo per il viaggio, ma Rojer non era mai montato in sella in vita sua, e Leesha solo rare volte. Lui le sedeva dietro, mentre lei guidava l'animale a un'andatura appena più sostenuta di quella che avrebbero potuto avere a piedi.

Anche così, le gambe irrigidite gli facevano male a ogni sobbalzo, ma lui non se ne lamentava. Se si fosse azzardato a dire qualcosa prima che la città sparisse di vista alle loro spalle, Leesha sarebbe tornata immediatamente indietro.

"E sarebbe comunque la cosa più sensata" si disse Rojer. "Tu sei un giullare, non un messaggero."

Ma Leesha aveva bisogno di lui, e fin dalla prima volta che l'aveva vista, Rojer sapeva che non avrebbe mai potuto rifiutarle nulla. Sapeva che agli occhi di lei era solo un fanciullo, ma le avrebbe fatto cambiare idea portandola fino a casa. Le avrebbe fatto capire che era un adulto, capace di badare tanto a se stesso quanto a lei.

E a ogni modo, cosa gli restava ormai ad Angiers? Jaycob era morto, e probabilmente la gilda pensava che lo fosse anche lui; e tutto sommato era meglio così. "Se ti rivolgi alle guardie, sarai tu a finire impiccato" aveva minacciato Jasin, e Rojer era abbastanza sveglio per capire che se l'Ugola d'Oro lo avesse scoperto ancora vivo, non gli avrebbe lasciato il modo di raccontare niente a nessuno.

Ma a guardare la strada davanti a loro, si sentiva serrare lo stomaco. Come il Salto del Grillo, il Ceppo del Fattore distava soltanto un giorno di cavalcata, ma la Conca del Taglialegna era molto più lontana, forse quattro notti, anche viaggiando a cavallo. Rojer non aveva mai passato più di due notti all'aperto, e soltanto in un'occasione. Gli balenò in mente il ricordo della morte di Arrick. Avrebbe potuto sopportare anche la perdita di Leesha?

«Va tutto bene?» gli chiese Leesha.

«Perché?»

«Ti tremano le mani.»

Rojer si guardò le mani posate sulla vita di lei, e vide che aveva ragione. «Non è niente» minimizzò. «Solo un brivido venuto da chissà dove.»

«Odio quei brividi» disse Leesha, ma Rojer la udì a malapena. Si fissava le mani, cercando di farle smettere di tremare.

"Sei un attore!" si rimproverò. "Fingiti coraggioso!"

Pensò a Marko il Vagabondo, l'ardito esploratore delle sue storie. Rojer lo aveva descritto e ne aveva inscenato le avventure così tante volte che ogni suo tratto e modo di fare erano ormai una seconda natura per lui. Raddrizzò la schiena e il tremito delle mani cessò.

«Quando sei stanca, dimmelo» le propose «così prendo io le redini.»

«Credevo che non fossi mai montato a cavallo in vita tua.»

«Le cose si imparano facendole» disse Rojer, citando la frase che usava Marko il Vagabondo ogni volta che s'imbatteva in qualcosa di nuovo.

Marko il Vagabondo non aveva mai paura di cimentarsi in qualcosa di nuovo.

Con Rojer alle redini, l'andatura aumentò, ma arrivarono comunque al Ceppo del Fattore appena prima di buio. Lasciarono il cavallo alla stalla e si diressero alla locanda.

«Sei un giullare?» chiese il locandiere, vedendo la tenuta variopinta di Rojer.

«Rojer Mezzamano» si presentò lui. «Da Angiers e i borghi occidentali.»

«Mai sentito di te» bofonchiò il locandiere «ma se metti su uno spettacolo, ti lascio la camera gratis.»

Rojer guardò Leesha e quando lei assentì con un'alzata di spalle, sorrise e tirò fuori il suo sacco delle meraviglie.

Il Ceppo del Fattore era un piccolo agglomerato di case e fabbricati, collegati tra loro da passerelle di legno protette da rune. A differenza di ogni altro villaggio visitato da Rojer, qui gli abitanti uscivano anche di notte, spostandosi liberamente – anche se a passi affrettati – da un edificio a l'altro.

Quella libertà permise al pubblico di affollare la sala, per la gioia di Rojer. Si esibì per la prima volta dopo mesi di inattività, ma gli venne subito naturale, e presto l'intera sala prese a battere le mani e a divertirsi con le storie di Jak Linguasquama e dell'Uomo delle Rune.

Quando tornò a sedersi, trovò Leesha con le guance arrossate dal vino. «Sei stato magnifico» gli disse. «Proprio come mi aspettavo.»

Raggiante, Rojer stava per risponderle qualcosa, quando si avvicinarono due uomini portando dei boccali pieni. Ne offrirono uno a Rojer e un altro a Leesha.

«Un piccolo ringraziamento per lo spettacolo» disse il primo dei due. «So che non è molto…»

«Siete molto gentili, grazie» disse Rojer. «Ma fateci compagnia, vi prego.» Accennò alle due sedie libere al loro tavolo. I due uomini si accomodarono.

«Cosa vi conduce sulla via del Ceppo?» chiese il primo uomo. Era basso, con una folta barba nera. Il suo compagno era più alto, robusto e muto.

«Siamo diretti alla Conca del Taglialegna» rispose Rojer. «Leesha è un'erborista e sta andando laggiù per aiutarli a debellare un'influenza.»

«C'è molta strada fino alla Conca» disse l'uomo con la barba nera. «Come farete a resistere alle notti?»

«Non preoccupatevi per noi» rispose Rojer. «Abbiamo un cerchio da messaggeri.»

«Un cerchio portatile?» chiese l'uomo, sorpreso. «Deve valere un bel gruzzolo.»

Rojer annuì. «Più di quanto immaginate.»

«Be', non vi tratteniamo, se dovete andare a letto» disse l'uomo e si alzò da tavola con il compagno. «Vi converrà partire di buon'ora.» E si allontanarono per raggiungere un terzo uomo a un altro tavolo, mentre Rojer e Leesha svuotavano i boccali prima di ritirarsi nella loro stanza.

27
Al calar delle tenebre

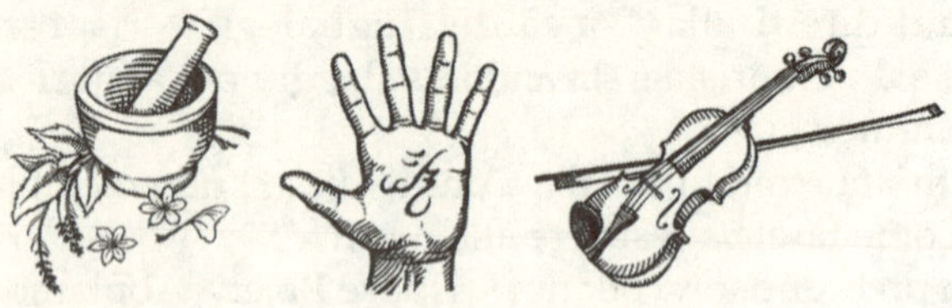

Anno 332 dR

«Guardatemi! Sono un giullare!» esclamò uno degli uomini, mettendosi in testa il cappello a sonagli multicolore e saltellando in mezzo alla strada. L'uomo dalla barba nera eruppe in una risata cavernosa, ma il terzo compagno, più grosso di tutti e due messi insieme, non disse nulla. Tutti e tre sorridevano.

«Vorrei solo sapere cosa mi ha tirato addosso quella strega» disse il barbuto. «Ho ficcato la testa tutta intera nel torrente, ma ho ancora gli occhi in fiamme.» Sventolò ghignando il cerchio portatile e le redini del cavallo. «Ma un bottino così facile capita una sola volta nella vita.»

«Non ci toccherà più lavorare per mesi» convenne quello con il cappello a sonagli, facendo tintinnare la borsa piena di monete. «E ne siamo usciti senza un graffio!» Spiccò un salto e batté i tacchi.

«Senza un graffio, forse *tu*» ridacchiò l'uomo dalla barba nera «ma io ne ho parecchi sulla schiena! Quel sedere valeva quasi quanto il cerchio, anche se con la polvere che mi ha tirato negli occhi non vedevo nemmeno dove glielo stavo mettendo.» L'uomo con il cappello colorato rise e il loro gigantesco compagno muto applaudì con un ghigno.

«Dovevamo prendercela con noi» disse quello con il cappello da giullare. «Fa un freddo cane in quella grotta della malora.»

«Non dire scemenze» replicò il barbuto. «Adesso abbiamo un cavallo e un cerchio da messaggero. Non dobbiamo più starcene in una caverna, ed è meglio così. Al villaggio deve già correre voce che sono stati assaliti quando erano appena partiti, e il duca verrà presto a saperlo. Domattina, appena fa luce, ce ne andremo a sud, prima di ritrovarci le guardie di Rhinebeck alle calcagna.»

I tre erano così presi dalla loro discussione che non si avvidero dell'uomo che sopraggiungeva a cavallo lungo la strada, fino a quando fu a una decina di metri da loro. Alla luce che andava scemando, sembrava quasi uno spettro, avvolto in vesti svolazzanti e in sella a un cavallo scuro, mentre avanzava all'ombra degli alberi che fiancheggiavano la strada nella foresta.

Quando finalmente si accorsero di lui, tutta l'allegria svanì dai loro volti, rimpiazzata da espressioni bellicose. L'uomo dalla barba nera lasciò cadere a terra il cerchio portatile per recuperare dal cavallo un grosso bastone, e avanzò verso lo sconosciuto. Era basso e tarchiato, ma robusto, con i capelli radi che gli spiovevano sulla barba lunga e incolta. Dietro di lui, il muto brandiva una clava spessa come un tronco, e quello con il cappello a sonagli impugnava una lancia dalla punta smussata.

«Questa strada è nostra» spiegò il barbuto allo straniero. «Siamo anche disposti a lasciarti passare, ma c'è da pagare un pedaggio.»

Per tutta risposta, lo sconosciuto emerse dall'ombra con il suo cavallo.

Aveva una faretra piena di frecce appesa alla sella, insieme all'arco, a portata di mano. Una lunga lancia era assicurata a delle cinghie dall'altro lato, accanto a uno scudo rotondo. Dietro alla sella erano fissate diverse altre lance più corte, le cui punte mandavano sinistri scintillii alla luce del tramonto.

Ma lo sconosciuto non dovette nemmeno ricorrere alle armi; gli bastò tirare un po' indietro il cappuccio che gli copriva il volto. I tre uomini sgranarono gli occhi e il loro capo arretrò d'un passo, raccogliendo il cerchio portatile.

«Per questa volta possiamo anche lasciarti passare» rettificò, con un'occhiata agli altri, alle sue spalle. Persino il gigante era sbiancato dalla paura. Tennero sempre le armi imbracciate, ma aggirarono prudentemente il cavallo, allontanandosi per la strada.

«Meglio se non ti fai più vedere da queste parti!» gridò l'uomo dalla barba nera, quando furono a distanza di sicurezza.

Lo straniero proseguì incurante per la sua strada.

Rojer lottava contro il terrore, mentre sentiva allontanarsi le voci. Avevano minacciato di ucciderlo se avesse tentato di rialzarsi. Infilò la mano nel taschino segreto per prendere il talismano, ma trovò solo qualche pezzetto di legno rotto e un ciuffo di capelli biondo-grigiastri. Doveva essersi frantumato quando il muto gli aveva sferrato un calcio all'addome. Lasciò cadere dalle dita intorpidite i rimasugli nel fango.

Sentire i singhiozzi di Leesha gli straziava il cuore, togliendogli il coraggio di alzare lo sguardo. Aveva già commesso una volta quell'errore, quando il gigante gli era smontato da sopra alla schiena per concedersi il suo turno con Leesha. Uno degli altri lo aveva subito sostituito, usando la schiena di Rojer come una panca per godersi lo spettacolo.

C'era ben poca intelligenza negli occhi del gigante, ma se gli mancava il sadismo dei compagni, la sua stolida lussuria era di per se se stessa terrificante; gli impulsi di un animale nel corpo di un demone della roccia. Se cavandosi gli occhi dalle orbite avesse potuto cancellare l'immagine di lui addosso a Leesha, Rojer non avrebbe esitato a farlo.

Era stato un idiota, a spifferare a quel modo la loro destinazione e gli oggetti di valore che portavano. Tutto il tempo trascorso nei borghi aveva smorzato quella diffidenza istintiva nei confronti degli sconosciuti che aveva sviluppato vivendo in città.

"Marko il Vagabondo non si sarebbe mai fidato di loro" pensò.

Ma neanche quello era vero del tutto. Marko finiva sempre per farsi abbindolare o prendere a randellate in testa fino a che non lo davano per morto. Riusciva a sopravvivere solo perché non si perdeva mai d'animo.

"Sopravvive perché è solo il personaggio di una storia e sei tu che decidi il finale" rammentò Rojer a se stesso.

Ma l'immagine di Marko il Vagabondo che si rialzava e si spazzava di dosso la polvere si era fissata nei suoi pensieri, e alla fine Rojer fece appello a tutta la forza e il coraggio che aveva in corpo e si costrinse a sollevarsi sulle ginocchia. Sentiva fitte di dolore dappertutto, ma non pensava di avere delle ossa rotte. Aveva l'occhio sinistro così gonfio che riusciva a malapena a vederci, e in bocca sentiva il sapore del sangue che colava dal labbro spaccato. Era coperto di lividi, ma Abrum l'aveva ridotto molto peggio.

Questa volta, però, non c'erano guardie per portarlo al sicuro. Non c'erano madri né maestri per sbarrare la strada ai demoni.

A un nuovo gemito di Leesha, fu assalito dal senso di colpa. Si era battuto per salvarne l'onore, ma quelli erano in tre, bene armati e più forti di lui. Che cosa avrebbe potuto fare?

"Avrei preferito che mi uccidessero" pensò, accasciandosi. "Meglio la morte che dover assistere a..."

"Vigliacco" ringhiò una voce dal fondo della sua mente. "Alzati. Lei ha bisogno di te."

Rojer si sollevò sulle gambe malferme e si guardò attorno. Raggomitolata in mezzo alla polvere della strada, Leesha singhiozzava, senza nemmeno la forza di coprirsi le vergogne. Dei banditi, non c'era più traccia.

Ma ormai non faceva più molta differenza. Gli avevano preso il cerchio portatile, e senza quello lui e Leesha erano spacciati. Il Ceppo del Fattore era a una giornata di viaggio alle loro spalle, e lungo la strada non c'erano altri villaggi per svariati giorni di cammino. Di lì a poco più di un'ora sarebbero calate le tenebre.

Rojer corse da Leesha e si lasciò cadere in ginocchio al suo fianco. «Leesha, come ti senti?» le chiese, maledicendosi per come gli si era incrinata la voce. Doveva essere forte, per lei.

«Leesha, ti prego, rispondimi» la implorò, stringendole la spalla.

Rannicchiata a terra, scossa dai singulti, Leesha lo ignorò. Rojer le accarezzò la schiena e le sussurrò parole di conforto, riabbassandole con discrezione le vesti. Ovunque la sua mente fosse andata a rifugiarsi per sopportare quel calvario, non sembrava disposta a uscirne. Rojer cercò di prenderla tra le braccia, ma lei lo respinse vigorosamente e tornò a raggomitolarsi su se stessa, devastata dal pianto.

Rojer si allontanò da lei e si mise a cercare nella polvere quelle poche cose che non gli avevano portato via. I banditi avevano frugato nelle loro borse, arraffato quello che volevano e gettato il resto, facendosi beffe di loro mentre distruggevano i loro oggetti personali. Gli abiti di Leesha erano sparsi qua e là per la strada, e Rojer ritrovò il sacco variopinto delle meraviglie che era stato di Arrick, tutto schiacciato e imbrattato di fango. Gran parte del contenuto era stato sottratto o ridotto in frantumi. Vide le palline di legno colorato da giocoliere invischiate nella melma, ma le lasciò dov'erano.

Quando scorse la custodia del violino sul ciglio della strada, dove l'aveva gettata con un calcio il muto, si riaffacciò in lui una speranza di salvezza. Andò subito a prenderla e scoprì che era aperta, spaccata a metà. Il violino era ancora recuperabile, con un'aggiustatina e qualche corda di ricambio, ma dell'archetto non c'era più traccia.

Rojer lo cercò in lungo e in largo, incalzato dal panico crescente, frugando sotto le foglie e in mezzo alla boscaglia. Ma tutti i suoi sforzi furono vani. L'archetto era sparito. Ripose il violino nella custodia e stese per terra una delle ampie gonne di Leesha per raccogliervi le poche cose ancora utilizzabili.

Una brezza tesa ruppe il silenzio, facendo stormire le fronde degli alberi. Rojer vide il sole che volgeva al tramonto e d'un tratto si rese conto, con una consapevolezza che finora gli era mancata, che non avevano scampo alla morte. A cosa gli potevano servire un violino senza l'archetto e qualche straccio di vestito, in quegli istanti fatali?

Scrollò la testa. Per il momento erano ancora vivi, ed era pur sempre possibile evitare i coreling per una notte, mantenendo il sangue freddo. Strinse a sé la custodia del violino per trarne conforto. Se fossero riusciti a sopravvivere alla notte, avrebbe sempre potuto tagliare una ciocca dai lunghi capelli di Leesha per ricavarne un archetto nuovo. Finché aveva il suo violino, i coreling non potevano far loro del male.

I boschi incombevano cupi e minacciosi su entrambi i lati della strada, ma Rojer sapeva che i coreling preferivano gli uomini a qualsiasi altra preda. Quindi avrebbero battuto la strada. Era nei boschi che potevano riporre una qualche speranza di trovare un nascondiglio o un angolo appartato dove allestire un cerchio di protezione improvvisato.

"E come?" tornò a farsi sentire la voce odiosa. "Non ti sei mai degnato di imparare."

Rojer tornò da Leesha e s'inginocchiò cautamente al suo fianco. Era ancora scossa dai singhiozzi e piangeva sommessamente. «Leesha» le disse piano «dobbiamo toglierci dalla strada.»

Lei lo ignorò.

«Leesha, dobbiamo trovare un posto per nasconderci.» Provò a scuoterla.

Nessuna reazione.

«Leesha, il sole sta tramontando!»

I singulti cessarono e Leesha spalancò gli occhi impauriti. Vide l'ansia sul volto tumefatto di lui e riprese a piangere, sconvolta.

Ma Rojer capì che era riuscito a far breccia in lei per un attimo, e non volle arrendersi. Poche cose erano più orribili del supplizio che aveva subito, ma farsi dilaniare dai coreling era senz'altro tra quelle. La afferrò per le spalle e la scosse energicamente.

«Avanti, Leesha, cerca di riprenderti!» le urlò. «Se non troviamo al più presto un posto dove nasconderci, il sole troverà i nostri resti disseminati lungo tutta la strada!»

Era un'immagine volutamente macabra, e sortì l'effetto desiderato. Leesha si sollevò, boccheggiante, ma senza piangere più. Rojer le asciugò le lacrime con una manica.

«Che cosa faremo?» gemette lei con voce rotta, aggrappandosi alle braccia di Rojer con una stretta dolorosa.

Rojer evocò di nuovo l'immagine di Marko il Vagabondo, e questa volta gli venne facile. «Per prima cosa, ci allontaneremo dalla strada» disse ostentando una sicurezza fittizia, per darle a credere che avesse un piano, anche se in realtà non ce l'aveva affatto. Leesha annuì e lasciò che lui l'aiutasse ad alzarsi. A vedere la sua smorfia di dolore, Rojer si sentì stringere il cuore.

Con Rojer che sosteneva Leesha, lasciarono la strada a passi malfermi e s'inoltrarono nei boschi. La poca luce residua era drasticamente ridotta, sotto la fitta coltre degli alberi, e il terreno coperto di foglie e rametti scricchiolava a ogni loro passo. L'odore dolciastro e nauseabondo della vegetazione marcescente permeava l'aria. Rojer detestava i boschi.

Richiamò alla mente le storie di quelli che erano sopravvissuti a una notte passata all'aperto, ripescando quelle parole che avevano un sapore più veritiero, in cerca di qualcosa, qualsiasi cosa, che potesse aiutarli.

L'ideale erano le grotte; su questo concordavano tutti i racconti. I coreling preferivano cacciare all'aperto, e una caverna con delle rune, anche semplici, a proteggerne l'ingresso era il rifugio più sicuro. Rojer si ricordava almeno tre rune consecutive del suo cerchio. Forse sarebbero bastate a proteggere l'imboccatura di un antro.

Ma Rojer non conosceva grotte nei dintorni, e non aveva idea di come trovarle. Si guardò attorno, impotente, e allora sentì un rumore di acqua scrosciante. Trascinò subito Leesha in quella direzione. I coreling stanavano le prede grazie alla vista, l'udito e il fiuto. In mancanza di un vero rifugio, il modo migliore di evitarli era mascherare le tracce. Forse avrebbero potuto scavarsi un nascondiglio nel fango, sulla riva del ruscello.

Ma quando infine trovò l'origine dello scroscio, era solo un esile torrentello senza una sponda degna di quel nome. Rojer pescò dall'acqua un ciottolo levigato e lo scagliò con un ruggito di frustrazione.

Si volse e scoprì Leesha accovacciata con le caviglie nel rivolo, che piangendo tirava su l'acqua con le due mani per spruzzarsela addosso. Sul viso. Sui seni. In mezzo alle gambe.

«Leesha, dobbiamo andare…» la sollecitò, allungando la mano per prenderle il braccio. Ma lei strillò e si divincolò, chinandosi di nuovo sull'acqua.

«Leesha, non c'è tempo, adesso!» gridò lui, afferrandola per issarla in piedi. La trascinò di nuovo per il bosco, senza sapere lui stesso che cosa stesse cercando.

Alla fine, trovò una piccola radura, e si arrese. Non c'erano posti dove nascondersi, quindi la loro unica speranza era disegnare un cerchio di protezione. Lasciò la presa su Leesha e muovendosi rapido per la radura spazzò via lo strato di foglie sfatte fino a trovare il terreno umido e soffice sottostante.

Gli occhi annebbiati di Leesha tornarono pian piano a mettere a fuoco l'immagine di Rojer che spazzava via le foglie dal fondo della foresta. Si appoggiò di peso a un albero, le gambe ancora deboli.

Soltanto pochi minuti prima, aveva pensato di non riprendersi mai più dalla sua tragica esperienza, ma di fronte alla minaccia imminente dei coreling, che stavano per sorgere, scoprì, quasi con gratitudine, quanto quel pericolo bastasse a distoglierla dal ripensare continuamente all'abuso subito, come non aveva smesso di fare da quando i banditi se ne erano andati via con il loro bottino.

Le sue pallide guance erano imbrattate di polvere e rigate dalle lacrime. Cercò di lisciarsi le vesti lacere, per ritrovare una parvenza di dignità, ma il dolore tra le gambe le ricordava costantemente che la sua dignità era stata sfregiata per sempre.

«È quasi buio!» gemette. «Come faremo?»

«Disegnerò un cerchio nel terreno» disse Rojer. «Ce la caveremo. Sistemo tutto io, vedrai» le promise.

«Almeno, sai come si fa?»

«Sì, certo… credo» fu la risposta poco convincente di Rojer. «Avevo quel cerchio portatile da anni. Posso ricordarmi i simboli.» Raccolse un rametto e cominciò a tracciare linee nella terra, alzando continuamente lo sguardo al cielo sempre più scuro mentre lavorava.

Si stava mostrando coraggioso per lei. Leesha lo guardò ed ebbe una fitta di rimorso per averlo trascinato in quella vicenda.

Diceva di avere vent'anni, ma lei sapeva benissimo che era una palese esagerazione. Non avrebbe mai dovuto portarlo con sé in un viaggio tanto pericoloso.

Era ridotto in uno stato molto simile a quando lo aveva visto la prima volta, la faccia gonfia e piena di lividi, il sangue che gli colava da naso e bocca. Lui se lo asciugava con la manica, facendo come se niente fosse. Ma Leesha sapeva benissimo che era solo scena, che era terrorizzato né più e né meno di lei, ma quel suo sforzo le era comunque di conforto.

«Non mi pare che tu lo stia facendo nel modo giusto» disse, sbirciando di sopra alla spalla di lui.

«Andrà benissimo» rispose Rojer, piccato.

«Sì, per i coreling» ribatté lei, indispettita dal suo tono altezzoso. «Visto che non li ostacolerà minimamente.» Si guardò attorno. «Potremmo arrampicarci su un albero» suggerì.

«I coreling sanno arrampicarsi meglio di noi.»

«E se cercassimo un posto dove nasconderci?»

«Abbiamo già cercato il più a lungo possibile» rispose Rojer. «Ci resta a malapena il tempo di tracciare il cerchio, ma questo dovrebbe tenerci al sicuro.»

«Ho i miei dubbi» commentò Leesha, osservando le linee incerte sul terreno.

«Se soltanto avessi il mio violino...» prese a dire Rojer.

«Adesso non ricominciare con quelle baggianate» sbottò Leesha, cedendo a un'irritazione che finì per prevalere sull'umiliazione e la paura. «Un conto è vantarsi con le apprendiste alla luce del giorno, sostenendo che puoi incantare i demoni al suono del tuo violino, ma cosa pensi di guadagnarci a portarti questa bugia fin nella tomba?»

«Non è una bugia!» insisté Rojer.

«Fa' come ti pare» sospirò Leesha, incrociando le braccia.

«Ce la caveremo» ripeté Rojer.

«Per il Creatore, non puoi smettere di dire bugie neanche per un momento?» insorse Leesha. «Non ce la caveremo affatto, e lo sai benissimo. I coreling non sono banditi, Rojer. Non si accontenteranno di...» Abbassò lo sguardo alle gonne strappate e le mancò la voce.

Una smorfia di dolore stravolse il viso di Rojer, e Leesha capì che era stata troppo dura. Aveva bisogno di sfogarsi, ed era facile prendersela con Rojer e le sue promesse esagerate per quello che era accaduto. Ma nel profondo del cuore, Leesha si sentiva più colpevole di lui. Rojer aveva lasciato Angiers *per lei*.

Alzò lo sguardo al cielo che si rabbuiava e si chiese se avrebbe avuto il tempo di chiedergli scusa, prima che venissero ridotti a brandelli.

Un movimento tra gli alberi e la sterpaglia dietro di loro li fece girare di scatto, impauriti. Un uomo, avvolto in un manto grigio, sbucò nella radura. Il volto era celato nell'ombra del cappuccio, e benché non avesse armi, Leesha intuì subito dal suo portamento che era pericoloso. Se Marick era un lupo, quest'uomo era un leone.

S'irrigidì, lo stupro ancora fresco nella memoria, e per un momento si chiese in tutta onestà cosa sarebbe stato peggio: un nuovo abuso, o i demoni.

Rojer scattò in piedi all'istante, la prese per un braccio e la sospinse alle sue spalle. Brandiva di fronte a sé il bastoncino, come fosse una lancia, la faccia distorta in un ringhio.

L'uomo li ignorò entrambi per andare a esaminare il cerchio di Rojer. «Ci sono delle falle nella tua rete di protezione, qui, qui e qui» disse, indicandole. «E questa…» aggiunse, smuovendo la terra col piede davanti a un rozzo simbolo, «questa non è nemmeno una runa.»

«Potete aggiustarla?» chiese Leesha speranzosa, sfuggendo alla presa di Rojer per avvicinarsi all'uomo.

«Leesha, no» bisbigliò Rojer inquieto, ma lei non gli diede ascolto.

Lo sconosciuto non la guardò nemmeno. «Non c'è tempo» rispose, indicando i coreling che già cominciavano a sorgere ai margini della radura.

«Oh, no» gemette Leesha, sbiancando in volto.

Il primo a materializzarsi fu un demone del vento. Come li vide, emise un sibilo furente e si accucciò per spiccare il balzo, ma l'uomo non gliene lasciò il tempo. Strabiliata, Leesha lo vide gettarsi sul coreling e afferrargli gli arti per impedirgli di aprire le ali. La carne del demone sfrigolò ed esalò fumo al contatto con le sue mani.

Il demone del vento strillò e spalancò le fauci irte di denti acuminati come aghi. L'uomo arrovesciò indietro la testa per liberarla dal cappuccio, poi si gettò avanti e sbatté sul grugno del coreling la sommità del capo rasato. Ci fu un lampo di energia, e il demone venne sbalzato indietro. Si abbatté al suolo, tramortito.

L'uomo stese le dita e gliele affondò nella gola. Ci fu una nuova vampata e l'icore nero eruppe a spruzzi.

L'uomo si volse di scatto, pulendosi l'icore dalle dita mentre passava davanti a Rojer e Leesha. Adesso lei poté vederne il volto, anche se aveva ben poco di umano. Aveva la testa completamente rasata, fino addirittura alle sopracciglia, e al posto dei capelli era coperto di tatuaggi. Gli cerchiavano gli occhi, estendendosi fino alla sommità del capo, gli contornavano le orecchie e ricoprivano le guance, prolungandosi fino alla mascella e attorno alle labbra.

«Il mio accampamento è qui vicino» disse, ignorando i loro sguardi. «Venite con me, se volete vedere la luce dell'alba.»

«Sì, ma i demoni?» chiese Leesha, mentre lo seguivano. Come a conferma dei suoi timori, una coppia di demoni del legno, nodosi e con la corazza simile a corteccia d'albero, si levò a sbarrare loro la strada.

L'uomo si tolse le vesti, restando con solo un panno avvolto attorno ai fianchi, e Leesha vide che i tatuaggi non si limitavano alla testa. Le rune gli rivestivano le gambe e le braccia possenti formando disegni intricati, con simboli più grandi su gomiti e ginocchi. Un cerchio di protezione gli copriva la schiena e un altro grande tatuaggio campeggiava al centro del petto muscoloso. Ogni centimetro della sua pelle era coperto di simboli magici.

«L'Uomo delle Rune» sussurrò Rojer. Quel nome suonò vagamente familiare a Leesha.

«Ci penso io ai demoni» disse lo sconosciuto. «Reggimi questa» ordinò, porgendo a Leesha la sua veste.

Corse incontro ai coreling e girò su se stesso con un'agile capriola per colpirli entrambi al petto con i talloni. All'impatto, si sprigionò la magia, sgombrando loro la strada dai demoni.

La corsa fra gli alberi fu un turbinio confuso. L'Uomo delle Rune avanzava a un'andatura micidiale, incurante dei coreling che gli balzavano addosso da tutte le parti. Un demone del legno guizzò da in mezzo agli alberi per avventarsi su Leesha, ma l'uomo fu pronto a intercettarlo, e gli sfondò il cranio con la potenza esplosiva del gomito protetto dalle rune. Un demone del vento scese in picchiata per attaccare Rojer con gli artigli distesi, ma l'Uomo delle Rune lo spazzò via, sfondandogli un'ala con il pugno e costringendolo a terra.

Prima che Rojer potesse ringraziarlo, l'Uomo delle Rune era già ripartito, per guidarli nel tragitto attraverso il bosco. Rojer aiutò Leesha a tenergli dietro, liberandole le gonne quando restavano impigliate nella sterpaglia.

Quando emersero dal fitto degli alberi, Leesha scorse un fuoco dal lato opposto della strada: l'accampamento dell'Uomo delle Rune. Ma tra loro e la salvezza c'era ancora un gruppo di coreling che comprendeva un imponente demone della roccia alto due metri e mezzo.

Il demone della roccia ruggì e si batté i pugni giganteschi sul massiccio petto corazzato, agitando la coda dentata di qua e di là. Allontanò gli altri demoni a manate, reclamando per sé la preda.

L'Uomo delle Rune si avvicinò al mostro senza tradire la minima paura. Emise un fischio acuto e piantò i piedi a terra, pronto a scattare non appena il demone lo avesse attaccato.

Ma prima che il demone potesse sferrare l'assalto, due spuntoni massicci gli eruppero dal petto, sfrigolando e sprizzando scintille magiche. L'Uomo delle Rune gli piombò addosso all'istante, colpendolo al ginocchio con il tallone protetto per farlo rovinare a terra.

Quando il demone cadde, Leesha vide una mostruosa forma nera alle sue spalle. La bestia scalciò per liberarsi le corna conficcate nel mostro, poi s'impennò con un nitrito e abbatté gli zoccoli sulla schiena del coreling con uno schianto fragoroso di magia.

L'Uomo delle Rune caricò i demoni rimasti, ma i coreling si dispersero al suo avvicinarsi. Un demone del fuoco gli sputò addosso una fiammata, ma l'uomo alzò le mani spalancate e la vampata si tramutò in una brezza fresca passandogli fra le dita protette. Tremanti di paura, Rojer e Leesha lo seguirono fino all'accampamento, rifugiandosi con enorme sollievo all'interno del cerchio di protezione.

«Guizzo del Crepuscolo!» chiamò l'Uomo delle Rune, lanciando un altro fischio. Il cavallo enorme abbandonò alla sua sorte il demone prono a terra per raggiungerli al galoppo e balzare all'interno del cerchio.

Come il suo padrone, Guizzo del Crepuscolo sembrava una creatura uscita da un incubo. Era uno stallone gigantesco, di gran lunga più grande di qualsiasi cavallo che Leesha avesse mai visto. Aveva un manto spesso e lucido color dell'ebano, e il corpo rivestito da un'armatura di metallo coperta di rune. Sulla testa, la bardatura era munita di un paio di lunghe corna di metallo su cui erano incise rune, e persino negli zoccoli neri erano intagliati simboli magici dipinti d'argento. L'imponente animale sembrava più un demone che un cavallo.

Assicurate alle cinghie della sella di cuoio nero c'erano armi di ogni genere, tra cui un arco in legno di tasso e una faretra piena di frecce, lunghi pugnali, una bola e lance di varie misure. Uno scudo di metallo lucidato, rotondo e convesso, era agganciato al pomolo della sella, pronto per essere imbracciato all'istante. Lungo tutto il bordo erano incise rune intricate.

Guizzo del Crepuscolo rimase tranquillo mentre l'Uomo delle Rune controllava che non avesse riportato ferite, incurante dei demoni in agguato a pochi metri da loro. Quando si fu assicurato che il destriero era illeso, l'Uomo delle Rune si volse finalmente verso Leesha e Rojer, che se ne stavano inquieti al centro del cerchio, ancora sbigottiti dagli eventi degli ultimi minuti.

«Attizza il fuoco» disse l'uomo a Rojer. «Ho della carne da arrostire e un filone di pane.» Andò a prendere le provviste, massaggiandosi una spalla.

«Vi hanno colpito» disse Leesha, riemergendo dallo stupore per affrettarsi a esaminargli le ferite. Aveva un taglio sulla spalla e un altro squarcio più profondo sulla coscia. La pelle era coriacea, solcata da cicatrici che la rendevano ruvida, ma non spiacevole al tatto. Quando gliela toccò, Leesha sentì un formicolio ai polpastrelli, come l'elettricità statica che si sprigiona sfregando un tappeto.

«Cose da niente» disse l'Uomo delle Rune. «A volte, per pura fortuna, un coreling riesce a rifilarmi un'unghiata, prima di essere respinto dalle rune.» Cercò di ritrarsi e riprendere la veste, ma lei non si diede per vinta.

«Nessuna ferita inferta da un demone è una "cosa da niente"» disse Leesha. «Sedetevi e lasciatevi medicare» gli ordinò e lo portò a sedersi a ridosso di un pietrone. In verità, quell'uomo le incuteva paura quanto i coreling, ma lei aveva consacrato la sua vita a curare i sofferenti, e dedicarsi al suo lavoro abituale l'aiutava a distogliersi dal dolore che ancora minacciava di sopraffarla.

«Ho una sacca con le erbe in quella bisaccia» disse l'uomo, indicandola. Leesha aprì la borsa e trovò il sacchetto. Si chinò verso la luce del fuoco per rovistarci dentro.

«Non avete per caso delle foglie di pomm?» gli chiese.

L'uomo la guardò. «No» rispose. «E perché? Ho radice di levistico in abbondanza.»

«Fa niente» borbottò Leesha. «Voialtri messaggeri sembrate convinti che il levistico sia la cura per tutto.» Prese il sacchetto, insieme a un mortaio con il suo pestello e a un otre d'acqua, e s'inginocchiò accanto all'uomo per triturare il levistico con altre erbe e ricavarne una poltiglia.

«Cosa ti fa pensare che sia un messaggero?» domandò l'Uomo delle Rune.

«Chi altri può avventurarsi per strada da solo?»

«Non sono più un messaggero da anni» rispose l'uomo senza battere ciglio mentre lei gli puliva le ferite e ci applicava l'impiastro pungente. Rojer s'incupì, vedendola spalmargli il linimento sui muscoli compatti.

«Sei un'erborista?» chiese l'Uomo delle Rune mentre lei passava un ago sul fuoco e lo infilava.

Leesha annuì, ma non staccò gli occhi dal lavoro e si ravviò una ciocca di capelli dietro l'orecchio, accingendosi a cucirgli la ferita alla coscia. Quando l'Uomo delle Rune non fece ulteriori commenti, Leesha alzò gli occhi a incontrare i suoi. Erano neri, e le rune attorno alle orbite davano loro un aspetto scarno, infossato. Leesha non poté sostenere a lungo quello sguardo, e se ne distolse presto.

«Mi chiamo Leesha» si presentò «e lui che prepara la cena è Rojer. È un giullare.» L'uomo si volse verso Rojer con un cenno di assenso, ma come Leesha, neppure Rojer poté sostenerne per molto lo sguardo.

«Vi siamo grati per averci salvato la vita» disse Leesha. Non ottenne in risposta più di un grugnito. Rimase un momento in silenzio, in attesa che lui si presentasse a sua volta, ma l'uomo non accennò a farlo.

«Non ce l'avete un nome?» gli chiese alla fine.

«Nessuno che usi più da tempo.»

«Ma dovete pure averne uno» insisté Leesha. L'uomo si limitò ad alzare le spalle.

«E allora come dovremmo chiamarvi?»

«Non vedo perché dovreste chiamarmi in qualche modo» rispose l'uomo. Vedendo che aveva finito il lavoro, si ritrasse da lei per avvolgersi nuovamente nelle vesti grigie che lo ricoprivano dalla testa ai piedi. «Non mi dovete nulla. Avrei aiutato chiunque si fosse trovato nella vostra situazione. Domani vi condurrò sani e salvi al Ceppo del Fattore.»

Leesha volse lo sguardo a Rojer, accanto al fuoco, poi di nuovo sull'Uomo delle Rune. «Abbiamo appena lasciato il Ceppo» spiegò. «Dobbiamo raggiungere la Conca del Taglialegna. Potreste accompagnarci laggiù?» Il cappuccio grigio si mosse a destra e a sinistra.

«Tornare al Ceppo ci farà perdere almeno una settimana!» protestò Leesha.

L'Uomo delle Rune si strinse nelle spalle. «Non è un problema mio.»

«Possiamo pagarvi» disse Leesha, d'impulso. «Non ora, naturalmente» si corresse. «Lungo la strada, siamo stati assaltati dai banditi. Ci hanno portato via il cavallo, il cerchio, il denaro, e perfino il cibo.» Abbassò la voce. «Si sono presi... tutto.» Sollevò lo sguardo. «Ma appena saremo alla Conca del Taglialegna, potrò pagarvi.»

«Non mi occorrono soldi» disse l'Uomo delle Rune.

«Vi prego!» implorò Leesha. «È urgente!»

«Mi dispiace.»

Rojer si avvicinò, accigliato. «Lascia perdere, Leesha» disse. «Se questo cuore di pietra non vuole aiutarci, ce la caveremo da soli.»

«Sì, e come?» sbottò Leesha. «Facendoci ammazzare mentre cerchi di tenere alla larga i demoni con il tuo stupido violino?»

Rojer si girò, offeso, ma Leesha lo ignorò per rivolgersi ancora allo sconosciuto.

«Vi prego» lo supplicò, prendendolo per il braccio quando anche lui le volse le spalle. «Tre giorni fa, è giunto ad Angiers un messaggero con la notizia di un'influenza che si è diffusa alla Conca. Ha già ucciso una dozzina di persone, tra cui la più grande erborista che sia mai esistita. Le erboriste rimaste al villaggio non riusciranno mai a curare tutti quanti. Hanno bisogno del mio aiuto.»

«Perciò non pretendi solo che mi allontani dalla mia strada, ma che *entri* in un villaggio colpito da un'influenza?» chiese l'Uomo delle Rune, che non sembrava affatto di quell'idea.

Leesha scoppiò a piangere e si lasciò cadere in ginocchio, attaccandosi alle sue vesti. «Mio padre è molto malato» mormorò. «Se non arrivo in tempo, potrebbe morire.»

L'Uomo delle Rune allungò il braccio, esitante, e le posò la mano su una spalla. Leesha non sapeva esattamente come, ma capì che era riuscita a fare breccia in lui. «Vi prego» ripeté.

L'Uomo delle Rune la guardò per un lungo istante. «D'accordo» acconsentì infine.

La Conca del Taglialegna si trovava a sei giorni di cavallo da Forte Angiers, nelle propaggini meridionali della foresta angieriana. L'Uomo delle Rune disse che ci sarebbero volute altre quattro notti per raggiungere il villaggio. Tre, se avessero tenuto un'andatura molto sostenuta. Cavalcava al loro fianco, tenendo a freno il grande stallone per adeguarsi al loro passo a piedi.

«Vado a esplorare la strada più avanti» annunciò dopo un tratto. «Sarò di ritorno fra più o meno un'ora.»

Vedendolo spronare lo stallone per allontanarsi al galoppo, Leesha si sentì gelare da una fitta di paura. L'Uomo delle Rune la spaventava quasi quanto i banditi o i coreling, ma se non altro in sua presenza si sentiva al sicuro da quelle altre minacce.

Non aveva chiuso occhio tutta notte, e le faceva male il labbro per ogni volta che se lo era morso per impedirsi di piangere. Quando gli altri si erano addormentati, si era lavata energicamente ogni singolo centimetro del proprio corpo, ma si sentiva ancora sporca.

«Ho sentito delle storie su quell'uomo» disse Rojer. «Ne ho raccontate alcune io stesso. Pensavo che fosse soltanto una leggenda, ma non possono esistere due uomini coperti di rune a quel modo e capaci di uccidere i coreling a mani nude.»

«Lo chiamavi l'Uomo delle Rune» si ricordò Leesha.

Rojer annuì. «È così che è chiamato nei racconti. Nessuno conosce il suo nome vero» le disse. «Ho sentito parlare di lui più di un anno fa, quando uno dei giullari del duca è passato per i borghi dell'ovest. Credevo fosse solo una storia da taverne, ma a quanto pare l'uomo del duca diceva il vero.»

«Che cosa diceva?» chiese Leesha.

«Che l'Uomo delle Rune vaga nel cuore della notte, a caccia di demoni» rispose Rojer. «Rifugge a qualsiasi contatto con gli uomini e compare solo quando ha bisogno di provviste, che paga con monete d'oro antiche. Di tanto in tanto, si sentono racconti di gente che ha salvato per la strada.»

«Be', questo possiamo testimoniarlo anche noi» disse Leesha. «Ma se davvero sa uccidere i demoni, perché nessuno ha mai cercato di apprenderne i segreti?»

Rojer fece spallucce. «Stando alle storie, nessuno osa farlo. Persino i duchi ne hanno il terrore, specie dopo quel che è successo a Lakton.»

«Cos'è successo?»

«Si narra che i mastri del porto di Lakton abbiano mandato delle spie a rubargli le rune di combattimento» rispose Rojer. «Una dozzina di uomini, bene armati e protetti da corazze. Quelli che non ha ucciso sono rimasti invalidi.»

«Per il Creatore!» esclamò Leesha, coprendosi la bocca. «Con che razza di mostro stiamo viaggiando?»

«Certi dicono che abbia lui stesso del sangue di demone» convenne Rojer. «Che sia il frutto dello stupro di un coreling su una donna sorpresa per strada.»

Rojer trasalì e si fece tutto rosso, rendendosi conto di quello che aveva appena detto, ma quelle parole sconsiderate sortirono l'effetto opposto, strappando Leesha al sortilegio della paura. «Che assurdità» disse la giovane, scuotendo la testa.

«Altri dicono che non è affatto un demone» riprese Rojer «ma il Liberatore in persona, venuto a debellare il Flagello. I Predicatori gli rivolgono preghiere, invocandone la benedizione.»

«Mi riesce più facile credere che sia mezzo coreling» commentò Leesha, anche se dal tono non ne sembrava affatto sicura.

Proseguirono il cammino in un silenzio inquieto. Solo un giorno prima, Rojer non aveva concesso a Leesha un attimo di requie, cercando continuamente di impressionarla con i racconti e la musica, ma adesso teneva gli occhi bassi e rimuginava tra sé. Leesha sapeva che era mortificato e se da una parte avrebbe voluto dargli conforto, doveva pensare prima a consolare se stessa. Non aveva niente da offrirgli.

Di lì a poco, l'Uomo delle Rune tornò a raggiungerli. «Voi due camminate troppo adagio» disse, smontando da cavallo. «Se vogliamo risparmiarci una quarta notte per strada, oggi dovremo percorrere almeno trenta miglia. Voi due salirete a cavallo. Io correrò al vostro fianco.»

«Non vi conviene correre» disse Leesha. «I punti che vi ho dato alla coscia si strapperanno.»

«La ferita è già richiusa» assicurò l'Uomo delle Rune. «Bastava una notte di riposo.»

«Sciocchezze» disse Leesha. «Quello squarcio era profondo almeno un dito.» Per dimostrargli che aveva ragione, gli si avvicinò e s'inginocchiò, alzando un lembo della veste per scoprire la gamba muscolosa, coperta di tatuaggi.

Ma quando gli tolse la fasciatura per esaminare la ferita, rimase a occhi sgranati per lo stupore. La nuova carne rosea era già ricresciuta, rimarginando completamente la ferita, e il filo della sutura spuntava dalla pelle perfettamente integra.

«Ma questo è impossibile» mormorò.

«Era solo un graffio» minimizzò l'Uomo delle Rune, insinuando una lama affilata sotto i punti per sfilarli via a uno a uno. Leesha aprì la bocca per dire qualcosa, ma l'Uomo delle Rune si alzò e tornò da Guizzo del Crepuscolo per prenderne le redini, che porse a Leesha.

«Grazie» disse lei, stordita, prendendo le briglie. Nel volgere di un momento, ogni sua certezza sui processi di guarigione si era dissolta. Chi era quell'uomo? *Cosa* era, realmente?

Guizzo del Crepuscolo trotterellava per la strada e l'Uomo delle Rune gli correva accanto, con lunghe e instancabili falcate, tenendo agevolmente il passo del cavallo e macinando miglia sotto i piedi protetti dalle rune. Quando si fermavano a riposare, era su richiesta di Rojer e Leesha e mai sua. Leesha lo spiava, cercando in lui dei segni di stanchezza che non colse mai. Quando infine si accamparono, il suo respiro regolare non tradiva il minimo affanno, mentre dava da mangiare e da bere al cavallo, e intanto lei e Rojer sbuffavano e gemevano, massaggiandosi le membra indolenzite.

Un silenzio imbarazzato regnava attorno al fuoco da campo. Era già buio da un pezzo, ma l'Uomo delle Rune si aggirava tranquillamente per il campo, per raccogliere legna da ardere, per togliere la bardatura a Guizzo del Crepuscolo e passare la striglia al grande stallone. Andava dal cerchio del cavallo al loro senza darsi pensiero per i demoni del legno in agguato nei paraggi. Uno spuntò dalla boscaglia per balzargli addosso, ma l'Uomo delle Rune non se ne curò nemmeno, mentre la creatura si schiantava contro le protezioni ad appena una spanna dalla sua schiena.

Mentre Leesha preparava la cena, Rojer girava per il cerchio zoppicando, cercando di sgranchirsi le gambe intirizzite dalla dura giornata a cavallo.

«Devo essermi frantumato gli zebedei, con tutti quei sobbalzi» gemette.

«Se vuoi, posso darci un'occhiata» propose Leesha. L'Uomo delle Rune ridacchiò.

Rojer la guardò crucciato. «Non fa niente» abbozzò, continuando a camminare in tondo. Ma un istante dopo si fermò di botto, lo sguardo fisso sulla strada.

Gli altri due alzarono gli occhi e videro la sinistra luce rossastra che emanava dagli occhi e dalla bocca di un demone del fuoco, ben prima che apparisse il coreling stesso, strillando e correndo a tutta velocità sulle quattro zampe.

«Come mai i demoni del fuoco non inceneriscono l'intera foresta?» chiese Rojer, seguendo la scia di fiamme che si lasciava dietro il demone.

«Lo scoprirai tra breve» disse l'Uomo delle Rune. Rojer trovò l'accento divertito con cui lo disse perfino più inquietante del suo abituale tono monocorde.

Non aveva ancora finito di parlare che una serie di ululati annunciò l'avvicinarsi di un gruppo di demoni del legno, tre in tutto, che correvano a perdifiato dietro al demone del fuoco. Uno dei tre stringeva tra le fauci il corpo afflosciato di un altro demone del fuoco che perdeva fiotti di icore nero.

Il demone del fuoco era così occupato a sfuggire agli inseguitori che non si avvide degli altri demoni del legno radunatisi fra i cespugli ai margini della strada, finché uno non gli balzò addosso e lo inchiodò a terra per sventrarlo con gli artigli neri. La vittima lanciò orribili grida, e Leesha si coprì le orecchie per non sentirle.

«I demoni del legno odiano quelli del fuoco» spiegò l'Uomo delle Rune quando fu tutto finito, con gli occhi che brillavano di piacere per quell'uccisione.

«Perché?» domandò Rojer.

«Perché sono vulnerabili alle loro fiamme» disse Leesha. L'Uomo delle Rune alzò lo sguardo su di lei, sorpreso, poi annuì.

«Allora, perché i demoni del fuoco non li bruciano?» chiese Rojer.

L'Uomo delle Rune rise. «A volte lo fanno» rispose «ma infiammabile o meno, non esiste al mondo demone del legno che possa essere sopraffatto in combattimento da uno del fuoco. Quanto a forza, i demoni del legno sono secondi soltanto a quelli della roccia, e sono pressoché invisibili, entro i confini della foresta.»

«È il grande disegno del Creatore» disse Leesha. «Tutto si compensa e si equilibra.»

«Sciocchezze» dissentì l'Uomo delle Rune. «Se i demoni del fuoco bruciassero ogni cosa, non resterebbe loro nulla da cacciare. La natura ha trovato un modo per risolvere il problema.»

«Voi non credete nel Creatore?» domandò Rojer.

«Abbiamo già abbastanza problemi» rispose l'Uomo delle Rune, e dall'espressione accigliata si capiva che non aveva voglia di addentrarsi nel discorso.

«C'è chi vi definisce il Liberatore» azzardò Rojer.

L'Uomo delle Rune sbuffò. «Nessun Liberatore verrà mai a salvarci, giullare. Se vuoi spazzare via i demoni da questo mondo, devi ucciderli tu stesso.»

Come in risposta alle sue parole, un demone del vento rimbalzò contro la rete di protezione di Guizzo del Crepuscolo e un lampo di luce rischiarò la zona. Lo stallone raschiò la terra con gli zoccoli, come fosse impaziente di balzare fuori dal cerchio per dare battaglia, ma rimase al suo posto, in attesa di un ordine dal padrone.

«Come fa il cavallo a non avere paura?» chiese Leesha. «Perfino i messaggeri devono attaccare i loro animali, di notte, per evitare che scappino via, ma il vostro sembra che *voglia* combattere.»

«Ho addestrato Guizzo del Crepuscolo fin dalla nascita» rispose l'Uomo delle Rune. «Grazie alle rune di protezione che ha addosso da sempre, non ha mai saputo cosa sia la paura dei coreling. Il padre era l'animale più grosso e aggressivo che sia riuscito a trovare, e la madre non era da meno.»

«Eppure sembrava così mansueto, quando lo montavamo» osservò Leesha.

«Gli ho insegnato a dominare la sua impetuosità» rispose l'Uomo delle Rune, e l'orgoglio era palpabile nel suo tono solitamente distaccato. «È docile con chi lo tratta bene, ma di fronte a una minaccia, a lui stesso o a me, attacca senza la minima esitazione. Una volta, ha sfondato il cranio a un cinghiale che mi avrebbe sicuramente travolto.»

Finita la caccia ai demoni del fuoco, i demoni del legno si avvicinarono alle protezioni, stringendo un assedio sempre più serrato. L'Uomo delle Rune avvicinò a sé l'arco in legno di tasso e la faretra ricolma di frecce acuminate, ma ignorò le creature che sferravano colpi di artiglio alla barriera e ne venivano respinte. Quando ebbero finito di mangiare, scelse una freccia intonsa, recuperò un bulino dalla sua attrezzatura per le protezioni e si mise a incidere pazientemente delle rune sullo stelo.

«Se non ci fossimo noi...» chiese Leesha.

«Sarei là fuori» rispose l'Uomo delle Rune, senza guardarla. «A caccia.»

Leesha annuì e rimase in silenzio a scrutarlo per qualche tempo. Rojer fremeva, a disagio, nel vederla così palesemente affascinata.

«Avete mai visitato il mio villaggio?» chiese lei a bassa voce.

L'Uomo delle Rune la guardò incuriosito, ma non rispose.

«Se venite dal sud, dovete essere passato dalla Conca» disse Leesha.

L'Uomo delle Rune scosse il capo. «Mi tengo sempre alla larga dai borghi» affermò. «Il primo che mi vede se la dà a gambe, e poco dopo mi ritrovo alle prese con un branco di bifolchi infuriati e armati di forconi.»

Leesha avrebbe voluto ribattere, ma sapeva bene che anche gli abitanti della Conca si sarebbero comportati in modo simile. «È solo che hanno paura» cercò di giustificarli.

«Lo so» ammise l'Uomo delle Rune. «E perciò li lascio in pace. Il mondo è ben più vasto dei borghi e le città, e se c'è un prezzo da pagare per la libertà...» Alzò le spalle. «Che la gente se ne resti pure tappata in casa, chiusa in gabbia come i polli. I codardi non meritano di meglio.»

«Allora perché ci avete salvato dai demoni?» chiese Rojer.

L'Uomo delle Rune si strinse nelle spalle. «Perché voi siete esseri umani e loro dei mostri abominevoli» rispose. «E perché avete lottato per la sopravvivenza fino all'ultimo momento.»

«Che altro potevamo fare?»

«Tu non hai idea di quanti si abbandonano semplicemente a terra ad aspettare la fine» disse l'Uomo delle Rune.

Al quarto giorno di viaggio da Angiers fecero buoni progressi. L'Uomo delle Rune e il suo stallone non sembravano conoscere la fatica; Guizzo del Crepuscolo teneva agevolmente l'andatura del padrone che correva a lunghe falcate.

Quando infine si accamparono per la notte, Leesha preparò una magra zuppa con le provviste residue dell'Uomo delle Rune che bastò a malapena a saziare la fame. «Come faremo per il cibo?» chiese Leesha, mentre Rojer mandava giù l'ultima cucchiaiata.

L'Uomo delle Rune alzò le spalle. «Non prevedevo di avere compagnia» disse, sedendosi più comodo per dipingersi con cura delle rune sulle unghie.

«Sarà dura farsi altri due giorni di viaggio senza niente da mangiare» si lamentò Rojer.

«Se vuoi dimezzare la durata del viaggio» disse l'Uomo delle Rune, soffiando su un'unghia per farla asciugare «possiamo spostarci anche di notte. Guizzo del Crepuscolo può seminare la maggior parte dei coreling, e io posso uccidere il resto.»

«Troppo pericoloso» intervenne Leesha. «Non saremo di grande aiuto alla Conca del Taglialegna, se ci facciamo ammazzare tutti. Non ci resta che viaggiare a pancia vuota.»

«Io non mi allontano dalle protezioni di notte» affermò Rojer, massaggiandosi lo stomaco con rammarico.

L'Uomo delle Rune indicò un coreling in agguato poco distante. «Potremmo mangiarci quello.»

«Non starete dicendo sul serio!» insorse Rojer, disgustato.

«Mi viene la nausea al solo *pensiero*» convenne Leesha.

«Non è così male, in realtà» disse l'uomo.

«Avete davvero *mangiato* carne di demone?» chiese Rojer.

«Faccio quello che è necessario per sopravvivere.»

«Be', io di certo non mangerò carne di demone» disse Leesha.

«Io nemmeno» confermò Rojer.

«D'accordo, allora» sospirò l'Uomo delle Rune. Si alzò, prese l'arco, la faretra con le frecce e una lancia lunga. Si tolse la veste, svelando il corpo ricoperto di rune, e avanzò verso il ciglio del cerchio. «Vado a vedere cosa riesco a cacciare.»

«Non c'è bisogno di...!» protestò Leesha, ma lui la ignorò. Un istante dopo, era svanito nella notte.

Ritornò dopo più di un'ora, reggendo per le orecchie un paio di conigli grassocci. Affidò le prede a Leesha e si risedette al suo posto, prendendo il pennellino per disegnare le rune.

«Sai suonare?» chiese a Rojer, che aveva appena finito di rimettere le corde al suo violino e le pizzicava per regolare l'accordatura.

Rojer fu colto alla sprovvista dalla domanda. «Ehm, s-sì» farfugliò.

«Ti va di suonare qualcosa?» chiese l'Uomo delle Rune. «Non ricordo nemmeno più l'ultima volta che ho ascoltato della musica.»

«Lo farei volentieri» rispose Rojer rattristato «ma i banditi hanno gettato via l'archetto in mezzo al bosco.»

L'uomo annuì e rimase un momento assorto a pensare. Poi si alzò all'improvviso, sfoderando un grosso coltello. Rojer trasalì, impaurito, ma l'uomo si limitò a uscire dal cerchio. Un demone del legno gli soffiò contro, ma l'Uomo delle Rune gli rispose con una soffiata delle sue, e il demone si allontanò intimorito.

Tornò di lì a poco con un ramo sottile e flessibile, che prese a scorticare con la sua lama affilata. «Quant'era lungo?» chiese al ragazzo.

«Qu… quaranta centimetri» balbettò Rojer.

L'Uomo delle Rune annuì, tagliò il ramo alla lunghezza desiderata e si avvicinò a Guizzo del Crepuscolo. Lo stallone non reagì minimamente quando lui gli recise una manciata di crini dalla coda. L'uomo fece una tacca a un'estremità del pezzo di legno per fissarci i crini, ben distesi e appiattiti. S'inginocchiò accanto a Rojer e inarcò il rametto. «Dimmi quando è teso al punto giusto.» Rojer saggiò la tensione dei crini con la mano mutilata. Al suo segnale, l'Uomo delle Rune legò l'altra estremità e gli porse l'archetto.

Raggiante di gioia per quel dono, Rojer passò della resina sui crini prima di prendere lo strumento. Si appoggiò il violino sotto al mento e diede qualche colpo d'assaggio con l'archetto nuovo. Non era l'ideale, ma a poco a poco ci fece la mano, e prima di attaccare a suonare diede un'ultima regolata all'accordatura.

Dalle sue dita esperte si sprigionò una melodia struggente che condusse i pensieri di Leesha alla Conca del Taglialegna e alle sorti degli abitanti. La lettera di Vika risaliva a quasi una settimana prima. Cos'avrebbe trovato al suo arrivo laggiù? Forse l'influenza era passata senza mietere altre vittime, e tutto quel viaggio tormentoso era stato inutile.

O forse avevano disperatamente bisogno di lei.

La musica toccava anche l'Uomo delle Rune, notò Leesha, vedendo che le sue mani avevano interrotto il lavoro meticoloso, e lo sguardo era perso nella notte. Le ombre gli danzavano sul volto, oscurando i tatuaggi, e nella sua espressione malinconica Leesha distinse una fisionomia che doveva essere stata attraente. Quale pena l'aveva spinto a condurre quell'esistenza, a deturparsi con le sue stesse mani e a preferire i coreling alla compagnia dei suoi simili? Si sentì pervadere da un desiderio ardente di curarlo dalle sue afflizioni, sebbene lui non le lasciasse mai trapelare.

A un tratto, l'uomo scosse la testa, quasi incredulo, sottraendo Leesha alle sue fantasticherie. Indicò un punto nelle tenebre. «Guarda» sussurrò. «Stanno danzando.»

Leesha guardò, stupefatta, perché in effetti i coreling avevano smesso di attaccare le protezioni, rinunciando persino a soffiare e mandare strida. Stavano girando attorno all'accampamento e si muovevano a tempo con la musica. I demoni del fuoco saltellavano e facevano piroette, diffondendo scie mulinanti di fiamme dalle membra nodose, mentre i demoni del vento descrivevano cerchi nell'aria, tra planate e impennate. Attratti dalla musica, i demoni del legno erano emersi furtivamente dal fitto della foresta, senza curarsi dei loro incendiari consimili.

L'Uomo delle Rune guardò Rojer. «Come fai?» chiese, impressionato.

Rojer sorrise. «I coreling hanno orecchio per la musica» rispose. Si alzò in piedi e si avvicinò al limite del cerchio. I demoni gli si raggrupparono davanti e lo osservarono, assorti. Quando prese a camminare lungo il perimetro, loro lo seguirono, come ipnotizzati. Si fermò e, continuando sempre a suonare, dondolò il corpo da un lato e dall'altro, e i coreling imitarono le sue movenze quasi alla perfezione.

«Non ti avevo creduto» si scusò Leesha a voce bassa. «Ma tu puoi *davvero* incantarli.»

«E non è tutto» si vantò Rojer. Ruotando l'archetto per dare una serie di colpi bruschi, ridusse le limpide note della melodia a una sequenza di suoni striduli e dissonanti. All'improvviso, i coreling ricominciarono a strillare, coprendosi le orecchie con gli artigli mentre fuggivano via precipitosamente da Rojer. Dinanzi al protrarsi dell'assalto sonoro, si ritirarono sempre più distante, fino a svanire tra le ombre, fuori dal cerchio di luce del fuoco.

«Non sono andati lontano» disse Rojer. «Appena smetto, torneranno di nuovo qui.»

«Che altro sai fare?» chiese l'Uomo delle Rune a voce bassa.

Rojer sorrise, contento di esibirsi per due soli spettatori non meno di quanto lo sarebbe stato dinanzi a una folla acclamante. Tornò a suoni più dolci, e le note stridule si dissolsero fluidamente nella melodia languorosa di prima. I coreling riapparvero subito, attratti dalla musica.

«State a vedere» avvertì Rojer, e cambiò di nuovo sonorità, producendo note sempre più acute e laceranti, tanto che persino Leesha e l'Uomo delle Rune finirono per digrignare i denti, sopportando a stento quello strazio.

La reazione dei coreling fu ben più marcata. In preda a una furia incontenibile, strillavano e ruggivano, gettandosi d'impeto contro la barriera. Ogni volta, le rune fiammeggiavano e li scaraventavano indietro, ma i demoni non accennavano a placarsi e insistevano ad avventarsi sulla rete di protezione, nell'insano tentativo di raggiungere Rojer e ridurlo per sempre al silenzio.

Due demoni della roccia si unirono alla turba, facendosi largo fra gli altri per martellare di colpi le protezioni, mentre altri coreling venivano ad aggiungersi alla calca. L'Uomo delle Rune si alzò silenzioso alle spalle di Rojer e imbracciò l'arco.

La corda vibrò, e una delle frecce pesanti, dalla punta massiccia, si piantò in petto al demone della roccia più vicino con un lampo che illuminò per un istante tutta la zona. L'Uomo delle Rune scoccò freccia su freccia contro l'orda inferocita, muovendo le mani con rapidità fulminea. I dardi coperti di rune si abbattevano sui coreling, mettendoli in rotta, e quei pochi che si rialzavano venivano subito fatti a pezzi dai loro compagni.

Rojer e Leesha assistevano inorriditi alla carneficina. L'archetto del giullare si era staccato dalle corde del violino e pendeva, dimenticato, dalla mano mutilata, mentre Rojer osservava l'Uomo delle Rune all'opera.

I demoni continuavano a urlare, ma ormai soltanto per il dolore e la paura, mentre ogni impulso ad attaccare le protezioni si era dissolto insieme alla musica. Eppure, l'Uomo delle Rune continuò a bersagliarli, freccia dopo freccia, finché non le ebbe esaurite tutte. Agguantò una lancia e la scagliò, colpendo alla schiena un demone del legno in fuga.

Ormai regnava il caos più completo, con i pochi coreling superstiti che cercavano scampo alla disperata. L'Uomo delle Rune si tolse le vesti, pronto a balzare fuori dal cerchio per uccidere i demoni a mani nude.

«No, vi prego!» gridò Leesha, gettandosi su di lui. «Stanno scappando!»

«Dovrei risparmiarli?» ruggì l'Uomo delle Rune, fulminandola con lo sguardo, il volto distorto dall'ira. Lei si ritrasse, impaurita, ma senza smettere di guardarlo dritto negli occhi.

«Vi prego» lo supplicò. «Non uscite dal cerchio.»

Leesha temé che potesse colpirla, ma lui si limitò a fissarla, respirando affannosamente. Alla fine, dopo un istante che parve protrarsi in eterno, si placò e riprese le vesti, per ricoprirsi il corpo tatuato di rune.

«Era proprio necessaria questa strage?» chiese Leesha, rompendo il silenzio.

«Il cerchio non era fatto per resistere a così tanti coreling tutti insieme» rispose l'Uomo delle Rune, con voce di nuovo fredda e monotona. «Non sapevo se avrebbe retto.»

«Bastava chiedermi di smettere di suonare» disse Rojer.

«Sì» ammise l'Uomo delle Rune «avrei potuto farlo.»

«Allora perché non l'avete fatto?» domandò Leesha.

L'uomo non rispose. Uscì dal cerchio e cominciò a recuperare le frecce dai cadaveri dei demoni.

Quella notte, mentre Leesha dormiva profondamente, l'Uomo delle Rune si avvicinò a Rojer. Il giullare, che stava osservando i demoni abbattuti, ebbe un soprassalto quando l'uomo venne ad accovacciarsi accanto a lui.

«Tu hai un potere sui coreling.»

Rojer alzò le spalle. «Anche voi» disse. «Più di quanto potrò mai averne io.»

«Puoi insegnarmelo?» chiese l'Uomo delle Rune.

Rojer si volse e incrociò il suo sguardo penetrante. «Perché? Voi uccidete i demoni a dozzine. Cosa vale il mio trucco, al confronto?»

«Credevo di conoscere i miei nemici» disse l'Uomo delle Rune. «Ma tu mi hai dimostrato il contrario.»

«Pensate che non siano poi così cattivi, se sanno apprezzare la musica?» chiese Rojer.

L'Uomo delle Rune scosse la testa. «Quelli non sono certo dei patroni delle arti, giullare. Non appena tu avessi smesso di suonare, ti avrebbero ucciso senza la minima esitazione.»

Rojer annuì, ammettendo che su quello aveva ragione. «Ma allora, chi ve lo fa fare?» chiese. «Dovreste impegnarvi a fondo per imparare a incantare con il violino delle bestie che potete comunque uccidere facilmente.»

Il volto dell'uomo si indurì. «Vuoi insegnarmelo, sì o no?»

«Posso farlo...» rispose Rojer, riflettendoci su «ma voglio qualcosa in cambio.»

«Ho denaro in abbondanza» assicurò l'Uomo delle Rune.

Rojer liquidò l'offerta con un cenno della mano. «Il denaro posso sempre procurarmelo, quando mi occorre» disse. «Quello che voglio ha ben più valore.»

L'Uomo delle Rune non fiatò.

«Voglio viaggiare con voi» disse Rojer.

L'uomo scrollò la testa. «Non se ne parla nemmeno.»

«Non s'impara a suonare il violino in una notte» spiegò Rojer. «Ci vogliono settimane per arrivare a un livello appena decente, e dovrete diventare molto più bravo per riuscire a incantare anche il coreling meno schizzinoso.»

«E tu cosa ci guadagni?»

«Materiale per storie che riempiranno l'anfiteatro del duca, sera dopo sera» rispose Rojer.

«E come farai con lei?» chiese l'Uomo delle Rune, accennando col capo a Leesha. Rojer guardò l'erborista addormentata, il seno generoso che si gonfiava a ogni respiro, e all'uomo non sfuggì il significato di quello sguardo.

«Mi ha chiesto di accompagnarla al suo paese, niente di più» rispose infine Rojer.

«E se ti chiedesse di restare?»

«Non lo farà» rispose Rojer a bassa voce.

«La strada che seguo io non è come quella dei racconti di Marko il Vagabondo, ragazzo» disse l'Uomo delle Rune. «Non ho tempo per farmi rallentare il passo da uno che di notte si nasconde.»

«Adesso ho il mio violino» rispose Rojer con più audacia di quanta ne sentisse realmente. «Non ho paura.»

«Il coraggio non ti basterà» disse l'Uomo delle Rune. «Nelle lande selvagge, o uccidi o vieni ucciso, e non parlo soltanto dei demoni.»

Rojer si raddrizzò e mandò giù il nodo che gli serrava la gola. «Tutti quelli che cercano di proteggermi finiscono per farsi ammazzare» disse. «È ora che impari a difendermi da solo.»

L'Uomo delle Rune si piegò all'indietro per scrutare il giovane giullare.

«Vieni con me» disse infine, alzandosi.

«Fuori dal cerchio?»

«Se non te la senti di farlo, non mi servirai a niente» disse l'Uomo delle Rune. Quando Rojer si guardò attorno perplesso, aggiunse: «Tutti i coreling nel raggio di miglia hanno sentito quello che ho fatto ai loro compari. Dubito che ne vedremo ancora qualcuno in giro stanotte.»

«E Leesha?» chiese Rojer, sollevandosi lentamente in piedi.

«Se necessario, Guizzo del Crepuscolo la proteggerà» rispose l'uomo. «Andiamo.» Uscì dal cerchio e scomparve nella notte.

Rojer imprecò, ma agguantò il violino e seguì l'uomo giù per la strada.

Rojer stringeva saldamente la custodia del violino, mentre avanzavano tra gli alberi. Stava per estrarlo fin dall'inizio, ma l'Uomo delle Rune gli aveva fatto segno di lasciarlo nella custodia. "Attirerai attenzioni indesiderate" gli aveva bisbigliato.

"Ma non avevate detto che sarà difficile incontrare altri coreling, per stanotte?" aveva chiesto Rojer in un sussurro, ma l'Uomo delle Rune lo aveva ignorato, muovendosi nelle tenebre come se fosse stato giorno pieno.

«Dove stiamo andando?» chiese Rojer, forse per la centesima volta.

Salirono su una piccola altura e l'Uomo delle Rune si distese a terra, puntando il dito in basso.

«Guarda laggiù» disse a Rojer. Sotto di loro, Rojer vide tre uomini e un cavallo dall'aspetto ben noto che dormivano entro gli esigui confini di un cerchio portatile che conosceva ancora meglio.

«I banditi» sussurrò. Fu sommerso da un'ondata di emozioni – paura, rabbia, impotenza – e con gli occhi della mente rivide il supplizio che avevano inflitto a lui e Leesha. Il muto si agitò nel sonno, e Rojer si sentì cogliere dal panico.

«Sono sulle loro tracce da quando vi ho incontrati» disse l'Uomo delle Rune. «Stanotte, mentre ero a caccia, ho individuato il loro fuoco.»

«Perché mi avete portato qui?»

«Pensavo che avresti apprezzato l'opportunità di recuperare il tuo cerchio.»

Rojer si volse a guardarlo. «Se gli rubiamo il cerchio mentre dormono, i coreling li uccideranno prima che si rendano conto di cosa sta succedendo.»

«Ci sono pochi demoni in giro» disse l'Uomo delle Rune. «Per loro sarà più facile scamparla di quanto non lo era per voi.»

«Ma anche se fosse, cosa vi fa credere che voglia correre questo rischio?» chiese Rojer.

«Io osservo» disse l'uomo «e ascolto. So quello che hanno fatto a te… e a Leesha.»

Rojer rimase a lungo in silenzio. «Loro sono in tre» disse infine.

«Siamo nelle regioni selvagge» disse l'Uomo delle Rune. «Se vuoi stare al sicuro, puoi tornartene in città.» Pronunciò l'ultima parola con sdegno, come fosse un insulto.

Ma Rojer sapeva che non sarebbe stato al sicuro neppure in città. Gli tornò in mentre, sgradita, la scena di Jaycob che si accasciava a terra tra le risate di Jasin. Avrebbe potuto appellarsi alla legge, dopo quell'aggressione, ma invece aveva preferito scappare. Era costantemente in fuga, e ogni volta c'era qualcuno che moriva al suo posto. Mentre osservava il fuoco, sotto di loro, cercò istintivamente con la mano l'amuleto che non aveva più.

«Mi ero sbagliato?» chiese l'Uomo delle Rune. «Preferisci tornare al campo?»

Rojer deglutì. «Quando avrò recuperato ciò che mi appartiene» decise.

28
Segreti

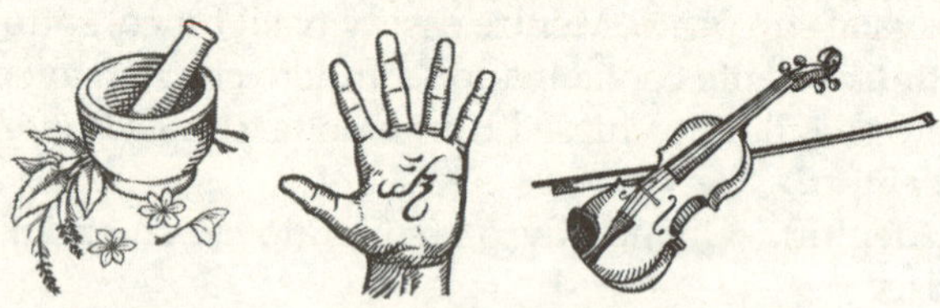

Anno 332 dR

Leesha fu destata da un sommesso nitrire. Aprendo gli occhi, vide Rojer intento a strigliare la giumenta rossiccia che lei aveva acquistato ad Angiers. Per un attimo, osò pensare che gli ultimi due giorni fossero stati soltanto un brutto sogno.

Ma poi vide apparire Guizzo del Crepuscolo, il gigantesco stallone che torreggiava sulla giumenta, e di colpo si ricordò ogni cosa.

«Rojer» chiese a bassa voce «da dov'è spuntata la mia cavalla?»

Rojer aprì la bocca per risponderle, ma proprio allora l'Uomo delle Rune rientrò all'accampamento con due piccoli conigli e delle mele. «Stanotte ho visto il fuoco dei vostri amici» spiegò «e ho pensato che viaggiando a cavallo tutti e tre potevamo procedere più rapidamente.»

Leesha rimase a lungo in silenzio, mentre digeriva la notizia. Era in preda a un tumulto di emozioni, molte delle quali vergognose e sgradevoli. Rojer e l'Uomo delle Rune le lasciarono il tempo di venirne a capo, e lei gliene fu grata. «Li avete uccisi?» chiese infine. Una gelida parte di lei sperava che le rispondesse di sì, anche se quel crudele auspicio andava contro tutto ciò in cui credeva; tutto ciò che le aveva insegnato Bruna.

L'Uomo delle Rune la guardò negli occhi. «No» rispose, e lei provò subito un enorme sollievo. «Li ho messi in fuga per il tempo necessario a recuperare la cavalla, ma questo è tutto.»

Leesha annuì. «Quando il prossimo messaggero passerà dalla Conca, segnaleremo l'accaduto al magistrato del duca.»

La coperta con le erbe era arrotolata alla meglio e assicurata alla sella. Lei la prese per esaminarla e constatò, risollevata, che la maggior parte delle boccette e dei sacchetti era intatta. Si erano fumati tutta quanta la tamponella, ma quella era abbastanza facile da reperire.

Partirono dopo colazione, con Rojer in sella alla giumenta e Leesha seduta dietro all'Uomo delle Rune su Guizzo del Crepuscolo. Cavalcarono veloce, perché si stavano addensando le nuvole, e minacciava di piovere.

Leesha sapeva che avrebbe dovuto sentirsi impaurita. I banditi erano ancora vivi e li precedevano sulla stessa strada. Ripensò all'espressione lasciva del barbuto e alla risata roca del suo compare. Ma il ricordo più orrendo era il peso schiacciante del muto, e l'ottusa violenza della sua lussuria.

Avrebbe dovuto essere impaurita, ma non lo era. Più ancora di Bruna, l'Uomo delle Rune la faceva sentire al sicuro. Non si stancava mai. Non temeva nulla. E lei sapeva senza ombra di dubbio che nessuno avrebbe potuto farle del male, finché era sotto la sua protezione.

Protezione. Quel bisogno di protezione era un sentimento inusitato per lei, come se risalisse a un'altra vita. Badava a se stessa ormai da così tanto tempo che si era dimenticata di cosa significasse. Le sue capacità e la sua intelligenza bastavano a tenerla al sicuro nei luoghi civilizzati, ma valevano ben poco in mezzo alle lande selvagge.

L'Uomo delle Rune si smosse, e Leesha si rese conto che gli si era avvinghiata con le mani alla vita, il corpo premuto contro il suo, la testa appoggiata sulla spalla. Si ritrasse di scatto, così assorbita dal suo imbarazzo che per poco non vide la mano che spuntava tra la sterpaglia sul ciglio della strada.

E quando la vide, lanciò un urlo.

L'Uomo delle Rune tirò le redini, e Leesha si buttò praticamente giù dal cavallo per precipitarsi a vedere. Scostò le erbacce e restò senza fiato vedendo che la mano non era attaccata a nulla, ma mozzata via di netto da un morso.

«Leesha, cos'è?» gridò Rojer, correndo a raggiungerla insieme all'Uomo delle Rune.

«Erano accampati qui vicino?» chiese Leesha, raccogliendo il macabro resto. L'Uomo delle Rune assentì. «Portatemici» ordinò la giovane.

«Leesha, a che servirebbe...» prese a dire Rojer, ma lei lo ignorò, tenendo lo sguardo fisso sull'Uomo delle Rune.

«Por-ta-te-mi-ci» ripeté. L'Uomo delle Rune acconsentì, piantando a terra un paletto per assicurarci le redini della giumenta.

«Stai di guardia» disse a Guizzo del Crepuscolo, e lo stallone gli rispose con un nitrito.

Poco dopo, trovarono l'accampamento, cosparso di sangue e corpi mezzi sbranati. Leesha si sollevò il grembiule per coprirsi la bocca dal fetore. Rojer ebbe un conato e si allontanò di corsa dalla radura.

Ma Leesha era abituata alla vista del sangue. «Due soltanto» osservò, mentre esaminava i resti, in preda a un groviglio inestricabile di emozioni.

L'Uomo delle Rune assentì. «Manca il muto» disse. «Il gigante.»

«Sì» confermò Leesha. «E anche il cerchio.»

«Anche il cerchio» convenne l'Uomo delle Rune dopo un momento.

La spessa coltre di nubi continuava a addensarsi, mentre loro ritornavano ai cavalli. «C'è una grotta usata dai messaggeri, una decina di miglia più avanti» disse l'Uomo delle Rune. «Se spingiamo i cavalli al massimo e saltiamo il pranzo, dovremmo raggiungerla prima che inizi a piovere. Dovremo rifugiarci lì finché non sarà passato il temporale.»

«L'uomo che uccide i coreling a mani nude ha paura di un po' di pioggia?» si meravigliò Leesha.

«Se le nuvole sono abbastanza nere, i coreling possono sorgere prima del tempo.»

«E da quand'è che temete i coreling?» lo incalzò Leesha.

«Combattere sotto la pioggia è un rischio da stupidi» replicò l'Uomo delle Rune. «La pioggia produce fango, e il fango ricopre le rune e rende il terreno scivoloso.»

Si erano appena sistemati nella caverna, quando scoppiò il temporale. Lo scroscio incessante ridusse la strada a un impasto di fango e il cielo si fece nero, se non per il balenare dei lampi. L'ululare del vento accompagnava i boati dei tuoni.

Buona parte dell'imboccatura della grotta era già difesa da simboli magici scolpiti a fondo nella roccia, e l'Uomo delle Rune provvide rapidamente a mettere in sicurezza il resto grazie a una scorta di pietre protette che trovò all'interno.

Come aveva predetto, alcuni demoni sorsero anzitempo, nella apparente oscurità. Li osservò cupamente, mentre emergevano furtivi dagli angoli più bui della foresta, godendosi l'uscita anticipata dal Fulcro. I bagliori dei lampi ne delineavano le sagome contorte che zampettavano sotto il diluvio.

Tentarono di irrompere nella caverna, ma le difese ben salde resistettero. Quelli che si azzardarono ad avvicinarsi troppo se ne pentirono amaramente, accolti dai rabbiosi colpi di lancia dell'Uomo delle Rune.

«Perché siete tanto in collera?» chiese Leesha, pescando dalla sua sacca ciotole e cucchiai, mentre Rojer si dava da fare per accendere un fuocherello.

«È già abbastanza grave che vengano di notte» rispose lui, sdegnato. «Non hanno il diritto di farlo anche di giorno.»

Leesha scosse la testa. «Sareste più sereno, se riusciste ad accettare le cose per come sono» consigliò.

«La serenità non m'interessa.»

«Tutti vogliono la serenità» ribatté Leesha. «Dove sta la pentola?»

«Nella mia sacca» disse Rojer. «Vado a prenderla.»

«Lascia fare.» Leesha si alzò. «Ci vado io. Tu pensa al fuoco.»

«No!» gridò Rojer, ma mentre scattava in piedi, si rese conto che era troppo tardi. Leesha aveva già tirato fuori il suo cerchio portatile, ed era rimasta a bocca aperta.

«Ma...» balbettò la giovane. «Non lo avevano preso quelli?» Guardò Rojer e lo vide lanciare un'occhiata all'Uomo delle Rune. Si girò verso quest'ultimo, ma il suo volto era indecifrabile, nell'ombra del cappuccio.

«Qualcuno vuole darmi una spiegazione?»

«Lo... abbiamo recuperato» disse Rojer, laconico.

«Questo lo vedo!» esplose Leesha, gettando rabbiosamente a terra il rotolo di corda e le tavolette di legno. «Ma come?»

«L'ho preso insieme alla cavalla» intervenne l'Uomo delle Rune. «Non volevo metterti un peso sulla coscienza, perciò non ti ho detto nulla.»

«L'hai rubato?»

«*Loro* lo avevano rubato» corresse l'Uomo delle Rune. «Io l'ho recuperato.»

Leesha lo fissò lungo. «L'avete preso in piena notte.»

L'Uomo delle Rune non fiatò.

«Lo stavano usando?» chiese Leesha a denti stretti.

«La strada è già abbastanza pericolosa anche senza quei ceffi» rispose lui.

«Li avete assassinati» accusò Leesha, sorpresa dalle lacrime che le salirono agli occhi. "Trova l'uomo peggiore che esista al mondo" le aveva detto suo padre "e scoprirai sempre qualcosa di peggio, guardando fuori dalla finestra di notte." Nessuno meritava di essere dato in pasto ai coreling. Nemmeno quei tre.

«Come avete potuto?»

«Io non ho assassinato nessuno» si difese l'Uomo delle Rune.

«In pratica, sì!»

L'uomo alzò le spalle. «Hanno fatto lo stesso con voi.»

«E quindi sarebbe giusto?» insorse Leesha. «Ma guardatevi! Non avete il minimo scrupolo! Almeno due uomini morti, e voi potete dormire sonni tranquilli! Siete un mostro!» Gli si gettò contro, cercando di colpirlo con i pugni, ma lui le afferrò i polsi e resisté impassibile alla sfuriata.

«Perché ti importa tanto?» le chiese.

«Sono un'erborista!» gridò lei. «Ho prestato giuramento! Ho fatto voto di curare i malati, ma voi,» lo guardò freddamente «voi siete votato soltanto a uccidere.»

Dopo qualche istante, sbollita la furia, Leesha si ritrasse. «Non avete alcun rispetto per quello che sono» disse, accasciandosi a terra e restando a fissare il pavimento della caverna per diversi minuti. Poi alzò gli occhi su Rojer.

«Hai detto "abbiamo"» lo accusò.

«Come?» chiese il giullare, cadendo dalle nuvole.

«Prima» spiegò lei. «Hai detto: "Lo *abbiamo* recuperato". E il cerchio era nella tua borsa. Sei andato con lui?»

«Io...» Rojer non riuscì a proseguire.

«Non mentirmi, Rojer!» ruggì Leesha.

Lui abbassò lo sguardo a terra. Dopo un momento, annuì.

«Prima, ti ha detto la verità» ammise Rojer. «Lui ha preso solamente la cavalla. Mentre erano distratti, ho recuperato io il cerchio e le erbe.»

«Perché?» domandò Leesha, con voce appena incrinata. Il suo tono grondante di delusione ferì il giovane giullare come una pugnalata.

«Lo sai bene perché» rispose tetro Rojer.

«Perché?» ripeté Leesha. «Per me? Per il mio onore? Dimmelo, Rojer. Dimmi che hai ucciso in mio nome!»

«Dovevano pagarla» disse Rojer con fermezza. «Dovevano pagare per quello che hanno fatto. Non meritavano il perdono.»

Leesha scoppiò in una risata senza allegria. «Pensi che non lo sappia?» gridò. «Pensi che mi fossi preservata per ventisette anni solo per concedere la mia innocenza a una banda di furfanti?»

Un silenzio greve scese sulla caverna per un lungo momento. Il fragore del tuono squarciò la notte.

«Ti eri preservata...» le fece eco Rojer.

«Sì, accidenti a te!» esplose Leesha, il viso rigato da lacrime di rabbia. «Ero vergine! Ma questo basta a giustificare di avere offerto degli uomini in pasto ai coreling?»

«Offerto?» ripeté l'Uomo delle Rune.

Leesha si volse di scatto verso di lui. «Certo: offerto! Sono sicura che i vostri amici demoni avranno gradito alquanto il vostro piccolo omaggio! Non c'è cosa che apprezzino di più che poter uccidere degli umani. Ridotti in così pochi come siamo, è un privilegio raro!»

La luce del fuoco si rifletté negli occhi spalancati dell'Uomo delle Rune. Leesha non gli aveva mai letto sul volto un'espressione così umana, e quella vista le fece dimenticare per un momento la rabbia. Sembrava terrorizzato a morte, e per allontanarsi da loro arretrò fino all'ingresso della grotta.

Proprio in quel momento, un coreling si gettò sulla rete di protezione, e un lampo di luce argentata inondò la caverna. L'Uomo delle Rune ruotò su se stesso e lanciò contro al demone un grido come Leesha non ne aveva mai udito in vita sua, ma che pure riconobbe all'istante. Era l'espressione di quello che aveva sentito dentro quando l'avevano messa sotto, quella terribile notte sulla strada.

L'Uomo delle Rune agguantò una delle sue lance e la scagliò fuori, nella pioggia. Ci fu un'esplosione di magia quando trafisse il demone, che sprofondò nel fango.

«Che siate dannati!» ruggì l'Uomo delle Rune, strappandosi le vesti di dosso per balzare fuori, sotto il diluvio. «Avevo giurato di non concedervi nulla! Nulla di nulla!» Saltò sulle spalle di un demone del legno, schiacciandolo a terra. La runa imponente che aveva sul petto fiammeggiò e il demone prese fuoco, nonostante la pioggia torrenziale. Lui si rialzò di slancio, mentre la creatura si dibatteva disperatamente.

«Fatevi sotto!» intimò agli altri, piantando i piedi nel fango. I coreling scattarono avanti, obbedienti, sferrando morsi e colpi di artiglio, ma lui si batté con la furia di un demone, spazzandoli via come foglie d'autunno al vento.

Dal fondo della caverna, Guizzo del Crepuscolo nitrì e tirò sulla cavezza, smanioso di combattere al fianco del padrone. Rojer si avvicinò all'animale per calmarlo e lanciò uno sguardo confuso a Leesha.

«Non può combatterli tutti quanti» disse lei. «Non in mezzo al fango.» Già molte delle rune tatuate erano ricoperte di melma. «Sta cercando la morte» aggiunse.

«Cosa dovremmo fare?» chiese Rojer.

«Prendi il violino!» gridò Leesha. «Scacciali via!»

Rojer scosse il capo. «Tra il vento e la pioggia, non si sentirà nemmeno.»

«Non possiamo lasciarlo andare incontro alla morte!» urlò Leesha.

«Hai ragione» convenne Rojer. Si avvicinò risoluto alle armi dell'uomo e prese una lancia leggera e lo scudo con le rune. Rendendosi conto di ciò che intendeva fare, Leesha si alzò per fermarlo, ma prima che potesse raggiungerlo lui era già uscito dalla caverna per correre in sostegno dell'Uomo delle Rune.

Un demone del fuoco sputò una fiammata contro Rojer, ma la pioggia la smorzò e non arrivò a segno. Il coreling gli balzò addosso, ma lui sollevò lo scudo protetto e lo respinse. Concentrato com'era davanti a sé, si accorse dell'altro demone del fuoco che aveva alle terga solo quando fu troppo tardi. Il coreling spiccò il balzo, ma l'Uomo delle Rune afferrò al volo il demone alto un metro con uno sfrigolio di carne bruciata, e lo scaraventò lontano.

«Torna dentro!» ordinò a Rojer.

«Non senza di voi!» gridò lui in risposta. Aveva i capelli rossi inzuppati e incollati alla faccia, gli occhi stretti a fessura per resistere al vento e alla pioggia battente, ma fronteggiava l'Uomo delle Rune con fermezza, senza arretrare di un centimetro.

Due demoni del legno guizzarono verso di loro, ma l'Uomo delle Rune si gettò nel fango, trascinando a terra anche Rojer. Gli artigli micidiali mancarono d'un soffio il giullare, e i pugni dell'uomo ricacciarono indietro le creature. Intanto, però, andavano radunandosi altri coreling, attratti dai lampi di luce e dai rumori della battaglia. Troppi, per poterli combattere.

L'Uomo delle Rune guardò Rojer, riverso nel fango, e la follia nei suoi occhi si spense. Gli tese la mano, e il giullare la prese. Insieme, corsero al riparo nella caverna.

«Ma cosa vi è saltato in testa?» chiese Leesha, legando l'ultima benda. «A tutti e due?»

Rojer e l'Uomo delle Rune, avvolti nelle coperte accanto al fuoco, ascoltarono in silenzio i suoi rimproveri. Dopo un po', Leesha si placò e preparò un brodo caldo con erbe e verdure che offrì loro in silenzio.

«Grazie» mormorò Rojer, la prima parola che spiccicava da quando era tornato alla grotta.

«Sono ancora arrabbiata con te» disse Leesha, senza guardarlo negli occhi. «Mi hai mentito.»

«Non è vero» protestò Rojer.

«Mi hai nascosto qualcosa» ribatté Leesha. «Non fa differenza.»

Rojer la osservò per un tratto. «Perché hai lasciato la Conca del Taglialegna?» le domandò.

«Cosa?» chiese Leesha. «Non cambiare discorso, adesso.»

«Se quella gente ti sta tanto a cuore da spingerti ad affrontare qualsiasi pericolo, a sopportare qualsiasi cosa, pur di tornare a casa» incalzò Rojer «perché te ne sei andata?»

«I miei studi...» prese a dire lei.

Rojer scosse la testa. «Io ho una certa esperienza in fatto di sfuggire ai problemi, Leesha» le disse. «Non può essere solo per quello.»

«Non mi sembra che siano affari tuoi.»

«Allora, com'è che sto qui ad aspettare che spiova in una caverna circondata dai coreling, nel bel mezzo del nulla?» chiese Rojer.

Leesha lo guardò per un lungo istante, poi sospirò, perdendo la voglia di controbattere. «Immagino che lo verrai a sapere abbastanza presto» disse. «La gente della Conca non ha mai brillato per la capacità di mantenere un segreto.»

Raccontò loro ogni cosa. Non avrebbe voluto, ma quella grotta umida e fredda si trasformò in una sorta di confessionale, e una volta che ebbe cominciato, le parole le sgorgarono di bocca senza più freni: sua madre, Gared, le dicerie nel villaggio, la sua fuga da Bruna, la sua vita da reietta. Quando la sentì parlare del fuoco di demone liquido di Bruna, l'Uomo delle Rune si sporse avanti e aprì la bocca, ma la richiuse subito e si adagiò di nuovo contro il muro, preferendo non interromperla.

«E questo è quanto» concluse Leesha. «Avevo sperato di potermene restare ad Angiers, ma a quanto pare il Creatore ha altri piani per me.»

«Meriteresti di meglio» commentò l'Uomo delle Rune.

Leesha annuì, guardandolo. «Perché siete uscito là fuori?» gli chiese a voce bassa, indicando con il mento l'imboccatura della caverna.

L'Uomo delle Rune si accasciò, lo sguardo abbassato sulle ginocchia. «Ho infranto una promessa» rispose.

«Tutto qui?»

Lui la guardò e, per una volta, Leesha non vide i tatuaggi che gli ricoprivano il viso, ma soltanto i suoi occhi che la fissavano, penetranti. «Avevo giurato di non concedere loro mai nulla» le disse. «Neppure per salvarmi la vita. E invece ho dato loro tutto ciò che mi rendeva umano.»

«Non gli avete dato proprio niente» dissentì Rojer. «Sono stato io a prendere il cerchio.»

Leesha strinse forte la ciotola tra le mani, ma non disse nulla.

L'Uomo delle Rune scrollò la testa. «Ti ho facilitato le cose. Sapevo quel che provavi. Consegnarli alla tua vendetta è stato come darli in pasto ai coreling.»

«Avrebbero continuato a depredare la gente inerme sulla strada» disse Rojer. «Il mondo sta molto meglio senza di loro.»

L'Uomo delle Rune assentì. «Ma questo non giustifica il fatto di averli lasciati dilaniare dai coreling» disse. «Avrei potuto facilmente prendere il cerchio, o perfino ucciderli, ma affrontandoli faccia a faccia, alla luce del giorno.»

«Quindi, stanotte siete andato là fuori perché vi sentivate in colpa?» chiese Leesha. «E tutte le altre volte, allora? Perché questa guerra spietata ai coreling?»

«Nel caso non te ne fossi accorta» replicò l'Uomo delle Rune «i coreling sono in guerra con noi da secoli. Cosa c'è di tanto sbagliato a contrattaccarli?»

«Insomma, voi credete di essere il Liberatore?» domandò Leesha.

L'Uomo delle Rune sbuffò. «L'umanità è paralizzata da trecento anni ad aspettare l'avvento del Liberatore» rispose. «È solo un mito. Non verrà mai, ed è ora che la gente lo capisca e cominci a combattere con le proprie mani.»

«I miti hanno il loro potere» osservò Rojer. «Non li liquiderei tanto in fretta.»

«Da quand'è che sei un uomo di fede?» si stupì Leesha.

«Io ho fede nella speranza» affermò Rojer. «Faccio il giullare da tutta la vita e se ho imparato una cosa in ventitré anni, è che le storie che invoca la gente, quelle che non dimenticano mai, sono le storie che infondono speranza.»

«Venti» disse subito Leesha.

«Cosa?»

«Mi hai detto che avevi vent'anni.»

«Ah, sì?»

«Non ne hai nemmeno venti, giusto?»

«Certo che ce li ho!» insisté Rojer.

«Non sono stupida, Rojer» disse Leesha. «Ti conosco da meno di tre mesi, e nel frattempo sei cresciuto di due dita. Nessun ventenne cresce così. Quanti ne hai veramente? Sedici?»

«Diciassette» sbottò Rojer. Gettò a terra la ciotola, rovesciando il brodo rimasto. «Sei contenta, adesso? Avevi ragione quando dicevi a Jizell che potresti quasi essere mia madre.»

Leesha lo guardò. Aprì la bocca per rispondergli aspramente, ma poi la richiuse. «Scusami» disse invece.

«E voi, Uomo delle Rune?» chiese Rojer, volgendosi verso di lui. «Aggiungerete "troppo giovane" alla lista dei motivi per cui non dovrei viaggiare con voi?»

«Sono diventato messaggero a diciassette anni» rispose l'uomo «e ho incominciato a viaggiare da molto più giovane.»

«E quanti anni ha adesso l'Uomo delle Rune?» domandò Rojer.

«L'Uomo delle Rune è nato nel deserto krasiano, quattro primavere fa» rispose lui.

«E l'uomo che c'era sotto alle rune?» chiese Leesha. «Quanti anni aveva, quando è morto?»

«Non importa quante primavere avesse» disse l'Uomo delle Rune. «Era un ragazzino sciocco e ingenuo, con sogni troppo grandi che gli avrebbero fatto più male che bene.»

«Ed è per questo che doveva morire?» domandò Leesha.

«È stato ucciso. E il motivo è quello, sì.»

«Qual era il suo nome?» domandò Leesha a voce bassa.

L'Uomo delle Rune rimase a lungo in silenzio. «Arlen» disse alla fine. «Il suo nome era Arlen.»

29
Nella luce prima dell'alba

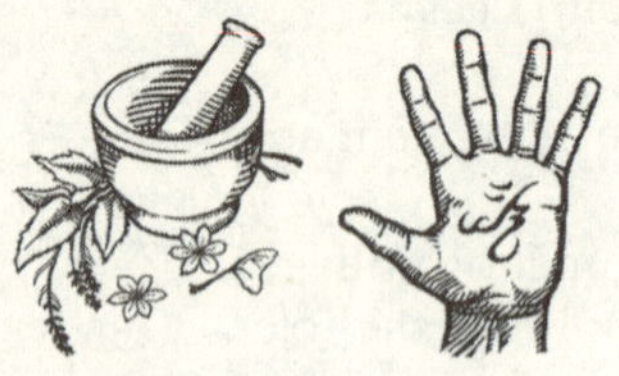

Anno 332 dR

Quando l'Uomo delle Rune si svegliò, il temporale si era placato momentaneamente, ma il cielo era ancora coperto di nubi grigie che promettevano altra pioggia. Si guardò attorno nella grotta, penetrando facilmente l'oscurità con gli occhi contornati dalle rune, e distinse le sagome dei due cavalli e del giullare addormentato. Di Leesha, invece, non c'era traccia.

Era ancora presto; il primo chiarore che preannunciava il sorgere del sole. Probabilmente, la maggioranza dei coreling era già rientrata da tempo nel Fulcro, ma con quella spessa coltre di nubi non si poteva mai sapere. L'Uomo delle Rune si alzò e si strappò di dosso le fasciature che gli aveva fatto Leesha la notte prima. Le ferite erano già tutte rimarginate.

Non gli fu difficile seguire le orme di Leesha impresse nel fango: la trovò poco distante, inginocchiata a terra per raccogliere erbe. Si era arrotolata le gonne sopra le ginocchia per non imbrattarle di melma, e la vista delle sue cosce pallide e lisce lo fece arrossire. Era ancora più bella, nella luce prima dell'alba.

«Non dovresti essere qui fuori» le disse. «Il sole non è ancora sorto. Non è sicuro.»

Leesha lo guardò e sorrise. «Proprio *voi* vorreste dare una lezione a *me* in fatto di esporsi al pericolo?» gli chiese, inarcando un sopracciglio. «Del resto» continuò dinanzi al suo silenzio «quale demone potrebbe attaccarmi, se ci siete voi qui?»

L'Uomo delle Rune scrollò le spalle e si accovacciò accanto a lei. «Tamponella?» chiese.

Leesha annuì, mostrandogli la pianta dalle foglie rugose e dalle fitte infiorescenze a grappolo. «Fumata con la pipa, rilassa i muscoli e induce un senso di euforia. Mescolata al verbasco, posso ricavarne una pozione soporifera capace di stendere un leone infuriato.»

«Funzionerebbe anche su un demone?» chiese l'Uomo delle Rune.

Leesha aggrottò la fronte. «Non pensate mai a nient'altro?»

L'Uomo delle Rune parve offeso. «Se credi di conoscermi, ti sbagli» disse. «È vero, io uccido i coreling, e proprio per questo ho visitato luoghi ormai cancellati dalla memoria dei viventi. Devo recitarti le poesie che ho tradotto dalla lingua antica di Rusk? Disegnarti gli affreschi di Anoch Sun? Parlarti delle macchine che nel mondo antico svolgevano il lavoro di venti uomini?»

Leesha gli posò la mano sul braccio e lui ammutolì. «Perdonatemi» gli disse. «Non avevo il diritto di giudicarvi. So quanto può pesare la responsabilità di custodire il sapere del mondo antico.»

«So che non volevi offendermi» disse l'Uomo delle Rune.

«Ma sono stata ingiusta» ammise Leesha. «Per rispondere alla vostra domanda, sinceramente non saprei. Anche i coreling mangiano e defecano, quindi è lecito supporre che possano essere narcotizzati. La mia maestra diceva che le erboriste dei tempi remoti diedero un grande contributo nella Guerra dei Demoni. Ho del verbasco. Quando arriveremo alla Conca del Taglialegna, se volete, posso preparare la pozione.»

L'Uomo delle Rune annuì con entusiasmo. «Puoi prepararmi anche qualcos'altro?» chiese.

Leesha sospirò. «Mi domandavo quando me lo avreste chiesto» disse. «Non vi preparerò il fuoco di demone liquido.»

«Perché no?»

«Perché non si possono affidare i segreti del fuoco agli uomini» rispose Leesha, voltandosi a guardarlo. «Se ve lo darò, voi lo userete, anche se questo significasse ridurre in cenere mezzo mondo.»

L'Uomo delle Rune la guardò senza ribattere.

«E in ogni caso, a che vi servirebbe?» chiese Leesha. «Avete già poteri ben superiori a quelli che si possono ricavare da qualche erba o preparato chimico.»

«Io sono soltanto un uomo...» prese a dire lui, ma Leesha lo interruppe.

«Sciocchezze» disse. «Le vostre ferite guariscono nel giro di minuti, e riuscite a correre veloce come un cavallo per un giorno intero senza il minimo affanno. Spazzate via i demoni del legno come fuscelli e ci vedete al buio come in pieno giorno. Voi non siete "soltanto" un bel nulla.»

L'Uomo delle Rune sorrise. «Ai tuoi occhi non sfugge proprio niente.»

Qualcosa nel modo in cui lo disse fece correre un fremito sulla pelle di Leesha. «Siete sempre stato così?»

Lui scosse la testa. «Sono le rune» disse. «Le protezioni funzionano in modo retroattivo. Conosci questo termine?»

Leesha assentì. «È nei libri di scienza del mondo antico.»

L'Uomo delle Rune sbuffò. «I coreling sono creature magiche» spiegò. «Le rune difensive assorbono parte di quella magia e la usano per formare la loro barriera. Più forte è il demone, maggiore è la forza che lo respinge. Le rune offensive funzionano allo stesso modo, traendo la forza del colpo proprio dalla robustezza dell'armatura dei coreling. Gli oggetti inanimati non possono trattenere a lungo la carica, prima che si disperda. Ma in qualche modo, ogni volta che colpisco un demone, o che uno colpisce me, assorbo una piccola parte della sua forza.»

«Ho sentito un formicolio, quella prima notte, quando ho toccato la vostra pelle» disse Leesha.

L'Uomo delle Rune annuì. «Quando mi sono tatuato le rune sul corpo, non è solo il mio aspetto che è diventato… inumano.»

Leesha scosse la testa e gli prese il viso tra le mani. «Non è il nostro corpo quello che ci rende umani» sussurrò. «Potete sempre riprendervi la vostra umanità, se lo volete davvero.» Si protese in avanti e lo baciò dolcemente.

Sulle prime, lui s'irrigidì. Ma superato lo stupore iniziale, rispose attivamente al bacio. Leesha chiuse gli occhi e gli offrì la bocca, accarezzandogli la pelle liscia della testa rasata. Sotto le mani, non sentì le rune, ma solo il suo calore e le cicatrici.

"Portiamo tutti e due delle cicatrici" pensò. "Solo che le sue sono visibili a tutti."

Si abbandonò all'indietro, trascinandolo con sé.

«Ci riempiremo di fango» la mise in guardia lui.

«Siamo già abbastanza infangati» rispose lei, adagiandosi sulla schiena con lui addosso.

Il sangue pulsava nelle orecchie di Leesha mentre l'Uomo delle Rune la baciava. Lei gli fece correre le mani sui muscoli compatti e aprì le gambe, premendogli contro i fianchi.

“Fa’ che questa sia la mia prima volta” pregò. “Quegli uomini sono morti, svaniti per sempre, e lui può cancellarmi di dosso anche quella macchia. Lo faccio perché ho scelto io di farlo.”

Ma era intimorita. “Jizell aveva ragione” pensò. “Non avrei mai dovuto aspettare così a lungo. Non so cosa devo fare. Tutti pensano che sappia come si deve fare, ma io non so nulla, e lui si aspetta che lo sappia perché sono un’erborista…”

“Oh, Creatore, e se non saprò soddisfarlo?” si chiese, inquieta. “E se andrà a raccontarlo a qualcuno?”

Si sforzò di scacciare quel pensiero. “Non lo racconterà mai a nessuno. È per questo che deve essere lui. Era destino che fosse lui. Lui è come me, un reietto. Abbiamo percorso la stessa strada.”

Gli insinuò le mani sotto le vesti per sciogliere il panno che gli cingeva i fianchi e liberare il suo sesso. Gli strappò un gemito quando lo prese in mano e lo attirò a sé.

“Sa che ero vergine” rammentò a se stessa, tirandosi su le gonne. “Lui è duro e io sono bagnata. Che altro c’è da sapere?”

«E se dovessi metterti incinta?» chiese lui in un bisbiglio.

«È quello che spero» sussurrò lei in risposta, mentre lo accoglieva dentro di sé.

“Che altro c’è da sapere?” pensò di nuovo, e inarcò la schiena per il piacere.

Quando Leesha lo baciò, l’Uomo delle Rune fu sopraffatto dallo stupore. Solo pochi istanti prima ne aveva ammirato le cosce, ma non si era mai sognato che lei potesse condividere la sua attrazione. Che nessuna donna potesse mai farlo.

Per un momento s’irrigidì, paralizzato, ma come sempre accadeva nella necessità, l’istinto prese il sopravvento e lo spinse ad abbracciarla con trasporto e a ricambiare voracemente il suo bacio.

Quanto tempo era passato dall’ultima volta che una donna lo aveva baciato? Quanto ne era trascorso da quella notte in cui aveva accompagnato a casa Mery e lei gli aveva detto che non sarebbe mai potuta essere la moglie di un messaggero?

Leesha frugò sotto le sue vesti, e l’Uomo delle Rune capì che voleva spingersi fin dove lui non si era mai spinto prima. Si sentì cogliere dalla paura, un’emozione quasi sconosciuta per lui. Non aveva idea di cosa doveva fare, di come dare piacere a una donna. Forse lei si aspettava che avesse quell’esperienza che le mancava? Contava sul fatto che la sua destrezza in battaglia si applicasse anche a questo?

Ma forse era proprio così, perché mentre era alle prese con quei pensieri, il suo corpo andava avanti da solo, guidato da istinti radicati in ogni essere vivente fin dalla notte dei tempi. Quegli stessi istinti che lo chiamavano a combattere.

Ma questa non era una battaglia. Era qualcos'altro.

"È lei quella giusta?" Il pensiero gli echeggiò nella mente.

Perché lei, e non Renna? Se fosse stato un uomo diverso da quello che era, si sarebbe sposato quasi quindici anni prima e avrebbe avuto uno stuolo di figli. Non per la prima volta, ebbe una visione di come sarebbe potuta essere adesso Renna, nel suo pieno fulgore di donna, sua e soltanto sua.

Perché lei, e non Mery? Mery, la ragazza che avrebbe potuto sposare, se avesse accettato di essere la moglie di un messaggero. Si sarebbe legato a Miln per amore, proprio come Ragen. Avrebbe vissuto meglio, se avesse sposato Mery. Ora lo sapeva. Ragen aveva ragione. Lui aveva Elissa...

Quando abbassò il vestito di Leesha, mettendo a nudo il suo seno morbido, gli balenò in mente un'immagine di Elissa. Della volta in cui l'aveva vista scoprire la mammella per allattare Marya, e per un attimo aveva desiderato di poterla succhiare al posto della bambina. Se ne era subito vergognato, eppure quell'immagine era rimasta vivida nella sua memoria.

Leesha era la donna del suo destino? Ma esisteva davvero una predestinata? Soltanto un'ora prima, avrebbe riso di quell'idea, ma adesso aveva sotto gli occhi Leesha, così bella e appassionata, così capace di comprenderlo per quello che era. Se era maldestro, se non sapeva bene come toccarla, dove accarezzarla, lei lo avrebbe compreso. Un angolo di terra fangosa nella luce prima dell'alba non era certo un degno talamo nuziale, ma in quel momento gli sembrava meglio dei materassi di piume nella ricca dimora di Ragen.

Ma c'era un dubbio che lo tormentava.

Un conto era rischiare la sua vita ogni notte; lui non aveva nulla da perdere, nessuno che potesse piangerlo. Se fosse morto, non avrebbe riempito neppure una fialetta di lacrime. Ma avrebbe potuto correre ancora quei rischi, con Leesha che attendeva al sicuro il suo ritorno? Avrebbe finito per rinunciare a combattere, per diventare come suo padre? Si sarebbe abituato a nascondersi, fino a perdere il coraggio di difendere i suoi cari?

"I figli hanno bisogno di un padre" aveva sentito dire a Elissa.

«E se dovessi metterti incinta?» le bisbigliò mentre la copriva di baci, incerto sulla risposta che voleva sentire.

«È quello che spero» sussurrò lei.

Leesha lo attrasse a sé, minacciando di mandare in frantumi l'intero mondo che si era costruito. Ma gli stava offrendo qualcosa di più, e lui ci si aggrappò con tutte le forze.

E quando fu dentro di lei, si sentì finalmente completo.

Per un momento, non ci fu altro al mondo che il pulsare del sangue e il contatto della pelle sulla pelle. Messe infine a tacere le menti, i corpi trovarono la loro strada con agio. La veste di lui finì gettata da una parte, le gonne di lei avvoltolate attorno alla vita. Si dibatterono nel fango ansimando, senza pensare a nulla se non l'uno all'altra.

Fin quando il demone del legno non colpì.

Il coreling aveva seguito furtivamente le loro tracce, attirato dai rumori animaleschi. Sapeva che l'alba era imminente, il sole odiato ormai prossimo a sorgere, ma la vista di tanta carne nuda destò i suoi appetiti. E allora li assalì, sperando di tornarsene nel Fulcro con gli artigli grondanti di sangue caldo e la carne fresca tra i denti.

Il demone sferrò un colpo violento alla schiena esposta dell'Uomo delle Rune. Le protezioni tatuate sul dorso fiammeggiarono, scaraventando indietro il coreling, e facendo sbattere l'una contro l'altra le teste dei due amanti.

Agile e inarrestabile, il demone del legno si riprese subito. Appena toccò terra, piegò le zampe per spiccare un nuovo balzo. Leesha lanciò un grido, ma l'Uomo delle Rune si rigirò e afferrò la creatura per gli artigli anteriori. Ruotò su se stesso e sfruttò lo slancio del demone per scagliarlo nel fango.

Senza esitare, si staccò da Leesha per sfruttare il vantaggio. Era nudo, ma poco importava. Si era sempre battuto nudo fin da quando si era tatuato le rune sul corpo.

Descrivendo un giro completo su se stesso, colpì il coreling alla mascella con il tallone. Non ci fu alcun lampo magico, perché le rune erano coperte di fango, ma con la forza dirompente che gli era cresciuta in corpo, fu come se il demone fosse stato raggiunto da un calcio di Guizzo del Crepuscolo. Vedendolo arretrare vacillante, l'Uomo delle Rune lo attaccò con un ruggito, ben sapendo quanto poteva essere letale se gli si concedeva il tempo di riprendersi.

Il coreling era grande per la sua razza, alto quasi due metri e mezzo, e in uno scontro basato solo sulla forza, l'Uomo delle Rune non poteva prevalere. Lo tempestò di pugni, calci e gomitate, ma aveva fango ovunque e quasi tutte le rune erano coperte e inefficaci. L'armatura simile a corteccia gli lacerava la pelle e i suoi colpi non avevano effetti durevoli.

Il coreling si girò e con una sferzata della coda colpì l'Uomo delle Rune allo stomaco, mozzandogli il fiato in corpo e rovesciandolo a terra. Leesha urlò di nuovo e il suo grido attrasse subito l'attenzione del demone. Con uno strillo, si lanciò su di lei.

L'Uomo delle Rune si precipitò dietro alla bestia e l'afferrò per una caviglia prima che potesse raggiungerla. Atterrò il demone con un violento strattone e i due ingaggiarono una lotta furibonda nel fango. Alla fine, l'uomo riuscì a insinuare una gamba sotto l'ascella e attorno al collo del coreling, bloccandolo con l'altra gamba mentre lo teneva stretto. Gli piegò indietro una zampa con tutte e due le mani, per impedirgli di rialzarsi.

Il demone si dibatteva e sferrava unghiate, ma ormai l'Uomo delle Rune lo teneva in una morsa senza lasciargli scampo. Si rotolarono a lungo, avvinghiati uno all'altro, finché il sole spuntò all'orizzonte e trovò uno squarcio tra le nubi. La ruvida pelle a corteccia cominciò a fumare e il demone si dibatté ancor più freneticamente. L'Uomo delle Rune serrò la presa.

"Solo pochi istanti ancora..."

Ma poi accadde qualcosa d'inaspettato. Il mondo attorno a lui parve diventare nebuloso, evanescente. Sentì una forza che lo attirava dalle profondità della terra, e lui e il demone cominciarono a sprofondare.

Una via si aprì ai suoi sensi, e il Fulcro lo chiamò a sé.

Orrore e repulsione lo travolsero, mentre il coreling lo trascinava sotto. Il demone era ancora stretto saldamente nella sua presa, anche se il resto del mondo si era ridotto soltanto a un'ombra. Guardò su, e vide il sole amato sbiadire a poco a poco.

Si aggrappò a quella visione come a un'ancora di salvezza, allentò la morsa sul demone e lo tirò energicamente per la zampa, trascinandolo di nuovo su, verso la luce. Il coreling lottò come una furia, ma il terrore infuse nuove forze nell'Uomo delle Rune, che con un grido muto riportò risolutamente la creatura alla superficie.

Il sole era lì ad accoglierli, radioso e benefico, e l'Uomo delle Rune sentì il corpo riacquistare solidità, mentre il demone prendeva fuoco. La bestia raschiava la terra con gli artigli, ma lui la teneva saldamente.

Quando infine lasciò la presa sul guscio carbonizzato, l'uomo grondava sangue da tutte le parti. Leesha accorse subito, ma lui la respinse, ancora sconvolto dall'orrore. Che cos'era realmente, se poteva trovare una via per scendere nel Fulcro? Era diventato lui stesso un coreling? Che specie di mostro avrebbe potuto generare il suo seme contaminato?

«Sei ferito» obiettò Leesha, cercando nuovamente di avvicinarglisi.

«Guarirò» rispose lui, sfuggendole. Svanito il tono dolce, amorevole che aveva usato solo qualche minuto prima, la sua voce era di nuovo fredda e monocorde. In effetti, molti dei graffi e dei tagli meno profondi si stavano già rimarginando.

«Ma...» protestò Leesha «allora, noi due...?»

«Ho fatto la mia scelta molto tempo fa, e ho scelto la notte» disse l'Uomo delle Rune. «Per un momento ho creduto di poter tornare indietro, ma...» Scosse la testa. «Ormai non c'è più ritorno.»

Raccolse le sue vesti e si diresse al torrentello gelido che scorreva lì vicino per lavarsi le ferite.

«Che tu sia dannato!» gli gridò dietro Leesha. «Tu e la tua folle ossessione!»

30

Il Flagello

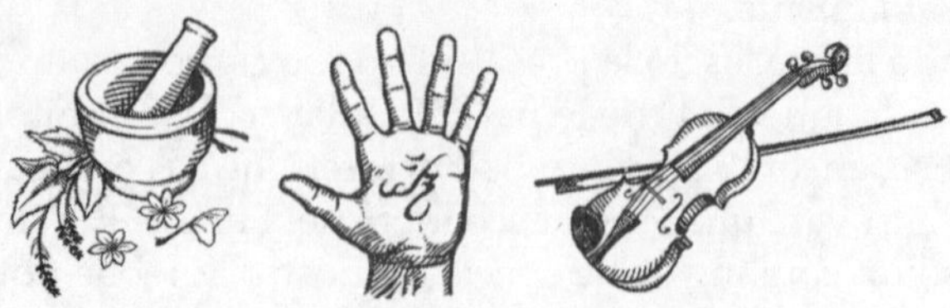

Anno 332 dR

Al loro ritorno, Rojer dormiva ancora. Si cambiarono gli abiti infangati in silenzio, dandosi le spalle, poi Leesha scosse Rojer per svegliarlo, mentre l'Uomo delle Rune sellava i cavalli. Consumarono una colazione fredda senza parlare, e ripresero la strada con il sole ancora basso all'orizzonte. Rojer era in sella alla giumenta, dietro a Leesha, l'Uomo delle Rune da solo sul suo imponente stallone. Il cielo greve di nubi prometteva altra pioggia.

«Non avremmo dovuto incrociare un messaggero diretto a nord, ormai?» chiese Rojer.

«Hai ragione» convenne Leesha. Guardò su e giù per la strada, preoccupata.

L'Uomo delle Rune si strinse nelle spalle. «Arriveremo alla Conca del Taglialegna entro mezzogiorno» disse. «Vi accompagnerò fin lì, poi me ne andrò per la mia strada.»

Leesha assentì. «Penso che sia la cosa migliore.»

«Ve ne andate così?» chiese Rojer.

L'Uomo delle Rune piegò la testa. «Ti aspettavi di più, giullare?»

«Dopo tutto quello che abbiamo passato? Per la Notte, sì!» esclamò Rojer.

«Mi spiace deluderti» replicò l'Uomo delle Rune «ma ho delle faccende da sbrigare.»

«Il Creatore non voglia che tu passi una notte senza uccidere qualcosa» borbottò Leesha.

«E la questione di cui si era parlato?» insisté Rojer. «Che avrei potuto viaggiare con voi?»

«Rojer!» esclamò Leesha.

«Ho deciso che non è una buona idea» rispose l'Uomo delle Rune. Lanciò un'occhiata a Leesha. «Se non può uccidere i demoni, la tua musica non mi serve a niente. Me la cavo meglio da solo.»

«Concordo in pieno» intervenne Leesha. Rojer la guardò torvo, facendola arrossire. Il giullare meritava più comprensione, e lei lo sapeva, ma non poteva offrirgli conforto né spiegazioni, perché era impegnata con tutte le sue energie a trattenere le lacrime.

Aveva conosciuto l'Uomo delle Rune per quello che era davvero. Per quanto avesse sperato altrimenti, aveva capito che lui non poteva aprirle il cuore a lungo, che tutto ciò che poteva esserci fra loro era solo un momento. Eppure, oh, quanto aveva desiderato quel momento! Quanto aveva desiderato sentirsi al sicuro tra le sue braccia, mentre lo accoglieva dentro di sé. Si accarezzò il ventre, assorta nei suoi pensieri. Se lui l'avesse fecondata con il suo seme e lei fosse rimasta incinta, avrebbe amato il bambino senza farsi domande su chi fosse il padre vero. Ma ora... Aveva una scorta sufficiente di foglie di pomm per fare ciò che andava fatto.

Mentre cavalcavano in silenzio, la freddezza scesa fra loro era palpabile. Di lì a non molto, uscendo da una svolta, giunsero finalmente in vista della Conca del Taglialegna.

Anche da quella distanza, si avvidero subito che il villaggio era ridotto a un cumulo di macerie fumanti.

Rojer si reggeva forte a Leesha mentre sobbalzavano lungo la strada. Vedendo il fumo, lei aveva lanciato la cavalla al galoppo, subito imitata dall'Uomo delle Rune. Nonostante il tempo umido, le fiamme ardevano ancora con impeto nella Conca del Taglialegna, diffondendo nell'aria volute di fumo nero oleoso. Il paese era devastato, e Rojer si trovò a rivivere la distruzione di Ponterivo. Gli mancò il respiro e portò istintivamente la mano al taschino segreto, prima di ricordarsi che il suo talismano era perduto per sempre, in frantumi. La giumenta ebbe un sussulto, e lui si attaccò di nuovo alla vita di Leesha per non essere sbalzato a terra.

In lontananza, si vedevano i superstiti vagare di qua e di là come formiche. «Perché non cercano di domare gli incendi?» chiese Leesha, ma Rojer, non avendo risposte, si limitò a stringersi a lei.

Si fermarono all'ingresso del villaggio, osservando annichiliti la devastazione. «Alcune di queste case devono bruciare ormai da giorni» constatò l'Uomo delle Rune, indicando i resti di quelle che un tempo erano state delle dimore accoglienti. In effetti, molti degli edifici erano ridotti in rovine carbonizzate che fumavano appena, e altri a meri cumuli di ceneri fredde. La taverna di Smitt, unico fabbricato a due piani nel paese, era crollata, e alcune travi erano ancora in fiamme; altre costruzioni avevano il tetto sfondato o erano prive di intere pareti.

Mentre s'inoltravano a cavallo nel villaggio, Leesha vide le facce annerite dal fumo e rigate dalle lacrime, e le riconobbe una per una. Erano tutti troppo stravolti dal dolore per badare al gruppetto che passava. Leesha si morse il labbro per impedirsi di piangere.

Gli abitanti avevano radunato i morti al centro del paese. Leesha si sentì stringere il cuore a quella vista: c'era almeno un centinaio di cadaveri, senza uno straccio di coperta per rivestirli. Il povero Niklas. Saira e sua madre. Il Predicatore Michel. Steave. Bambini che non aveva mai visto e anziani che conosceva da tutta la vita. Alcuni erano coperti di ustioni, altri sventrati dai coreling, ma la maggior parte non aveva segni addosso. Vittime dell'influenza.

Inginocchiata accanto al cumulo, Mairy piangeva su un corpicino. Leesha si sentì serrare la gola, ma trovò la forza di smontare da cavallo e avvicinarsi a Mairy, posandole una mano sulla spalla.

«Leesha?» chiese incredula Mairy. Un istante dopo si alzò e, in preda a incontrollabili singhiozzi, abbracciò forte l'erborista.

«È la mia Elga» gemette Mairy, riferendosi alla figlia più piccola, che non aveva compiuto due anni. «È... è morta!»

Leesha la strinse forte e la consolò con dei mormorii sommessi, perché le mancavano le parole. Altri avevano notato la sua presenza, ma si tenevano a rispettosa distanza, mentre Mairy dava sfogo al suo dolore.

«Leesha» mormoravano. «Leesha è tornata. Il Creatore sia lodato.»

Mairy riuscì finalmente a ricomporsi, si staccò da Leesha e si asciugò le lacrime con un lembo del grembiule sudicio e annerito.

«Cos'è successo?» chiese Leesha, pacata. Mairy la guardò con gli occhi sgranati che si colmavano di nuovo di lacrime. Tremava tutta e non riusciva a parlare.

«Il Flagello» disse una voce nota. Leesha si volse e vide Jona che le veniva incontro, appoggiandosi a un bastone. La veste da Predicatore era tagliata per lasciare scoperta una gamba, alla cui parte inferiore era fissata una stecca, avvolta strettamente da bende imbrattate di sangue. Leesha lo abbracciò e lanciò un'occhiata eloquente alla gamba.

«Una tibia rotta» disse lui, con un cenno incurante della mano. «Me l'ha sistemata Vika.» Si rabbuiò in volto. «È una delle ultime cose che ha fatto, prima di soccombere.»

Leesha spalancò gli occhi. «Vika è morta?» chiese, sgomenta.

Jona scosse il capo. «No, almeno per il momento, ma l'epidemia se l'è presa, ed è in preda ai deliri della febbre. Non ci vorrà molto.» Si guardò attorno. «Per lei e forse per tutti noi» aggiunse, abbassando la voce perché lo sentisse solo Leesha. «Temo che tu abbia scelto un brutto momento per tornare a casa, Leesha, ma forse anche questo è nei disegni del Creatore. Se tu avessi atteso un giorno ancora, forse non avresti trovato più una casa dove tornare.»

Lo sguardo di Leesha s'indurì. «Non voglio più sentire sciocchezze simili!» lo rimbrottò. «Dov'è Vika?» Girò su se stessa, osservando lo sparuto gruppo di gente. «Per il Creatore, dove sono *tutti quanti*?»

«Alla Casa Santa» rispose Jona. «I malati sono tutti lì. Quelli che si sono rimessi o che hanno avuto la fortuna di non essere contagiati sono fuori a raccogliere i morti, o a piangerli.»

«Allora, andiamoci subito» decise Leesha, passandosi un braccio di Jona sulle spalle per sostenerlo mentre camminavano. «Adesso raccontami cosa è accaduto. Per filo e per segno.»

Jona annuì. Era pallido in volto, gli occhi scavati. Era madido di sudore, evidentemente doveva aver perso molto sangue e riusciva a sopportare il dolore solo grazie a un enorme sforzo di volontà. Alle loro spalle, Rojer e l'Uomo delle Rune li seguirono, insieme a gran parte degli altri paesani che avevano assistito all'arrivo di Leesha.

«L'epidemia ha cominciato a diffondersi già da mesi» spiegò Jona «ma Vika e Darsy dicevano che era solo un'infreddatura e non ci davano molto peso. Alcuni dei contagiati, specie i più giovani e robusti, si rimettevano rapidamente, ma altri restavano a letto per settimane e in certi casi finivano per spirare. E tuttavia sembrava solo una semplice influenza, finché non è diventata sempre più virulenta. Le persone più sane hanno cominciato rapidamente ad ammalarsi, riducendosi a uno stato di prostrazione e di delirio nel volgere di una notte.

«È allora che sono iniziati a scoppiare gli incendi» continuò.

«Malati che svenivano nelle loro case con le candele o i lumi in mano, o erano troppo deboli per occuparsi delle protezioni. Con tuo padre e la maggioranza degli altri runieri a letto malati, le reti hanno cominciato a cedere in ogni parte del villaggio, anche per via di tutto il fumo e la cenere che giravano nell'aria, offuscando le rune. Noi lottavamo come potevamo per domare gli incendi, ma con tutta la gente che continuava ad ammalarsi, non c'erano braccia a sufficienza.

«Smitt ha radunato i superstiti in alcuni edifici protetti, il più lontano possibile dagli incendi, nella speranza che restando uniti potessero salvarsi. Ma questo è servito solo a diffondere più velocemente il contagio. La notte scorsa, durante il temporale, Saira ha collassato, rovesciando un lume a olio. In breve, le fiamme si sono propagate a tutta la taverna. La gente è dovuta fuggire nel cuore della notte...» La voce gli si strozzò, e Leesha gli accarezzò la schiena, senza bisogno di sentire altro. S'immaginava fin troppo bene quello che era successo dopo.

La Casa Santa era il solo edificio nella Conca del Taglialegna costruito interamente in pietra, e aveva resistito ai lapilli incendiari diffusi nell'aria. Si ergeva fiera come una sfida allo sfacelo circostante. Leesha ne varcò l'ampio portone e restò senza fiato per lo sgomento. I banchi erano stati rimossi e quasi ogni centimetro di pavimento era occupato da paglericci assiepati uno accanto all'altro. Vi erano ammassate almeno duecento persone che gemevano e si dibattevano in un bagno di sudore, mentre altre, benché sfiancate a loro volta dalla malattia, cercavano di placarle. Leesha vide Smitt privo di sensi su un giaciglio, con Vika poco distante. Vide anche due dei figli di Mairy e tanti, tantissimi altri. Ma di suo padre non c'era traccia.

Una donna alzò gli occhi al loro ingresso. Aveva i capelli ingrigiti prematuramente, il volto smunto e tirato, ma Leesha ne riconobbe subito la stazza imponente.

«Il Creatore sia lodato» disse Darsy non appena la vide. Leesha si staccò da Jona e le si avvicinò subito per parlarle. Dopo diversi minuti, tornò da Jona.

«La capanna di Bruna è ancora in piedi?» gli chiese.

Jona alzò le spalle. «Per quanto ne sappia, sì» rispose. «Non c'è più stato nessuno, da quando è spirata. Quasi due settimane fa, ormai.»

Leesha annuì. La capanna di Bruna era lontana dal paese vero e proprio, protetta da filari di alberi. Era improbabile che la fuliggine avesse danneggiato le protezioni. «Devo andare laggiù a recuperare dei generi di necessità» disse, tornando subito all'esterno. Stava ricominciando a piovere, il cielo cupo e greve di desolazione.

Rojer e l'Uomo delle Rune erano là fuori, insieme a un gruppetto di gente del villaggio.

«Sei proprio *tu*!» disse Brianne, correndo ad abbracciare Leesha. Poco più indietro c'era Evin, con in braccio una bimba e al suo fianco Callen, che era già alto, pur non avendo ancora compiuto dieci anni.

Leesha rispose con calore all'abbraccio. «Qualcuno ha visto mio padre?» chiese.

«È a casa, dove dovresti essere anche tu» disse una voce. Leesha si voltò e vide sua madre che si avvicinava, seguita a ruota da Gared. Leesha non sapeva se essere sollevata o intimorita da quell'apparizione.

«Ti preoccupi di visitare tutti quanti tranne la tua famiglia?» domandò Elona.

«Mamma, è solo perché...» prese a dire Leesha, ma la madre la interruppe.

«È solo perché qui e perché lì!» sbraitò Elona. «Trovi sempre una scusa per voltare le spalle al tuo stesso sangue, sempre a comodo tuo! Il tuo povero papà è in punto di morte, e tu te ne stai qui...!»

«Chi c'è con lui?» la interruppe Leesha.

«I suoi apprendisti.»

Leesha annuì. «Di' loro di portarlo qui, insieme agli altri.»

«Mai e poi mai!» insorse Elona. «Toglierlo dal suo comodo letto di piume per gettarlo su un fetido paglericcio in una sala infestata dal morbo?» Agguantò Leesha per il braccio. «Adesso tu vieni subito a vederlo! Sei sua figlia!»

«Credi che non lo sappia?» ribatté Leesha, divincolandosi dalla presa. Non si curò nemmeno di asciugare le lacrime che le scorrevano sulle guance. «Credi che avessi altro in mente, quando ho lasciato tutto e sono partita da Angiers? Ma in questo villaggio non c'è solo lui, madre! Non posso abbandonare tutti gli altri per occuparmi di un uomo solo, anche se è mio padre!»

«Sei una stupida se non ti accorgi che queste persone sono già morte» disse Elona, suscitando lo sgomento dei presenti. Indicò i muri di pietra della Casa Santa. «Pensi che quelle rune terranno lontano i coreling, stanotte?» chiese, attirando l'attenzione di tutti sulle pietre annerite da fumo e ceneri. In effetti, non c'erano quasi più rune visibili.

Si avvicinò a Leesha, abbassando la voce. «Casa nostra è lontana dalle altre» bisbigliò. «Potrebbe essere l'ultima ancora protetta in tutta la Conca del Taglialegna. Non possono entrarci tutti, ma se vieni a casa, *noi* almeno possiamo salvarci!»

Leesha le mollò un ceffone. In piena faccia. Elona cadde nel fango e rimase seduta per terra, esterrefatta, premendosi la mano sulla guancia che già si arrossava. Gared sembrava pronto a gettarsi su Leesha per trascinarla via a forza, ma lei lo fermò con uno sguardo glaciale.

«Non ho intenzione di andarmi a nascondere, lasciando i miei amici alla mercé dei coreling!» gridò. «Troveremo il modo di proteggere la Casa Santa e resistere qui dentro. Insieme! E se i demoni si azzarderanno a venire, per cercare di ghermire i miei figlioli, io conosco segreti del fuoco che li ridurranno in cenere, cancellandoli da questo mondo!»

"I miei figlioli" pensò Leesha nel silenzio improvviso che seguì. "Sono come Bruna ormai, se li vedo così?" Guardandosi attorno, vide solo facce impaurite e sporche di fuliggine, gente atterrita e incapace di reagire. Allora si rese conto che dinanzi a tutti loro lei *era* Bruna. Adesso era lei l'erborista, alla Conca del Taglialegna. Il che significava prestare le cure ai malati, e a volte anche…

A volte anche gettare una spruzzata di pepe negli occhi, o incenerire un demone del legno nel cortile di casa.

L'Uomo delle Rune si fece avanti. Un mormorio si diffuse tra la gente alla vista di quello spettro incappucciato e avvolto in una veste, che fino a poco prima era passato quasi inosservato.

«Non dovrai affrontare soltanto i demoni del legno» le disse. «I demoni del fuoco saranno deliziati dalle tue fiamme, e quelli del vento ci voleranno sopra senza curarsene. La devastazione del villaggio potrebbe persino avere attratto qualche demone della roccia, spingendolo a scendere dalle colline. Staranno solo aspettando che il sole tramonti.»

«Moriremo tutti!» gridò Ande, e Leesha percepì il panico che cominciava a diffondersi tra la folla.

«Che te ne importa?» chiese all'Uomo delle Rune. «Hai mantenuto la promessa di scortarci fin qui! Ora rimonta sul tuo mostruoso, dannato cavallo e vattene per la tua strada! Lasciaci al nostro destino!»

Ma l'Uomo delle Rune scosse la testa. «Ho giurato di non concedere nulla ai coreling, e non verrò meno alla mia parola un'altra volta. Che io possa trovare la dannazione nel Fulcro, se lascerò la Conca del Taglialegna nelle loro grinfie.»

Si voltò verso la piccola folla e gettò indietro il cappuccio. Ci furono esclamazioni di stupore e di paura, e per un momento il panico crescente si placò. L'Uomo delle Rune approfittò di quel momento. «Quando i coreling verranno alla Casa Santa, stanotte, io sarò qui a combatterli!» dichiarò. Ci fu un brusio generale di sgomento, e un guizzo di riconoscimento negli occhi di molti degli abitanti. Le storie dell'uomo tatuato che uccideva i demoni erano arrivate fin laggiù.

«Chi è pronto a battersi al mio fianco?» domandò.

Gli uomini si scambiarono occhiate dubbiose. Le donne li trattennero per le braccia, implorandoli con lo sguardo di non dare risposte avventate.

«Cosa possiamo fare, se non lasciarci massacrare dai coreling?» esclamò Ande. «Non c'è niente che possa uccidere un demone!»

«Ti sbagli.» L'Uomo delle Rune si avvicinò a Guizzo del Crepuscolo per recuperare un fagotto avvolto nella stoffa. «Si può uccidere persino un demone della roccia» disse, svoltolando un oggetto lungo e ricurvo che gettò nel fango dinanzi agli abitanti del paese.

Misurava quasi un metro, dall'ampia base mozza all'estremità appuntita, era liscio e di un brutto colore giallo-marrone, come un dente guasto. Mentre i paesani lo fissavano a bocca spalancata, un debole raggio di sole filtrò attraverso le nuvole e lo toccò. Persino nel fango, l'oggetto prese a fumare e sfrigolare sotto la pioggerellina fine.

Nel volgere di un istante, il corno di demone della roccia divampò.

«Qualsiasi demone può essere ucciso!» gridò l'Uomo delle Rune. Prese una lancia protetta tra quelle che portava Guizzo del Crepuscolo e la scagliò, mandandola a conficcarsi nel corno che bruciava. Ci fu un lampo, e il corno esplose in un fuoco d'artificio di scintille.

«Creatore misericordioso» mormorò Jona, tracciando una runa nell'aria. Molti dei presenti fecero lo stesso.

L'Uomo delle Rune incrociò le braccia. «Io so fabbricare armi capaci di abbattere i coreling» disse «ma non servono a nulla, se non ci sono braccia per brandirle. Quindi torno a chiedervi: chi è pronto a battersi con me?»

Ci fu un lungo istante di silenzio. Poi, qualcuno rispose: «Io». L'Uomo delle Rune si voltò, sorpreso, e vide Rojer che veniva a schierarsi al suo fianco.

«Io anche» disse Yon Gray, facendo un passo avanti. Doveva reggersi a un bastone, ma la risolutezza gli ardeva negli occhi. «Da più di settant'anni li vedo venire a sterminarci, a uno a uno. Se questa dev'essere la mia ultima notte, voglio almeno sputare in un occhio a un coreling, prima di andarmene.»

Gli altri abitanti della Conca li guardavano, allibiti, ma poi Gared si fece avanti.

«Gared, razza di idiota, che fai?» protestò Elona, prendendolo per un braccio, ma il gigantesco taglialegna si liberò da lei con uno scrollone. Si avvicinò, esitante, ed estrasse la lancia conficcata a terra. La osservò, esaminando attentamente le rune di cui era ricoperta per tutta la lunghezza.

«Mio papà è stato ucciso la scorsa notte dai coreling» disse in un tono cupo e rabbioso. Strinse l'arma nel pugno e alzò gli occhi sull'Uomo delle Rune, digrignando i denti. «Voglio fargli giustizia.»

Le sue parole spronarono gli altri. Uno per uno e a piccoli gruppi, alcuni intimoriti, altri animati dalla rabbia o dalla forza della disperazione, gli abitanti della Conca del Taglialegna alzarono la testa, decisi ad affrontare la notte a venire.

«Idioti» sbottò Elona, sprezzante, e se ne andò via furibonda.

«Non eri tenuto a farlo» disse Leesha, reggendosi forte alla vita dell'Uomo delle Rune mentre Guizzo del Crepuscolo galoppava lungo la strada per la capanna di Bruna.

«A che serve una folle ossessione, se non è d'aiuto alla gente?» ribatté lui.

«Stamattina ero arrabbiata» disse Leesha. «Non pensavo davvero quello che ti ho detto.»

«Certo che lo pensavi» ribatté l'Uomo delle Rune. «E non avevi torto. Ero così preso da quello *contro* cui combattevo, che ho finito per dimenticare *per cosa* stavo combattendo. Per tutta la vita, non ho sognato altro che sterminare demoni, ma a che serve uccidere i coreling nelle lande selvagge e ignorare quelli che vengono ogni notte a caccia di uomini?»

Giunti alla capanna, l'Uomo delle Rune balzò giù da cavallo e tese la mano a Leesha. Lei sorrise e si lasciò aiutare a smontare. «La casupola è ancora intatta» disse. «Dentro, dovrebbe esserci tutto quello che ci occorre.»

Quando entrarono nella capanna, Leesha avrebbe voluto andare direttamente a rifornirsi dalle scorte di Bruna, ma ritrovarsi in quel luogo familiare la turbò profondamente. Si rese conto che non avrebbe mai più visto Bruna, che non avrebbe mai più sentito i suoi improperi, né l'avrebbe più potuta rimproverare perché sputava sul pavimento, che non avrebbe mai più potuto attingere alla sua saggezza né ridere delle sue scurrilità. Quella parte della sua vita era chiusa per sempre.

Ma ora non c'era tempo per le lacrime, perciò Leesha mise da parte quei sentimenti per dirigersi allo scaffale dei farmaci. Scelse vari barattoli e boccette, raccogliendone una parte nel grembiule e affidando gli altri all'Uomo delle Rune, che li imballò rapidamente e li sistemò nella bisaccia sul cavallo.

«Non capisco che bisogno avessi di me qui» disse lui. «Dovrei già essere al lavoro sulle armi, per proteggerle con le rune. Abbiamo poche ore soltanto.»

Leesha gli passò le ultime erbe, e quando furono al sicuro nelle bisacce, lo condusse al centro della stanza. Alzò un tappeto e gli mostrò una botola. L'Uomo delle Rune l'aprì per lei, svelando una scaletta di legno che scendeva nelle tenebre.

«Vado a prendere una candela?» le chiese.

«Assolutamente no!» proruppe Leesha.

L'Uomo delle Rune alzò le spalle. «Ci vedo anche senza» disse.

«Scusami, non volevo essere brusca.» Leesha frugò nelle molte tasche del grembiule e ne pescò due fiale tappate con i turaccioli. Versò il contenuto della prima nella seconda e l'agitò, producendo un tenue chiarore. Reggendo alta la fiala, lo condusse giù per la scaletta in una cantina polverosa e impregnata da un odore di muffa. Le pareti erano di terra battuta e c'erano rune dipinte sulle travi di sostegno. Lo spazio angusto era occupato da casse, scaffali pieni di flaconcini e vasetti, e grossi barili.

Leesha si avvicinò a uno dei ripiani e prese una scatola piena di bastoncini fiammanti. «I demoni del legno sono vulnerabili al fuoco» rifletté. «Come reagiscono a un forte solvente?»

«Non saprei» ammise l'Uomo delle Rune. Leesha gli affidò la scatola e si mise in ginocchio per rovistare tra le boccette di un ripiano basso.

«Lo scopriremo» decise, passandogli un bottiglione di vetro pieno di un liquido trasparente. Anche il tappo era di vetro, tenuto fermo da una reticella di filo metallico sottile.

«Grasso e olio renderanno scivoloso il terreno» mormorò Leesha, continuando a cercare. «E in più bruciano bene, anche sotto la pioggia...» Gli porse un paio di recipienti di terracotta sigillati con la cera.

Trovò altri oggetti utili. Candelotti tonanti, usati di solito per divellere i ceppi degli alberi abbattuti, e una scatola di fuochi artificiali che Bruna conservava per le festività: mortaretti, razzetti a fischio e petardi a percussione.

Infine lo condusse a un grande barile pieno d'acqua che stava in fondo alla cantina.

«Aprilo» disse all'Uomo delle Rune. «Con cautela.»

Lui lo fece e trovò quattro vasetti di ceramica che galleggiavano nell'acqua. Si volse verso di lei e la guardò incuriosito.

«Quello» disse Leesha «è fuoco di demone liquido.»

Gli zoccoli scattanti, protetti dalle rune, di Guizzo del Crepuscolo li condussero in pochi minuti alla casa del padre di Leesha. Anche qui, Leesha fu subito assalita dalla nostalgia e, ancora una volta, dovette mettere da parte le emozioni. Quante ore restavano prima del tramonto? Non abbastanza. Questo era certo.

Bambini e anziani avevano cominciato ad arrivare e si stavano radunando nel cortile. Brianne e Mairy li avevano già messi sotto a raccogliere attrezzi. Mairy guardava i bimbi con occhi vacui e scavati. Non era stato facile convincerla a lasciare i due figli alla Casa Santa, ma il buonsenso aveva finito per prevalere. Il padre era rimasto con loro, e se le cose si fossero messe al peggio, gli altri bambini avrebbero avuto bisogno di lei.

Al loro arrivo, Elona si precipitò fuori dalla casa.

«È una tua idea, questa?» domandò. «Vuoi trasformare la mia casa in una stalla?»

Leesha le passò davanti, affiancata dall'Uomo delle Rune. Elona non poté far altro che seguirli mentre entravano in casa. «Sì, madre» rispose Leesha. «È stata una mia idea. Non ci sarà spazio per tutti, ma almeno i bambini e i vecchi che finora sono sfuggiti al contagio devono restarsene qui al sicuro, qualunque cosa accada.»

«Io non ce li voglio!» insorse Elona.

Leesha si volse di scatto. «Non hai scelta!» gridò. «Avevi ragione dicendo che le nostre sono le uniche protezioni intatte rimaste nel villaggio, quindi adesso o sopporti l'affollamento in casa, oppure te ne vai a combattere con gli altri. Ma, che il Creatore mi aiuti, i vecchi e i bambini passeranno la notte dietro le rune di papà.»

Elona le lanciò un'occhiata torva. «Non oseresti parlarmi in questo tono, se tuo padre stesse bene.»

«Se stesse bene, li avrebbe invitati lui per primo» ribatté Leesha, senza cedere di un millimetro.

Si rivolse all'Uomo delle Rune. «Da quella porta si va alla bottega della carta» disse, indicandola. «Dovresti avere abbastanza spazio per lavorare, e ci troverai gli strumenti di mio padre per disegnare le rune. I bambini stanno raccogliendo tutte le armi che trovano nel villaggio per portartele qui.»

L'Uomo delle Rune annuì e sparì nella bottega senza dire una parola.

«Dove accidenti sei andata a pescarlo, quello lì?» chiese Elona.

«Ci ha salvati dai demoni lungo la strada» rispose Leesha, dirigendosi verso la camera del padre.

«Non so se si può fare ancora qualcosa» la mise in guardia Elona, posando la mano sull'uscio. «La Levatrice Darsy dice che ormai è nelle mani del Creatore.»

«Sciocchezze» replicò Leesha. Entrò nella stanza e andò subito al capezzale del genitore. Era pallido e madido di sudore, ma lei non si lasciò intimorire da quella vista. Gli posò la mano sulla fronte, poi gli tastò gola, polsi e petto con dita esperte. Mentre si dava da fare, chiese alla madre informazioni sui sintomi, da quanto tempo si erano manifestati, e quali rimedi avevano adoprato finora lei e la Levatrice Darsy.

Elona si torceva le mani, ma cercò di rispondere come meglio poteva.

«Molti altri stanno peggio di lui» osservò Leesha. «Papà è più forte di quanto tu creda.»

Per una volta, Elona si risparmiò le sue repliche sprezzanti.

«Gli preparerò una pozione» disse Leesha. «Gli andrà somministrata con regolarità, almeno ogni tre ore.» Prese una pergamena e scrisse rapidamente tutte le indicazioni.

«Non vuoi restare qui con lui?» chiese Elona.

Leesha scrollò il capo. «Ci sono quasi duecento persone alla Casa Santa che hanno bisogno di me, mamma» rispose. «Molte in condizioni peggiori di papà.»

«C'è Darsy a occuparsi di loro» obiettò Elona.

«Darsy ha tutta l'aria di non aver più chiuso occhio da quando si è diffusa l'influenza» replicò Leesha. «Dorme in piedi, e anche se fosse nella forma migliore, non mi affiderei alle sue cure contro una malattia come questa. Se tu resti con papà e segui le mie istruzioni, avrà più probabilità di vedere l'alba che tanti altri alla Conca del Taglialegna.»

«Leesha?» gemette il padre. «Sei tu?»

Leesha corse al suo fianco, si sedette sul bordo del letto e gli prese la mano. «Sì, papà» rispose, coi lucciconi agli occhi «sono io.»

«Sei venuta» ansimò Erny, arcuando lentamente le labbra in un sorriso. Le sue dita si strinsero debolmente sulla mano di Leesha. «Sapevo che saresti venuta.»

«Certo che sono venuta.»

«Ma ora devi andartene» sospirò Erny. Vedendo che lei non rispondeva, le accarezzò la mano. «Ho sentito cosa dicevi. Va' pure a fare ciò che occorre. Mi è bastato vederti per ritrovare nuove forze.»

Leesha si lasciò sfuggire un singhiozzo, ma cercò di mascherarlo con una risata. Baciò il padre sulla fronte.

«Le cose sono messe così male?» mormorò Erny

«Stanotte moriranno un sacco di persone» rispose lei.

Erny le strinse la mano e si sollevò leggermente sul cuscino. «Allora fa' in modo che non siano più del necessario» le disse. «Sono fiero di te e ti voglio bene.»

«Ti voglio bene anch'io, papà» rispose Leesha, abbracciandolo forte. Si asciugò gli occhi e uscì dalla stanza.

Rojer faceva capriole per l'angusta corsia dell'ospedale improvvisato, mimando le gesta audaci dell'Uomo delle Rune venuto in loro soccorso alcune notti prima.

«Ma poi» proseguì nel racconto «tra noi e l'accampamento si è parato il demone della roccia più enorme che avessi mai visto.» Saltò su un tavolo e allungò in aria le braccia, agitandole per far capire che non arrivavano abbastanza in alto per render giustizia alla statura del mostro.

«Era alto almeno cinque metri» disse Rojer «con denti che parevano lance e una coda uncinata capace di atterrare un cavallo. Leesha e io ci siamo fermati di botto, ma l'Uomo delle Rune ha forse esitato? No! Gli è andato incontro, tranquillo come una mattina del Settimodì, e lo ha guardato dritto negli occhi.»

Rojer si gustò le espressioni di stupore dei presenti e si concesse una pausa a effetto, per far crescere la tensione, prima di gridare: «*Bam!*», battendo forte le mani. Tutti sobbalzarono. «Di punto in bianco, il cavallo dell'Uomo delle Rune, nero come la notte e terribile come un demone, ha piantato le corna nella schiena del coreling.»

«Il cavallo aveva le corna?» chiese un vecchio, inarcando un sopracciglio grigio e cespuglioso come la coda di uno scoiattolo. Appoggiato sul pagliericcio, il moncone della gamba destra aveva inzuppato di sangue le bende.

«Oh, sì» confermò Rojer, facendo spuntare le dita da dietro alle orecchie per scatenare risate frammiste a colpi di tosse. «Grandi corna di metallo scintillante dalle punte acuminate che portava fissate alla cavezza, con sopra incise rune potenti! L'animale più straordinario che si sia mai visto! I suoi zoccoli si sono abbattuti sul mostro con la violenza della folgore, e mentre lo calpestava a terra, noi siamo corsi a rifugiarci nel cerchio, sani e salvi.»

«E il cavallo che ha fatto?» chiese un bambino.

«L'Uomo delle Rune ha lanciato un fischio...» Rojer si portò le dita alle labbra ed emise un sibilo acuto «...e il cavallo è subito accorso al galoppo, passando in mezzo ai coreling, per balzare oltre le protezioni, dentro al cerchio.» Per illustrare la scena, si batté le mani sulle cosce a ritmo di galoppo e spiccò un salto.

I pazienti seguivano rapiti il racconto che li distoglieva dai loro malanni e dai timori per la notte imminente. Non solo: Rojer sapeva che stava infondendo loro speranza. La speranza che Leesha potesse guarirli. La speranza che l'Uomo delle Rune sapesse proteggerli.

Se solo avesse potuto infonderla anche a se stesso.

Leesha aveva incaricato i bambini di lavare bene le grandi vasche che il padre usava per impastare la poltiglia da carta. Le servivano per preparare le pozioni in quantità mai osate prima d'allora. Esaurite rapidamente anche le cospicue scorte di Bruna, lo fece sapere a Brianne, che spedì i bambini a cercare in lungo e in largo radici di levistico e altre erbe officinali.

Il suo sguardo andava spesso ai raggi di sole che filtravano dalla finestra, per seguirne il lento avanzare sul pavimento della bottega. Il giorno volgeva al declino.

Non lontano da lei, l'Uomo delle Rune lavorava con pari alacrità, dipingendo rune con mano accurata e minuziosa su asce, picconi, martelli, lance, frecce e pietre da fionda. I bambini gli portavano qualunque cosa potesse fungere da arma, per poi raccogliere i prodotti finiti, appena la vernice era asciutta, e accatastarli sui carri, di fuori.

Ogni tanto, arrivava qualcuno di corsa per riferire un messaggio a Leesha o all'Uomo delle Rune. Loro impartivano rapidamente le istruzioni necessarie, rispedivano indietro la staffetta e riprendevano subito il lavoro.

Quando mancava solo un paio d'ore al tramonto, montarono sui carri per tornare alla Casa Santa sotto la pioggia battente. Vedendoli arrivare, i paesani interruppero subito le loro attività per affrettarsi ad aiutare Leesha a scaricare i rimedi che aveva preparato. Alcuni si avvicinarono all'Uomo delle Rune per dargli una mano a svuotare il suo carro, ma una sua occhiata bastò a scoraggiarli.

Leesha lo raggiunse con un pesante vaso di pietra. «Tamponella e verbasco» disse porgendoglielo. «Mescolalo nel pastone per tre mucche e assicurati che lo mangino tutto.» L'Uomo delle Rune prese il recipiente e annuì.

Mentre lei si volgeva per entrare nella Casa Santa, la trattenne per un braccio. «Prendi questa» le disse, tendendole una delle sue lance personali. Era in legno leggero di frassino e misurava all'incirca un metro e mezzo. Sulla punta metallica, dal taglio affilato, erano incise rune d'attacco. L'asta era tutta intarsiata di rune difensive, ricoperte da un liscio strato di lacca, e l'estremità era protetta da un cappuccio d'acciaio cesellato di rune.

Leesha la guardò, perplessa, senza azzardarsi a prenderla. «Cosa pretendi che ci faccia?» chiese. «Io sono un'Erbo...»

«Non è il momento di recitarmi il giuramento delle erboriste» disse l'Uomo delle Rune, mettendole in mano la lancia. «Il vostro ospedale improvvisato è scarsamente protetto. Se la nostra linea difensiva dovesse cedere, questa lancia potrebbe essere tutto ciò che resta fra i coreling e i tuoi pazienti. Cosa ti detterà allora il tuo giuramento?»

Leesha si accigliò, ma prese l'arma. Lo scrutò negli occhi, cercando di sondarne i sentimenti, ma lui aveva di nuovo alzato le difese e non c'era modo di penetrare fino al suo cuore. Leesha avrebbe voluto lasciar cadere la lancia per gettarsi tra le sue braccia, ma non sopportava l'idea di vedersi respinta di nuovo.

«Be'... buona fortuna» riuscì a dire.

L'Uomo delle Rune annuì. «Anche a te.» Si voltò per tornare al carro e Leesha lo seguì con gli occhi, tenendosi dentro tutta la voglia che aveva di urlare.

Quando si allontanò da lei, l'Uomo delle Rune sentì allentarsi la tensione che gli serrava i muscoli. Gli ci era voluta tutta la sua forza di volontà per voltarle le spalle, ma quella notte non potevano permettersi il turbamento che suscitavano l'una nell'altro.

Sforzandosi di non pensare a Leesha, si concentrò sulla battaglia imminente. Il libro sacro dei krasiani, l'Evejah, conteneva narrazioni delle conquiste di Kaji, il primo Liberatore. Lo aveva studiato a fondo, quando aveva imparato la lingua krasiana.

La filosofia della guerra di Kaji era sacra a Krasia, e ne aveva guidato i guerrieri in secoli di battaglie notturne contro i coreling. C'erano quattro leggi divine che governavano la battaglia: essere uniti negli intenti e nell'obbedienza al comando. Dare battaglia nel momento e nel luogo di tua scelta. Sapersi adattare a ciò che non si può controllare, e preparare il resto. Attaccare il nemico in modi inaspettati, individuandone e sfruttandone le debolezze.

I guerrieri krasiani apprendevano fin dalla nascita che la via della salvezza risiedeva nell'uccidere gli *alagai*. Quando Jardir ordinava loro di balzare fuori dalle protezioni per lanciarsi all'attacco, lo facevano senza esitare, pronti a combattere e a morire nella certezza che stavano servendo Everam e che avrebbero trovato la meritata ricompensa nell'aldilà.

L'Uomo delle Rune temeva che gli abitanti della Conca non avrebbero dimostrato quella stessa unità di intenti, quella capacità di votarsi al combattimento, ma a vederli correre avanti e indietro per prepararsi alla battaglia, pensò che forse li aveva sottovalutati. Persino a Rio Tibbet, tutti accorrevano in sostegno dei vicini nei momenti più difficili. Era proprio quello spirito che permetteva ai borghi di sopravvivere e prosperare, pur non disponendo di mura protette da rune. Se fosse riuscito a tenerli impegnati, a non lasciarli cedere alla disperazione dinanzi al sorgere dei demoni, forse avrebbero saputo combattere uniti.

In caso contrario, tutta la gente raccolta nella Casa Santa sarebbe morta quella notte.

La capacità di resistenza di Krasia era dovuta tanto alla seconda legge di Kaji, la scelta del terreno favorevole, quanto all'ardimento dei guerrieri stessi. Il Dedalo krasiano era stato progettato con cura per garantire ai *dal'Sharum* più livelli di protezione, e per convogliare i demoni verso i punti più svantaggiosi.

Un lato della Casa Santa dava verso i boschi, dove imperversavano i demoni del legno, e altri due verso le vie devastate e le macerie del paese. C'erano troppo posti che offrivano riparo o nascondiglio ai coreling. Ma al di là dell'acciottolato sull'ingresso principale si apriva la piazza del villaggio. Se fossero riusciti a spingere i demoni in quella direzione, avrebbero avuto una qualche speranza di sconfiggerli.

Non potendo rimuovere le ceneri untuose dai muri di pietra grezza della Casa Santa e dipingervi nuove rune sotto la pioggia scrosciante, si erano dovuti limitare a sprangare finestre e portone, inchiodandoci sopra delle tavole su cui avevano tracciato frettolosamente delle protezioni con il gesso. L'accesso era limitato a una porticina laterale, con pietre protette da rune disposte attorno all'uscio. I demoni avrebbero fatto meno fatica a passare attraverso il muro.

La mera presenza di umani all'aperto in piena notte avrebbe agito da calamita sui demoni; nondimeno, l'Uomo delle Rune si era adoperato per convogliare i coreling lontano dall'edificio e dalle fiancate, in modo che la via di minor resistenza li spingesse ad attaccare dal lato opposto della piazza. Sotto le sue indicazioni, gli abitanti del villaggio avevano piazzato degli ostacoli attorno agli altri lati della Casa Santa, disseminando qua e là dei pali di protezione approntati alla svelta, su cui lui aveva dipinto una runa di confusione. Qualsiasi demone li avesse superati per attaccare le mura dell'edificio, avrebbe subito dimenticato il suo scopo, per finire inevitabilmente attratto dal tumulto nella piazza del villaggio.

Su un lato della piazza si trovava un recinto diurno per il bestiame del Predicatore. Era piccolo, ma munito di pali di protezione nuovi e potenti. In mezzo ai pochi animali, gli uomini eressero al suo interno un rudimentale ricovero.

Sull'altro lato della piazza, erano state scavate trincee, che si erano rapidamente riempite di pioggia e fango, per costringere i demoni del fuoco a seguire un percorso più agevole. L'olio di Leesha formava un denso strato bituminoso sul pelo dell'acqua.

Gli uomini del villaggio avevano applicato bene la terza legge di Kaji: la preparazione. La pioggia ininterrotta aveva reso scivolosa la piazza, formando un sottile strato di fango sulla terra battuta. I cerchi di protezione da messaggero dell'Uomo delle Rune erano stati disposti sul campo di battaglia secondo le sue direttive, come punti d'imboscata e di ritirata, ed era stata scavata una fossa profonda, nascosta da un telone coperto di fango. Ora stavano spargendo con le scope uno spesso strato di grasso viscoso sull'acciottolato.

Quanto alla quarta legge, attaccare il nemico in modo inatteso, aveva già trovato applicazione nella loro scelta di battersi.

I coreling non si sarebbero mai aspettati un attacco.

«Ho fatto quanto mi avevate chiesto» gli annunciò un uomo, avvicinandosi mentre lui era assorto a studiare il terreno.

«Eh?»

«Sono Benn» disse l'uomo. «Il marito di Mairy.» Lui lo guardò interdetto. «Il soffiatore di vetro» chiarì quello, e finalmente l'Uomo delle Rune si ricordò di lui.

«Vediamo, allora» lo sollecitò.

Benn tirò fuori una boccetta di vetro. «È sottile, come volevate» disse. «Fragile.»

L'Uomo delle Rune assentì. «Quante siete riusciti a farne, tu e i tuoi apprendisti?»

«Tre dozzine» rispose Benn. «Posso chiedervi a cosa servono?»

L'Uomo delle Rune scosse il capo. «Lo scoprirai presto» disse. «Portamele, e rimediami anche degli stracci.»

Rojer fu il successivo ad avvicinarlo. «Ho visto la lancia di Leesha» disse. «Sono venuto a prendermi la mia.»

L'Uomo delle Rune scrollò la testa. «Tu non combatterai. Rimarrai dentro con i malati.»

Rojer lo fissò. «Ma a Leesha avete detto che…»

«Se ti dessi una lancia, ti priverei della tua vera forza» lo interruppe l'Uomo delle Rune. «Fuori, la tua musica si perderebbe nel frastuono generale, ma là dentro sarà più potente di una dozzina di lance. Se i coreling dovessero riuscire a penetrare all'interno, conto su di te per tenerli a bada fino al mio arrivo.»

Rojer si accigliò, ma assentì e rientrò nella Casa Santa.

Altri stavano ancora aspettando di potergli parlare. L'Uomo delle Rune ne ascoltò i resoconti sul procedere dei lavori e affidò nuove incombenze che loro si affrettarono ad assolvere. I paesani si muovevano lesti e furtivi come lepri pronte a fuggire in qualsiasi momento.

Li aveva appena congedati, quando sopraggiunse precipitosamente Stefny, con un gruppo di donne incollerite al seguito. «Cos'è questa storia di spedirci alla capanna di Bruna?» domandò la donna.

«È munita di solide protezioni» rispose l'Uomo delle Rune. «Non c'è spazio per voi nella Casa Santa o dalla famiglia di Leesha.»

«Non ce ne importa niente» replicò Stefny. «Siamo pronte a combattere.»

L'Uomo delle Rune la guardò. Stefny era una donnina minuta, alta appena un metro e mezzo, e secca come un chiodo. A cinquant'anni passati, aveva una pelle sottile e coriacea, come cuoio consunto. Anche il più piccolo demone del legno l'avrebbe sovrastata abbondantemente.

Ma dall'espressione che aveva negli occhi capì che era inutile insistere. Qualunque cosa le avesse detto, non avrebbe desistito dal proposito di battersi. Se i krasiani non permettevano alle donne di combattere, era solo per una loro limitatezza. Lui non avrebbe mai impedito di fronteggiare il nemico a chiunque si sentisse pronto a farlo. Prese una lancia dal carro e gliela porse. «Ti troveremo un posto» le promise.

Aspettandosi una discussione, Stefny fu colta alla sprovvista, ma prese l'arma, gli fece un cenno d'intesa e si allontanò. Le altre donne si fecero avanti a turno, e lui consegnò una lancia a ciascuna di loro.

Vedendolo distribuire armi, gli uomini accorsero subito. I taglialegna si ripresero le loro asce, osservando perplessi le rune dipinte di fresco. Nessun colpo di scure aveva mai penetrato la corazza di un demone del legno.

«Questa non mi serve» disse Gared, restituendo la lancia all'Uomo delle Rune. «Non sono svelto a giostrare un bastone, ma so maneggiare bene la mia ascia.»

Uno dei boscaioli si presentò con la figlia poco più che tredicenne. «Mi chiamo Flinn, signore» disse. «Mia figlia Wonda viene spesso a caccia con me. Non le permetterò di uscire allo scoperto nella notte, ma se le affidate un arco e una postazione al sicuro dietro alle rune, scoprirete che ha un'ottima mira.»

L'Uomo delle Rune squadrò la ragazzina. Alta e bruttina, aveva ripreso dal padre la statura e la forza. Lui si avvicinò a Guizzo del Crepuscolo e recuperò l'arco in legno di tasso e la faretra con le frecce. «Non ne avrò bisogno, stanotte» le disse, indicandole una finestrella alta, appena sotto al colmo del tetto della Casa Santa. «Se stacchi qualche tavola di legno, puoi tirare da lassù» le consigliò.

Wonda prese l'arco e corse via. Il padre fece un inchino e si allontanò.

Poi fu la volta del Predicatore Jona, che si avvicinò zoppicando.

«Voi dovreste starvene dentro e tenere la gamba a riposo» disse l'Uomo delle Rune, che non si sentiva mai a suo agio con i Sant'Uomini. «Se non potete caricare pesi o scavare una trincea, siete solo d'ingombro qui fuori.»

Il Predicatore annuì. «Volevo solo dare un'occhiata alle difese.»

«Dovrebbero reggere» affermò l'Uomo delle Rune con più convinzione di quanta ne avesse realmente.

«Reggeranno» disse Jona. «Il Creatore non lascerà indifesi coloro che hanno trovato rifugio nella Sua dimora. È per questo che ha mandato qui voi.»

«Io non sono il Liberatore, credetemi» rispose accigliato l'Uomo delle Rune. «Non mi ha mandato qui nessuno, e l'esito di questa notte non è affatto certo.»

Jona sorrise indulgente, come un adulto di fronte all'ignoranza di un bambino. «È dunque una mera coincidenza, se siete comparso proprio nel momento del bisogno?» chiese. «Non sta a me dire se siate o meno il Liberatore, ma voi siete qui, proprio come ognuno di noi, perché vi ci ha *messo* il Creatore, ed Egli ha una ragione per tutto ciò che fa.»

«Aveva una ragione anche per falcidiare metà del villaggio con questo morbo?» domandò l'Uomo delle Rune.

«Io non pretendo di conoscere il Suo disegno» rispose calmo Jona «ma so lo stesso che esiste. Un giorno, ci guarderemo indietro e ci stupiremo di non averlo compreso.»

Entrando nella Casa Santa, Leesha trovò Darsy esausta, accovacciata accanto a Vika, cui cercava di rinfrescare la fronte febbricitante con un panno bagnato.

Leesha andò dritta da loro e tolse la pezza dalle mani di Darsy. «Prenditi un po' di riposo» disse, vedendo la profonda stanchezza negli occhi della donna. «Il sole tramonterà presto e allora avremo bisogno di tutte le nostre forze. Riposati, finché puoi.»

Darsy scosse la testa. «Riposerò quando i coreling mi avranno ammazzata» replicò. «Fino ad allora, non smetterò di lavorare.»

Leesha la osservò un momento, riflettendo, poi assentì. Affondò la mano nel grembiule e ne pescò una sostanza scura gommosa avvolta nella carta cerata. «Mastica questa» disse. «Domani ti sentirai distrutta, ma ti terrà sveglia per tutta la notte.»

Darsy annuì, prese il pezzo di gomma e se lo mise in bocca, mentre Leesha si chinava a esaminare Vika. Afferrò un otre che portava a tracolla e ne tolse il tappo. «Aiutala a tirarsi su a sedere» chiese a Darsy, che obbedì, sollevando Vika per permettere a Leesha di darle la pozione. Lei tossì, sputandone fuori un po', ma Darsy le massaggiò la gola per aiutarla a mandarla giù, finché Leesha non fu soddisfatta.

Leesha si risollevò in piedi e passò in rassegna la distesa apparentemente infinita di corpi sui giacigli. Aveva separato e curato i malati più gravi prima di andare alla capanna di Bruna, ma c'erano ancora un'infinità di infermi da accudire, ossa da rimettere in sesto e ferite da suturare, per non parlare della difficoltà di somministrare la sua pozione alle decine di malati privi di conoscenza.

Con il tempo, era fiduciosa di riuscire a debellare l'influenza. Forse alcuni erano a uno stadio già troppo avanzato e non si sarebbero più ripresi, ma la maggior parte dei suoi figlioli si sarebbe ristabilita.

Se fossero usciti vivi da quella notte.

Chiamò a raccolta i volontari, distribuì le medicine e spiegò cosa aspettarsi e come procedere quando avessero cominciato ad affluire i feriti da fuori.

Rojer osservava Leesha e gli altri all'opera e si sentiva un vigliacco, mentre accordava il violino. In cuor suo, sapeva che l'Uomo delle Rune aveva ragione: doveva fare affidamento sui suoi punti di forza, come gli aveva sempre detto Arrick. Ma non per questo si sentiva più coraggioso a starsene nascosto dietro alle mura di pietra, mentre gli altri affrontavano il nemico, di fuori.

Fino a non molto tempo prima, aveva aborrito il solo pensiero di posare il violino per imbracciare un'arma, ma ormai si era stancato di nascondersi mentre gli altri morivano per lui.

Se fosse sopravvissuto per poterla narrare, immaginava che "La battaglia della Conca del Taglialegna" sarebbe stata una storia da tramandare ai figli dei suoi figli. Ma che dire del ruolo che vi avrebbe avuto lui? Suonare il violino nascosto al sicuro non era impresa degna di più di un rigo, né tantomeno di una strofa intera.

31
La battaglia della Conca del Taglialegna

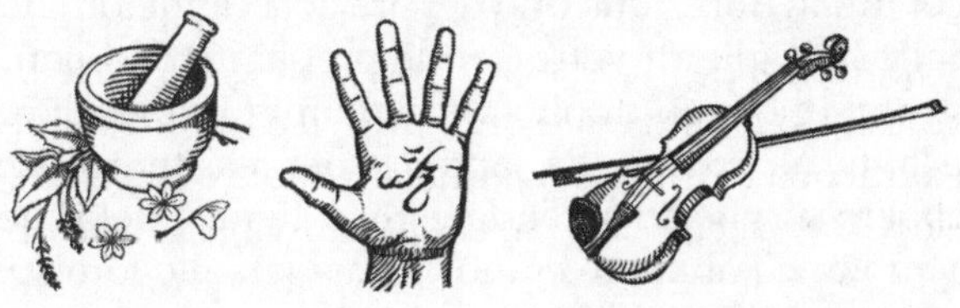

Anno 332 dR

I taglialegna costituivano la prima linea difensiva della piazza. Abbattere alberi e trainare legname aveva dotato i più di braccia muscolose e spalle larghe, ma alcuni – come Yon Gray – avevano fatto abbondantemente il loro tempo, e altri – come Linder, il figlio di Ren – non avevano ancora raggiunto l'età del pieno vigore. Raggruppati in uno dei cerchi portatili, brandivano i manici bagnati delle scuri, mentre il cielo si andava rabbuiando.

Alle loro spalle, al centro della piazza, erano state legate le tre vacche più grasse della Conca. Dormivano in piedi, sotto l'effetto del pastone drogato che Leesha aveva preparato per loro.

Dietro alle mucche c'era il cerchio più ampio. I paesani raccolti all'interno non vantavano muscoli possenti come quelli dei boscaioli, ma erano molto più numerosi. Quasi la metà erano donne, alcune non più che quindicenni. Stavano al fianco di mariti, padri, fratelli e figli con espressioni risolute e arcigne. Merrem, la corpulenta moglie del macellaio Dug, impugnava una mannaia protetta da rune e sembrava più che mai pronta a servirsene.

Più indietro ancora c'era il fossato nascosto dal telone, e infine, direttamente di fronte al portone della Casa Santa, il terzo cerchio, presidiato da Stefny e dagli altri abitanti troppo anziani o deboli per correre per la piazza fangosa, armati di lunghe lance.

Tutti avevano un'arma protetta. Alcuni, quelli che brandivano le più corte, avevano anche degli scudi rotondi ricavati da coperchi di botte su cui erano dipinte rune d'interdizione. Uno soltanto era opera dell'Uomo delle Rune, ma gli altri lo avevano copiato con sufficiente precisione.

Lungo la staccionata del recinto diurno, dietro ai pali di protezione, era schierata l'artiglieria, composta da ragazzini appena sopra ai dieci anni, armati di archi e fionde. Alcuni adulti avevano ricevuto in dotazione uno dei preziosi candelotti detonanti o una delle bottiglie di vetro sottile preparate da Benn, tappate con stracci imbevuti di olio. Ai bambini più piccoli erano affidate le lanterne, coperte da cappucci per resistere alla pioggia, che sarebbero servite ad accendere gli ordigni. Quelli che non se la sentivano di combattere erano ammassati alle loro spalle, insieme agli animali, sotto le tettoie che riparavano dalla pioggia i fuochi artificiali di Bruna.

Più d'uno, come Ande, si era rimangiato la promessa di combattere, per nascondersi dietro alle protezioni fra lo scorno dei compagni. Attraversando la piazza in sella a Guizzo del Crepuscolo, l'Uomo delle Rune ne vide altri che guardavano con rimpianto al recinto protetto, la paura scolpita sul volto.

Al sorgere dei demoni si levarono grida, e molti fecero un passo indietro, sentendo venir meno la risolutezza. Il terrore minacciava di sconfiggere gli abitanti della Conca prima ancora che la battaglia avesse inizio. I consigli frettolosi dell'Uomo delle Rune su dove e come colpire valevano ben poco di fronte al peso di una vita intera vissuta all'insegna della paura.

L'Uomo delle Rune notò Benn che tremava come una foglia. Aveva una gamba dei pantaloni incollata alla coscia fremente, bagnata fradicia, e non di pioggia. L'Uomo delle Rune smontò da cavallo per rivolgersi al vetraio.

«Perché sei qui fuori, Benn?» chiese, alzando la voce in modo che potessero sentirlo anche gli altri.

«P-per le m-mie f-figlie» balbettò Benn, con un cenno indietro alla Casa Santa. La lancia che impugnava sembrava sul punto di sfuggirgli dalle mani tremanti.

L'Uomo delle Rune annuì. La maggioranza degli abitanti della Conca era lì per difendere i propri cari, che giacevano indifesi nella Casa Santa. Altrimenti, sarebbero rimasti tutti al sicuro nel recinto per gli animali. Indicò i coreling che si stavano materializzando nella piazza. «Hai paura di loro?» domandò a voce ancora più forte.

«S-sì» farfugliò Benn, con le lacrime che si mescolavano alla pioggia sulle sue guance. Un'occhiata bastò a registrare altri cenni di assenso.

L'Uomo delle Rune si spogliò delle vesti. Fino ad allora nessuno al villaggio l'aveva visto nudo, e tutti sgranarono gli occhi contemplando le rune tatuate su ogni centimetro del suo corpo. «Osserva» disse a Benn, ma l'ordine era indirizzato a tutti quanti.

Uscì dal cerchio, puntando a passi decisi verso un demone alto più di due metri che stava cominciando a solidificarsi. Si voltò indietro, incrociando gli sguardi di quanti più abitanti possibile. Assicuratosi che lo stavano osservando attentamente, gridò: «È di questo che avete paura!».

L'Uomo delle Rune si volse di scatto e vibrò un colpo energico con il dorso della mano alla mascella del coreling, abbattendolo a terra con un lampo di magia, proprio mentre il demone assumeva una forma solida. Il coreling lanciò uno strillo di dolore, ma si riprese velocemente e arrotolò la coda, pronto al balzo. Gli abitanti del villaggio assistevano alla scena a bocca aperta, certi che l'Uomo delle Rune si sarebbe fatto uccidere.

Il demone del legno gli si scagliò contro, ma l'Uomo delle Rune scalciò via un sandalo e con una giravolta sferrò una pedata sotto la guardia del coreling. Il tallone coperto di rune si abbatté sul petto corazzato della bestia con un fragore di tuono, e il demone fu sbalzato di nuovo indietro, il torace bruciacchiato e annerito.

Mentre puntava la preda, un demone del legno più piccolo gli si avventò addosso, ma l'Uomo delle Rune lo afferrò per un braccio e con un rapido contorcimento gli si portò alle terga, per affondargli negli occhi i pollici protetti dalle rune. Una zaffata di fumo si levò con uno sfrigolio e il coreling urlò, vacillando all'indietro e coprendosi il muso con gli artigli.

Mentre il demone barcollava qua e là, accecato, l'Uomo delle Rune riprese lo scontro con il primo demone, affrontandone di petto il nuovo assalto. Ruotando su se stesso, sfruttò lo slancio del coreling a proprio favore, lasciandolo incespicare avanti per poi serrargli la testa nella morsa delle sue braccia protette. Gliela strinse con tutte le forze, ignorando i suoi disperati tentativi di divincolarsi, e attese che l'energia di ritorno crescesse d'intensità. Alla fine, il cranio della creatura si spappolò con un'esplosione di magia, e i due caddero nel fango.

Quando l'Uomo delle Rune si risollevò dal cadavere, gli altri demoni si mantennero a distanza, soffiando e cercando qualche segno di debolezza. L'Uomo delle Rune lanciò un ruggito, facendo balzare indietro i più vicini a lui.

«Non devi temerli, vetraio Benn!» tuonò l'Uomo delle Rune con voce possente. «Sono *loro* che devono avere paura di *te*!»

Nessuno degli abitanti della Conca fiatò, ma molti caddero in ginocchio, disegnando rune nell'aria davanti a loro. L'Uomo delle Rune tornò da Benn, che aveva smesso di tremare. «Ricordatelo bene» disse, pulendosi il fango dalle rune con un lembo della veste «la prossima volta che il terrore ti attanaglia.»

«Il Liberatore» sussurrò Benn, e altri presero a mormorare quello stesso appellativo.

L'Uomo delle Rune scosse energicamente la testa, mandando spruzzi di acqua piovana. «Il Liberatore sei tu!» gridò, battendo un dito sul petto di Benn. «E anche tu!» urlò, girandosi per sollevare bruscamente in piedi un uomo inginocchiato. «Tutti voi siete Liberatori!» urlò, abbracciando con un gesto tutta la gente che era lì a sfidare la notte. «Se i coreling temono un Liberatore, la paura li agghiaccerà dinanzi a cento!» Agitò in aria il pugno e la gente della Conca lo acclamò con un boato.

Quello spettacolo tenne momentaneamente a bada i demoni appena formati, che emettevano ringhi sordi mentre zampettavano incerti qua e là. Ma la loro agitazione si placò presto e uno dopo l'altro si accovacciarono a terra, i muscoli tesi, pronti a balzare.

L'Uomo delle Rune volse lo sguardo sul fianco destro, penetrando l'oscurità con gli occhi protetti dalla magia. I demoni del fuoco evitavano la trincea piena d'acqua, ma i demoni del legno ci passavano dritto in mezzo, incuranti del bagnato.

«Accendete!» ordinò, indicando il fosso con il pollice.

Benn sfregò con il dito un bastoncino fiammante e, proteggendo l'esile fiammella da pioggia e vento l'avvicinò alla miccia di un petardo a fischio. Non appena la miccia sprizzò scintille con uno sfrigolio, Benn s'inarcò e lanciò il petardo verso la trincea.

A metà della traiettoria arcuata, la miccia si esaurì e un getto di fuoco si sprigionò da un'estremità del petardo sibilante. Lo stretto involto di carta mulinò su se stesso come una girandola fiammeggiante, e cadde con un fischio acuto sullo spesso strato oleoso della trincea.

Grida stridule si levarono dai demoni del legno quando le fiamme divamparono sull'acqua in cui erano immersi fino alle ginocchia. Arretrarono scompostamente, sferzando le fiamme per tentare di domarle, ma sprizzando olio dappertutto riuscirono solo a farle propagare meglio.

I demoni del fuoco lanciarono urla di giubilo e si gettarono in mezzo alle fiamme, dimenticando l'acqua che c'era sotto. L'Uomo delle Rune sorrise dei loro strepiti quando l'acqua cominciò a ribollire.

Le fiamme inondarono la piazza di una luce guizzante, e i taglialegna restarono senza fiato quando scoprirono le dimensioni dell'orda che dovevano fronteggiare. Demoni del vento solcavano il cielo, incuranti della pioggia e del vento. Agili demoni del fuoco sfrecciavano di qua e di là, diffondendo rossi bagliori da occhi e bocche, alla cui luce sinistra si stagliavano le sagome imponenti dei demoni della roccia, appostati attorno alla piazza. E quelle dei demoni del legno. Un'infinità di demoni del legno.

«È come se tutti gli alberi della foresta si fossero rivoltati contro i boscaioli» disse Yon Gray, atterrito, e molti dei taglialegna annuirono in preda all'orrore.

«Non ho ancora trovato un albero capace di resistere alla mia scure» ruggì Gared, brandendo l'ascia, pronto a colpire. La sua baldanza si propagò tra i ranghi, e gli altri taglialegna drizzarono la schiena.

I coreling ritrovarono presto la determinazione e si avventarono sui boscaioli con gli artigli protesi. Le protezioni del cerchio ne respinsero l'assalto, e i taglialegna sollevarono le scuri per contrattaccare.

«Fermi!» gridò l'Uomo delle Rune. «Ricordatevi il piano!»

Gli uomini si trattennero, lasciando che i demoni martellassero invano le protezioni. I coreling correvano attorno al cerchio, alla ricerca di un punto debole, e presto i taglialegna scomparvero alla vista dietro a una selva di corpi simili a tronchi.

Il primo a scoprire le vacche fu un demone del fuoco non più grande d'un gatto. Con un verso stridulo balzò in groppa a una delle bestie, affondandole gli artigli nella carne. Quando il minuscolo coreling le strappò un brandello di pelle con i denti, la mucca si risvegliò e mandò un muggito di dolore.

Sentendo quel verso, gli altri coreling dimenticarono completamente i taglialegna. Si gettarono sulle vacche e le dilaniarono, con un'esplosione raccapricciante di interiora. Il sangue schizzò alto nell'aria, mescolandosi alla pioggia prima di ricadere nella fanghiglia. Anche un demone del vento si unì al festino, piombando in picchiata per ghermire un grosso pezzo di carne, prima di rialzarsi in volo.

Le bestie furono divorate in un batter d'occhi, anche se nessuno dei coreling sembrava ancora sazio. Le creature mossero all'attacco del cerchio successivo, vibrando colpi d'artiglio alle protezioni che facevano sprizzare scintille di magia.

«Fermi!» gridò di nuovo l'Uomo delle Rune, sentendo salire la tensione fra gli uomini attorno a lui. Brandendo alta la lancia, pronto al tiro, osservava attentamente i demoni. E aspettava.

Ma alla fine lo vide. Un demone che incespicava e perdeva l'equilibrio.

«Ora!» ruggì, e balzò fuori dal cerchio, trafiggendo subito un demone alla testa.

Gli uomini della Conca lanciarono un grido selvaggio e partirono alla carica per piombare sui demoni storditi dal narcotico con una furia inarrestabile, menando fendenti e stilettate. I demoni strillavano, ma grazie alla pozione di Leesha, reagivano con lentezza e apatia. Attenendosi agli ordini ricevuti, i taglialegna combattevano a piccoli gruppi, trafiggendo i demoni alle spalle non appena quelli volgevano l'attenzione su qualcun altro. Le rune sulle armi fiammeggiavano, e adesso era l'icore di demone a impregnare l'aria.

Merrem mozzò di netto un braccio a un demone del legno con la mannaia, e suo marito Dug gli affondò il coltello da macellaio sotto l'ascella. Il demone del vento che aveva mangiato la carne drogata precipitò in mezzo alla piazza, e Benn lo infilzò con la lancia, rigirandola con forza mentre la punta coperta di rune divampava, incandescente, e trapassava la corazza del coreling.

Scoprendo che gli artigli dei demoni non potevano penetrare le rune dipinte sugli scudi di legno, quelli che ne imbracciavano uno presero coraggio e si avventarono con ancora più foga sui coreling inebetiti.

Ma non tutti i demoni avevano ingerito il narcotico. Dalle retrovie, spingevano sempre più forte per portarsi avanti. L'Uomo delle Rune attese finché il vantaggio della sorpresa si fu esaurito, poi gridò: «Artiglieria!».

I bambini nel recinto lanciarono un grido fragoroso, armarono le fionde con le bottiglie incendiarie e le lanciarono sull'orda di demoni che fronteggiava il cerchio dei taglialegna. Il vetro sottile si infrangeva facilmente sull'armatura a corteccia dei demoni del legno, impregnandoli di un liquido viscoso che restava attaccato nonostante la pioggia. I demoni ruggivano, ma non potevano penetrare oltre i pali con le rune che proteggevano il piccolo recinto.

Mentre la furia dei demoni cresceva, le staffette con le lanterne correvano avanti e indietro per avvicinarne la fiammella alle punte delle frecce ricoperte di pece e alle micce dei fuochi artificiali di Bruna. Non partì una scarica simultanea come previsto dagli ordini, ma l'esito fu lo stesso. Alla prima freccia scoccata, il fuoco liquido esplose sul dorso di un demone del legno che urlò e dibattendosi rovinò addosso a un'altra creatura, incendiandola a sua volta. Mortaretti, petardi e fischietti si unirono alla pioggia di frecce, spaventando alcuni demoni con lampi e scoppi e appiccando il fuoco ad altri. Le fiamme che si levavano dai coreling illuminarono la notte.

Un fischietto fiammeggiante cadde nel solco poco profondo davanti al cerchio dei taglialegna, che si estendeva per tutta la larghezza della piazza. La scintilla innescò il fuoco liquido di demone predisposto nella canaletta e la miscela micidiale divampò, alzando un muro di fiamme che incendiò numerosi altri demoni del legno e separò il resto dai compagni.

Ma tra un cerchio e l'altro e lontano dai fuochi, la battaglia infuriava selvaggiamente. I demoni narcotizzati furono debellati alla svelta, ma i loro consimili non si lasciarono intimidire dai paesani in armi. Le squadre si stavano sfaldando, e alcuni dei combattenti, sopraffatti dalla paura, arretrarono disordinatamente offrendo ai coreling un varco per l'avanzata.

«Taglialegna!» gridò l'Uomo delle Rune, trapassando con la lancia un demone del fuoco.

Protetti alle spalle dal muro di fiamme, Gared e gli altri boscaioli balzarono fuori dal cerchio con un ruggito, caricando alle spalle i demoni che assediavano il gruppo guidato dall'Uomo delle Rune. Anche senza contare gli effetti della magia, la pelle dei demoni del legno era dura e nodosa come vecchia corteccia, ma i boscaioli spaccavano tronchi da tutta la vita, e le rune dipinte sulle scuri assorbivano la magia che la rendeva più resistente.

Gared fu il primo ad avvertire la scossa, quando le rune attinsero alla magia dei demoni, sfruttandone la potenza contro gli stessi coreling. La scarica risalì per il manico della scure e gli vibrò su per le braccia, diffondendogli per una frazione di secondo una sensazione di estasi in tutto il corpo. Gared troncò di netto la testa del demone e con un urlo disumano si avventò sul successivo.

Attaccati da due fronti, i demoni stavano subendo ingenti perdite. Secoli di dominio incontrastato avevano insegnato loro che gli umani, se mai osavano combattere, non erano avversari da temere, e quella resistenza accanita li colse impreparati. Dall'alto della finestra nel sottotetto della Casa Santa, Wonda tirava le sue frecce con precisione micidiale, e ogni dardo protetto da rune trafiggeva le carni dei demoni con la violenza di un fulmine.

Ma l'odore del sangue ormai impregnava l'aria e le grida di dolore si propagavano per miglia tutto attorno al villaggio. In lontananza, altri coreling ululavano in risposta a quei lamenti. I rinforzi non avrebbero tardato ad arrivare, mentre gli umani non potevano contare su nessun aiuto esterno.

I demoni non ci misero molto a riprendersi. Per quanto la loro corazza non fosse più impenetrabile alle armi, pochi umani potevano sperare di tener testa a un demone del legno. Anche il più piccolo aveva una forza paragonabile a quella di Gared, ben superiore a quella di un uomo comune.

Merrem caricò un demone del fuoco della stazza di un grosso cane, la mannaia grondante di nero icore. Teneva avanti lo scudo per difendersi, il braccio armato ritratto e pronto a colpire.

Il coreling strillò e le sputò addosso una fiammata. Lei alzò lo scudo per proteggersi, ma le rune che vi erano dipinte non avevano potere contro il fuoco, e lo scudo divampò all'istante. Merrem urlò quando le fiamme le avvolsero il braccio, e cadde a terra, ruzzolando nel fango. Il demone spiccò il balzo per finirla, ma trovò sulla sua strada Dug. Il poderoso macellaio sventrò il demone del fuoco come fosse un maiale, ma lanciò a sua volta un grido quando il sangue incendiario della creatura gli schizzò sul grembiule di cuoio, infiammandolo.

Un demone del legno si acquattò a quattro zampe per sfuggire a un violento colpo d'ascia di Evin, e non appena questi abbassò la guardia, gli balzò addosso, atterrandolo. L'uomo gridò sotto le fauci protese della creatura, ma proprio in quel momento sentì abbaiare, e i suoi cani da caccia piombarono sul fianco del demone, sbalzandolo via. Evin si risollevò rapidamente e fece a pezzi il demone riverso a terra, ma non prima che avesse squarciato il ventre a uno dei suoi grossi cani. Evin lanciò un ruggito di rabbia e infierì sul demone abbattuto, prima di girarsi ad affrontare un nuovo nemico, negli occhi una furia selvaggia.

Proprio allora, il fuoco liquido che ardeva nella trincea si esaurì, e i demoni intrappolati sul lato opposto ripresero ad avanzare.

«I candelotti!» gridò l'Uomo delle Rune, mentre calpestava un demone della roccia sotto gli zoccoli di Guizzo del Crepuscolo.

A quell'ordine, gli artiglieri più anziani tirarono fuori alcuni di quegli esplosivi preziosi e micidiali. Ne avevano a disposizione una decina appena, perché Bruna ne aveva fabbricati con parsimonia, temendo che si potesse abusare di quegli ordigni potenti.

Accese le micce, i candelotti furono lanciati sui demoni che si avvicinavano. Un uomo lasciò cadere nel fango il petardo viscido di pioggia e si chinò subito per raccoglierlo, ma fu non abbastanza svelto. Il tubo esplosivo gli scoppiò in mano, polverizzando in un lampo di fuoco lui e il bambino che lo assisteva con il lume per l'accensione. La forza d'urto della detonazione scaraventò a terra molti altri nel recinto, fra grida lancinanti di dolore.

Uno dei candelotti esplose in mezzo a due demoni del legno. Entrambi furono sbalzati via, ridotti in relitti contorti. Uno, con la corteccia in fiamme, non si rialzò più. L'altro, che si era spento nel fango, annaspava e spingeva con gli artigli sotto di sé per cercare di rimettersi in piedi. La sua potente magia stava già rimarginando le ferite.

Un altro petardo volò verso un demone della roccia alto quasi tre metri, che lo afferrò con un artiglio e se lo avvicinò agli occhi per esaminare l'oggetto bizzarro proprio nel momento in cui esplodeva.

Ma quando il fumo si diradò, il demone era ancora in piedi, illeso, e riprese ad avanzare verso gli umani in mezzo alla piazza. Wonda gli piantò in corpo tre frecce, ma quello lanciò uno strillo e continuò ad andare avanti, ancora più inferocito.

Gared lo affrontò prima che raggiungesse gli altri, rispondendo alle grida del mostro con uno dei suoi ruggiti. Il robusto taglialegna si abbassò per schivare il primo colpo d'artiglio e gli piantò la scure nello sterno, beandosi del flusso di magia che gli corse su per le braccia. Alla fine, il demone crollò, e Gared dovette montargli sopra per estrarre l'ascia conficcata nella spessa armatura.

Un demone del vento si avventò in picchiata su Flinn, quasi tagliandolo in due con gli artigli uncinati. Dalla finestra del sottotetto, Wonda lanciò un grido e uccise il coreling con una freccia nella schiena, ma ormai il danno era fatto e suo padre rovinò a terra, senza vita.

Il fendente di un demone del legno mozzò di netto la testa di Ren, facendola volare lontano dal corpo. La sua scure cadde nel fango nel momento stesso in cui suo figlio Linder tagliava il braccio del coreling che lo aveva ucciso.

Sul fronte destro, vicino al recinto, Yon Gray fu raggiunto da un colpo di striscio, ma sufficiente a spedire a terra l'anziano. Il coreling lo puntò mentre lui cercava di risollevarsi dal fango, ma Ande lanciò un grido strozzato e, balzato fuori dal recinto protetto, agguantò la scure di Ren e la piantò nella schiena della creatura.

Altri ne seguirono l'esempio, dimenticando ogni timore, e abbandonarono il rifugio sicuro per raccogliere le armi dei caduti o trascinare in salvo i feriti. Keet infilò uno straccio nell'ultima bottiglia di fuoco di demone, l'accese e la scagliò in faccia a un demone del legno per distoglierlo dalle sorelle, che stavano trasportando un uomo nel recinto. Il demone fu avvolto dalle fiamme, e Keet esultò, fin quando non vide un demone del fuoco balzare sul coreling immolato e strillare ebbro di gioia tra le fiamme. Keet si volse per scappare, ma la bestiaccia gli saltò addosso e lo atterrò.

L'Uomo delle Rune era in ogni parte del campo di battaglia, a uccidere demoni con la lancia o semplicemente con le mani e i piedi nudi. Guizzo del Crepuscolo gli stava sempre vicino e li colpiva con gli zoccoli e le corna. Irrompevano insieme in ogni angolo dove la mischia era più furibonda, disperdendo i coreling e lasciandoli alla mercè degli altri. L'Uomo delle Rune aveva perso il conto di tutte le volte che aveva impedito a un demone di assestare il colpo fatale, dando modo alle vittime di rialzarsi e tornare a combattere.

Nella confusione generale, un gruppo di coreling si spinse oltre la linea difensiva centrale, superò il secondo cerchio, e finì sul telone, precipitando sugli spuntoni coperti di rune disseminati sul fondo della fossa. In gran parte rimasero trafitti, dimenandosi sotto l'effetto della magia letale, ma uno riuscì a evitare le punte e ad arrampicarsi con gli artigli fuori dal fossato. Un'ascia protetta gli recise la testa prima che potesse tornare a combattere o darsi alla fuga.

Ma i coreling continuavano ad affluire, e una volta che la fossa fu svelata, la aggirarono agevolmente. Sentendo un grido, l'Uomo delle Rune si voltò e vide che davanti al portone della Casa Santa infuriava un'aspra lotta. Fiutando l'odore dei malati e dei più deboli rifugiati all'interno, i coreling cercavano freneticamente di aprirsi una breccia e scatenare la carneficina. Ormai le rune disegnate col gesso si erano sbiadite, lavate via dalla pioggia incessante.

Lo spesso strato di grasso steso sui ciottoli davanti all'entrata rallentò l'impeto dei coreling. Più d'uno cadde all'indietro sulla coda, o scivolò andando a sbattere contro le rune del terzo cerchio. Ma i demoni trovarono presto il modo di darsi un appiglio più saldo, affondando gli artigli tra i ciottoli, e continuarono ad avanzare.

Le donne raccolte nel cerchio protetto davanti al portone li affrontarono con le lance lunghe e per un po' riuscirono a sostenere l'assalto, ma la punta della lancia di Stefny rimase incastrata nella pelle legnosa di un demone e la donna fu strattonata fuori, inciampando col piede nella corda del cerchio portatile. Nel volgere di un attimo, le protezioni persero l'allineamento e la rete si ruppe.

L'Uomo delle Rune accorse a perdifiato, scavalcando d'un balzo i tre metri del fossato, ma neppure le sue gambe potevano correre abbastanza veloce per scongiurare il massacro. I coreling stavano già dilaniando corpi con ebbrezza sanguinaria quando lui irruppe tra le loro fila, attaccandoli con foga devastante.

Quando la mischia si fu conclusa, si fermò ansante tra le poche donne sopravvissute. Tra queste, incredibilmente, c'era Stefny. Era tutta imbrattata d'icore, ma sembrava perfettamente illesa, lo sguardo duro e determinato.

Un grosso demone del legno li caricò, e loro si voltarono insieme per affrontarlo, ma prima di arrivare a tiro delle lance, il coreling si accucciò e spiccò un balzo, passando appena sopra alle loro teste per raggiungere il muro di pietra della Casa Santa. Trovando un agevole appiglio sulle pietre con gli artigli, si arrampicò fuori portata prima che l'Uomo delle Rune riuscisse ad afferrarlo per la coda oscillante.

«Attenta!» gridò l'Uomo delle Rune a Wonda, ma la ragazza era troppo concentrata a prendere la mira col suo arco e non udì in tempo l'avvertimento. Il demone la ghermì con gli artigli e se la fece volare sopra la testa, come per liberarsi di una banale seccatura. L'Uomo delle Rune corse a tutta velocità, scivolando in ginocchio su grasso e fango e riuscì a raccogliere tra le braccia il corpo contuso e insanguinato della ragazza prima che si schiantasse a terra. Ma nel frattempo il demone si era issato nella finestra aperta per penetrare nella Casa Santa.

L'Uomo delle Rune si precipitò verso l'ingresso laterale, ma appena svoltato l'angolo dovette frenare la corsa, trovandosi la strada sbarrata da una decina di demoni disorientati dalle sue rune di confusione. Si avventò sul gruppo con un ruggito, ma sapeva che non sarebbe mai riuscito ad arrivare in tempo all'interno.

Le mura di pietra della Casa Santa echeggiavano di grida di dolore, e gli strepiti dei demoni appena fuori dal portone mettevano a dura prova i nervi di tutti i rifugiati all'interno. C'era chi piangeva senza ritegno, chi si dondolava avanti e indietro, tremando di paura, chi si agitava e farneticava in preda al delirio.

Leesha faceva di tutto per tenerli buoni, mormorando parole di conforto ai più ragionevoli e somministrando calmanti ai più sconvolti, per impedire che si strappassero i punti di sutura o si facessero del male nella loro furia febbricitante.

«Io posso benissimo combattere!» insisteva Smitt, il corpulento locandiere, trascinandosi dietro Rojer, mentre il povero giullare cercava invano di trattenerlo.

«Tu non stai bene!» gridò Leesha, accorrendo. «Ti farai ammazzare, se esci là fuori!» Mentre lo raggiungeva, versò su un panno il contenuto di una boccetta. Sarebbe bastato premerglielo sul viso perché gli effluvi lo sedassero rapidamente.

«Là fuori c'è la mia Stefny!» urlò Smitt. «Mio figlio e le mie figlie!» Quando Leesha gli si avvicinò con il panno, la afferrò per il braccio e l'allontanò con un violento spintone. La giovane finì addosso a Rojer e tutti e due rovinarono a terra. Il locandiere aveva già le mani sulla sbarra che sprangava il portone.

«Smitt, no!» gridò Leesha. «Così li farai entrare e ci uccideranno tutti!»

Ma in preda al delirio della febbre, il locandiere non badò al suo avvertimento e, prendendo la sbarra con tutte e due mani, cercò di sollevarla.

Darsy lo agguantò per la spalla e lo girò con uno strattone per assestargli un pugno alla mascella. La forza del colpo gli fece fare un altro giro su se stesso, prima di accasciarsi a terra.

«A volte un intervento diretto funziona meglio di erbe e siringhe» disse Darsy a Leesha, scuotendo la mano indolenzita dal cazzotto.

«Ora capisco perché Bruna girava con il bastone» convenne Leesha. Le due donne si caricarono in spalla Smitt, una per parte, per trascinarlo di nuovo al suo giaciglio. Fuori dal portone, infuriava il tumulto della battaglia.

«Sembra che tutti i demoni del Fulcro stiano cercando di entrare» mormorò Darsy.

Dall'alto risuonò uno schianto, poi un grido di Wonda. La balaustra del sottotetto andò in frantumi e volarono giù grossi spezzoni di trave, uccidendo lo sfortunato che si trovava direttamente sotto e ferendo il suo vicino. Una figura enorme piombò su di loro, lanciando un ululato mentre atterrava su un'altra paziente e le squarciava la gola prima che la sventurata si rendesse conto di qualcosa.

Il demone del legno si drizzò in tutta la sua statura, immenso e terribile, e Leesha si sentì gelare il cuore. Lei e Darsy rimasero paralizzate, reggendo fra loro il peso morto di Smitt. La lancia che le aveva affidato l'Uomo delle Rune stava appoggiata al muro, fuori portata, ma anche se l'avesse avuta in mano, Leesha dubitava che sarebbe riuscita a frenare l'impeto del coreling gigantesco. La creatura le minacciò con un grido e lei si sentì le ginocchia molli.

Ma Rojer era già lì, e s'interpose subito fra loro e il demone. Il demone gli soffiò contro, e lui mandò giù il nodo che aveva in gola. Ogni istinto gli suggeriva di scappare a nascondersi, ma invece si appoggiò il violino sotto al mento e portò l'archetto sulle corde, diffondendo una melodia lugubre e spettrale nella Casa Santa.

Il coreling sibilò e gli mostrò i denti, lunghi e taglienti come coltelli da scalco, ma Rojer continuò imperterrito a suonare finché il demone del legno si immobilizzò, piegò la testa di lato e lo fissò, incuriosito.

Dopo un po', Rojer cominciò a dondolarsi da un lato all'altro. Il demone, tenendo gli occhi fissi sul violino, prese a imitare i suoi ondeggiamenti.

Incoraggiato, Rojer fece un passo a sinistra.

Il demone riprodusse la sua mossa.

Il giullare si spostò di nuovo a destra, e il coreling fece altrettanto.

Mentre continuava a suonare, Rojer girò lentamente attorno al demone del legno, descrivendo un ampio semicerchio. La bestia ipnotizzata seguì i suoi movimenti, ruotando su se stesso, finché si ritrovò di spalle ai pazienti sconvolti e terrorizzati.

Nel frattempo, Leesha aveva adagiato a terra Smitt e recuperato la lancia. L'arma sembrava uno stuzzicadenti, confronto alla mole e alla lunghezza delle braccia del demone, ma lei si fece avanti lo stesso, sapendo che non avrebbe mai avuto un'occasione migliore. Strinse i denti e diede l'affondo, piantando con tutte le sue forze la lancia protetta nella schiena del coreling.

Ci fu un lampo di potenza, e un'esplosione d'estasi le risalì per le braccia, sbalzandola indietro. Leesha assisté al dibattersi del demone urlante che cercava di strapparsi dalla schiena la lancia sfolgorante. Rojer si gettò da una parte per non essere travolto dal mostro che in preda agli spasmi dell'agonia andò a schiantarsi contro il portone, sfondandolo, prima di crollare a terra senza vita.

I demoni lanciarono ululati di tripudio e irruppero nella breccia, ma trovarono ad accoglierli la musica di Rojer. Abbandonata la melodia suadente, ipnotica, ora il violino produceva suoni aspri e stridenti che costrinsero i coreling ad arretrare barcollando, coprendosi le orecchie con le zampe.

«Leesha!» La porta laterale si aprì di schianto, lei si voltò e vide l'Uomo delle Rune, coperto d'icore nero e del suo stesso sangue, precipitarsi all'interno della sala, guardandosi attorno freneticamente. Vide il demone del legno abbattuto e girandosi incrociò finalmente lo sguardo di Leesha. Il suo sollievo era palpabile.

Leesha avrebbe voluto gettarglisi tra le braccia, ma lui si voltò e corse verso il portone sfondato. Rojer, da solo, presidiava l'entrata; la sua musica sbarrava il passo ai demoni, sicura e impenetrabile come una rete di protezione. L'Uomo delle Rune spinse da una parte il cadavere del demone del legno, gli strappò dal corpo la lancia e la restituì a Leesha. Un istante dopo, era svanito nella notte.

Affacciandosi di fuori, Leesha vide la carneficina in corso nella piazza e le si strinse il cuore. Decine dei suoi figlioli giacevano nel fango, morti o in fin di vita, mentre la battaglia continuava a infuriare.

«Darsy!» gridò, e quando la donna si precipitò al suo fianco, corsero fuori insieme nella notte per trasportare dentro i feriti.

Wonda giaceva a terra boccheggiante quando Leesha la raggiunse, gli abiti laceri e insanguinati dai colpi d'artiglio. Quando lei e Darsy si chinarono per sollevarla, un demone del legno le attaccò, ma Leesha pescò dal grembiule una fialetta e gliela gettò addosso. Il vetro sottile gli si frantumò sul muso. Il demone urlò mentre il solvente gli corrodeva gli occhi, e le due erboriste fuggirono via leste con il loro carico.

Depositata la ragazza all'interno, Leesha gridò degli ordini a una delle sue assistenti, prima di correre di nuovo fuori. Rojer era piantato davanti all'entrata; gli stridori del suo violino formavano una barriera sonora che teneva libera la via, proteggendo Leesha e le altre mentre trascinavano dentro i feriti.

La battaglia proseguì per tutta notte, tra fasi più accese e momenti di tregua che consentirono ai paesani troppo stanchi di trascinarsi al riparo nei cerchi protetti o nella Casa Santa, a riprendere fiato o mandar giù una sorsata d'acqua. Per un'ora intera non videro un solo demone in circolazione, e in quella successiva ne affrontarono un branco che doveva essere accorso da miglia di distanza.

A un certo punto smise di piovere, ma nessuno seppe dire esattamente quando, perché tutti erano troppo occupati ad attaccare i nemici o ad assistere i feriti. I taglialegna formarono un muro di fronte al portone, e Rojer girovagò per la piazza, allontanando i demoni col suo violino mentre venivano raccolti gli infermi.

Quando le prime luci dell'alba balenarono all'orizzonte, il fango sulla piazza si era trasformato in un orrido impasto di sangue umano e icore di demone, con corpi e membra disseminati dappertutto. Molti trasalirono inorriditi quando i raggi del sole investirono i cadaveri dei coreling, facendoli divampare. Con fiammate simili alle esplosioni del fuoco di demone liquido, il sole mise fine alla battaglia, riducendo in cenere quei pochi demoni che ancora si dibattevano flebilmente.

L'Uomo delle Rune scrutava i volti dei superstiti, una buona metà dei suoi combattenti, ed era stupito per la forza e la determinazione che vi leggeva. Sembrava impossibile che fossero gli stessi che meno di un giorno prima erano tanto affranti e terrorizzati. Per quante perdite avessero subito quella notte, gli abitanti della Conca erano più forti che mai.

«Sia lodato il Creatore» disse il Predicatore Jona, che uscì sulla piazza appoggiandosi alla sua stampella e tracciando rune nell'aria mentre i demoni ardevano alla luce del mattino. Raggiunse l'Uomo delle Rune e si fermò dinanzi a lui.

«Tutto questo è grazie a voi» disse.

L'Uomo delle Rune scosse il capo. «No. Il merito è vostro» rispose. «Di tutti voi.»

Jona assentì. «È vero» convenne. «Ma solo perché voi siete venuto a indicarci la strada. Ancora ne dubitate?»

L'Uomo delle Rune storse la bocca. «Se mi arrogassi il merito di questa vittoria, sminuirei il sacrificio di tutti coloro che sono morti stanotte» disse. «Tenetevi per voi le vostre profezie, Predicatore. Questa gente non ne ha bisogno.»

Jona fece un profondo inchino. «Come preferite» rispose, ma l'Uomo delle Rune capì che la questione non era chiusa.

32
Addio al taglialegna

Anni 332-333 dR

Leesha alzò la mano in segno di saluto quando Rojer e l'Uomo delle Rune sopraggiunsero a cavallo dal sentiero. Posò il pennello nella ciotola sotto il portico mentre loro smontavano di sella.

«Impari in fretta» commentò l'Uomo delle Rune, avvicinandosi per esaminare le protezioni che lei aveva dipinto sulla balaustrata. «Queste potrebbero tenere alla larga un'orda intera di coreling.»

«In fretta?» ripeté Rojer. «Per la notte, ma lei è un fulmine! Neanche un mese fa, non sapeva distinguere una runa del vento da una del fuoco.»

«Hai ragione» ammise l'Uomo delle Rune. «Ho visto runieri con anni di esperienza tracciare simboli molto meno nitidi.»

Leesha sorrise. «Sono sempre stata svelta ad apprendere» disse. «E tu e mio padre siete ottimi maestri. Rimpiango solo di non avere cominciato prima.»

L'Uomo delle Rune alzò le spalle. «Col senno di poi, tutti vorremmo poter tornare indietro e cambiare le nostre scelte.»

«Io credo che avrei scelto di fare tutta un'altra vita» convenne Rojer.

Leesha rise e li condusse all'interno della capanna. «La cena è quasi pronta» annunciò, avvicinandosi al focolare. «Com'è andata la seduta del consiglio del villaggio?» chiese, rimestando nella pentola fumante.

«Idioti» bofonchiò l'Uomo delle Rune.

Lei rise di nuovo. «Così bene?»

«Il consiglio ha votato per cambiare il nome del villaggio in "Conca del Liberatore"» spiegò Rojer.

«È soltanto un nome» commentò Leesha. Si sedette con loro a tavola e versò il tè.

«Non è il nome che mi dà fastidio, ma il *concetto*» disse l'Uomo delle Rune. «Sono riuscito a farli smettere di rivolgersi a me come il Liberatore, ma glielo sento ancora mormorare alle mie spalle.»

«Sarebbe tutto più facile se ti rassegnassi ad accettarlo» opinò Rojer. «Non puoi impedire che una storia come questa si diffonda. Ormai la starà cantando ogni giullare a nord del deserto krasiano.»

L'Uomo delle Rune scosse la testa. «Non ho intenzione di mentire e pretendere di essere qualcosa che non sono solo per rendermi la vita più facile. Se volessi una vita facile...» Lasciò cadere la frase.

«E la ricostruzione, come procede?» chiese Leesha per richiamarlo al presente, vedendo il suo sguardo perso nel vuoto.

Rojer sorrise. «Ora che grazie alle tue cure la gente del villaggio è di nuovo in piedi, si vede sorgere una nuova casa ogni giorno» disse. «Presto potrai tornare ad abitare nel villaggio.»

Leesha scrollò il capo. «Questa capanna è tutto ciò che mi è rimasto di Bruna. Ormai, qui sono a casa mia.»

«Così lontano dal paese, ti ritroverai fuori dalla zona d'interdizione» la mise in guardia l'Uomo delle Rune.

Leesha fece spallucce. «Capisco la tua idea di far costruire le nuove strade in modo che formino il disegno di una runa di protezione» disse. «Ma anche vivere fuori dalla zona d'interdizione offre dei vantaggi.»

«Ah, sì?» chiese l'Uomo delle Rune, inarcando un sopracciglio tatuato.

«Che vantaggio potrebbe mai esserci ad abitare in un luogo esposto ai demoni?» chiese Rojer.

Leesha bevve un sorso di tè. «Anche mia madre si rifiuta di traslocare. Dice che tra le nuove protezioni e i taglialegna che vanno in giro ad abbattere ogni demone in vista, è solo una scocciatura inutile.»

L'Uomo delle Rune si accigliò. «Lo so che adesso sembra che siamo riusciti a incutere il terrore nei demoni, ma se c'è da credere alle storie delle Guerre dei Demoni, la loro paura non durerà a lungo. Torneranno in forze, e io voglio che la Conca del Taglialegna sia pronta ad affrontarli.»

«La Conca del Liberatore» corresse Rojer, sogghignando per l'occhiataccia che gli lanciò l'Uomo delle Rune.

«Con te qui, lo sarà senz'altro» disse Leesha, ignorando Rojer e continuando a sorseggiare il suo tè. Scrutò attentamente l'Uomo delle Rune di sopra all'orlo della tazza.

Cogliendo la sua esitazione, posò la tazza. «Tu stai per andartene» intuì. «Quando?»

«Quando la Conca sarà pronta» rispose lui, senza cercare di smentire la conclusione cui era giunta. «Ho passato anni a raccogliere rune che possono rendere le Città Libere non solo di nome, ma anche di fatto. È mio dovere verso ogni città e borgo di Thesa fare in modo che abbiano gli strumenti necessari per affrontare la notte a testa alta.»

Leesha annuì. «Vogliamo aiutarti anche noi» offrì.

«Lo state già facendo» disse l'Uomo delle Rune. «Con la Conca nelle vostre mani, so che sarà al sicuro mentre sono via.»

«Avrai bisogno di una mano» replicò Leesha. «Di qualcuno che insegni alle erboriste a preparare fuochi d'artificio e veleni, a medicare le ferite inflitte dai coreling.»

«Puoi sempre mettere tutto per iscritto» propose lui.

Leesha sbuffò. «E affidare a chiunque i segreti del fuoco? Non direi proprio.»

«In ogni caso, io non potrei certo insegnare il violino per iscritto» intervenne Rojer «anche se sapessi scrivere.»

L'Uomo delle Rune esitò, poi scosse la testa. «No» disse infine. «La vostra presenza mi rallenterebbe. Passerò settimane nelle lande selvagge, e voi due siete troppo deboli di stomaco.»

«Deboli di stomaco?» insorse Leesha. «Rojer, chiudi le imposte» ordinò.

I due uomini la guardarono, perplessi.

«Muoviti» insisté lei, e Rojer si alzò per fare quanto richiesto. Tagliata fuori la luce del sole, la casupola rimase immersa in una tetra penombra. Leesha stava già scuotendo una fialetta di sostanze chimiche che producevano un chiarore fosforescente.

«La botola» disse, e l'Uomo delle Rune sollevò il portello da cui si accedeva alla cantina dove Bruna aveva custodito il fuoco di demone. Dall'apertura salì una zaffata di pungenti odori chimici.

Leesha li guidò nell'oscurità, tenendo alta la fiala. Versò del combustibile nelle lampade di vetro fissate alle pareti, ma l'Uomo delle Rune, capace di vedere altrettanto bene al buio che in pieno giorno, aveva già sgranato gli occhi prima che la luce inondasse le stanza.

Dinanzi a lui, su dei tavoli pesanti che erano stati trasportati nella cantina, erano disposti sei o sette coreling in vari stadi di dissezione.

«Per il Creatore!» esclamò Rojer, in preda a un conato. Corse di nuovo su per le scale, e lo sentirono annaspare per prendere aria.

«Ecco, forse Rojer è ancora un po' debole di stomaco» ammise Leesha sogghignando. Guardò l'Uomo delle Rune. «Lo sapevi che i demoni del legno ne hanno due? Stomaci, intendo. Disposti uno sopra all'altro, come una clessidra.» Prese uno strumento e alzò un lembo di carne di un demone morto per illustrarglielo.

«Hanno il cuore fuori centro, tutto spostato a destra» aggiunse «ma c'è uno spazio tra la terza e la quarta costola. Cosa che farebbe bene a sapere chi vuole affondare un colpo letale.»

L'Uomo delle Rune osservava stupefatto. Quando rialzò gli occhi su Leesha, fu come se la stesse vedendo per la prima volta. «Dove ti sei procurata questi...?»

«Ho chiesto ai taglialegna che hai mandato a pattugliare questa parte della Conca» rispose Leesha. «Sono stati ben contenti di fornirmi degli esemplari. Ma non è tutto. Questi demoni non hanno organi riproduttivi. Sono tutti asessuati.»

L'Uomo delle Rune la guardò, sorpreso. «Com'è possibile?»

«Non è un fenomeno raro negli insetti» disse Leesha. «Ci sono caste di fuchi destinate al lavoro e alla difesa, e caste sessuate che controllano l'alveare.»

«L'alveare?» chiese l'Uomo delle Rune. «Vuoi dire il Fulcro?»

Leesha si strinse nelle spalle.

Lui aggrottò la fronte. «C'erano dei dipinti nelle tombe di Anoch Sun; rappresentazioni della Prima Guerra dei Demoni, in cui figuravano strane razze di coreling che non avevo mai visto.»

«La cosa non mi sorprende» disse Leesha. «Sappiamo così poco sul loro conto.»

Gli prese le mani nelle sue. «Per tutta la vita, ho avuto la sensazione che mi aspettasse qualcosa di più importante che curare raffreddori e far nascere bambini» gli confidò. «Questa è la mia occasione per rendermi utile a più di un ristretto numero di persone. Tu credi che ci sia una guerra alle porte? Rojer e io possiamo aiutarti a vincerla.»

L'Uomo delle Rune annuì e le strinse le mani a sua volta. «Hai ragione» riconobbe. «Se la Conca è sopravvissuta a quella notte di battaglia, lo deve tanto a te e Rojer che a me. Sarei uno stolto se ora non accettassi il vostro aiuto.»

Leesha gli si avvicinò, insinuandogli una mano sotto il cappuccio. Era fresca al contatto sulla pelle, e per un istante lui si abbandonò a quella carezza. «In questa capanna c'è spazio abbastanza per due» sussurrò lei.

Lui sgranò gli occhi e Leesha lo sentì irrigidirsi.

«Perché l'idea ti terrorizza più che affrontare i demoni?» gli chiese. «Mi trovi così rivoltante?»

L'Uomo delle Rune scosse la testa. «Certo che no.»

«E allora cos'è?» domandò lei. «Io non ti terrò lontano dalla tua guerra.»

L'Uomo delle Rune rimase in silenzio per un lungo momento. «Da due diventeremmo presto tre» disse infine, lasciandole le mani.

«E sarebbe così terribile?»

L'Uomo delle Rune trasse un respiro profondo e si spostò a un altro tavolo, evitando lo sguardo di lei. «Quella mattina, quando ho lottato con quel demone...»

«Me lo ricordo» lo incoraggiò Leesha, vedendo che non andava avanti.

«Il demone ha cercato di scappare, di tornarsene nel Fulcro.»

«E ha tentato di trascinarti giù con sé» disse Leesha. «Vi ho visti diventare nebulosi e sprofondare sottoterra. Ero terrorizzata.»

L'Uomo delle Rune annuì. «E io non meno di te» ammise. «Mi si era aperta la strada che conduce al Fulcro, e mi chiamava, mi trascinava giù.»

«E questo cosa c'entra con noi due?» chiese Leesha.

«È perché non era il demone a farlo, ero io» rispose l'Uomo delle Rune. «Ho preso *io* il controllo della transizione; ho riportato su io il demone alla luce del sole. Ancora adesso, io sento il richiamo del Fulcro. Se lo volessi, potrei inabissarmi in quelle profondità infernali insieme agli altri coreling.»

«Le rune...» prese a dire Leesha.

«Le rune non c'entrano» la interruppe lui, scuotendo il capo. «Ti dico che sono *io*. Ho assorbito troppa della loro magia, nel corso degli anni. Non sono nemmeno più un essere umano. Chissà quale specie di mostro potrebbe generare il mio seme?»

Leesha gli si avvicinò e gli prese il viso tra le mani, come quella mattina in cui avevano fatto l'amore. «Tu sei un uomo buono» disse, con le lacrime che le salivano agli occhi. «Qualunque cosa possa averti fatto la magia, non ha cambiato la tua natura. Tutto il resto non conta.»

Si protese per baciarlo, ma lui la tenne a distanza, il cuore chiuso dentro un guscio impenetrabile.

«Conta per me» le rispose. «Finché non saprò che cosa sono, non posso stare con te, né con nessun'altra.»

«Allora scoprirò io che cosa sei» disse Leesha. «Lo giuro.»

«Leesha, tu non puoi...»

«Non venirmi a dire cosa non posso fare!» esplose lei. «Me l'ha già detto abbastanza gente in vita mia!»

Lui alzò le mani in segno di resa. «Scusami.»

Leesha tirò su col naso e gli prese le mani tra le proprie. «Non devi scusarti» disse. «Questo è un disturbo da diagnosticare e curare, come tutti gli altri.»

«Io non sono malato» protestò l'Uomo delle Rune.

Lei lo guardò tristemente. «Lo so benissimo» rispose «ma a quanto pare, tu no.»

Nel mezzo del deserto krasiano, un fremito percorse l'orizzonte. Presto apparvero schiere di uomini, a migliaia e migliaia, avvolti in ampie vesti tirate fin sul volto per ripararsi dalla sabbia pungente. L'avanguardia era formata da due drappelli che cavalcavano, il più piccolo su cavalli snelli e veloci, e il più nutrito su poderosi animali con la gobba adatti alle traversate nel deserto. Li seguivano colonne di uomini a piedi, e più indietro una coda apparentemente infinita di carri e vettovaglie. Ogni guerriero portava una lancia cesellata con intricati disegni di rune.

In testa a tutti, cavalcava un uomo interamente vestito di bianco, in sella a un agile destriero dello stesso colore. Alzò una mano, e l'orda alle sue spalle si arrestò per scrutare in silenzio le rovine di Anoch Sun.

A differenza delle lance di legno e d'acciaio dei suoi soldati, quest'uomo portava un'arma antica, realizzata in un ignoto metallo scintillante. Era Ahmann asu Hoshkamin am'Jardir, ma la sua gente non usava più quel nome da anni.

Lo chiamavano Shar'Dama Ka, il Liberatore.

Fine del Libro I

Ringraziamenti

Ho un debito particolare con tutti coloro che hanno letto questo libro in prima stesura: Dani, Myke, Amelia, Neil, Matt, Joshua, Steve, mamma, papà, Trisha, Netta e Cobie. Grazie ai vostri consigli e incoraggiamenti, scrivere è diventato per me qualcosa di più che un semplice hobby. Ringrazio anche le mie editor, Liz ed Emma, che hanno voluto scommettere su un nuovo autore e mi hanno spinto ad affrontare una sfida superiore alle mie stesse ambizioni. Senza di voi non ci sarei mai riuscito.

Indice